DANIELLE STEEL

INCONTRI

SPERLING
PAPERBACK

Traduzione di Grazia Maria Griffini
Crossings

I edizione «Superbestseller» Paperback marzo 1991

ISBN 88-8274-413-2
86-I-04

XIX EDIZIONE

Visitate i siti www.daniellesteel.com e www.sperling.it

A John,
oltre le parole,
oltre l'amore,
oltre ogni cosa...
d.s.

«Le persone forti non possono essere sconfitte...»

1

Il palazzo del 2129 di Wyoming Avenue, NW, si ergeva in tutta la sua splendida imponenza, la facciata in pietra grigia tutta scolpita e lavorata, con un grande stemma dorato e la bandiera francese che ondeggiava lievemente alla brezza appena levatasi in quel pomeriggio. Forse era l'ultima brezza che la città di Washington D.C. avrebbe goduto per parecchi mesi, visto che si andava verso l'estate. Era già giugno. Il giugno del 1939. E com'erano passati in fretta quegli ultimi cinque anni per Armand de Villiers, l'ambasciatore francese!

Seduto nel suo ufficio che dava sull'elegante giardino, l'ambasciatore fissò per un momento la fontana, assorto, poi si costrinse a concentrarsi di nuovo sulla montagna di carte e documenti sulla sua scrivania. Malgrado l'intenso profumo di lillà che impregnava l'aria, c'era del lavoro da fare, anche troppo, soprattutto adesso. Già sapeva che sarebbe rimasto lì in ufficio, seduto alla scrivania fino a tarda sera, come sempre da due mesi, ormai, in previsione del ritorno in Francia. La richiesta di tornare in patria non lo aveva colto di sorpresa, eppure, quando gli era stata annunciata in aprile, per un attimo aveva provato nel profondo una fitta di dolore. Perfino ora, ogni volta che pensava al ritorno a casa, si sentiva sempre in preda a sentimenti contrastanti. Aveva provato la stessa sensazione anche quando era partito da Vienna, Londra, e San Francisco, prima ancora, come da altre località precedenti. Ma i legami, qui, erano più forti. Armand aveva una spiccata capacità di crearsi le radici, di innamorarsi dei luoghi ai quali veniva assegnato. E questo gli rendeva difficile il trasferimento. Eppure stavolta non si trattava di un trasferimento, ma di un ritorno a casa.

A casa. Da quanto tempo mancava, e quanto bisogno avevano di lui, adesso! Tutta l'Europa era sotto pressione, le cose stavano cambiando ovunque. Spesso gli pareva di vivere soltanto per i rapporti giornalieri che arrivavano da Parigi e che gli davano la giusta sensazione di quello che stava succedendo. Washington pareva lontana anni luce dai problemi che aggredivano l'Europa, dai timori che facevano tremare il cuore della Francia. Qui, in questo paese invidiato, non avevano niente da temere. Ma in Europa, adesso, nessuno si sentiva altrettanto sicuro.

Appena un anno prima, tutti in Francia erano certi che la guerra fosse imminente per quanto ora, da quello che Armand sentiva, molti avevano accantonato i loro timori. Ma non si può sfuggire eternamente alla verità. E lo aveva detto chiaro e tondo a Liane. Quando, quattro mesi prima, era terminata la guerra civile in Spagna, era subito apparso chiaro che i tedeschi si stavano avvicinando – e il loro campo d'aviazione, situato appena sotto Irún, li aveva portati a pochi chilometri dalla Francia. Ma anche di fronte all'evidenza, Armand si era accorto che molti non volevano vedere quello che stava succedendo. Nei sei mesi precedenti, Parigi era apparsa infinitamente più tranquilla di prima, almeno in apparenza. Se ne era reso conto lui stesso, di persona, rientrando in patria per Pasqua, per certe riunioni segrete al Bureau Central, quando gli avevano spiegato che il suo incarico a Washington stava per finire.

Era stato invitato a tutta una serie di sontuosi ricevimenti, al contrario dell'estate precedente, prima del Patto di Monaco con Hitler. Allora, infatti, la tensione era stata insostenibile. Poi, d'un tratto si era dissolta per lasciar posto a una specie di animazione frenetica – Parigi, poi, era parsa nella sua forma migliore. C'erano stati ricevimenti, balli, serate all'opera, mostre d'arte e *galas* come se, a furia di essere sempre impegnati e continuando a ridere e a danzare, i francesi avessero potuto tenere lontana la guerra. Armand era rimasto infastidito dalle frivolezze e dall'allegria di cui erano stati in preda i suoi amici, a Pasqua. Eppure aveva capito che era un modo per dimenticare certi terrori. Al suo ritorno, ne aveva parlato con Liane.

«È come se fossero talmente spaventati da non voler smettere di ridere per paura di mettersi a piangere per il terrore e scappare a nascondersi.» Comunque le loro risate non avrebbero certo impedito lo scoppio della guerra né tantomeno avrebbero fermato la marcia lenta e inesorabile di Hitler attraverso l'Europa. A volte Armand temeva che niente avrebbe più potuto fermare quell'uomo Hitler gli sembrava un demonio tanto tremendo da incutere terrore e anche se in alto loco c'era gente d'accordo con lui, altri ritenevano che Armand fosse diventato troppo apprensivo, dopo i lunghi anni al servizio del proprio paese, e rischiasse di trasformarsi in un vecchietto tremebondo.

«È così che ti ha ridotto la vita negli Stati Uniti, ragazzo mio?» gli aveva detto in tono pungente il suo migliore amico, a Parigi. Veniva da Bordeaux, dove era praticamente cresciuto insieme con Armand, e adesso era direttore di tre delle più grandi banche francesi. «Non essere sciocco, Armand. Hitler non si azzarderebbe mai a metterci un dito addosso.»

«Gli inglesi la pensano diversamente, Bernard.»

«Sono anche loro un branco di vecchiette spaventate, senza contare che adorano giocare alla guerra! Il pensiero di far baruffa con Hitler li esalta. Non hanno nient'altro a cui pensare.»

«Macché!» Ascoltando l'amico, Armand aveva dovuto dominarsi per non sfogare il proprio malumore. E tuttavia quella di Bernard non era l'unica voce che avesse sentito farsi beffe degli inglesi. Dopo due settimane, era partito da Parigi mezzo pazzo di rabbia. Che gli americani fossero ciechi di fronte alla minaccia che incombeva sull'Europa non lo meravigliava affatto, ma si era aspettato qualcosa di diverso in patria, e invece le cose erano andate diversamente. Armand si era fatto una precisa opinione in merito: sapeva che la minaccia si faceva sempre più seria, che Hitler era pericoloso e che la tragedia poteva piombar loro addosso da un momento all'altro. Quando era tornato in Francia, forse erano Bernard e gli altri ad avere ragione. Forse lui era troppo spaventato, troppo preoccupato. In un certo senso, tornare a casa poteva essere la soluzione giusta. Così si sarebbe reso conto più da vicino di come andavano le cose in Francia.

Liane aveva preso bene la notizia che doveva lasciare Washington. Era abituata a fare i bagagli e a trasferirsi. E aveva ascoltato con evidente preoccupazione il suo racconto degli umori di Parigi. Era una donna saggia, intelligente e, con il passare degli anni, aveva imparato molto da Armand sulla politica internazionale. Aveva preso davvero molto da lui, ansioso di spiegarle i suoi punti di vista, fin dagli inizi della loro vita coniugale. Lei era tanto giovane e tanto avida di imparare tutto il possibile sulla sua carriera, sui paesi ai quali era stato assegnato, sulle implicazioni politiche di molte trattative, di molti avvenimenti! Armand sorrise tra sé mentre tornava col pensiero ai dieci anni precedenti. Liane era stata una specie di piccola, insaziabile spugna, pronta ad assorbire ogni informazione, a divorare ogni briciola, e aveva imparato bene.

Adesso aveva idee ben precise e spesso non si trovava d'accordo con lui, oppure, anche se vedevano le cose allo stesso modo, si mostrava più intransigente e tutta d'un pezzo. La loro discussione più accesa risaliva a poche settimane prima, verso la fine di maggio, e riguardava la nave *St. Louis*, partita da Amburgo, con il beneplacito di Joseph Goebbels, con 937 ebrei a bordo, diretta all'Avana: ma l'ingresso nel paese era stato rifiutato e sembrava che i profughi sarebbero periti tutti lì, mentre la nave era costretta a stare all'ancora fuori del porto. Parecchia gente si era impegnata, con sforzo enorme, per trovare un rifugio agli ebrei e impedire che si compisse il loro atroce destino di tornare ad Amburgo e all'oscura sorte che laggiù poteva aspettarli. Liane, perfino lei, aveva parlato con il presidente degli Stati Uniti, che conosceva personalmente, ma tutto era stato inutile. Gli americani si erano rifiutati di accoglierli e Armand aveva visto Liane scoppiare in lacrime disperate di fronte all'evidenza che tutti i suoi sforzi, come quelli di innumerevoli altre persone, erano stati vani. Dalla nave era giunto qualche messaggio che preannunciava un suicidio di massa piuttosto del ritorno nel porto dal quale erano salpati. Quando finalmente, grazie a Dio, Francia, Inghilterra, Olanda e Belgio avevano acconsentito ad accoglierli, la discussione fra Armand e Liane non si era affatto placata. Per la prima volta nella sua vita, Liane non aveva nascosto di essere delusa del proprio paese. La sua rabbia era incontrollabile. Per quanto la capisse, Armand aveva insistito nell'affermare che esistevano validi motivi per i quali Roosevelt si era rifiutato di accogliere i profughi. Vedere il marito che accettava la decisione di Roosevelt l'aveva fatta diventare più furiosa che mai. Si sentiva tradita dalla sua gente. L'America era la terra della ricchezza, dell'abbondanza, la patria di uomini coraggiosi, di uomini liberi. Come faceva Armand ad accettare e comprendere il loro rifiuto di accogliere i profughi? Non era il caso di entrare nel merito della questione, aveva tentato di spiegarle Armand, ma, piuttosto, di accettare il fatto che, in determinate occasioni, un governo si vede costretto a prendere una decisione difficile. Piuttosto, c'era una cosa importante da tener presente: i profughi erano in salvo. C'erano voluti parecchi giorni prima che Liane si calmasse e anche in seguito non aveva evitato di lanciarsi in una discussione lunga e quasi ostile sull'argomento con la First Lady a un pranzo per signore. Mrs. Roosevelt si era mostrata comprensiva nei confronti di Liane e della sua collera. Anche lei si era angosciata al pensiero del destino dei passeggeri del *St. Louis*, però non aveva potuto far nulla per convincere il marito a cambiare idea. Gli Stati Uniti avevano una quota profughi da rispettare e i 937 ebrei-tedeschi avrebbero oltrepassato il limite consentito per quell'anno. Anche Mrs. Roosevelt aveva rammentato a Liane che tutto era andato a finir bene. Ciò nonostante, l'avvenimento aveva profondamente impressionato Liane per la gravità della situazione in Europa; improvvisamente, aveva posto sotto una nuova luce tutto quello che stava succedendo lontano dalla pacifica esistenza di Washington con i suoi pranzi diplomatici. Liane era diventata ansiosa di tornare in Francia con Armand.

Non ti dispiacerà lasciare di nuovo il tuo paese, cara?» Armand l'aveva guardata con dolcezza mentre cenavano tranquillamente in casa dopo che lo scalpore suscitato dall'incidente del *St. Louis* si era finalmente placato.

Lei aveva scrollato la testa. «Voglio capire quello che sta succedendo in Europa, Armand. Qui, mi sento così lontana da tutto.» Poi aveva sorriso, perché gli voleva più bene che mai. I dieci anni trascorsi insieme erano stati straordinariamente felici. «Credi sul serio che avremo presto una guerra?»

«Per il tuo paese, no, cara.» Armand le rammentava sempre che lei era americana. Aveva sempre considerato importante che Liane non dimenticasse qual era la sua patria, in modo che non si lasciasse condizionare totalmente dalle sue opinioni e dai legami con la Francia. Dopotutto, Liane era un'entità separata e aveva ogni diritto alle proprie idee, alle proprie scelte in fatto di fedeltà e di obbedienza a un paese e a un governo, e fino a quel momento, nessuna di tali scelte aveva mai interferito con quelle di Armand. Di tanto in tanto c'era stata qualche violenta discussione, qualche aspra divergenza di opinione fra loro, ma pareva che servissero soprattutto a tener vivo il loro rapporto e quindi non avevano importanza. Armand rispettava le opinioni della moglie quanto le proprie e ammirava lo zelo con il quale lei difendeva tutto ciò in cui credeva. Era una donna forte con un notevole temperamento. L'aveva stimata fin dal primo momento, a San Francisco, quand'era una ragazzina di appena quindici anni. A quell'epoca Liane era una creatura incantevole, una bellezza bionda, quasi eterea. Ciò nonostante, dopo aver vissuto per molti anni sola con il padre, Harrison Crockett, aveva acquisito un'ampiezza di percezione e una saggezza insolite in una ragazza della sua età.

Armand ricordava ancora la prima volta che l'aveva vista. portava un abito estivo di lino bianco e un grande cappello di paglia e si aggirava per il giardino del consolato, a San Francisco, senza dire niente, limitandosi ad ascoltare «i grandi». Poi, rivolgendosi a lui con un timido sorriso, aveva mormorato qualcosa, in un francese impeccabile, a proposito delle rose. E com'era stato orgoglioso di lei, suo padre!

Armand sorrise al lontano ricordo del padre di Liane. Harrison Crockett era un uomo davvero singolare. Austero e al tempo stesso gentile, aristocratico, difficile, bello, ossessionato dal desiderio di difendere la propria vita privata e di proteggere l'unica figlia che aveva. Come armatore aveva raggiunto brillanti successi. Era un uomo che aveva saputo sfruttare al massimo quel che la vita gli aveva offerto.

Si erano conosciuti poco dopo l'arrivo di Armand a San Francisco, a una noiosissima cena organizzata dal console precedente prima di lasciare San Francisco per Beirut. Armand rammentava di essere stato informato dell'invito fatto a Crockett ma di avere avuto la quasi completa certezza che non si sarebbe fatto vedere. Per la maggior parte del tempo, Harrison Crockett si nascondeva dietro le mura della elegante fortezza in mattoni di Broadway, che si affacciava sulla baia. Suo fratello, George, era molto più disponibile e si faceva vedere più di frequente a feste e ricevimenti. Era uno degli scapoli più celebri di San Francisco, non tanto per il suo fascino personale quanto per le sue importanti conoscenze e per l'enorme successo del fratello. Invece, con grande stupore di tutti, Harrison aveva preso parte a quella famosa cena. Aveva parlato poco e se n'era andato presto ma era stato molto garbato e cortese con Odile, la moglie di Armand. Tanto che lei aveva insistito per invitarlo a un tè con la figlia. Harrison aveva parlato della ragazza a Odile e si era mostrato particolarmente fiero della sua profonda conoscenza della lingua francese; anzi, con un sorriso di orgoglio aveva affermato che si trattava di una «ragazza straordinaria», un commento di cui avevano sorriso insieme, quando Odile lo aveva riferito ad Armand.

«Se non altro, anche lui ha il suo punto debole. Perché, a guardarlo, sembra davvero spietato e inumano come dicono.»

Ma Odile non era d'accordo. «Secondo me, sbagli, Armand. Credo che sia molto solo. E stravede, letteralmente, per quella ragazza.» Odile non aveva mancato di molto il bersaglio. Poco tempo dopo avevano saputo in quale modo avesse perduto la moglie, una stupenda donna di diciannove anni, che adorava. Prima del matrimonio, a quel che sembrava, era stato troppo impegnato con il suo impero navale ma a quanto pareva, una volta presa la decisione di sposarsi, aveva scelto bene.

Arabella Dillingham Crockett era non solo bellissima ma anche brillante. Lei e Harrison avevano dato alcuni dei balli più favolosi della città. Arabella si aggirava lentamente per le stanze della sontuosa residenza, costruita appositamente per lei da Crockett, come una principessa da fiaba. Portava i rubini che il marito aveva scelto per lei in Oriente, diamanti grossi quasi come uova e diademi, disegnati appositamente per lei da Cartier, sui riccioli d'oro. L'annuncio che era in attesa di un bambino era stato diramato con la stessa emozione ed eccitazione che se si fosse trattato di una Seconda Nascita del Salvatore ma, per quanto Harrison avesse fatto venire appositamente un ginecologo dall'Inghilterra e due ostetriche dalla East Coast, Arabella era morta di parto lasciandolo vedovo con la neonata, una bambina che era la sua immagine parlante e che Crockett aveva cominciato ad adorare esattamente come, in passato, aveva adorato la moglie. Per i primi dieci anni dopo la sua scomparsa, non era più uscito di casa se non naturalmente, per andare in ufficio. La Crockett Shipping era una delle principali linee di navigazione degli Stati Uniti, possedeva navi commerciali che raggiungevano tutti i porti dell'Oriente oltre a due stupende navi da crociera che toccavano le Hawaii e il Giappone. In aggiunta, la Crockett Shipping aveva altre navi passeggeri che toccavano i porti del Sudamerica e qualcuna che viaggiava, con notevole profitto, su e giù lungo la West Coast degli Stati Uniti.

Gli unici interessi di Harrison Crockett erano le navi e la figlia. Vedeva molto di frequente il fratello, in quanto dirigevano insieme le sorti del loro impero, ma per un decennio Harrison non aveva quasi più frequentato i vecchi amici. Quando, finalmente, si era deciso ad accompagnare Liane in Europa per una vacanza, a mostrarle tutte le meraviglie di Parigi e Berlino e Roma e Venezia e quando erano ritornati, alla fine dell'estate, aveva cominciato a includere di nuovo nella sua vita anche qualche amicizia. Ormai era tramontata l'epoca dei grandiosi ricevimenti nel sontuoso palazzo di Broadway, però Harrison aveva dovuto riconoscere che sua figlia era una creatura singolarmente solitaria e che aveva assoluto bisogno della compagnia di altri ragazzi, di altre persone. Cosi, a poco a poco, Harrison aveva aperto di nuovo le porte della sua casa. Ogni genere di attività cui si era dedicato in seguito aveva avuto come unico centro di interesse la sua figliola: spettacoli di burattini, qualche capatina a teatro, gite al Lago Tahoe dove aveva acquistato una stupenda residenza estiva. Harrison Crockett viveva soltanto per rallegrare, proteggere e circondare di affetto Liane Alexandra Arabella.

Le era stato dato il nome delle due nonne e della madre, tre grandi bellezze che ormai non c'erano più e, chissà come, lei era riuscita a far rivivere in se stessa il fascino, la grazia e la bellezza di tutte e tre. La gente non finiva di stupirsi, quando la conosceva L'esistenza sontuosa che conduceva non sembrava averla particolarmente toccata. Era semplice, schietta, quieta e saggia più di quel che comportassero i suoi anni, dopo averne trascorsi tanti a cena sola con suo padre, e talvolta con lo zio, ad ascoltarli parlare di affari, a farsi spiegare le questioni riguardanti le loro trattative commerciali di armatori e la situazione politica dei paesi che le loro navi toccavano. A dir la verità, con suo padre era più felice di quando si trovava con gli altri ragazzi e, man mano che cresceva, cominciò ad andare sempre più spesso con lui dappertutto, come, a un certo momento, al consolato di Francia, in quella famosa giornata di primavera del 1922, dove veniva dato un tè.

I de Villiers, praticamente, si innamorarono di lei subito e il risultato fu che, nei tre anni successivi, i legami d'amicizia tra loro e i Crockett si fecero sempre più stretti. Cominciarono a fare qualche viaggetto tutti e quattro insieme. Armand e Odile furono ospiti nella stupenda proprietà sul Lago Tahoe, s'imbarcarono su una delle navi da crociera dei Crockett per andare in vacanza alle Hawaii con Liane e, alla fine, Odile portò addirittura Liane in Francia. Per lei, Odile diventò quasi la seconda madre; quanto a Harrison, era un conforto vedere Liane così felice e così ben guidata da una donna che rispettava e ammirava. Ormai, a quell'epoca, Liane aveva quasi diciotto anni.

Nell'autunno successivo, quando Liane entrò al Mills College, Odile cominciò a non sentirsi bene, a lamentarsi di un costante male alla schiena, a non aver più voglia di mangiare, a soffrire di febbri frequenti e, alla fine, a essere tormentata da una tosse terribile, che, anche dopo parecchi mesi, si rifiutava di scomparire. In un primo tempo i medici avevano insistito nel dire di non riuscire a trovarle niente e avevano insinuato, parlando con Armand, che forse Odile soffriva soltanto di nostalgia per il suo paese; in tal caso, sarebbe stato opportuno che prendesse in considerazione la possibilità di rimandarla in Francia. Ma capricci o fisime di questo genere non erano da lei e Armand, non soddisfatto di questa opinione, continuò a insistere perché si facesse visitare da tutti i dottori possibili e immaginabili della città. Avrebbe voluto che Odile andasse a New York per farsi vedere da uno specialista raccomandato da Harrison, ma prima che il viaggio progettato potesse aver luogo, fu subito chiaro a tutti che Odile stava troppo male per partire. Fu allora che, alla fine, scoprirono, nel corso di una breve operazione (praticamente inutile), che Odile de Villiers era divorata dal cancro. Aprirono, richiusero e informarono Armand di quello che avevano trovato. Il giorno successivo Armand si confidò con Harrison Crockett, piangendo disperatamente.

«Non posso vivere senza di lei, Harry... non posso...» Armand aveva fissato sconvolto e inorridito Harrison che gli faceva segno lentamente di sì con la testa, e aveva lui pure gli occhi pieni di lacrime. Ricordava fin troppo bene la propria disperazione di diciotto anni prima. Per uno strano scherzo del destino, Armand aveva esattamente la stessa età di Harrison quando aveva perduto Arabella: quarantatré anni.

Ma Armand e Odile erano sposati da più di venti e la prospettiva di continuare a vivere senza di lei pareva quasi inconcepibile. A differenza di Harrison, non avevano avuto figli. Agli inizi, ne avrebbero voluti avere anche due o tre, ma Odile non era mai riuscita a restare incinta e, di conseguenza, già da molto tempo si erano rassegnati a farne a meno. Anzi, una volta Armand aveva addirittura ammesso con Odile che, quasi quasi, preferiva le cose così com'erano. Così non aveva mai dovuto sopportare di dividere l'attenzione di Odile con qualcun altro e, in tutti quei vent'anni, avevano continuato a godere un'atmosfera da luna di miele. E adesso, d'un tratto, il loro mondo stava crollando in pezzi.

Per quanto Odile, in un primo tempo, non avesse capito di avere il cancro e Armand avesse lottato con tutte le sue forze per tenerglielo nascosto, a un certo punto lei aveva compreso la verità e intuito che la fine era vicina. E in marzo era spirata fra le braccia di Armand. Liane era venuta a trovarla quello stesso pomeriggio, portando un gran mazzo di rose gialle. Era rimasta seduta al suo capezzale per ore e ore, più per il conforto che Odile le dava che per quello che sentiva di poterle dare lei stessa. Pareva che da Odile irradiasse un'aura di rassegnazione quasi beatificante; sembrava decisa a lasciare Liane con tutto il suo amore e un ultimo gesto di tenerezza. Quando Liane si era soffermata per un attimo sulla soglia della stanza, vacillando, ricacciando indietro quei singhiozzi che ben presto, non appena uscita di lì, l'avrebbero squassata da capo a piedi, Odile l'aveva guardata per un attimo con una grande espressione di forza. «Prenditi cura di Armand per me, quando io non ci sarò più, Liane. Perché hai saputo prenderti cura molto bene di tuo padre.» Odile, ormai, era giunta a conoscerlo molto bene e sapeva che Liane era riuscita a impedirgli di diventare duro, crudele o amaro, invecchiando. Liane aveva un modo di fare pieno di gentilezza che addolciva il cuore di tutte le persone con le quali veniva a contatto. «Armand ti vuole bene», aveva detto Odile con un sorriso, «e avrà bisogno di te e di tuo padre quando io non ci sarò più.» Parlava della morte come di un viaggio ormai imminente. Liane aveva tentato di nascondersi la verità sulle condizioni di quella donna alla quale voleva tanto bene. Ma Odile non si faceva illusioni. E voleva che tutti fossero pronti ad affrontare la realtà, soprattutto suo marito, ma anche Liane. Voleva che fossero preparati. Armand cercava di sfuggire alla verità parlandole di una prossima partenza per il mare, per Biarritz, che era piaciuta enormemente a tutti e due quando erano giovani, di una crociera su uno yacht lungo le coste della Francia, magari nell'estate successiva, e di un altro viaggetto alle Hawaii su una delle navi di Crockett. Ma lei, più di una volta, si era imposta a tutti costringendoli ad affrontare ciò che stava per giungere, ciò che lei sapeva, ciò che, alla fine, avvenne proprio quella sera, dopo che aveva mandato a chiamare Liane per vederla un'ultima volta.

Odile aveva insistito per essere seppellita nel luogo in cui si fosse trovata al momento della morte, per non essere rimandata in Francia. Non voleva che Armand dovesse affrontare da solo quel tristissimo viaggio. Ormai suo padre e sua madre, come i genitori di Armand, erano già morti. Se ne andava senza alcun rimpianto tranne, forse, quello di non aver avuto figli che si prendessero cura di Armand. Ma affidava quell'incarico a Liane.

I primi mesi furono una specie di incubo per Armand. Riusciva a fare il suo lavoro, ma praticamente nient'altro. Malgrado il lutto, ci si aspettava da lui, almeno nei limiti di ciò che era decorosamente possibile, che intrattenesse i personaggi importanti che giungevano in visita a San Francisco e li invitasse a qualche pranzo diplomatico, sia pure con un numero ristretto di ospiti. Così Liane aveva cominciato a occuparsene, a pensare a tutto, esattamente come aveva fatto, per tanto tempo, per suo padre. Aveva accettato di accollarsi questa doppia responsabilità, anche se al consolato di Francia la servitù era di ottimo livello. Ma era Liane che sovrintendeva ad ogni cosa per Armand. Quella estate, suo padre non la vide quasi nella villa sul Lago Tahoe, e Liane rifiutò l'offerta di un viaggio in Francia. Aveva una missione da compiere, c'era una promessa che aveva fatto e che intendeva mantenere fino in fondo: una responsabilità schiacciante per una ragazza di diciannove anni.

Per un certo tempo Harrison si era chiesto se non c'era qualche altro motivo che la spingeva a darsi da fare con tanto impegno ma, dopo aver tenuto Liane sotto sorveglianza con maggiore attenzione del solito, ebbe la certezza che non fosse così. In un certo senso capiva che quanto Liane faceva per Armand l'aiutava a lottare contro la sensazione di vuoto che provava lei stessa. Era rimasta profondamente colpita dalla morte di Odile. Non aveva mai conosciuto la sua mamma e, in fondo al cuore, aveva sempre provato il bisogno di una donna alla quale rivolgersi, a cui parlare in un modo diverso da quello con cui parlava con il padre, lo zio, o i loro amici. Quando era piccola, c'erano sempre state governanti, cuoche e cameriere, ma poche amicizie, e le donne con le quali Harrison aveva avuto una relazione di quando in quando, nell'andar degli anni, non avevano mai messo piede in casa sua né tantomeno incontrato sua figlia. Aveva tenuto tutto ciò, molto, molto lontano da Liane. Quindi era stata Odile a colmare quel vuoto, per poi lasciarne uno ancora più terribile di prima , un baratro di desolazione, un senso di dolore sordo e insistente che non pareva affievolirsi mai, salvo quando faceva qualche cosa per Armand. Perché, così, era quasi come essere di nuovo con Odile.

Da un certo punto di vista Armand e Liane restarono, entrambi, letteralmente sotto shock fino al termine dell'estate. Ormai a quell'epoca Odile era mancata da sei mesi: si accorsero, contemporaneamente, un pomeriggio di settembre, seduti nel giardino del consolato a guardare le rose e a parlare di Odile, che nessuno dei due, ricordandola, si era messo a piangere. Anzi, Armand aveva perfino raccontato un buffo aneddoto in cui Odile non aveva fatto per niente una bella figura, e Liane era scoppiata a ridere. Erano riusciti a sopravvivere al loro dolore. Avrebbero continuato a sopportarlo, e ad accettarlo, proprio perché ciascuno dei due aveva l'altro. Armand aveva teso una mano e aveva afferrato le lunghe dita delicate di Liane, stringendole fra le proprie. Ma, in quel momento, guardandola, i suoi occhi tornarono a colmarsi di lacrime.

«Grazie, Liane.»

«Di che cosa?» Liane finse di non capire, ma non era così. Armand, del resto, aveva fatto altrettanto per lei. «Non dire sciocchezze.»

«Non sono sciocchezze. Ti sono molto grato.»

«In questi ultimi sei mesi abbiamo avuto bisogno l'una dell'altro.» Liane lo disse schiettamente, in modo diretto, abbandonando con piacere la mano in quella di Armand. «La vita sarà molto differente senza di lei.» Lo era già, per entrambi.

Lui fece segno di sì con la testa, ripensando ai sei mesi precedenti. «È vero.» Poi Liane andò al Lago Tahoe per due settimane prima di tornare al college e suo padre provò un gran sollievo nel rivederla. Continuava ancora a preoccuparsi molto per lei e non era del tutto soddisfatto di vederla aiutare Armand con tanta costanza. Si era già accorto, fin troppo bene, che il modo di fare di Liane assomigliava moltissimo a quello, tenero, devoto, premuroso, che Liane aveva costantemente nei confronti di lui. E Odile de Villiers era già riuscita a convincere Harrison da molto tempo che a Liane occorrevano altri passatempi, ben diversi da quello delle cure affettuose che si prendeva per un uomo solo. Era una ragazza, era giovanissima, e c'erano molte cose che avrebbe dovuto fare. L'anno precedente tutto era stato predisposto per il suo ingresso in società ma, quando Odile si era ammalata, Liane vi aveva rinunciato.

Harrison tornò nuovamente sul discorso con Liane, quando si trovarono sul Lago Tahoe, dicendole che il suo periodo di lutto era stato lungo abbastanza e che le feste e i ricevimenti ai quali sarebbe andata come «debuttante» in società le avrebbero giovato. Ma Liane insistette nel rispondergli che le sembravano tutte cose molto sciocche e che tanto denaro speso in abiti, ricevimenti e balli le sembrava uno spreco. Harrison la fissò sbalordito. Era una delle ragazze più ricche della California, l'erede della Crockett Shipping: gli sembrava incredibile e assurdo che il pensiero di quelle spese l'avesse mai sfiorata.

In ottobre, quando rientrò al Mills College, ebbe meno tempo per aiutare Armand con i suoi ricevimenti e i suoi pranzi diplomatici, ma lui si era ripreso, adesso, e se la cavava bene, per quanto continuasse a sentire acutamente la mancanza di Odile, come confessò a Harrison un giorno in cui si trovarono a pranzare insieme al suo club.

«Non me la sento di mentirti, Armand.» Harrison lo guardò al di sopra di un bicchiere di Haut-Brion '27. «La sentirai ancora a lungo. Per sempre. Ma non allo stesso modo in cui la sentivi in un primo tempo. Ti capiterà di avvertirla in un particolare momento... di ricordare una parola... qualcosa che lei indossava... un profumo... ma non ti sveglierai più ogni mattina con la sensazione di avere un peso di una tonnellata che ti schiaccia il petto, come ti capitava in principio.» Ricordava ancora fin troppo chiaramente tutto ciò. Intanto aveva finito il vino e il cameriere si affrettò a versargliene un secondo bicchiere. «Grazie a Dio, non proverai mai più quell'angoscia.»

«Sarei stato perduto senza tua figlia.» Armand ebbe un sorriso dolcissimo. Non esisteva nessun modo per ripagare tutta quella gentilezza, per far capire all'amico quanto lo avesse aiutato quella bambina o quanto cara gli fosse.

«Aveva un profondissimo affetto per voi due, Armand. E l'ha aiutata a superare la perdita di Odile.» Harrison Crockett era un uomo saggio e intuitivo; così, in quell'istante, si accorse che c'era qualcosa d'altro, forse ancor prima che se ne accorgesse Armand, ma non disse niente. Aveva la sensazione che nessuno dei due avesse ancora capito quanto bisogno avevano l'uno dell'altro, con o senza Odile. Fra loro, in quegli ultimi sei mesi, era nato ed era cresciuto qualcosa di potente e fortissimo – era come se fossero avvinti da uno stretto legame, come se potessero prevedere l'uno i bisogni dell'altro. Se n'era accorto quando Armand era venuto su, a Tahoe, per il fine settimana, ma non aveva detto niente. Capiva che queste sue sensazioni istintive li avrebbero spaventati tutti e due, soprattutto Armand il quale, forse, avrebbe potuto pensare di avere in un certo senso tradito Odile.

«Liane è molto eccitata per le feste e i ricevimenti?» Armand si divertiva di fronte all'agitazione di Harrison. Sapeva che a Liane non importava granché di tutto questo. Faceva il famoso ingresso in società più che altro per accontentare suo padre, perché era consapevole di quel che ci si aspettava da lei e soprattutto perché era coscienziosa e ubbidiente. Gli piacevano questi lati del suo carattere. Liane non era ubbidiente in un modo cieco e sciocco, ma perché non voleva deludere nessuno. Per lei, era importante comportarsi nel modo giusto perché sapeva quanto ciò fosse importante per gli altri. Se avesse potuto decidere secondo i propri gusti, avrebbe rinunciato a quell'ingresso in società così formale, ma capiva che suo padre ne sarebbe rimasto profondamente amareggiato e deluso; quindi, aveva ceduto per farlo contento.

«Se vuoi proprio che ti dica la verità...», sospirò Harrison appoggiandosi più comodamente indietro, «credo che sia troppo adulta e cresciuta per queste cose e che, ormai, le abbia superate, ma non voglio ammetterlo con lei per tutto l'oro del mondo!» Effettivamente, tutto d'un tratto, Liane sembrava molto più matura dei suoi diciannove anni. Era cresciuta moltissimo in quell'ultimo anno. Ed era stata costretta ad agire e a pensare come una donna per talmente tanto tempo che adesso era difficile immaginarla come una delle tante ragazzine sciocchérelle che ridevano per un nonnulla e andavano a una gran festa da ballo per la prima volta.

Infatti, quando giunse il momento fatidico, fu ancora più evidente che suo padre aveva avuto ragione. Le altre ragazze si erano presentate al loro ingresso in società rosse come papaveri, nervose, intimidite, talmente emozionate da scoppiare ogni momento in sciocche risatine stridule, ma quando Liane era apparsa al gran ballo dato in suo onore, avanzando lentamente al braccio di Harrison, aveva un'aria addirittura regale nell'abito di satin candido, con i lucenti capelli d'oro raccolti in una reticella tempestata di perle. Aveva il portamento di una giovane regina al braccio del consorte e, quando Armand l'aveva osservata con un fremito segreto, i suoi occhi azzurri si erano accesi di un fulgore inimitabile.

La festa che Harrison aveva dato per lei era stata favolosa, la più stupenda di tutte. L'avevano organizzata all'*Hotel Palace* in Market Street, in modo che le limousine guidate dagli autisti potessero entrare direttamente nel cortile interno. Due orchestre avevano suonato tutta la notte e lo champagne era arrivato direttamente dalla Francia. Liane indossava un abito di velluto bianco guarnito di ermellino bianco che creava un leggiadro motivo a treccia sul bordo. Anche quella toilette, come lo champagne, era arrivata dalla Francia.

«Stasera, mia piccola amica, hai proprio l'aspetto di una regina.» Liane e Armand stavano danzando lentamente un valzer sulla pista da ballo. Armand era venuto alla festa invitato da Harrison. Liane vi era apparsa al braccio del suo cavaliere, figlio di uno dei più vecchi amici del padre, ma lo aveva trovato sciocco e noioso. Ed era felice di questo piacevole intermezzo.

«Mi sento un po' ridicola con questo vestito», gli aveva detto, ridendo. Per un attimo aveva dato l'impressione di essere ancora una ragazzina quindicenne e, d'un tratto, con un'improvvisa fitta di dolore, Armand aveva provato un desiderio spasmodico di Odile. Avrebbe voluto che lei pure potesse vedere Liane, partecipare a quel momento importante, bere lo champagne... ma fu solo un attimo che passò rapidamente, poi Armand tornò a riportare tutta la sua attenzione su Liane.

«Però la festa è molto bella, vero? Papà si è dato un tal daffare...», disse lei, ma stava pensando: «E quanto ha speso!» Era un pensiero che la infastidiva un po', la faceva sentire quasi colpevole eppure suo padre era il generoso sostenitore di molte nobili cause e se questa gran festa poteva farlo felice, perché non dargli questo piacere? «E tu, Armand, ti sei divertito?»

«Mai come in questo preciso momento.» Le sorrise con tutta la sua galanteria e Liane scoppiò a ridere di fronte a una battuta tanto squisitamente cortese, tanto insolita da parte sua. In genere, Armand la trattava come una bambina oppure come una sorellina più giovane o la nipotina preferita.

«A sentirti, non sembra neppure che sia proprio tu a parlare!»

«Oh, davvero? Si può sapere che cosa vorresti dire esattamente? Di solito sono sgarbato con te?»

«No, di solito mi dici che non ho consegnato al maggiordomo il servizio giusto di forchette da pesce che c'era in cassaforte... oppure che il servizio di Limoges è esagerato per un semplice pranzo... oppure...»

«Basta! Non lo sopporto. Possibile che io ti dica tutte queste cose?»

«Veramente no, negli ultimi tempi. Anche se devo confessare che queste tue osservazioni mi mancano. Come te la cavi? Va tutto bene?»

«A dir la verità, non troppo, da qualche tempo in qua. Non sanno neppure a quale servizio di Limoges alludo, con te...» Per un attimo si stupì di fronte a ciò che Liane gli aveva appena detto. Le cose che aveva descritto assomigliavano molto da vicino a quello che accade in un matrimonio, eppure non era possibile che si fosse comportato così con lei... o invece era proprio vero? Possibile che, talmente abituato com'era sempre al fatto che Odile sapesse tutto, si fosse aspettato che Liane... così, semplicemente, ne prendesse il posto? Una cosa incredibile da parte sua, totalmente priva di sensibilità, ma era ancora più incredibile che Liane avesse fatto realmente tutte quelle cose per tanti mesi. Improvvisamente questi pensieri lo portarono a concludere che aveva sentito terribilmente la sua mancanza da quando aveva riportato la sua attenzione sugli studi e sulla scuola, non tanto per la scelta del servizio di Limoges giusto ma perché era stato molto piacevole e confortante scambiare due parole con lei dopo un pranzo, o una cena, o un ricevimento, oppure la mattina, al telefono.

«Un soldo per i tuoi pensieri!» Lo stava garbatamente prendendo in giro e Armand si accorse che la mano gli era diventata goffa e pesante, stretta intorno alla vita sottile di Liane.

«Stavo pensando che eri bravissima. E che io sono stato molto scortese.»

«Non dire assurdità. Adesso torno ad aiutarti, appena tutte queste stupidaggini dell'ingresso in società delle 'debuttanti' saranno finite con la prossima settimana.»

«Ma non hai niente di meglio da fare?» Armand pareva sorpreso. Bella, garbata e piena di fascino com'era, doveva avere intorno almeno una dozzina di corteggiatori. «Niente ragazzi? Niente grandi amori?»

«Credo di esserne immune.»

«Guarda, guarda! Che strana idea. Cosa hai fatto... ti sei vaccinata, forse?» Continuò a prenderla garbatamente in giro; intanto la musica era cambiata, ma rimasero ugualmente sulla pista da ballo. Harrison Crockett li stava osservando. Non era del tutto dispiaciuto. «Parlami un po' di questa incredibile immunità di cui godresti, Miss Crockett.»

Mentre continuavano a danzare, lei gli rispose in tono pratico, positivo. «Credo di aver vissuto sola con mio padre troppo a lungo. E so che tipi sono gli uomini.»

Armand scoppiò a ridere. «Via, via! Che affermazione sconvolgente!»

«No, niente affatto.» Ma, a quel punto, si mise a ridere anche lei. «Volevo semplicemente dire questo: che so cosa vuol dire dirigere la sua casa, versargli il caffè la mattina, camminare in punta di piedi quando torna a casa dall'ufficio ed è di cattivo umore.

Rende difficile poter prendere sul serio uno di questi cuccioli... sono così pieni di romanticherie e di idee ridicole! Per una buona parte del tempo non sanno neanche quello che dicono, non hanno mai letto un giornale, non conoscono la differenza che c'è tra il Tibet e Timbuctù. E poi, lascia passare dieci anni, e torneranno anche a casa dall'ufficio insopportabili e scontrosi come papà, e risponderanno male alla moglie, a colazione, esattamente allo stesso modo. È un po' difficile ascoltare tutte queste stupidaggini romantiche e non mettersi a ridere, ecco la verità. Io, ormai, so quello che capita in seguito.» E gli sorrise con aria serena e saggia.

«Hai proprio ragione, hai visto troppo.» Però Armand era dispiaciuto per lei. Ricordava ancora tutte le stupidaggini romantiche di cui aveva parlato con Odile, quando lei aveva ventun anni e lui solo ventitré. Avevano creduto, profondamente convinti, ad ogni parola che si erano detti e questo era servito a cementare la loro unione a lungo, in seguito, quando i tempi erano stati difficili, quando si erano trovati in paesi arretrati e terrificanti, ad affrontare tante delusioni e una guerra. In un certo senso, proprio a motivo della vita trascorsa con il padre, Liane aveva perduto una parte molto importante della sua giovinezza. Con tutto ciò, a suo tempo, qualcuno sarebbe arrivato di certo, forse una persona non giovane come gli altri, e allora anche Liane si sarebbe innamorata, le lamentele davanti alla tazza di caffè del mattino non avrebbero più avuto importanza di fronte ai sentimenti che avrebbe provato e si sarebbe lasciata trasportare lontano, dalle nuvole rosa dei suoi sogni.

«E adesso, a che cosa stai pensando?»

«Che uno di questi giorni ti innamorerai e tutto questo cambierà.»

«Può darsi.» Ma Liane lo disse in tono poco convinto, e quasi indifferente. Il ballo finì e Armand la riaccompagnò dai suoi amici.

Tuttavia, durante quelle settimane del debutto di Liane, qualcosa era accaduto fra loro. Quando Armand la rivide, cominciò a guardarla con occhi diversi da prima. Tutto d'un tratto, Liane gli sembrava più donna e più matura, anche se gli pareva che non fosse logico. Eppure le altre ragazze, alle feste, si erano mostrate così infantili, vere e proprie bambine! Al loro confonto, Liane era apparsa molto più adulta, molto più posata. Improvvisamente Armand si accorse di essere più imbarazzato con lei, meno disinvolto di prima. Da quanto tempo la prendeva per una presenza scontata nella sua vita, da quanto tempo, chissà per quale motivo, si era convinto che fosse soltanto una bambina incantevole? Tuttavia, il giorno del suo ventesimo compleanno, gli parve più matura che mai, in un abito di *moiré* color lilla che faceva sembrare i suoi capelli oro filato e, quando gli sorrideva, dava ai suoi occhi un riflesso viola.

Il compleanno di Liane era caduto appena prima dell'estate e Armand provò quasi sollievo al vederla partire per il Lago Tahoe per il resto dei mesi estivi. Ormai non gli veniva più a dare una mano al consolato; lui sapeva cavarsela da solo e non voleva sfruttarla troppo. Rivedeva Liane soltanto in occasione di qualche pranzo ufficiale dato da suo padre, ma anche questi erano casi molti rari. Così, per pura e semplice forza di volontà, Armand riuscì a restare lontano dal Lago Tahoe fino al termine dell'estate quando Harrison insistette perché andasse a trovarli per il lungo ponte del Labor Day; e quando Armand la rivide, intuì istantaneamente ciò che Harrison sapeva già da molto tempo. Era innamorato, profondamente, appassionatamente innamorato, della ragazza che conosceva fin da quando era poco più di una bambina. Ormai Odile era morta da un anno e mezzo e, per quanto avesse sentito terribilmente la sua mancanza, adesso ogni suo pensiero era pervaso di continuo dall'immagine di Liane. Si scoprì a seguirla costantemente con gli occhi per tutto il fine settimana e, quando si misero a ballare, in una calda serata estiva, Armand si affrettò a ricondurla al suo tavolo il più presto possibile come se non riuscisse a sopportare di sentirla tanto vicina a sé senza stringerla con violenza tra le braccia. Ignara di tutte queste sue sensazioni, Liane scherzava e giocava vicino a lui sulla spiaggia, su una sedia a sdraio, sulla sabbia, con quel suo corpo snello, slanciato, carico di sensualità. Gli parlava in continuazione, come aveva sempre fatto anche in passato, gli raccontava qualche buffo aneddoto, gli sembrava più incantevole che mai... ma, man mano che la breve vacanza si avvicinava alla conclusione, cominciò ad accorgersi dell'umore di Armand, dei suoi occhi che aveva sempre fissi addosso e si fece più quieta, più silenziosa, come se, a poco a poco, si sentisse cogliere dallo stesso, strano, incantesimo.

Quando rientrarono tutti in città e Liane tornò al suo college, Armand lottò con se stesso per qualche settimana e infine, senza più riuscire a resistere oltre, le telefonò; subito dopo, se la prese con se stesso per averlo fatto. Le aveva telefonato soltanto per salutarla e per sapere come stava; tuttavia Liane gli era sembrata stranamente quieta, parlandogli al telefono, e subito lui si era preoccupato e aveva avuto paura che qualcosa non andasse. No, andava tutto benissimo, lo rassicurò lei con dolcezza; ma si stava accorgendo di provare qualcosa che non riusciva completamente a capire e che, forse, non sapeva come risolvere. Si sentiva colpevole nei confronti di Odile e, al tempo stesso, non aveva il coraggio di parlare a suo padre dei sentimenti confusi che la dominavano. Si stava innamorando di Armand profondamente, completamente, proprio come Armand si stava innamorando di lei. Lui aveva quarantacinque anni e Liane non ancora ventuno; lui era il vedovo di una donna che aveva amato e rispettato profondamente e ancora ricordava le ultime parole con le quali le aveva detto addio: «Abbi cura di Armand per me... Liane... avrà bisogno di te...» Invece Armand non aveva più bisogno di lei fino a quel punto e, certo, Odile non aveva mai voluto dire che Liane dovesse prendersi cura di lui in questo senso.

Quelli che seguirono furono tre mesi tormentosi. Liane faticava moltissimo ad applicarsi allo studio e Armand più di una volta si convinse che sarebbe impazzito, lì, costretto a quella scrivania! Si rividero a Natale per la gran festa che venne data dal padre di Liane e, per Capodanno, sia l'uno che l'altra avevano rinunciato a lottare.

Una sera Armand la invitò fuori a cena. Poi, sconvolto dalla tensione, emozionatissimo, le confessò quelli che erano i suoi sentimenti e rimase attonito e sbalordito quando Liane gli fece capire di provare per lui le stesse cose con la stessa intensità. Cominciarono a vedersi ogni settimana, al sabato e alla domenica, a trovarsi in qualche posticino tranquillo, isolato, in modo da non far nascere pettegolezzi in città. Alla fine Liane raccontò ogni cosa a suo padre, aspettandosi un po' di resistenza, magari anche una scenata di collera; invece lo vide reagire soltanto con gioia e sollievo.

«Mi stavo domandando quando voi due avreste finalmente capito quello che io so ormai da un paio di anni!» L'aveva fissata raggiante mentre Liane lo guardava sbalordita.

«Tu lo sapevi? Ma come hai fatto? Io non... noi non...»

«Sono più furbo di voi due, tutto qui.» Tuttavia aveva approvato le loro scelte nel modo di comportarsi. In passato sia Armand sia Liane avevano manifestato i propri sentimenti con cautela e rispetto. Harrison sapeva che nessuno dei due aveva preso le cose alla leggera e non era neppure particolarmente preoccupato dalla loro differenza di età. Liane era una giovane donna diversa dalle altre e non riusciva assolutamente a immaginare che potesse essere felice con un coetaneo. Quanto a Liane, i ventiquattro anni che li dividevano non avevano nessuna importanza, per quanto Armand, in principio, avesse manifestato qualche preoccupazione a questo proposito. Adesso i particolari di minore importanza, come questo, erano stati messi da parte. Perché adorava Liane. Gli pareva di essere completamente rinato e si affrettò a proporle il matrimonio. Così, il giorno del ventunesimo compleanno di Liane, annunciarono il fidanzamento. Harrison Crockett organizzò una festa magnifica in loro onore e la vita assunse le sembianze di un sogno fino a due settimane più tardi quando Armand venne informato che il suo incarico a San Francisco stava per terminare. Lo avrebbero trasferito a Vienna con il titolo di ambasciatore. E, che questo gli piacesse o no, era venuto il momento della partenza. Con Liane, presero in esame l'opportunità di affrettare le nozze, ma il padre di lei si oppose. Voleva che Liane completasse gli studi dell'ultimo anno al college, e ciò avrebbe significato aspettare ancora un anno intero prima di potersi sposare. Liane ne era rimasta profondamente addolorata, tuttavia non voleva disubbidire a Harrison e quindi i due innamorati decisero che, bene o male, avrebbero cercato di sopravvivere a quel lungo periodo di tempo facendosi visita reciprocamente non appena era possibile e scrivendosi lunghe lettere ogni giorno.

Era stato un anno difficile per tutti e due, ma erano riusciti a superarlo. Il 14 giugno 1929, Armand de Villiers e Liane Crockett diventarono marito e moglie nella vecchia chiesa di St. Mary a San Francisco. Armand aveva lasciato Vienna per un mese, per quello che i giornali di San Francisco avevano definito il «matrimonio dell'anno»; poi erano tornati in Europa per una breve luna di miele, a Venezia, prima di stabilirsi a Vienna dove Liane sarebbe diventata ambasciatrice. E lo fece con incredibile disinvoltura. Armand pensò che avrebbe dovuto darsi da fare per facilitarla, ma il suo aiuto fu quasi inutile per Liane. Dopo tanti anni di vita con il padre e i sei mesi in cui aveva aiutato Armand, in seguito alla morte di Odile, sapeva cosa ci si aspettava da lei.

Suo padre venne a trovarli due volte durante i primi sei mesi di vita coniugale: pareva incapace di restare lontano. Non aveva affari che lo chiamassero in Europa, ma spasimava dal desiderio di rivedere la figlia e fu durante la sua seconda visita che Liane non se la sentì di tenergli nascosta più a lungo la notizia, pur avendo già descritto ad Armand, con la massima precisione, il modo in cui Harrison avrebbe reagito. Aspettava un bambino per l'estate successiva e la reazione istintiva di suo padre fu di autentico terrore. Un terrore che lo spinse a insistere, parlando a quattr'occhi con Armand, perché Liane venisse riaccompagnata negli Stati Uniti, perché avesse tutti i medici migliori, perché restasse a letto, perché... era angosciato dai ricordi della madre di Liane e del suo dolore atroce quando l'aveva perduta. Al momento di ripartire per gli Stati Uniti, era quasi in lacrime. Ma Liane si era messa a scrivergli giornalmente per assicurargli che tutto andava nel modo migliore. Tornò in Europa in maggio, un mese e mezzo prima della nascita del bambino, e rese la vita difficile ai due sposi con tutte le sue preoccupazioni. Liane però non ebbe il coraggio di rimandarlo a casa. Quando iniziò il travaglio, Armand dovette fare del suo meglio per calmare Harrison e cercare di distrarlo; per fortuna il parto fu rapido e, in un ospedale di Vienna, alle cinque e tre quarti del pomeriggio, venne alla luce una bella bambina paffuta, con l'aria angelica, un ciuffetto di capelli biondi, le guancette tonde e una boccuccia che sembrava un bocciolo di rosa. Quando Harrison andò a far visita a Liane tre ore più tardi, la trovò intenta a cenare, felice e ridente, come se avesse trascorso il pomeriggio all'Opera con le amiche. Restò a guardarla, incredulo, e la stessa cosa capitò ad Armand che si mise a contemplare la moglie come se questa avesse realizzato, tutta sola, il più grande miracolo del mondo. L'amava più della vita stessa e ringraziò Dio per questa nuova esistenza che non avrebbe mai sognato. Era addirittura fuori di sé dalla gioia perché era nata una bambina e due anni più tardi, a Londra, quando nacque la loro seconda figlia, si dimostrò non meno felice ed estasiato. Stavolta erano riusciti a convincere il padre di Liane che era meglio aspettare la nascita a San Francisco e che gli avrebbero mandato un cablogramma non appena il bambino fosse nato, cosa che fecero puntualmente. Alla prima bambina avevano dato il nome di Marie-Ange-Odile de Villiers, ed era stata una scelta lungamente meditata. Avevano deci so che era esattamente quello che volevano e sapevano che Odile ne sarebbe stata felice. La seconda bambina fu chiamata Elisabeth Liane Crockett de Villiers e questo diede una gioia infinita al padre di Liane.

Harrison venne a Londra per il battesimo e contemplò la neonata con un tale rapimento e una tale commozione che Liane, al termine della cerimonia, lo prese addirittura in giro; tuttavia non le era sfuggito che, stavolta, non stava bene come al solito. Harrison aveva sessantotto anni; aveva sempre goduto un'ottima salute, ma adesso appariva più vecchio della sua età e Liane ne fu preoccupata quando andò ad accompagnarlo alla partenza. Ne accennò anche ad Armand, ma questo era impegnatissimo in una serie di difficili negoziati diplomatici con gli austriaci e gli inglesi e, dopo, si sentì in colpa per non averle prestato maggiore attenzione. Harrison Crockett morì per un attacco di cuore sulla nave che lo riportava in patria.

Liane tornò a San Francisco in aereo, senza le bambine e, quando si trovò di fronte alla bara del padre, le parve di aver subito una perdita insopportabile e capì che la sua vita, senza di lui, non sarebbe mai più stata la stessa. Lo zio George stava già pre parandosi a trasferirsi in casa di Harrison, ad assumere il suo posto nell'ufficio della Crockett Shipping, ma era una pallida stella nell'orbita di quel pianeta luminoso che era stato suo padre. Liane era contenta di non dover vivere a San Francisco: così non sarebbe stata costretta a vedere lo zio che abitava la loro casa. Non avrebbe sopportato di assistere ai cambiamenti che quel vecchio scapolo incallito, burbero e scostante, avrebbe fatto nella casa paterna, sconvolgendo l'antico stile di vita. Lasciò San Francisco nel giro di una settimana, sconvolta da un dolore profondissimo e cocente che superava soltanto quello provato quando era morta

Odile; così, fu ben felice di tornare a casa da Armand e dalle bambine, e di potersi gettare a capofitto, come prima, nella sua vita d ambasciatrice, al fianco del marito. Da quel momento cominciò a sentire più allentati i legami di fedeltà e di lealtà con la sua vera patria. In realtà, l'unico vero legame con gli Stati Uniti era suo padre, ma adesso tutto ciò pareva sparito per sempre. Liane si ritrovava in mano il cospicuo patrimonio lasciatole dal padre, anche se naturalmente avrebbe di gran lunga preferito rinunciarvi pur di averlo ancora vivo. Adesso tutto ciò che le importava erano le bambine, il marito e vivere con loro.

Due anni dopo, avevano lasciato Londra. Armand era stato assegnato nuovamente a Washington, come ambasciatore. Era la prima volta, da cinque anni, che Liane sarebbe tornata a vivere negli Stati Uniti. Avevano vissuto entrambi giorni emozionanti, con la prospettiva di un posto importante da occupare per Armand e accresciute responsabilità per Liane. L'unico neo alla loro serenità era stata la perdita di un bambino per Liane (stavolta sarebbe stato un maschietto) subito dopo il loro arrivo negli Stati Uniti. Il viaggio per mare non era stato tranquillo come al solito e, fin dal primo momento, Liane non si era sentita bene. Ma, a parte questo, gli anni trascorsi a Washington erano un'epoca che ricordavano ambedue con piacere, con i pranzi spettacolari all'ambasciata, le eleganti serate in mezzo a importanti statisti, i ricevimenti alla Casa Bianca e la possibilità di conoscere importanti uomini politici che avevano vivacizzato la loro vita ed erano diventati spesso simpatici amici. Adesso ne avrebbero sentito la mancanza; pareva addirittura che quel tempo fosse finito troppo in fretta. Era difficile credere che gli anni di Washington stessero per terminare. Anche le bambine avrebbero sentito la mancanza dei loro amici. Marie-Ange ed Elisabeth avevano rispettivamente nove e sette anni, ormai, e non avevano conosciuto altre scuole all'infuori di quelle di Washington. Armand aveva già provveduto a trovare una soluzione per i loro studi a Parigi e parlavano tutte e due un francese perfetto; ciò nonostante, sarebbe stato ugualmente un grosso cambiamento per loro. E nell'eventualità che scoppiasse una guerra in Europa, chissà che cosa avrebbe portato il futuro. Armand ne aveva già discusso con Liane e, qualsiasi cosa dovesse accadere, il suo progetto era quello di far ritornare tutte e tre negli Stati Uniti. Liane poteva alloggiare con lo zio a San Francisco nella vecchia casa paterna; così, perlomeno, lui avrebbe avuto la certezza che, laggiù, erano al sicuro. Ma, al momento, questa era una possibilità da non prendere ancora in considerazione. Attualmente, per quanto fosse difficile fare delle previsioni, Armand sapeva che, in Francia, ci sarebbe stata la pace anche se, ovviamente, non si poteva sapere fino a quando.

Al presente, la sua occupazione più importante era quella di preparare l'ambasciata per la persona che sarebbe venuta a sostituirlo; quindi tornò a concentrarsi sui documenti sulla scrivania. Abbassò gli occhi e non li rialzò più fin quasi alle dieci. Allora si raddrizzò e si stiracchiò. Negli ultimi tempi aveva cominciato a sentirsi vecchio, malgrado le amorose proteste di Liane; ma a cinquantasei anni faceva una vita ancora molto intensa.

Chiuse a chiave la porta dell'ufficio e salutò le due guardie nell'atrio. Poi inserì la chiave nella serratura dell'ascensore privato in fondo all'edificio, quello che lo avrebbe portato nel loro appartamento, e ci salì con uno stanco sorriso e un sospiro. Era sempre piacevole tornare a casa, da Liane, al termine di una giornata di lavoro, perfino dopo tutti quegli anni. Era la moglie che qualsiasi uomo avrebbe potuto considerarsi fortunato di sognare. Era stata devota, comprensiva, paziente, spiritosa e innamorata per tutti i dieci anni della loro unione. Raggiunto il quarto piano, l'ascensore si fermò, e Armand ne spalancò lo sportello che dava in un elegante atrio marmoreo sul quale si aprivano il suo studio, il grande salone di soggiorno con le *boiserie* alle pareti e la loro sala da pranzo. Sentì un profumino delizioso di qualche piatto squisito che stavano preparando nella cucina sottostante. Poi, alzando gli occhi verso la scala marmorea che portava all'ultimo piano, la vide, sempre bella e affascinante come dieci anni prima, con i capelli biondi pettinati alla paggio, che le scendevano fino alle spalle, gli occhi azzurri freschi e sereni, la pelle splendente come la prima volta che l'aveva vista nel suo giardino, a quindici anni. Liane era una donna di rara bellezza e Armand godeva profondamente di ogni attimo passato con lei anche se, in quegli ultimi giorni, i pochi momenti che passavano insieme erano diventati ancor più rari che in passato, con tutti gli impegni che lui aveva.

«Ciao, amore.» Liane scese le scale, gli buttò le braccia al collo, sfiorandoglielo con il volto come aveva sempre fatto in quegli ultimi dieci anni e, come sempre, quel gesto bastò per riscaldarlo fino nel profondo del cuore.

«Com'è andata la tua giornata, o è meglio che non te lo chieda?» Armand abbassò gli occhi e le sorrise, orgoglioso di lei, ancora orgoglioso che questa donna fosse sua. Liane era una bellezza, un gioiello, una gemma rara e preziosa.

«Credo di aver quasi finito i bagagli. Quando salirai, non riconoscerai la nostra camera da letto.»

«Ma tu ci sarai, là dentro?» I suoi occhi ebbero un lampo di gioia mentre contemplava sua moglie, perfino dopo quella lunga giornata.

«Naturalmente.»

«Allora è tutto quello che mi basta riconoscere. Come stanno le bambine?»

«Sentono la tua mancanza.» Erano quattro giorni che non vedevano il padre.

«Ci rifaremo del tempo perduto la settimana prossima, sulla nave.» Armand sorrise a Liane. «Ho avuto la conferma delle nostre prenotazioni quest'oggi, e...», il suo sorriso si accentuò, «... ho una vera e propria sorpresa per te, *chérie*. Il signore che aveva prenotato una delle quattro *suites de grand luxe* è stato costretto a rinunciare al viaggio perché sua moglie si è ammalata improvvisamente. Il che significa...» Sembrava quasi che aspettasse un rullare di tamburi. Liane scoppiò a ridere e, prendendolo sottobraccio, lo accompagnò in sala da pranzo. «Significa che, per un atto di cortesia verso questo vecchio e stanco ambasciatore che torna in patria, ci verrà data una delle quattro *suites* più lussuose del *Normandie*. Quattro camere da letto, una sala da pranzo tutta per noi, casomai ci venga la voglia di servircene, cosa molto improbabile! Saremo troppo impegnati a goderci la *grande salle à manger*. Però, forse, le bambine si divertiranno ad avere una sala da pranzo tutta per loro e un soggiorno con un pianoforte a mezzacoda. E poi ci sarà anche il nostro ponte privato, amore mio, per le passeggiate e dove potremo sederci alla sera, a contemplare le stelle...» Non concluse la frase; la sua voce, che aveva preso un'intonazione sognante, si interruppe: non vedeva l'ora di godersi quella traversata sulla nave. Erano anni, ormai, che aveva udito meraviglie del *Normandie*, ma non ci aveva mai messo piede. Adesso, ecco un regalo extra che poteva offrire a sua moglie. E non aveva importanza il fatto che Liane avrebbe potuto pagarsi personalmente non una sola ma tutte e quattro le *suites grand luxe*... Armand non glielo avrebbe mai permesso. Era troppo orgoglioso in questo genere di cose, ed era felice di poterla viziare un poco, ma la sua gioia era ancora maggiore al pensiero che avrebbero passato cinque giorni insieme, sospesi fra due mondi. Finalmente si sarebbe trovato libero da tutti gli impegni di quegli ultimi giorni, così estenuanti, all'ambasciata di Washington e non sarebbe stato ancora impegnato dal lavoro che lo aspettava in Francia. «Non è una buona notizia?» Aveva gli occhi sfolgoranti di gioia.

«Non vedo l'ora di essere a bordo.» Poi scoppiò in una risatina mentre sedeva all'enorme tavola da pranzo apparecchiata per due. «Visto che avremo un pianoforte nella nostra cabina, credi che dovrei fare un po' d'esercizio prima della partenza? Sono anni che non suono più.»

«Sciocchina. Mmm...» Rivolse la sua attenzione agli odori che arrivavano dalla cucina. «Che profumino delizioso!»

«Grazie, signore. *Soupe de poisson* per il mio signore e padrone, *omelette fines herbes*, *salade de cresson*, *Camembert*, *Brie*, e soufflé di cioccolata... sempreché la cuoca non si sia addormentata!»

«Deve nutrire pensieri omicidi nei miei confronti! Non abbiamo più un orario per i pasti!»

«Non importa, amore.» Liane gli sorrise e lo sfiorò con uno sguardo dolce come un bacio; intanto la cameriera stava entrando con il primo piatto.

«Ti avevo detto che domani sera siamo a cena alla Casa Bianca?»

«No.» Ma Liane era abituata ad adeguarsi a questi impegni sociali a sorpresa. Le era già accaduto più di una volta di dover organizzare una cena in piedi per un centinaio di invitati con due soli giorni di preavviso.

«Hanno telefonato oggi.»

«È una cena data in onore di qualche persona importante?»

La *soupe de poisson* era buona, Liane adorava le piacevoli cenett*e* *tête-à-tête* e, come Armand, si stava già chiedendo quanti sareb bero stati i momenti come questo, una volta rientrati in Francia Intuivano tutti e due che Armand sarebbe stato impegnatissimo e che Liane, per un certo periodo di tempo, non lo avrebbe visto molto. Almeno agli inizi.

Armand sorrise alla moglie. «Domani sera la cena è data in onore di persone terribilmente importanti!»

«Chi?»

«Noi. Si tratta di una piccola cena fra amici, organizzata in quattro e quattr'otto per noi prima della partenza.» C'era già stato un ricevimento formale di addio una ventina di giorni prima. «E le bambine... sono emozionate per il viaggio su una nave?»

Liane annuì. «Molto.»

«Non è possibile che siano eccitate quanto lo sono io. La Nave di Luce, così la chiamano.» Si accorse che Liane gli stava rivolgendo un sorriso, di nuovo. «Mi trovi molto stupido a essere tanto eccitato per quel viaggio?»

«No, ti trovo meraviglioso e ti amo.»

Lui allungò una mano per accarezzare quella di sua moglie. «Liane... sono un uomo molto fortunato.»

2

La lunga *Citroën* nera spedita via mare da Parigi l'anno precedente si fermò davanti all'ingresso della Casa Bianca che dava su Pennsylvania Avenue e ne scese Liane. Portava un completo di satin nero con le spalle ampie e stretto in vita, una camicetta bianca di organdis, sotto la giacca, bordata di seta dello stesso colore.

Armand le aveva comprato quel capo da Jean Patou quando era stato a Parigi, a Pasqua, e le andava a pennello. Patou aveva tutte le sue misure e Armand sceglieva sempre per lei regali che le andavano a perfezione, come questo. Liane sembrava un'indossatrice di alta moda con la figura alta e snella, i capelli biondi liscissimi, quando scese dall'automobile. Subito dopo di lei scese anche Armand, in smoking. Si trattava di una cena privata, fra pochi intimi, e nessuno avrebbe messo il tight.

Nell'atrio d'ingresso c'erano due maggiordomi e una cameriera pronti a ritirare sciarpe e mantelle delle signore e ad accompagnare gli ospiti di sopra, nella sala da pranzo privata dei Roosevelt. Naturalmente, disposte a intervalli regolari lungo l'atrio, c'erano le guardie del presidente. Essere ricevuti alla Casa Bianca era considerato un grande onore. Liane c'era stata parecchie volte a pranzare in privato con Eleanor e un gruppetto di altre signore ma, quella sera, si sentiva particolarmente soddisfatta di esserci venuta a cena. Di sopra, al secondo piano, nelle stanze che abitavano usualmente, il presidente e la moglie li stavano aspettando. Eleanor Roosevelt indossava un semplice abito di *crêpe de Chine* grigio, firmato Traina-Norell, completato da uno stupendo filo di perle. Era una donna che aveva sempre un'aria semplice, quasi modesta. Indipendentemente da chi poteva aver disegnato i suoi abiti o i gioielli che portava, dava l'impressione che sarebbe stata sempre la stessa e avrebbe avuto sempre il suo caldo sorriso anche con indosso un vecchio vestito, un golf e scarpe comode. Era proprio il tipo di donna che tutti avrebbero voluto trovare a casa, tornando dalla scuola, con la sicurezza di essere sempre accolti con calore e di essere sempre salutati con un dolce sorriso.

«Salve, Liane.» Eleanor fu la prima a vederla e mosse rapidamente qualche passo verso di lei. Il presidente stava già conversando animatamente con l'ambasciatore inglese, Sir Ronald Lindsay, un altro vecchio amico. «Che piacere vedervi tutti e due.» Continuò a sorridere anche mentre si rivolgeva ad Armand, che si chinò diligentemente a baciarle la mano e poi la guardò negli occhi.

«Sarà la sua mancanza quella che sentiremo di più, Madame.»

«Ma non la sentirete neppure la metà di quel che sentirò io la vostra!» Parlava con voce acuta e fievole, di cui la gente molto spesso si prendeva gioco eppure, per chi la conosceva, aveva una cadenza familiare e confortante. Era una delle caratteristiche di Eleanor. Era difficile trovare una persona che non le volesse bene e non la rispettasse; nei cinque anni precedenti, Liane era stata una delle sue *fans* più ardenti, malgrado lo scambio di vedute piuttosto acceso che avevano avuto, di recente, a proposito del famoso *St. Louis*. Armand aveva già rammentato a Liane di non tornare più sull'argomento quella sera. E lei aveva accolto l'ammonizione, in automobile, con un cenno obbediente del capo e poi con una risatina sommessa. «Mi credi così priva di tatto, amore?»

«No, affatto, non sei mai priva di tatto!» Era stata la risposta. Tuttavia, Armand, a volte, prendeva un atteggiamento paterno con sua moglie e capitava spesso che le ricordasse quel che doveva fare, esattamente come faceva con le figliolette.

«Come stanno i bambini?» si affrettò a chiedere Liane. I nipotini dei Roosevelt andavano e venivano in continuazione alla Casa Bianca.

«Cattivelli come al solito. E le piccole?»

«Talmente eccitate che nessuno le tiene più. Basta non averle sottocchio per due minuti e hanno già riaperto i bauli per cercare la bambola preferita oppure mi hanno combinato qualche disastro.» Le due donne scoppiarono a ridere. Eleanor, che aveva avuto cinque figli, sapeva molto bene quello che poteva capitare con i bambini piccoli.

«La compatisco... se penso ai bagagli che deve fare! Trovo già abbastanza brutto farli, d'estate, per noi, quando andiamo a Campobello. Non credo che sarei mai stata capace di farli per trasferirmi fino in Francia. Sono sicura che uno dei miei bambini, magari per una scommessa con gli altri, sarebbe stato capacissimo di buttarsi in mare e avremmo dovuto chiedere che fermassero la nave. Rabbrividisco a quel pensiero, però Marie-Ange ed Elisabeth sono molto più giudiziose. Avrete una traversata tranquillissima.»

«È quello che speriamo», convenne Armand; poi tutti e tre insieme si unirono agli altri, l'ambasciatore inglese con la moglie, Lady Lindsay, i Dupont de Delaware, Harry Hopkins che era sempre presente in queste occasioni, una lontana cugina di Eleanor che si trovava a Washington per una quindicina di giorni e Russell Thompson con la moglie Maryse, una coppia che Liane e Armand trovavano simpaticissima e con la quale si vedevano spesso. Lui era avvocato, in stretti rapporti di collaborazione con il governo di Roosevelt, lei era originaria di Parigi, una donna vivacissima.

Per una mezz'ora si servirono i cocktails; poi un maggiordomo annunciò che la cena era servita nella sala da pranzo del presidente. Come sempre, quando era Eleanor a organizzare questi inviti, il cibo era squisito e il menu raffinatissimo. La tavola della sala da pranzo privata era stata apparecchiata per undici persone con un bellissimo servizio di porcellana Spode blu e oro, le posate erano d'argento massiccio, la tovaglia molto antica, di pizzo delicatissimo. C'era anche un grande centrotavola di iris azzurri e bianchi, rose gialle e candido lillà sistemato fra i candelabri d'argento che reggevano lunghe candele bianche; tutto intorno alla sala, l'occhio veniva attirato dai magnifici affreschi che rappresentavano scene della Rivoluzione americana. Fu una cena che Armand e Liane avrebbero ricordato a lungo: era il presidente a dirigere la conversazione con abilità, scegliendo argomenti che fossero di interesse comune, intervallandoli a tratti con un aneddoto su qualche avvenimento accaduto di recente al Congresso o al Senato. Per tutta la cena, non si parlò della guerra. Tuttavia, questo soggetto affiorò inevitabilmente al dessert. Ormai, a quel punto, tutti gli invitati erano contenti e satolli, poiché era stato servito caviale, seguito da anatra arrosto, salmone leggermente affumicato, insalata di indivia e una ricca scelta di formaggi francesi. Il *baked Alaska*, una torta al caffè coperta da uno strato di gelato sormontata da chiara d'uovo e passato rapidamente in forno per diventare dorato, era quasi un tocco superfluo, ma tanto delicato che ascoltare gli uomini, mentre parlavano di guerra, sembrò meno doloroso di quel che sarebbe stato agli inizi della serata. Tuttavia, come al solito, la conversazione si fece accesa mentre Roosevelt insisteva, come aveva sempre fatto, che non c'era niente da temere né in Europa né negli Stati Uniti.

«Ma non è possibile! Non parlerà seriamente!» cominciò l'ambasciatore inglese, dilaniato fra le delizie del *baked Alaska* e gli argomenti, ben più pressanti, che venivano discussi intorno alla tavola. «Per amor di Dio, caro amico, perfino nel suo paese, qui da lei, si sta preparando la guerra. Ma guardi le linee ben precise di navigazione che avete assegnato alle navi mercantili, guardi i passi da gigante che hanno fatto le industrie, come si sono ingrandite e come hanno aumentato la produzione, soprattutto quella dell'acciaio!» Il diplomatico inglese capiva fin troppo bene che Roosevelt non era uno stupido, sapeva quel che stava per arrivare, ma era ben deciso a non ammetterlo di fronte ai propri connazionali e neppure lì, in mezzo a quel gruppo di amici intimi, che facevano parte di una élite internazionale.

«Non c'è niente di male a essere ben preparati», insistette Franklin, «è bene che sia così per il paese, ma questo non significa che, dietro ai preparativi, ci siano le previsioni più fosche per il futuro.»

«Forse non per lei...» L'ambasciatore inglese parve, d'un tratto, molto depresso. «Sa benissimo quello che sta succedendo in Europa, come lo sappiamo noi. Hitler è un pazzo. E lui lo sa.» Così dicendo, indicò Armand, che annuì. In quel gruppo di amici, le sue opinioni erano ben conosciute. «Che cosa dicevano a Parigi questa settimana?»

Tutti gli occhi si rivolsero ad Armand, il quale diede l'impressione di soppesare accuratamente le proprie parole prima di parlare. «Quello che io ho visto in aprile mi è sembrato soprattutto un tentativo di gettar polvere negli occhi. Tutti si affannano a fingere che l'inevitabile non arriverà mai. La mia unica speranza è che non si verifichi troppo presto.» Guardò teneramente sua moglie. «Se dovesse accadere, sarò costretto a rimandare qui Liane. Ma c'è qualcosa di ben più importante...» I suoi occhi si staccarono dalla moglie e si misero a fissare gli altri commensali. «Una guerra in Europa adesso, sarebbe una tragedia per la Francia, per tutti noi.» Fissò tristemente l'ambasciatore britannico e, mentre i loro occhi si incontravano, i due uomini capirono di vedere già, con estrema chiarezza, quello che sarebbe stato il futuro sotto la pressione dell'avanzata di Hitler. Era un destino spaventoso. Tuttavia, mentre intorno alla tavola si faceva un grande silenzio, Eleanor si alzò in piedi senza dire una parola. Era il segnale per le signore che bisognava lasciare gli uomini al loro brandy e ai loro sigari. Il caffè sarebbe stato servito in una sala vicina.

Liane si alzò in piedi lentamente perché questo era il momento di ogni cena che le riusciva particolarmente sgradito. Le pareva sempre di esser costretta a perdere la parte più importante dei discorsi che si sarebbero fatti perché gli uomini, rimasti soli, avrebbero potuto esprimere chiaramente il loro parere sulle più importanti questioni del giorno senza smussare i termini, per correttezza, di fronte alle signore. Durante il ritorno a casa in automobile, domandò ad Armand quali erano stati gli argomenti di cui avevano parlato e che lei aveva perduto.

«Niente. Sono le stesse chiacchiere che, di questi tempi, si sentono dappertutto qui. Paure e dinieghi, Roosevelt si tiene fermo sulle sue posizioni, gli inglesi sono ben sicuri di quello che, secondo loro, deve succedere. Thompson si è mostrato d'accordo con noi. Mentre ci alzavamo da tavola mi ha detto sottovoce che è sicuro che Roosevelt entrerà in guerra prima che l'anno finisca, se si dovesse arrivare a un conflitto. Sarebbe un bene per l'economia americana, una guerra lo è sempre.» Liane parve scandalizzata, ma ne sapeva abbastanza, in fatto di economia, da quel che aveva imparato da suo padre, per rendersi conto che le parole di Armand erano vere. «In ogni caso, tesorino mio, saremo a casa abbastanza presto per vedere con i nostri stessi occhi quello che sta succedendo laggiù.» Armand rimase pensieroso per tutto il resto del tragitto fino a casa; aveva una quantità di cose a cui pensare e Liane tornò con il pensiero al caldo abbraccio che aveva ricevuto da Eleanor prima di venir via. «Devi scrivermi, mia cara...»

«Lo farò», le aveva promesso Liane.

«Che Dio vi accompagni, tutti e due.» Quella voce dalla tonalità così particolare era apparsa rotta dall'emozione e i suoi occhi umidi di lacrime. Eleanor era affezionata a Liane e sapeva fin troppo bene che, prima di rivedersi, forse, le condizioni dei loro due paesi avrebbero potuto diventare difficili, per mille gravissimi motivi.

«Grazie, altrettanto.» Le due donne si erano abbracciate; poi Liane era salita rapidamente sulla *Citröen* al fianco del marito per il breve viaggio fino all'ambasciata, che era tuttora la loro casa. Una volta arrivati davanti alla porta, l'autista li accompagnò nell'interno e, come sempre, i due soldati di guardia che li attendevano augurarono la buona notte e poi si ritirarono nei loro alloggi che parevano già avvolti dal silenzio. I domestici erano andati tutti a letto e ormai le bambine avrebbero dovuto essere addormentate da parecchie ore. Tuttavia, mentre salivano, diretti alle loro camere, Liane sorrise al marito, gli diede una tiratina alla manica della giacca e si portò un dito alle labbra. Aveva udito un frettoloso scalpiccio e lo scatto di un interruttore della luce.

«*Qu'est-ce qu'il y a?*» sussurrò Armand. Era meno abituato di Liane a certi piccoli rumori furtivi; sua moglie spalancò improvvisamente la porta della camera di Marie-Ange con un largo sorriso.

«Buona sera, signorine.» Aveva parlato con un tono di voce normalissimo tanto che Armand, per un attimo, pensò che fosse impazzita; poi, d'un tratto, ci fu uno scroscio di risatine soffocate e uno scalpiccio di piedini. Le due bambine si erano nascoste insieme nel letto di Marie-Ange e si precipitarono verso il papà e la mamma eccitatissime, ridendo convulsamente.

«Ci avete portato un po' di dolci?»

«No! Che cosa ti salta in mente!» Armand sembrava ancora profondamente stupito. Liane, invece, conosceva le sue bambine meglio di chiunque altro. Armand si divertiva sempre moltissimo, stupito per l'acume che mostrava nei loro confronti. Adesso cominciò a sorridere anche lui. «Si può sapere che cosa state facendo, ancora alzate? E dov'è Mademoiselle?» La governante aveva l'incarico di badare che andassero a letto e ci restassero. La ribellione contro Mademoiselle era pressoché impossibile, come tutta la famiglia sapeva benissimo ma, di tanto in tanto, le bambine riuscivano a ingannarla e con enorme soddisfazione.

«Lei dorme! E faceva così caldo...» Elisabeth alzò verso di lui due grandi occhi azzurri somigliantissimi a quelli della mamma; come sempre, Armand, guardandola, si sentì commuovere profondamente e la prese fra le braccia possenti, stringendola a sé. Era alto, ben proporzionato e, per quanto fosse sui cinquantacinque anni, aveva un fisico e una forza ancora giovanili. Soltanto le linee che gli segnavano la faccia e la folta capigliatura candida, accuratamente pettinata, rivelavano i suoi anni, ma le bambine parevano indifferenti al fatto che il padre fosse tanto più vecchio della mamma. A loro importava soltanto che fosse il loro papà, il papà che adoravano esattamente come Armand adorava loro.

«Siete state molto cattive a rimanere alzate fin così tardi! Che cosa stavate facendo?» Sapeva che la ribellione era partita sicuramente da Marie-Ange e che Elisabeth era stata felicissima di seguirne l'esempio. Non ignorava che le cose, con le bambine, andavano sempre così. Mentre le osservava, Liane accese la luce: fu così che si trovarono di fronte a una marea di giocattoli tirati fuori dalle casse e dai bauli dove erano già stati imballati. La camera era piena di bauli che già contenevano gli abitini, i cappotti, i cappellini e le scarpe delle bambine. Tutte cose che Liane comperava per loro a Parigi.

«Oh, Dio mio!» Liane si lasciò sfuggire un gemito. Avevano tirato fuori tutto, all'infuori dei vestiti. «Si può sapere, in nome del Cielo, che cosa volevate fare?»

«Cercavamo Marianne», rispose Elisabeth con una vocina da martire e alzò gli occhi verso la mamma rivolgendole il largo sorriso di due file di dentini che mancavano degli incisivi, sul davanti.

«Lo sapevi che non l'ho messa nel baule!» Marianne era la bambola preferita di Elisabeth. «È sul tavolo nella tua camera.»

«Davvero?» E le due bambine cominciarono a ridacchiare: avevano voluto soltanto divertirsi un po'! Il papà le guardò come se volesse rimproverarle, ma non ebbe il cuore di farlo perché erano talmente piene di vivacità e assomigliavano tanto alla loro mamma che non riusciva mai ad arrabbiarsi sul serio con loro. Del resto, non ne aveva nessun motivo. Mademoiselle le faceva rigar dritto con un'educazione molto severa e Liane era una mamma meravigliosa. Tutto questo gli consentiva di godersi le bambine senza esser costretto a recitare la parte dell'orco. Comunque le rimproverò brevemente in francese. Disse che dovevano aiutare la mamma a fare i bagagli, non mettere tutto in disordine. Bisognava essere pronte al più presto, continuò Armand, e ricordò alle bambine che sarebbero partiti per New York due giorni dopo.

«Ma noi non vogliamo andare a New York!» Marie-Ange alzò gli occhi verso il padre, guardandolo seria seria. Era sempre lei che faceva da portavoce anche per la sorellina. «Vogliamo rimanere qui.» Liane si lasciò cadere sul letto di Marie-Ange con un sospiro ed Elisabeth le si arrampicò in grembo mentre Marie-Ange continuava a discutere con suo padre in francese. «A noi piace stare qui.»

«Ma non avete vogiia di venire sul bastimento? Ci sono il teatro dei burattini, un cinematografo, e tanti cani in un canile!» Aveva già raccontato tutte queste cose a Marie-Ange ma, adesso, la bambina parve incerta mentre gliele descriveva di nuovo. «E poi anche a Parigi saremo tutti felici e contenti.»

«No, non è vero.» La piccina scrollò la testa, guardando suo padre dritto negli occhi. «Mademoiselle dice che ci sarà una guerra. E noi non abbiamo voglia di andare a Parigi se ci sarà una guerra.»

«Cos'è?» bisbigliò Elisabeth a sua madre, mentre si rannicchiava meglio in grembo a lei.

«È quando le persone si mettono a combattere. Ma non succederà niente di simile a Parigi. Tutto sarà come qui, adesso.» Gli occhi di Armand e di Liane si incontrarono al di sopra della testa delle loro bambine e Liane capì che Armand aveva deciso di fare un discorsetto molto serio a Mademoiselle, la mattina seguente. Non voleva che le bambine si spaventassero a sentir parlare di guerra.

Poi, d'un tratto, Elisabeth fece sentire la propria voce e l'atmosfera diventò più serena. «Quando Marie-Ange e io ci picchiamo, è una guerra, allora?»

Gli altri scoppiarono a ridere e Marie-Ange si affrettò a correggerla prima che lo facessero il papà o la mamma. «No, stupida. Quando c'è una guerra, le persone combattono con il fucile.» Poi si rivolse ad Armand: «Giusto, papà?»

«Sì, ma è da molto tempo, da prima ancora che voi nasceste, che non c'è più stata una guerra e non è proprio il caso di preoccuparci adesso che ne venga un'altra. Quel che voi bambine dovete fare è andare a letto e, domattina, dovrete metter via di nuovo nei bauli tutte le cose che avete tirato fuori. *Au lit, mesdemoiselles!*» Aveva tentato di prendere l'aria severa e, per quanto fosse quasi riuscito a convincere le due bambine, con la moglie le cose non gli erano andate altrettanto lisce. Perché Marie-Ange ed Elisabeth facevano tutto ciò che volevano con il papà! Però adesso Armand era anche preoccupato che si fossero spaventate all'idea di una guerra in Francia.

Liane riaccompagnò Elisabeth nella sua camera e Armand aiutò la bambina maggiore a tornare nel suo lettino e le rimboccò le coperte; cinque minuti più tardi Liane e Armand si ritrovarono nella loro camera. Liane stava ancora sorridendo per la birichinata delle bambine, ma Armand, seduto sul letto, si stava sfilando le scarpe da sera di vernice con aria accigliata.

«Si può sapere che cosa è saltato in mente a quella vecchia stupida? Perché si è messa a spaventare le bambine con tutte queste chiacchiere di una guerra?»

«Anche lei sente dire le stesse cose che sentiamo noi.» Liane sospirò e cominciò a slacciare i bottoni della stupenda giacca di satin nero, firmata Patou. «Però domattina le dirò due parole a proposito delle bambine.»

«Brava, sarà meglio!» Le parole erano brusche, ma non il tono della voce, mentre osservava la moglie che si toglieva i vestiti nel suo spogliatoio. C'era sempre qualcos'altro che ancora dovevano dirsi, qualche altro motivo per il quale Armand non era capace di staccarsi da lei, perfino ora, dopo una lunghissima giornata e una sera non meno lunga. Restò a osservare quella pelle candida e morbida come la seta, quando Liane si tolse la camicetta di organdis bianco; si infilò rapidamente nel proprio spogliatoio per liberarsi in fretta dallo smoking e tornare, pochi minuti più tardi, in pigiama di seta bianca e vestaglia di seta blu scuro, a piedi scalzi. Liane gli sorrise dal letto; dal risvolto delle lenzuola fece capolino il bordo di pizzo della camicia da notte di seta rosa mentre Armand spegneva la luce.

Non appena si fu infilato a letto, vicino a lei, Armand le sfiorò delicatamente un braccio con la mano, salendo fino a raggiungere la pelle, liscia come seta, del collo e poi si spostò lentamente più in basso, toccandole il petto. Liane sorrise nell'oscurità e cercò la bocca di Armand con la sua. Ed ecco... si abbracciarono, si strinsero, nel buio, dimenticando le bambine, la bambinaia, il presidente, la guerra... tutto ciò che ricordarono, mentre si toglievano l'un l'altro gli indumenti da notte, fu soltanto il desiderio che provavano reciprocamente e che diventava sempre più acuto, sempre più forte con il passare degli anni, invece di diminuire. Quando la mano forte e possente di Armand le toccò la coscia nuda, Liane si lasciò sfuggire un sommesso lamento, allargò le gambe per accoglierlo, come sempre faceva, e annusò il profumo lieve, aromatico, della sua acqua di colonia mentre la baciava di nuovo e i loro corpi si univano. E per la prima volta da molto tempo si scoprì a desiderare un altro bambino mentre Armand la penetrava con gentilezza, in principio, e poi con passione crescente. E mentre si baciavano di nuovo con ardore ancora più grande, stavolta fu Armand a gemere lievemente nel buio della notte.

3

Il portiere del n. 875 di Park Avenue se ne stava impettito al suo posto. La giacca dell'uniforme era pesante, di lana, e il colletto alto e rigido gli segava il collo. Il berretto con il gallone d'oro, piantato sulla testa, pesava come il piombo. C'erano quasi trentun gradi a New York in quella seconda settimana di giugno eppure Mike, il portiere, era ugualmente costretto a rimanere al suo posto, berretto in testa, giacca in ordine, cravatta a farfalla ben dritta, mani guantate di bianco, e doveva sorridere gentilmente agli inquilini che entravano o uscivano. Aveva cominciato il servizio alle sette della mattina e ormai erano quasi le sei di sera. Il gran caldo aveva continuato a farsi sentire pressoché invariato per quasi tutto il giorno, ma a lui sarebbe toccato restarsene lì, impalato al suo posto, ancora per un'oretta almeno prima di potersene tornare a casa a mettere un paio di calzoni sformati, una camicia con le maniche corte, le scarpe vecchie e scalcagnate, senza cravatta né berretto. Una benedizione del Cielo, un gran sollievo, sarebbe stato, pensò bofonchiando tra sé con il suo lento accento irlandese. E anche una birra non avrebbe guastato. Fermo al suo posto, si scoprì a invidiare i due ragazzi degli ascensori. Maledettamente fortunati, loro. Per lo meno, stavano all'ombra.

«Buona sera, Mike.» Si strappò da quelle fantasticherie provocate dalla calura per sfiorarsi il berretto con due dita, meccanicamente, ma stavolta a quel saluto aggiunse un caloroso sorriso. C'erano inquilini, nel palazzo, per i quali non si sarebbe certo preso la briga di sorridere, ma questo signore gli era sempre stato simpatico: Nicholas Burnham, Nick, come lo aveva sentito chiamare dai suoi amici. Nicholas Burnham aveva sempre una parola cortese per Mike, trovava sempre un minuto per fermarsi a scambiare due parole con lui al mattino, mentre aspettava che gli portassero l'automobile davanti alla porta. Parlavano di politica e di baseball, degli ultimi scioperi, del prezzo della roba da mangiare e del gran caldo che rendeva incandescenti le strade della città da una quindicina di giorni. Chissà come, riusciva sempre a dare a Mike l'impressione di avere simpatia per lui, di mostrare un po' di interesse per quel povero vecchio costretto a star fuori, sul marciapiede, tutto il giorno a chiamare i tassì e a salutare rispettosamente le signore che portavano a spasso il barboncino perché aveva sette figli da mantenere. Era come se Nick comprendesse l'ironia della sua sorte e ne provasse dispiacere. Ed era questo che Mike trovava simpatico in lui. Nick Burnham gli aveva dato sempre la sensazione di essere una gran brava persona. «Come te la sei passata oggi? Sei riuscito a sopravvivere?»

«Sì, discretamente, signore.» Non era del tutto vero perché aveva i piedi, gonfi per il gran caldo, che gli facevano un male da morire ma, tutto d'un tratto, gli sembrò che non dolessero più come prima. «E lei?»

«Fa parecchio caldo, giù, in centro.» L'ufficio di Nick Burnham si trovava in Wall Street e Mike sapeva che era un magnate dell'acciaio, il più importante giovane industriale del paese, come lo aveva definito una volta il *New York Times*. E aveva soltanto trentotto anni. La diversità nel loro livello di vita e nel loro reddito non aveva mai turbato particolarmente Mike. Perché sapeva accettare le cose di questo genere; e, per di più, Nick gli dava sempre mance generose e bellissimi regali a Natale. E poi, Mike sapeva che, sotto certi aspetti, anche Nick aveva le sue gatte da pelare. Se non altro proprio lì in casa. Perché Mike, che aveva una grandissima simpatia per Nick, detestava cordialmente sua moglie, Hillary. Un'autentica, piccola carogna, piena di sussiego e di capricci, quella lì! Mai una parola gentile, mai un sorriso, soltanto una quantità di bellissime pellicce e di gioielli che era riuscita a farsi regalare dal marito. Quando Mike li vedeva uscire insieme alla sera, capitava di rado che lei non stesse dicendo qualcosa di sgradevole a Nick; si lamentava di una delle cameriere, oppure perché lui era tornato a casa tardi, oppure perché trovava insopportabili le persone che davano la festa alla quale stavano andando. Proprio una brutta carognetta, era, Mike lo diceva sempre: carina, però, anche se questo non era abbastanza. Gli era capitato spesso di domandarsi come facesse Nick a restare così simpatico e gentile, visto che era sposato a una ragazza del genere.

«Ho visto il signorino John, quest'oggi, con una nuova mazza da baseball.» I due uomini si scambiarono un sorriso, poi Nick scoppiò in una gran risata.

«Un giorno o l'altro, caro amico, ti capiterà di sentire il rumore di uno dei vetri di queste finestre che va in mille pezzi!»

«Niente paura. Cercherò di acchiappare la palla, caso mai arrivasse giù fin qui.»

«Grazie, Mike.» Allungò un colpetto affettuoso sul braccio del vecchio e scomparve nell'interno nel palazzo mentre Mike sorrideva tra sé. Ancora tre quarti d'ora da far passare e, chissà! forse domani non sarebbe stato così caldo. E se invece fosse stato ancora caldo come oggi, be'... le cose andavano come Dio voleva e niente poteva cambiarle. Entrarono altri due uomini e Mike si sfiorò il berretto nel saluto pensando a John, il figlioletto di Nick. Era un gran bel ragazzino, e assomigliava in tutto e per tutto a suo padre all'infuori dei capelli che erano nerissimi come quelli della mamma.

«Sono io!» La voce di Nick risuonò in anticamera come sempre, ogni sera; mentre posava su un tavolo il cappello di paglia, tese l'orecchio nella speranza di sentire qualche suono familiare, magari quello dei passi di John che correva a salutarlo. Ma quella sera non li sentì. Una cameriera in grembiule nero, grembialino e cuffietta di pizzo bianco si presentò al suo posto, uscendo dall'*office*, e Nick le sorrise. «Buona sera, Joan.»

«Buona sera, signore. La signora è di sopra.»

«E mio figlio?»

«Credo che sia in camera sua.»

«Grazie.» Le rivolse un rapido cenno del capo e si incamminò per un lungo corridoio dalla folta passatoia. L'appartamento era stato completamente rifatto l'anno precedente e adesso era tutto nelle tonalità del bianco, del beige e del panna. In questo modo, i locali riuscivano a dare, contemporaneamente, una sensazione di grande raffinatezza, ma anche di gran lusso; del resto il rifacimento era costato a Nick un occhio della testa, soprattutto per il fatto che Hillary aveva assunto e licenziato, uno dopo l'altro, tre arredatori e due architetti per questo lavoro, ma trovava accettabile il risultato finale e si augurava che fosse di completo gradimento per sua moglie. Non si poteva certo dire che fosse il luogo più adatto dove aspettarsi di trovare un bambino né il genere di casa in cui avrebbe potuto strisciare con le dita lungo le pareti o giocare a palla ma, almeno per le camere del bambino, Nick era riuscito a far prevalere i propri gusti. Qui i colori dominanti erano il rosso e il blu, i mobili erano comodi, vecchiotti, in legno di quercia, e anche se i quadri appesi alle pareti, che rappresentavano soggetti adatti all'infanzia, erano un tocco un po' eccessivo per i gusti di Nick, se non altro sapeva che, in quelle stanze, John avrebbe potuto giocare e divertirsi liberamente. C'era una camera da letto per la governante, un'altra, molto ampia, per lui, un piccolo soggiorno con una scrivania che era stata quella di Nick da bambino, e un vasto locale pieno di giocattoli dove John poteva invitare i suoi amici. Nick bussò leggermente alla porta che, dal corridoio, dava nelle stanze occupate da John e questa venne spalancata sull'istante. Nick si trovò con gli occhi abbassati verso il visetto sorridente del suo unico figlio. Lo prese fra le braccia con un sorriso di felicità e, come sempre, ogni sera, una risatina gorgogliante, piena di gioia, fu il dolcissimo saluto che gli giunse alle orecchie.

«Mi stai schiacciando, papà!» Però sembrava che non gliene importasse molto, di essere schiacciato.

«Benissimo. Come sta il mio bambino prediletto?» Lo riappoggiò con i piedi sul pavimento e John alzò la testolina per rivolgergli un radioso sorriso.

«Io sto bene e la mia nuova mazza da baseball è una meraviglia.»

«Benone. Niente vetri rotti, finora?»

«No, naturalmente!» John prese l'aria offesa mentre suo padre gli arruffava con una carezza i capelli corvini. Era un incrocio interessante di Hillary e di Nick; aveva la pelle chiarissima e vellutata di sua madre, gli occhi verdi di Nick, i capelli di lei. Per quanto Hillary, così bruna, minuta e delicata, e Nick, dalla corporatura possente, biondo e forte, fossero talmente diversi da apparire l'una l'opposto dell'altro, tuttavia nel bambino si ritrovavano le qualità migliori di entrambi. O almeno così dicevano tutti. «Posso portare la mia mazza da baseball sul bastimento?»

«Non ne sono proprio sicuro, giovanotto. Magari sì, però con la promessa di lasciarla nel baule.»

«Ma devo assolutamente portarla con me, papà! Non ne hanno, di queste mazze, in Francia.»

«Probabilmente no», ammise Nick. La loro intenzione era quella di restare in Europa per un anno, o anche solo per sei mesi, se la situazione fosse peggiorata. Quell'anno Nick aveva avuto talmente tanti contratti di affari laggiù che si era deciso a dirigere di persona l'ufficio di Parigi, lasciando il suo collaboratore più valido, quello che giudicava il suo braccio destro, a dirigere l'ufficio di New York. Naturalmente portava con sé Hillary e John. Non avrebbe mai pensato di restare in Europa così a lungo senza di loro; per lui questo viaggio era molto importante. In un primo tempo, Hillary si era lamentata, aveva piagnucolato, brontolato. Ma, durante quell'ultimo mese, era parsa rassegnata; quanto a John, era persuaso che sarebbe stato molto divertente. Avevano intenzione di fargli frequentare una scuola americana nelle vicinanze dei Champs-Elysées; e Nick aveva trovato una bella casa in affitto per la sua famiglia in Avenue Foch. I proprietari erano un conte francese e sua moglie, i quali si erano trasferiti in Svizzera l'anno precedente, all'epoca del panico provocato dal Patto di Monaco, adesso si erano felicemente stabiliti a Losanna e non mostravano alcuna fretta di tornare a Parigi. Era la sistemazione perfetta per Nick, Hillary e il bambino.

«Vuoi venire a mangiare con me, papà?» La governante aveva fatto segno a John in quel momento che era ora di andare a tavola e il bambino alzò due occhioni speranzosi verso Nick.

«Credo che sarà meglio che vada di sopra a cercare la mamma.»

«Va bene.»

«Però torno giù, quando hai mangiato, così potremo chiacchierare un po' insieme, io e te. Ti va l'idea?»

«Magnifico.» John sorrise nuovamente a suo padre e si allontanò con la governante mentre Nick restava per un attimo, pensieroso, in quella stanza a contemplare la propria vecchia scrivania. Gliel'aveva regalata suo padre quando aveva dodici anni e stava per andare in collegio; però lui l'aveva regalata a John quando era ancora molto più piccolo. E se fosse riuscito a ottenere quel che voleva, il suo bambino non sarebbe mai stato mandato a scuola lontano da casa. Aveva odiato con tutte le proprie forze quegli anni in cui lo avevano costretto a stare lontano perché si era sentito bandito dalla casa e dalla famiglia. No, John non doveva mai conoscere quel dolore disperato, Nick se lo era ripetuto già da molto tempo. E poi voleva troppo bene a suo figlio per separarsi da lui.

Si chiuse l'uscio dietro le spalle e s'incamminò nuovamente per il lungo corridoio beige finché non raggiunse il grande salone centrale con il pianoforte a coda; di qui cominciò a salire lentamente le scale coperte da una passatoia che conducevano alle loro camere.

Era quasi sul pianerottolo quando si accorse che la porta della *suite* era socchiusa e poté udire la voce di Hillary che stava rimproverando con voce stridula la cameriera, arrivata correndo dallo spogliatoio della moglie con una bracciata di pellicce.

«Non quelle, maledizione! Perdio...» Riusciva a scorgerla solo di schiena, con quei lucenti capelli neri che le scendevano come un manto di seta sulle spalle della vestaglia di satin bianco ma, dal modo in cui si teneva rigida e impettita, capì subito che era infastidita e irritata. «Stupida che non sei altro, ti avevo detto le pellicce di zibellino, quella di visone, quella di volpi argentate...» A questo punto si voltò e lanciò un'occhiata a Nick. I suoi occhi scuri incrociarono quelli verdi di lui per un attimo che parve interminabile mentre pareva che tutto, intorno a loro, si fermasse. Nick le aveva ripetuto spesso di non gridare a quel modo quando parlava con i domestici, ma lei c'era sempre stata abituata, per tutta la vita, e i cambiamenti le garbavano poco. Aveva soltanto ventotto anni ma rivelava, dalla testa ai piedi, l'aspetto della dama del gran mondo, con i capelli accuratamente acconciati, la faccia truccata con cura, le lunghe unghie laccate di rosso, il portamento, lo stile.

Perfino in vestaglia era il non plus ultra dell'eleganza, dello chic «Ciao, Nick.» Gli occhi, le parole, erano glaciali; tuttavia rimase immobile mentre suo marito le si avvicinava, alzò una guancia perché gliela baciasse e poi riportò la sua attenzione sulla cameriera. Ma stavolta non alzò la voce. «Torna subito a prendermi le pellicce giuste, per favore.» Ma anche così, la sua voce era ta gliente come una lama di coltello. Nick, intanto, continuava a os servarla.

«Sei terribilmente dura con quella ragazza.» Il suo era un tono di garbato rimprovero, un tono che Hillary aveva già udito migliaia di volte, ma non gliene importava un corno! Nick era sempre gentile con tutti. Soltanto con lei non lo era stato, naturalmente. Le aveva rovinato la vita, ma aveva ottenuto ciò che desiderava. Nick Burnham otteneva sempre quel che voleva. Non con lei, però! Non più, si ripeteva spesso. Una volta era più che abbastanza. E gliel'aveva fatta pagare, in quegli ultimi nove anni. Se non fosse stato per Nick, sarebbe restata a Boston, magari avrebbe addirittura sposato quel conte spagnolo che aveva perduto la testa per lei l'anno del suo debutto in società. Contessa... le piaceva il suono di questa parola. Contessa... «Hai l'aria stanca, Hil.» Le accarezzò dolcemente i capelli e la guardò negli occhi, ma lo sguardo che ricambiò il suo era privo di calore.

«Sono stanca, infatti. Da chi credi che siano stati preparati i bagagli in questa casa?» Dalle cameriere, Nick fu lì lì per rispondere, ma si morse la lingua. Sapeva che, nel suo cervello, Hillary era convinta di aver fatto tutto lei. «Gesù Cristo, ho imballato tutto il necessario per te, per John, biancheria da tavola, lenzuola, coperte, stoviglie, le tue cose personali...» Man mano che procedeva in questo elenco, la sua voce si faceva sempre più stridula e acuta; a un certo momento, Nick si allontanò di qualche passo da lei e andò a sedere su un'agrippina Luigi XV.

«Sono capacissimo di fare i miei bagagli da solo e lo sai molto bene. E poi, come ti ho già detto, nella casa di Parigi c'è tutto quello che ci può occorrere. Non sei costretta a portarci le tue lenzuola per i letti o i tuoi servizi di piatti!»

«Non dire stupidaggini. Sa Dio chi può aver dormito in quei letti!» Per un attimo, ma solo per un attimo, Nick provò il desiderio di risponderle che non poteva essere gente peggiore di quell che aveva dormito nel suo. Ma non disse niente; si limitò a guardarla mentre la piccola cameriera tornava, agitata, con la speranza di aver preso le pellicce giuste, stavolta: due pellicce di zibellino, una di visone, e la giaccia di volpi argentate che aveva ricevuto in dono a Natale, in un bellissimo scatolone, chissà da chi. Una cosa era sicura: non era stato Nick a regalargliela. Le pellicce di zibellino, quelle sì, erano state un suo regalo, come quella di visone, come quella di cincillà che avrebbe lasciato qui, a New York, ma la giacca di volpi argentate era un enigma. Anche se Nick aveva il sospetto che a donarla fosse stato Ryan Halloway, quel figlio di puttana.

«Si può sapere che cosa stai fissando a quel modo?» Involontariamente gli occhi di Nick si erano soffermati su quella giacca di volpi. Era stata argomento di parecchie discussioni già in precedenza, ma Nick non aveva nessuna intenzione di tornarci sopra «Non vorrai ricominciare con questa storia? Non sono obbligata a venire a Parigi, lo sai!»

Oh, Gesù benedetto, pensò Nick tra sé, questo no. La giornata era stata lunga e aveva un caldo tale! Non aveva nessuna voglia di litigare con lei quella sera. «Dobbiamo proprio tornarci sopra, Hil?»

«No, assolutamente. Potremmo rimanere qui, e lo sai.»

«No, niente affatto. Voglio dirigere io personalmente il mio ufficio di Parigi l'anno prossimo. Ho molti contratti importanti in Europa e lo sai bene. Così ci andiamo tutti insieme. D'altra parte, non ho mai pensato che Parigi fosse un posto così brutto dove vivere.» Invece lei sì. Per qualche motivo particolare, sembrava decisissima a restare a New York. «Su, andiamo, Hil, ti è sempre piaciuta moltissimo Parigi!»

«Certo, ma per qualche settimana. Perché diavolo non puoi andare e tornare in aeroplano?»

«Perché andrebbe a finire che non riuscirei più a vedere né te né John. Per amor di Dio!» Si alzò di scatto e la piccola cameriera sgattaiolò via dalla stanza. Sapeva benissimo come andavano a finire le loro discussioni. A un certo momento lui avrebbe perduto il lume degli occhi e si sarebbe messo a gridare e lei avrebbe finito per scaraventargli addosso qualche oggetto. «Non possiamo smetterla, con questa storia? Lasciare le cose come stanno? Possibile che tu non riesca ad accettare l'idea che dobbiamo partire? Dio benedetto, la nave salperà fra due giorni!»

«E allora smettila tu, altrimenti partirai da solo.» La voce di Hillary era glaciale mentre, seduta sul letto, aveva alzato gli occhi a fissarlo. Intanto accarezzava lentamente la giacca di volpi argentate. «Non hai bisogno di me, a Parigi.»

«Ti pare giusto quello che dici? O, piuttosto, la verità è che ti farebbe comodo liberarti di me per un anno, perché, in questo modo, potresti correre avanti e indietro a Boston per vederti con quel figlio di puttana?» Sapeva come Hillary non disdegnasse qualche piccola avventura, di tanto in tanto. Ormai erano anni che lo sapeva. Tuttavia era convinto che occorreva salvare, almeno nelle apparenze, il suo matrimonio, per amore di John, per se stesso. Suo padre e sua madre avevano divorziato e, da bambino, lui aveva trascorso una vita solitaria e triste. Così aveva giurato a se stesso di non far mai una cosa simile al proprio figlio. Tutto ciò che Nick voleva era conservarsi lo stato coniugale, visto che si era sposato, e ci sarebbe riuscito, indipendentemente da qualsiasi cosa, indipendentemente da quello che Hillary poteva fare. Tuttavia parole cariche di collera gli sfuggivano dalle labbra più spesso di quello che avrebbe voluto. «Ma non hai mai paura di restare incinta, Hil?» Sapevano entrambi che Nick alludeva alla possibilità che questo capitasse per colpa di un altro uomo.

«Evidentemente non hai mai sentito parlare dell'aborto... sempre che, naturalmente, quello che tu dici sia vero, e cioè che io me la spassi con questo o con quello, cosa che non è affatto! D'altra parte i bambini non sono esattamente il mio genere, caro Nick, oppure te ne sei dimenticato?» Quelli che si scambiavano erano sempre stati colpi bassi. Ormai succedeva così, da anni.

«Oh, sì, me ne ricordo.» Strinse i denti. Aveva indurito i muscoli della mandibola e stretta convulsamente una mano, ma la sua voce era stranamente sommessa. Hillary non gli aveva mai perdonato quel che era accaduto nove anni prima. Era stata la più bella di tutte le ragazze di Boston che facevano il loro debutto in società. Ricordava molto bene i suoi capelli corvini che spiccavano in netto contrasto con l'abito bianco che il padre e la madre avevano fatto venire da Parigi. Erano stati in molti gli uomini che la desideravano. Il padre di Hillary era sulla cinquantina quando lei era nata, sua madre aveva trentanove anni e ormai, da molto tempo, avevano perduto la speranza di avere un figlio quando, improvvisamente, era apparsa lei. Fin dal principio era stata viziata, adorata dal padre, coccolata e protetta dalla madre, dai nonni e dalla bambinaia. Aveva avuto tutto ciò che desiderava e la sua intenzione era quella di continuare a vivere così per sempre finché, d'un tratto, la sera del suo ingresso in società, aveva visto Nick. Alto, biondo, bello, con una delle ragazze più carine di Boston al braccio. E tutti, fin dal primo momento in cui era entrato, si erano messi a sussurrare: Nick Burnham, Nick Burnham. Un grosso patrimonio nell'acciaio, l'unico erede di suo padre... a ventinove anni, era uno dei giovanotti più ricchi di Wall Street, bello come un angelo e scapolo. Come se camminasse su una nuvola Hillary si era staccata dalle braccia del suo cavaliere, l'uomo con il quale stava danzando, ed era andata incontro a Nick. Erano stati presentati da uno degli amici del padre di Hillary; poi, lei aveva fatto tutto il possibile per incantarlo, sedurlo, fargli perdere la testa. E ci era riuscita, con uno sforzo straordinariamente modesto.

Nick, da quel giorno, era andato a Boston spesso e anche a Newport l'estate seguente; era stato proprio lì che era successo. Hillary aveva voluto che Nick la desiderasse più di qualsiasi altra donna che avesse mai conosciuto; gli aveva offerto la sua verginità perché pensava di amarlo e perché voleva che diventasse sua proprietà esclusiva.

Su una cosa non aveva contato, e cioè sulla possibilità di rimanere incinta: proprio quello che le era capitato la prima volta che Nick aveva fatto l'amore con lei. In un primo momento, Nick ne era rimasto sconvolto; quanto a Hillary, si era abbandonata a una serie di attacchi isterici. Non voleva avere un bambino, non voleva ingrassare, non voleva un figlio... si era comportata in modo talmente infantile, mentre gli piangeva fra le braccia, che Nick non aveva potuto trattenersi dal ridere e dal prenderla in giro. Aveva anche accennato all'eventualità di trovare qualcuno che l'aiutasse ad abortire, ma Nick non ne aveva voluto sapere. Hillary era un'incantevole donna bambina e, passato lo shock iniziale, l'idea di un figlio gli aveva dato una gioia immensa. Aveva parlato al padre di Hillary senza accennare al bambino, gli aveva chiesto la mano della figlia e aveva informato quest'ultima che si sarebbero sposati, cosa che fecero prima che l'estate finisse. Fu uno stupendo matrimonio celebrato a Newport, il loro; Hillary pareva la regina di una fiaba nell'abito di pizzo bianco che sua madre aveva indossato alle sue nozze lontane. Ma, sotto i sorrisi raggianti, Hillary si sentiva il cuore di piombo. Voleva Nick, ma non un bambino. Così cominciò a provare una profonda ripugnanza per ogni attimo della loro vita coniugale nei primi tempi, malgrado le costanti premure, l'indulgenza, le attenzioni, perché capiva che Nick l'aveva sposata per il bambino. E invece avrebbe voluto dominare incontrastata senza dover rivaleggiare neppure con il nascituro.

Quando si avvicinò il giorno della nascita, Nick si mise a fare tutto il possibile per lei: cominciò a comperarle oggetti costosi e di gran pregio, la aiutò a preparare la cameretta per il neonato, le promise di esserle sempre vicino, pronto a tenerla per la mano... ma Hillary, durante il nono mese della gravidanza, cadde in una terribile depressione che, secondo il parere dei medici, contribuì largamente a un parto che si prolungò per molto tempo, assumendo contorni da incubo. Costò quasi la vita di Hillary e, forse, anche quella del bambino. Lei, in seguito, non seppe mai perdonare a Nick le sofferenze che aveva dovuto sopportare. La depressione da cui era afflitta si prolungò per sei mesi dopo la nascita del bambino e, per molto tempo, Nick credette che, a voler bene al piccolo Johnny, ci sarebbe sempre stato lui soltanto. Ma, alla fine, Hillary cominciò a riprendersi.

Almeno, questa fu l'illusione di Nick. Poi, durante l'inverno successivo, Hillary tornò a Boston per Natale, senza il bambino, per rivedere i suoi amici. A un certo momento, anzi, Hillary diede l'impressione di non avere la minima fretta di tornare a casa e Nick capì che restava a Boston per andare a tutte le feste che davano i suoi amici, che fingeva con se stessa, e anche con gli altri, di non essere sposata ma di essere ancora una ragazza che aveva appena fatto il suo ingresso in società e si divertiva pazzamente. Un mese dopo la partenza di Hillary per Boston, Nick andò a raggiungerla e insistette perché tornasse a casa. C'era stato un violento litigio e Hillary aveva addirittura supplicato suo padre di lasciarla rimanere lì, nella casa dei suoi. Non aveva nessuna voglia di essere una moglie, di vivere a New York, di prendersi cura del bambino. Ma stavolta suo padre restò scandalizzato. Hillary aveva sposato Nick per una sua scelta precisa e Nick si comportava da buon marito verso di lei. Doveva assumersi la responsabilità di tornare laggiù e, come minimo, mettersi d'impegno a far funzionare il suo matrimonio; non solo, ma aveva una responsabilità anche nei confronti del suo bambino. Tuttavia Hillary tornò a New York con l'entusiasmo di un condannato a morte che vede approssimarsi il giorno dell'esecuzione capitale, sentendosi tradita da tutti e provando un odio violentissimo soprattutto verso Nick, perché rappresentava tutto quello che non le piaceva della vita: cioè crescere e diventare una persona adulta. Suo padre aveva avuto un colloquio a quattr'occhi con Nick prima della loro partenza e si era assunto ogni colpa del comportamento della figlia. Capiva che Hillary era stata viziata e coccolata da bambina, ma non si era mai reso conto che si aspettava di continuare a vivere così per sempre, rifiutando qualsiasi responsabilità e rovinando l'esistenza a suo marito e a suo figlio. Tuttavia Nick gli assicurò che, con il tempo e con la pazienza, Hillary sarebbe diventata più matura e avrebbe accettato il suo nuovo ruolo nella vita. A quell'epoca, ci credeva anche lui; infatti si mise d'impegno ed ebbe, nei confronti di Hillary, tutta quella pazienza che aveva promesso al suocero di avere. Invano. Hillary continuò a non provare il minimo interesse per il bambino e l'estate successiva andò a Newport; stavolta, però, portò con sé Johnny e la bambinaia per evitare ogni ulteriore commento. Ci rimase l'intera estate e, quando Nick andò a trovarla, capì subito che doveva avere una relazione amorosa con qualcuno. Quell'estate Hillary aveva compiuto ventun anni e stava vivendo un incandescente romanzetto amoroso con il fratello di una delle sue amiche. Questi si era appena laureato a Yale e si stava convincendo di aver fatto un colpo grosso, visto che andava a letto con Hillary Burnham (cosa che raccontò a mezza città) fino a quando Nick non andò a fargli una visitina. Allora il ragazzo se ne tornò a Boston con la coda fra le gambe e le orecchie che ancora gli rintronavano per la sferzante ramanzina di Nick. Ma il vero problema continuava a essere Hillary. Nick la ricondusse a New York e si impegnò seriamente nel tentativo di plasmarla come si doveva e di farla maturare: lei continuò a correre avanti e indietro fra Newport, Boston e New York come uno yo-yo, abbandonandosi a ogni possibile e immaginabile relazione extraconiugale non appena si illudeva di farla franca, inclusa quest'ultima delle volpi argentate. Mentre Nick si trovava a Parigi, aveva cominciato a frequentare Ryan Halloway. Non significava niente, per Hillary, un legame del genere (e Nick lo sapeva), ma era il suo modo di fargli capire sempre più spesso che lei non si sentiva sposata sul serio, che non lo sarebbe mai stata, che Nick non doveva considerarla una proprietà personale, che era libera e lo sarebbe stata anche in futuro, che non si sentiva impegnata né con lui, né con il loro bambino, né di fronte a suo padre, il quale era morto tre anni dopo il matrimonio con Nick. Quanto alla madre di Hillary, ormai da tempo si era rassegnata, rinunciando a qualsiasi speranza di avere anche un minimo di influenza sulla figlia. A un certo punto, perfino Nick si era rassegnato. Hillary era quel che era, una donna affascinante, molto bella, con un'intelligenza brillante che sprecava inutilmente e un senso dell'umorismo che a volte ancora lo divertiva, nelle rare occasioni in cui riuscivano a conversare insieme tranquillamente. Adesso, però, per gran parte del tempo litigavano soltanto, oppure Nick la ignorava. Aveva perfino pensato al divorzio un paio di volte e sapeva che non avrebbe avuto difficoltà a ottenerlo ma, in tal caso, sarebbe stata Hillary a ottenere la custodia di Johnny. Di solito i giudici erano favorevoli alla madre, a meno che non fosse prostituta di professione o si drogasse. Di conseguenza, pur di non perdere il bambino, Nick si era visto costretto a vivere sotto lo stesso tetto di Hillary, per il meglio o per il peggio, finché fosse riuscito a resistere. E cominciava a domandarsi fino a quando ce l'avrebbe fatta ad andare avanti così.

Aveva nutrito un po' di speranza che, conducendola a Parigi, sarebbe riuscito a farla distrarre e che, almeno per qualche tempo, una volta arrivati in Europa si sarebbe comportata degnamente. Ma il viaggio, adesso, non pareva cominciare sotto buoni auspici. Nick sapeva che la relazione con Ryan era terminata subito dopo Natale, però sospettava che Hillary stesse combinando qualcosa di nuovo. Hillary era sempre tesa e si mostrava con i nervi a fior di pelle quando stava intraprendendo qualche nuova relazione amorosa, come un cavallo di razza che s'impenna e s'imbizzarrisce quando viene costretto ad allinearsi dietro i nastri della partenza in una gara. Nick sapeva di non poter far nulla per fermarla. Ma fintanto che Hillary non sbandierava a destra e a sinistra le sue avventure extraconiugali, Nick si era rassegnato a vivere con lei; fra l'altro, in quegli ultimi anni Hillary era diventata un po' più affettuosa verso il loro bambino. Tuttavia Nick si era sempre preoccupato che Johnny avesse bambinaie e governanti affettuose e ricche di calore umano. E poi aveva un padre che lo adorava, tutto sommato più di quel che Nick stesso avesse avuto alla sua età. Tuttavia non avrebbe mai accettato di rinunciare a Johnny, di divorziare e di vivere un'esistenza che lo costringesse a privarsi del bambino al quale voleva tanto bene. Johnny era il centro della sua vita e se per questo era necessario accettare Hillary con i suoi tradimenti e il suo temperamento capriccioso, era dispostissimo a pagarne il prezzo.

Adesso la seguì con lo sguardo mentre andava a sedersi davanti alla toilette, si passava un pettine fra i capelli morbidi come la seta e lo osservava nello specchio. Poi, come per dargli doppiamente fastidio, Hillary bevve una lunga sorsata di scotch allungato con l'acqua che c'era in un bicchiere, sul piano della toilette. Improvvisamente Nick si accorse che, sotto la vestaglia di satin bianco, Hillary portava un abito di seta nera.

«Esci, Hil?» La sua voce era pacata, i suoi occhi scintillavano come gemme di un color verde intenso.

Hillary esitò solo per un attimo e le sue narici da purosangue ebbero un fremito. A Nick parve quasi di vederla scalpitare come un cavallo di razza che si prepara a un'altra gara. «Veramente, sì. C'è una festa, stasera, dai Boynton.»

«Strano...» Lui sorrise, ironico, perché ormai la conosceva fin troppo bene. «Non ho visto l'invito.»

«Mi sono dimenticata di mostrartelo.»

«Non importa.»

Nick fece per uscire quando Hillary si voltò sullo sgabello della toilette e gli chiese a voce bassa: «Vuoi venire, Nick?»

Si voltò a guardarla. Molto probabilmente c'era davvero una festa in casa dei Boynton. Ma lui, Nick, andava di rado alle feste. Quando lo faceva, Hillary finiva invariabilmente in un angolo a civettare con qualche amico, vecchio o nuovo. «No, grazie. Ho del lavoro da sbrigare a casa.»

Lei tornò a voltargli le spalle. «Poi non dire che non te l'ho chiesto.»

«No, non lo dirò.» Nick si soffermò sulla porta, osservandola bere un altro sorso di scotch. «Salutali da parte mia e cerca di tornare a casa presto.» Lei annuì. «E, Hil...» ebbe un attimo di esitazione.

«Sì, Nick?»

E lui decise di andare fino in fondo, e di dirlo. «Cerca di non lasciarti dietro New York in fiamme, quando partirai. E qualsiasi cosa tu stia combinando, bambina, ricordati che partiamo fra due giorni. E comunque sia, tu devi venire con me.»

«Cosa significa questo?» Hillary si alzò e si voltò ad affrontarlo.

«Significa che partirai con me, anche nel caso tu dovessi lasciarti dietro qualche cuore sanguinante... sei mia moglie, per quanto ti piaccia dimenticarlo troppo spesso.»

«Non me ne dimentico mai.» La sua voce, mentre diceva queste parole, era colma di amarezza. Hillary detestava l'idea di essere sposata con lui, tanto più perché Nick era sempre così buono e gentile nei suoi confronti. La faceva sentire in colpa e non le garbava affatto. Voleva essere libera.

«Divertiti.» Nick si chiuse dolcemente la porta alle spalle e scese le scale per tornare dal bambino. Non appena se ne fu andato, Hillary si liberò della vestaglia, rivelando l'abito corto, di seta nera, scollatissimo e con le spalline che aveva comprato da Bergdorf Goodman. Si agganciò gli orecchini di brillanti e si guardò nello specchio. Sapeva che avrebbe visto Philip Markham alla festa e si domandò, mentre beveva fino all'ultima goccia lo scotch allungato con l'acqua, come facesse Nick a capirlo sempre. Niente era ancora successo con Phil, però lui sarebbe partito in agosto per Parigi e chissà che cosa sarebbe potuto succedere allora... chissà...

4

La nave enorme e slanciata era all'ancora al Molo 88 dell'Hudson, regale. Armand, arrestandosi per un attimo dopo essere sceso dalla limousine, alzò lo sguardo verso i tre fumaioli snelli che si stagliavano contro il cielo. La nave aveva una stazza di ottantamila tonnellate ed era la più veloce e la più sofisticata fra tutte quelle che viaggiavano su qualsiasi mare. Bastava guardarla per rimanere senza respiro; quando si contemplava tutta la sua bellezza, era inevitabile un attimo di reverente silenzio. La nave era ancora più bella quando viaggiava a tutto vapore, ma perfino lì, in riposo, all'ancora, sembrava innegabilmente una regina dei mari.

«Papà! Papà! Voglio vedere.» Elisabeth fu la prima a scendere dalla *Citröen* come una catapulta; si arrestò per un attimo di fianco a suo padre, con la manina stretta saldamente in quella di lui. «È questa?»

Armand abbassò gli occhi sorridendo verso la bambina più piccola. «Sì. *La belle Normandie, mon trésor*. Non vedrai mai un altro transatlantico simile a questo, piccolina. Per quanti ne possano costruire negli anni futuri, non ci sarà mai un altro *Normandie.*» Era un'opinione che già molti condividevano. Nei sette anni da quando era stata varata, la nave aveva accolto, fra i suoi passeggeri, personaggi importanti e tutta un'élite di persone ricche, viziate, eleganti, di innamorati della bellezza e del mare. Non c'era stato uno che non fosse d'accordo con questo giudizio. Il *Normandie* era un bastimento straordinario, assolutamente unico, il più bello, il più elegante, il più veloce. Un'isola galleggiante di lusso sotto ogni aspetto possibile e immaginabile.

Armand si voltò perché aveva sentito, più che vederla, che sua moglie era venuta a fermarsi vicino a loro. Per un attimo si era dimenticato di tutto e di tutti. Gli erano salite le lacrime agli occhi, avrebbe addirittura pianto, ma non se lo era permesso. C'era qualcosa nel *Normandie* che inteneriva il cuore e faceva sentire straordinariamente orgogliosi della Francia. Che realizzazione sublime, questa nave! Che orgoglio si provava solo a pensare alle fatiche d'amore che aveva richiesto, da prua a poppa, per tutto lo scafo, fin su, su, agli alberi che si allungavano verso il cielo! Era un'autentica bellezza.

Liane intuì la commozione di Armand e vi partecipò silenziosamente, osservando il volto di suo marito; quando questo si voltò verso di lei, gli sorrise.

«Hai preso di nuovo l'aria di un papà tutto fiero e orgoglioso», disse Liane, prendendolo garbatamente in giro a mezza voce e Armand scoppiò a ridere.

Tuttavia annuì, senza vergogna. Era vero ciò che sua moglie diceva. «Che vittoria per la Francia!»

A quel punto, ormai, anche Marie-Ange aveva raggiunto la sorellina e le due bambine si erano messe a saltare su e giù per la gioia. «Possiamo salire a bordo subito, papà? Possiamo? Possiamo?»

Liane le prese per mano e Armand si occupò di dare ordini al facchino e all'autista; cinque minuti dopo varcavano l'enorme arcata sulla quale era scritto «COMPAGNIE GENERALE TRANSATLANTIQUE», e salirono su un ascensore che li portò a un settore più elevato del molo. C'erano tre ingressi per i 1972 passeggeri che avrebbero compiuto quel viaggio, separati con molto tatto e denominati «PREMIERE CLASSE», «TOURISTE» e «CABINE». *Première classe* era la prima classe, naturalmente, e da quell'ingresso sarebbero entrati 864 passeggeri prima che la nave salpasse nel pomeriggio. Quando Armand, Liane e le bambine salirono sul ponte del *Normandie*, era passato da poco mezzogiorno. Avevano lasciato Washington alle cinque del mattino, in treno, ed erano arrivati a New York pressappoco mezz'ora prima. Ad aspettarli avevano trovato una limousine del consolato di New York che li aveva portati direttamente al Molo 88, sulla West 50th Street.

«Bonjour, Monsieur, Madame.» L'ufficiale in uniforme abbassò gli occhi sorridendo verso le due bambine impeccabilmente vestite. Marie-Ange ed Elisabeth indossavano due abitini identici di organdis celeste con i guanti bianchi, il cappellino di paglia e le scarpine di vernice lucida, nera. «*Mesdemoiselles, bienvenues à bord.*» Poi guardò educatamente in faccia Armand. Il giovane ufficiale aveva una vera passione per il suo lavoro; già da vari anni gli era stato assegnato l'incarico di controllare e accogliere i passeggeri che salivano a bordo; così aveva conosciuto Thomas Mann, Stokowski, Giraudoux, Saint-Exupéry, divi del cinema come Douglas Fairbanks, statisti, geni del mondo letterario, cardinali, peccatori e teste coronate di quasi ogni paese europeo. Era già emozionante perfino quell'attimo di attesa prima di sentirli pronunciare il loro nome, se non li si riconosceva alla prima occhiata – cosa che gli capitava piuttosto spesso. «*Monsieur?*»

«De Villiers», disse Armand con voce sommessa.

«*Ambassadeur?*» si informò il giovanotto e Armand glielo confermò con un cenno del capo.

«*Ah, bien sûr*» Naturalmente. Si accorse, mentre scorreva rapidamente con gli occhi la lista dei passeggeri una seconda volta, che i de Villiers avrebbero occupato una delle quattro *suites* più lussuose del transatlantico. Non poteva sapere che si trattava puramente di un gesto di cortesia da parte della *Transat*, come veniva chiamata la Compagnie Générale Transatlantique e rimase particolarmente colpito dal fatto che l'ambasciatore e la sua famiglia avrebbero occupato la suite Trouville, di *grand luxe*. «Le mostreremo subito la sua cabina.» Chiamò con un cenno un cameriere di bordo che si materializzò al suo fianco e si impadronì immediatamente della valigetta che Liane portava con sé. Il resto dei bagagli li aveva già preceduti da vari giorni e, per quel che riguardava le valigie portate con loro sul treno, li avrebbero raggiunti nel salotto della loro *suite* pochi minuti dopo che vi fossero entrati. Il servizio sul *Normandie* era superbo.

La *suite* Trouville si trovava sul ponte di passeggio, anzi, era una delle due *suites* disponibili su quel ponte fornita di una terrazza panoramica a uso esclusivo dei suoi occupanti, la quale dava sull'ampio spiazzo all'aperto riservato all'elegante Café-Grill. C'erano panchine e lampade e le scale, unitamente al parapetto, formavano un disegno dal motivo molto raffinato che Armand notò subito affacciandosi sulla loro terrazza privata. Dentro, c'erano quattro ampie ed eleganti camere da letto, una per Liane e lui, una per ciascuna delle due bambine e una anche per la loro governante. Sullo stesso ponte erano disponibili anche ulteriori cabine per i domestici extra che potevano averli accompagnati. Una di queste cabine era necessaria per l'assistente di Armand, Jacques Perrier, che viaggiava sulla stessa nave in modo che Armand potesse continuare il suo lavoro. Quanto al resto di queste cabine, chiamate *studios*, nessuna sarebbe stata usata dai de Villiers e, di conseguenza, sarebbero rimaste tutte chiuse. Gli unici altri abitanti di questo raffinatissimo ponte superiore sarebbero stati i membri della famiglia che occupava la *suite* Deauville, identica alla *suite* Trouville quanto a grandiosità e lusso, ma completamente diversa nell'arredamento dalla *suite* di stanze dei de Villiers. Ogni cabina di prima classe sul transatlantico era arredata in modo completamente diverso, e niente vi era ripetuto. Ogni singola stanza era assolutamente unica, fin nei minimi particolari. Così, quando Armand e Liane, dopo aver contemplato la loro *suite*, si guardarono negli occhi, Liane cominciò a ridere. Tutto era talmente straordinario e incredibile, talmente elegante, talmente bello che si accorse di essere eccitata come le sue bambine.

«*Alors, ma chérie.*» Le sorrise mentre il cameriere si ritirava lasciandoli nel grande salotto della *suite*, in piedi vicino al famoso pianoforte a mezzacoda che le era stato promesso. «*Qu'en penses-tu?*» Cosa ne pensi? Cosa ne poteva pensare, Liane? Era un posto mirabolante dove trascorrere cinque giorni, cinque settimane... cinque mesi... cinque anni... Sarebbe stato magnifico restare a bordo del *Normandie* per sempre. E Liane si accorse, fissando suo marito negli occhi, che lui pure pensava la stessa cosa.

«È incredibile.» Tutto intorno a loro, durante il tragitto che avevano percorso per raggiungere la *suite*, avevano notato i sontuosi motivi ornamentali nello stile dell'*art déco*, i legni pregiati, le stupende sculture, gli enormi pannelli di vetro, gli specchi. Era qualcosa di più di un albergo galleggiante; sembrava piuttosto una città perfetta che fluttuasse sulle acque, dove non c'era assolutamente nulla di stonato, dove ogni cosa sulla quale si posavano gli occhi era piacevole e armoniosa. Liane andò a sedersi sul divano di velluto verde bottiglia e scoppiò a ridere come una bambina, fissando Armand. «Mi garantisci che non sto sognando? Adesso non mi sveglierai e non mi ritroverò a Washington?»

«No, amore mio.» Armand venne a sedersi di fianco alla moglie. «È tutto vero.»

«Ma questa *suite*, Armand... mi vengono i brividi a pensare quel che deve essere costato tanto lusso!»

«Te l'ho già detto, ci hanno fatto salire di un grado dalle cabine di lusso che avevo prenotato.» Armand aveva preso nuovamente la sua aria vittoriosa mentre sorrideva alla moglie. Gli faceva sempre un gran piacere renderla felice: era evidente che, adesso, Liane era non meno stupefatta e sbalordita di lui. Negli anni lontani in cui aveva fatto dei viaggi con suo padre, le era capitato di trovarsi circondata da un grande lusso e dal fasto ma questo era qualcosa di più, qualcosa di totalmente singolare, di unico. Il solo fatto di trovarsi sul *Normandie* anche per un momento dava la sensazione di far parte della Storia. Non era difficile convincersi che non ci sarebbe mai più stata una nave simile a questa, che la gente ne avrebbe parlato per anni e anni. «Vuoi bere qualcosa, Liane?» Armand spalancò due ante di legno massiccio e mise in mostra un armadio-bar straordinariamente ben fornito: Liane fissò prima il bar e poi suo marito.

«Dio benedetto! Si potrebbe far galleggiare il transatlantico su tutta quella roba!» Ma, intanto che Liane faceva i suoi commenti, Armand aveva aperto una bottiglia di Dom Pérignon. Gliene riempì un calice, glielo porse, poi si voltò a riempirne uno anche per sé. Infine, sempre in piedi, guardando la sua bellissima moglie, levò il calice che stringeva fra le dita, con gli occhi fissi in quelli di lei, e fece un brindisi. «Alle due signore più belle del mondo, questa nave *Normandie... et ma femme*!» La nave e sua moglie. Liane aveva l'aria felice mentre beveva un sorso di vino spumeggiante; poi si alzò e gli venne vicino. Sembrava un'altra luna di miele, tanto che Liane fu costretta con uno sforzo a ricordarsi che, nella camera adiacente, c'erano le bambine.

«Vogliamo fare quattro passi e dare un'occhiata in giro?» domandò Armand.

«Credi che le bambine si troveranno bene?»

Armand la guardò divertito, poi scoppiò a ridere. «Qui? Penso proprio che se la caveranno discretamente!» Fra l'altro, *Mademoiselle* si era già messa ad aiutarle a tirar fuori bambole e giocattoli dai loro bauli, che avevano trovato ad aspettarle nelle loro cabine.

«Io so benissimo quel che voglio vedere.»

«E cosa sarebbe?» Restò a guardarla mentre Liane si passava

un pettine fra i lunghi capelli biondi e provò un fremito di desiderio per lei. Era stato talmente impegnato in quelle ultime settimane che quasi non si erano visti. Pareva che non ci fosse mai il tempo di stare un po' insieme. Ma per fortuna sulla nave avrebbero avuto il tempo di passeggiare, girellando da un ponte all'altro e di chiacchierare come era sempre piaciuto fare a tutti e due durante i dieci anni precedenti. Armand si sentiva solo e triste, se non aveva tempo a sufficienza per parlare con lei. Ma durante il viaggio si era ripromesso di lavorare con Jacques Perrier soltanto dalle nove a mezzogiorno; per il resto del tempo, sarebbe stato libero. Del resto, quel viaggio rappresentava una rara occasione anche per Perrier. Era un giovanotto più o meno dell'età di Liane e, normalmente, sarebbe tornato in Francia viaggiando su una nave meno lussuosa, in seconda classe. Ma stavolta, per ricompensarlo di cinque anni di lavoro ininterrotto e devoto, Armand era intervenuto in suo favore, gli aveva fatto ottenere uno sconto speciale e di conseguenza anche per lui era stato possibile compiere la traversata sul *Normandie*. Liane, quando aveva sentito la notizia, ne era stata ben felice per Jacques, ma adesso sperava che avrebbe trovato qualche occupazione cui dedicarsi per conto proprio. Come Armand, lei pure anelava a trascorrere un po' di tempo sola con suo marito. Quanto alle bambine, sapeva che avrebbero avuto una quantità di divertimenti, con la piscina, le sale da gioco per i bambini, il canile dove avrebbero potuto andare a trovare i cani che viaggiavano con i loro padroni, il teatro dei burattini e il cinema. C'era un mucchio di cose che avrebbero potuto fare e Liane sperava che Jacques ne avrebbe trovate altrettante. Mentre uscivano dalla loro *suite*, domandò ad Armand se pensava che Jacques si trovasse già a bordo.

«Ci troverà non appena saremo salpati, stai pur certa.» Jacques aveva passato due giorni a New York per conto proprio per vedere un po' di amici e stava, di certo, facendo festa nella sua cabina. «E adesso, si può sapere cos'è quello che sei tanto ansiosa di vedere, Liane?»

«Tutto!» Le splendevano gli occhi come quelli di una bambinetta. «Voglio vedere il bar con le pareti di pelle di cinghiale laccata, il giardino d'inverno... il grande salone...» A questo punto alzò gli occhi verso il marito, a sorridergli. «Voglio vedere perfino il *fu-*

moir dei signori. Ha un aspetto addirittura incredibile nella *brochure.*» Era stata molto diligente nello studiare ciò che li aspettava e Armand ne fu divertito.

«Non credo proprio che riuscirai a entrare nella sala da fumo dei signori per ammirarla, amore.» La contemplò nuovamente, da capo a piedi, nell'elegante abito di seta rossa che indossava. Era difficile credere che erano sposati da dieci anni. Liane dimostrava diciannove anni, non un solo giorno in più. E per Armand, che la considerava dal punto di vista di una persona con ventiquattro anni di più sulle spalle, Liane aveva sempre dato l'impressione quasi di una bambina. Adesso, quando Liane si avviò per la passeggiata, sottobraccio al marito, parvero subito una coppia straordinariamente bella: così, stretti l'uno all'altro, girellarono per il ponte inferiore, scesero su quello di passeggio che c'era a prua, dal quale si poteva vedere New York avvolta nella foschia di quella luminosa giornata di giugno. Lì, invece, sul transatlantico, soffiava una lieve brezza. Pochi minuti più tardi, rientrarono e scesero sul ponte di passeggio inferiore, visitarono rapidamente il grande salone della prima classe e diedero un'occhiata al teatro; poi Liane gli parlò della piscina.

«È costruita in modo che, da una parte, è meno profonda del resto; così le bambine non correranno nessun pericolo!»

«Quei due pesciolini?» Armand sorrise rivolgendo lo sguardo alla moglie. «Non correrebbero pericolo in nessuna piscina.»

«In ogni caso mi sento ugualmente più tranquilla sapendo che, in questa, c'è una zona più protetta dove possono nuotare. Credi che sia aperta, adesso?» Voleva vedere tutto insieme.

«Ho il vago sospetto che la terranno chiusa fino a quando il transatlantico non sarà salpato.» Il *Normandie* era famoso per i suoi sontuosi e bizzarri festeggiamenti al momento della partenza e c'era da scommettere che sarebbe di certo venuto in mente a qualcuno di recarsi in piscina con un paio di bottiglie di champagne. E, in tal caso, non sarebbero mai riusciti a far scendere tutti i visitatori dalla nave. Le cose erano già abbastanza difficili così!

Infatti, si poteva vedere ovunque una gran massa di gente che si aggirava per la nave, visitandola minuziosamente, che lanciava un'occhiata ai sontuosi saloni, si intrufolava negli eleganti salotti e nelle *suites.*

Una volta visitato il teatro, raggiunsero la biblioteca, un bellissimo locale dall'aspetto severo e fu, subito dopo la biblioteca, che Liane scoprì il famoso giardino d'inverno di cui aveva sentito parlare. Le sfuggì un'esclamazione soffocata di stupore, quando c'entrarono. Dappertutto si intravedevano folte e lussureggianti piante di ogni genere e tipo, una vera e propria giungla tropicale, fontane di marmo che spruzzavano l'acqua con un lieve chioccolio, alte gabbie di vetro colme di uccelli esotici e si aveva la curiosa sensazione di trovarsi all'aria aperta, dovuta al fatto che avevano raggiunto la prua della nave. Liane trovò che era il locale più stravagante e bizzarro che le fosse mai capitato di vedere e si voltò verso il marito con uno sguardo incredulo e felice. A ogni momento che passava, le pareva sempre di più di vivere in un sogno.

«È perfino più bello delle fotografie che ci sono nella *brochure*!» In realtà, tutto il transatlantico lo era. Fin da quelle prime occhiate, si poteva notare subito che ovunque c'erano straordinari tesori, minuziosi dettagli che non potevano essere adeguatamente illustrati da una fotografia o da un disegno e sembravano quasi indescrivibili Era una specie di stupendo e raffinato paese delle fate, pieno di persone straordinariamente belle, dall'aria interessante, le quali si aggiravano in un ambiente più spettacolare di Versailles o Fontainebleau. Sia Liane, sia Armand si trovarono d'accordo nel dichiarare che non avevano mai visto nulla di simile, nulla che potesse rivaleggiare con il *Normandie* e, mentre si dirigevano senza fretta verso l'altra estremità della nave, verso la zona del ponte adibita a solarium, dove avrebbero vissuto per la settimana successiva, sentirono una eco dei loro pensieri nei sommessi mormorii di altre voci: «Straordinario... *extraordinaire... un miracle... incroyable*... incredibile... singolare... questa nave è in tutto e per tutto la regina dei mari!» Si sentiva fare da ogni parte il confronto fra questa e altre navi e altri transatlantici: eppure nessun confronto era possibile. Questa si distaccava da tutte le altre. Faceva spicco. Il *Normandie.* Un'opera d'arte unica. Il gioiello più splen dente, quello che coronava l'intera flotta francese.

«Vogliamo vedere se Jacques è arrivato, Liane?» Si stavano incamminando, in quel momento, al di là degli *studios*; si stavano avvicinando alla loro *suite* e, solo per un attimo, Liane provò, in fondo al cuore, una lievissima fitta di dispiacere. Non desiderava affatto, ancora, di vedere Jacques... anzi non desiderava vederlo per nulla! Voleva Armand tutto per sé, voleva godersi quel viaggio sola con lui. Quasi quasi, le dispiaceva di aver portato le bambine. Sarebbe stata una cosa meravigliosa averlo tutto per sé nei cinque giorni successivi.

«Come vuoi, Armand.» Sempre ubbidiente, sapeva quanto ad Armand fosse necessario Jacques. Tuttavia sarebbe stato molto più simpatico se non avessero dovuto lavorare anche a bordo. D'altra parte, la vita di Armand era fatta così. Le sue responsabilità al di sopra di ogni altra cosa. Si fermarono e bussarono, ma Liane, con grande sollievo, si accorse che non ricevevano nessuna risposta. Un cameriere si avvicinò immediatamente.

«Sta cercando *Monsieur* Perrier, signor ambasciatore?»

«Precisamente.»

«È al Café-Grill con i suoi amici. Vuole che le mostri la strada?»

«No, no, va bene così.» Armand rivolse un cortese sorriso al cameriere. «Ci sarà tutto il tempo di trovarlo quando saremo salpati.» Se non altro, adesso, sapeva che il giovanotto era a bordo. Ormai non ne dubitava, ma aveva preferito assicurarsene. C'erano ancora alcuni rapporti importantissimi da preparare, in previsione dell'arrivo di Armand in Francia. «Grazie mille.»

«Si figuri. Io sarò il loro capocameriere per questo viaggio. Jean-Yves-Herrick.» Pronunciò il nome come se fosse *Err-eek* ma, Armand, dal suo accento, aveva già capito che era oriundo della Bretagna. «Credo che troveranno un messaggio da parte del capitano Thoreux nella loro *suite.*»

«Grazie di nuovo.» Armand seguì Liane nell'interno ed ecco, infatti, vicino a un'enorme cesta di fiori stupendi, sul pianoforte, a due cestini di frutta, omaggio degli amici di Washington, una lettera del capitano Thoreux che li invitava ad assistere alla partenza della nave dal ponte di comando, un raro privilegio concesso a poche persone soltanto. E Liane ne fu molto contenta.

«Credi che ci permetterà di portare la macchina fotografica?»

«Non vedo perché no. Vuoi dare un'occhiata alle bambine prima di andare?» Ma quando le cercò, Liane si accorse che erano sparite. *Mademoiselle* aveva lasciato un messaggio per i de

Villiers nel quale li informava che le bambine avevano manifestato il desiderio di vedere il canile e il campo da tennis sul ponte scoperto superiore; Liane, d'altra parte, sapeva che non avrebbero corso alcun pericolo con la governante. C'era una quantità di cose che le bambine potevano vedere, un gran numero di posti da esplorare e quindi si affrettò a seguire Armand, percorrendo a ritroso il tragitto che avevano appena fatto. Il ponte cui alludeva il capitano della nave, così, scoprirono, era situato a prua, proprio sopra il giardino d'inverno che aveva lasciato Liane così estasiata appena poco prima

Due ufficiali erano fermi, in silenzio, a fare la guardia ai lati della cabina di comando, tenendo a bada i curiosi perché non vi entrassero. Armand consegnò loro la letterina che gli aveva mandato il capitano Thoreux e, con Liane, fu invitato subito a entrare. Era un uomo segaligno, con i capelli bianchi, una fitta rete di rughe profonde intorno agli occhi azzurro-cupo, il quale baciò la mano di Liane, strinse vigorosamente quella di Armand, e diede a tutti e due il benvenuto a bordo della nave di cui i de Villiers cominciarono subito a cantare le lodi.

«Siamo molto orgogliosi di lei.» E li guardò raggiante. Infatti il *Normandie* aveva appena vinto, di nuovo, il Blue Riband per il record di velocità nell'attraversamento dell'Atlantico. Tuttavia, come tutti ben sapevano, la nave era celebre non soltanto per questo, ma anche per la sua bellezza.

«È ancor più stupenda di quel che immaginavamo. Una nave straordinaria.» Armand si guardò intorno, osservando l'ordine perfetto che regnava sul ponte. Pareva di guardare nell'interno di un orologio svizzero. Vi regnava la precisione più minuziosa, ogni cosa era immacolata, ogni azione eseguita a regola d'arte con grande professionalità. Su un largo tavolo erano aperte le carte marine; la vista da lì era superba; c'era anche una piattaforma sopraelevata sulla quale andarono a mettersi il capitano e il primo ufficiale per dirigere i movimenti della nave che, da quanto Armand aveva già sentito dire da parecchi anni, era una delle più silenziose che navigassero sui mari. Inizialmente era corsa la voce che, sulla nave, si udissero certe vibrazioni sgradevoli, ma perfino quel problema era stato superato sul *Normandie* fin dai primi giorni. Non solo, ma, data la stupenda struttura dello scafo, si diceva che non si lasciasse dietro, quasi, una scia. Insomma, una volta realizzata, si era addirittura rivelata, sotto ogni aspetto possibile e immaginabile, superiore ai sogni del suo progettista e del suo costruttore.

Un po' in disparte, da un angolo tranquillo, dove non potevano dar fastidio a nessuno, Armand e Liane restarono a osservare la nave che salpava, staccandosi lentamente dal Molo 88, aiutata dai rimorchiatori fino a quando non fu uscita dal porto, per poi girare lentamente verso est e puntare la prua in direzione della Francia, finché, a un certo punto, il porto di New York lentamente scomparve in lontananza e si trovarono in alto mare. Armand restò nuovamente colpito dalla celerità delle manovre del transatlantico e dalla perfetta organizzazione che l'équipe di collaboratori del capitano Thoreux rivelava nel suo lavoro.

«Ci auguriamo che facciate un ottimo viaggio.» Thoreux sorrise nuovamente a Liane. «E sarebbe un grande onore per me se voleste cenare al mio tavolo, stasera. Abbiamo qualche personaggio interessante a bordo. Come sempre.» Era troppo orgoglioso della sua nave per non vantarsene, almeno un po'; d'altra parte ne aveva motivo e Armand accettò l'invito con piacere, chiedendosi chi altri ci fosse a bordo e chi avrebbero conosciuto al tavolo del capitano. Si augurava che Liane potesse divertirsi un po', fare qualche amicizia e trovare qualcuno con cui passare piacevolmente il tempo mentre lui lavorava con Jacques. Ringraziarono nuovamente il capitano e tornarono nella *suite* Trouville.

Ormai erano quasi le tre del pomeriggio e Armand propose di ordinare un tè e qualche tartina che avrebbero preso lì, nelle loro stanze. Avevano una piccola dispensa, a loro uso e consumo, e la sala da pranzo che avevano già notato prima si sarebbe rivelata utile in momenti come questo; Liane andò a sdraiarsi sull'ampio e accogliente letto con la coperta di raso azzurro, Armand si mise a leggerle il menu e lei scoppiò a ridere.

«Non riuscirai neppure a farmi rotolare giù dalla nave, in Francia, se mangerò tutta questa roba.»

«Puoi permetterti di ingrassare anche un paio di chili!» Liane aveva la tendenza a essere troppo magra, però Armand doveva ammettere che gli piaceva così: con la figura snella, elegante, slanciata. Le dava sempre l'aspetto di una puledrina, soprattutto quando giocava con le bambine sul prato. In Liane c'era sempre stato qualcosa di giovanile soprattutto ora che, tolto il *tailleur* di seta rossa, gli era apparsa coperta da fluttuanti drappeggi di raso guarniti di pizzo, ma di proporzioni minuscole. Armand mise lentamente in disparte il menu e le si stava avvicinando con ben altri pensieri per la mente, quando il campanello alla porta della *suite* si mise a suonare. Armand esitò per un attimo e Liane sospirò.

«Torno subito.» Ma lei aveva già capito, prima ancora di sentire la sua voce. Era Jacques Perrier, sempre zelantissimo nei suoi doveri. Con quella faccia grave, gli occhiali cerchiati di corno, gli abiti scuri, la valigetta di cuoio piena zeppa di documenti e di carte. Liane lo conosceva fin troppo bene. La luna di miele con Armand sarebbe finita prima ancora di cominciare, con l'aiuto di Jacques Perrier! Li sentiva, adesso, confabulare nel salotto; un attimo dopo, Armand tornò da lei.

«Se n'è andato?» Liane si mise a sedere sul letto; sul suo corpo flessuoso spiccavano ancora il reggiseno, il reggicalze e le calze, che non si era tolte.

«No... mi spiace, Liane. C'è qualche cablogramma che, evidentemente, è arrivato appena prima della nostra partenza. Devo... è questione di un momento...» ma era incerto, non trovava le parole, tentava di leggere quello che gli dicevano i suoi occhi. Liane, tuttavia, si limitò a sorridergli.

«Va bene. Capisco. Lavorerete qui?»

«No, pensavo di andare nella sua cabina. Ordina qualcosa da mangiare, fra mezz'ora torno.» Le sfiorò le labbra con un rapido bacio e poi scomparve, già con il pensiero rivolto ai suoi doveri per la Francia. Liane tornò a guardare il menu. Ma non era di cibo che aveva fame; era di Armand che sentiva bisogno, di una parte più lunga del suo tempo; non ne avevano mai a sufficienza. Si tornò a distendere sul letto, provò a rilassarsi, tendendo l'orecchio al lieve mormorio della nave finché non si addormentò e si mise a sognare Armand e una spiaggia della Francia del sud. Stava cercando di raggiungerlo, ma non riusciva ad andare oltre una guardia la quale insisteva per non farla passare. La guardia aveva la faccia di Jacques Perrier. Dormì in questo modo per un paio d'ore mentre Marie-Ange ed Elisabeth costringevano la loro governante a seguirle in piscina.

Nella *suite* Deauville, Hillary Burnham era ferma davanti all'armadietto-bar e lo fissava esasperata. C'era champagne a barili, ma non riusciva a trovare lo scotch.

«Questo è un bar che fa pietà, accidenti! Puzza di francese da fare schifo... questa gente sa pensare soltanto al suo maledettissimo vino.» Richiuse con violenza gli sportelli e si voltò a guardare Nick, sgranando gli occhi neri, scintillanti come onice lucente, i capelli che parevano un manto di seta sull'abito di *crêpe de Chine* bianco, di una bellezza spettacolosa. Aveva scaraventato su una seggiola il cappellino che accompagnava quella raffinata toilette non appena entrata nel salotto della *suite*, quasi senza badare all'arredamento o accorgersi della bellezza di quello che la circondava. Tutto ciò che la interessava, al momento, era avvertire la sua cameriera personale di cominciare a tirar fuori i vestiti dai bauli e di stirarle la gonna di satin nero e la camicetta, scollatissima, di satin fragola che avrebbe portato quella sera.

«Non vuoi dare un'occhiata in giro prima di bere qualcosa, Hil?» Nick la seguì con lo sguardo mentre Hillary si allontanava dall'armadietto-bar, scrollando il capo; in quel momento gli fece venire in mente, come già era capitato molto tempo prima, un'altra volta, una bambina petulante, disperatamente infelice. A dir la verità, non aveva mai capito molto bene per quale motivo Hillary lo fosse. Ci si poteva ripetere che era stata troppo viziata da bambina, che il matrimonio l'aveva condizionata più di quel che non capitasse a tante altre donne, che era delusa della propria vita, tuttavia, continuava a essere difficile capirne il perché. Sotto quel modo di esprimersi così tagliente e quelle parole aspre, c'era sempre la bellissima ragazza di un tempo che, ancor oggi, era capace di incantarlo, di farlo restare senza respiro. Ciò che lo rattristava era non poter mai ispirare gli stessi sentimenti anche a lei. Per pochi attimi di follia si era detto che, sulla nave, forse Hillary sarebbe stata diversa, che, lontana dalle amicizie abituali e dal ritmo frenetico della sua esistenza, forse sarebbe tornata a essere la ragazza che aveva conosciuto un tempo... ma era stato un pensiero sciocco e assurdo e adesso Nick lo capiva. La sera precedente, dallo spogliatoio di Hillary erano state fatte parecchie telefonate clandestine e, alle undici, era uscita per un paio d'ore. Nick non le aveva domandato dove fosse andata. Del resto, a questo punto, non aveva grande importanza. Partivano, dovevano rimanere lontano per un anno e, di qualsiasi cosa si trattasse, capiva che Hillary se la sarebbe lasciata dietro. «Gradisci un po' di champagne?» La sua voce era cortese, ora, ma priva del calore di prima.

«No, grazie, credo che andrò a fare una capatina nel bar.» Hillary lanciò un'occhiata alla piantina della nave e vide che ce n'era uno esattamente sotto di loro; così, dopo essersi passata rapidamente il rossetto sulle labbra, si avviò alla porta. Johnny era fuori, sul loro ponte privato con la bambinaia, a guardare, eccitatissimo, la silhouette di New York in lontananza mentre uscivano dal porto e, per un attimo, Nick si sentì dilaniato fra due scelte, ma poi prese la rapida decisione di seguire sua moglie. Questo era un ottimo posto per non farla ricadere nelle vecchie abitudini e voleva tenerla d'occhio. Qualsiasi cosa Hillary avesse fatto a New York, Nick non aveva intenzione di permetterle di comportarsi allo stesso modo durante quell'anno di lontananza. La comunità americana a Parigi non era particolarmente di manica larga e Nick non desiderava che sua moglie suscitasse qualche scandalo. Se poi Hillary avesse continuato a mostrarsi irrequieta come aveva fatto nei nove anni precedenti, non avrebbe avuto altra soluzione all'infuori di quella di starle alle calcagna. «Dove stai andando?» Girò di scatto la testa a guardarlo, con aria meravigliata.

«Pensavo di seguirti al bar.» Nick aveva conservato un tono di voce pacato e, quando i loro occhi si incontrarono, restarono fissi gli uni negli altri. «Ti spiace?»

«Niente affatto.» Si erano parlati come due sconosciuti; tuttavia, un attimo più tardi, Nick la seguì per il corridoio. Hillary scese nel Grillroom del ponte inferiore dove il buffet era aperto giorno e notte e le pareti rivestite di quella famosa pelle di cinghiale laccata che aveva colpito tanto la fantasia di Liane. Si trattava di un locale enorme e arioso che dava sul ponte di passeggio della prima classe, dove molti dei passeggeri si erano radunati al momento in cui la nave aveva cominciato ad allontanarsi dal porto. Adesso, a coppie, a piccoli gruppi, erano rientrati senza fretta nel salone del grill, con le facce animate, le voci liete, ridenti, vibranti di emozione per quel viaggio. Sembrava che soltanto Hillary e

Nick fossero seduti al loro tavolo nel silenzio più totale; almeno, fu questa l'impressione che lui ebbe mentre osservava la gente che entrava e prendeva posto agli altri tavolini. Gli pareva curioso di non aver niente da dire a sua moglie ma, d'altra parte, si stava accorgendo che, ormai, erano diventati quasi due estranei l'uno per l'altra. Sua moglie era praticamente un'ignota, adesso. Tutto quello che sapeva di lei era che andava di continuo a feste e ricevimenti, si comprava vestiti nuovi e scappava a Newport e a Boston appena le era possibile. Era abbastanza strano esser lì, seduti insieme, tanto che Nick, a un tratto, si domandò se Hillary, la quale stava ordinando scotch allungato con l'acqua, non si sentisse prigioniera in una trappola, trovandosi in sua compagnia. Non riusciva neppure a venirgli in mente qualcosa da dire. Che cosa si può dire a una donna la quale non ha fatto che evitarti per quasi nove anni? «Ciao, come va la vita? Dove sei stata nell'ultimo decennio... salve, mi chiamo...» Si mise a sorridere tra sé per l'assurdità di quel che stava pensando e, alzando gli occhi, notò che Hillary lo occhieggiava con un misto di curiosità e di sospetto.

«Cosa c'è di tanto buffo, Nick?»

Lui fu lì lì per rispondere qualcosa di vago, di suadente, di impersonale ma poi decise di fare il contrario. «Siamo buffi, non trovi? Stavo cercando di ricordare l'ultima volta che ci siamo trovati seduti a un tavolino come questo, da soli, senza avere un posto dove andare, un appuntamento a cui precipitarci. È buffo, tutto qui. Mi stavo domandando che cosa dirti.» Era talmente facile farla infuriare... e Nick, in realtà, non ne aveva nessuna voglia. Anzi, quasi si augurava che potessero tornare buoni amici. Chissà, forse quell'anno a Parigi sarebbe stato un bene per tutti e due. Forse anche Hillary avrebbe fatto uno sforzo in tal senso, visto che non aveva più la piccola cerchia di amici dai quali correre a Boston. Sorrise nuovamente a questo pensiero e coprì una delle mani bellissime e affusolate di Hillary con la propria, sentendo sotto le dita il brillante da dieci carati che le aveva comprato. Nei primi tempi le aveva comprato moltissimi gioielli, ma capitava raramente che Hillary si mostrasse contenta di riceverli come lo era lui nell'offrirglieli, tanto che, di recente, i suoi doni erano completamente cessati. Tuttavia Nick sapeva che non erano mancati quelli di altri, come la giacca di volpi dell'inverno precedente e una grossa spilla di smeraldi che Hillary aveva cominciato a portare molto spesso, ostentatamente, quando era con lui. E un anello con il rubino... si impose di evitare questi pensieri. Adesso non servivano a nulla. Girò nuovamente gli occhi verso quelle grandi iridi nere e sorrise. «Salve, Hillary. Che piacere averti qui!»

«Trovi?» Sembrò che la collera scomparisse, per essere sostituita da una vaga tristezza. «Non so proprio perché dovrebbe essere un piacere, Nick. Non sono stata un granché, come moglie.» La sua voce non aveva un tono di scusa, ma era soltanto velata da un poco di amarezza mentre pronunciava questa affermazione.

«Ci siamo estraniati, in questi ultimi anni, Hil, siamo diventati due sconosciuti l'uno per l'altro ma non è necessario che le cose vadano avanti in questo modo per sempre.»

«Sono già andate avanti così anche troppo, Nick. Io sono una donna adulta, una donna matura, ormai, una donna che tu quasi non conosci e, a dirti la verità, per buona parte del tempo non riesco neppure a ricordarmi chi tu sia. Ho un vago ricordo delle feste alle quali siamo andati tanto tempo fa, di com'eri bello, di come mi eccitavi, poi ti guardo, e hai lo stesso aspetto di allora...» I suoi occhi avevano uno scintillio troppo vivo, uno scintillio sospetto, e si affrettò a girarli dall'altra parte. «Ma non lo sei.»

«Sono cambiato fino a tal punto in tutti questi anni?» Anche Nick pareva rattristato, adesso. Queste erano parole che avrebbero dovuto pronunciare molto tempo prima, ma non lo avevano mai fatto. Ed eccoli qui, d'un tratto, adesso, nel bar di una nave che stava per salpare, ad aprire i loro cuori. «Sono così diverso adesso, Hil?»

Lei annuì, con gli occhi lucidi di lacrime, poi tornò a guardarlo. «Sì, sei mio marito.» Lo disse come se fosse una parola terribile e Nick ritrovò in lei l'antica irrequietezza nel modo in cui muoveva le spalle e si tirava indietro di scatto dal tavolino, appoggiandosi allo schienale della poltroncina, come per sfuggirgli.

«Ed è una cosa così terribile?»

«Credo...» Aveva un nodo alla gola e sembrava che facesse fatica a pronunciare quelle parole; tuttavia, anche lei, almeno per una volta, prese la decisione di andare fino in fondo e di dire tutto. Era meglio che Nick sapesse ciò che lei provava. Perché no, del resto? «Credo che, per me, lo sia. Comincio a pensare di non essere mai stata quel tipo di ragazza che aspira soltanto a sposarsi, Nick.» Stavolta le parole di Hillary furono pronunciate nel tono di chi si confessa; l'amarezza era scomparsa, sembrava tornata a essere la bellissima giovane debuttante, la «debuttante» che lui, Nick, aveva «violentato» (come Hillary gli aveva detto una volta), che aveva fatto restare incinta, che aveva «rapito» dalla sua casa e «forzato» al matrimonio. Si trattava di una sceneggiatura che aveva riscritto completamente già da molto tempo ed era convintissima della verità di ogni parola che stava dicendo. Era inutile mettersi a discutere o rammentarle che era stato un suo preciso desiderio quello di andare a letto con lui, Nick; che il fatto di essere rimasta incinta era stato colpa anche di Hillary, e non solo di lui; che aveva cercato di salvare il loro rapporto coniugale mettendoci tutto l'impegno possibile, ma che lei non si era mai neppure sforzata di fare il più piccolo tentativo al riguardo. «Ho la sensazione... ho la sensazione di essere in trappola, perché sono sposata... come se fossi un uccello che non può volare, ma soltanto sbattere le ali, zampettare al suolo, senza riuscire ad andare in nessun posto, sbeffeggiato dai suoi amici. Mi fa...» esitò per un attimo, ma poi continuò. «Mi fa sentire brutta... come se non fossi più quella di una volta.»

«Sei ancor più bella di quello che eri.» Nick pronunciò queste parole guardandola dritto negli occhi e osservando la pelle morbida, bianchissima, i capelli di seta, la curva delicata delle spalle, le braccia aggraziate. Non c'era niente di brutto in Hillary Burnham, salvo, a volte, il suo contegno e il suo modo di comportarsi. Ma questo Nick non lo disse. «Sei diventata una donna straordinariamente bella. Ma non c'è da meravigliarsi. Sei sempre stata una ragazza straordinariamente bella.»

«Ma non sono più una ragazza, Nick. Non sono neppure una donna.» Fece una pausa come se cercasse le parole. «Tu non sai che cosa vuol dire essere sposata, per una donna. È come diventare la proprietà di qualcuno, una *cosa* in possesso di un uomo, e nessuno ti vede più come realmente sei.» Era qualcosa cui Nick non aveva mai pensato e adesso gli sembrava vagamente pazzesco questo modo di ragionare. Era forse contro tutto ciò che Hillary aveva continuato a lottare in tutti quegli anni? Era per questo motivo che aveva avuto tutte quelle relazioni extraconiugali? Era il suo modo di lottare per sentirsi una entità separata, per essere qualcuno, o qualcosa, per conto proprio? Era un pensiero nuovo, per lui.

«Ma io non penso a te come a un mio possesso. Penso a te come a mia moglie.»

«E questo cosa significa?» Per la prima volta da una mezz'ora la sua voce era nuovamente venata di collera; mentre un cameriere passava, Hillary gli fece segno di portarle un altro scotch. «Mia moglie. Pare di sentir dire 'la mia seggiola, il mio tavolo, la mia automobile'. Mia moglie. E con questo? Chi sono io quando sono con te? La moglie di Nicholas Burnham. Per amor di Dio, non ho più neppure un nome che sia veramente mio. La madre di Johnny... è come essere il cane di qualcuno. Io voglio essere *me. Hillary*!»

«Soltanto Hillary?» Nick la guardò con un sorriso triste.

«Soltanto Hillary.» Lei ricambiò quello sguardo, lo fissò a lungo, poi bevve un sorso di liquore.

«È questo che sei per i tuoi amici, Hil?»

«Per qualcuno, sì. Se non altro, la gente che conosco non dà nessuna importanza a chi tu sei. Sono stanca da morire di continuare a sentir parlare di Nick Burnham... Nick Burnham questo... Nick Burnham quello... oh, lei deve essere la moglie di Nicholas Burnham... la moglie di Nick Burnham... Nick Burnham... Nick Burnham... Nick Burnham!» Aveva alzato la voce e Nick le fece segno di tacere. «E non dirmi di chiudere il becco, maledizione! Non puoi capire che cosa si provi!» Era quasi un piacere affrontarlo così. Qualcosa di nuovo, in quelle due esistenze totalmente separate che conducevano! Adesso, forse, Nick avrebbe capito che cosa mascherava la sua smania di indipendenza. Curioso che fosse stato proprio questo ad attirarla verso Nick, in origine. E lui lo capì. Le era piaciuto il fatto che lui fosse Nicholas Burnham, con tutta l'importanza che questo nome portava con sé. «E voglio dirti anche un'altra cosa. A Boston non c'è una sola persona alla quale importi chi tu sei, Nick.» Questo non era del tutto vero e lo sapevano entrambi; però a Hillary bastò dichiararlo per sentirsi subito meglio. «Io ho i miei amici personali laggiù, quelli che mi conoscevano prima che ti sposassi.» Nick non si era mai reso conto che tutto ciò avesse un valore così enorme per lei. E si domandò, d'un tratto, se non esisteva nessun modo per allentare la tensione di collera a cui Hillary stava cedendo. Ma questo pensiero gli era appena balenato, quando un cameriere si avvicinò.

«Mr. Burnham?»

«Sì?» Pensò immediatamente a Johnny. Che si fosse fatto del male, chissà come, sulla nave, e venissero a cercarlo.

«C'è qui un messaggio da parte del capitano.» Nick lanciò un rapido sguardo a Hillary e si accorse che aveva gli occhi fiammeggianti; di colpo, si rese conto di qualcos'altro che, in quell'ora trascorsa lì nel bar a bere insieme, lei non gli aveva detto. Era gelosa di lui.

«Grazie.» Accettò la busta bordata d'oro con un lieve cenno del capo e il cameriere si ritirò. Intanto aveva tirato fuori il semplice foglio con lo stemma sul quale era scritto l'invito ufficiale: «Il capitano Thoreux... chiede il piacere della sua compagnia a cena... nella *grande salle à manger*, alle nove di questa sera». Era quella che veniva usualmente chiamata la Seconda Serie, la più elegante in quanto la Prima Serie della cena veniva servita alle sette. «Si può sapere cos'è tutta questa storia? Sono già venuti a leccarti i piedi, Nick?» Aveva finito il secondo bicchiere e i suoi occhi erano troppo lucenti. Ma non erano lacrime.

«Sshh, Hil, per favore.» Si guardò in giro per vedere se qualcuno l'aveva sentita. L'idea che qualcuno gli leccasse i piedi lo imbarazzava. Ma non si poteva sfuggire alla realtà dei fatti, cioè che lui era un uomo molto importante; di conseguenza era inevitabile che tutti gli facessero la corte. Portava con disinvoltura il peso della propria importanza, anzi, a volte lo faceva quasi con troppa umiltà ed era proprio questo a rendere ancora più assurdo che sua moglie si risentisse della sua posizione. Nick era l'ultimo uomo al mondo disposto a farglielo pesare, o a rinfacciarglielo. Tuttavia Hillary lo aveva sentito ripetere fin troppo spesso. «Il capitano ci invita a cena.»

«Per quale motivo? Vogliono che tu compri la nave? Ho sentito dire che questa specie di bagnarola viene chiamata il debito galleggiante della Francia.»

«Se lo fosse, bisogna ammettere che è una bellezza e se lo merita.» Aveva imparato già da tempo a non rispondere direttamente alle domande di Hillary quando era di quell'umore, perché serviva soltanto a farla infuriare maggiormente. «L'invito è per le nove. Vuoi prendere qualcosa adesso?» Erano solo le quattro e mezzo. «Potremmo prendere qualcosa qui oppure andare nel *grand salon* per il tè.»

«Non ho fame.» Si era accorto che Hillary stava cercando di richiamare l'attenzione del cameriere per farsi servire un altro scotch e si affrettò a far segno di no con la testa. Il cameriere scomparve.

«Non trattarmi come una bambina, Nick.» Hillary pronunciò queste parole in un sibilo velenoso. Per tutta la vita la gente non aveva fatto altro: sua madre, suo padre, la sua governante, Nick. Gli unici a non farlo erano persone come Ryan Halloway, o come Philip Markham. Loro sì, che la trattavano come una donna! «Ormai sono una donna adulta e matura e se voglio un altro bicchiere di scotch me lo ordino.»

«A bere troppo ti verrà il mal di mare.»

Una volta tanto, Hillary non ribatté e non si mise a discutere ma tirò fuori il portacipria di Cartier, d'oro con il fermaglio in brillanti, mentre Nick firmava il conto per ciò che avevano bevuto, e si passò sulle labbra il rossetto di un bel rosso vivo. Era una di quelle donne che, con pochissimo sforzo, sono capaci di far girare la testa di tutte le persone di una stanza, a guardarla, e ottenne quasi completamente questo effetto, mentre uscivano sul ponte di passeggio a prendere un po' d'aria. New York era ormai lontana. Il *Normandie* faceva trenta nodi e non si lasciava quasi dietro una scia.

Rimasero vicino al parapetto, l'uno di fianco all'altra, in silenzio, per un po' e Nick cominciò a meditare su quello che aveva saputo di sua moglie durante la conversazione di poco prima. Non aveva mai valutato completamente fino a qual punto Hillary si risentisse di essere sua moglie o, per lo meno, non aveva mai pensato che fosse per questi precisi motivi. Hillary voleva essere una donna libera, padrona di se stessa e non appartenere a nessun uomo. Forse aveva ragione, pensò Nick, forse non avrebbe mai dovuto sposarsi. Ma ormai era troppo tardi per questi pensieri. Non l'avrebbe mai lasciata libera. Non avrebbe mai rinunciato a Johnny, lui. Si girò lievemente a guardarla, lì così vicina, e per un attimo provò il desiderio di metterle un braccio intorno alle spalle, ma intuì istintivamente che non sarebbe stata la cosa giusta da fare. E sospirò lievemente, nel vento, mentre altre coppie passeggiavano dietro di loro. Gli sarebbe piaciuta moltissimo un po' di intimità e di amicizia con sua moglie, mentre non c'era mai stato niente di tutto ciò fra loro. C'era stata la passione, l'attrazione sessuale, uno strano incanto, il gusto di prendersi in giro, almeno in principio; però non avevano mai provato quella serenità, quella tranquillità che nasce fra due persone le quali si trovano a proprio agio nella reciproca compagnia. In un certo senso, Nick si domandò se ci fosse mai stato, veramente, dell'amore fra loro o se ci fosse stato soltanto qualcosa di fisico nel loro rapporto.

«A che cosa stai pensando, Nick?» Era una strana domanda, da parte di Hillary, e Nick si voltò a guardarla con un lento sorriso.

«A noi. A ciò che abbiamo. A ciò che non abbiamo.» Parole pericolose, eppure Nick si accorse di provare una certa audacia. Il vento gli sferzava il volto e lì, sulla tolda della nave, si sentiva stranamente libero. Doveva essere quella curiosa atmosfera, carica di magia e di incantesimo, che si sentiva a bordo di un transatlantico (così almeno raccontavano), che dava l'impressione di vivere in un mondo a sé. Le regole che governavano la vita normale di una persona, quelle regole alle quali bisognava adeguarsi con tanta attenzione, pareva che qui non venissero più applicate.

«Che cosa abbiamo, Nick?»

«A volte non ne sono più sicuro.» Sospirò e tornò ad appoggiarsi al parapetto. «So quello che avevamo in principio.»

«Il principio non è stato reale.»

«Il principio non lo è mai. E il nostro ha avuto una sua realtà, come capita quasi sempre. Ti amavo moltissimo, Hil.»

«E adesso?» Gli occhi di Hillary si affondarono in quelli di lui.

«Ti amo ancora.» Perché? Si chiese. Perché? Forse a motivo di Johnny.

«A dispetto di tutto ciò che ti ho fatto?» Era onesta per quel che riguardava i suoi peccati, Hillary. A volte, almeno. E come lui, anche Hillary si sentiva straordinariamente liberata, adesso, soprattutto dopo i due bicchieri di scotch.

«Sì.»

«Sei un uomo coraggioso.» Le parole erano schiette e oneste; tuttavia Hillary non gli disse di amarlo. Sarebbe stato come denudarsi di fronte a lui, ammettere che gli apparteneva, ed era qualcosa che non voleva più fare. Scosse lievemente i capelli che fluttuavano nel vento e fissò il mare mentre Nick la osservava. Senza guardarlo, cominciò a parlare. Come se non volesse che Nick le leggesse nell'anima oppure come se non volesse ferirlo e addolorarlo più di quanto non aveva già fatto. «Che cosa dovrei mettermi stasera per questa cena, secondo te?»

«Quello che ti pare.» Nick, d'un tratto, aveva assunto un tono stanco e triste. Il momento opportuno era passato... quando avrebbe voluto chiederle se lo amava. Forse non aveva più importanza. Forse Hillary aveva ragione. Erano sposati. Era sua. Gli apparteneva. Però sapeva che, nel caso di Hillary, il pensiero di possederla era un'illusione. «Per gli uomini è d'obbligo l'abito scuro. Credo che dovresti metterti un abito da gran sera perché lo esigerà il protocollo, in questi casi.» Hillary capì che, data la situazione, il completo di satin nero e rosso fragola non sarebbe stato adatto; così, mentre tornavano pian piano verso la loro cabina, passò mentalmente in rivista quel che aveva portato nei bauli e stabilì di indossare un abito lungo di satin di un delicato color *mauve*.

Quando raggiunsero la *suite* Deauville, Nick diede un'occhia ta nella camera del loro bambino, ma John non era ancora torna to dal giro di perlustrazione sul transatlantico che aveva intrapreso con la governante e lui provò, improvvisamente, il rammarico di non essere stato lui a farglielo fare. Tuttavia, mentre rientrava dalla cameretta di Johnny, si accorse che Hillary lo stava fissando attentamente. Si era tolta l'abito di *crêpe de Chine* bianco e, scalza, coperta solo da una corta sottoveste di satin bianco, aveva un aspetto più bello che mai. Era una di quelle donne che fanno nascere nell'uomo il desiderio di prenderle con la violenza, con foga, fino a farle gridare. Non aveva mai pensato a Hillary in questo modo quando lei aveva diciotto anni. Ma adesso, se pensava a lei, era così. E gli capitava spesso.

«Dio santo, se tu vedessi l'espressione della tua faccia!» Hillary scoppiò nella sua risata calda, profonda, di gola, mentre Nick le veniva vicino. «Hai preso un'aria addirittura truce, Nick Burham!» Tuttavia non sembrava che questo le facesse particolarmente colpo. Era rimasta in piedi, immobile come prima, ma la spallina della sottoveste le era scivolata giù da una spalla. Nick vide che non portava il reggiseno, che sembrava sfidarlo con tutto il suo corpo.

«Allora non restar lì a guardarmi a quel modo, Hil, se non vuoi cacciarti in qualche brutto guaio.»

«A quale genere di guaio vorresti alludere?» Adesso Nick le si era messo davanti; gli pareva di sentire il calore che irradiava da quel corpo così seducente. Ma, stavolta, decise di non giocare più a parole con lei e le posò le labbra sulla bocca, con violenza, senza neppure chiedersi se lo avrebbe respinto. Con Hillary, non si capiva mai. Dipendeva dall'importanza che aveva il suo amante in quel momento. Ma adesso non c'era più nessun amante. Hillary era su una nave, a molte miglia dalla terraferma, sospesa fra due mondi; così, tese le braccia verso il marito e, senza aspettare oltre, Nick la strinse a sé, e stretta in quell'abbraccio, la sospinse verso la camera da letto, ne richiuse l'uscio con un piede prima di distenderla sul letto e di strapparle quella sottoveste di satin bianco dal corpo. Ciò che l'indumento stracciato rivelò fu altro satin candido, anche se di un genere differente, e Nick si abbeverò avidamente al morbido candore della sua carne, come un uomo che stia morendo di fame. Hillary si concesse con una passione che ricordava vagamente quella del passato, resa ancor più piccante dall'esperienza che si era fatta in tutti gli anni trascorsi dal giorno in cui Nick l'aveva conosciuta. Tuttavia Nick non le fece domande, pensò solamente al desiderio bruciante di lei, che pareva non conoscere limiti, mentre i loro corpi si abbandonavano alla passione sulla nave che correva quieta sull'acqua. Nick coprì il corpo della moglie con il proprio. Alla fine giacquero svuotati. Poi Nick restò a guardarla, mentre Hillary dormiva, e misurò completamente la verità delle parole che lei gli aveva detto appena un'ora prima. Era sua moglie. Su questo non c'erano dubbi. Però lui, Nick, non l'avrebbe mai posseduta. Nessun uomo ne sarebbe stato capace. Hillary era l'unica proprietaria di se stessa, come era sempre stato, come sarebbe sempre stato in futuro. Sarebbe rimasta sempre così, sfuggente come ora, e, mentre la osservava, tranquillamente distesa fra le sue braccia, Nick si accorse, con un dolore dolceamaro, di aver sempre desiderato l'impossibile. Hillary era come un raro animale della giungla che sarebbe stato bello addomesticare. E la verità era (in questo Hillary aveva ragione) che lui, Nick, nel segreto de suo cuore, voleva proprio questo: possederla.

5

LE signore che entrarono nella *grande salle à manger* quella sera, scendendo lentamente le scale sotto gli occhi di tutti, avrebbero reso orgoglioso qualsiasi uomo. I capelli erano acconciati alla perfezione, il trucco squisito, erano state abbigliate in modo impeccabile dalle cameriere da cui si erano fatte seguire, e gran parte degli abiti da sera che portavano erano stati disegnati a Parigi. I loro gioielli potevano competere in splendore soltanto con le luci che brillavano nel salone, potevano essere pari soltanto allo scintillio di centocinquantamila candele, e venivano riflessi dalle sterminate pareti, rivestite di vetro lavorato, lunghe trenta metri in più della grande Galleria degli Specchi di Versailles. Il salone, la cui altezza era pari a quella di tre ponti del transatlantico, pareva stracolmo di stoffe sontuose – taffetà color rubino, velluto del colore degli zaffiri e satin di smeraldo; qua e là luccicava perfino un abito tutto d'oro. Liane appariva stupenda in un abito da sera di taffetà nero senza spalline di Balenciaga. Dietro, si allungava in un morbido strascico composto di innumerevoli e soffici pieghettature. Ma fu quando Hillary Burnham scese la scalinata che tutti gli occhi sembrarono sgranati a fissarla, a fissare l'abito da sera in stile greco, aderentissimo, di satin mauve molto chiaro. Modellava le sue forme stupende a tal punto da lasciare quasi senza respiro tutti, incluso il capitano. Al collo portava un filo di perle grosse come le biglie con cui giocano i bambini. Ma non era il prezioso filo di perle ad attirare gli sguardi di tutti, bensì la capigliatura corvina, la pelle chiarissima e morbida, gli occhi neri, lucenti, il suo corpo che ondeggiava lievemente, scendendo i gradini e avviandosi al tavolo del capitano.

Questo si trovava proprio di fronte all'enorme statua in bronzo che rappresentava la pace e che spiccava, con la testa eretta, fra i tavoli e i commensali. Tuttavia non era eretta come quella di Hillary allorché si avvicinò al tavolo del capitano, seguita da Nick, impeccabile nella giacca a code, con la cravatta bianca e, sullo sparato della camicia inamidata, i bottoncini circondati da piccoli brillanti. Ma erano i brillanti che Hillary portava alle orecchie, e si intravedevano di tanto in tanto fra le ciocche dei capelli che sembravano di raso nero, ad accentuare la luce che scintillava nei suoi occhi.

«Buona sera, capitano.» La sua voce era profonda e roca; malgrado i loro sforzi, gli altri commensali interruppero la conversazione che stavano facendo. Il capitano Thoreux si alzò, si curvò in un inchino impeccabile, quasi militaresco, e le baciò la mano.

«*Madame... Bonsoir.*» Si rialzò, la guardò di nuovo, e la presentò al gruppo degli altri. «*Madame* Burnham», e poi presentò Nick. Il gruppo dei commensali al tavolo del capitano era composto da persone considerevolmente più vecchie di loro a eccezione di Liane. Gli altri, in gran parte, erano della generazione di Armand e del capitano. Le loro mogli erano eleganti e ben vestite, ma apparivano tutte di corporatura un po' troppo robusta; erano anche pesantemente ingioiellate, come se avessero voluto contrapporre alla loro figura pesante e imponente una pari quantità di gioielli, nella speranza che, in tal modo, l'eccesso di peso non si notasse. Tuttavia, non appena Hillary arrivò, nessuno le degnò più di uno sguardo. Gli occhi degli uomini erano letteralmente incollati su di lei e sull'abito che indossava, dalla linea straordinariamente fluida, con una scollatura dritta; davanti era all'altezza delle spalle, sul dorso scendeva fino un poco più sotto della vita, mettendo a nudo una pelle stupenda che ogni uomo avrebbe voluto accarezzare.

«Buonasera a tutti.» Non fece il minimo sforzo per ricordare i loro nomi e dedicò una seconda occhiata solo ad Armand che, quella sera, appariva straordinariamente affascinante e portava, con l'abito da sera e la cravatta bianca, le decorazioni all'occhiello. Non si degnò neppure di parlare con Liane, per quanto fossero sedute l'una di fronte all'altra, mentre Nick, quasi per farsi perdonare l'indifferenza della moglie, si mostrava particolarmente espansivo con le due signore anziane che aveva ai lati, chiacchierando garbatamente con loro e con un vecchio gentiluomo, che risultò essere un Lord inglese. Liane notò che Nick guardava di frequente sua moglie, non tanto per affetto, come Armand aveva già fatto nella sua direzione due o tre volte dall'inizio del pranzo, ma piuttosto come se volesse controllarla. Come si accorse che cercava di non dar l'impressione di tendere l'orecchio per ascoltare ciò che Hillary diceva. Tuttavia aveva la sensazione che Nick Burnham non si fidasse della moglie e, fra il *plateau de fromages* e il *soufflé Grand Marnier*, cominciò a sospettarne il motivo. Hillary stava parlando con l'anziano principe italiano alla sua sinistra e aveva appena finito di raccontargli di aver sempre trovato Roma estremamente noiosa. Poi, forse per stuzzicarlo oppure per metterlo in imbarazzo, gli sorrise garbatamente, nel commettere quella piccola scorrettezza, ed infine lanciò un'occhiata, oltre a lui, in direzione di Armand. «Mi pare di aver capito che lei è un ambasciatore.» A questo punto guardò Liane di sottecchi: fu subito evidente che si stava domandando se Liane era sua figlia, o sua moglie. «Viaggia con la famiglia?»

«Precisamente. Mia moglie e le mie bambine. Suo marito mi ha detto che avete a bordo, con voi, vostro figlio. Forse si potrebbe combinare di far giocare insieme i bambini.» Hillary annuì, ma parve infastidita da quella risposta. Chissà perché, pareva che non fossero esattamente i giochi dei bambini a occupare il suo cervello in quel momento. Aveva l'aria rapace, quella sera; dava l'impressione di essere una donna alla ricerca di una facile conquista e, con una faccia e un corpo come quelli (così pensò Liane tra sé), non sarebbe stato difficile trovarla. Si divertì al modo in cui Armand la aveva garbatamente rimbeccata. Con lui, non aveva mai avuto preoccupazioni in tal senso; l'unico di fronte al quale sapeva di essere sconfitta era Jacques Perrier. Infatti era andata a finire che Armand aveva lavorato con il suo assistente per tutto il pomeriggio ed era rientrato nella *suite* Trouville soltanto per il tempo necessario a fare un bagno e a cambiarsi, una situazione alla quale, ormai, Liane si era abituata, per quanto avesse sperato di vederlo un po' di più durante il viaggio per mare.

«Chissà!» lo aveva minacciato mentre gli faceva correre l'acqua nella vasca e gli porgeva un *kir*, «comincio a pensare che sarò costretta a buttare Jacques giù dalla nave!» Armand era scoppiato a ridere, ben felice di avere una moglie comprensiva. Ma non l'aveva vista, poco prima, sul loro ponte privato, mentre fissava il mare con un'espressione di dolore sul volto. Provava una grande nostalgia per i giorni lontani in cui Armand era un uomo meno importante e non aveva avuto questo getto continuo di rapporti, memorandum e cablogrammi a occupargli il cervello, quando aveva più tempo da dedicare a lei. Adesso capitava ben di rado. Poi si domandò che tipo fosse Nick Burnham. Le sembrava un uomo simpatico; tuttavia non aveva rivelato molto di sé. Si era mostrato cortese, beneducato, sembrava che al suo sguardo pacato non sfuggisse niente della scena che si svolgeva davanti a lui, tuttavia nessuno, al momento in cui venne servito il dessert, era riuscito a sapere sul suo conto qualcosa di più di quando si era seduto a tavola. Si domandò se, per caso, non adottasse un contegno così quieto per controbilanciare quello della sua stupefacente consorte. Liane intuiva che quella donna voleva scandalizzare il prossimo a ogni costo. Per esempio, il suo abito da sera non sembrava inadatto all'occasione, però era stato disegnato appositamente per richiamare l'attenzione del prossimo e farcela restare sopra. E poi di una cosa si poteva essere sicuri: Hillary Burnham non era timida.

Quella sera Nicholas stava osservando sua moglie con occhi nuovi. La aveva tenuta d'occhio fin dal primo momento, quello in cui l'avevano presentata come sua moglie, per vedere come avrebbe reagito in seguito alle confessioni che gli aveva fatto quel pomeriggio nel bar. Per un attimo di follia si era illuso che qualcosa in lei si fosse addolcito, ma dovette ammettere che non era assolutamente diversa da prima. Era bastato che il capitano pronunciasse le parole fatidiche «*Madame* Burnham»... per farla scendere sul sentiero di guerra a dimostrare a tutti chi lei fosse in realtà! Nick provava quasi compassione per lei, quando la vedeva fremere per quei legami di cui si risentiva in modo tanto violento. D'altra parte, non poteva far niente per aiutarla. Perfino un'occhiata piena di gentilezza che rivolse a Hillary la infastidì a tal punto che spostò rapidamente la propria attenzione su Armand con un'espressione audace nello sguardo. Tuttavia non parve che l'ambasciatore se ne accorgesse.

«Questa non è Boston oppure New York, Hil», bisbigliò Nick poco dopo mentre tutto il gruppo si dirigeva verso il *grand salon*. «Se ti fai una cattiva fama qui, dovrai tenertela per i prossimi cinque giorni.» Stava alludendo ai tentativi di Hillary per intrecciare un flirt con Armand, il capitano e due degli altri commensali, coronati dall'insuccesso.

«Chi se ne frega? Sono un branco di vecchi noiosi.»

«Davvero? Mi era sembrato che tu trovassi piuttosto interessante l'ambasciatore.» Era la prima battuta, realmente offensiva e mordace che le rivolgeva dall'inizio del viaggio ma, a un tratto, si era stancato di tutti quei giochetti. Perfino quando cercava di essere comprensivo, Hillary riusciva inevitabilmente a farlo infuriare o a offenderlo. Non solo, ma era chiaro che mordeva già il freno e Nick se ne preoccupò. Non era mai sicuro di quello che avrebbe detto o fatto. «Fai un gran favore a te stessa fintanto che siamo a bordo!»

«E quale sarebbe?»

«Quello di comportarti bene.»

Allora Hillary si voltò di scatto ad affrontarlo, fermandosi sui due piedi con un sorriso pieno di cattiveria. «Per quale motivo? Perché sono tua moglie?»

«Non ricominciare con queste idiozie. Del resto, è esattamente così. Su questo transatlantico ci sono almeno un migliaio di persone importanti e influenti ma, se non stai attenta e non righi dritto, cara mia, sapranno tutte, dalla prima all'ultima, quello che sei.» La collera ormai non aveva più freno. Non riusciva a dominarla e non gliene importava più nulla.

«Cioè?» Adesso lei stava quasi ridendogli in faccia, totalmente indifferente alle sue preoccupazioni. Quanto a Nick, era stato lì lì per risponderle con due semplici parole: «Una puttana», ma il capitano era tornato al loro fianco, mentre entravano nel magnifico salone e Hillary, rivolgendosi a lui con un sorriso seducente, aveva detto: «Si ballerà anche stasera?»

«Naturalmente, mia cara.» Con l'andar degli anni, il capitano, come gli altri ufficiali a bordo della nave, aveva visto molte donne come Hillary: alcune più vecchie di lei, altre no. Stupende, bellissime, viziate, annoiate dalla vita che conducevano a terra, stanche di matrimoni e mariti che già da molto tempo non facevano più parte della loro esistenza; tuttavia sia lui sia i suoi ufficiali ne avevano viste poche che fossero belle come questa. Hillary si era fermata, in quel momento, accanto al loro tavolo del *grand salon* e, perfino nello splendore di quella sala sfolgorante, non le sfuggiva che gli occhi di tutti gli uomini erano fissi su di lei. C'erano fontane rilucenti di cristallo colme di luce, finestre alte sette metri, una decorazione di grandi vetri incisi con un motivo ricorrente di navi, e un'orchestra che stava già iniziando a suonare, ma Hillary era l'attrazione più grande di tutte. Ancora freschissima, pareva che non avesse per nulla risentito delle fatiche del sontuoso banchetto consumato nel salone da pranzo. Al contrario, sembrava addirittura più effervescente dello champagne francese che scorreva a fiumi. «Anzi...» Il capitano sorrise a Nick «Posso chiedere il suo permesso, Mr. Burnham, per invitare *Madame* per il primo ballo?»

«Naturalmente.» Nick gli diede garbatamente il suo consenso con un sorriso e li seguì con lo sguardo mentre si allontanavano. L'orchestra stava suonando un valzer lento francese e il corpo di Hillary cominciò a muoversi con una grazia straordinaria mentre il capitano la guidava con mano esperta lungo la pista; altre coppie li seguirono e, fra queste, anche Liane e Armand.

«Ebbene, amore mio, non sei rimasto affascinato a prima vista dalla sirena di New York?» Liane gli sorrise mentre danzavano.

«Niente affatto. Sono molto più affascinato dalla bellezza della West Coast. Credi che io possa avere qualche speranza con lei?» Si portò le dita della moglie alle labbra e la baciò, senza mollarla un attimo con gli occhi. «Ti diverti, *chérie*?»

«Certo.» Sorrise felice mentre si guardava intorno. Per lei, il massimo della felicità era quello di trovarsi fra le braccia di Armand. «Però bisogna dire che è un tipo che fa colpo, vero?» Era ancora incuriosita da Hillary, ma Armand alzò gli occhi al di sopra della testa di sua moglie lanciando con la massima indifferenza uno sguardo circolare intorno a sé.

«La nave? Parli del *Normandie*? Ah, sì, certo che lo è!»

«Via, smettila!» Liane scoppiò a ridere. «Lo so che detesti i pettegolezzi, ma non riesco a resistere. Sai perfettamente a chi voglio alludere. A quella donna, la Burnham. È la creatura più bella che io abbia mai visto.»

«Davvero.» Armand annuì, con un sorriso pieno di saggezza. «La Bella e la Bestia messe insieme. Non lo invidio. Però credo che sappia benissimo quel che si trova sulle braccia. La sorveglia continuamente. Non la perde di vista.»

«E lei lo sa e se ne infischia.»

«Questo, non lo direi.» Armand scrollò il capo. «Secondo me, lo fa per dargli fastidio. Donne del genere sono da ammazzare.»

«Magari il marito è follemente innamorato di lei.» A Liane piaceva l'idea di una romantica storia di passione.

«Credo di no. Se lo guardi bene negli occhi, non è un uomo felice. Sai di chi si tratta, Liane?»

«Più o meno. Ho sentito il suo nome. È un industriale che si occupa di acciaio, vero?»

Armand scoppiò a ridere. «Non si occupa soltanto dell'acciaio. *È l'acciaio*, molto semplice! Qualche anno fa era l'industriale più giovane e più importante degli Stati Uniti. Suo padre è morto quando lui era ancora quasi un ragazzo e gli ha lasciato un patrimonio incalcolabile, una fortuna che va al di là dell'immaginabile. E lui si è dimostrato capace di governare quell'impero in modo ammirevole. Credo che, adesso, vada in Francia perché deve avere qualche importantissimo contratto nel campo dell'acciaio. Oggi bisogna proprio dire che è il numero uno nel suo campo.»

«Se non altro, sta dalla nostra parte.»

«Non sempre.» Liane alzò gli occhi verso Armand. «Perché ha dei contratti anche con i tedeschi. Ma è così, amore mio, se si governa un impero. Senza dimostrare di avere un cuore, a volte, però sempre con mano ferma e rapidità nel decidere. È un vero peccato che non possa servirsi di quegli stessi poteri con sua moglie.»

Liane meditò lentamente su tutto questo mentre il ballo giungeva alla fine. Era rimasta non poco scandalizzata all'idea che

Burnham vendesse l'acciaio a Hitler, oltre che alla Francia. A lei sembrava un tradimento di tutto quello in cui credeva ed era sorpresa di fronte alla disinvoltura con la quale Armand accettava il fatto che gli affari sono affari; del resto Armand era più familiare di lei con il mondo della politica internazionale e, per lui, trattative e compromessi costituivano la norma.

«Sei rimasta colpita da quello che ti ho detto a proposito di Burnham, Liane?» Armand aveva abbassato gli occhi verso di lei, vedendola pensierosa, e Liane fece segno di sì con la testa.

«Effettivamente è vero.»

«Così va il mondo, amore.»

«Però tu non ti comporti allo stesso modo, Armand.» Liane era talmente idealista che suo marito ne rimase commosso. Aveva una tale fiducia in lui e nella sua integrità! E, per Armand, tutto ciò era estremamente importante.

«Io non vendo acciaio, tesoro mio. Il campo di cui mi occupo è l'onore e il benessere della Francia sui lidi stranieri! E sono due cose ben diverse.»

«Comunque, i principi dovrebbero essere gli stessi. Quello che è giusto è giusto.»

«Non sempre le cose sono semplici come credi. E poi, a quel che si sente dire, è una persona molto perbene.» Era stata l'impressione che Liane aveva avuto di lui, ma adesso non ne era più altrettanto sicura. Per un attimo si domandò se fosse quello il nocciolo del problema riguardo a sua moglie: forse, non lo rispettava. Ad ogni modo, capì subito, non appena formulato quel pensiero, che tutto ciò non aveva niente a che fare con il modo in cui Hillary si comportava. Era egoista, antipatica e viziata e, con ogni probabilità, era sempre stata così. Aveva qualcosa di brusco, di irritante nel carattere, che nulla riusciva a mascherare, e la sua bellezza finiva per essere quasi annullata dal gusto del male che faceva continuamente capolino in lei. «In ogni caso, non direi che sua moglie è una donna perbene.»

«Effettivamente, è un po' difficile ammetterlo.» Liane sorrise.

«Sono molto pochi gli uomini fortunati come me.» Si chinò a bisbigliarle all'orecchio e poi l'accompagnò fuori dalla pista da ballo. Successivamente Liane danzò con il capitano, il principe italiano e ancora con suo marito; poi si congedarono dagli altri per tornare nella *suite* Trouville, Liane fu felice di trovarsi finalmente sola con Armand. Sbadigliò, togliendosi lo stupendo abito nero. Armand era nel suo spogliatoio e quando ritornò, la trovò già a letto ad aspettarlo; in quel momento gli riecheggiarono nella mente le parole che aveva pronunciato poco prima. Erano ben pochi gli uomini al mondo che fossero fortunati come lui e, quando entrò a letto, Liane glielo dimostrò nuovamente; poi caddero addormentati l'uno fra le braccia dell'altro.

Era un quadro ben diverso da quello della *suite* Deauville dove Hillary, come al solito, stava facendo una scenata. Nick l'aveva costretta, quasi con la forza, a rientrare nel loro appartamento. A un certo momento della serata, infatti, Hillary aveva trovato qualcun altro più interessante con cui ballare, che apparteneva a un altro gruppo di persone, e Nick l'aveva accusata di essersi comportata in modo scortese. Tanto che, alla fine, dopo essere rimasto ad assistere anche troppo a lungo alle sue danze scatenate sulla pista da ballo, Nick aveva ringraziato il capitano per la magnifica serata e gli aveva chiesto il permesso di ritirarsi con la moglie e di tornare nella loro *suite.*

«Chi accidenti credi di essere?»

«La persona che odii di più al mondo, mia cara. Tuo marito, l'uomo che stringe in mano l'estremità della catena dorata che porti.» Le aveva sorriso per placare il furore che lo dominava e Hillary era entrata in camera da letto sbattendo la porta. Quella sera fu Nick a cercare conforto in una bottiglia di scotch. E, mentre la beveva, si trovò a pensare ad Armand e a Liane. Li giudicava una gran bella coppia e ammirava la grazia e l'eleganza con la quale Liane si muoveva e si comportava. A modo suo, tranquillamente, senza farsi notare in modo vistoso, era una donna che faceva colpo; la sua bellezza raffinata non era passata inosservata perfino all'ombra di quella molto più luminosa e sgargiante di Hillary. Ma era stanco dei suoi giochetti, concluse dopo il quarto bicchiere di scotch liscio. Più stanco di quel che lei immaginava. Più stanco di quello che era disposto ad ammettere, quasi sempre, con se stesso. Se si fosse abbandonato alla disperazione che provava, gli sarebbe riuscita insopportabile. Alla fine, mise da parte la bottiglia e, alle tre del mattino, andò a letto ben felice che Hillary avesse preso una pastiglia di sonnifero e fosse già addormentata.

6

L'ARIA marina cominciava a fare il suo solito effetto. Il giorno successivo, sul transatlantico, sembrò che tutti si svegliassero più presto del solito, dopo aver dormito meglio di quel che capitava da anni e, per di più, con un appetito che fece entrare i camerieri nelle loro stanze con vassoi stracolmi. Armand fece colazione nella sala da pranzo privata della *suite* con le bambine e *Mademoiselle* mentre Liane faceva il bagno. Le piccole erano già ansiose di uscire e di mettersi a girare per il *Normandie.*

«E allora, cosa pensate di fare oggi?» Sorrise alle bambine alzando gli occhi dal piatto di aringhe affumicate e uova di salmone che aveva ordinato per la prima colazione e Marie-Ange fece una smorfia mentre lo guardava mangiare. «Vuoi assaggiarne un boccone?» le domandò maliziosamente suo padre, e lei scrollò la testa con forza facendo segno di no.

«No, grazie, papà. Adesso andiamo a fare una nuotata con *Mademoiselle*. Vieni anche tu?»

«Stamattina ho intenzione di lavorare un po' con *Monsieur* Perrier, ma può darsi che la mamma abbia voglia di venire.»

«Che cosa dovrebbe fare la mamma?» Liane era apparsa in sala da pranzo; indossava un abito di cachemire bianco, i lunghi capelli biondi erano tirati indietro e raccolti in un nodo elegante, e ai piedi aveva scarpe bianche di camoscio. Appariva fresca come una rosa di macchia e Armand la ammirò nuovamente, provando, d'un tratto, un gran rimpianto per non aver indugiato a letto ancora un po' a fare l'amore con lei. «Buon giorno, bambine.» Diede un bacio a tutte e due, salutò *Mademoiselle* e infine si soffermò a baciare Armand sui capelli.

«Hai un aspetto meraviglioso, cara.» Si capiva subito che era sincero e Liane gli sorrise.

«A quest'ora?» Non nascose di essere sorpresa, e piacevolmente soddisfatta. Armand non mancava mai di notare quello che portava addosso oppure l'aspetto che aveva e Liane riusciva sempre a capire, guardandolo negli occhi, quando era particolarmente attirato o colpito da lei. Esattamente com'era stato per Armand un momento prima, anche Liane rimpianse che suo marito non fosse rimasto un po' di più con lei in camera. Invece si era alzato prestissimo. Aveva parecchio lavoro da smaltire, però le aveva promesso di finire prima dell'ora di pranzo. «Ad ogni modo, si può sapere per che cosa stavi offrendo così spontaneamente i miei servizi?»

«Una nuotata con le bambine. Cosa te ne pare?»

«Mi pare una gran bella idea.» Sorrise a Marie-Ange e a Elisabeth. «Però vorrei avere un po' di tempo per fare qualche acquisto e magari una passeggiatina. In ogni caso ce ne resterà sempre in abbondanza per nuotare.» Sorrise alle due piccole e si versò una tazza di tè, lanciando un'occhiata ad Armand. «Capisci bene che, se non cammino un po' per smaltire tutto quello che mangio, peserò un paio di quintali quando arriveremo a Le Havre!» Contemplò meravigliata l'abbondantissima colazione di Armand e si servì di un pezzetto di pane tostato.

«Non credo che tu corra assolutamente questo pericolo.» Poi Armand accettò un'ultima tazza di tè che sua moglie gli versò e diede un'occhiata all'orologio. Come se fosse stato un segnale prestabilito, si udì squillare il campanello della porta della *suite*; era Jacques Perrier con la sua eterna cartella stretta nella mano. *Mademoiselle* lo fece entrare e lui si affrettò a salutare molto cerimoniosamente prima Liane e poi Armand.

«*Bonjour, Madame... Monsieur l'Ambassadeur... Tout le monde a bien dormi*?» S'informò se avessero dormito bene e poi si mise a sedere con la sua solita aria tetra. Era, come sempre, ansioso di mettersi al lavoro e Armand si alzò con un sospiro.

«Ho paura, gentili signore, che il dovere mi chiami.» Sorrise guardando il suo segretario negli occhi e rientrò in camera da letto per prendere la borsa di cuoio. Ne uscì un attimo più tardi con l'aspetto grave e quanto mai ufficiale. «Andiamo.» Salutò con un cenno della mano le bambine che stavano uscendo e propose a Perrier, mentre si avviavano, di scendere nel *fumoir* dei signori, sul ponte di passeggio, più sotto. Molto probabilmente non dovevano esserci tante persone a quell'ora e avrebbero potuto lavorare in pace nel grandioso salone, in mezzo a divani rivestiti di marocchino e a comode poltrone, senza essere interrotti. Perrier acconsentì con prontezza. Aveva trascorso la sera precedente solo soletto perché non provava un particolare interesse per il gran ballo in pieno svolgimento nel *grand salon*. Si era fermato nel Café-Grill adiacente, tornando verso la propria cabina, e aveva preso un brandy oltre a fare un piccolo spuntino; poi se ne era andato a letto a mezzanotte, prima che Liane e Armand tornassero nella loro *suite*.

«Ha dormito bene, Perrier?» s'informò Armand mentre scendevano la grandiosa scalinata che dava nella sala da fumo. Lì non c'erano donne. Era riservata interamente agli uomini e, nelle intenzioni dei progettisti, avrebbe dovuto ricordare ai viaggiatori i loro club, per quanto fosse molto più sontuosa di qualsiasi club, con le pareti coperte da bassorilievi d'oro che raffiguravano scene di sport dell'antico Egitto e i soffitti che avevano la stessa altezza di due ponti della nave, una caratteristica di quasi tutti i saloni del *Normandie*. Armand scelse un angolo tranquillo con due ampie poltrone in cuoio e una scrivania e spostò da un lato il giornale pubblicato sul transatlantico. Avevano già anche troppo da fare!

«Ho dormito ottimamente, grazie, signore.»

Armand si guardò intorno prima di aprire uno degli incartamenti che aveva portato con sé. «Una nave davvero formidabile, vero, Perrier?»

«Effettivamente, signore.» Perfino lui, con la sua completa mancanza di interesse per tutto ciò che era frivolo, ne era rimasto singolarmente colpito fin dal momento in cui era salito a bordo. Pareva incredibile che si trovassero dappertutto non solo una bellezza stupefacente ma anche strutture interne progettate con tale raffinatezza da lasciare sbalorditi, le più stupende che mai il loro paese avesse prodotto, dalla *boiserie* alla scultura, ai vetri delicatamente incisi... l'occhio poteva contemplare tutto ciò e i sensi restare inebriati, perfino lì, nella sala da fumo. «Allora, vogliamo metterci al lavoro?»

«Sì, signore.» I fascicoli ben familiari uscirono dalle borse e il lavoro proseguì tranquillamente per qualche ora; Perrier prendeva accuratamente gli appunti necessari e, man mano che ogni questione veniva risolta, metteva da parte il fascicolo relativo. Verso le dieci e mezzo avevano cominciato a riscaldarsi, ad andare avanti a pieno ritmo. Fu in quel momento che Armand si accorse di Nick Burnham. Era entrato in quel momento. Portava *blazer*, calzoni bianchi e una cravatta dalla quale si capiva che doveva aver studiato a Yale. Nick Burnham scelse un posto tranquillo all'altra estremità della sala, prese in mano il quotidiano che si pubblicava sulla nave e cominciò a leggerlo, ma guardò l'orologio un paio di volte e Armand finì per concludere (e non si sbagliava) che stava aspettando qualcuno. Si domandò se lui pure avesse portato con sé il segretario. Sapeva che moltissimi uomini d'affari lo facevano, però, chissà per quale motivo, Nick non gli sembrava il tipo. Piuttosto, dava l'idea di essere uno di quegli uomini che, alla fine della giornata, lasciano gli affari in ufficio e si concentrano su altre cose. Non aveva l'aria di chi si butta con entusiasmo nel proprio lavoro e lo «vive» appassionatamente come molti altri suoi colleghi nel campo degli affari. Fu proprio in quel momento che entrò un altro uomo, guardandosi intorno. Al suo arrivo, Nick Burnham si alzò subito in piedi. Allora l'uomo attraversò il salone con un piglio quasi militaresco, strinse energicamente la mano a Nick e si mise a sedere. Ordinò una bibita a uno dei numerosi camerieri che giravano per il *fumoir* in attesa di essere utili, poi i due uomini si sedettero e, sporgendosi lievemente l'uno verso l'altro, rimasero assorti in un colloquio che si svolse a voce piuttosto bassa e per un certo tempo Armand intuì che stavano combinando qualche affare. Nick si era messo a far segno di sì con la testa frequentemente, a prendere qualche rapido appunto; l'uomo più anziano con il quale stava parlando non nascose di essere soddisfatto quando, alla fine, si lasciò andare contro lo schienale della poltrona e assentì lentamente mentre guardava Nick, accendendosi un sigaro. Quale che fosse stata la trattativa di cui avevano discusso, doveva essere andata in porto. Alla fine, il secondo uomo si alzò, strinse la mano a Nick e attraversò nuovamente il salone uscendo dal Café-Grill mentre Nick, stringendo le labbra, continuava a seguirlo con gli occhi passo passo, fino a quando scomparve. Poi Nick tirò fuori di nuovo i suoi appunti e Armand, quando gli lanciò un'altra occhiata, restò stupito e perplesso dall'espressione che gli era apparsa sulla faccia. Durante l'intero colloquio con l'altro, Nick si era mostrato interessato, ma, almeno in apparenza, non aveva perso la sua aria disinvolta né la posizione rilassata pur avendo un'espressione attenta sulla faccia. Tuttavia quell'espressione non era stata, neppure lontanamente, attenta e assorta come adesso, mentre esaminava di nuovo i suoi appunti. Forse «viveva» la sua vita di uomo d'affari più intensamente di quel che non lasciasse credere.

Armand, ancora una volta, si rese conto che Nick doveva essere un uomo d'affari molto importante e, senza dubbio, la trattativa discussa nella sala da fumo doveva avere avuto come argomento somme da capogiro. Con tutto ciò, Nick Burnham aveva sempre tenuto un comportamento apparentemente disinvolto, un modo di fare disteso e tranquillo. Ma ora, osservandolo, Armand intuì che quella disinvolta tranquillità era solo una facciata, un atteggiamento che aveva imparato ad assumere da molto tempo e che serviva a mettere a loro agio le persone con cui stava trattando un affare, anche se era ingannevole. Adesso non c'era niente di pacato né di rilassato in lui; anzi Armand ebbe quasi l'impressione di «sentire» il fermento che doveva esserci nel cervello di Nick. Lo giudicò un personaggio interessante e si augurò di trovare un po' di tempo, prima della fine del viaggio, per chiacchierare con lui. Incontrò lo sguardo di Nick, mentre questo usciva dalla stanza: Nick gli sorrise garbatamente. Gli era piaciuto il modo in cui Armand era passato al contrattacco quando Hillary si era comportata così male la sera prima. Le aveva fatto capire, con molto garbo, di essere del tutto immune dal suo fascino e Nick ne aveva provato un grande sollievo. Non gli garbava particolarmente l'idea di doversi trovare a stretto contatto di gomito, nella prima classe del transatlantico, con uno degli uomini con i quali sua moglie sarebbe stata disposta ad avere un'avventura; fra l'altro, intuiva che Armand era una persona onesta e perbene. Si erano capiti e, quindi, fu in una specie di cameratesco silenzio che si sorrisero. Poi Armand tornò al suo lavoro.

Nick uscì sul ponte della prima classe a prendere una boccata d'aria e, alzando gli occhi, scorse Liane sulla terrazza della *suite* Trouville con il viso alzato verso il vento. Rimase a osservarla per un attimo che parve prolungarsi interminabilmente. Era una donna incantevole, piena di garbo. Sembrava una scultura d'avorio nell'abito di cachemire bianco e Nick ricordò nuovamente quanto fosse stato corretto e dignitoso il suo contegno la sera prima. Poi vide le bambine che arrivavano sulla terrazza ansiose di ottenere la sua attenzione. E un attimo più tardi Liane le seguì dentro, senza essersi accorta di Nick fermo sul ponte sottostante.

Liane accompagnò le bambine a fare un giro dei negozi prima di raggiungere la piscina; comprarono un regalo per Armand. Liane scelse una cravatta di Hermès e Marie-Ange si incaponì assolutamente nel farle comprare anche un piccolo modello in bronzo del transatlantico su un piedistallo di marmo. Avrebbe potuto metterlo sulla sua scrivania a Parigi, dissero le piccole, e Liane lasciò che comprassero quel «tesoro» per il loro papà. Lo depositarono nella loro *suite* prima di andare in piscina con la mamma e *Mademoiselle*.

Anche la piscina offriva uno spettacolo straordinario. Ovunque l'occhio si soffermava su un motivo intricato di mosaici dai colori vivaci e di arenaria verniciata a smalto; la piscina era lunga più di venti metri. Per quanto fosse piena di gente che sguazzava allegramente dove l'acqua era più alta, non dava l'impressione di essere affollata; e le bambine si abbandonarono a qualche gridolino deliziato, di gioia, quando Liane le accompagnò all'estremità più bassa, e ben riparata, della grande vasca. Si era cambiata anche lei e aveva messo un costume da bagno di maglia blu scuro, con la cinturetta bianca; poi aveva raccolto i capelli in una cuffia bianca prima di tuffarsi all'altra estremità della piscina, dove l'acqua era più alta. Nuotando con sicurezza a lunghe bracciate, si era diretta verso le bambine che diguazzavano fra spruzzi d'acqua nel costumino da bagno rosso e cominciavano a fare qualche amicizia. C'era un bambino che portava, lui pure, un costume rosso molto simile al loro ed Elisabeth era venuta a sapere proprio in quel momento che si chiamava John. Quando John alzò gli occhi verso Liane, questa si accorse subito che li aveva di un colore brillante, verde smeraldo, e che facevano uno strano contrasto con la sua pelle molto bianca e i capelli neri come l'ebano. Le parve di averlo già visto in qualche altro posto, prima. C'era qualcosa di vagamente familiare nei suoi occhi e nel suo sorriso.

Poi Liane si buttò nuovamente in acqua per fare una nuotata e, mentre nuotava, si accorse che cominciava a formarsi qualche gruppetto, che le persone avevano cominciato a chiamarsi per nome e, come i bambini, ad allacciare qualche amicizia. Tuttavia non vide nessuno di sua conoscenza. Poiché Armand era sempre impegnato con Jacques Perrier, avevano fatto meno amicizie della gran parte dei passeggeri tanto che Liane, quando era sola, non provava un desiderio particolare di uscire dalla loro *suite*. Poteva prender aria sul ponte privato o fare qualche passeggiata tranquilla oppure, come adesso, trovare qualche occupazione a cui interessarsi insieme con le bambine. D'altra parte non era una di quelle donne alle quali piaceva perdere il tempo senza far nulla, chiacchierare con le altre signore nei negozi oppure trovar compagnia, e unirsi ad altri gruppi, all'ora del tè nel *grand salon*

Nuotarono per più di un'ora e infine Liane insistette perché le bambine uscissero dalla piscina. Le portò di nuovo nella loro *suite* a cambiarsi e le accompagnò nella sala da pranzo dei bambini, decorata da Laurent de Brunhoff con una serie di Babar che si tenevano per la coda, dipinti sulle pareti. Le bambine se ne erano innamorate fin dalla sera prima quando ci avevano cenato con *Mademoiselle*. Mentre veniva via, Liane rivide il bambino che aveva già notato in piscina, il quale stava entrando con la sua governante. Gli rivolse un sorriso e lui salutò con grandi cenni della mano le due sorelline de Villiers; poi Liane tornò nella *suite* Trouville a cambiarsi. Le restavano solo dieci minuti per prepararsi per il pranzo e si domandò se Armand sarebbe tornato presto ma, mentre andava a sedersi sul divano ad attenderlo, con indosso un completo di lana beige di Chanel, un cameriere suonò il campanello e le consegnò un messaggio. Armand e Jacques non avevano ancora finito di lavorare, e lui preferiva continuare così senza interrompersi perché, in tal modo, avrebbe potuto passare almeno il pomeriggio con lei. Per un attimo, mentre scorreva con gli occhi quelle parole vergate con la scrittura caratteristica e irregolare di suo marito, provò una fitta di dispiacere, ma sorrise ugualmente al cameriere e scese nella *grande salle à manger* per pranzare da sola.

Si trovò seduta a un tavolo per otto persone; due delle altre coppie, però, avevano rinunciato a pranzare. L'altra veniva da New Orleans: erano un paio di simpatiche persone, più vecchie di lei, le quali si misero a chiacchierare piacevolmente, facendo i loro commenti sulla nave. Liane notò che la moglie portava al dito un anello con un brillante grosso quasi come una zolletta di zucchero e non aveva molto da dire. Il marito spiegò di avere degli interessi nel petrolio. Avevano vissuto per molti anni nel Texas e, ancora prima, nell'Oklahoma, ma poi, avviandosi sul viale del tramonto, si erano trasferiti a New Orleans. Liane c'era stata una volta con Armand. Allora continuò a parlare di quell'argomento fin quando le fu possibile ma, giunti al dessert, sul loro tavolo calò il silenzio. Ancor prima che venisse servito il caffè, i due coniugi si alzarono, scusandosi e dissero che volevano andare a fare un riposino; così Liane rimase seduta al suo posto e si guardò intorno. Dappertutto, nella grande sala da pranzo, i tavoli erano affollati di gente piena di animazione. Sentiva acutamente la mancanza di Armand e si augurò che finisse in fretta il suo lavoro. Poi, dopo aver mangiato un po' di frutta fresca e bevuto una tazza di tè, anche lei si alzò e uscì, ma, sulla porta, si scontrò quasi con Nick Burnham in compagnia del suo bambino e allora capì dove lo aveva già visto prima. Era quello che le sue figliolette, insieme a lei, avevano già conosciuto in piscina e poi, di nuovo, nella sala da pranzo dei bambini. Il piccino somigliava moltissimo a Nick e questo spiegava per quale motivo le fosse sembrato così familiare. Gli sorrise e fece un sorriso anche a Nick, prima di domandare al bambino: «Come è andato il tuo pranzo?»

«Molto bene.» Era raggiante; così aggrappato alla mano di suo padre pareva felice, molto più felice di quel che non le fosse sembrato prima. «Stiamo andando allo spettacolo dei burattini.»

«Vuole venire anche lei?» sorrise Nick e Liane esitò. Avrebbe voluto rientrare nella *suite* in attesa di Armand; però poteva lasciargli un biglietto e portare le bambine allo spettacolo. Quando lui fosse arrivato, avrebbe potuto lasciarle sole e *Mademoiselle* sarebbe andata a prenderle al termine della rappresentazione.

«Sì, mi piacerebbe. Vado a chiamare le mie bambine e vi raggiungo.» Si domandò rapidamente, mentre tornava a passo frettoloso verso la *suite* Trouville, dove fosse Hillary Burnham. Ma le pareva di aver già capito che non doveva essere una di quelle donne che passano molto tempo con il loro bambino, e aveva perfettamente ragione.

Nella *suite* trovò Marie-Ange ed Elisabeth che stavano giocando nelle loro camere. *Mademoiselle* avrebbe voluto che si distendessero sul letto a riposare, ma Liane venne in loro soccorso e le salvò da quella prospettiva. Poi lasciò un biglietto per Armand: «Vado allo spettacolo di burattini con le bambine. Puoi raggiungerci là? Affettuosamente, L». Infine tutt'e tre insieme si precipitarono nella sala da gioco dei bambini, che si trovava su quello stesso ponte. C'era anche una giostra e stava per avere inizio il classico spettacolo di Punch e Judy. Liane intravide Nick e John seduti in una fila di posti vuoti, che le aspettavano. Con le bambine, fece appena in tempo a sedersi prima che le luci cominciassero ad abbassarsi e l'ora successiva volò, letteralmente, mentre i bambini ridevano, strillavano, rispondevano alle domande che venivano fatte da Punch e applaudivano calorosamente al termine dello spettacolo.

«Com'è stato divertente!» John alzò gli occhi verso Nick con un largo sorriso. «Adesso possiamo salire sulla giostra?» Avevano appena cominciato a farla funzionare e alcune inservienti erano lì pronte ad aiutare i bambini a salirci sopra mentre una fila di cameriere stava preparando generose porzioni di gelato. Il *Normandie* era una specie di paese fatato per gli adulti, ma anche per i bambini. Mentre tutto il resto del transatlantico aveva un aspetto grandioso e stupefacente che lasciava meravigliati gli adulti così, anche qui, tutto era meraviglioso e fuor dall'usuale per i più piccini. Elisabeth e Marie-Ange si staccarono rapidamente dal fianco della mamma e scelsero due cavalli che si trovavano ai lati di quello del loro nuovo amico; poi tutti e tre si misero a salutare allegramente i genitori mentre la giostra cominciava a girare.

«Questo posto ha qualcosa di incredibile!» disse Nick sorridendo a Liane. «Comincio a pensare che preferisco le loro sale da gioco alle nostre!»

Liane scoppiò in una risata. «Credo anch'io!» Per un attimo rimasero a osservare i bambini che scoppiavano in risatine scroscianti e chiacchieravano animatamente sulla giostra. «Abbiamo visto suo figlio stamattina quand'eravamo in piscina e, in un primo momento, mi è sembrato che non fosse un viso nuovo.» Sorrise a Nick. «A parte i capelli, assomiglia a lei come una goccia d'acqua.»

«E le bambine sono la sua immagine parlante.» A dir la verità, Liane era convinta che Elisabeth assomigliasse più ad Armand, però tutte e due avevano i suoi capelli biondi. I capelli di Armand, una volta, erano scuri come quelli del piccolo John, ma ormai erano diventati candidi da vari anni; tuttavia si capiva subito che i suoi colori non erano mai stati quelli dell'uomo biondo, a differenza di Nick il quale aveva un'aria quasi da vichingo con le spalle larghe, gli occhi verdi e i capelli biondi. «Questo viaggio sarà un gran divertimento, per loro.» Liane annuì, assorta per un attimo nei propri pensieri. E si domandò se lo sarebbe stato anche per lei e per Nick. Stava cominciando ad accorgersi che non aveva quasi più visto Armand da quando erano salpati e non aveva notato Hillary in compagnia di Nick a pranzo. Si chiese che cosa potesse fare una donna come quella per divertirsi. A vederla, si sarebbe detto che l'unico suo divertimento doveva essere vedersi circondata da molti uomini, portare abiti attillati e seducenti e coprirsi di gioielli e di pellicce. Era difficile immaginarla seduta vicino alla piscina oppure intenta a leggere un libro sul ponte o a giocare a tennis. Come se le avesse letto nel pensiero, Nick tornò a rivolgerle la parola. «Non ha ancora giocato a tennis?»

«No. Temo di non essere particolarmente brava.»

«Neanch'io, ma se avesse il tempo di fare una partita, una volta o l'altra, mi farebbe molto piacere giocare un po'. Stamattina ho visto l'ambasciatore che lavorava intensamente nel salone da fumo e, se lui non ha obiezioni, sarei ben felice di fare una bella partita di tennis.» Dal tono della sua voce si sarebbe detto che non avesse nessun altro motivo segreto per proporglielo e Liane ebbe il sospetto che fosse un uomo molto solo.

«Non gioca, Mrs. Burnham?» Il tono con il quale parlò era quieto e la sua voce non nascondeva alcuna insinuazione, eppure Nick si domandò se non fosse un rimprovero.

«No, non gioca. Ha giocato moltissimo a Newport da ragazza, ma è sempre stato uno sforzo che ha detestato.» Poi: «Lei viene da San Francisco, vero?»

Liane rimase stupita che lo sapesse e Nick glielo lesse in faccia. Così si affrettò a risponderle con il suo tranquillo sorriso: «Qualcuno ha menzionato il suo nome da ragazza, ieri sera. È Crockett, se non sbaglio?» Lei annuì ancora. «Mio padre ha combinato parecchi affari con il suo.» Non era difficile crederlo; suo padre aveva fatto grossissimi acquisti di acciaio per i suoi bastimenti. «Abbiamo anche noi un ufficio laggiù. È una città stupenda però, chissà per quale motivo, pare proprio che io vada sempre a finire da quest'altra parte del mondo.»

Lei gli sorrise, divertita. «Parigi non è così brutta!»

«Suppongo di no.» Scoppiò a ridere. Come non lo era il *Normandie*, o uno qualsiasi degli altri luoghi dove soggiornava abitualmente. Un vero peccato che Hillary non la pensasse come lui ma, evidentemente, aveva i suoi buoni motivi per non voler mai muoversi dall'America. «Suo marito è stato richiamato in Francia e resterà lì?»

«Almeno per il momento. Sono anni che non ci vive più e suppongo che abbiano pensato che era venuto il momento di farlo tornare indietro, almeno per un po'.»

«Dove eravate prima di venire negli Stati Uniti?»

«A Londra e prima ancora a Vienna.»

«È un'altra delle città che mi piacciono di più. Spero di riuscire a farci una capatina, una volta o l'altra, tornando da Berlino!» Lo aveva detto candidamente, come se non avesse niente da nascondere, ma Liane trasalì.

«Andrà a vivere a Berlino?»

«No, a Parigi. Però ho degli affari anche là.» I suoi occhi si fissarono con attenzione in quelli di Liane, per vedere in quale modo avrebbe reagito. Ma lo aveva già capito dal modo in cui si era irrigidita solo a sentire la parola *Berlino*. «Il mio lavoro, Mrs. de Villiers, è quello di vendere l'acciaio. Purtroppo non mi capita sempre di venderlo alle persone che preferisco.» Le sue parole erano molto simili a quelle che aveva detto Armand, ma Liane non si sentiva di approvarle e non fece nulla per nasconderlo.

«A un certo punto, arriverà il momento in cui tutti noi dovremo scegliere da quale parte stare.»

«Certo.» Nick annuì, d'accordo con lei. «Sarà così. Ma ci vorrà ancora un po' di tempo, perlomeno è quello che mi dicono. E, nel frattempo, io ho fatto dei contratti ai quali devo tener fronte, non solo con la Francia.»

«Vende acciaio anche agli inglesi?»

«L'ho fatto in passato. Ma, adesso, loro hanno trovato altre soluzioni.»

«Forse non approvavano le sue trattative di affari con Berlino.» Poi, di colpo, appena pronunciate quelle parole, Liane arrossi, accorgendosi di avere esagerato. «Sono terribilmente spiacente... non volevo... non avrei dovuto...»

Ma, ancora una volta, Nick Burnham abbozzò il suo pacifico sorriso. Liane non lo aveva offeso e la rispettava perché aveva espresso liberamente la propria opinione. «Forse lei ha ragione; non si scusi per quello che ha detto. Aveva ragione in ciò che ha dichiarato prima, cioè che verrà il momento nel quale saremo costretti, tutti, dal primo all'ultimo, a fare le nostre scelte. Attualmente io sto semplicemente cercando di evitare che le mie opinioni personali influiscano sul lavoro che faccio. Sono giochetti che non posso permettermi. Ho un'industria, l'industria dell'acciaio, da dirigere e da mandare avanti, però comprendo i suoi sentimenti e li condivido.» Abbassò gli occhi verso di lei per guardarla con grande dolcezza e Liane si accorse di essere doppiamente imbarazzata per ciò che aveva detto. Nick Burnham era un uomo molto disinvolto e simpatico. Non solo, ma in lui c'era anche qualcos'altro: una schiettezza, un'onestà, una mancanza di pretese e di mettersi in mostra. Era un uomo che rivelava qualità molto solide e forti. E se ne accorse perfino dalla dolcezza con la quale si mise a parlare con suo figlio, quando i bambini ritornarono. Era uno di quegli uomini ai quali chiunque avrebbe capito di potersi rivolgere nel momento del bisogno, un uomo che non avrebbe mai deluso all'occorrenza, che sarebbe stato lì, saldo come una roccia, un uomo coraggioso con il quale trovarsi in una tempesta.

In quel momento Liane si voltò e vide Armand che, dalla porta, la stava cercando. Gli fece un cenno con la mano e lui si avvicinò; Liane si accorse subito che aveva l'aria stanca, quasi come quando erano a casa.

«Com'è andato lo spettacolo dei burattini?» Le sfiorò dolcemente una guancia con un bacio, restò a guardare le bambine, che erano risalite sulla giostra con John e, poi, si accorse che Nick Burnham si stava avvicinando. I due uomini si scambiarono un breve saluto e una stretta di mano.

«Ha finito il suo lavoro, signor ambasciatore?»

«Più o meno, se non altro per oggi!» Sorrise alla moglie. «Ti sei sentita molto sola a pranzo, Liane?»

«Sì, molto. Però Mr. Burnham è stato tanto gentile da proporci di raggiungerlo qui. Le bambine hanno fatto la conoscenza di suo figlio stamattina, in piscina, e sono diventati subito amici.» Sorrise di nuovo alzando gli occhi verso Armand, fissandolo negli occhi, senza più badare a chi aveva intorno. «Dov'è Jacques? Lo hai buttato in mare?»

«Come vorrei! Ma quella sua cartella piena di documenti non sprofonderebbe mai in acqua, mi seguirebbe semplicemente fino a Le Havre come uno squalo, per divorarmi appena messo piede a terra.» Liane e Nick Burnham scoppiarono in una risata; poi, insieme, chiacchierarono per qualche minuto, parlando del transatlantico. Quella sera c'era in programma una rappresentazione teatrale, una commedia che era stato un grosso successo a Parigi durante l'inverno precedente, e Liane, come Armand, già pregustavano l'idea di vederla. «Avrebbero piacere di unirsi a noi, lei e Mrs. Burnham?»

«Purtroppo mia moglie non parla francese.» Nick rivolse un sorriso di rammarico ai nuovi amici. «Ma potremo raggiungervi per bere qualcosa dopo lo spettacolo.» Liane e Armand dissero che la trovavano un'ottima idea. Ma, quando uscirono dal teatro alle otto, quella sera, non videro i Burnham nel *grand salon* e Liane persuase Armand a tornare con lei in quello che era il suo luogo preferito, il giardino d'inverno. Rimasero lì per parecchie ore a bere champagne e a guardare fuori, nella notte. E mentre si trovavano lì, seduti fra l'acquario pieno di pesci rari e le gabbie colme di uccelli esotici, Armand finì per ammettere di aver provato un grande sollievo all'idea che i Burnham non si fossero fatti vedere. Il compito di tenere a bada Hillary non gli appariva particolarmente allettante, per quanto trovasse simpatico Nick. E Liane fu d'accordo con lui.

«Mi ha chiesto di giocare a tennis qualche volta, mentre tu lavori. Ti dispiacerebbe?» E voltò verso il marito gli occhi azzurrissimi.

«Niente affatto. Mi sento già abbastanza in colpa così, lasciandoti senza niente da fare.»

«Su questa nave?» Liane scoppiò a ridere. «Mi vergognerei di ammetterlo, se non fossi capace di trovare qualcosa da fare!»

«Allora, ti diverti?»

«Moltissimo, amore.» Si sporse verso di lui e gli mormorò: «Soprattutto in questo preciso momento».

«Benissimo.» Alla fine tornarono indietro, senza fretta, verso il Café-Grill e uscirono sul ponte a passeggiare un po', poi risalirono sul ponte privato e rientrarono in camera. Erano quasi le due di notte, ormai, e Liane pareva mezzo addormentata.

«Hai di nuovo da lavorare, domattina?»

«Purtroppo sì, temo. Perché non giochi a tennis con quel brav'uomo? Credo che non ci sia niente di male!» Liane si disse d'accordo con lui. Nick non era uno di quegli uomini che fanno proposte non del tutto corrette alle mogli altrui e, del resto, aveva già fin troppo di cui occuparsi, nella sua situazione! Liane e Armand si misero tranquillamente a letto; Armand aveva tutte le intenzioni di fare l'amore ma, prima ancora che l'uno o l'altro potessero mettere in pratica quel proposito, lui cominciò a russare piano piano e lei si addormentò profondamente.

7

«Si può sapere dove stai andando a quest'ora?» Nick beveva un caffè nella loro sala da pranzo privata e John e la bambinaia stavano giocando sul ponte, quando Hillary si presentò in pantaloni bianchi e camicetta di seta rossa, di foggia maschile. Quel colore faceva risaltare i suoi lucenti capelli corvini e il morbido candore della pelle. Era già scomparsa allo stesso modo il giorno prima e aveva spiegato a Nick di essere andata a farsi fare un massaggio in piscina e, subito dopo, un trattamento di bellezza dal parrucchiere. Per far questo, era rimasta impegnata quasi tutto il giorno.

«Pensavo di andare a fare quattro passi.» Gli lanciò uno sguardo glaciale.

«Non vuoi mangiare qualcosa?»

«No, grazie. Magari, fra un po', vado a fare una nuotata. Mangerò dopo.»

«Va bene. Dove ci troviamo per il pranzo?»

Lei esitò, ma solo per un attimo. In fondo, stavano facendo insieme quel viaggio e si sentiva obbligata a concedergli almeno qualcosa! «Cosa ne diresti del Café-Grill?»

«Non vuoi pranzare nella sala da pranzo grande?»

«La gente che abbiamo al nostro tavolo mi annoia mortalmente.» A tal punto la annoiava che, la sera prima, si era alzata da tavola, chiedendo scusa, prima ancora del dessert e Nick ci aveva messo due ore buone per ritrovarla. Era scesa giù, sul ponte della classe turistica, a dare un'occhiata in giro, e aveva dichiarato, al suo ritorno, che ci si divertiva molto, ma molto di più. Però Nick aveva osservato che, secondo lui, non avrebbe dovuto scenderci. «Perché no?» Hillary era sembrata stupita e infastidita e lui le aveva spiegato che, se non fosse stato anche per qualche altro motivo, era pericoloso solo per i gioielli che portava. Ma Hillary gli aveva solo riso in faccia. «Di cosa hai paura? Che quegli zoticoni mi derubino?» Lui non aveva risposto e Hillary era scoppiata in un'altra risata scrosciante. Però, quel pomeriggio, gli era sembrata molto più docile, all'infuori di quando le aveva proposto di trovarsi con i de Villiers a bere qualcosa. Allora aveva dichiarato apertamente che erano due noiosi pieni di sussiego ed era tornata in camera sua a scolarsi un'altra bottiglia di champagne. Nick si era accorto che si era messa a bere molto durante il viaggio; d'altra parte, era quello che faceva sempre anche a New York. In città non gli capitava di vederla spesso come ora, tuttavia qui non era difficile notare che il numero delle bottiglie del loro bar privato diminuiva rapidamente. A quel che sembrava Hillary, se beveva abbondantemente, lo faceva, però, nella loro *suite*.

«Hil...» Fece per dire qualcosa mentre lei si avviava alla porta. «Vuoi un po' di compagnia oggi?» Bene o male, gli pareva che fosse un obbligo, per lui, proporglielo. Si era ripromesso che le cose sarebbero andate diversamente durante quel viaggio. Invece, purtroppo, non era cosi. Non era possibile. Hillary non gradiva la sua presenza; adesso, infatti, scrollò nuovamente la testa.

«No, grazie. Voglio fare un altro massaggio prima di pranzo.»

«Devono essere massaggi favolosi.» Di nuovo, nella voce di

Nick vibrò il sospetto; intanto imprecava in silenzio contro se stesso per quel che andava pensando. Era una follia mancare di fiducia nei confronti della propria moglie fino a tal punto; tuttavia Hillary lo aveva tradito tanto spesso che, ora, sospettava di lei ad ogni minuto.

«Infatti.»

«Ci vediamo a pranzo.» Lei annuì e chiuse la porta senza salutare il bambino. John arrivò pochi minuti dopo e si guardò intorno.

«La mamma è uscita?»

«Sì. È andata a farsi fare un massaggio in piscina, come ieri.»

John alzò gli occhi verso il padre con un'espressione confusa e scrollò il capo. «Non sa neanche dov'è la piscina! Ieri volevo fargliela vedere, ma lei mi ha risposto che aveva qualcos'altro da fare.» Nick annuì, fingendo di non ascoltarlo, ma aveva già sentito anche troppo. Capiva che Hillary stava ricominciando come al solito. Ma dove? E con chi? Nella classe turistica? In una cabina? Con uno dei commissari di bordo, su un altro ponte? Non poteva darle la caccia dappertutto! Comunque, a pranzo avrebbe chiesto una chiarificazione; adesso, però, si impose di interessarsi al bambino.

«Hai voglia di andare a vedere i cani?»

«Certo!» Il piccino si fece raggiante; salirono al ponte superiore e qui trovarono una dozzina di barboncini che passeggiavano per fare un po' di esercizio fisico. C'erano anche un San Bernardo, un enorme danese, due carlini piccoli e brutti e un pechinese; John accarezzò e si divertì con ciascuno di essi, a turno, mentre suo padre fissava il mare, perduto nei propri pensieri. Era a Hillary che stava pensando di nuovo, chiedendosi dove diavolo potesse essere andata. Per un attimo provò un gran desiderio di mettere sottosopra l'intera nave, ma capiva che il nocciolo della questione non stava lì. Combatteva quella battaglia da nove anni e l'aveva perduta già da molto tempo. Lo sapeva benissimo. Perfino qui, sulla nave, non si comportava diversamente da Boston o da New York. Era corrotta fino al midollo, lo era sempre stata; l'unica cosa di cui Nick doveva ringraziarla era il loro bambino. Riportò gli occhi su John e sorrise. Si era preso fra le braccia uno dei buffi, piccolissimi, carlini, che stava ringhiando.

«Papà, quando arriviamo a Parigi, posso avere un cagnolino?»

«Forse; dovremo vedere come è fatta la casa.»

«Allora potrò proprio averlo *forse*?» John aveva sgranato tanto d'occhi e suo padre scoppiò a ridere.

«Vedremo. Perché non metti giù il tuo amico e non andiamo nella sala dei giochi? Così potrai trovare gli altri bambini che già conosci.»

«Okay. Però possiamo tornare qui un'altra volta?»

«Certo.» Mentre se ne andavano, Nick intravide il campo da tennis e ricordò l'invito che aveva fatto a Liane il giorno prima. Non era sembrato che suo marito sollevasse delle obiezioni e Nick pensò che una o due partite di tennis gli avrebbero fatto un gran bene perché lo avrebbero aiutato a scaricare i nervi. Poteva essere una soluzione, quella; l'altra era di scaraventare qualche gingillo contro i muri, nella sua cabina e di mandarlo in mille pezzi. Doveva assolutamente trovare il mezzo di calmarsi i nervi prima che arrivasse la una. Quasi quasi gli dispiaceva di non aver ancora fatto la conoscenza di un uomo con il quale poter giocare. Però Hillary aveva ragione almeno in una cosa: il gruppo al loro tavolo, nella *grande salle à manger*, era straordinariamente noioso. I giovani non erano moltissimi sulla nave, si trattava di un viaggio particolarmente costoso e chi lo poteva fare in prima classe poteva considerarsi «arrivato» già da molto tempo. C'erano importanti giornalisti e scrittori, avvocati e banchieri, musicisti e direttori d'orchestra, ma tutti avevano raggiunto una certa posizione nella vita, non molto diversa da quella di Armand. E pochi di loro erano giovani come Nick, forse nessuno, all'infuori della moglie dell'ambasciatore, Liane, e di Hillary. Era abituato a essere il più giovane quasi in ogni compagnia ma, per un attimo, se ne rammaricò. In quel preciso momento gli sarebbe molto piaciuto avere un amico della propria età.

Accompagnò il suo bambino di sotto, nella sala da gioco, dove intravide subito le figliolette di Armand e di Liane e, dopo un attimo di esitazione, decise di fare quattro passi sul ponte fuori del Grill; qui vide Liane, seduta su una panchina con un libro, la testa abbassata e i capelli biondi mossi dal vento.

Ebbe un istante di incertezza prima di avvicinarsi ma poi si fece coraggio. «Salve.» Lei alzò gli occhi un po' stupita e poi sorrise. Indossava due golfini gemelli in cachemire rosa e un paio di pantaloni grigi, e portava al collo un doppio filo di perle. Un abbigliamento adatto soltanto alla mattina, per una passeggiata sul ponte – d'altra parte, Liane non aveva avuto altri progetti. «La disturbo?» Nick era rimasto in piedi, con le mani in tasca, lottando contro il vento; indossava, nuovamente, i calzoni di flanella bianca e il *blazer* ma, quella mattina, si era messo una cravatta a farfalla rossa.

«Niente affatto.» Liane chiuse il libro e si spostò leggermente sulla panchina.

«L'ambasciatore è già al lavoro?»

«Naturalmente.» Sorrise. «Il suo segretario, Jacques, arriva ogni giorno alle nove in punto, con uno di quegli enormi uncini che usavano una volta nel *Vaudeville* e, che Armand abbia finito la sua colazione o no, lo trascina via.» Nick scoppiò a ridere di fronte all'immagine che Liane aveva evocato.

«L'ho visto ieri. Devo ammettere che non ha un aspetto molto divertente.»

«Non lo è, infatti; però un giorno sarà un ottimo ambasciatore.» Poi sorrise di nuovo. «Grazie a Dio, Armand non è mai stato così.»

«Dove vi siete conosciuti?» Era una domanda un po' impertinente da fare. Ma Nick provava parecchia curiosità nei loro confronti. Si capiva subito che avevano un rapporto molto particolare ed erano legati da un amore profondo, malgrado la differenza di età che c'era fra loro e il fatto che Armand doveva, evidentemente, lavorare moltissimo. Tuttavia pareva che Liane lo capisse, fosse comprensiva nei suoi confronti e sapesse aspettarlo sempre con molta pazienza. Si domandò com'era possibile trovare una donna simile. Forse evitando di lasciarsi affascinare impulsivamente da una ragazzina diciottenne che faceva il suo debutto in società. Eppure Nick capiva, dall'età della loro bambina più grande, che Liane doveva essersi sposata altrettanto giovane. Pensò che, ora, non doveva avere più di trent'anni. In realtà ne aveva trentadue, ma era sempre stata molto più matura della sua età, già donna abbastanza per sposarsi... ben diversamente dalla moglie di Nick, la viziatissima sposa bambina.

«Ci siamo conosciuti a San Francisco quando io ero molto giovane.»

«Lo è ancora.»

«Oh, no.» Lei rise. «Avevo quindici anni allora, e...» esitò per un momento, ma durante un viaggio in mare su un transatlantico, poteva capitare di raccontare alle persone certe cose che, in altre occasioni, non si sarebbero dette. Anche Liane era caduta preda di quella strana magia che tutti sentivano tanto che si voltò a guardarlo, spalancando i grandi occhi azzurri. «Armand era sposato, allora, con una donna che amava moltissimo. Mia madre è morta quando io sono nata e Odile, la moglie di Armand, per me è stata come una mamma. A quell'epoca lui era console generale a San Francisco.»

«Hanno divorziato?» Nick era sempre più incuriosito; Liane aveva tutte le caratteristiche della creatura innocente, non della sgualdrinella o della donna capace di rovinare una famiglia, chissà perché, non riusciva a immaginarla in quelle vesti... Ma Liane scrollò lentamente il capo.

«No. È morta quando io avevo diciotto anni e Armand ne ha sofferto moltissimo. Come tutti noi, del resto. Per quel che mi riguarda, sono rimasta inebetita dalla disperazione per quasi un anno.»

«E poi... suo marito si è innamorato di lei?» Adesso sì, che la storia cominciava ad avere un senso logico!

Liane rimase assorta nei ricordi; i suoi occhi presero un'espressione trasognata, sulle labbra le aleggiò un lieve sorriso. «No, le cose non sono andate così in fretta. Ci sono voluti un anno o due prima di accorgerci quanto ci volessimo bene. Avevo ventun anni quando, alla fine, abbiamo dovuto ammetterlo con noi stessi e ce lo siamo confessati reciprocamente. Così ci siamo fidanzati.»

«E poi vi siete sposati e siete vissuti felici e contenti.» La storia gli piaceva sempre di più. Dunque, a questo mondo, c'erano ancora personaggi simili, da fiaba. Ma Liane scrollò nuovamente il capo.

«No. Subito dopo l'annuncio del nostro fidanzamento, Armand venne trasferito. A Vienna. E mio padre insistette che finissi, almeno, l'ultimo anno al Mills College.» Rivolse un nuovo sorriso a Nick. «Quello è stato un anno molto lungo per noi, tuttavia, bene o male, siamo riusciti a sopravvivere. Ci scrivevamo ogni giorno e, non appena io ho avuto il diploma, lui è tornato, ci siamo sposati, e siamo subito ripartiti.» Adesso il suo sorriso si era accentuato. «Vienna si è rivelata un posto meraviglioso. Siamo stati molto felici laggiù, e anche a Londra, in seguito. Marie-Ange ed Elisabeth sono nate, rispettivamente, in ciascuna di queste due città, poi siamo tornati negli Stati Uniti.»

«Chissà come ne sarà stato contento suo padre.» Ma subito Nick ricordò di aver commesso un errore, dicendo quelle parole, perché suo padre doveva essere già morto, probabilmente, da quasi dieci anni.

«No, papà non c'era già più. È morto subito dopo la nascita di Elisabeth.» Sorrise dolcemente a Nick. «Sembra che sia passato tanto tempo!»

«Torna spesso a San Francisco?»

«No. A dir la verità, non la considero più la mia vera casa. Sono stata lontano troppo a lungo e adesso mi è rimasto soltanto uno zio, laggiù. Ma non c'e stata molta intimità fra noi, mai...» la sua voce si fece dolcissima mentre continuava a parlare. «... la mia casa adesso è con Armand.»

«È un uomo molto fortunato.»

«Non sempre.» Scoppiò a ridere. «Perfino le favole hanno i loro momenti brutti. Anch'io, a volte, rendo la vita difficile agli altri, come tutti. Armand è molto buono, molto gentile, molto saggio. Sono fortunata a conoscerlo da tanti anni! Mio padre non è mai stato convinto che avrei potuto essere altrettanto felice con un uomo più giovane, e credo che avesse ragione. Ho vissuto sola con mio padre troppo a lungo.»

«E suo marito gli assomiglia molto?» Continuava a essere molto curioso per quello che li riguardava, e dopo aver sentito tutta la storia, la sua curiosità era aumentata.

«No, per niente. Però mio padre mi aveva preparato bene. Dirigevo la sua casa, ero presente quando discuteva qualche problema di lavoro con mio zio, e io ascoltavo. Non avrei potuto accontentarmi di meno.»

«È figlia unica?»

«Sì.»

«Come mia moglie. Però lei ha avuto meno responsabilità, è stata più protetta dal mondo vero e reale. Così, è cresciuta quasi aspettandosi che ogni giorno fosse il Natale, che ci fossero di continuo feste di compleanni e balli per il suo ingresso in società. È strano, ma non si può esattamente dire che l'essenza della vita sia questa!»

«È una bellissima creatura. Suppongo che sia stato difficile, per lei, non lasciarsi viziare. Le donne come lei, spesso, crescono e diventano adulte con l'illusione che la vita sia quello che, in realtà, non è affatto.» Però, nello stesso istante in cui Liane pronunciava queste parole Nick scoprì che avrebbe voluto domandarle: «E lei? Perché lei non è così?» Anche Liane era stupenda, ma in un modo del tutto diverso. In un modo più quieto, più garbato, più femminile di sua moglie. Invece, pensò a qualcos'altro.

«Sa cosa le dico? È molto strano che le nostre strade non si siano mai incontrate visto che i nostri padri hanno avuto spesso affari in comune e noi due non eravamo, poi, molto lontani di età.» Non solo, ma l'élite, da un capo all'altro del paese, è formata da un gruppo ristretto di persone, e lo sapevano bene tutti e due. Forse, se lei fosse andata a un college nell'Est, chissà, Nick avrebbe potuto conoscerla a qualche festa oppure a qualche ballo; invece lei era andata al Mills College e lui, qualche anno prima, a Yale, e le loro strade non erano mai state destinate a incontrarsi finora, qui, sul *Normandie*, in alto mare.

«A dir la verità, mio padre ha fatto una vita molto ritirata per anni e anni. C'era una quantità di persone che io non frequentavo abitualmente, e si trattava sempre di persone che conosceva o con le quali aveva trattative di lavoro. In fondo, non si è mai più ripreso completamente dalla morte della mamma. È un vero miracolo, a ben pensarci, che io abbia conosciuto Armand e Odile, ma credo che papà ci tenesse a presentarmeli perché potessi far bella figura parlando francese.» Ricordava ancora quello che Odile le aveva raccontato del loro primo incontro con Harrison. Restò assorta per un attimo in quel pensiero e dovette riportare la sua attenzione su Nick con uno sforzo. «Dov'è Mrs. Burnham, a proposito?» Non era una domanda impertinente eppure, quando vide l'espressione degli occhi di Nick, si pentì immediatamente di averlo domandato. Perché vi si leggeva un sordo rancore, tenuto a freno con una grande forza di volontà.

«Voleva farsi fare un massaggio. Ecco perché sono venuto a cercarla.» Liane parve sorpresa a quelle parole e posò il libro sulla panchina. «Mi stavo chiedendo se sarei riuscito a persuaderla a quella partita a tennis di cui avevamo parlato ieri. Le andrebbe di giocare adesso? I campi sono deserti. Ci sono appena passato. John voleva dare un'occhiata ai cani. Insomma, crede che riuscirei a strapparla al suo libro per una partitina?»

Lei esitò per un attimo e guardò l'orologio da polso. «Devo trovarmi con Armand per pranzo, a mezzogiorno. Mi ha promesso che quest'oggi si sarebbe preso un po' di intervallo.»

«Benissimo! Io devo trovarmi con Hillary nella sala del Grill alla una.»

«Allora andiamo.» Gli sorrise. Erano anni che non aveva più un amico, anzi, a dir la verità non ne aveva più avuti, da quando aveva sposato Armand. Però sarebbe stato divertente aver qualcuno con cui giocare a tennis. «Faccio un salto di sopra a cambiarmi. Ci troviamo là, addirittura.»

«Fra dieci minuti?» Nick guardò l'orologio da polso, un oggetto stupendo di smalto nero e oro, firmato Cartier.

«Benissimo.» Si alzarono contemporaneamente e salirono sul ponte superiore, nelle loro *suites*; dieci minuti più tardi si ritrovarono sul campo da tennis. Liane indossava un completo da tennis a pieghe, che le lasciava nude fino a metà le cosce sottili, lui portava un paio di calzoncini di ottimo taglio e un maglione sulla camicia Brooks Brothers. Giocarono tranquillamente, senza fretta, una partita distensiva. Nick vinse due volte ma, alla fine, Liane lo colse di sorpresa battendolo 6-2 con un urlo vittorioso. Poi quando lui, spiccato un salto, passò oltre la rete, nel suo campo, gli strinse con forza la mano. Improvvisamente si sentirono, tutt'e due, felici, liberi e giovani.

«Mi ha raccontato una bugia. Gioca molto bene.» Liane si congratulò con lui, ancora senza fiato per quelle tre partite così veloci che l'avevano divertita enormemente.

«Non è vero. Anche lei se la cava discretamente.» Era stato quel che ci voleva per scaricare il nervosismo: e Nick si sentiva molto meglio, ora. «Grazie. Ne avevo proprio bisogno.»

Alzando gli occhi a guardarlo (com'era alto!), Liane sorrise.

«Dovrà sentirsi terribilmente a disagio, lei, qui. Per quanto il transatlantico sia enorme, è sempre uno spazio chiuso. Io sono tanto pigra da non badarci ma immagino che, per lei, sia ben diverso.»

«Non proprio. Capita, a volte, di avere i nervi un po' tesi. Ho talmente tante cose per la testa!» Allora Liane ricordò i contratti di cui si stava occupando, sia con Parigi sia con Berlino, ma si accorse che, al momento, non avevano più tutta l'importanza di prima. Nick era un uomo simpatico e c'era qualcosa in lui che rivelava integrità morale, onestà. Nick Burnham era un uomo che difficilmente si poteva trovare antipatico; non solo, ma Liane si accorse che cominciava a trovarsi a proprio agio con lui. «Comunque, questa partita mi è servita enormemente. Grazie ancora.»

«Per carità. Sono sempre a disposizione.» E sorrise. «Può darsi che queste partite siano anche l'antidoto più perfetto per tutto quello che si mangia.»

Lui scoppiò in una risata. «E, allora, giochiamo di nuovo! Domani, alla stessa ora?»

«Va bene.» Liane diede un'occhiata al suo orologino. «Adesso devo proprio scappare altrimenti arriverò tardi da Armand.»

«Gli faccia tutti i miei saluti», le gridò Nick mentre Liane si affrettava in direzione della *suite* Trouville.

«D'accordo. E buon pranzo!» Gli fece un cenno di saluto con la mano e scomparve; Nick rimase a lungo fermo vicino al parapetto a guardare il mare, ripensando a tutto quello che lei gli aveva raccontato. Gli piaceva la storia del modo in cui si erano conosciuti. E poi, Armand, effettivamente, era l'uomo perfetto per lei. Pareva che Liane, ormai, lo capisse, e questo era molto bello. A differenza di Hillary, la quale lo vide arrivare nel Grill, alla una, con la sensazione che dovesse succedere qualcosa di sgradevole. Nick si era messo di nuovo il *blazer* e i calzoni di flanella bianca; lei si era cambiata e, adesso, indossava un vestito di seta blu-pavone e scarpe di capretto blu con il tacco alto.

«Hai fatto un buon massaggio?» Chiamò con un cenno il cameriere e ordinarono entrambi uno scotch.

«Ottimo.»

«Dove hai detto che vai a farli?» Nick pronunciò queste parole in tono di finta ingenuità, mentre mescolava il liquore nel suo bicchiere, fissandola dritto negli occhi.

«Mi stai controllando, Nick?»

«Non so, Hil. Credi che dovrei?»

«Che cosa vuoi che importi se sono andata a fare un massaggio o no?» I suoi occhi sfuggirono quelli del marito, come se trovasse inutile o sgradevole continuare a fissarlo, tuttavia, nel proprio intimo, ebbe un fremito. Di tanto in tanto, dover trattare con Nick era proprio come trattare con un uomo di acciaio!

«È molto importante, per me, se mi racconti una bugia o no. E come ti ho gia detto prima, tutti sapranno, sulla nave, quello che farai. Ho l'impressione che tu passi troppo tempo giù, in seconda classe, e voglio che tu la smetta.»

«Sei uno stupido snob. L'età media di questo gruppo è più o meno quella dell'uomo di Neanderthal, Cristo! Almeno, giù, c'è un po' di gente con la quale posso parlare, un gruppo più giovane. Forse dimentichi, caro Nick, che non sono vecchia come te.»

«Né altrettanto furba. Cerca di non dimenticarlo. Sarebbe piuttosto imbarazzante se fossi costretto a chiuderti a chiave nella tua cabina.» I suoi occhi stavano cominciando a scintillare di collera, ma Hillary si limitò a una risata.

«Non fare lo stupido. Basterebbe che suonassi per chiamare la cameriera. Si può sapere che cosa vuoi fare... legarmi al letto?»

«Ho la sensazione che, quanto a questo, ci abbia già pensato tu. Chi hai trovato qui, sulla nave, Hil? Qualche vecchia amicizia di New York, o qualcuno di nuovo?»

«Nessuno, assolutamente. Solo un gruppo di giovani che viaggiano un po' meno lussuosamente di noi.»

«Bene, fammi un favore... Salutali una volta per sempre! Cerca di non cadere nel ridicolo, recitando la parte della povera, piccola, bambina ricca che va in visita alla plebaglia.»

«Non è questo, che loro pensano!»

«Non esserne troppo sicura. È un giochetto vecchio come il mondo. Lo facevo anch'io, quand'ero giovane e viaggiavo su un transatlantico. Ma, a quell'epoca, studiavo all'università e non avevo ancora preso moglie. Mi spiace annoiarti ripetendolo, Hil, ma non sei più sola, non sei più una ragazzina non ancora sposata, e il ponte A, che si trova qui sotto, non è posto per te. Il tuo posto è qui. E ti garantisco che potrebbe esserci di peggio!»

«Oh, non molto.» Aveva assunto di nuovo l'aspetto della ragazzina viziata. «Mi annoio da morire. Mi vien da piangere a pensarci.»

«Piangi, allora! Fra due giorni saremo a Parigi; credo che riuscirai a sopravvivere fino a quel momento!» Ma lei non gli rispose. Ordinò un altro scotch, mangiucchiò soltanto un mezzo *club sandwich* come pranzo. Nick fece un giro dei negozi con lei, nella speranza di farla distrarre in modo che dimenticasse i suoi nuovi amici. Ma, subito dopo, quando andò a dare un'occhiata a John che si trovava in piscina, Hil scomparve. Nick rimase seduto in cabina fino al momento in cui Hillary rientrò per cambiarsi e quando apparve sulla soglia si accorse di avere perso completamente il controllo, di essere in preda a una rabbia impotente. Sconvolto, si rese conto di aver già alzato una mano per schiaffeggiarla. Proprio in quel momento, per fortuna, notò Johnny che li stava guardando dalla porta della sua camera e riacquistò rapidamente il dominio di sé, abbassando la mano. Capitava, di tanto in tanto, che Hillary lo portasse all'esasperazione e gli facesse perdere il lume degli occhi, ma questa era la prima volta che aveva provato il desiderio di picchiarla, di schiaffeggiarla! Con un gesto le fece segno di entrare nella loro camera. Si accorse che aveva bevuto come una spugna e, improvvisamente, ebbe l'impressione di essere lui a venire schiaffeggiato. Sul collo di Hillary, il segno di un morso e Nick la trascinò davanti allo specchio per mostrarglielo, tremando da capo a piedi per la collera.

«Come osi tornare da me in queste condizioni, sgualdrina che non sei altro! Come osi!» Capiva che Johnny poteva sentire la sua voce al di là della parete ma, ormai, non gliene importava più. Hillary si divincolò dalla sua stretta.

«Si può sapere che cosa vuoi che faccia? Che resti giù, di sotto?»

«Forse è quello che dovresti fare.»

«Forse lo farò.»

«Per amor di Dio, Hillary, si può sapere che cosa ti sta succedendo? Ma non hai più neppure un briciolo di decenza? Entri ed esci da ogni letto che trovi?» Stavolta fu lei ad alzare una mano e a schiaffeggiarlo.

«Te l'ho già detto. Faccio tutto quello che mi pare e piace. Non sei il mio padrone, figlio di puttana! E del resto, tutto quello che ti importa è la tua maledetta acciaieria, i tuoi contratti, la tua stramaledettissima dinastia, il tuo impero che un giorno lascerai a Johnny e io... che cosa ne ricavo da tutto questo? Cosa vuoi che me ne importi del tuo impero? Non me ne importa un fico secco. Lo sai, questo? Me ne infischio del tuo impero e di te!» A questo punto Hillary tacque, accorgendosi di aver detto anche troppo e Nick, quando le girò le spalle, aveva gli occhi pieni di lacrime. Ma non le disse niente. Uscì, sempre in silenzio, sul loro ponte privato e Hillary, dopo essere rimasta a osservarlo a lungo, lo seguì. Le teneva voltate le spalle, appoggiato com'era al parapetto; la voce di Hillary era rauca, quando gli parlò.

«Mi spiace, Nick.»

«Lasciami stare.» A sentirlo parlare così, sembrava un bambino addolorato e offeso; per un attimo, Hillary sentì una fitta al cuore. Ma, ai suoi occhi, Nick era sempre il suo più grande nemico. Voleva tenerla in catene mentre a lei piaceva essere libera. A questo punto, Nick si voltò a guardarla; aveva gli occhi pieni di lacrime. «Torna dentro.»

«Ma tu piangi!» Hillary sembrava sempre più sconvolta.

«Sì, piango.» Pareva che non se ne vergognasse neppure, e questo la lasciò ancora più sgomenta. Gli uomini non piangono. Gli uomini forti, perlomeno. Gli uomini, che conosceva, non piangevano. Invece Nick Burnham piangeva. Era più forte di tutti gli altri e, nel segreto del proprio cuore, era disperato non tanto per lei ma per se stesso, per la follia che aveva commesso quando l'aveva sposata. «Il gioco è fatto tra noi, Hil.»

«Vuoi un divorzio?» Sembrava quasi contenta ed evitò di offrirgli anche una sola parola di conforto.

Ma adesso Nick la fissava duramente negli occhi. «No, non lo voglio. E sarà meglio che ti dica subito che non lo vorrò mai. L'unico modo in cui tu potrai metter fine al nostro matrimonio sarà quello di andartene per i fatti tuoi, da sola. Il giorno in cui tu accettassi questo fatto, sarei pronto a divorziare immediatamente. Ma fino a quel giorno, sei sposata con me, nella buona e nella cattiva sorte. Ricordalo. E d'ora in poi, non mi occuperò più di quello che fai. Me ne fregherò!»

«Vorresti dire che dovrei lasciarti Johnny, se divorziassimo?» Sembrava sempre più sconvolta.

«Precisamente.»

«È una cosa che non farò mai.»

«Perché no? Non te ne importa niente di lui, esattamente come non te ne importa niente di me.» Era la verità pura e semplice e Nick aveva ragione, anche se Hillary non lo avrebbe mai ammesso. Non con lui. Non ora.

«Non rinuncerò al bambino.» Aveva ripreso il suo tono petulante. Nick, come sempre, mandava a catafascio tutta la sua vita. Eccolo, adesso, ad allettarla mettendosi a parlare di divorzio ma solo per dire che lei avrebbe dovuto rinunciare al loro figlio. «Non ci penso nemmeno.»

«Perché no?» Nick continuava a tormentarla, adesso, non le dava un attimo di respiro; tuttavia si accorse che aveva avuto un po' di decenza e si era messa una sciarpa al collo. Tutto d'un tratto, provò l'impulso di schiaffeggiarla ancora.

«Che cosa penserebbe la gente se rinunciassi al bambino?»

«Te ne importa?»

«Certo che me ne importa. Penseranno che io sono un'alcolizzata o qualcosa del genere.»

«Lo sei, quasi. E sei anche peggio, sei una sgualdrina.»

«Se cominci a insultarmi a questo modo, figlio di puttana che non sei altro, non riuscirai mai ad avere tuo figlio!»

«Be', cerca di non dimenticarlo. Puoi andartene quando vuoi. Ma senza di lui.» Hillary stava per dirgli qualcosa di mordace ma si accorse, ancora una volta, di essere impotente nelle sue mani. Capiva che, per divorziare da Nick, avrebbe dovuto farlo adducendo il pretesto dell'adulterio, ma non aveva nessuna speranza in questo senso, nei suoi confronti. Nick le era fedele. Lo intuiva dall'ardore con il quale faceva l'amore con lei di tanto in tanto; intuiva che era un uomo divorato dal desiderio e dalla solitudine. Quanto a lei, era una donna che stava per essere travolta dalla sua stessa rabbia impotente. Adesso non sarebbe mai riuscita a ottenere ciò che voleva da lui. Mai. Lo capì, mentre rientrava. E poi, per quale motivo avrebbe dovuto lasciargli John? Era suo figlio, dopo tutto, e nel giro di qualche anno, sarebbe stato divertente averlo con sé. I giovani le piacevano. Si sarebbe divertita con lui e i suoi amici. Quelli che non le piacevano affatto, a dir la verità, erano i bambini piccoli. Soltanto loro. Ma non lo avrebbe mai lasciato a Nick. Mai. Non ne avrebbe avuto il coraggio. La gente avrebbe continuato a spettegolare alle sue spalle chissà per quanti anni! Avrebbero detto che Nick l'aveva scacciata di casa. E questo, non si sentiva di tollerarlo. Quando lo avesse piantato in asso definitivamente, tutti avrebbero dovuto capire che era stata lei, Hillary, *a lasciare suo marito*.

Nick rimase solo sul ponte, a lungo, cercando di mettere ordine fra i suoi pensieri. Capiva che erano arrivati a un punto cruciale. Per la prima volta avevano parlato seriamente di divorzio, sia pure sotto l'impulso della rabbia. Neppure sul transatlantico Hillary riusciva a evitare di andare a letto con qualcuno. Ormai la conosceva per quello che era e non gliene avrebbe mai più riparlato. Chissà, forse, con il tempo, si sarebbe stancata del gioco. Chissà, forse, sarebbe scappata di casa, lasciandogli Johnny. E lui, che si risposasse o no, poteva dare al bambino un'esistenza serena. Ma, al momento, non era neppure il caso di pensare a tutto questo. Era sposato con Hillary, anche se questo fatto gli procurava un dolore atroce. Rimase a fissare il tramonto, pensando alla propria vita e al bambino; infine rientrò per cambiarsi, richiudendosi alle spalle la porta della *suite* Deauville.

Fu allora, e soltanto allora, che Liane, piena di imbarazzo e di angoscia, poté lasciare la sedia a sdraio del ponte privato della *suite* Trouville e rientrare anche lei. Non l'avevano vista quando erano usciti. Non aveva osato muoversi o parlare. Non voleva che nessuno dei due sapesse che li aveva ascoltati... soprattutto lui. Mentre rientrava nella propria camera, si accorse di essere profondamente addolorata per quell'uomo. Che esistenza solitaria e dolorosa doveva avere! Ma cosa poteva farci, a questo punto? Quella donna lo aveva condannato a una vita ben solitaria!

«Mio Dio, è morto qualcuno?» Armand entrò e si chinò a baciare sua moglie. Liane era seduta al tavolo da toilette con gli occhi fissi verso il pavimento.

«Come... oh... sei tu.» Cercò di sorridere, ma si sentiva il cuore pesante. Liane aveva sempre provato una grande compassione per le sofferenze segrete degli altri.

«Stavi aspettando qualcun altro?»

«No, naturalmente.» Poi gli sorrise alzando gli occhi a guardarlo, ma Armand capì subito che qualcosa non andava.

«Si può sapere cosa è successo, amore mio?»

Lei lo guardò con gli occhi ancora turbati. «Mi è capitato per caso, proprio ora, di assistere a una scena tremenda.»

«Qualcuno si è fatto male?» Armand parve subito preoccupato.

«No. È stata una scena fra Nick Burnham e sua moglie.»

«Oh, santo cielo! Un litigio domestico? E tu come hai fatto a essere presente?»

«Ero seduta fuori, su una sedia a sdraio, a leggere un libro, e non si sono accorti della mia presenza. Quando sono usciti sul loro ponte privato, ho sentito tutto ciò che si dicevano. A quanto pare, lei deve essere andata a letto con qualcuno, qui, sulla nave.»

«Non mi meraviglia affatto. Però, in parte, è anche colpa sua perché non sa controllare sua moglie.»

«Come puoi dire una cosa simile?» Liane sembrava scandalizzata. «Che tipo di donna è per fare una cosa del genere?»

«Una sgualdrinella, immagino. Però è evidente che deve sempre averla fatta franca, anche prima, e lui probabilmente sapeva e taceva.» Liane fu sfiorata dal sospetto che suo marito avesse ragione.

«Con tutto ciò, quel pover'uomo, Armand... E l'ha perfino accusata di non voler bene al loro bambino!» Aveva gli occhi colmi di lacrime e Armand se la strinse al cuore.

«Così tu, adesso, vuoi adottarli tutti e due e convincerli a venire a vivere con noi in Francia, è così? Ah, Liane, bambina, sei un tesoro, hai il cuore troppo tenero! Il mondo è pieno di gente come quella. Conducono un'esistenza orribile, da incubo!»

«Ma lui è una brava persona. E non se lo merita.»

«No, probabilmente. Ad ogni modo, non essere così addolorata per lui. Sa badare a se stesso e tu hai altre cose a cui pensare.» Armand sapeva com'erano le donne, non ignorava che, a volte, una eccessiva simpatia poteva creare certe situazioni che non portavano niente di buono e voleva difendere Liane da tutto ciò. Era ancora molto innocente, sotto certi punti di vista, e Armand sapeva di doverla proteggere da se stessa. «Che cos'hai intenzione di mettere per la festa di gala di stasera?»

«Non so... io... oh, Armand, come puoi parlare di un altro argomento con tanta indifferenza?»

«Che cosa vuoi che faccia? Che mi offra di andare di là a sparare a sua moglie?»

«No.» Rise, guardandolo. «Eppure, quel poveretto... e il suo bambino...»

«Non ci pensare. Dopo tutto, non sono soli; ognuno di loro ha l'altro che gli vuol bene e non è escluso che lei, uno di questi giorni, se ne vada di casa con un altro uomo. Sarebbe una vera fortuna per entrambi. Per carità, non preoccuparti troppo dei litigi familiari dei Burnham perché, per quel che ne sai, in questo preciso momento potrebbero essere di là a fare appassionatamente l'amore. Chissà, magari sua moglie gli piace proprio perché è così.»

«Ho i miei dubbi.»

«Come fai a saperlo?» Guardò sua moglie, chiedendosi se in quella storia ci fosse di più di quello che le apparenze lasciavano credere, ma ebbe subito la certezza che non era così.

«Quest'oggi ho giocato a tennis con lui. Mi ha domandato di noi e, dal modo in cui parlava, ho capito che non è felice con sua moglie.»

«Questo, se non altro, dimostra che è sano di mente. Ma è un problema che riguarda lui. Non noi. E adesso, vorrei che ti dimenticassi di tutto questo. Ti farebbe piacere un bicchiere di champagne?» Lei ebbe un attimo di esitazione, poi pensò che sì, le avrebbe fatto piacere, e Armand tornò quasi subito con un bicchiere per sé e un altro per lei, la baciò teneramente su una guancia, sul collo e sulla bocca e Liane finì per scacciare completamente dal suo cervello il ricordo di Nick Burnham e della sua consorte. Armand aveva ragione. Non potevano farci niente, loro. «E adesso, piuttosto, raccontami che cos'hai intenzione di metterti per la festa di gala di stasera.» Sapevano che avrebbero cenato di nuovo al tavolo del capitano; era la serata più importante di tutte quelle passate sul transatlantico. La sera seguente sarebbe stata l'ultima e, il giorno dopo ancora, avrebbero raggiunto Le Havre.

«Pensavo di mettere l'abito di *moiré* rosso.»

«Avrai un aspetto di sogno.» Gli occhi di Armand le fecero capire che ogni sua parola era sincera.

«Grazie.» Tornò a sedersi davanti al tavolo da toilette e lo fissò nello specchio, mentre Armand cominciava a spogliarsi. «Hai finito il tuo lavoro?»

«Più o meno.» Armand aveva evitato, di proposito, di essere preciso.

«Cosa vorrebbe dire, questo?»

«Vedremo.»

«Ma stasera verrai alla cena di gala, vero?» Stavolta Liane non riuscì a nascondere di essere inquieta.

«Certamente!» Tornò vicino a Liane, sempre seduta alla toilette, e la baciò su una spalla, proprio vicino alla nuca. «Però potrei essere costretto a venir via un po' presto.»

«Hai intenzione di lavorare con Jacques dopo la cena di gala?» D'un tratto Liane si sentì stanca del viaggio, di non vedere Armand, della gente che c'era a bordo. Voleva tornare a casa, oppure arrivare in Francia.

«Non è escluso che Jacques e io si abbia ancora un po' di lavoro da sbrigare. Ma bisogna vedere se non faremo troppo tardi.»

«Oh, Armand...» Liane era andata a sedersi sul letto e aveva assunto un'aria delusa e avvilita.

«Lo so. Lo so. Quasi mi pare di non averti neppure visto per tutto il viaggio. E pensare che avrei voluto che fosse una specie di seconda luna di miele per noi! Invece ho da sbrigare un tal mucchio di lavoro prima dell'arrivo! Liane, ti prometto che cercherò di fare il possibile.»

«Lo so. Non volevo lamentarmi. Solo che, stasera, speravo...»

«Anch'io.» D'altra parte, non aveva valutato la mole di questioni da risolvere e di lavoro da sbrigare che Perrier si era portato dietro. Armand aveva avuto a malapena il tempo di respirare fra l'una e l'altra riunione che avevano tenuto ogni giorno; tuttavia capiva di dover avere tutto pronto, anche a costo di dare un dispiacere a Liane. «In ogni modo, vedremo. Chissà, magari sarò troppo sbronzo dopo la cena di gala per tornare al lavoro.»

«Mi hai dato un'ottima ispirazione!»

«Guarda, sai! Bada bene di non farmi niente di simile!» Abbassò gli occhi sorridendo verso sua moglie e lei andò a prepararsi l'acqua per il bagno.

Esattamente alla stessa ora, nella *suite* Deauville, Hillary si era appena versata un altro scotch. Era stata una gran brutta giornata per lei, peggiore di quel che Nick immaginasse; il passeggero della seconda classe si era dimostrato tanto rozzo e violento che, per poco, non le aveva rotto il collo. Aveva cominciato a insistere nel dire che non sapeva che lei fosse sposata; poi aveva preteso di guardare attentamente la sua fede nuziale e, infine, le aveva detto che voleva lasciarle un bel «regalino» da riportare a Nick. Bel regalo, davvero! Quel morso sul collo aveva provocato la scena che, fino a quel momento, era riuscita a evitare. In un certo senso, era anche stato un sollievo; però non le era garbato ciò che Nick aveva detto.

Adesso era lì, in piedi, e la stava fissando con occhi vitrei. Era come se fosse invecchiato di dieci anni in quel pomeriggio.

«Hai intenzione di cenare in prima classe stasera, o no?» Non gliene importava più, ormai, però voleva sapere se sarebbe stato necessario inventare qualche scusa per il capitano.

«Sì, pensavo di sì.»

«Non ci sei costretta, sai? Se preferisci non venire...» Era qualcosa di talmente nuovo che Hillary ne rimase abbastanza sconvolta.

«Preferiresti che non venissi?» Era un po' spaventata da questo nuovo modo di comportarsi di Nick ma, purtroppo, non poteva rimangiarsi tutto ciò che gli aveva detto, e ricordava benissimo l'aspetto addolorato e stravolto di Nick, quando era uscito sul ponte. Adesso, invece, non c'era più niente di vulnerabile in lui. Dava l'impressione che Hillary gli fosse completamente indifferente e i suoi occhi erano di ghiaccio.

«Come ti pare. Però dovresti fare un favore a tutti e due. Se cenerai al tavolo del capitano, cerca di comportarti bene. Se pensi che sia una fatica troppo grande, be'... allora vai a cenare altrove!»

«Per esempio qui, nella mia camera?» No, non voleva essere trattata come una bambina cattiva né da lui né da quello zoticone del ponte inferiore. Fra l'altro, non era neppure particolarmente ansiosa di ritornare da quel brutto tipo. Cominciava a pensare che le avesse preso un po' la mano. Non riusciva più a controllarlo. Sarebbe stata più al sicuro di sopra, in prima classe, con Nick.

«Me ne infischio del posto dove andrai a mangiare. Però se vieni a mangiare con me, sai che devi ubbidire a determinate regole.»

Lei non gli rispose neppure una parola ma entrò nella stanza da bagno e ne richiuse la porta dietro di sé con un tonfo.

8

QUELLA sera, quando cominciò a scendere la scalinata della *grande salle à manger*, Hillary non aveva sulle labbra il suo solito sorriso vagamente imbronciato. Aveva gli occhi cupi e la faccia contratta; Nick la seguiva dappresso in tight. Tuttavia Hillary riuscì ugualmente a fare di nuovo un effetto sensazionale. Stavolta indossava un abito di satin bianco con le maniche lunghe e il collo alto, coperto da un ricamo di minuscole rosette d'argento e perline e, quando raggiunse i piedi della scalinata e attraversò il salone, di nuovo tutti gli occhi dei presenti si rivolsero a lei e al suo vestito che aveva una scollatura vertiginosa nella schiena, a forma di ovale allungato e metteva a nudo la sua pelle morbida e candida, dalla nuca fino a un poco sotto la vita. Tuttavia Nick non sembrò particolarmente toccato dalla impressione suscitata da sua moglie mentre si sedeva di fronte a Liane e le rivolgeva un garbato sorriso. Questa si accorse istantaneamente che i suoi occhi erano diversi da prima; sembravano più freddi e un poco più tristi. Fu allora che le tornò in mente tutto ciò che aveva ascoltato sulla terrazza quel pomeriggio. Ma, nello stesso momento nel quale si mise a osservare Nick, si accorse che Armand la stava osservando e si voltò a lanciargli un'occhiata d'intesa. Armand le aveva raccomandato, appena prima di scendere nel salone, di non fare assolutamente capire che era al corrente di quello che era successo fra i Burnham sul loro ponte privato. Liane aveva ribattuto che non c'era nessun bisogno di darle una lezioncina di discrezione, ma Armand non era stato d'accordo.

«Sì, invece. Ti conosco troppo bene. Hai il cuore tenero e compatisci quei poveretti che devono aver avuto qualche dispiacere. Ma metterai in imbarazzo quel disgraziato, se lo capisce. È già abbastanza brutto avere la moglie che lo cornifica!» Continuava a trovare stupefacente quella storia, per quanto non fosse difficile crederci, tanto che lui stesso non seppe resistere e lanciò un'occhiata a Hillary, mentre si sedeva a tavola. Era una donna di straordinaria bellezza, però aveva l'aspetto della persona maligna e perfida. Il colletto alto dell'abito copriva ciò che Liane, non vista, aveva sentito descrivere: il livido lasciato dal morso del suo ultimo amante. Forse era per questo motivo che aveva indossato un abito del genere, pensò Liane, ricambiando l'occhiata di Armand. Gli occhi di suo marito le facevano capire che aveva intuito ciò che lei stava pensando; allora si rivolse all'uomo che era seduto alla sua sinistra. Si trattava di un tedesco dall'aria austera e impettita, con il monocolo all'occhio, e una tale quantità di nastrini sul petto da rivaleggiare con quelli di Armand. Era il conte von Farbisch, di Berlino, e Liane dovette subito lottare contro l'antipatia che le ispirava. Armand lo aveva riconosciuto immediatamente per l'uomo con il quale Nick Burnham aveva avuto un colloquio durante il secondo giorno del viaggio, nel salone da fumo. Si chiese se avrebbero mostrato di conoscersi già oppure no, ma si accorse che il conte rivolgeva a Nick un breve cenno del capo e Nick, a sua volta, piegava la testa in segno di saluto. Il capitano fece le necessarie presentazioni: all'infuori dei Burnham e dei de Villiers, e ovviamente del capitano stesso, si trattava di un gruppo di passeggeri completamente diverso da quello dell'altra volta. Quanto a Liane, ebbe la conferma del fatto che aveva conosciuto ben poche persone sul transatlantico.

«È giusto quello che dico, *Madame* de Villiers?» Il capitano Thoreux le stava facendo una domanda e Liane arrossì. Insomma, quella sera si sentiva distratta, di uno strano umore. Fra l'infelice situazione dei Burnham, di cui era stata testimone, e l'antipatico tedesco alla sua sinistra, che adesso stava intrattenendo gli altri commensali con una serie di aneddoti di propaganda che avevano come protagonista Hitler, si accorse di averne già abbastanza prima che il pasto fosse cominciato e quasi si rammaricò di non aver cenato da sola, con Armand, nella loro cabina.

«Mi scusi, capitano, non ho sentito...»

«Stavo dicendo che i nostri campi da tennis sono veramente ottimi. Mi pare che ci abbia giocato stamattina con Mr. Burnham, se non erro.»

«Infatti.» Nick le rivolse un sorriso. Era un sorriso schietto, disinvolto, che non aveva alcun sottinteso. «E c'è di più! Madame de Villiers mi ha battuto. Sei a due.»

«Già, però avevo perduto le due partite precedenti!» Liane scoppiò a ridere ma non si sentiva il cuore leggero, quella sera. Anzi, lo sentì ancor meno leggero quando vide il lampo di odio che era balenato, d'un tratto, negli occhi di Hillary Burnham.

«Dice davvero? L'ha battuta sul serio?» Gli occhi di Hillary avevano un luccichio minaccioso. «Mi stupisce. Perché gioca proprio maluccio.» I commensali, seduti al tavolo del capitano, rimasero un po' interdetti di fronte a questa osservazione e Liane approfittò del silenzio generale per ribattere con prontezza: «Gioca molto meglio di me». Sentiva addosso gli occhi di Armand. Ma il suo vicino tedesco a quel punto ormai si era già messo a conversare con la signora americana alla sua sinistra, dilungandosi nuovamente sui miracoli ottenuti da Hitler. Per un attimo Liane si domandò se sarebbe riuscita ad arrivare senza guai alla fine del pasto. Era evidente che, fra le persone sedute a tavola con lei, era sorta una certa tensione che non riuscirono a dissipare né lo Château d'Yquem, né il Margaux, né lo champagne e neppure il cibo squisito, dal caviale al *soufflé.* Chissà per quale motivo, quella sera, il cibo e i vini parevano quasi opprimenti e tutti diedero l'impressione di provare un certo sollievo quando si spostarono nel *gran salon* per il ballo di gala. L'atmosfera avrebbe dovuto essere, nelle intenzioni degli organizzatori, quella festosa di un Capodanno. Ma per Liane non fu così.

«Non avresti dovuto dare quella risposta così secca alla moglie di Burnham», la rimproverò gentilmente Armand mentre ballavano.

«Mi spiace.» Liane si mostrò subito contrita. «Ma è una donna talmente insopportabile, Armand! E poi, dovevo assolutamente far qualcosa: o quella risposta, oppure scaraventavo il mio bicchiere di vino in faccia a quel tedesco. In nome di Dio, si può sapere chi è? A un certo punto ho pensato che mi sarebbe venuto da vomitare se avessi sentito ancora pronunciare una sola parola a proposito di Hitler.»

«Non lo so con esattezza. Ho il sospetto che sia molto legato al Reich. All'inizio del viaggio, l'ho visto parlare con Burnham nel *fumoir.*» Le parole di Armand la indussero al silenzio; le facevano tornare in mente, ancora una volta, ciò che suo marito aveva già detto prima, e cioè che Nick, con ogni probabilità, aveva degli affari in corso con i tedeschi. E ciò la turbava tuttora molto. Sembrava un uomo d'animo così nobile! Come era capace di fornire un'assistenza qualsiasi al Terzo Reich? E se Nick Burnham stava vendendo l'acciaio ai tedeschi, questo voleva dire che, evidentemente, avevano ricominciato ad armarsi, in piena violazione al Trattato di Versailles. Sapevano tutti che i tedeschi stavano già dedicandosi con fervore agli armamenti da anni, tuttavia Liane provava un vago senso di nausea al pensare che un americano, un suo compatriota, li aiutasse. Pareva che ci fossero moltissime, troppe cose cui pensare quella sera, su tutti i fronti, e fu quasi un sollievo quando Jacques Perrier si presentò, con un modo di fare pieno di discrezione, alle undici, e scambiò qualche parola a bassa voce con Armand. Pochi minuti più tardi, Armand spiegò la situazione a Liane. Dovevano mettersi di nuovo al lavoro, ancora per un po'. Ma a Liane non dispiacque di doversi scusare con il capitano e ritirarsi dalla festa. La verità era che non si sentiva di umore allegro; così, fu ben felice di potersi togliere l'abito di *moiré* rosso indossato solo tre ore prima. Era un capo stupendo e le piaceva moltissimo ma, in quel momento, lo lasciò cadere distrattamente su una seggiola nella sua stanza mentre Armand usciva; e se ne andò a letto con un libro. Gli aveva promesso di aspettarlo, anche se Armand le aveva detto che non doveva sentirsi obbligata. Ma, quella sera, perfino il libro non aveva nessun interesse per lei. Non faceva che pensare ai Burnham, così misteriosi, Nick con le sue strane trattative di affari e Hillary con gli occhi foschi e la bocca imbronciata. Cercò di concentrarsi sul libro per una mezz'ora ma, alla fine, vi rinunciò e si alzò dal letto. Dopo aver infilato un paio di pantaloni e un maglione pesante, uscì a sedere sul ponte privato della *suite*, scegliendo quella stessa sedia a sdraio dalla quale aveva udito Hillary scagliarsi contro Nick, senza essere vista. Le giungeva debolmente alle orecchie la musica che saliva dal *grand salon* e, chiudendo gli occhi, poté immaginare la gente che vi danzava. Quanto a lei, era ben felice di non essere là in mezzo, quella sera. Sarebbe stato divertente partecipare alla festa con Armand, oppure in un'altra occasione, in cui si fosse sentita di umore migliore. Ma, con Armand al lavoro, sarebbe stato deprimente dover ballare con il capitano, il tedesco e chissà quanti sconosciuti.

Liane non era l'unica a sentirsi depressa quella sera. Anche Nick, intento a meditare sulle ultime stravaganze di sua moglie, non aveva affatto l'aria allegra. Hillary aveva riacquistato rapidamente tutta la sua vivacità e il suo spirito e aveva ballato una volta con il capitano e un'altra con il conte tedesco; poi Nick si era accorto che stava ballando con un bellissimo giovanotto italiano il quale aveva già suscitato parecchio scalpore a bordo del transatlantico. Si era fatto accompagnare nel viaggio da una donna che non era sua moglie e la coppia aveva provocato una certa sensazione tra i passeggeri, organizzando festini, facendo bisboccia fino alle ore piccole e, a quel che si diceva, divertendosi in certe «attività multisessuali» con chiunque fosse disposto a raggiungerli nella loro cabina, dove tenevano «in segreto» vere e proprie orge. Erano i tipi adatti per il genere di divertimenti cui era abituata Hillary, pensò amaramente, mentre agitava nella sua coppa di champagne il bastoncino da cocktails in oro che portava sempre con sé in queste occasioni. Le bollicine dello champagne gli procuravano sempre un terribile mal di testa il giorno successivo; così uno dei suoi amici tedeschi gli aveva regalato quel bastoncino d'oro parecchi anni prima, assicurandolo che, se lo avesse usato, non avrebbe più sofferto di quel caratteristico doposbornia da champagne, e aveva ragione.

Nick era molto rattristato, ora, nel vedere quel che stava succedendo ai tedeschi. Chi cominciava ad avere lentamente man forte nel paese erano le persone sciocche e vanesie, come il conte, mentre tutto il resto veniva, a poco a poco, distrutto da Hitler. In apparenza, naturalmente, la Germania non era mai stata in condizioni migliori: non c'era quasi disoccupazione, tutti lavoravano, le industrie erano prospere, eppure nelle loro vene cominciava a scorrere un sottile veleno. Se n'era già accorto in quegli ultimi due anni ed era un fatto che lo preoccupava sempre di più ogni volta che si recava in visita a Berlino o a Monaco o ad Hannover. Fra l'altro, intuiva che tutto ciò sarebbe stato ancor più visibile adesso. Si era accordato con il conte per rivederlo a Berlino venti giorni dopo, in modo da discutere i loro ultimi accordi per le forniture di acciaio. Ormai aveva allacciato trattative di affari con lui già da più di un anno: tuttavia doveva confessare a se stesso di non riuscire a sopportarlo.

Come Liane, anche lui si accorse che gli era impossibile concentrarsi sul chiacchierio frivolo e banale degli altri, quella sera. Chissà per quale motivo, tutto gli sembrava insopportabilmente pesante, ed era stanco di assistere ai soliti giochetti maliziosi di Hillary. Finito lo champagne, si avvicinò al capitano senza dare nell'occhio e gli spiegò di avere un po' di lavoro da sbrigare nella sua cabina, ma che non voleva costringere sua moglie a lasciare la festa di gala dove si divertiva tanto; tuttavia, se il capitano fosse stato così gentile da scusarlo... Naturalmente il capitano disse che lo capiva perfettamente, anche se ne approfittò per lanciargli una battuta scherzosa e cioè che la sua nave non era più un «palazzo di piacere», ma un enorme ufficio galleggiante per molti uomini importanti! Accennò perfino ad Armand che aveva dovuto tornare anche lui al lavoro.

«*Je regrette infiniment, Monsieur* Burnham... che siate obbligato a lavorare anche stasera.»

«Anch'io, purtroppo, capitano.» Si scambiarono un sorriso cortese e Nick scomparve, sollevato all'idea di mettere una certa distanza fra sé e la musica. Gli pareva che gli sarebbe scoppiata la faccia se fosse stato costretto a sorridere per un attimo di più! E poi, non aveva nessun desiderio di rivedere Hillary fino alla mattina dopo.

Non appena raggiunse il ponte della sua *suite*, mandò a chiamare il capocameriere. Aveva preso quella decisione poche ore prima. Il commissario di bordo non mostrò alcuno stupore per la sua richiesta perché era abituato a sentirsene fare di ben più bizzarre e stravaganti; Nick, da parte sua, gli spiegò che gli occorreva una cabina in più, una di quelle denominate *studios*, per servirsene come ufficio per il resto del viaggio. Ora che si stavano avvicinando a Le Havre, aveva del lavoro da sbrigare. Il commissario di bordo assegnò due camerieri a Nick e, un quarto d'ora più tardi, era già installato nella cabina *studio* vuota, adiacente alla sua *suite*. Non lasciò neppure un messaggio di spiegazioni per sua moglie. A questo punto, ormai non gliene doveva più alcuna. Si guardò intorno soddisfatto; il piccolo locale era piacevolmente arredato in stile *art-déco* e, generalmente, veniva occupato da un segretario o da un cameriere, oppure da bambini piccoli. Tuttavia andava a perfezione per lui e, a un tratto, si sentì più in pace con se stesso e più rilassato di quanto non gli succedesse dall'inizio del viaggio. Uscì sul ponte e guardò in direzione di quello, poco distante, della *suite* Trouville; fu allora che vi intravide Liane, distesa nella sedia a sdraio, la testa appoggiata indietro e gli occhi chiusi. Si domandò se, per caso, non dormisse. Rimase a contemplarla per un minuto o due; poi Liane, come se avesse sentito qualcosa o qualcuno, aprì gli occhi e lo guardò. Nick si trovava in un posto del suo ponte privato diverso da quello dove si era soffermato qualche ora prima, quella stessa sera, durante l'agitato colloquio con sua moglie. Prima non avrebbe potuto vederla, dal punto dove si era messo, ma adesso, al contrario, la vedeva, e Liane alzò gli occhi stupita verso di lui e si mise a sedere di scatto sulla sedia a sdraio con un'espressione interrogativa.

«Non è alla festa di gala, Mr. Burnham?»

«A quanto pare, no.» Le sorrise, allungando lo sguardo oltre la balaustra, verso il posto dove Liane era seduta. I due terrazzi privati delle *suites* erano adiacenti. «Non volevo disturbarla.»

«Non mi ha disturbato. Mi stavo semplicemente godendo la pace della notte.»

«Anch'io. Ed è un gran sollievo dopo tutto quel cicaleccio.»

Il viso di Liane assunse un'espressione distesa; gli sorrise. «A volte, diventa una tensione terribile, vero?»

«A un certo punto ho pensato che, se fossi stato costretto a sorridere ancora una volta, la mia faccia sarebbe andata in pezzi.»

Lei scoppiò in una risata argentina. «È capitato anche a me!»

«Per quanto, come moglie di un ambasciatore, lei sarà costretta a farlo continuamente! Penso che debba essere estenuante.»

«A volte, lo è.» Per qualche motivo che non riusciva a capire, non aveva difficoltà a essere onesta con lui. «Però, per la maggior parte del tempo, mi diverte. Mio marito mi rende ogni cosa molto facile. Si accolla una quantità di impegni gravosi.» Nick ammutolì a queste parole, pensando a Hillary che ballava con il giovanotto italiano; e Liane, guardandolo in faccia, capì di non aver avuto molto tatto. «Mi spiace, non volevo dire...» Ma bastò aggiungere queste poche parole a peggiorare la situazione e Nick le lanciò un'occhiata sorridente con l'aria un po' triste, un po' infantile.

«Non mi faccia le sue scuse, per carità! Non credo che sia un segreto, ormai, la mia situazione matrimoniale. Abbiamo molto poco in comune, all'infuori del nostro bambino e di una reciproca sfiducia!»

«Mi dispiace.» La voce di Liane era dolcissima nella notte tiepida. «Dev'essere difficile, per lei.»

Lui sospirò lievemente e alzò gli occhi verso il cielo prima di riportarli su Liane. «Forse... Non capisco più niente, Liane. È tutto ciò che ricordo di quello che c'è stato fra noi. Ormai le cose vanno avanti così da molto tempo.» Era la prima volta che Nick la chiamava per nome, ma Liane non ci badò. «Probabilmente, adesso, si prende più libertà di quanto non abbia fatto agli inizi. D'altra parte, ha sempre combattuto contro questo matrimonio fin dal principio. La mia sposa prigioniera.» Tentò di sorridere, ma ci riuscì male. «Siamo molto lontani dalla storia d'amore così romantica che lei vive con suo marito, e che mi ha descritto.»

«Il matrimonio non è mai facile, in nessun caso. Anche noi abbiamo i nostri momenti difficili; però non ci mancano mete comuni, e anche affetti e interessi comuni.»

«E poi, lei è completamente diversa da mia moglie.» La guardò dritto negli occhi. Improvvisamente, allora, si rese conto che Liane doveva averli ascoltati quel pomeriggio. Non capiva da dove gli venisse questa certezza, tuttavia era così. E Liane, a sua volta, intuì che Nick sapeva. Se Nick glielo avesse domandato direttamente in quel momento, non gli avrebbe risposto con un diniego. Capiva che quell'uomo aveva bisogno di una persona amica, di poter parlare con franchezza, in tutta onestà. Era come se qualcosa, dentro di lui, si fosse improvvisamente spezzato e avesse bisogno di trovare una mano amica da stringere. Liane era disposta ad offrirgli la propria, almeno per il momento, e Nick lo capì. Gliene fu grato. «Il mio matrimonio è uno scherzo, Liane. Uno scherzo di cui io sono la vittima. Mia moglie non mi è mai stata fedele, fin dal principio. Deve dare la dimostrazione di non appartenere a nessuno, men che meno a me.» Era il modo più crudele di rifiutare e respingere una persona.

«E lei? Le è stato fedele?» La voce di Liane si levò dolcissima nella notte.

«Lo sono stato. Non so neppure io per quale motivo. Una stupidaggine da parte mia, suppongo.» E si sentiva tanto più stupido adesso ricordando quel morso sul collo di Hillary. Poi, mentre quel pensiero perdurava, qualcos'altro, nel segreto del suo cuore, cominciò a turbarlo. «Non dovrei raccontarle i miei problemi, Liane. Chissà che razza di cretino devo sembrarle, qui, in piedi, davanti a lei, a piagnucolare per quello che fa mia moglie. Cosa vuole che le dica? Il peggio di tutto è che non sono neppure sicuro se mi spiace o no. Stasera l'ho vista ballare con una certa persona, eppure non mi sembra che me ne importi più niente. Mi preoccupa quello che la gente può pensare, quello che vedono, ma non credo, davvero, di provare ancora qualcosa per lei! Una volta, sì. Ma adesso credo che sia proprio tutto finito.» Rimase a guardare il mare, pensando agli anni futuri. Sapeva di dover rimanere con Hillary fino a quando Johnny non fosse cresciuto, ma... poi? Tornò a guardare Liane. «A volte tutto ciò mi dà l'impressione di essere vecchio, come se i bei tempi fossero definitivamente scomparsi e, con i bei tempi, gli attimi di gioia da dividere con qualcuno e l'estasi di sentirsi innamorati. Non credo che proverò mai più niente di simile.» La sua voce era triste, sommessa; Liane si alzò dalla sedia a sdraio e gli si avvicinò.

«Non dica questo. Di fronte a sé, lei ha molti anni, moltissimi, e non può sapere che cosa la vita le tenga in serbo.» Si trattava di una frase che Armand ripeteva spesso, ed era vera: lo aveva capito dopo la morte di Odile, quando, passato un anno di disperazione, d'un tratto, nella sua vita era apparsa Liane.

«Sa quel che la vita tiene in serbo per me, amica mia? Trattative di affari, forniture di acciaio e pranzi con personaggi importanti. Non è molto, per riscaldare il cuore in una notte fredda.»

La voce di Liane gli rispose, sommessa come la sua. «Ha il suo bambino.»

Nick annuì e Liane ebbe l'impressione di vedergli salire le lacrime agli occhi. «Certo. E ringrazio Dio per questo. Morirei, se non ci fosse lui.» Liane fu commossa da questo amore per suo figlio; tuttavia sapeva che non era sano, per un uomo della sua età, avere soltanto quello. Gli occorreva una donna da poter amare, una donna che potesse amarlo. In quel momento Nick la guardò tristemente. «Ho trentotto anni e mi pare che non ci sia rimasto più niente per me.» Questo era un lato del suo carattere che Liane non avrebbe mai conosciuto né immaginato se non ci fosse stata quella conversazione notturna. Nick pareva così pieno di fiducia, così sicuro della vita! D'altra parte Liane, prima, non aveva saputo niente di Hillary e della sua abitudine di entrare e uscire con disinvoltura dal letto di altri uomini.

«Perché non chiede il divorzio e non cerca di ottenere la custodia del bambino?» Era proprio vero che le navi erano fatte per i discorsi a cuore aperto fra persone che non si conoscevano!

«Crede sul serio che avrei qualche possibilità?» Dal tono della sua voce, era chiaro che sapeva benissimo di non averne.

«Forse sì.»

«Negli Stati Uniti, dove le uniche cose in cui la gente crede sono la mamma e la torta di mele? E poi, se fossi costretto a fornire le prove di quello che Hillary realmente è, lo scandalo ci rovinerebbe tutti. Non voglio che Johnny ne sappia niente.»

«A un certo momento finirà per saperlo comunque, se lei è fatta così!»

Lui annuì. In un certo senso, Liane aveva ragione. Però Nick sapeva che le sue possibilità di ottenere la custodia di Johhny erano molto scarse. Hillary aveva, alle spalle, l'enorme patrimonio familiare che poteva esserle di grande aiuto e Nick, da parte sua, non conosceva un solo uomo che fosse riuscito a sconfiggere la moglie, in un'aula di tribunale, sulla custodia dei figli. No, non sarebbe mai riuscito a vincere. «Ho l'impressione, amica mia, che dovrò accettare la mia sorte così com'è. Se non altro, per un anno a partire da ora, avremo un cambiamento di scena. E, per di più, io so già che, in Europa, sarò impegnatissimo.»

«Lo saremo tutti.» Liane fissò prima la notte e poi Nick. «Guardando il panorama che abbiamo davanti, è difficile credere che, là dove stiamo andando, il mondo sia inquieto e turbato.» Era piena di curiosità al pensiero di ciò che avrebbe trovato in Francia, se Armand aveva ragione nel dire che, nel giro di un tempo molto breve, sarebbe scoppiato un conflitto. «Che cosa farà, Nick, se dovesse scoppiare la guerra? Tornerà negli Stati Uniti?»

«Suppongo di sì. Può darsi che debba rimanere in Europa ancora per qualche tempo a finire il mio lavoro, se mi sarà possibile, ma continuo a essere convinto che, almeno per quest'anno, non dovremo preoccuparci di una simile eventualità.» Sapeva che i tedeschi si stavano preparando alla guerra, lo capiva dal volume dei propri affari, tuttavia sapeva anche che non erano ancora pronti. «C'è la speranza di poter rientrare in patria tutti in tempo. Probabilmente l'America non parteciperà mai a un conflitto che dovesse scoppiare qui in Europa. Perlomeno, è quello che Roosevelt va dicendo.»

«Armand sostiene che Roosevelt non esprime il suo vero pensiero, quando dice questo.» Voleva essere molto onesta con lui. «Dice che ormai sta già preparando il paese alla guerra da parecchi anni.»

«Secondo me, si comporta così unicamente per una questione di sicurezza. È un'ottima cosa per l'economia nazionale. E fa lavorare la gente.»

Liane ribatté in un tono che non era d'accusa, però era sincero. «Questo deve essere un'ottima cosa pure per lei!» E aveva ragione. Le sue forniture di acciaio si erano moltiplicate. Tuttavia Nick abbassò lo sguardo per fissarla dritto negli occhi.

«È un'ottima cosa anche per lei.» Sapeva fin troppo bene quale successo avesse ottenuto la Crockett Shipping negli anni più recenti. Anche Liane sapeva con esattezza quel che Nick intendeva, ma scrollò il capo.

«Già da tempo non mi sento più parte di tutto ciò.» No, non le capitava più da quando lo zio George aveva preso il posto di suo padre. Sentimentalmente, era già da molto tempo che Liane aveva spezzato ogni legame con quel genere di vita.

«Ma non può dimenticare quello che lei è, Liane.» Adesso Nick ricordava che Liane era stata l'unica erede di suo padre e si stupì che lo facesse pesare così poco, a differenza di Hillary la quale adorava farsi notare ed esibire le sue *toilettes* costosissime, le pellicce, i gioielli. In Liane c'era qualcosa di molto discreto, invece. Se qualcuno non avesse saputo qual era il suo nome da ragazza, non avrebbe mai immaginato chi o cosa poteva essere. «Anche lei ha una responsabilità.»

«Verso chi?» Liane non nascose di essere turbata alle parole di Nick.

«Un giorno, se dovesse scoppiare una guerra, le sue navi porteranno delle truppe. Le truppe andranno a combattere e ci saranno uomini che moriranno.»

«Ma non c'è niente che si possa fare per impedirlo!»

Nick le rivolse un triste sorriso. «Disgraziatamente, lei ha ragione. A volte ci penso; penso al modo in cui la gente adopera il nostro acciaio per costruire le sue macchine di guerra. Ma che cosa posso farci per cambiare le cose? Non molto. Anzi, niente.»

«Però lei fa affari con i tedeschi, vero?»

Nick esitò, ma non a lungo. «È vero. Sarò a Berlino per venti giorni. Ma combino anche affari con l'Italia, il Belgio, l'Inghilterra e la Francia. È una grossa industria, Liane, e le industrie non hanno cuore.»

«Gli uomini, sì.» Lo guardò dritto negli occhi come se si aspettasse qualcosa di più.

«Le cose non sono tanto semplici!»

«È quello che dice Armand.»

«Ha ragione.»

Liane tacque per un momento. Nick aveva risvegliato in lei qualcosa che dormiva da molto tempo, le proprie responsabilità nei confronti della compagnia di navigazione paterna. Versava i dividendi in banca, accettava gli assegni che le arrivavano, ma non dedicava più un altro pensiero a quelle navi, a dove andassero, a cosa facessero. Adesso tutto ciò la faceva sentire singolarmente impotente. Non riusciva a immaginare come avrebbe potutto chiedere qualche informazione su tutto ciò allo zio George. Si sarebbe offeso al solo pensarlo; mentre, se suo padre fosse stato ancora vivo, ne avrebbe potuto sapere di più. «Non ti è mai capitato di incontrare mio padre, Nick?» Gli domandò adesso, passando direttamente dal lei al tu.

«No. Quando lui era vivo, avevamo qualcun altro sulla West Coast. Io ero a Wall Street, a sgobbare fino a tarda notte.»

«Era un uomo assolutamente speciale.» Nick non faticava a crederle, adesso che stava osservando Liane al di là della balaustra che li divideva, tanto che, senza pensarci, si protese per prenderle una mano.

«Anche tu sei una persona assolutamente speciale.»

«No, non è vero.» Non ritirò la mano. Quella di Nick era calda, forte e possente, diversa dalle dita lunghe e aristocratiche di Armand, già segnate dagli anni fin dalla prima volta che avevano stretto la sua.

«Tu non sai quanto sei buona: fa tutto parte di quell'atmosfera tutta speciale che ti circonda. E non sai neppure quanto sei saggia o forte. Stanotte mi sei stata di grande aiuto. Sto cominciando a sentirmi stanco di tutto; però, mentre ero qui con te, la vita, d'un tratto, non mi è sembrata più così brutta.»

«Non lo è! E un giorno sarà di nuovo migliore anche per te.»

«Perché pensi questo?» Non le aveva lasciato andare la mano e Liane gli sorrise. Era un uomo molto bello, nel fiore degli anni, e le spiaceva di vederlo sprecato con una moglie simile. Non solo, ma provava dei sentimenti buoni e belli nei confronti di quell'uomo.

«Credo nella giustizia... molto semplice!»

«Giustizia?» Lui parve divertito.

«Io credo che le cose difficili si verificano nella vita di una persona in modo da renderla forte; ma, alla fine, chi è bravo e buono viene ricompensato perché trova altre persone, brave e buone, al suo fianco, e gli succedono cose belle.»

«Ma credi sul serio a quello che stai dicendo?» Nick pareva sorpreso.

«Sì, ci credo.»

«Io sono un po' più cinico.» Anche Armand lo era e, forse, gran parte degli uomini; eppure Liane era ancora convinta che, nella vita, ci fosse un'equa divisione fra le cose belle e quelle brutte; perlomeno, quasi sempre. Questo non spiegava, è vero, una morte nel fiore degli anni, oppure come potessero morire o farsi del male i bambini, eppure Liane era pressoché persuasa che la vita ripagasse sempre, e nel modo giusto. Hillary sarebbe stata ripagata come si meritava. E anche Nick. «Ma spero ugualmente che tu abbia ragione, amica mia.» A Liane piacquero le parole che Nick aveva appena finito di pronunciare: era esattamente quello che provava per lui. Erano diventati amici. «Spero che ti rivedrò a Parigi, una volta o l'altra, se non sarete risucchiati, con Armand, dalla vita diplomatica.»

«E tu, dalle tue forniture di acciaio.» Gli sorrise e, a questo punto, ritirò la mano da quella di lui. «Si dice che, sulle navi, le cose succedano in fretta, le amicizie, come le vicende d'amore, e che, poi, tornati sulla terra ferma, tutti diventino di nuovo persone normali e dimentichino quello che è stato.» Lo guardò dritto negli occhi e Nick scrollò lentamente il capo.

«Io non ti dimenticherò. E, nel caso tu avessi bisogno di un amico, chiamami. La società che porta il mio nome, la Burnham Steel, si trova sulla guida del telefono di Parigi. Solo che, laggiù, siamo chiamati la *Compagnie* Burnham.» A Liane piacque l'idea di sapere dove Nick avrebbe potuto essere rintracciato ma, al tempo stesso, non riuscì a immaginare di potergli fare una telefonata del genere. La sua vita con Armand era più che completa. Molto più probabile che fosse Nick ad aver bisogno di loro!

Restarono in silenzio per un po' di tempo, allora, contemplando il mare; alla fine, Liane diede un'occhiata all'orologino da polso, sospirò e guardò Nick. «Temo che mio marito lavori troppo. Avevo tutte le intenzioni di restare in piedi ad aspettarlo, ma adesso comincio a pensare che andrò a letto. Domani è l'ultimo giorno che passeremo sulla nave e avrò una quantità di bagagli da fare.» Avevano portato con loro talmente tanta roba... ma c'erano stati un susseguirsi di feste di gala, di recite a teatro, di cene al tavolo del capitano... Non solo, ma Liane era stata costretta a cambiarsi per il pranzo e poi, ancora, per l'ora del tè, ogni giorno. E per quanto avessero fatto una vita molto ritirata e fossero rimasti a lungo nella loro *suite*, Liane aveva dovuto indossare una grande varietà di *toilettes*. Per gli uomini era tutto più facile perché, ogni sera, bastava che mettessero il tight e la cravatta bianca. «È strano, abbiamo passato sulla nave soltanto dieci notti, eppure dà l'impressione di esserci rimasti dieci settimane.»

Nick sorrise. «Anch'io provo la stessa sensazione.» Adesso, però, era ansioso di arrivare. Ne aveva abbastanza. Era ben felice che restasse ancora un solo giorno di viaggio. Poi gli balenò un'idea, mentre guardava Liane. «Ti interesserebbe un'altra partita di tennis domani?»

«Sì, mi farebbe piacere giocare, purché Armand non sia libero.» Invece era proprio quello che sperava. Le piaceva stare con Nick, ma anelava disperatamente a un po' di tempo da passare con suo marito.

«Naturalmente. Verrò a cercarti domattina e credo che me lo potrai dire.»

«Grazie, Nick.» Restò a guardarlo a lungo; poi gli sfiorò dolcemente un braccio. «Ogni cosa si sistemerà, sai? Vedrai.»

Per tutta risposta, lui le fece un sorriso e un vago cenno di saluto mentre Liane si ritirava. «Buona notte.» Era una donna straordinaria, si disse Nick. Rimpianse di non averla conosciuta dieci o dodici anni prima; ma, a quell'epoca, lui aveva soltanto ventisei anni. Mentre Liane era una di quelle donne che capiscono gli uomini maturi, tanto che Nick giunse alla conclusione che il responsabile di tutto ciò fosse stato suo padre. Quindi Liane non avrebbe mai provato nessun interesse per lui. Né, tantomeno, lui per Liane. Ciò che gli era piaciuto enormemente dieci anni prima erano stati l'emozione, il brio, tutto ciò che faceva colpo, e le donne che ti lasciavano senza fiato e ballavano tutta la notte. Non riusciva a immaginare come Liane potesse fare qualcosa di simile. Era troppo quadrata, troppo quieta, troppo saggia... eppure, continuò a pensare tra sé, gli sarebbe piaciuto vederla correre a piedi nudi per un giardino, in piena notte... o nuotare in una piscina oppure, con i capelli sciolti, su una spiaggia... Lo colmava di una sensazione di bellezza quieta e felice. Così, mentre raggiungeva la sua nuova cabina-ufficio, lo *studio* adiacente alla *suite* Deauville, si accorse che, per la prima volta da molto tempo, si sentiva in pace.

9

«Dov'eri ieri sera?» Hillary lo squadrò con gli occhi ancora offuscati dalla sbronza di champagne della sera prima e non sembrò troppo soddisfatta di vederlo entrare nella *loro suite* dalla porta d'ingresso principale e andare a versarsi una tazza di caffè.

«Nella mia cabina.»

«E dove sarebbe?»

«Qui accanto.»

«Che idea brillante! Ho visto che avevi portato via la tua roba.»

«Così avrai pianto tutta la notte, immagino.» Le parole di Nick avevano una punta di cattiveria. Intanto Nick dava una rapida scorsa al giornale stampato ogni giorno sulla nave e si imburrava un *croissant*.

«Non riesco a capire perché diavolo ti sei trasferito altrove.»

«Oh, davvero?» Pareva stranamente calmo e Hillary, dal suo posto, gli lanciò un'occhiata fiammeggiante.

«Cosa sarebbe questa novità? Camere da letto separate? O l'hai fatto soltanto perché, ieri sera, eri arrabbiato con me?»

«Ha importanza, Hil?» Alzò gli occhi dal giornale, e lo mise da parte. «Credo che le cose andranno meglio a questo modo. Ieri sera avrei detto che te la spassavi un mondo. Non volevo rovinarti il divertimento.»

«Di' piuttosto che non volevi rovinare il tuo, eh? Vai a giocare a tennis anche oggi, Nick?» La sua voce sembrava piena di innocenza, in un primo momento, ma Nick capì dall'espressione degli occhi di Hillary che c'era dell'altro. «Come sta la tua amichetta, la moglie dell'ambasciatore?» Le fece piacere vederlo inalberarsi a queste parole. «Ho la vaga idea che tu abbia fatto anche altri giochetti con lei. Non solo il tennis. Cosa sarebbe? Una piccola avventura amorosa in alto mare?» La voce di Hillary trasudava malignità e cattiveria, le stesse, evidentemente, che occupavano tutti i suoi pensieri e che contribuivano a rendere ancora più evidente il senso di colpa che lei stessa provava.

«Direi che questo sarebbe più nel tuo stile! E non nel mio!»

«Non ne sono del tutto sicura.»

«Allora non mi conosci molto bene. Oppure non conosci lei. D'altra parte, capisco come sia facile per te giudicare anche gli altri sul tuo metro. Per fortuna, i tuoi giudizi non sempre quadrano.»

«Oh, il caro e santo Nick! È così dolce e pura la tua amichetta?» Scoppiò in una risata scrosciante e attraversò la stanza. «Ne dubito. A me sembra una sgualdrina.»

Nick si alzò in piedi con un lampo minaccioso negli occhi. «Non parlare a questo modo delle persone che non conosci. Sei tu l'unica sgualdrina su questa nave, a quanto mi sembra di capire; e se questo ti va bene, va bene anche per me, però non perdere il tuo tempo cercando di accusare gli altri. Questo è un appellativo che si adatta unicamente a te; anzi, potresti essere contenta che tutti i passeggeri della nave non ti chiamino già così!»

«Non ne avrebbero il coraggio.»

«Con l'andazzo che hai preso, uno di questi giorni lo faranno di sicuro!»

«Come ti piacerebbe, vero?» Si alzò in piedi osservandolo con attenzione, vagamente stupita e perplessa di fronte a quello che gli leggeva negli occhi. Tutto d'un tratto pareva che a Nick non importasse più niente di lei. Non era arrabbiato, non era triste, era indifferente. L'unica cosa che lo aveva infuriato era stato il giudizio che lei aveva dato su Liane.

«Non so neppure se me ne importa ancora di quello che la gente dice su di te. Io so la verità. E, una volta saputa la verità, cos'altro vuoi che importi?»

«Hai dimenticato che sono tua moglie? Quello che io faccio influisce anche su di te.»

«Sarebbe una specie di minaccia?»

«No, è la verità.»

«Non ti ha mai impedito, prima, di fare quello che volevi e ho i miei dubbi di poterlo fare adesso. Tutti, a Boston e a New York, ormai hanno aperto gli occhi, per quel che ti riguarda, e da anni! L'unica differenza sta nel fatto che ora anch'io sono disposto a tenerli spalancati e ad accettare le cose come stanno.»

«E mi lasceresti fare quello che voglio?» Hillary pareva sbalordita.

«Fintanto che ti comporterai con una certa discrezione. Per te, dovrebbe essere una cosa nuova!»

«Figlio di puttana che non sei altro...!» Ma quando Hillary gli si precipitò contro, Nick l'afferrò per un braccio e lei rimase stupefatta a sentire quella stretta formidabile. Nick era un uomo robusto e pareva che non avesse più paura di usare la propria forza contro di lei.

«Non perdere il tuo tempo, Hil.» Ormai era tutto completamente sprecato con lui. Tutto. La sua rabbia, come il suo fascino. Così, mentre erano lì in piedi uno di fronte all'altra nella sala da pranzo della loro *suite*, Hillary cominciò a piangere.

«Tu mi odi, vero?»

Nick rimase a guardarla per un attimo, poi scrollò la testa stupito, perché non provava quasi più nulla per lei. Solo pochi giorni prima c'era stata ancora qualche speranza. Ma il giorno precedente Hillary gliele aveva tolte tutte. Per sempre, pensò. Ad ogni modo, ormai per lui non cambiava più nulla.

«No, non ti odio.»

«Però non te ne importa niente di me, vero? Non te ne è mai importato niente!»

«Non è vero.» Nick si mise a sedere e sospirò stancamente. «Una volta ci tenevo enormemente a te.» La sua voce si addolcì. «Ti ho amato moltissimo. Ma tu non hai fatto che lottare contro di me, di continuo, per anni. E credo che, alla fine, tu abbia vinto. Non vuoi essere mia moglie, però lo sei. Così dobbiamo adattarci tutti e due a questa idea e trovare il modo di vivere insieme. Non sono disposto a lasciarti andare per via di nostro figlio, ma non posso costringerti a provare qualcosa che non riesci a provare e non posso neppure impedirti di infilarti nel letto di altri uomini, perfino su questa nave. Di conseguenza, Hillary, i giochi sono fatti. Sei stata tu a stabilire le regole e io le seguirò. Ma non aspettarti che io ti voglia bene come una volta. Non più. Perché non posso. Hai ucciso quel sentimento in tutti e due. Se è questo che volevi, hai vinto.» Si alzò e si avviò alla porta.

«E adesso, dove vai?» D'un tratto sembrava spaventata. Non voleva essere sua moglie con tutto ciò che un impegno di questo genere, da una persona adulta e matura, comportava, però aveva ancora bisogno di lui.

«Fuori.» Le rivolse un sorriso un po' triste, mentre se ne andava. «Non posso allontanarmi molto. Se non altro, saprai che sono in qualche posto della nave. Del resto, sono certo che tu sarai occupatissima con i tuoi amici.» Poi richiuse l'uscio della *suite* e rientrò nel proprio *studio*. Si sentiva meglio di quel che non gli fosse capitato da anni. Una mezz'ora più tardi andò a cercare il suo bambino in piscina e si divertirono molto insieme, nuotando per un po' dove l'acqua era più alta; poi Nick lasciò Johnny con un gruppetto dei suoi nuovi amici e andò a vestirsi. Stava pensando a Liane e si augurava che fosse libera di giocare un'altra partita a tennis. Voleva dirle che gli era stata di grandissimo aiuto la sera prima. Ma, quando la trovò, stava passeggiando felice in compagnia di Armand sul ponte, proprio di fronte al Grill; avevano le teste chine, avvicinate, e lei stava ridendo per qualcosa che suo marito doveva averle appena detto. Preferì evitare di passare per un intruso e si ritirò nella sala da fumo. Sapeva che, se si fosse messo a girare per le altre sale del transatlantico, avrebbe potuto incontrare sua moglie. Così trascorse tutto il pomeriggio nel *fumoir* e, a un certo momento, rientrò nella sua cabina. Gli parve che fossero passati appena pochi minuti quando sentì suonare la campana della cena nel corridoio. Indossò la giacca a code, mise la cravatta bianca, come faceva ogni sera, e tornò nel salotto della *suite* per trovarsi con sua moglie. Hillary indossava un abito di taffetà nero e portava sul braccio la giacca di volpi argentate. Perfino questo fatto non gli diede più alcun fastidio; era come se, dalla sera alla mattina, fosse riuscito a liberarsi di tutte le angosce e dispiaceri che lei gli aveva fatto soffrire per tanto tempo. Il livido prodotto da un morso sul collo di Hillary, il giorno prima, era stato la goccia che aveva fatto traboccare il vaso.

«Stai molto bene.»

«Grazie.» Gli occhi di Hillary erano glaciali, scostanti. «Mi stupisce che tu sia tornato.»

«Non vedo perché non avrei dovuto farlo. Ceniamo insieme ogni sera.»

«Avevamo anche l'abitudine di dormire insieme.» Nick non desiderava riaprire l'argomento, soprattutto così vicini com'erano alla porta spalancata della cameretta di Johnny. «Devo concludere che, secondo i tuoi nuovi regolamenti, le apparizioni in pubblico vanno benissimo... ma quelle in privato, no.»

«Più o meno, è così.» Il tono di Nick era molto freddo. Poi entrò a dare il bacio della buonanotte a John. Il bambino alzò gli occhi a guardarlo con un largo sorriso e cominciò a strofinarsi affettuosamente contro il suo collo.

«Che buon odore hai, papà!»

«Grazie, signorino. Anche tu.» Il bambino odorava di sapone e di shampoo; Nick rimpianse di non poter passare ancora un po' di tempo con lui, ma Hillary, dalla soglia, pareva ansiosa di interromperli.

«Sei pronto per andare?»

«Sì.» Nick si alzò e la seguì fuori mentre Johnny tornava al suo gioco con la bambinaia. Quando si trovarono nella *grande salle à manger*, Nick e Hillary presero posto al loro solito tavolo, quello di cui lei si era già lamentata in precedenza, ma ormai non aveva più importanza. Era l'ultima sera di viaggio.

C'erano nell'atmosfera un senso di rimpianto e una gioia dolceamara; le persone che si erano conosciute durante il viaggio si radunavano, a poco a poco, in gruppi allegri e cordiali nel *grand salon* mentre qualche coppia passeggiava sul ponte. Perfino la musica sembrava dolce e triste, quella sera, intanto che la gente ballava. Nick scorse Armand e Liane che passeggiavano tranquillamente sul ponte. Provò di nuovo l'impulso di andare a dirle qualcosa, ma non gli sembrò che fosse il momento opportuno.

«Ti spiace di dover lasciare la nave?» Armand chinò gli occhi verso Liane con un dolce sorriso. Com'era bella! Indossava un abito di organza azzurro chiaro con le scarpine di raso azzurro chiaro e oro, e la borsetta in tinta. Come gioielli, aveva scelto una stupenda *parure* di acquamarine e brillanti, montati in oro, gli orecchini e la collana, che era stata della sua mamma e faceva parte della enorme quantità di gioielli comprati da suo padre prima ancora che lei nascesse. «Ti ho già detto che stasera hai un aspetto stupendo?»

«Grazie, amore mio.» Si allungò a dargli un bacio su una guancia. «Sì, sono un po' triste al pensiero di lasciare questa nave. Però sono anche felice. È stato un viaggio stupendo ma, adesso, sono pronta ad arrivare a casa.»

«Di già?» Armand si divertiva a stuzzicarla. «Come? Non rimarrai a Parigi per un po', a farmi compagnia?»

«Sai benissimo quello che voglio dire.» Per tutta risposta, Liane gli sorrise. «Sono ansiosa di arrivare a Parigi e di aprire la nostra casa.»

«So perfettamente che sarà così e ci riuscirai benissimo, con le tue manine così rapide! Scommetto che fra una settimana avrà preso lo stesso aspetto che avrebbe se ci fossimo vissuti già da vent'anni. Non riesco a capire come fai, Liane. I quadri vengono appesi, e anche le tende; la tavola è apparecchiata e io scopro il tuo tocco personale in ogni stanza.»

«Forse era destino che diventassi la moglie di un diplomatico!» Sapevano entrambi che era la verità; poi Liane scoppiò a ridere. «Oppure una zingara. A volte mi pare che sia la stessa cosa!»

«Ti supplico, non dirlo al Bureau Central!» Continuarono a passeggiare ancora per un poco, godendosi l'aria della sera piacevolmente calda e parlando delle giornate che avevano trascorso a bordo del transatlantico.

«Mi spiace di non esser riuscito a stare di più con te, durante questo viaggio. Quasi quasi, rimpiango di essermi fatto accompagnare da Perrier! È troppo diligente nel suo lavoro.»

Liane sorrise dolcemente a suo marito: «Anche tu».

«Davvero?» I suoi occhi si illuminarono di un sorriso. «Bene, forse le cose miglioreranno quando arriveremo in Francia.» Ma a questa battuta fu Liane soltanto a ridere.

«Che cosa te lo fa pensare?» Liane non si faceva illusioni, e neppure Armand.

«Perché voglio che sia così. Voglio passare più tempo con te.»

«Anch'io.» Sospirò, per quanto non avesse l'aria insoddisfatta. «Però ti capisco.»

«Lo so, ma non mi sembra giusto. Com'erano diverse le cose a Vienna, qualche anno fa!» Allora avevano trovato il tempo per lunghe camminate dopo il pranzo e per pomeriggi quieti e tranquilli quando lui rientrava a casa dal lavoro. Ma quanto tempo era passato! Loro erano diversi, adesso, e anche il mondo era diverso.

«Amore mio, non eri importante come lo sei ora!»

«Neanche adesso sono molto importante. Ma, semplicemente, sovraccarico di lavoro; e poi, viviamo tempi difficili.» Lei annuì, e d'un tratto ripensò alla conversazione che aveva avuto la sera prima con Nick. Ne aveva accennato vagamente ad Armand mentre facevano colazione, quella mattina, però gli aveva detto soltanto di averlo trovato sulla terrazza... Ma Armand aveva fretta, doveva trovarsi con Jacques per scambiare ancora qualche idea e, in realtà, non le aveva dato molto ascolto.

A un certo momento si fermarono in silenzio vicino al parapetto a guardare il mare, in direzione della Francia, e Liane si augurò che quanto li aspettava potesse provare che Armand si era sbagliato, almeno in parte. Liane non desiderava che scoppiasse una guerra. Non lo voleva vedere letteralmente sommerso dal lavoro. Come Armand, anche lei avrebbe voluto trascorrere più tempo insieme. Era un motivo assolutamente egoistico quello che le faceva desiderare che non ci fosse nessun conflitto.

«Vogliamo rientrare, *chérie*?» Lei annuì e, insieme, rientrarono nella *suite*, richiudendone senza rumore la porta, proprio mentre Nick svoltava l'angolo del corridoio. Si soffermò lì per un momento, ripensando alla sera precedente e alla donna di cui aveva tenuto stretta la mano solo per pochi attimi – la donna che gli aveva detto che le cose sarebbero cambiate per lui, un giorno. Si augurava che le sue previsioni si avverassero presto.

10

IL *Normandie* entrò nel porto di Le Havre alle dieci, la mattina seguente, proprio mentre i passeggeri stavano terminando di far colazione. Le loro valigie e i bagagli più grossi erano pronti, le cabine già vuote stavano per essere lasciate definitivamente, i bambini vestiti, le bambinaie preparate all'arrivo e tutti parevano dispiacenti di dover abbandonare il transatlantico. Le storie d'amore fiorite sul *Normandie* sembravano troppo intense, le amicizie che vi erano nate, troppo profonde. Ma l'attività febbrile che si stava svolgendo sulla banchina dimostrava che, ormai, tutto era finito. Il capitano si trovava sul ponte a sorvegliare che tutto andasse nel migliore dei modi; per lui si trattava di un'altra traversata conclusa. Aveva condotto il *Normandie* sano e salvo in Francia.

Nella *suite* Trouville, Armand e Liane erano pronti allo sbarco; le bambine, elettrizzate dall'avvenimento, non stavano ferme un minuto e continuavano a saltare di qua e di là. Dal loro ponte privato avevano salutato John che si trovava anche lui fuori, sul ponte privato della *suite* Deauville. Adesso, però, anche il piccolo Burnham aspettava di scendere a terra con suo padre e con sua madre. Portava un completo, giacchetta e pantaloni, di lino bianco in stile Eton con la camicina bianca anche quella, calzettoni al ginocchio e scarpe con la fibbia; e sua madre, che stava guardando fuori dalla finestra, indossava un abito di seta bianca e un grande cappello. Nick aveva già dato la mancia a tutti i camerieri e i loro bauli erano già stati portati fuori dalla *suite*. Sapeva che un'automobile era sulla banchina ad aspettarli e, adesso, lasciarono la *suite* Deauville e scesero le scale per sbarcare prima degli altri. I loro passaporti sarebbero stati controllati sulla banchina da un funzionario dell'ufficio immigrazione, appositamente delegato a questo, e poi niente li avrebbe più trattenuti lì.

«Pronta, *chérie*?» Liane fece segno di sì e seguì fuori Armand. Scesero anche loro, seguiti dalle bambine. Liane aveva messo il tailleur *beige* di Chanel che ad Armand piaceva; era bordato di rosa, e anche la camicetta di seta era rosa. Aveva un'aria straordinariamente fresca e graziosa ma, al tempo stesso, anche tutte le apparenze della moglie di un ambasciatore quando, tutti in gruppo, si prepararono a lasciare il transatlantico. Liane lanciò una rapida occhiata dietro di sé, controllando le bambine che indossavano due abitini uguali di organdis a fiorellini e il cappellino di paglia, la bambola preferita stretta fra le braccia, e *Mademoiselle* che aveva un aspetto molto severo nella uniforme grigia a righe, con la cuffietta perfettamente inamidata.

A un gruppetto di passeggeri era stato chiesto di radunarsi nel *grand salon* per sbarcare con un certo anticipo sul resto. Gli altri passeggeri avrebbero svolto le pratiche relative a visti, passaporti e dogana, nel salone da pranzo e avrebbero lasciato il transatlantico più o meno un'ora dopo, giusto in tempo per salire sul treno che, da Le Havre, portava a Parigi. Liane notò mentre, radunati lì, tutti in gruppo, aspettavano di essere fatti scendere, che c'erano anche, con loro, il tedesco conosciuto al tavolo del capitano e parecchie altre coppie che non aveva mai visto. In tutto, non si trattava che di una dozzina di persone o poco più, le quali godevano di privilegi particolari, possedevano un passaporto diplomatico o vantavano un nome importante. Mentre erano lì ad aspettare, l'assistente di Armand, Jacques Perrier, li raggiunse anche lui con la solita cartella di cuoio ricolma di carte, gli occhiali perfettamente a posto, l'espressione triste e dolente come al solito. Pareva l'eterno simbolo del lavoro non ancora finito.

E, infatti, fu proprio mentre Perrier si ritirava da parte a confabulare rapidamente con Armand fino all'ultimo minuto prima dello sbarco, che Nick riuscì ad avvicinarsi per un attimo a Liane, a salutare lei e le bambine e a rivolgere un cenno del capo ad Armand.

«Avrei voluto salutarti ieri, ma non volevo passare per un intruso. Ti ho visto con tuo marito sul ponte...» Pareva che gli occhi di Nick le accarezzassero il viso, tanto che Liane provò un violento impulso di cercargli nuovamente la mano e di stringerla nella sua, ma non erano né il momento né il luogo adatti per farlo.

«Sono felice di vederti adesso, Nick.» Le pareva, lasciando quest'uomo, di lasciare anche l'ultimo pezzo di terreno familiare del suo paese. Mentre lì, in piedi, scambiava con lui quelle poche parole, provò improvvisamente una grande nostalgia di casa. «Spero che tutto fili liscio per voi a Parigi.» Non ebbe il coraggio di lanciare un'occhiata a Hillary, mentre parlava, ma Nick capì quello che voleva dire e sorrise.

«Certo. Le cose vanno già meglio fin d'ora.» Liane non fu ben certa di quello che Nick volesse dire e immaginò che si riferisse a un inaspettato ravvicinamento con la moglie. Forse le aveva perdonato ancora una volta oppure lei aveva promesso di cambiare vita. Liane si augurò che fosse così, per la pace interiore di Nick; del resto, non poteva sapere che, in realtà, Nick aveva voluto alludere alla nuova sensazione di libertà che aveva cominciato a provare dalla sera in cui avevano parlato insieme. «Mi farebbe piacere che restassimo in contatto.»

«Sono sicura che ci vedremo a Parigi. In un certo senso, non è una metropoli.»

I loro occhi si incontrarono e restarono fissi gli uni negli altri per un attimo che parve interminabile; Liane non riuscì bene a capire che cosa provasse. Lasciarlo ora, era quasi come perdere un amico, un fratello, eppure lo conosceva appena! Era stato l'incantesimo di quel viaggio per mare, quella strana magia di cui sentiva l'influsso... e sorrise a un tale pensiero.

«Abbi cura di te... e di John...»

«Certo... e anche tu...»

«Liane! *On y va.*» Armand pareva aver fretta, adesso. Era ansioso di sbarcare; gli avevano appena detto che non c'erano più difficoltà. Potevano scendere a terra. Raggiunse Liane, strinse la mano di Burnham con un largo sorriso e, un minuto più tardi, erano già sulla banchina, i loro bagagli venivano caricati su un furgoncino, Liane e Armand, insieme con le bambine, salivano su una comoda e accogliente *Citroën* mentre *Mademoiselle* e Jacques Perrier prendevano posto sul sedile davanti, vicino all'autista. Proprio mentre l'automobile si metteva in movimento e anche l'autista del furgoncino si accingeva a partire, Liane vide una enorme *Duesenberg* nera fermarsi poco distante e Nick Burnham dare le istruzioni allo *chauffeur*. Si voltò di nuovo a lanciargli una seconda occhiata e lui le fece un gran saluto, agitando la mano. Lei lo ricambiò; poi tornò a voltarsi per ascoltare quello che Armand le stava dicendo.

«A quanto pare, stasera, c'è un ricevimento all'ambasciata italiana. Io devo andarci ma, se tu non ne hai voglia, puoi fermarti all'albergo. Avrai un sacco di cose da fare, e le bambine da sistemare.» Diede un'occhiata all'orologio. Il viaggio in automobile avrebbe richiesto tre ore circa.

«Non c'è nessuno che possa sapere quanto tempo ci vorrà perché arrivino i nostri mobili?» Stava cercando di rivolgere la propria attenzione alle questioni più urgenti ma le pareva di essere ancora perseguitata dalla visione della faccia di Nick mentre le faceva quei grandi gesti di saluto. Si domandò se lo avrebbe mai più rivisto, pur avendogli appena dichiarato tutto il contrario. «Parigi non è una metropoli»... ma adesso, d'un tratto, si domandò se era vero.

Invece Armand era completamente assorbito dal presente. «Perché i mobili arrivino, ci vorrà un mese e mezzo. Nel frattempo alloggeremo al *Ritz.*» Era abbastanza insolito perfino per un ambasciatore scendere a quell'albergo ma Liane lo aveva offerto alla sua famiglia come un omaggio, al termine della traversata, pagandolo con parte delle proprie rendite. Di tanto in tanto, Armand glielo concedeva. Certo, gli garbava poco di non potersi permettere gesti simili, ma sapeva che tutto ciò non aveva alcun significato per Liane e, in fin dei conti, era una stupidaggine non poter usare una piccola parte delle sue entrate. Il patrimonio di Liane era tanto considerevole che perfino un soggiorno in un albergo come il *Ritz* non lo avrebbe minimamente intaccato.

Le bambine continuarono a chiacchierare tra loro, parlando soprattutto del viaggio per mare, e Liane fu ben felice di poter scambiare quattro chiacchiere con Armand. Sapeva che, nel preciso momento in cui fossero arrivati, non lo avrebbe più avuto tutto per sé; perfino il ricevimento di quella sera stessa aveva un carattere diplomatico. Provò, quasi, un po' di dispiacere quando vide apparire in lontananza la Torre Eiffel, l'Arc de Triomphe e Place de la Concorde. Improvvisamente ebbe un gran desiderio di far correre a ritroso le lancette dell'orologio e di poter ritornare alla lussuosa atmosfera ovattata del transatlantico. Non era del tutto sicura di essere pronta ad affrontare Parigi.

Tre fattorini li scortarono su per le scale verso l'ampia fuga di stanze che avevano riservato. Qui c'era una camera da letto molto ampia per le bambine, una adiacente per *Mademoiselle*, un soggiorno, una camera da letto per Armand e Liane, uno spogliatoio e uno studio. Armand lanciò un'occhiata alla loro camera da letto e alla montagna dei bauli e delle valigie e sorrise a Liane. «Niente male, amore mio.»

Tuttavia Liane aveva l'aria triste quando andò a sedersi e alzò gli occhi verso di lui con un sorriso. «Mi manca il transatlantico. Vorrei essere ancora a bordo. Non è un po' sciocco?»

«No.» Le sfiorò dolcemente il viso mentre Liane si appoggiava contro di lui. «È quello che provano tutti, in principio. I transatlantici sono qualcosa di speciale e il *Normandie* è il più speciale di tutti.»

«Già, è proprio vero, eh?» Si scambiarono per un attimo un caldo sorriso, poi Armand si staccò con rimpianto da sua moglie. «Purtroppo temo, amore mio, che le persone alle quali devo presentarmi si aspettino di stare un po' con me, stasera, poi c'è quel ricevimento...» La guardò con aria di scusa. «Sei più contenta di restare qui o preferisci andarci?»

«Francamente, preferirei stare qui e sistemarmi con comodo.»

«Benissimo.» Sparì nella stanza da bagno a far correre l'acqua nella vasca e mezz'ora più tardi ricomparve in smoking. Sua moglie si lasciò sfuggire un leggero fischio quando si presentò nella loro camera da letto. «Ma come sei bello!» Gli occhi di Armand ebbero un lampo, mentre sorrideva. Liane si era tolta il tailleur e portava una vestaglia di satin bianco; c'erano bauli aperti dappertutto. «Il peggio è che, solo fra poche settimane, sarò costretta a metter via di nuovo ogni cosa e a trasferirmi altrove.» Liane si lasciò cadere sul letto con un gemito e alzò gli occhi verso suo marito. «Per quale motivo ho portato tutta questa roba?»

«Perché sei la mia bellissima ed elegantissima moglie.» Le diede un rapido bacio. «E se io non mi spiccio, mi spediranno in qualche bel posticino simpatico come Singapore.»

«Ho sentito dire che, come scelta, è discreta.»

«Non pensarci neanche!» La minacciò, agitando scherzosamente un dito, si fermò nella camera delle bambine a salutarle con un bacio e scese al pianterreno. Dal banco del portiere avevano già telefonato di sopra per avvertirli che la *Citroën* lo stava aspettando e Armand uscì dall'atrio dell'albergo con passo scattante e un'espressione eccitata ed elettrizzata negli occhi. Tutto d'un tratto, si sentiva nuovamente vivo. Era a casa, in Francia. Non doveva più aspettare di ricevere le notizie di seconda mano. Era qui, e presto avrebbe saputo con esattezza quello che stava succedendo.

Quando Armand raggiunse l'Elysée, quella sera, rimase sbalordito di fronte alla calma che mostravano i suoi colleghi. Sembravano tutti sicurissimi che la pace sarebbe durata a lungo. La sensazione generale era quella che Parigi si godesse un piccolo *boom*, invece di essere in preda al terrore. Nessuno dubitava, dentro di sé, che Hitler rappresentasse una minaccia ma, al tempo stesso, tutti erano sicuri che non avrebbe mai oltrepassato la linea Maginot. Armand non era della stessa opinione e, in un certo senso, non era questo che avrebbe voluto sapere. Quello che gli interessava di capire era se la Francia fosse pronta, in tutto e per tutto, a un eventuale conflitto e se si stessero facendo i preparativi necessari per questa eventualità, mentre non gli sembrava che fosse affatto così. La sua impressione fu quella di essere venuto a lottare contro un incendio che stava divampando in Francia ma che, invece di sentirsi chiedere di unirsi ai soccorritori e rimboccarsi le maniche, gli proponessero semplicemente di ammirare il grande falò. Si accorse di essere in preda alla massima confusione mentale quando tornò a sedersi nella *Citroën* e disse all'autista di recarsi in rue de Varenne, sulla Riva Sinistra. «*L'ambassade d'Italie*».

Quando si trovò all'ambasciata italiana non poté che avere la conferma che l'atmosfera anche qui era la stessa, serena e superficiale, che aveva già trovato nei vasti saloni dell'Elysée. C'erano champagne e belle donne; si chiacchierava soprattutto di progetti per l'estate, di pranzi diplomatici, di balli di società. Neppure una persona menzionò il pericolo di una guerra. Dopo esserci rimasto per un paio d'ore e aver salutato, a decine, le persone che conosceva, Armand fu ben felice di tornare da Liane al *Ritz*, di sedersi in poltrona e di mangiare con lei un po' di minestra e una omelette.

«Non riesco a capire. Qui sembra che tutti si divertano allegramente.» Le cose non erano molto diverse da come le aveva viste in aprile. «Possibile che siano tutti ciechi?»

«Forse hanno paura di vedere.»

«Ma come fanno a non vedere niente?»

«Come sono andate le cose all'Elysée? Me lo puoi dire?»

«Più o meno, allo stesso modo. Mi aspettavo una riunione seria, con istruzioni ben precise, e invece non hanno fatto altro che discutere di agricoltura e di economia, e tutti si sentono completamente tranquilli sulla sicurezza che offre la linea Maginot. Vorrei sentirmi anch'io tranquillo come loro!»

«Ma possibile che non abbiano nessuna paura di Hitler?» Perfino Liane era sbalordita.

«In una certa misura. Ma pensano che, probabilmente, ci sarà una guerra tra Hitler e gli inglesi e continuano a sperare nel miracolo di un intervento divino.» Sospirò e si tolse la giacca dello smoking. Aveva l'aria stanchissima, delusa, e d'un tratto pareva più vecchio di quel che non fosse sembrato da molti anni; a Liane fece venire in mente un guerriero pronto a scendere in campo per combattere, ma un guerriero al quale mancava la battaglia cui partecipare, e provò una grande tristezza per lui. «Non so, Liane. Può darsi che io veda il diavolo dove non c'è. Forse sono rimasto lontano dalla Francia troppo a lungo.»

«Non è questo. È un po' difficile capire chi ha ragione. Può darsi che tu abbia, più di loro, il dono della preveggenza oppure che loro abbiano vissuto talmente a lungo sotto la minaccia di una guerra che, adesso, non li preoccupa più tanto e si illudono che non scoppierà mai.»

«Lo diranno gli eventi.»

Liane annuì senza parlare e spostò il carrello della cena. «Perché non provi a dimenticarti di tutto questo, per stasera? Ti prendi troppo a cuore le cose.» Gli massaggiò delicatamente il collo e dopo un po' Armand si spogliò, andò a letto e si addormentò. Ma fu un sonno inquieto, il suo. Liane, però, quella sera non era stanca; così rimase seduta tranquillamente, tutta sola, nel salotto della loro *suite*. Continuava a provare la nostalgia della nave e rimpianse di non poter uscire sul ponte a contemplare il mare, quieto e tranquillo. Improvvisamente si sentì molto lontana da casa anche se conosceva bene Parigi perché c'era stata molto spesso con Armand; tuttavia adesso, per lei, aveva qualcosa di differente. Non le pareva, ancora, di sentirsi a proprio agio. Del resto, non abitavano ancora in una vera e propria casa ma in un albergo, non aveva nessuna amicizia intima in quella città e fu proprio pensando a questo che le tornò in mente, di colpo, Nick. Così si scoprì a chiedersi come era stato l'arrivo dei Burnham. Le parve che fossero passati anni e anni da quando avevano parlato insieme sul ponte mentre era successo soltanto due sere prima. Ricordò che Nick le aveva raccomandato di telefonargli in qualsiasi momento, se avesse sentito il bisogno di una persona amica, tuttavia capiva che, qui, non sarebbe stato corretto. Sulla nave, non c'era stato niente di male a comportarsi così, ma qui era la moglie di Armand e non poteva fare amicizia con un uomo.

La *suite* era avvolta dal silenzio quando rientrò nella loro camera; Armand stava russando leggermente nel grande letto matrimoniale. Forse, per quanto apparisse deluso, le notizie erano state buone. Se la situazione a Parigi non era drammatica come Armand aveva temuto, forse sarebbe riuscita a vederlo un poco di più, e bastò questo pensiero a rasserenarla. Chissà, avrebbero avuto il tempo per qualche passeggiata nel Bois de Boulogne, oppure per qualche giretto nei giardini delle Tuilieres... chissà, avrebbero potuto addirittura andare a far spese insieme... portare le bambine a fare una gita in barca. Rallegrata da queste prospettive, si infilò a letto e spense la luce.

11

HILLARY entrò nella casa di Avenue Foch con lo *chauffeur* che la seguiva quasi barcollando, carico com'era di sette grossi scatoloni di vestiti di Dior, Madame Grès e Balenciaga, oltre a un bel numero di pacchettini più piccoli. Aveva passato una giornata piacevolissima e le prospettive per la serata lo erano altrettanto perché Nick si trovava ancora a Berlino.

«Le metta pure lì!» Girò appena la testa sulla spalla pronunciando queste parole in direzione dell'autista, poi si lasciò sfuggire un gemito di fronte all'espressione inebetita di lui, che non l'aveva capita, e gli indicò una seggiola. «*Ici.*» L'uomo depositò le scatole come meglio poté sulla seggiola del lungo corridoio di marmo, dove pendeva un enorme lampadario di cristallo. La casa era molto bella e Nick era rimasto incantato quando l'aveva vista. Hillary molto meno. L'acqua non era mai abbastanza calda per il suo bagno, non c'era la doccia, continuava a insistere nel dire che era piena di zanzare e avrebbe preferito un appartamento al *Ritz*. Secondo lei, i domestici che erano stati assunti tramite l'ufficio di Nick erano antipatici, parlavano a malapena un po' d'inglese e per giorni e giorni non aveva fatto altro che lamentarsi del gran caldo.

Ormai erano a Parigi da quasi un mese e Hillary era stata costretta ad ammettere che la *season* mondana parigina stavolta non era fin troppo noiosa. Tutti non facevano che ripetere che, finalmente, in quell'estate del '39 ci si ricominciava a divertire per la prima volta dall'estate dell'anno prima, quando Monaco aveva raffreddato notevolmente l'entusiasmo e l'allegria generale. Adesso, invece, i balli in costume e le cene di gala abbondavano, quasi per rivalsa, per tenere tutti allegri, e per divertirli. Solo poche settimane prima il *comte* Etienne de Beaumont aveva dato un gran ballo in costume nel quale tutti gli invitati avrebbero dovuto presentarsi vestiti come i personaggi delle commedie di Racine: Maurice de Rothschild aveva addirittura ornato il suo turbante con i celebri brillanti di sua madre, oltre a esibire una serie di gioielli rinascimentali del Cellini con i quali aveva decorato la fusciacca del suo costume per attirare l'attenzione generale. Lady Mendl aveva dato un *garden party* a Versailles per settecentocinquanta persone con tre elefanti che avevano fornito il divertimento e un soggetto di conversazione ai presenti. Ma la festa più bella di tutte era stata quella data da Louise Macy, che aveva affittato per quella sera il celebre Hotel *Dalé*, trasportandovi arredi e mobili di incalcolabile valore, facendovi dei lavori idraulici, corredandolo di una cucina mobile e adornandolo con parecchie migliaia di candele. Tutti gli invitati avevano ricevuto l'«ordine» di mettere diademi e decorazioni e, per quanto stupefacente possa sembrare, avevano obbedito. Hillary aveva combinato di prendere a prestito una tiara da Cartier, una creazione spettacolare composta di dieci smeraldi da quattordici carati, circondati da stupendi brillanti. Non poteva dire di essersi annoiata, a Parigi, ma neanche si era realmente divertita; adesso aveva altri progetti per il resto dell'estate. E, con un po' di fortuna, si sarebbe trovata nella Francia meridionale, con alcuni amici di Boston che aveva incontrato per caso prima che Nick tornasse da Berlino. Fin dal giorno del loro arrivo in Francia, Nick le aveva causato parecchia inquietudine. Aveva continuato a comportarsi come durante gli ultimi giorni della traversata. Glaciale, distaccato, sempre cortese ma non particolarmente interessato a quello che faceva. Le uniche volte in cui aveva espressamente richiesto la sua presenza era stato in occasione di pranzi e cene di affari oppure quando c'era stata la moglie di un industriale da invitare a un tè. Le aveva fatto capire molto chiaramente quello che si aspettava da lei e Hillary aveva scoperto di trovare il suo nuovo atteggiamento ancor più antipatico e insopportabile di quello antico. All'epoca in cui aveva cercato disperatamente di farle piacere e di accondiscendere a tutti i suoi desideri, Nick aveva provocato in lei un vago senso di colpevolezza che l'aveva spinta a odiarlo. Adesso le pareva di avere, nella vita di suo marito, la stessa importanza di un qualsiasi arredo casalingo, e ciò la rendeva ancor più furiosa. Così, nel giro di una settimana dal loro arrivo, aveva preso la decisione che gliel'avrebbe fatto vedere lei! Nick non poteva tirarla fuori dall'armadio come un paio di vecchie ciabatte ogni volta che ne aveva bisogno per un pranzo d'affari! Hillary non era un orso ballerino da esibire agli ospiti ed era già stanca da morire di quella vita a Parigi. Così, durante la settimana in cui Nick era rimasto assente, aveva fatto i suoi piani.

Adesso entrò, gingillandosi, nella biblioteca con le pareti rivestite di *boiserie* e quell'arazzo di Aubusson, così deprimente, che ne copriva interamente una, e andò a guardar fuori della finestra. In giardino John stava giocando con la sua governante e il cucciolo che Nick gli aveva comprato, un piccolo *terrier* che abbaiava troppo per i gusti di Hillary. Anche adesso tutto quell'abbaiare e quelle risate sonanti le rimbombavano nelle orecchie, frastornandola. Il caldo e il lungo giro di acquisti che aveva fatto le avevano dato un gran mal di testa; così scaraventò il cappello su una poltrona e si tolse i guanti mentre si avviava verso l'armadietto-bar nascosto dalla *boiserie*. Fu in quell'istante che sussultò, trasalendo, nell'udire una voce che aleggiava nell'aria alle proprie spalle, come se fosse disincarnata.

«Buona sera.» Si voltò di scatto e scorse Nick seduto dietro la enorme scrivania Luigi XV, in un angolo. Quando era entrata in biblioteca, non aveva neppure lanciato un'occhiata in quella direzione. «Hai trascorso una bella giornata?»

«Che cosa ci fai qui?» Hillary non aveva per nulla l'aria felice di rivederlo, però si era fermata prima di raggiungere il bar.

«Vivo qui, per lo meno così mi dicono!» Tuttavia anche in Avenue Foch, come aveva già fatto sul transatlantico, Nick si era sistemato in una stanza a parte, tutta per sé. Ma, all'infuori del fatto che questa decisione poteva costituire un insulto nei suoi confronti, Hillary non ci aveva badato in modo particolare. Quello che la faceva stizzire era il pensiero di averlo tenuto a distanza o di averlo accolto nel proprio letto di sua scelta, per molti anni, mentre adesso era stato Nick a prendere questa decisione per lei. Tuttavia, in realtà, non era una perdita che rimpiangesse. Aveva già altri progetti. E adesso che Nick la stava osservando dalla scrivania come un gatto osserva un topolino, provò una gran voglia di prenderlo a schiaffi. «Non stavi per bere qualcosa? Per carità, non voglio assolutamente interferire con le tue abitudini!»

«Infatti.» Si avviò al bar e si versò uno scotch doppio. «Com'è andata a Berlino?»

«Ti interessa sul serio?»

«Non in modo particolare.» Erano stranamente onesti l'uno con l'altro in quei giorni. In un certo senso, era un sollievo.

«Come sta Johnny?»

«Bene. Fra qualche giorno lo porto a Cannes.»

«Davvero? Posso chiederti con chi?»

«Mentre eri via, ho incontrato certi amici di Boston e parto per Cannes questo week-end.» I suoi occhi avevano preso un'espressione di sfida mentre lo guardava al di sopra del bicchiere. Se Nick voleva che avessero due vite separate, d'accordo, però non avrebbe potuto impedirle di fare ciò che voleva!

«Posso chiederti quanto tempo pensi di restarci?»

«Non lo so. Per me, a Parigi fa troppo caldo. Mi sento male.»

«Mi spiace di sentirtelo dire. Però gradirei avere una vaga idea della durata della tua assenza.» Quasi quasi, Hillary non riconosceva più suo marito, a sentire quel tono di voce. Nick era diventato incredibilmente più severo in quell'ultimo mese, tanto che Hillary stava sospettando che avesse un'amante, anche se non riusciva a convincersi che potesse fare qualcosa di simile. Adesso, seduto al suo posto, aspettava una risposta. Hillary si mise a battere un piede sul pavimento, spazientita, e guardò il liquore che aveva nel bicchiere con espressione assorta.

«Un mese. Magari di più. Tornerò in settembre», disse. decidendo lì per lì, mentre gli rispondeva.

«Divertiti.» Le sorrise, glaciale. «Però non pensare di portare Johnny con te.»

«Posso chiederti per quale motivo?»

«Perché mi farebbe piacere di vederlo e non ho nessuna voglia di venire fino a Cannes ogni settimana a trovarti.»

«Finalmente una buona notizia! Però non puoi far restare il bambino in città.»

«Lo porterò via io.» Hillary esitò per un attimo e stava per rispondergli con asprezza, ma Nick credette, improvvisamente, di riuscire a capire quello che lei stava pensando. Tutto sommato, non aveva nessuna voglia di portare il bambino con sé, e Nick lo sapeva.

«Benissimo, lo lascerò qui.» Era stata una battaglia vinta con facilità, si disse Nick, ma adesso avrebbe dovuto pensare a dove portare Johnny. Non gli dispiaceva l'idea di prendersi un periodo di riposo per l'estate e questo sarebbe stato un ottimo pretesto. Per quanto a Berlino si sentisse, quasi palpabile, l'atmosfera di potenza e di aggressività, continuava a essere fiducioso che la guerra non sarebbe scoppiata ancora per qualche tempo; gli piaceva l'idea di potersene andare in qualche posto della Francia con Johnny, soprattutto se fossero stati insieme, loro due soli.

«Quando hai detto che vorresti partire?» Nick si alzò dal suo posto e girò intorno alla scrivania; Hillary gli lanciò un'occhiata fiammeggiante che rivelava tutto l'odio nei suoi confronti. Era un matrimonio andato a male, il loro, potevano accorgersene entrambi, e lasciava in bocca un gusto singolarmente amaro.

«Tra due giorni. È abbastanza?»

«Volevo solo saperlo. Ceni con me stasera, qui in casa?»

«Ho altri progetti.» Nick rispose con un cenno di assenso e uscì in giardino a cercare Johnny. Il bambino si mise a strillare di gioia non appena scorse suo padre e gli si precipitò fra le braccia mentre Hillary restava a osservarli dalla finestra. Poi girò sui tacchi, uscì dalla biblioteca e salì di sopra.

In realtà le cose andarono diversamente e Hillary finì per partire due giorni più tardi del previsto, ma Nick non la vide quasi, ugualmente, perché fu costretto a rimanere in ufficio fin tardi ogni sera e, in un'occasione, ad andare a cena con un gruppo di persone che venivano da Chicago. Ma quando domandò a Hillary di unirsi a loro, lei rifiutò.

Fece finta di avere troppo da fare per prepararsi alla partenza e Nick decise di non forzarla. La vide la mattina in cui partì per Cannes, quando una grossa limousine arrivò davanti a casa per portarla alla stazione. Per un momento Nick si chiese con chi stava per partire per Cannes, ma poi preferì non farle domande. «Divertiti.» Hillary gli aveva chiesto duemila dollari per quel viaggio e Nick glieli aveva dati la sera prima senza fare domande. Hillary lo aveva a malapena ringraziato.

«Ci vediamo in settembre», gli gridò tutta allegra mentre si avviava correndo alla porta. Indossava un vestito di seta rossa a pallini bianchi e portava un cappellino della stessa stoffa.

«Potresti telefonare a tuo figlio ogni tanto.» Lei annuì e si precipitò verso la macchina. Era la prima volta, da molto tempo, che Nick la vedeva così felice tanto che, rientrando a prepararsi per andare in ufficio, provò un po' di dispiacere, in un certo senso, per aver insistito a conservare intatto, almeno nelle apparenze, il loro matrimonio. Se Hillary era tanto infelice con lui, meritavano qualche cosa di meglio tutti e due. Mentre si riaggiustava il nodo della cravatta e infilava la giacca, si scoprì a pensare a Liane e a chiedersi come stava. Non aveva visto i de Villiers a nessuno dei pranzi ai quali era andato, però immaginava che, molto più probabilmente, frequentassero i ricevimenti diplomatici mentre, a lui, non era capitato di andarci. Sapeva che l'ambasciata polacca stava pensando di dare una fastosa cena qualche settimana dopo e pensò che ci sarebbero senz'altro andati. Quanto a lui, si sarebbe ben guardato dal parteciparvi. Era importante che nessuno sapesse qualcosa dell'atto di carità che aveva fatto, di recente, nei confronti della Polonia. Non poteva che essere un danno per i polacchi se si fosse scoperto che si armavano anche loro. Le fonti diplomatiche di cui si era servito per fare la sua offerta erano rimaste sbalordite di fronte ai prezzi modestissimi che aveva chiesto. Era stato l'unico modo che Nick aveva trovato per aiutarli all'ultimo momento.

I tedeschi avevano aumentato il numero delle loro richieste di forniture negli ultimi tempi e Nick aveva provato un crescente desiderio di concluderle e di metter fine, una volta per sempre, ai suoi affari con la Germania. Si sentiva a disagio ogni volta che ci andava e, per quanto le trattative fossero sempre molto vantaggiose per lui, non riusciva più a convincersi di esser nel giusto quando concludeva degli affari con loro. Impossibile non capire quel che stava per succedere. Liane aveva ragione. Il momento in cui sarebbe stato necessario scegliere da quale parte schierarsi, stava avvicinandosi. Anzi, per lui era già arrivato.

Quando uscì per andare in ufficio, cercò Johnny per salutarlo e fu molto soddisfatto di notare che non pareva addolorato per la partenza di sua madre. Gli aveva già promesso un viaggio a Deauville dove avrebbero galoppato, in sella ai loro cavalli, lungo la spiaggia. Erano tutti e due eccitatissimi al pensiero di quella partenza prevista per il primo di agosto. Sarebbero rimasti lontano da Parigi, in vacanza, insieme, per almeno quindici giorni.

«Divertiti, birbante! Ci vediamo più tardi.»

«Ciao, papà.» Stava giocando con la famosa mazza da baseball e una palla, che aveva spedito in uno dei suoi bauli. Mentre la macchina chiusa, sulla quale era salito, stava svoltando l'angolo di Avenue Foch, Nick fece appena in tempo a vedere che finiva dritta dritta nel vetro di una delle finestre del salone. Rise tra sé, ricordando quello che aveva detto al portiere del palazzo di New York, cioè che, un giorno o l'altro, sarebbe successo proprio questo e l'autista si voltò al suono della sua voce.

«*Oui, monsieur*?»

«Ho detto: 'Questo è il baseball!'»

L'autista annuì senza capire e continuarono in silenzio il viaggio verso l'ufficio.

12

Il trentuno di luglio arrivò da Washington D.C. tutta la roba che Liane e Armand avevano spedito e nel giro di una settimana si trasferirono nella casa che Armand aveva trovato per loro già in aprile. Si trattava di una graziosa palazzina in place du Palais Bourbon, nel Septième Arrondissement. Poi, per i dieci giorni successivi Liane lavorò come una negra e sudò sette camicie ad aprire casse e bauli. Fece quasi tutto da sola perché sapeva con esattezza dove desiderava che ogni singolo oggetto trovasse posto e quello che pretese dai domestici fu soltanto che lavassero i piatti e spolverassero i tavoli. Quanto al resto, se la godette un mondo a fare tutto con le proprie mani. Se non altro, ciò le permetteva di sentirsi occupata perché non vedeva quasi più Armand. Il sogno delle passeggiate al Bois de Boulogne e nei giardini delle Tuileries non si era mai realizzato. Che scoppiasse o no un conflitto, il Bureau Central lo aveva letteralmente inghiottito. Era stato costretto a partecipare a una serie di pranzi con i suoi colleghi oppure nelle varie ambasciate della città e non tornava mai a casa fino alle otto di sera, sempreché non avesse qualche cena importante di lavoro. In questo caso non lo rivedeva fino a molto più tardi.

Era una vita ben diversa da quella che facevano a Washington quando, come moglie dell'ambasciatore, Liane era parte integrante della vita sociale di suo marito, riceveva, faceva la padrona di casa, organizzava qualche ballo e qualche cena per la quale era richiesto l'abito da sera, oppure si trovava al suo fianco quando doveva accogliere gli ospiti. Qui capitava molto spesso che Armand andasse solo dappertutto ed era l'eccezione, non la regola, che si facesse accompagnare da lei. Il centro della vita di Liane, adesso, erano diventate le bambine e quando, finalmente, vedeva Armand alla sera, lui era troppo stanco per avere la forza di scambiare quattro parole con lei. Cenava, andava a letto esausto e finiva invariabilmente per addormentarsi pochi istanti dopo aver posato la testa sul guanciale. Per Liane, era una vita molto solitaria; infatti provava una grande nostalgia dei giorni di Washington o di Londra o di Vienna. Questa era una vita nuova, completamente diversa, che non le piaceva e, per quanto facesse ogni sforzo per non lamentarsi, Armand lo intuiva benissimo. Liane era come un fiorellino che appassiva a poco a poco in un giardino inselvatichito; tutto ciò lo faceva sentire terribilmente colpevole ma, nel frattempo, qualche avvenimento cominciava già a verificarsi. La Francia stava accorgendosi del pericolo costituito da Hitler e, per quanto tutti fossero ancora convintissimi di non correre alcun rischio né che la nazione li corresse, era aumentata la sensazione generale che occorreva proteggersi e prepararsi maggiormente. Armand, mentre partecipava a una serie pressoché continua di riunioni, si sentiva tornare vivo e vitale. Era un ottimo periodo per lui, quello, mentre era brutto per Liane, e Armand lo sapeva anche se c'era ben poco che potesse fare per cambiare qualcosa. Non aveva neppure il tempo di portarla fuori a cena, di tanto in tanto.

«Sento la tua mancanza, sai?» Liane gli sorrise quando, una sera, Armand rientrò in casa e la trovò intenta ad attaccare un quadro. Come al solito, era riuscita a dare agli ambienti l'aspetto di una vera casa comoda e accogliente, nella quale pareva che vivessero ormai già da anni, e Armand le era molto grato per questo. Le andò vicino, la baciò, l'aiutò a scendere dallo sgabello dove si era arrampicata e la trattenne ancora per un momento fra le braccia.

«Sento la tua mancanza anch'io, piccola. Spero che tu lo capisca.»

«A volte, sì.» Liane sospirò, posò il martello su una scrivania e poi alzò gli occhi verso suo marito con un triste sorriso. «A volte invece penso che tu abbia dimenticato che esisto!»

«Sarebbe impossibile, piccola. Il fatto è che sono molto impegnato.» Questo, Liane già lo sapeva.

«Riusciremo, un giorno, ad avere di nuovo una vera vita?»

Lui fece segno di sì. «Presto, c'è da sperare. Solo che, attualmente, le tensioni sono tanto in aumento che... bisogna aspettare e vedere quello che succede... dobbiamo preparare...»

Negli occhi di Armand, mentre parlava, era passato un tale bagliore di luce che Liane si sentì il cuore pesante. Capiva di averlo perduto nei confronti della Francia; era come se lo avesse perduto perché era stata costretta a cederlo a un'altra donna. Solo che questo era un caso peggiore perché la Francia era un'avversaria contro la quale non poteva combattere. «E se scoppierà una guerra, Armand? Cosa faremo?»

«Vedremo.» Si comportava sempre da diplomatico, pieno di cautela, perfino con lei. Ma Liane, in questo momento, non gli stava domandando qualcosa della sua patria, gli stava domandando qualcosa che riguardava lei stessa.

«Allora non ti vedrei proprio più!» Aveva la voce stanca, dolente; quella sera non provava neppure il desiderio di apparirgli serena e tranquilla come al solito.

«Viviamo momenti diversi dai soliti, Liane; sono sicuro che capisci.» Se Liane non avesse capito, Armand sarebbe rimasto deluso, lo sapeva. Era una croce molto pesante da portare. Non si era mai rifiutata di fare gli stessi sacrifici che faceva Armand ma, a volte, le pareva che fosse chiedere un po' troppo! Se almeno avessero potuto trascorrere una serata insieme, tranquillamente; se avessero avuto un po' di tempo per chiacchierare, o una notte in cui Armand non fosse stato troppo esausto per fare l'amore... i suoi occhi esprimevano fin troppo chiaramente tutto ciò.

«Non importa. Vuoi qualcosa da mangiare?»

«Ho già mangiato.» Liane non gli disse che lo aveva aspettato nella speranza di cenare con lui. «Come stanno le bambine?»

«Bene. Ho promesso a tutte e due che le avrei portate a fare una gita a Neuilly, la settimana prossima, quando avrò finito di mettere in ordine la casa.» Si sentivano sole anche loro. Ma, una volta che avessero cominciato la scuola, avrebbero subito fatto nuove amicizie. Al momento, però, avevano soltanto la mamma e la bambinaia.

«Sei l'unica donna che io conosca capace di aprire una casa e metterla in grado di funzionare nel giro di una settimana!» Armand le sorrise mentre si sedeva in poltrona nel salotto. Aveva quasi paura di dirle che il suo più grande desiderio, in quel momento, era quello di andare a letto e dormire.

«Sono semplicemente felice di non vivere più in albergo.»

«Anch'io.» Armand si guardò intorno, notò gli oggetti familiari e, finalmente, gli parve di sentirsi veramente a casa propria.

Del resto, in quell'ultimo mese, non aveva badato molto a quello che lo circondava. Era stato talmente indaffarato in ufficio che, se anche, rientrando a casa, avesse scoperto che questa era una tenda o una baracca di legno, non avrebbe dato gran peso alla cosa, e Liane lo intuì mentre lo seguiva in camera da letto.

«Vuoi una tazza di camomilla?» Gli sorrise dolcemente. Armand le prese una mano e gliela baciò mentre si sedeva sul letto.

«Sei troppo buona con me, piccola.»

«Ti amo moltissimo.» Del resto, quante volte Armand era stato buono con lei? Non era colpa sua se, adesso, aveva tanto da fare; del resto, le cose non potevano andare avanti così ancora per molto. Presto o tardi i problemi sarebbero stati risolti. Purché non sfociassero in un conflitto armato, Liane pregò in cuor suo.

Andò in cucina a preparargli la tisana promessa e quando tornò con un vassoio di delicata porcellana sul quale c'era la tazza di Limoges che aveva tirato fuori da una cassa quel pomeriggio stesso, lo posò con gentilezza sul tavolino vicino al letto, sorridendo. Ma, quando si voltò per offrire la tazza ad Armand, vide che era già sprofondato nel sonno, con la testa nel guanciale, senza l'aiuto della camomilla.

13

«E ALLORA, birbantello, cosa ne pensi?» Nick e John avevano percorso la spiaggia per tutta la sua lunghezza, l'uno di fianco all'altro, in groppa ai loro cavalli, e adesso si erano fermati solo per un momento. Il sole era appena scomparso all'orizzonte. La settimana che avevano trascorso a Deauville era stata paradisiaca. «Pronto per mangiare un boccone?»

«Come no!» In quell'ultima ora, John si era divertito a fingere di essere il cowboy di un ranch. Era rimasto incantato dal cavallone bianco e mansueto che stava cavalcando; suo padre era in sella a una graziosa giumenta baia. Johnny lanciò un'occhiata a suo padre. «Mi piacerebbe mangiare gli hamburgers stasera, proprio come in un ranch.»

Nick sorrise a suo figlio. «Anche a me.» Un hamburger e un frappé al latte sarebbero stati una cosa squisita, ma era impossibile pensar di trovarli qui, così lontano da casa. «Ti accontenteresti di una bella bistecca al sangue?» Sapeva che l'unica cosa almeno lontanamente simile era una bistecca *au poivre*: del resto, poteva andare anche peggio!

«Okay!»

Su richiesta di Johnny aveva parlato con Hillary quel giorno. Si divertiva a Cannes e si era molto meravigliata di sentirsi chiamare al telefono da loro. Nick non lo aveva detto al bambino, ma aveva già tentato di trovarla ben quattro volte senza riuscirci e, in quel mese passato dalla sua partenza, qualche maldicenza aveva già cominciato ad arrivare fino a lui. Il «gruppo di amici» con i quali stava a Cannes erano stati raggiunti da un individuo che si chiamava Philip Markham e che Nick già conosceva a New York. Era un playboy della peggior specie, era stato sposato quattro volte e adesso si cominciava a collegare il suo nome a quello di Hillary Burnham. A Nick non importava niente di ciò che lei faceva, però le aveva raccomandato la massima discrezione. Evidentemente la discrezione era qualcosa di cui Hillary non sembrava capace. Andavano a giocare a Montecarlo tutte le sere, ballavano fino alle ore piccole e avevano dato una festa rumorosa e sfrenata al *Carlton* che aveva avuto una eco perfino sulla stampa parigina. Nick, in un primo tempo, aveva pensato di telefonarle e di chiederle di condurre una vita più morigerata ma si era reso conto che, ormai, era troppo tardi. Non aveva nessun controllo su di lei e, qualsiasi cosa le dicesse, Hillary ormai faceva soltanto quello che le pareva.

«È stato bello parlare con la mamma oggi.» Era come se il bambino gli avesse letto nel pensiero e Nick lo osservò mentre riconducevano le loro cavalcature nella scuderia.

«Ti manca molto, John?»

«Qualche volta.» Poi, però, sorrise, pieno di fiducia, verso suo padre. «Ma qui, con te, mi diverto molto.»

«Anch'io.»

«Credi che tornerà presto a casa?» La domanda era ben precisa. Per quanto Hillary non mostrasse nessun interesse per suo figlio, Nick sapeva che Johnny voleva bene a tutti e due. Hillary gli aveva mandato un paio di regali, ma telefonava di rado, e Nick cercava di compensare suo figlio per questa mancanza materna, come aveva sempre fatto. D'altra parte Hillary era quella che era e Nick sapeva che, un giorno, suo figlio avrebbe saputo la verità.

«Non so quando sarà di ritorno, figliolo. Probabilmente fra poche settimane.» Johnny annuì e non aggiunse altro; intanto stava riportando nei box i loro cavalli. Poi rientrarono in albergo. La promessa venne mantenuta, e quella sera ordinarono bistecca *au poivre*; poi rientrarono nella loro camera e Nick lesse a suo figlio un po' del libro che gli piaceva di più. Avevano passato così ogni sera. Nick non si era neppure fatto accompagnare dalla governante. Volevano che quel tempo da trascorrere insieme fosse tutto loro e se l'era goduta un mondo ad avere il suo bambino solo per sé.

L'ultimo giorno di permanenza a Deauville, fecero ancora una cavalcata sulla spiaggia; il tramonto era il più bello che avessero mai visto. Avevano giocato a tennis, quel giorno, fatto un pic-nic sulla spiaggia e poi, per ultima cosa, c'era stata la cavalcata quotidiana. Adesso, mentre contemplavano il tramonto, Nick rivolse uno sguardo a suo figlio, sorridendogli.

«Ricorderemo tutto questo per molto, molto tempo, tu e io.» Era il periodo più bello che avessero mai passato insieme e Nick allungò una mano per accarezzare quella del bambino; poi rimasero lì seduti, per molto tempo, mano nella mano, e John non si accorse che gli occhi di suo padre erano colmi di lacrime.

Il giorno successivo a quello del ritorno, Nick fu costretto a partire per Lione. Avrebbe dovuto restarci per qualche giorno. Doveva parlare con il proprietario di un'industria tessile. Quattro giorni dopo essere ritornato da Lione, ripartì nuovamente per quello che sperava fosse il suo ultimo viaggio a Berlino. Johnny gli aveva domandato se poteva andare con lui, ma Nick gli aveva risposto che sarebbe rientrato a Parigi nel giro di un paio di giorni. Non appena arrivato a Berlino, si accorse che l'atmosfera era molto diversa. Pareva che una strana esaltazione corresse nelle vene di tutti. I berlinesi parevano esilarati. E quel pomeriggio ne comprese il perché. Era il ventitré agosto e la Germania aveva appena firmato un patto reciproco di non aggressione con i russi. I negoziati erano stati condotti in segreto, ma il risultato era una notizia sensazionale. Il più grande, potenziale, nemico della Germania era stato reso praticamente impotente. Nick capì subito, come chiunque altro, che tale accordo si trasformava in una gravissima minaccia per la Francia e per il resto dell'Europa. All'improvviso si sentì cogliere da un'ansia disperata di rientrare a Parigi e da suo figlio. Nessuno poteva immaginare se la reazione sarebbe stata rapida e, nel suo caso personale, si sarebbe trovato a Berlino, chiuso in trappola. Mentre affrettava la conclusione dei propri impegni durante tutta quella giornata, si rallegrò in segreto di ciò che aveva potuto fare per la Polonia.

Quel pomeriggio partecipò a una riunione e poi prese il primo treno per Parigi. Quando vide apparire in lontananza la Torre Eiffel, si sentì cogliere da un enorme sollievo. Non riusciva a pensare a nient'altro, solo al fatto di potersi trovare vicino a Johnny. Si precipitò a casa, in Avenue Foch, e lo strinse in un fortissimo abbraccio. Il bambino stava facendo colazione.

«Come sei tornato in fretta, papà!»

«Sentivo la tua mancanza!»

«Anch'io ho sentito la tua!»

La cameriera gli portò una tazza di caffè e Nick continuò a chiacchierare con suo figlio mentre scorreva rapidamente i giornali. Era ansioso di vedere quale sarebbe stata la reazione di Parigi, per quanto la sapesse già fin dal primo momento. Era stata ordinata la mobilitazione generale dell'esercito francese, si stavano facendo i preparativi per la guerra mentre tutte le truppe disponibili venivano avviate verso le frontiere, alla difesa della linea Maginot.

«Che cosa sarebbe questo, papà?» Johnny, con le sopracciglia aggrottate, gli stava leggendo sopra la spalla. Nick spiegò a suo figlio che era stata conclusa un'alleanza fra russi e tedeschi e che cosa potesse significare questo fatto per la Francia. Il bambino lo guardò sbarrando gli occhi.

«Vuoi dire che ci sarà una guerra?» Non sembrava che la cosa gli dispiacesse poi tanto! Era abbastanza piccolo per trovarla una novità curiosa e gli piaceva pazzamente tutto ciò che aveva a che fare con i fucili e le armi.

Quando Johnny uscì a giocare, Nick passò in biblioteca con la faccia molto grave. Chiese al centralino di parlare con l'Hotel *Carlton* di Cannes. Era venuto il momento di richiamare a casa sua moglie, anche se questo le sarebbe piaciuto molto poco.

La cercarono nella piscina dell'albergo e poi, da Cannes, gli consigliarono di richiamare più tardi. Ma Nick non si lasciò convincere ed insistette con la centralinista dell'albergo. Se sua moglie si trovava lì, al *Carlton*, voleva che gliela trovassero; alla fine ci riuscirono, infatti. Nick ebbe il sospetto che l'avessero trovata in camera di chissà chi, ma si accorse che non gliene importava niente. Chiunque Hillary fosse, era anche la madre di suo figlio e voleva che rientrasse a Parigi nel caso che dovesse succedere qualcosa di grave in Francia.

«Scusami se ti disturbo, Hil.»

«Cosa c'è che non va?» Le era balenato, per un attimo, che fosse successo qualcosa a Johnny e, mentre camminava avanti e indietro, nuda, per la camera di Philip Markham, con il telefono in mano, la sua faccia prese un'espressione infastidita e piena di nervosismo. Lanciò rapidamente un'occhiata a Philip, girando appena la testa, con aria colpevole, e poi distolse subito gli occhi mentre aspettava la risposta di Nick.

«Hai letto i giornali ieri oppure oggi?»

«Parli di quella faccenda fra i tedeschi e i russi?»

«Sì, precisamente.»

«Oh, per amor di Dio, Nick! Credevo che fosse successo qualcosa a Johnny.» Sospirò, quasi, di sollievo mentre andava a sedersi su una poltrona; Philip cominciò ad accarezzarle una gamba e lei gli sorrise.

«Johnny sta bene. Ma voglio che tu torni a casa.»

«Vuoi dire adesso?»

«Sì. Precisamente. Voglio dire adesso!»

«Perché? Avevo deciso di tornare, comunque, la settimana

prossima. È questione di pochi giorni soltanto.»

«Potrebbe essere troppo tardi.»

«Per che cosa?» Hillary si stava convincendo che Nick fosse uno stupido e che si fosse lasciato prendere dal panico; infatti rise mentre osservava Philip che le faceva delle smorfie buffe e dei gesti osceni e si infilava di nuovo nel letto con le lenzuola in disordine.

«Credo che scoppierà una guerra. Hanno ordinato la mobilitazione dell'esercito francese ed esiste la possibilità che la situazione diventi esplosiva da un giorno all'altro.»

«Non credo che succederà niente così... da un momento all'altro!» Hillary aveva provato un vago nervosismo a questo riguardo prima della loro partenza da New York, ma adesso aveva altri interessi che la legavano a Cannes e l'eventualità di un conflitto le pareva molto remota.

«Non ho nessuna voglia di mettermi a discutere con te, Hillary. Ti dico soltanto di tornare a casa. Subito!» Nick alzò la voce mentre allungava con violenza un pugno alla scrivania; e, mentre tentava di riacquistare il controllo di sé, si accorse di avere una gran paura per lei come per il loro bambino. Aveva sempre pensato che la guerra, in Europa, non sarebbe scoppiata per un altro anno, come minimo. Non aveva mai avuto l'intenzione di esporre la sua famiglia a qualche pericolo, qui, in Europa, e adesso si rammaricava con tutto il cuore di averla condotta con sé. «Hillary, ti prego... rientro adesso da Berlino. So quello che dico. Fidati di me, una volta tanto! Voglio averti qui, a Parigi, nel caso dovesse succedere qualcosa.»

«Non essere così nervoso, accidenti! Torno a casa la settimana prossima.» Intanto che diceva queste parole, accettava la coppa di champagne che Philip le stava offrendo.

«Devo venire io a prenderti?»

«Faresti una cosa del genere?» La voce di Hillary, al telefono, suonò stupita e Nick annuì, mentre guardava Johnny che stava giocando in giardino.

«Sì, certo.»

«Va bene. Vedrò quello che posso combinare. Per stasera, ho organizzato una cena in onore di certi amici, e...»

«Lascia perdere la cena. Ti sto dicendo, maledizione... di sbrigarti! Alza i tacchi e sali sul prossimo treno per Parigi.»

«Ma se ti sto dicendo che, stasera, devo dare una cena per...» Nick, però, la interruppe prima che potesse finire la frase.

«Ascoltami bene, se non vuoi dar retta a quello che ti dico per farti ragionare, accidenti a te, di' pure a quel bastardo di Markham di riportarti a casa. Torna pure con lui, se vuoi, ma qui c'è tuo figlio e questo paese sta per entrare in guerra. Insomma sbrigati a tornare qui, accidenti!»

«Si può sapere che cosa diavolo vuoi dire?» Le tremava la voce facendogli questa domanda. Era la prima volta che Nick menzionava Philip e Hillary non aveva mai pensato che lui fosse al corrente di tutto. L'imbarazzo di accorgersene servì soltanto ad aumentare la sua rabbia.

«Hillary, ti ho detto per quale motivo ti sto telefonando. Non ho niente altro da aggiungere.» La voce di Nick suonava affranta al telefono.

«Voglio una spiegazione di quello che hai appena detto.» Hillary posò la coppa di champagne e andò a sedersi, con la schiena ben dritta, sul letto, vicino a Philip.

«Non ti spiego un accidenti di niente. Mi hai sentito. Ti aspetto nel giro di un paio di giorni.» Poi riattaccò e rimase immobile, seduto dov'era, a fissare il telefono muto.

«Si può sapere cos'è tutta questa storia?» Philip Markham stava osservando attentamente Hillary e l'espressione della sua faccia; poi lo capì all'istante. «Sa di noi due?»

«A quel che sembra.» Hillary lo fissò, sgranando gli occhi per la meraviglia.

«Era furioso?»

«No, niente affatto. O almeno non molto. È semplicemente furioso che io non voglia ancora tornare a casa. È convinto che tutto questo paese salterà in aria nel giro dei prossimi giorni.» Bevve un sorso di champagne e lanciò uno sguardo all'uomo che era diventato il suo amante negli ultimi due mesi. Le si adattava perfettamente. Era viziato, corrotto, amante dei piaceri della vita, esattamente come lei.

«Potrebbe aver ragione, sai? Si è parlato moltissimo proprio di questo, ieri sera sulla Croisette.»

«Oh, questi maledetti francesi, così nervosi! In ogni caso,

scoppiasse una guerra, io alzo i tacchi e me ne torno a casa. Non a Parigi. Parlo di Boston o di New York.»

«Se riesci ad arrivarci, cara mia. Lui vuole farti tornare indietro subito?»

«Non lo so. Non lo ha detto. Vuole soltanto che torni a Parigi, con nostro figlio.»

«Senti un po'! Probabilmente qui sei più al sicuro. Diavolo! Se i tedeschi dovessero cominciare a bombardare qualcosa, la prima a essere colpita sarà Parigi.»

«Un pensiero molto confortante!» Il sarcasmo di Philip non aveva fatto svanire le sue paure. Sembrò pensierosa per un attimo e gli tese la coppa di champagne perché gliela riempisse di nuovo. «Secondo te, dovrei rientrare?»

Philip si chinò a baciarla nell'incavo fra i seni. «A un certo momento, sì, bella fanciulla. Ma non ancora.» Cominciò a prenderle delicatamente fra le labbra un capezzolo e mentre si abbandonava di nuovo indietro sul letto, Hillary finì per dimenticare tutto ciò che Nick le aveva detto al telefono. Fu soltanto più tardi, quando andò a prendere il sole sulla spiaggia davanti all'albergo, che ci ripensò e che uno strano istinto, radicato nel profondo, dentro di lei, le disse che doveva tornarsene a casa. Ne parlò con Markham mentre si vestivano per la famosa cena che avevano organizzato per un gruppo di amici ma lui si strinse nelle spalle, tranquillissimo. «Ti riaccompagno io, a casa, fra qualche giorno. Non ti preoccupare, amore.»

«E dopo?» Hillary si stava pettinando, quando gli fece questa domanda. Era la prima volta che gli domandava qualcosa del genere e, adesso, Markham la squadrò stupito.

«È il caso di preoccuparcene?»

«Non sono preoccupata. Te lo chiedo semplicemente. Rimarrai con me a Parigi per un po'?» La sua voce si era fatta quasi carezzevole. Philip Markham la stava osservando attentamente e, subito, la sua faccia si illuminò di un largo sorriso.

«Chissà come piacerebbe a Nick Burnham!»

«Non dico in casa, stupidone. Puoi stare al *Ritz* oppure al *George V*. Ma non occorre che tu torni a casa a precipizio!» Markham viveva di una rendita che gli passava sua madre e tutti sapevano che era un playboy. Del resto, lui non ne faceva mistero come non faceva mistero del fatto che non aveva più intenzione di legarsi in modo permanente a nessuna. Quattro ex mogli gli erano costate un mucchio di soldi e, adesso, non aveva più intenzione di spendere un solo centesimo né di andare a comperare un solo gingillo per la quinta. Proprio per tutti questi motivi, Hillary era la soluzione perfetta. Era già sposata e gli aveva ripetuto da molto tempo che il matrimonio non era una soluzione che le piacesse. Ecco perché, adesso, restò ancora più stupito dall'espressione preoccupata che le lesse negli occhi.

«Non ti sarai innamorata di me per caso, vero?» Aveva un modo di fare maledettamente disinvolto, distaccato e indifferente... ed era proprio quello che l'aveva attirata tanto verso di lui. Non era uno di quegli uomini mansueti che si potevano conquistare con facilità, come Nick. Philip Markham non era stato una preda facile e, a Hillary, era piaciuto proprio questo. Era stato il primo uomo che, sia pure affettuosamente, le aveva dato con molta schiettezza della «puttanella». «Bella fanciulla, sono un uomo pericoloso da amare! Prova a domandarlo a qualsiasi donna. Perbacco...» e poi aveva riso della propria battuta «... anzi, puoi domandarlo a qualsiasi uomo!» Aveva rubato la moglie a parecchi dei suoi amici più intimi.

«Non occorre. So bene chi sei. Sei marcio come me.»

«Bene.» La attirò delicatamente indietro prendendola per i capelli, la baciò sulla bocca, poi gliela morse. «Allora, forse, siamo degni l'uno dell'altra.» Non voleva ammetterlo con se stesso né farglielo capire, ma Hillary lo affascinava più di quanto avrebbe voluto. A New York aveva pensato che sarebbe stata divertente come amante per un'estate. E lei lo aveva invitato quasi apertamente a raggiungerla in Francia. Ma in quel momento, Hillary non aveva mai pensato di poter ottenere facilmente un uomo come lui. Adesso parevano stupiti, sia l'uno che l'altra, che, dopo aver passato l'estate con lui, Hillary lo desiderasse ancora. «Potrei fermarmi a Parigi per un po'.» L'idea di un mese da passare al *George V* gli andava parecchio e la guerra non lo preoccupava affatto. «Senti cosa ti dico: ti ci accompagno io, in macchina, al principio della settimana prossima. Può bastare questo, o credi che Nick si precipiterà qui a prenderti prima di allora?»

«Non è molto probabile.» Gli sorrise. «È troppo impegnato

con Johnny, il nostro bambino, e i suoi affari.»

«Bene, allora andremo a casa quando saremo pronti. Domani telefono all'albergo per vedere se mi danno la mia solita *suite*.»

Hillary lo lasciò e andò a finire di vestirsi per la festa. Quando tornò fuori dallo spogliatoio, comunicante con le loro camere, Philip si lasciò sfuggire un fischio fragoroso. Hillary indossava un abito di organza rosso scollato fin quasi all'ombelico. Pareva che le restasse appeso al corpo per un filo sottilissimo e Philip lo trovò stupendo. Gli piacque a tal punto che, lanciandole un'occhiata diabolica e sogghignando lievemente, glielo strappò di dosso. Poi la buttò sul letto, si allungò su di lei, prendendola con tale forza da lasciarla ansimante, senza fiato, e senza un solo pensiero per quella toilette di Dior, che era costata mille dollari e adesso era lì, al suo fianco, ridotta uno straccetto.

14

DURANTE il week-end del ventisei agosto, Nick e John andarono alla Gare de l'Est a osservare le migliaia di soldati che stavano per partire. In gran parte venivano inviati verso le località fortificate della frontiera a Nord e Johnny continuò a fissarli, ammirato e stupito, mentre salivano in treno. Nick, in un primo momento, aveva avuto un po' di esitazione quando il bambino gli aveva domandato se potevano andare a vedere la partenza dei soldati ma, alla fine, aveva concluso che, in quel momento, stavano vivendo la storia e che, anzi, Johnny doveva assolutamente assistere a quello spettacolo. Dopo la sua telefonata, non aveva più avuto notizie da Hillary; tuttavia Nick era persuaso che, da un momento all'altro, sarebbe arrivata a casa. Era inutile ritelefonarle perché gli pareva di averle già fatto capire chiaramente la propria opinione la prima volta.

Il pomeriggio della domenica di quello stesso week-end in place du Palais-Bourbon, sulla Riva Sinistra, Liane e le bambine aspettavano che Armand tornasse a casa. Era stato costretto a lavorare per tutto quel fine settimana ma, adesso, Armand pareva dominato da una calma inaspettata. Qualcosa si stava muovendo. Nelle strade si vedevano dappertutto grandi manifesti sui quali erano scritte le parole «APPEL IMMEDIAT», che invitavano gli uomini ad arruolarsi. Le bambine li avevano visti ovunque, tornando a casa dal parco, e Liane aveva cercato di tenerle al corrente di ciò che stava accadendo. Perché il loro papà non aveva più il tempo di farlo. Elisabeth era ancora troppo piccola per capire gran che e aveva una paura terribile dei fucili mentre Marie-Ange era enormemente incuriosita da tutto ciò che stava succedendo. E poi, per le strade, si vedevano anche manifesti di altro genere, che aveva letto ad alta voce alla bambinaia e alla sorellina: davano istruzioni nell'eventualità di un attacco di gas velenosi e spiegavano alla popolazione civile come comportarsi con i fari delle automobili e le luci delle case durante l'oscuramento. La sera prima, Parigi era stata illuminata solo parzialmente.

Fra l'altro, Liane aveva anche spiegato alle due piccole il motivo di tutte quelle automobili che affollavano le strade: la gente aveva cominciato a lasciare Parigi. Portavano con sé un curioso assortimento degli oggetti di loro proprietà e li avevano caricati sulle automobili: carrozzine da bambini, vasellame da cucina, pentole e padelle, e a volte c'erano perfino tavoli e seggiole legati sul cofano. L'evacuazione della città era cominciata; alla gente era stato chiesto di non fare incetta di viveri e, per quanto era possibile, di non lasciarsi prendere dal panico. Quando Liane, quel pomeriggio, portò le bambine al museo del Louvre con l'intenzione di distrarle, scoprì che era chiuso e un guardiano spiegò che molti dei tesori che il museo conteneva erano già in partenza per le località della provincia dove sarebbero stati nascosti. Non solo, ma dappertutto, per le strade, fra gli uomini che discutevano il patto firmato da Mosca e da Berlino, si udiva ripetutamente la frase «*nous sommes cocus*», «ci hanno tradito». Erano le stesse parole che Armand aveva detto a Liane. Ma Liane non riusciva ancora a credere a ciò che era accaduto.

«Credi che i tedeschi ci attaccheranno domani?» domandò tranquillamente Marie-Ange a colazione, qualche giorno dopo l'inizio della crisi, e Liane scrollò tristemente la testa. Erano tutti in attesa della stessa cosa, perfino i bambini.

«Non credo, tesoro. La nostra speranza è che non lo facciano mai.»

«Però ho sentito papà che diceva...»

«Non dovreste mai stare a sentire quello che dicono le persone grandi.» Tuttavia, pronunciando quelle parole, si stava chiedendo perché. Erano tutti lì, con l'orecchio teso, ad ascoltare quel che dicevano gli altri, nella speranza di sentire qualcosa che ancora non sapevano. Tutti avevano una gran fame di notizie. «Ecco perché i soldati sono in partenza per la frontiera... per difenderci.» Liane aveva la sensazione che almeno Marie-Ange avrebbe dovuto essere tenuta al corrente di ciò che stava succedendo, ma non voleva impaurirla. Perché, in fondo, erano tutti spaventati nel segreto del loro cuore. Malgrado la calma esteriore che si notava ovunque, ciascuno, dentro di sé, aveva una grande paura tanto che, quel giovedì, quando si sentì il solito suono della sirena che doveva simulare l'annuncio di un attacco aereo (come accadeva tutte le settimane) il suo ululato si levò solo per un attimo perché si temeva che la popolazione pensasse a una incursione vera e propria. Non appena la sirena aveva cominciato a suonare, c'era stato un attimo di tensione e l'intera città aveva dato l'impressione di essere rimasta con il respiro mozzo ma poi, quando aveva smesso subito di farsi sentire, tutti si erano lasciati sfuggire un sospiro di sollievo.

Il primo settembre, però, la gente restò ancora con il fiato sospeso perché era arrivata la notizia che la Germania aveva aggredito la Polonia. L'anno precedente era successa la stessa cosa, quando la Germania aveva attaccato la Cecoslovacchia, ma, dopo il Patto di Monaco, il mondo si era rassicurato. La Cecoslovacchia era stata un agnello sacrificale: non ce ne sarebbero stati altri. Ma adesso, forti del Patto di non aggressione con la Russia, i tedeschi capivano di non avere più niente da temere da parte del resto dell'Europa e la marcia contro la Polonia era cominciata quasi come un gesto di sfida. Armand era venuto a casa a pranzo con quella notizia e Liane si era lasciata cadere su una poltrona con la faccia bagnata di lacrime.

«Quella povera gente! Non possiamo aiutarli?»

«Siamo troppo lontani, Liane. Come gli inglesi. Forse, in futuro, potremo fare qualcosa per aiutarli, ma adesso no. Al momento...» e non seppe come finire la frase.

Quello stesso pomeriggio Nick, seduto nella biblioteca della palazzina che aveva affittato in Avenue Foch, stava guardando fuori della finestra. Aveva appena chiamato Hillary a Cannes, ma si era sentito dire che sua moglie aveva lasciato il *Carlton*. Ormai era una settimana che le aveva imposto di rientrare a Parigi, ma lei non si era ancora vista. All'albergo gli avevano spiegato che sua moglie ne era partita quella mattina stessa e che... no, *Monsieur*, non sapevano se e con quale mezzo, stava tornando a Parigi. Nick si augurò che fosse partita in treno e che arrivasse presto. Continuava a essere più pentito che mai di aver portato lei e Johnny in Europa. Perché ormai non c'era da illudersi: presto sul continente europeo sarebbe scoppiata una guerra.

Il giorno successivo fu pieno di inquietudine per tutti; ormai l'Europa intera attendeva di avere notizie su ciò che stava succedendo in Polonia. Armand, quella sera, riferì a Liane quel che aveva saputo attraverso i canali diplomatici. Varsavia era in fiamme, la popolazione decimata, ma i polacchi erano un popolo coraggioso e non si volevano ancora arrendere. Avrebbero combattuto contro i tedeschi fino a quando non fosse rimasto più nulla. Erano decisi a morire onorevolmente.

Quella sera spensero le luci e ubbidirono alle regole dell'oscuramento che erano state diramate fra la popolazione; era una sensazione curiosa quella di stare in una stanza buia, con le imposte ben chiuse. Nessuno di loro riuscì a dormire e Liane si accorse di non esser capace di togliersi dalla testa quella gente che combatteva contro i tedeschi in Polonia. Provò a immaginare le donne come lei, a casa propria, con due figliolette... oppure anche le donne e i bambini combattevano per difendere la propria vita? Era una visione orribile.

Tuttavia il giorno seguente, il 3 settembre, ci fu da pensare a ben altro, e non solo alla Polonia. Stavolta Armand non rientrò in casa per darle le ultime notizie. Liane non lo rivide fino a tarda notte. Ma, già prima di allora, aveva saputo tutto dalla radio. Il bastimento inglese *Athenia* era stato affondato da un sottomarino tedesco a ovest delle isole Ebridi. La reazione era stata istantanea. La Gran Bretagna aveva immediatamente dichiarato guerra alla Germania e la Francia si era unita a questa dichiarazione per tener fede all'impegno preso con la Polonia. Gli anni delle congetture e delle supposizioni erano terminati. L'Europa era in guerra. Liane, seduta in salotto, alzò verso il cielo di Parigi due occhi pieni di lacrime e poi andò a cercare le bambine per dirlo anche a loro. Elisabeth e Marie-Ange cominciarono subito a piangere, come *Mademoiselle*, e le due donne restarono a lungo insieme alle due piccole, piangendo con loro. Poi, però, Liane impose alle bambine di lavarsi il faccino e andò a preparare il pranzo per tutte. La cosa più importante era stare calme. Piangere non serviva, raccomandò alle bambine.

«Adesso dobbiamo fare tutto il possibile per aiutare papà.»

«Andrà anche lui a fare il soldato?» Elisabeth aveva alzato verso di lei due occhi azzurri che parevano diventati immensi e non era quasi riuscita a mangiare un boccone, mentre soffocava i singhiozzi; ma Liane le accarezzò dolcemente la faccia, scrollando il capo.

«No, tesoro. Papà è al servizio della Francia in un modo diverso.»

«E poi è troppo vecchio», aggiunse Marie-Ange in tono pratico. Liane restò stupita a questa osservazione. Non aveva mai pensato ad Armand come a un vecchio e si meravigliò molto che la sua figliolina avesse fatto qualche riflessione sull'età di suo padre. Armand era talmente giovanile e dinamico che la sua vera età a Liane era sempre sembrata di importanza secondaria ed Elisabeth si affrettò a difenderlo.

«Papà *non è* vecchio!»

«Sì, invece!» Prima che Liane riuscisse a impedirlo, le bambine avevano cominciato a litigare. In conclusione, ci mancò poco che non le prendesse a schiaffi — evidentemente, avevano tutte i nervi tesi — e dopo il pranzo lasciò che giocassero tranquillamente nella loro camera con *Mademoiselle*. Pensò che era meglio non farle scendere in giardino. Nessuno sapeva quel che sarebbe accaduto. Con la Francia entrata ufficialmente in guerra, qualsiasi cosa poteva succedere, da un'incursione aerea a un attacco con i gas, e Liane preferiva tenerle in casa. Provava un gran bisogno di parlare con Armand, ma non ebbe il coraggio di disturbarlo.

«Paparino, che cosa vuol dire, questo? Dovremo tornare a New York?» Johnny lo stava fissando con gli occhi sgranati per la meraviglia. Nick aveva appena finito di dargli la notizia e il bambino pareva che ne fosse rimasto singolarmente colpito. L'idea della guerra lo emozionava moltissimo, però suo padre aveva preso un'aria talmente cupa, mentre gli dava quell'annuncio, che, adesso, non gli sembrava più così divertente. «Io non voglio tornare a casa ancora.» Gli piaceva stare in Francia. Poi, d'un tratto, colto da una gran paura, aggiunse: «Se torniamo a casa, posso portare con me il mio cucciolo?»

«Ma certo che puoi portarlo con te!» Però Nick non stava pensando al cagnolino mentre era lì, con Johnny, nella sua cameretta. Stava pensando alla madre di Johnny. Hillary era partita da Cannes due giorni prima ma non era ancora tornata a casa. Dopo un po' lasciò Johnny e scese nel suo studio. Era rientrato immediatamente in Avenue Foch dall'ufficio non appena aveva saputo la notizia, per rassicurare il bambino, ma ora si domandò se non avrebbe fatto meglio a tornarci. Decise di telefonare e li avvertì che, se avevano bisogno di lui, lo cercassero a casa. In realtà, preferiva rimanere con John fino a quando non avessero saputo notizie più precise su quello che poteva succedere. D'altra parte, c'era ben poco da sapere. Dichiarata la guerra, Parigi era diventata stranamente calma. L'esodo in massa della popolazione verso le località di provincia continuava ma, in complesso, sembrava che Parigi si controllasse bene e non si notava alcun panico in città.

Così, fu verso la fine del pomeriggio del 3 settembre, che Nick la sentì. Il campanello della porta cominciò a squillare, si udì un rumore di voci in anticamera e, un attimo dopo, la porta della biblioteca si spalancò. Era Hillary, abbronzatissima, con i capelli sciolti sulle spalle, gli occhi simili a due grossi gioielli di onice e avorio incastonati sul volto, un grande cappello di paglia dello stesso colore dell'abito scollato, estivo, di cotone *beige*, che le penzolava dal braccio.

«Per amor di Dio, Hil...» La reazione di Nick fu la stessa che avrebbe avuto qualsiasi persona, vedendosi riportare un bambino che si era smarrito... quell'attimo di confusione nel quale non si sa bene se stringerlo tra le braccia o prenderlo a schiaffi.

«Ciao, Nick.» Aveva un'espressione stranamente calma; del resto, si capì subito che l'incontro tra marito e moglie non sarebbe stato caloroso. Nick notò subito il massiccio braccialetto di brillanti che portava, assolutamente stonato con tutto il resto del suo abbigliamento, ma non disse niente perché era chiaro che doveva trattarsi di un costosissimo regalo del suo nuovo amante. «Come te la sei passata?» La sua voce era squillante. Nick la squadrò, con la strana sensazione di nuotare penosamente sott'acqua.

«Ti rendi conto che Francia e Gran Bretagna hanno dichiarato la guerra alla Germania oggi?»

«Già, l'ho sentito dire.» Hillary diede l'impressione di essere straordinariamente fredda e composta quando andò a sedersi sul divano, accavallando le gambe.

«Si può sapere dove accidenti sei stata?» Era una conversazione slegata, che aveva qualcosa di surreale.

«A Cannes.»

«Parlo degli ultimi due giorni. Ti ho telefonato ma mi sono sentito rispondere che avevi già lasciato l'albergo.»

«Sono rientrata a Parigi in automobile, con amici.»

«Philip Markham?» Era pazzesco. La Francia era entrata in guerra e lui era lì, a fare a sua moglie un interrogatorio che aveva come argomento l'amante di lei.

«Si ricomincia? È proprio necessario? Credevo che tutte queste storie fossero finite una volta per sempre.»

«Non è questo il nocciolo della faccenda. Non è il momento di andartene in giro per la Francia a spassartela, accidenti!»

«Mi avevi detto di tornare, e così ho fatto.» Gli occhi di Hillary erano chiaramente ostili; fra l'altro, non aveva ancora domandato notizie del figlio. Mentre la guardava, Nick si accorse di aver cominciato a odiarla.

«Sei tornata indietro dieci giorni esatti dopo la mia richiesta di rientrare a Parigi immediatamente!»

«Avevo dei progetti che non potevo piantar lì, sui due piedi!»

«Hai un figlio, ed è scoppiata una guerra.»

«Bene, sono tornata. E allora?»

Nick sospirò profondamente. Ci stava pensando da tutto il giorno e non era la soluzione che avrebbe preferito, ma capiva che non gli restava altra scelta. «Vi mando tutti e due a casa, e faremo il possibile perché ci arriviate sani e salvi.»

«Mi pare che sia un'ottima idea.» Per la prima volta da quando era entrata nella stanza, Hillary sorrise. Ne avevano discusso con Philip prima che lui scendesse dalla macchina, davanti al *George V*. Philip aveva detto che aveva intenzione di ricondurla a New York, che a Nick piacesse o no. Invece Nick aveva risolto subito il problema. «Quando partiamo?»

«Bisognerà che faccia fare qualche ricerca dal mio ufficio. Non sarà tanto facile, adesso.»

«Avremmo dovuto pensarci in giugno.» Si alzò di scatto e cominciò a girellare, innervosita, per la stanza; poi gli lanciò un'occhiata voltando appena la testa sulla spalla. «Immagino che tu sia stato troppo preso dagli affari con i tedeschi per pensare al pericolo che ci facevi correre. Avrai capito, spero, che anche tu fai parte di tutto ciò. Parzialmente, sei responsabile anche tu dello scoppio della guerra. Chi può sapere per che cosa i tedeschi adopereranno l'acciaio che tu gli vendi?» Era un pensiero che lasciava inorriditi e, a Nick, mulinava già per il cervello da parecchie settimane. L'unica consolazione era stata quella di aver annullato, due giorni prima, tutto il resto dei contratti con i tedeschi. La sua azienda era disposta a uscirne anche con una grossa perdita, così Nick aveva annunciato, ma non aveva più l'intenzione di trattare con il Reich di Hitler. Se mai, gli spiaceva di non essere arrivato prima a questa decisione. E, mentre era lì a fissare sua moglie, gli tornarono alla memoria le parole di Liane sul transatlantico... «Arriverà il momento in cui si dovrà scegliere da che parte stare»... era giunto, quel momento, e lui aveva fatto le sue scelte, ma troppo tardi. Adesso doveva accettare di vivere con la consapevolezza di quello che aveva commesso e dell'entità dell'aiuto che, indirettamente, poteva aver dato ai tedeschi. L'unica, modesta, consolazione era quella di aver contribuito anche ad armare la Gran Bretagna, la Francia e la Polonia. Ma quello che adesso gli doleva soprattutto era il fatto di aver aiutato i tedeschi. Più di tutto ancora, però, gli doleva che Hillary approfittasse di quell'occasione per girare ancora di più il coltello nella piaga e, a questo punto, la fissò con evidente stupore.

«Per quale motivo mi odi tanto, Hil?»

Lei diede l'impressione di pensarci per un attimo ma poi si strinse nelle spalle. «Non lo so...» Infine lo guardò tristemente. «Forse perché tu mi hai sempre ricordato ciò che non sono. Volevi qualcosa che io non ho mai avuto e che non potevo dare.» Era una verità che Nick si era adattato ad accettare soltanto da poco. «Mi davi troppo. Mi hai soffocato fin dal primo momento che ci siamo conosciuti. Avresti dovuto sposare una piccola, adorabile maestrina, che ti regalasse otto pargoletti.»

«A dir la verità, non era questo che avevo in mente. Ti amavo.» Nick aveva l'aria stanca e triste. Tutto era finito fra loro.

«Ma non mi ami più, vero?» Era una domanda che andava fatta. Hillary doveva saperlo. Era il mezzo definitivo per ottenere la libertà.

Nick scrollò lentamente la testa. «No, non ti amo più. È meglio per tutti e due che le cose vadano così.»

Lei annuì. «Sì, è vero.» Poi respirò profondamente e si avviò alla porta. «Adesso vado a salutare Johnny. Partiremo presto?»

«Appena riuscirò a combinare qualcosa.»

«Vieni anche tu con noi, Nick?» Lo osservò attentamente facendogli questa domanda, ma lui scrollò il capo con aria piena di rammarico.

«Non posso, almeno per un po'. Ma tornerò a casa non appena mi sarà possibile.» Hillary annuì e lo lasciò; allora Nick si avviò lentamente alla finestra e rimase a guardar fuori il giardino.

15

La sera del 6 settembre, Armand e Liane consumarono insieme una leggera cena che lei gli aveva riscaldato. Era mezzanotte. Tutto ciò che Armand desiderava era un po' di minestra e un pezzo di pane. Si sentiva troppo estenuato per mangiare. Aveva avuto una successione di riunioni, una più febbrile dell'altra, e gli era sembrato che quella giornata non finisse mai. Le notizie che giungevano dalla Polonia erano sempre più cattive per quanto, fortunatamente, Varsavia non fosse ancora caduta. Secondo gli ultimi rapporti, la situazione era critica e i polacchi stavano per affrontare lo sterminio totale. Liane osservò attentamente la faccia di Armand e vi lesse il dolore, le tracce degli anni e la preoccupazione per la propria patria.

«Liane... ho qualcosa da dirti.» Lei si chiese se le avrebbe dato ancora un'altra brutta notizia. Pareva che non ce ne fosserò più di altro genere, ormai.

«Si?»

«Ieri notte un bastimento inglese, l'*Aquitania*, ha attraccato a Southampton; farà ancora un viaggio verso gli Stati Uniti dove la trasformeranno completamente, adattandola al trasporto delle truppe. E quando salperà...» Armand pronunciò queste parole con voce strozzata dall'emozione «... voglio che tu e le bambine siate a bordo.» Liane rimase immobile ad ascoltarlo, nel silenzio più completo, e Armand la guardò. Per un attimo non ci fu alcuna reazione da parte sua ma, poi, scrollò lentamente la testa.

Si mise a sedere più dritta al suo posto e lo guardò fisso negli occhi. «No, Armand, noi non partiamo.»

Per un attimo toccò a lui di ammutolire per lo stupore. «Sei impazzita? La Francia è in guerra. Devi tornare a casa. Voglio avere la sicurezza che tu e le bambine siete in salvo.»

«Su una nave inglese, con l'Atlantico che, probabilmente, sarà pullulante di sottomarini tedeschi? Hanno affondato l'*Athenia*, perché non dovrebbero affondare anche questa nave?»

Armand scrollò la testa. Gli orrori che stavano succedendo a Varsavia e di cui era arrivata la notizia gli riecheggiavano ancora troppo freschi nella mente. Non avrebbe mai permesso a sua moglie e alle sue figlie di rimanere in Francia a combattere contro i tedeschi.

«Non devi discutere quello che ti dico.» Ma era troppo stanco per aggiungere molto di più e Liane si mostrava risoluta in un modo che non aveva previsto.

«Non partiamo. Le bambine e io restiamo qui con te. Ne avevamo già discusso, non appena è stato dato l'annuncio della guerra. Qui vivono anche altre donne e altri bambini. Perché dovremmo partire proprio noi?»

«Perché negli Stati Uniti sarete più al sicuro. Roosevelt ha ripetuto insistentemente che non entrerà in questa guerra.» Non erano notizie che le giungessero nuove, queste, e Liane le sentì ancora con disgusto.

«Non hai fede nella Francia? Non cadrà come la Cecoslovacchia o la Polonia.»

«E se ci bombardassero, cosa che faranno sicuramente, vorrai ancora restare qui con le bambine, Liane?»

«C'è stata gente, nell'altra guerra, che è sopravvissuta a tutto questo.» Armand era talmente stanco che, quasi, si stava addormentando lì, a tavola; e Liane ben decisa a rimanere. Non se la sentì di lottare con lei. Ne riparlarono la mattina dopo, non appena lui si svegliò, ma Liane si mostrò sempre più irremovibile. Si rifiutò di prendere in considerazione tutto ciò che Armand le diceva e, mentre lui si stava preparando a uscire per andare in ufficio, alle sette e mezzo, lo guardò un'ultima volta con il suo solito sorriso dolcissimo. «Ti amo, Armand. Il mio posto è qui, con te. Non chiedermelo di nuovo. Non partirò.»

Armand la fissò negli occhi per un attimo che parve lunghissimo. «Sei una donna straordinaria, Liane, ma lo sapevo già prima. Ricordati, comunque, che hai ancora la possibilità di scegliere. Dovresti tornare negli Stati Uniti fintanto che puoi.»

«Non ho niente laggiù. La mia casa è qui, con te.»

Gli occhi di Armand erano pieni di lacrime quando si chinò a darle un bacio, salutandola. Liane lo aveva commosso più che mai. Era coraggiosa come quei disgraziati polacchi. «Ti amo.»

«Anch'io amo te.» Glielo mormorò a fior di labbra, baciandolo; poi Armand la lasciò. Liane sapeva che non lo avrebbe più rivisto fin dopo mezzanotte, e che sarebbe tornato quasi barcollante per la stanchezza ma perlomeno adesso lavorava per una buona causa. Il suo paese era in guerra. E lei restava. Non si sarebbe mai staccata da lui.

16

«Sei pronto per la partenza?» Johnny fece segno di sì, guardandolo con due occhi grandissimi e tristi, il cagnolino stretto fra le braccia, la bambinaia vicino a lui. «Hai messo la mazza da baseball nel baule?» Il bambino fece segno di sì ancora e adesso le lacrime cominciarono a scorrergli sulle guance. Suo padre lo strinse forte al cuore. «Lo so, figliolo... lo so... anch'io sentirò la tua mancanza... ma si tratta solo di poco tempo.» Strinse i denti e pregò, tra sé, che fosse vero ciò che diceva. Purtroppo lui non poteva ancora rientrare. Non poteva abbandonare gli interessi della sua azienda in Europa.

«Ma io non voglio tornare a casa senza di te, papà.»

«Sarà soltanto per poco tempo... te lo prometto...» Lanciò uno sguardo a Hillary al di sopra della testa del bambino; Hillary era stranamente silenziosa. I bagagli erano già pronti in anticamera. Stavolta non sarebbero stati seguiti da un furgone pieno di bauli. Si erano sentiti raccomandare di portare soltanto due valigie a testa. Il transatlantico era stracarico e il viaggio non si presentava certo con l'aspetto di una traversata di lusso, per quanto la lista dei passeggeri potesse far colpo. Centinaia di facoltosi turisti americani erano rimasti in trappola all'estero ed avevano assediato, letteralmente, le loro ambasciate nell'ansia disperata di rientrare in patria. Tutte le partenze dei bastimenti inglesi e francesi, previste per settembre, erano state annullate. Il *Normandie* aveva raggiunto New York il 28 agosto e qui aveva ricevuto, per cablogramma, l'ordine dei proprietari di rimanere in quel porto per motivi di sicurezza. Per di più, anche le navi americane avevano annullato i viaggi previsti e l'ambasciatore Kennedy, a Londra, in preda all'angoscia, faceva spedire febbrilmente un cablogramma dopo l'altro in patria avvertendo il governo che, in Europa, c'era un vero e proprio esercito di turisti americani che aspettavano di tornare a casa e che bisognava mandare delle navi a prenderli. In seguito alle sue richieste, erano stati fatti partire il *Washington*, il *Manhattan*, il *President Roosevelt* ma nessuno sapeva quando sarebbero arrivati. E l'*Aquitania* pareva l'unica nave con una data di partenza sicura. Fra l'altro questo sarebbe stato il suo ultimo viaggio prima di essere passata al servizio dell'esercito.

I pericoli di quest'ultima traversata non erano ignoti a nessuno, soprattutto dopo la diffusione di notizie terrificanti che davano per certa la presenza dei sottomarini tedeschi in alto mare ma, proprio per la sua particolare struttura, l'*Aquitania* era meno vulnerabile a un attacco subacqueo di gran parte degli altri transatlantici. Per di più aveva fatto la sua ultima traversata viaggiando allegramente a zigzag attraverso l'Atlantico, alla velocità massima, conservando l'oscuramento più completo. Il viaggio di ritorno negli Stati Uniti sarebbe stato, di certo, emozionante.

La grossa *Duesenberg* nera stava aspettando davanti alla porta della palazzina di Avenue Foch; Hillary, Nick, Johnny e la bambinaia vi salirono senza allegria. Avevano intenzione di raggiungere Calais via terra; qui Nick aveva noleggiato un grosso yacht che li avrebbe portati a Dover. E, a Dover, ci sarebbe stata una macchina per portarli a Southampton. Il viaggio non fu particolarmente pericoloso, ma piuttosto estenuante e, quando finalmente si trovarono sulla banchina, il giorno previsto per la partenza del transatlantico, Hillary, con grande stupore, si accorse di avere le lacrime agli occhi. Tutto d'un tratto fu colta dal terrore che la nave affondasse in alto mare e si aggrappò a Nick in un modo che non era assolutamente abituale in lei quando, prima che salissero a bordo, tutti i passeggeri si sentirono leggere un avvertimento. Venivano informati che la traversata sarebbe stata fatta a loro rischio «su una nave belligerante e che potevano correre il pericolo di affondare senza preavviso». Niente avrebbe potuto spiegare più esplicitamente la situazione e i tre Burnham si aggrapparono l'uno all'altro per un attimo, prima che Nick li accompagnasse a bordo. Era riuscito a procurare alla sua famiglia una piccola cabina senza oblò, con tre letti, uno – discreto – per sua moglie e una cuccetta doppia per Johnny e la bambinaia. Tuttavia notò che, se non altro, avevano la loro stanza da bagno privata.

Rimase con loro fino a quando sentì l'ultimo segnale che lo obbligava a scendere a terra e, allora, prese Johnny fra le braccia e lo strinse convulsamente a sé per un attimo interminabile.

«Mi raccomando, birbante, fai l'ometto e prenditi cura della mamma per me. Ricordati di ubbidirle, qui sulla nave, e di fare tutto quello che ti dirà. È molto importante.»

«Oh, paparino...» La voce di Johnny tremava quasi quanto quella di Nick. «Credi che affonderemo?»

«No, assolutamente! E io non farò che pensare cose belle e buone di voi ogni giorno. E poi, nel preciso momento in cui arriverete a casa, la mamma mi spedirà un cablogramma.»

«E il mio cagnolino?» Il cucciolo si era rannicchiato, tutto tremante, sotto il letto. Johnny lo aveva nascosto per farlo salire sulla nave. Si erano sentiti raccomandare di non portare con sé animali di nessun genere ma, conoscendo il debole che gli inglesi avevano per i cani, Nick sapeva che non gli sarebbe successo niente, qualora fosse stato scoperto. «E se andiamo a fondo, che cosa faccio del mio cagnolino?»

«Non andrete a fondo. Nel caso, prendilo in braccio e tienilo stretto nel tuo salvagente.» Era un pensiero orribile; Nick si aggrappò alla mano di Johnny mentre si rialzava sulla persona e guardava sua moglie. «Riguardati, Hil... abbi cura di te e di John...» Abbassò gli occhi per un rapido sguardo al loro bambino che adesso piangeva disperatamente fissando suo padre.

«Lo farò, Nick. E tu, non strapazzarti. Abbi cura di te.» Poi, soffocando un singhiozzo, Hillary lo strinse in un abbraccio. «Torna presto a casa.» Durante quegli ultimi istanti, a bordo della nave, pareva che l'odio che c'era fra loro si fosse dissolto. Non era il momento di odiare, quello. Intanto a tutti e tre era balenato il pensiero che, forse, non si sarebbero più rivisti; la bambinaia, che si era seduta sulla sua cuccetta, stava singhiozzando quasi istericamente. A che viaggio si preparavano! Nick se ne rendeva perfettamente conto, mentre li lasciava. In cuor suo pregò soltanto che l'*Aquitania* riuscisse a farcela e ad arrivare sana e salva.

Si ritrovò solo, sulla banchina, a fare gesti frenetici di saluto in direzione della nave, fino a quando non riuscì più a vederli. Poi, quando l'*Aquitania* fu troppo lontana perché suo figlio potesse vederlo, si nascose la faccia tra le mani e cominciò a singhiozzare. Un uomo, uno scaricatore del porto che si trovava lì, sulla banchina anche lui, si mise a tossicchiare sommessamente passandogli davanti; poi si fermò e allungò a Nick una pacca cordiale, di incoraggiamento, su una spalla.

«Non le succederà niente, amico... è una gran bella nave, davvero... l'ho presa anch'io per venire da New York... va come il vento, proprio così... i crucchi non ce la faranno a beccarla!» Nick fece segno di sì con la testa, pieno di gratitudine per quelle parole incoraggianti, ma non riuscì a rispondergli. Aveva l'impressione che la sua stessa vita, la sua anima stessa, lo avessero lasciato e fossero a bordo di quella nave. Rientrò nel salone della palazzina delle Linee di Navigazione per bere un sorso d'acqua e fu allora che vide il cartellone appeso a un muro. Come se ritrovare il suo cognome scritto lì sopra gli facesse sentire Johnny più vicino, Nick si mise a cercarlo sulla lista, e, poco dopo, li trovò tutti. «Burnham, Hillary... Burnham, John...» C'era anche il nome della bambinaia elencato più sotto ma, di colpo, Nick provò la sensazione che il suo cuore fosse diventato un blocco di ghiaccio, quando lesse un altro nome ancora: «Markham, Philip».

17

Il numero normale dei passeggeri che l'*Aquitania* poteva accogliere era di 3230 con un equipaggio di 972 uomini. Ma, per quell'ultimo viaggio, erano stati eliminati mobili e arredi per quanto possibile in modo da trovar posto per altri letti. Le cabine erano sovraffollate e c'erano parecchie famiglie che viaggiavano come Hillary e Johnny, ammucchiate in una sola, quando normalmente ne avrebbero prese due o tre, o, addirittura, una *suite*. Ma questo era un viaggio ben diverso. La cena veniva servita alle quattro e alle cinque del pomeriggio e, al calar della sera, l'oscuramento diventava totale. I passeggeri erano stati pregati di ritirarsi nelle loro cabine per quell'ora in modo da evitare eventuali incidenti nei corridoi. Gli oblò e le finestre erano stati verniciati di nero in tutta la nave ed era stata fatta precisa richiesta ai viaggiatori di usare le stanze da bagno senza accendere le luci, una situazione alla quale sembrava che tutti si cominciassero ad abituare senza difficoltà. Gli americani erano molto numerosi a bordo, e anche gli inglesi; questi sembravano particolarmente tranquilli e si presentavano a cena, ogni sera, in smoking, a discutere le notizie della guerra, come se tutto rientrasse nella più completa normalità.

Per quel che riguardava la nave in se stessa, tutto ciò che era rimasto intatto possedeva ancora l'atmosfera degli eleganti salotti d'epoca vittoriana che spiccava, in netto contrasto, con gli avvisi, attaccati alle pareti, nei quali si davano ai passeggeri le istruzioni sul da farsi in caso di attacco da parte di un sottomarino tedesco. Giunti al secondo giorno di viaggio, sembrò che John si fosse un po' calmato o, perlomeno, che si fosse tranquillizzato abbastanza perché Hillary si sentisse incoraggiata a presentarlo a Philip Markham. Gli spiegò che si trattava di un vecchio amico di New York e che lo aveva incontrato per caso lì, a bordo, ma – mentre Hillary e Philip chiacchieravano – Johnny si mise a osservarli con evidente sospetto. E la mattina dopo, quando li vide insieme su uno dei ponti di passeggio, disse alla sua bambinaia: «Odio quell'uomo». Lei lo rimproverò severamente ma Johnny non le badò e, quella sera, ripeté la stessa cosa anche a sua madre. Hillary gli allungò uno schiaffo sonoro, ma Johnny la fissò senza versare una lacrima. «Non me ne importa di quello che mi fai. Quando sarò grande, andrò a vivere con il mio papà.»

«E non credi che ci vivrò anch'io con il tuo papà?» Aveva le mani che le tremavano ancora, tuttavia cercò di controllare la propria voce. Il bambino era troppo furbo e Hillary si rallegrò che non potesse dire niente a Nick. Poi si chiese se li avesse visti mentre si baciavano. Quanto a lei, aveva dormito ogni notte nel suo letto vicino a Johnny anche se non di propria volontà. Nella cabina di Philip dormivano tre altri uomini. «Cosa vorresti dire... perché vuoi andare a vivere con il tuo papà? Anch'io vivrò con il tuo papà.»

«No, niente affatto. Ci scommetto che andrai a vivere con *lui.*» Johnny si rifiutava addirittura di pronunciare il suo nome e fingeva di non accorgersi di Philip, quando lo incontravano.

«Che stupidaggine stai dicendo!» Eppure si trattava proprio di un argomento del quale, con Philip, avevano discusso di recente. L'idea di Nick che loro due dovessero continuare a restare sposati in eterno le andava molto poco a genio e, se fosse riuscita a convincerlo a divorziare, al suo ritorno negli Stati Uniti, oppure se avesse potuto avere fondati motivi per divorziare da lui, avrebbe colto la palla al balzo. Poi avrebbe sposato Philip. «Non voglio sentirti più dire cose simili!» E fu così. Durante il viaggio, Johnny parlò pochissimo con sua madre. Stava con la bambinaia e passava gran parte del suo tempo a giocare con il cagnolino, in cabina. Il viaggio si rivelò lungo e faticoso per tutti; la nave viaggiava a zigzag attraverso il mare e, di notte, l'oscuramento era completo. Il tempo necessario per raggiungere New York fu più lungo del previsto e, quando finalmente ci arrivarono, Hillary, in cuor suo, si augurò di non mettere mai più piede su una nave; la sua gioia di essere arrivata a New York fu enorme, anche se ci rimase soltanto pochi giorni prima di accompagnare Johnny a Boston dove sarebbe rimasto ad abitare con la nonna.

«Perché devo stare qui? Non torniamo a casa?» Johnny non riusciva a capire perché fosse necessario rimanere dalla nonna.

«Io vado a New York. Devo riaprire il nostro appartamento.»

L'appartamento in cui abitavano, infatti, era rimasto chiuso per quattro mesi e Hillary, adesso, andava dicendo che, per metterlo di nuovo in ordine, avrebbe avuto un gran daffare. Però, due settimane più tardi, la nonna iscrisse Johnny in una scuola di Boston. Gli spiegò che ci sarebbe andato soltanto per poco tempo, ma che non doveva perdere troppe lezioni intanto che la mamma metteva in ordine il loro appartamento. Tuttavia Johnny aveva ascoltato, senza essere visto, quello che la nonna aveva poi detto. Quella di mandarlo a scuola lì a Boston era stata una sua idea. Non riusciva a capire quando Hillary sarebbe tornata a riprendere il bambino; pareva che rimandasse continuamente. Johnny ne sapeva benissimo la ragione, ma non disse niente. Probabilmente la mamma era con quell'uomo... Markham... Voleva scrivere a suo padre e raccontargli tutto; però qualcosa, in cuor suo, gli diceva che non sarebbe stata una buona idea. Magari il suo papà si sarebbe preoccupato un po' troppo. Meglio raccontargli tutto quando lo avesse visto di persona. E poi, nell'ultima lettera che aveva ricevuto dal papà, Nick scriveva che aveva intenzione di tornare a casa il più presto possibile, probabilmente subito dopo Natale. Johnny pensava che dovesse passare ancora un tempo interminabile, però suo padre gli aveva ricordato, scrivendogli, che – a Natale – mancavano solo due mesi.

Johnny, con la nonna, faceva una vita molto solitaria. La nonna era molto anziana e nervosa. E Johnny fu ben felice che gli avesse permesso di tenere con sé il suo cagnolino.

Una settimana dopo aver scritto l'ultima lettera a Johnny, Nick incontrò Armand e Liane a cena, offerta a un gruppo ristretto di ospiti, dal console americano. Era la prima volta che Armand e Liane uscivano da vari mesi; ma l'impressione generale fu quella che tutti, dopo l'estate, mostrassero considerevolmente il peso degli anni. Liane indossava un abito lungo, molto bello, di satin nero, ma aveva l'aria stanchissima. Ormai la tensione cui tutti erano sottoposti si faceva sempre più evidente per quanto, almeno in superficie, Parigi fosse molto tranquilla. Però tutti erano ancora angosciati per la resa di Varsavia, avvenuta un mese prima. I polacchi avevano combattuto eroicamente fino in fondo ma i sovietici li avevano attaccati da est il 17 settembre e, per il 28 dello stesso mese, tutto era finito, malgrado i loro sforzi, incluso l'acciaio di Nick. La loro città sorella dell'Est era caduta.

«Come sei stata in tutto questo tempo?» A cena, Nick si trovò seduto di fianco a Liane; Armand era all'altra estremità della tavola. Nick pensò che Armand sembrava invecchiato di dieci anni, da quando l'aveva visto l'ultima volta, sul transatlantico, in giugno. Non aveva fatto che lavorare da quindici a diciotto ore al giorno, e si capiva. Adesso Armand aveva quasi l'aspetto di un vecchio, eppure aveva appena compiuto i cinquantasette anni.

«Noi stiamo tutti bene.» Liane gli rispose con voce molto bassa. «Armand lavora eccessivamente e si sta esaurendo.» Anche lei notava come fosse devastato il suo viso, ma sapeva che non c'era niente da fare. Per amore della patria, Armand avrebbe continuato a chiedere il massimo da se stesso, fino al giorno in cui sarebbe crollato. Intanto, questo suo lavoro indefesso, la costringeva a rimanere quasi sempre sola con le bambine, ma aveva accettato anche questo. Non aveva più scelta, ormai. E poi, si era messa a lavorare come volontaria per la Croce Rossa. Non poteva fare molto, tuttavia era sempre qualcosa di utile. In quel periodo si stavano occupando di far passare attraverso la Francia un numero considerevole di ebrei tedeschi e dell'Europa Orientale; se non altro, sapeva di contribuire, con il suo aiuto, a salvare qualche vita. Dalla Francia, gli ebrei sarebbero partiti per il Sud America, gli Stati Uniti, il Canada e l'Australia. «Come sta il mio amico John?» E rivolse un sorriso a Nick.

«Sta benissimo. Per quanto, non sono completamente sicuro del posto dov'è adesso!» Nick si era aspettato che il bambino fosse a New York ma la lettera ricevuta da Johnny gli spiegava che era in casa della nonna a Boston, probabilmente per una visitina, tanto per rassicurarla che stava benone.

Ma Liane parve confusa. «Non è qui con te?»

Nick scrollò la testa. «Si sono imbarcati sull'*Aquitania* in settembre; è stato l'ultimo viaggio che la nave ha fatto. Forse non mi sono spiegato bene; volevo dire che lo credevo a New York ma, a quanto sembra, adesso è a Boston con mia suocera.»

«Lo hai fatto partire solo?» Liane pareva scandalizzata. Era la stessa nave sulla quale Armand voleva convincerla a partire.

«No, è partita anche sua madre. Non volevo più che restassero qui. Mi sento più tranquillo, sapendo che sono negli Stati Uniti.» Liane annuì. Pareva una cosa sensata, anche se era completamente diversa da ciò che aveva voluto lei. Tuttavia aveva il vago sospetto che Hillary Burnham fosse stata ben contenta di andarsene. Aveva sentito anche lei quello che si raccontava di Philip Markham. La comunità internazionale di Parigi era piccola, molto pettegola, e tutti si conoscevano. Adesso, però, Liane osservò Nick, chiedendosi come se la cavava. Pareva stanco anche lui, per quanto non distrutto fisicamente come Armand. Le tornò alla memoria l'ultima conversazione che avevano avuto sul transatlantico e si chiese quale fosse stata la sua vita, da allora in poi. Le pareva che fosse trascorso un secolo mentre, dal giorno del loro arrivo in Francia, erano passati solo quattro mesi.

«E tu, come te la passi?»

«Bene, credo.» Nick abbassò la voce per poter esprimere liberamente ciò che sentiva. Liane era sempre riuscita a fargli tirar fuori tutto ciò che aveva dentro. A farlo confessare. Era una di quelle donne che possiedono questa qualità. «Devo vivere con i miei errori e con le mie opinioni sbagliate.» Liane capì immediatamente che cosa Nick voleva dire: si riferiva alle sue trattative di affari con i tedeschi.

«Non sei stato l'unico a mal giudicarli. Pensa a quello che dicono adesso in America! Roosevelt sta cercando di farsi rieleggere l'anno prossimo, ripetendo il concetto che gli americani non si lasceranno mai coinvolgere in una guerra in Europa. È pura follia.»

«Willkie sta dicendo le stesse cose. Potrebbero essere candidati per la stessa lista!»

«Chi vincerà, secondo te?» domandò Liane. Pareva assurdo parlare delle elezioni in America mentre l'Europa era in fiamme tutt'intorno a loro.

«Roosevelt, naturalmente.»

«Per la terza volta?»

«Ne dubiti, forse?»

Lei sorrise. «No, a dire la verità!» Era piacevole parlare di questi argomenti con lui. Sembrava di ritrovare un poco di lucidità mentale, di risentire l'atmosfera di casa in mezzo all'incubo che stavano vivendo in quei terribili giorni.

La riunione finì presto e Armand riaccompagnò Liane a casa. Non fece che sbadigliare per tutto il tragitto, accarezzando di tanto in tanto la mano di sua moglie, seduta con lui sul sedile posteriore della *Citroën* guidata dall'autista del ministero. «Ho visto che c'era Burnham, stasera. Ma non sono riuscito a scambiare due parole con lui. Come sta?»

«Bene.» La loro conversazione non aveva più avuto niente di intimo né di personale, come era capitato sul *Normandie*, ma c'era da aspettarselo.

«Mi stupisce che sia ancora qui.»

«Dice che tornerà a casa dopo Natale. Il bambino e sua moglie sono tornati in America sull'*Aquitania*.»

«Probabilmente con Philip Markham.»

«Lo sapevi?» Liane guardò Armand con stupore e poi scoppiò a ridere. Non gliene aveva mai accennato e lei aveva sentito la notizia da altre parti, da alcuni degli americani che conosceva a Parigi. «C'è qualcosa che non sai, Armand?»

«Spero di no! Raccogliere informazioni è il mio compito.» Era al corrente anche delle trattative segrete di Burnham con la Polonia, ma non ne parlò. Poi lanciò una rapida occhiata all'autista. Ma era un uomo di cui ci si poteva fidare. La sua fedeltà era assoluta.

«Davvero?» Liane non nascose la propria sorpresa. Mai e poi mai avrebbe descritto a questo modo il lavoro di suo marito. Ma, da un giorno all'altro, le cose stavano cambiando. Intanto Armand aveva cambiato rapidamente argomento. «È stato un piacere vederti tutta bella ed elegante stasera, amore mio. Proprio come ai vecchi tempi, quando vivevamo in un mondo in pace.» Liane annuì lentamente. Stava ancora riflettendo su ciò che Armand le aveva detto, ma pensò che era più opportuno non fargli altre domande in automobile. Non le era sfuggita la sua occhiata all'autista. E poi, era già qualche tempo che si stava domandando quale fosse la sua vera attività. Non le riferiva più niente di ciò che succedeva nel suo ufficio. Si limitava a ripeterle le notizie che lei aveva già letto sul giornale quello stesso giorno. E poi, era molto più misterioso di quanto non fosse mai stato ai vecchi tempi. E più stanco di quel che non fosse mai stato da quando lo conosceva. Era dalla fine di agosto che non facevano più l'amore. Ma, anche stasera, aveva il sospetto che le cose non sarebbero andate diversamente. Armand si stava già appisolando in automobile prima ancora di arrivare a place du Palais-Bourbon. Liane lo svegliò all'arrivo e salirono insieme le scale; quando lei andò a spogliarsi, Armand la imitò, si infilò a letto per il primo ed era profondamente addormentato quando sua moglie lo raggiunse.

18

Il 30 novembre, due giorni dopo che gli americani avevano fatto festa e mangiato il tacchino in tutti gli Stati Uniti, truppe aeree e terrestri sovietiche attaccarono la Finlandia. Come al solito, Liane non poté vedere Armand. Si andava convincendo sempre di più che il loro matrimonio cominciava a sfasciarsi, insieme con l'Europa. Per mesi e mesi aveva avuto la persuasione di poter servire la Francia, servendo il proprio marito, ma adesso Armand si era messo a tenere le distanze con lei, cosa che prima non aveva mai fatto. Era distratto, silenzioso, si disinteressava delle bambine; la loro vita sessuale era inesistente. Armand dedicava tutte le proprie energie alla Francia, ma non permetteva a Liane di dedicare a lui le proprie. Adesso non le raccontava più assolutamente nulla e Liane non gli domandava più se c'era qualche novità. Le pareva di vivere sola con le bambine; anche queste lo avevano notato per quanto, nel suo rispetto per Armand, si fosse affrettata a negarlo di fronte a loro.

«Papà è soltanto molto occupato. Lo sapete. È la guerra.» Ma stava cominciando a chiedersi se si trattasse soltanto di quello o se non ci fosse qualcosa d'altro. Le riunioni segrete, adesso, erano pressoché continue, se ne facevano a tutte le ore del giorno e della notte e, per un paio di volte, Armand andò via per il fine settimana senza poterle dire con chi o dove. Per qualche tempo Liane si chiese se Armand si fosse trovato un'amante e fosse questa donna a impegnarlo a quel modo, oltre alla guerra, ma non riuscì a crederci sul serio.

Qualsiasi cosa stesse succedendo nella vita di Armand, non includeva lei. Lo vedeva talmente poco che, per la compagnia che le dava, sarebbe stato meglio essere partita per gli Stati Uniti. Così, ogni tanto, le capitava di pensare come se la cavava Nick Burnham, senza il suo bambino, a vivere tutto solo in quell'enorme casa di Avenue Foch.

In realtà, Nick era ancora più solo di Liane. Se non altro, lei aveva le bambine. Mentre Nick non aveva nessuno. Non aveva più ricevuto una sola parola da Hillary dal giorno in cui l'aveva lasciata a bordo dell'*Aquitania* in settembre. Le uniche lettere ricevute erano state quelle di Johnny, oltre a una della suocera. Tutto ciò che era riuscito a capire, da quello che gli scriveva, era che Hillary sembrava impegnatissima a New York e che, per qualche motivo piuttosto vago che non gli veniva spiegato, Johnny continuava a restare con lei. Nick sapeva benissimo quello che Hillary stava combinando. Doveva trattarsi di Philip Markham, o di qualcun altro, e non aveva nessuna voglia di accollarsi il fastidio del bambino, né più né meno come aveva fatto nell'estate appena passata. Nick si sentiva nauseare al pensiero del bambino che viveva tutto solo con la nonna, a Boston, ma per il momento non poteva farci niente. La sua idea era stata quella di rimanere a Parigi fin dopo Natale ma, alla fine della settimana, capì che non era ancora possibile pensare al ritorno. Si era assunto un compito che doveva portare fino in fondo, quello di aiutare i francesi. Adesso la sua speranza era quella di rientrare a New York per aprile, anche se non ne parlò con Johnny, scrivendogli, perché non voleva dare troppe speranze al bambino senza essere sicuro di quello che il futuro gli avrebbe portato. Si limitò a dirgli che sarebbe tornato presto. Poi fece un cablogramma al suo ufficio di New York, incaricandolo di comprare una valanga di regali natalizi per il figlio e di farglieli consegnare a Boston. Non era molto, come surrogato di un padre o di una madre, ma era sempre qualcosa; del resto, al momento, non poteva fare altro. Ed era, certo, più di quello che *lui stesso* avrebbe avuto a Parigi il giorno di Natale.

Rimase in piedi nella biblioteca con le pareti rivestite di *boiserie*, dalla quale, una volta, aveva guardato Johnny giocare in giardino... ma adesso non c'era più niente, non c'era più nessuno. Gli alberi erano spogli, il giardino era tutto una sfumatura grigio pallido, in casa non si udiva alcun rumore... non c'erano né albero di Natale... né i canti natalizi... né un faccino raggiante, che si faceva sempre più gioioso man mano che frugava, fino in fondo, in una calza straripante di doni. C'era solo il rumore dei suoi passi quando salì le scale per avviarsi alla camera da letto, portando con sé l'ultima bottiglia di brandy che aveva comprato prima della guerra, con la speranza di ottenere qualche ora di oblio, durante le quali non avrebbe provato quel profondo tormento, che sempre sentiva, per il suo unico figlio. Ma neppure il brandy gli servì e dopo averne scolati tre bicchierini, si fermò. Gli erano bastati soltanto per smussare un po' i contorni delle cose e per attutire la sofferenza; poi si mise alla scrivania e scrisse a Johnny una lettera nella quale gli diceva quanto sentiva la sua mancanza e gli assicurava che il Natale successivo sarebbe stato molto migliore. Nick Burnham provò un vero sollievo quando finalmente calò la sera, chiuse le tende, spense la luce e cercò di dormire.

19

I QUATTRO o cinque mesi successivi presero l'aspetto caratteristico di una specie di limbo, un'epoca alla quale, in Francia, ci si riferiva chiamandola la «guerra fasulla» perché non sembrava che succedesse niente. I francesi si erano saldamente schierati lungo la linea Maginot, preparati a difendere il loro paese in caso di bisogno. A Parigi la vita continuava come al solito. Dopo lo shock iniziale, i cambiamenti erano stati pochi, a differenza di Londra, dove il razionamento si era fatto molto severo e creava grandi difficoltà, le sirene suonavano in continuazione e le esercitazioni in caso di bombardamento aereo si ripetevano, praticamente, ogni notte. Invece a Parigi la vita era ben diversa.

Ma tutto ciò creava una specie di tensione sommersa, insieme al falso senso di sicurezza che niente sarebbe mai cambiato. Armand continuava a partecipare alle solite riunioni segrete e Liane, adesso, invece di dargli il suo appoggio, cominciava a infastidirsi. Rifletteva tra sé che Armand avrebbe potuto, almeno, dirle qualcosa di ciò che stava facendo. Aveva sempre mostrato la massima fiducia in lei, in precedenza, ma adesso, evidentemente, non era più così. Intanto Armand continuava a compiere il suo misterioso lavoro di carattere bellico e, a volte, scompariva perfino per vari giorni di seguito. Liane riceveva semplicemente una telefonata dal suo ufficio con la quale la avvertivano che *Monsieur* era andato fuori città.

Questa specie di strano sopore che pareva calato su Parigi consentì a Nick di continuare a sbrigare i propri impegni. Tuttavia la sensazione generale era quella che le cose non potevano andare avanti così ancora per molto. Nick fu lì lì per partire in aprile, come aveva progettato, ma la situazione era talmente tranquilla a Parigi che prese la decisione di concludere personalmente tutto ciò che era rimasto in sospeso e di fermarsi per un altro mese ancora. Fu il mese decisivo. Tutto d'un tratto il cancro che si era diffuso tanto silenziosamente ovunque esplose di colpo tutt'intorno a loro. Il 10 maggio Hitler attaccò i Paesi Bassi, Belgio, Olanda e Lussemburgo, e il 14 maggio gli olandesi si arresero. Subito dopo i tedeschi avanzarono nella Francia settentrionale. Tutto d'un tratto la popolazione si mise in allarme e ogni cosa diventò febbrile, come non succedeva dall'agosto e dal settembre precedenti. Quell'interregno di calma era finito; adesso regnava il terrore. Ormai era chiaro che Hitler stava soltanto prendendo tempo prima di attaccare il resto dell'Europa. Una volta ancora gli inglesi avevano avuto ragione. Ma, quando Liane tentò di discuterne con suo marito, Armand non le disse molto di più. Era impegnatissimo con il suo lavoro segreto.

Amiens e Arras caddero il 21 maggio e i belgi si arresero ufficialmente una settimana dopo, il 28 maggio. Durante tutto questo periodo era cominciata l'evacuazione di Dunkerque, più precisamente, era iniziata il 24 maggio ed era continuata per undici, tremendi, giorni febbrili. Le notizie che giungevano a Parigi erano terrificanti, la perdita in vite umane al di là dei peggiori timori. Poi, il 4 giugno, terminata l'evacuazione, Churchill parlò alla Camera dei Comuni, promettendo di combattere in Francia, in Gran Bretagna, oppure sui mari, ovunque fosse necessario. «Combatteremo sulle spiagge, sui punti di sbarco, combatteremo per i campi e per le strade, combatteremo fra le montagne; non ci arrenderemo mai!»

Sei giorni più tardi, l'Italia entrava in guerra. E il 12 giugno (a giudizio di tutti questa fu la tragedia più grande di tutte le tragedie), Parigi venne dichiarata città aperta. I francesi avevano preso la decisione di non lottare. Il 14 giugno, il giorno in cui cadeva l'undicesimo anniversario di matrimonio di Armand e Liane, i tedeschi entrarono in Parigi e, nel giro di poche ore, la bandiera con la svastica sventolava su tutti i palazzi più importanti. Liane le osservò, quelle orribili bandiere rosse che palpitavano alla brezza, da place du Palais-Bourbon, con il viso rigato di lacrime. Non vedeva Armand dal giorno prima e, in cuor suo, pregava che fosse sano e salvo. Ma non c'era solo questo: piangeva anche per la Francia. I francesi avevano chiesto aiuto alla sua patria ma era stato rifiutato e adesso Parigi era nelle mani dei tedeschi. Tutto questo bastava a spezzare il cuore di chiunque.

Armand rientrò in casa per pochissimo tempo quello stesso pomeriggio e ci arrivò a piedi, per le vie secondarie. Voleva assicurarsi che Liane e le bambine non fossero in pericolo. Raccomandò a tutte di abbassare le tende e di tenere le porte chiuse a chiave. I tedeschi non avrebbero fatto male a nessuno, ma era meglio non attirare la loro attenzione. Armand trovò Liane piangente nella loro camera da letto, non appena rientrò in casa, e la strinse fra le braccia. Doveva tornare subito, in gran fretta, in ufficio. Il giorno prima avevano distrutto una montagna di documenti, ma c'era ancora molto lavoro da fare prima di consegnare ufficialmente la città ai tedeschi; adesso la informò che il gabinetto del Premier Reynaud si sarebbe dimesso nel giro di due giorni. Stavano pensando di lasciare Parigi e ritirarsi, in fuga, a sud di Bordeaux; Liane, a questo punto, lo fissò, colta da un senso di panico improvviso.

«E tu? Andrai con loro?»

«No, naturalmente. Credi che ti lascerei qui sola?» La sua voce, nel risponderle, si levò stanca, aspra, incollerita e Liane, adesso, si accorse che non riusciva più a capire quello che le stava dicendo.

«Ma non dovresti seguirli? Armand...»

«Ne discuteremo più tardi. Adesso fai quello che ti ho detto. Restate in casa. Tieni tranquille le bambine. Non permettere alle cameriere di uscire...»

La lasciò con una serie di istruzioni frettolose e si allontanò per le strade silenziose. Altre persone, come loro, erano rimaste in casa a nascondersi. Quando le truppe tedesche entrarono in Parigi, fu come arrivare in una città pressoché deserta. Non c'era aperto un solo *café*. Non c'era niente. Né gente, né negozi aperti, né soldati francesi. Quelli che avevano scelto la fuga, se ne erano già andati il giorno prima. Quelli che avevano deciso di rimanere si tenevano nascosti. Ma, verso sera, qualcuno si avventurò su terrazze e balconi, agitando bandierine tedesche e Liane, quando li vide, si sentì rivoltare lo stomaco per la nausea. Quelli erano traditori, erano porci! Avrebbe voluto mettersi a urlare, vedendoli, invece richiuse in silenzio le tende alle finestre e aspettò il ritorno di Armand. Da vari giorni ormai si stava chiedendo che cosa sarebbe stato più opportuno fare. Non esisteva più alcuna possibilità di fuga, a quel punto. Erano nelle mani dei tedeschi. Lo sapeva, questo, nel preciso momento in cui aveva deciso di rimanere a Parigi con Armand, dopo la dichiarazione di guerra, lo sapeva che tutto ciò, un giorno, sarebbe potuto succedere. Però, in fondo al cuore, non ci aveva mai creduto. Impossibile che Parigi venisse occupata. Infatti non era stata occupata. Era stata *consegnata* ai tedeschi.

Armand non tornò a casa che all'alba di due giorni dopo.

Stranamente silenzioso, pallidissimo, non disse niente a sua moglie mentre andava a distendersi sul letto, completamente vestito. E rimase così senza dormire, senza parlare. Dopo un paio d'ore, si alzò, fece un bagno, si cambiò mentre Liane lo guardava. Era chiaro che aveva intenzione di uscire, ma dove voleva andare? Non aveva più un ufficio in cui recarsi. Adesso anche quello apparteneva ai tedeschi.

«Dove stai andando?»

«È il giorno delle dimissioni di Reynaud. Devo essere presente.»

«Sei stato costretto a dimetterti anche tu?» Lui fece segno di sì. «E poi...?»

Armand guardò sua moglie con tristezza. Finalmente doveva dirle qualcosa. Per mesi e mesi, ormai, si era dedicato solo alla Francia, e non a Liane. Era stato un po' come appartenere a due donne, ma Armand non aveva più forza sufficiente per entrambe. Era quasi come se avesse tradito Liane, con tutta la sua pazienza, la sua fiducia, il suo amore. Doveva dirglielo. Conservava i propri segreti da troppo tempo, ormai! «Reynaud parte oggi stesso per Bordeaux, Liane.» Le sue parole avevano un tono cupo e quasi sinistro tuttavia era già la stessa notizia che le aveva dato due sere prima. Ma, in quell'occasione, le aveva detto di non aver intenzione di partire al suo seguito. «Prima che se ne vada, ci sarà la resa ufficiale.»

«E poi saremo governati dai tedeschi.»

«Indirettamente. Il *Maréchal* Philippe Pétain diventerà il nostro presidente, con l'approvazione dei tedeschi. È appoggiato da Jean François Darlan e da Pierre Laval, due abili navigatori francesi.» Pareva che le facesse una serie di presentazioni durante un ricevimento e Liane lo fissò sbarrando tanto d'occhi.

«Armand, che cosa stai dicendo? Che Pétain collaborerà con i tedeschi?»

«Per il bene della Francia.» Liane non riusciva a credere a ciò che suo marito stava raccontandole. E dov'era lui? Qual era la sua posizione in tutto questo caos? Sarebbe rimasto con Reynaud e il vecchio mondo oppure si sarebbe messo con Pétain, che era diventato un collaborazionista? Si accorse di non avere quasi il coraggio di domandarglielo; tuttavia capiva di doverlo fare.

«E tu?» Ma, d'un tratto, si accorse che suo marito glielo aveva già detto. Due sere prima, quando l'aveva informata che Reynaud sarebbe fuggito a Bordeaux, le aveva detto che lui sarebbe rimasto. Liane provò quasi un senso di vertigine ricordando quelle parole e si lasciò cadere sul bordo del letto, fissandolo con due occhi che parevano diventati immensi. «Armand, rispondimi!» In un primo momento lui non disse niente, poi venne a sedersi lentamente al suo fianco. Forse era meglio dirle più di quanto fosse stato nelle sue intenzioni. Da troppo tempo sentiva la sua mancanza, ormai! Ma era stato vitale che Liane non restasse coinvolta in niente di tutto questo. «Armand?» Intanto aveva le guance rigate di lacrime.

«Io resto con Pétain.» Queste parole gli uscirono dalle labbra pesanti come pietre ma gli pareva che, dividendolo con lei, il peso che gli gravava sulle spalle diventasse più leggero. Liane si limitò a scrollare il capo e a piangere, ascoltandolo; poi lo guardò come se avesse il cuore spezzato.

«Non posso crederti.»

«Devo farlo.»

«Perché?» Era una sola parola di accusa quella che Liane gli gridò, senza più riuscire a controllarsi, sempre seduta accanto a lui.

Poi Armand ricominciò a parlare, a voce bassissima. «In questo modo posso servire meglio il mio paese.»

«Con Pétain? Sei pazzo!» Si era messa a gridare contro di lui ma, d'un tratto, gli lesse qualcosa negli occhi che la fece tacere. Rimase immobile, seduta sull'orlo del letto, a guardarlo con attenzione. «Che cosa vuoi dire?» Abbassò la voce e Armand le afferrò le mani, stringendole fra le proprie.

«*Ma* Liane... che brava sei stata... così coraggiosa, così forte per tutto l'inverno... più forte di me a volte...» sospirò profondamente e continuò a parlare ma con voce sempre più bassa, in modo che soltanto lei potesse udirlo. «Pétain ha fiducia di me. Mi conosce fin dalla prima guerra mondiale. Ho combattuto bene per lui, ed è convinto che io possa farlo ancora.»

«Armand, che cosa stai dicendo?» Ormai parlavano tutti e due in un sussurro e Liane, a un certo momento, non riuscì a capire perché lo facessero, salvo che... improvvisamente ebbe il sospetto che Armand fosse lì lì per dirle quello che lei già sospettava da vari mesi.

«Ti sto dicendo che resterò qui a Parigi e lavorerò per Pétain.»

«Lavorerai per i tedeschi?» Non era un'accusa, adesso. Era una domanda.

«In apparenza, sarà così.»

«E invece?»

«Lavorerò per gli altri, con tutti i mezzi possibili. Ci sarà una resistenza da varie parti. Non è escluso che il governo si trasferisca nell'Africa del Nord. Io rimarrò in stretto contatto con Reynaud, De Gaulle e gli altri.»

«E se ti prenderanno, ti uccideranno.» Le lacrime, che si erano appena asciugate, ricominciarono a scendere copiose. «Per amor di Dio, che cosa vuoi fare?»

«L'unica cosa che mi è possibile, adesso. Sono troppo vecchio per darmi alla macchia con gli altri. E poi, non ne sarei capace. Ho lavorato nel servizio diplomatico tutta la vita. So quello che dovrò fare per aiutarli. Parlo tedesco...» Non concluse la frase e, di scatto, Liane lo abbracciò e lo strinse convulsamente a sé. «Succederà qualcosa... non lo sopporterò...»

«Non succederà niente. Starò molto attento. E, qui, sarò al sicuro.» Ma da queste parole Liane sospettò quello che Armand stava ancora per dirle e si accorse di non volerlo ascoltare. «Però voglio che tu e le bambine, adesso, ripartiate per l'America, al più presto possibile, appena riusciremo a farvi uscire dalla Francia.»

«Io non ti lascio.»

«Non hai scelta. Non avrei dovuto consentirti di restare ancora, in settembre. Ma ti volevo qui con me...» Gli si spezzò la voce per la commozione; poi si sforzò di continuare. Sapeva quanto fossero stati duri i nove mesi precedenti per lei e gli dispiaceva moltissimo di averla trattenuta. Si era comportato da egoista, e lo sapeva. Ma, adesso, quei giorni erano finiti. «Se tu restassi, Liane, metteresti in pericolo la mia missione... e le bambine, poi... adesso sarà già troppo pericoloso restare qui, con i tedeschi che occupano completamente Parigi. Dovrai partire non appena potrò organizzarti il viaggio.» Liane si augurò che non ci riuscisse troppo presto. Era terrorizzata al pensiero di lasciarlo in Francia a lavorare come agente segreto contro i tedeschi e Pétain.

In ogni modo, malgrado i timori che aveva per lui, quando Armand poco dopo la lasciò di nuovo per tornare a conferire con Pétain e i tedeschi, Liane provò un sollievo che non conosceva più da mesi. Aveva sospettato che ci fosse qualcosa che Armand le nascondeva e l'essere costretta a ignorare tutto l'aveva terribilmente logorata. Era giunta addirittura al punto di sospettarlo, di non aver più fiducia in lui. Adesso si sentiva colpevole per questo. E provava per Armand qualcosa che da molto, molto tempo, non le era più capitato di provare. Una specie di profondo rispetto, di affetto appassionato. Armand aveva confidato in lei. Si era fidato di lei e, adesso, Liane credeva in lui come aveva sempre creduto fin dal principio. Mentre Parigi cadeva, il loro matrimonio risorgeva dalle ceneri; andò a far colazione con le bambine sentendosi il cuore leggero come non lo sentiva più da molto, molto tempo.

Quel pomeriggio Pétain venne nominato ufficialmente capo della Francia. Come Armand aveva previsto, Reynaud fuggì a Bordeaux. Il *brigadier général* Charles De Gaulle partì per Londra per discutere l'eventualità di mandare delle truppe nell'Africa del Nord e Churchill giurò e spergiurò che avrebbe assistito la Resistenza Francese con tutti i mezzi a sua disposizione. Il 18 giugno, De Gaulle parlò alla radio. Nel suo breve discorso rivolto alla Francia supplicava coloro che sentivano ancora la fedeltà alla patria di «continuare la lotta» e Liane lo ascoltò avidamente alla radio che aveva nascosto nel suo spogliatoio per timore che la casa fosse improvvisamente invasa dai tedeschi. Nessuno poteva più essere certo della propria salvezza, Armand l'aveva avvertita di questo fin dal giorno in cui Parigi era caduta. Quella sera riferì il discorso di De Gaulle ad Armand. A sua volta lui la informò che stava cercando una nave con la quale farla partire. Adesso era imperativo che Liane lasciasse la Francia al più presto possibile. Farlo più avanti avrebbe sollevato dei sospetti fra gli uomini di Pétain. Per quale motivo sua moglie voleva partire? Se invece Liane se ne fosse andata immediatamente dopo la caduta di Parigi, Armand avrebbe potuto spiegare questo fatto dicendo che Liane, da americana, aveva disapprovato le sue scelte politiche, che si erano praticamente separati, con l'intenzione di andare ognuno per conto proprio, e che lei voleva rientrare in patria.

Quattro giorni dopo Armand andò a Compiègne, nella Francia del Nord, ad assistere alla cerimonia con la quale Hitler Goering e Keitel, il comandante in capo degli eserciti di Hitler, lessero le condizioni della occupazione della Francia diventandone ufficialmente i padroni. Si trattò di una cerimonia che gli straziò il cuore e, mentre la banda suonava *Deutschland, Deutschland Über Alles!* ebbe quasi l'impressione di svenire. Tuttavia si impose di resistere per tutta la durata, sorridendo coraggiosamente, mentre, dentro di sé, pregava che un giorno l'occupazione finisse. In quel momento avrebbe dato volentieri la propria vita pur di riconquistare la Francia dai tedeschi. Quando tornò da Liane quella sera, aveva un aspetto terribile. Liane non lo aveva mai visto così. Per moltissimi anni era stato uno di quegli uomini che avevano saputo mantenere sempre un aspetto giovanile ma, nei mesi appena passati, lo aveva visto diventare vecchio di colpo. Per la prima volta da molti anni, quella notte, quando furono a letto, Armand si voltò verso di lei e la accarezzò con una dolcezza e una passione che le ricordarono un tempo infinitamente lontano. Poi restarono l'uno al fianco dell'altro, assorti ciascuno nei propri pensieri e nei propri sogni, mentre Armand cercava di cancellare dalla propria mente ciò che aveva visto quel giorno. La sua patria, il suo primo amore, era stata violentata davanti ai suoi occhi. Liane si appoggiò su un gomito e chinò gli occhi verso di lui; si era accorta che da sotto le palpebre chiuse di Armand scendevano lentamente le lacrime.

«No, non piangere, amore mio...» lo strinse a sé. «Un giorno, presto, tutto finirà.» Ma, in cuor suo, si rammaricò che Armand non fosse a Bordeaux con gli altri, invece di trovarsi lì, a Parigi, a camminare su quel filo di rasoio, come si era impegnato a fare.

Allora Armand respirò profondamente e la guardò. «C'è qualcosa che devo dirti, Liane.» Lei si chiese cos'altro Armand doveva rivelarle e, per un attimo, nei suoi occhi apparve un lampo di paura. «Ho trovato una nave per te e le bambine. Una nave commerciale. È ancorata al largo, davanti a Tolone. Non sono del tutto sicuro che sappiano della sua presenza in quelle acque, finora, e del resto non è tanto importante perché possa interessarli. Ne ho avuta la notizia attraverso la solita rete di informatori della Resistenza. È rimasta al largo della costa, è ancora a una buona distanza. Un peschereccio ha incrociato la sua rotta una settimana fa e l'ha avvertita che la Francia era caduta. Adesso la nave aspetta. La prima intenzione era stata quella di ritornare nell'Africa del Nord per mettersi a disposizione del governo, ma qui ci sono ancora altre persone come te e questa potrebbe essere l'ultima occasione per partire. Voglio accompagnarvi a Tolone io, personalmente. Poi un peschereccio vi porterà fuori, al largo. È pericoloso. Ma restare qui lo sarebbe ancora di più.»

«Sarà molto più pericoloso per te, Armand.» Liane si mise a sedere sul letto, in silenzio, e abbassò lo sguardo, colmo di tristezza, verso l'unico uomo che avesse mai amato. «Perché non parti anche tu, perché non vai nell'Africa del Nord a servire il tuo governo?»

Armand scrollò la testa. «Non posso. Hanno il loro lavoro da fare laggiù, quelle persone. E io ho il mio, qui.» Sorrise tristemente. «Come, del resto, tu hai il tuo. Devi partire di qui, portare via con te il mio segreto, e le nostre bambine. E devi badare che restino in salvo fino a quando questo vento di follia collettiva non avrà smesso di soffiare. Poi potrai tornare di nuovo da me.» Sospirò e sulle sue labbra apparve un sorriso dolceamaro. «Non è neppure da escludere che, per quell'epoca, io mi ritiri a vita privata.» Ma chi poteva sapere quando sarebbe stato?

«Dovresti ritirarti adesso.»

«Non sono ancora così vecchio!»

«Hai già dato abbastanza.»

«Adesso darò il meglio di me.» Liane sapeva che lo avrebbe fatto e non le restava altro che pregare in cuor suo che tutto ciò non gli costasse la vita.

«C'è qualcosa di meno pericoloso che potresti fare in Francia?»

«Liane...» La afferrò, la strinse fra le braccia. Liane conosceva molto bene suo marito. Era troppo, troppo tardi per tentar di cambiare le sue decisioni. Però era felice che le avesse rivelato la verità prima della partenza dalla Francia. Sarebbe stato un dolore troppo forte per lei, un dolore che l'avrebbe uccisa, se avesse dovuto credere che la sua alleanza con Pétain fosse sincera. Perlomeno adesso sapeva la verità. Non avrebbe mai potuto rivelarla a nessuno per il timore che una indiscrezione simile gli costasse la vita ma, se non altro, lo sapeva almeno lei, e un giorno lo avrebbero spiegato alle bambine, che adesso, comunque, erano troppo piccole per capire qualcosa.

Le occorse molto tempo per raccogliere tutto il suo coraggio e domandargli la cosa che meno le importava di sapere. «Quando dovremo partire? Presto?»

Per un attimo Armand non le rispose, poi la strinse ancora più forte a sé. «Domani notte.» Lei trasalì a quelle parole e, per quanto si sforzasse di essere coraggiosa, cominciò a piangere con un tremito che le squassava le spalle.

«Ssshh... *mon ange... ca ne vaut pas la peine...* presto saremo di nuovo insieme.» Ma Dio solo sapeva quando sarebbe stato. Restarono distesi l'uno a fianco dell'altra, svegli, a lungo, e Liane, quando il sole cominciò a levarsi, rimpianse che quella notte non potesse durare per sempre.

20

FECERO il viaggio a Tolone passando per strade interne, secondarie, a bordo di un'automobile trovata a prestito, a fari spenti; con loro, su quella stessa macchina, c'erano i nuovi documenti ufficiali di Armand. Liane si era messa un vestito nero e un foulard nero sui capelli. Aveva fatto vestire le bambine in calzoncini, camicetta e scarpe solide e robuste. Portavano, ciascuna, una valigetta con gli oggetti di prima necessità. Quanto al resto, avevano dovuto lasciarlo in Francia. Parlarono molto poco durante il viaggio. Le bambine dormivano e Liane continuava a lanciare sguardi ad Armand, come se volesse imprimersi ben bene nella mente la sua immagine in quelle ultime ore che passava con lui. Non riusciva ancora a credere che, tra pochissimo tempo, sarebbe partita sul serio con le bambine.

«Sarà ancora peggio dell'ultimo anno di scuola che ho fatto», tentò di scherzare a voce bassa mentre le piccole dormivano. Poi ricordarono insieme l'anno in cui erano stati fidanzati, quando Armand si trovava a Vienna e Liane al Mills College di Oakland. Ma stavolta la separazione sarebbe durata ben più di un anno, e lo sapevano entrambi. Nessuno sapeva quanto sarebbe stata lunga. Hitler aveva afferrato saldamente l'Europa per la gola e ci sarebbe voluto molto, ma molto tempo, per far allentare la sua morsa. Tuttavia Liane sapeva che Armand avrebbe fatto quanto era nelle sue possibilità perché la fine giungesse presto. E, poi, c'erano altre persone, a decine, dedite come lui a raggiungere questa meta. Perfino la bambinaia l'aveva lasciata sbalordita. Liane le aveva spiegato, con aria piena di rammarico, che doveva riportare le bambine in America e che sarebbe stato impossibile condurla con loro. Era rimasta stupitissima che *Mademoiselle* non nascondesse la propria soddisfazione per questo. Anzi aveva risposto a Liane, con molta schiettezza, di non essere più disposta a lavorare per uno dei seguaci di Pétain e, abbandonandosi improvvisamente alle confidenze, le aveva dichiarato in un tono veemente e appassionato che avrebbe dovuto lasciarle in ogni caso perché voleva unirsi alla Resistenza che stava organizzandosi nel cuore della Francia. Era stata una dichiarazione molto coraggiosa, ma *Mademoiselle* si fidava di Liane. Le due donne si erano abbracciate piangendo e le bambine avevano sparso qualche lacrimuccia anche loro quando, poche ore prima, *Mademoiselle* le aveva lasciate per sempre. Era stata una giornata molto lunga e penosa, fatta soprattutto di addii, ma il peggio arrivò sul pontile scricchiolante di Tolone quando Armand consegnò le bambine agli uomini, validi e robusti, del peschereccio. Con Armand, si strinsero convulsamente l'uno all'altro piangendo, poi Liane lo abbracciò ancora un'ultima volta, con gli occhi supplichevoli, la voce spezzata dall'emozione.

«Armand... vieni con noi... tesoro, per favore...» Ma lui si limitò a scrollare il capo, dritto, impettito, e la stretta delle sue braccia fu possente come era sempre stata.

«Ho da fare qui.» Guardò un'ultima volta le bambine, poi

guardò lei. «Ricordati quello che ti ho detto. Ti farò avere delle lettere, che siano censurate o no, in qualsiasi modo mi sarà possibile. Ed anche se tu non ricevessi una sola parola da me, sappi che sto bene... abbi fiducia, amore mio... sii forte...» Ma anche la sua voce cominciò a spezzarsi per l'emozione e anche i suoi occhi si colmarono di lacrime. Tuttavia, guardandola, sorrise. «Ti amo con tutto il cuore, con tutta l'anima, Liane.» Lei cercò di soffocare i propri singhiozzi e lo baciò sulla bocca; poi Armand, dolcemente, la sospinse verso le mani di quegli uomini. «Che Dio ti aiuti, amore mio... *Au revoir*, *mes filles*...» Senza attendere un attimo di più, il peschereccio si staccò dal pontile e lo lasciò lì, a fare grandi cenni di saluto nella notte, con l'abito scuro a sottili righe bianche, la chioma di capelli candidi scompigliata dalla brezza estiva. «*Au revoir*...» mormorò ancora quelle parole mentre il piccolo peschereccio veniva inghiottito dall'oscurità della notte. «*Au revoir*...» E si augurò che non fosse un *adieu*.

21

MA le cose andarono diversamente dal previsto e ci vollero due giorni, non uno, per trovare la nave mercantile, il *Deauville*. Qualche giorno prima era stata costretta a spostarsi più al largo per evitare di essere scoperta. Tuttavia il peschereccio di Tolone sapeva esattamente dove si trovasse. Ormai stavano facendo quello stesso viaggio da tutta la settimana e ogni volta, sulla via del ritorno, si fermavano a pescare in modo da aver sempre qualcosa da mostrare, a spiegazione della loro assenza, nel caso venissero fermati. Ma i tedeschi erano troppo occupati a festeggiare l'occupazione della Francia e la Resistenza non si era ancora organizzata completamente. Sulla terraferma c'erano *cafés*, ragazze e *boulevards* ad attirare i loro occhi. Per tutto questo tempo il *Deauville* era rimasto all'ancora, al largo, a raccogliere i passeggeri che erano saliti a bordo ogni giorno della settimana. Aveva lasciato il suo carico nell'Africa del Nord e viaggiava pressoché vuoto, con l'eccezione dei sessanta passeggeri che occupavano le quindici cabine disponibili a bordo. In gran parte si trattava di americani, ma c'erano anche due ebrei francesi, una dozzina di inglesi che abitavano nella Francia del Sud e qualche canadese. Nel complesso era una strana accozzaglia di persone ansiose di lasciare la Francia, ben felici di trovarsi sulla nave. Si raccoglievano in silenzio sul ponte e vi passavano tutta la giornata; alla sera, scendevano nella sala da pranzo sovraffollata, insieme con l'equipaggio, in attesa che la nave si mettesse in movimento. Il capitano aveva detto che sarebbero salpati senza farsi notare a tarda notte, ma doveva ancora aspettare una donna e due bambine, la famiglia di un diplomatico francese. Quando salirono a bordo, Liane e le due bambine si accorsero di essere le uniche persone di sesso femminile sulla nave ma, a quel punto, Liane era troppo esausta e inebetita per badarci. Le bambine non avevano fatto che piangere per due giorni, desolate all'idea di essersi separate dal papà e dopo essere rimaste così a lungo sul peschereccio puzzavano terribilmente di pesce tutte e tre. Elisabeth aveva sofferto il mal di mare per tutto il tempo e Liane non aveva fatto che pensare ad Armand. L'inizio del loro viaggio di ritorno in America era stato un vero incubo; ma ormai erano partite e non restava che seguire il corso degli eventi. Liane sentiva come un dovere nei confronti di Armand l'obbligo di far stare allegre e serene le bambine fino al giorno in cui non si fossero di nuovi riuniti, ma ogni volta che ci pensava, doveva lottare per ricacciare indietro le lacrime. Si accasciò, quasi, fra le braccia degli uomini dell'equipaggio del *Deauville*, i quali finirono per trasportarla di peso, con le bambine, nella loro cabina. Le due piccole avevano freddo, ma erano anche rimaste scottate dal sole durante il giorno e Liane si sentiva talmente esausta da non riuscire più a muovere un passo. Richiusero la porta e si lasciarono cadere sulle cuccette, addormentandosi istantaneamente. Liane si svegliò solo più tardi, quella notte, nel sentire il lieve rollio della nave. Guardò fuori dall'oblò, nell'oscurità, e capì che erano definitivamente salpati. Si chiese se un sottomarino tedesco li avrebbe colpiti prima dell'arrivo in America ma, ormai, era troppo tardi per tornare indietro, e in ogni caso Armand non glielo avrebbe mai consensito. Stavano tornando a casa. Senza far rumore si infilò di nuovo nella sua cuccetta, dopo aver rimboccato le coperte alle bambine che continuavano a dormire; infine, riprese sonno anche lei fino all'alba.

Quando si alzò, fece una doccia nella stanza da bagno che dividevano all'incirca con una quindicina di uomini. Le stanze da bagno, adibite all'uso delle quindici cabine esistenti sul mercantile, erano quattro e c'era sempre una coda piuttosto lunga davanti a ognuna di esse ma, a quell'ora del giorno, non c'era nessuno e Liane tornò nella sua cabina sentendosi rinfrescata e piena di appetito per la prima volta da tre giorni.

«*Madame*?» Qualcuno aveva bussato lievemente all'uscio ed era stata una voce sconosciuta a parlare; quando aprì, si trovò davanti un marinaio della Marina mercantile francese, bruno e abbronzato, che le porse una grossa tazza fumante. «*Du café*?»

«*Merci.*» Liane bevve cautamente un sorso del liquido bollente dopo esser tornata a sedersi e rimase commossa da quella premura. Come unica donna a bordo, avrebbero avuto per lei certe cortesie che non sarebbero certo state rivolte a nessun altro! Tuttavia questo non le sembrava del tutto giusto. In fondo erano tutti sulla stessa barca! Abbozzò un sorriso tra sé pensando a quella battuta, «essere sulla stessa barca», che pareva uno scherzo di pessimo gusto. E per quanto quello di lasciare la Francia e Armand fosse stato il suo ultimo desiderio, provò sollievo e gratitudine per quella fuga. Giurò a se stessa di fare tutto ciò che era possibile per rendersi utile sulla nave ma, quando entrò in sala da pranzo con le bambine, si accorse che tutto era molto ben organizzato. La prima colazione veniva servita ai passeggeri in turni successivi e quindi tutti cercavano di mangiare rapidamente per cedere il loro posto agli altri. L'atmosfera era piena di cameratismo e di disponibilità ad aiutarsi reciprocamente e Liane si accorse di non essere oggetto di nessuno sguardo impertinente. Parecchi uomini rivolsero una parola gentile alle due piccole. In gran parte, si trattava di americani che, per una ragione o per l'altra, non erano riusciti a tornare a casa da quando la guerra era scoppiata. Liane scoprì quasi subito che almeno una dozzina di loro erano giornalisti, i due canadesi erano medici e, quanto al resto, si trattava per la maggior parte di uomini d'affari che erano stati trattenuti in Francia, per qualche ragione, fino alla fine. Si parlava anche molto di Hitler e della caduta della Francia, della facilità con la quale Parigi aveva spalancato le sue porte... del recente discorso di De Gaulle... di Churchill... nella grande sala da pranzo la conversazione era vivacissima perché tutti cercavano di dare una spiegazione ad ogni notizia, si spargevano le voci più svariate e qualche pettegolezzo... poi, d'un tratto, all'altra estremità della sala Liane vide una figura che le era familiare. Per un attimo non riuscì a credere che si trattasse proprio di lui. Un uomo alto, biondo, vestito da marinaio. Ma pareva che gli indumenti che aveva addosso non fossero i suoi perché la giacca era troppo stretta e le larghe spalle ne forzavano le cuciture; quando poi, continuando a osservarlo, abbassò gli occhi, si accorse che i suoi calzoni erano cortissimi. Ma quando l'uomo si voltò per servirsi altro caffè dal bricco, i loro occhi si incontrarono. Fu come se si fosse accorto di essere osservato e la fissò con la stessa incredulità. Poi, sulla sua faccia, si allargò un caldo sorriso, si alzò immediatamente dalla seggiola e venne a stringerle la mano e ad abbracciare le bambine.

«Si può sapere che cosa diavolo stai facendo qui?» Nick Burnham fissò Liane con un largo sorriso e poi allungò rapidamente un'occhiata ai calzoni che portava. «Il mio bagaglio è finito in mare, quando sono arrivato. Accidenti, come sono contento di vedervi. E Armand? Dov'è?» Si guardò intorno ma, poi, capì subito qual era la risposta dall'espressione della faccia di Liane.

La sua voce si levò un po' rauca quando gli rispose. «È rimasto in Francia.»

«Ha intenzione di partire per l'Africa del Nord?» Nick aveva abbassato la voce, ma Liane si limitò a scrollare lentamente la testa. Non aveva il coraggio di dirgli che Armand restava a Parigi con Pétain.

Piuttosto, si sforzò di alzare gli occhi verso Nick e scrollò di nuovo la testa. «Non è stupefacente, Nick? Un anno fa eravamo tutti sul *Normandie*. E adesso, guardaci!» Abbozzò un sorriso contemplando i calzoni di lui; poi, contemporaneamente, girarono gli occhi per la sala. «La Francia è caduta nelle mani dei tedeschi... e noi siamo in fuga per salvarci la vita... chi lo avrebbe creduto...» Liane tornò a guardare Nick. «Credevo che tu fossi partito molto tempo fa.»

«Non sono stato così furbo! Allora tutto pareva calmo, così ho pensato di rimanere per un altro mese; ma è scoppiato subito un vero e proprio inferno e, ormai, era troppo tardi per venir via. Avrei potuto tornare in America in marzo sul *Queen Mary*. Ma invece...» scoppiò a ridere. «Be', bene o male a casa torneremo. Forse non con la stessa eleganza con la quale siamo arrivati... ma a chi diavolo vuoi che importi!»

«Che notizie hai di John?»

«Sta bene. Vado a casa a liberarlo! Dal giorno del suo arrivo in America è rimasto sempre con la nonna.» Negli occhi di Nick apparve un'espressione triste; ciascuno di loro aveva una vita così complicata da vivere... e che storie penose ognuno si portava dietro! Poi le indicò con un gesto tre sedie vuote. «Perché non vi sedete a mangiare? Vi raggiungo più tardi così potremo fare quattro chiacchiere.»

«Niente campi da tennis, stavolta?» Liane disse ridendo. Era talmente incredibile vederlo lì... ma anche un sollievo. D'un tratto il dolore di dover fuggire per colpa della guerra le pareva ridimensionato; era come vivere una straordinaria avventura. E si accorse, dallo sguardo di Nick, che lui pensava le stesse cose.

«È pazzesco, vero? Ma è ancora più straordinario vederti qui.» Per tutto il giorno precedente era rimasto ad ascoltare, affascinato, la descrizione del modo in cui gli altri viaggiatori avevano sentito parlare della nave e l'avevano raggiunta. Effettivamente, a bordo, si trovava un assortimento interessante di persone. La Crockett Shipping, per mezzo di Liane, la Burnham Steel, grazie a lui, due professori di Harvard che avevano finito una serie di lezioni a Cambridge il mese prima ed erano ansiosi di rimpatriare... i racconti continuavano, si intrecciavano. Nick tornò al suo posto, a prendere la tazza di caffè che si era versato, e si fermò un attimo al tavolo di Liane per scambiare ancora due parole prima di andarsene. Durante il viaggio avrebbero avuto tutto il tempo che volevano per chiacchierare!

Non avevano nessuna idea di quanto ci avrebbero messo per arrivare a New York. Dipendeva da quanto sarebbero stati costretti ad allontanarsi dalla loro rotta per evitare i pericoli che il capitano temeva. Nick si era sentito dire che il capitano possedeva un ottimo istinto... era decisissimo a non far correre alcun pericolo a nessuno dei suoi passeggeri... E, quindi, Nick si affrettò a passare un'informazione così rassicurante a Liane, poco dopo, sul ponte superiore.

«E così, vecchia amica, come te la sei passata?» Le bambine giocavano con le loro bambole al sole e Liane si era seduta contro una scaletta. Nick era appoggiato al parapetto. «Sembra che ci incontriamo nei posti più strani...» I suoi pensieri tornarono, divagando, all'anno precedente, mentre fissava il mare. Poi guardò di nuovo Liane. «Ti rendi conto, sì o no, che il nome della mia suite sul *Normandie* era Deauville? Una specie di presagio!» Scrollò la testa.

«E ti ricordi in che modo abbiamo parlato della guerra... come se non dovesse mai scoppiare?»

«Eppure Armand ne era convinto. Sono stato io lo sciocco a non crederci, allora!» Si strinse nelle spalle. «E tu mi hai detto che uno di questi giorni avrei dovuto fare le mie scelte e decidere con chi firmare i miei contratti. E avevi ragione.»

«Alla fine, però, hai fatto la scelta giusta.» Quel discorso le fece tornare in mente Armand. Come avrebbe potuto spiegare a chiunque che, adesso, lavorava per Pétain?

Allora Nick guardò Liane attentamente. «Non hai l'impressione che tutto ciò sia tremendamente irreale? Non so... è come se, in tutto quest'anno che è appena passato, fossi vissuto su un altro pianeta.»

Lei annuì perché provava la stessa sensazione. «Siamo rimasti tutti talmente assorbiti da quello che stava succedendo!»

«Sarà molto strano il ritorno, sai? Non vorranno sentire parlare di ciò che sappiamo, di ciò che abbiamo visto.»

«Dici sul serio?» Adesso questa era un'idea che scandalizzava, quasi, Liane. La guerra in Europa era talmente reale! Com'era possibile che gli Stati Uniti continuassero a ignorarla? Eppure l'opinione più diffusa in America doveva essere quella che lì, in patria, non si correva nessun pericolo: l'Europa era talmente lontana! Scrollò la testa. «Immagino che sia come dici!»

«Dove andrete a vivere tu e le bambine, Liane?»

Era un problema che aveva discusso lungamente con Armand durante il viaggio a Tolone. Lui avrebbe preferito che tornasse a San Francisco... dallo zio George, ma Liane era stata irremovibile. A Washington si sarebbe sentita più a casa sua. «Torneremo a Washington. Lì abbiamo degli amici. Le bambine possono ricominciare a frequentare la loro vecchia scuola.» Se fosse riuscita a trovare una stanza, sarebbe scesa all'Hotel *Shoreham* e poi avrebbe cercato di affittare una casa ammobiliata a Georgetown dove avrebbero potuto aspettare che la guerra finisse. Non sapeva neppure, con certezza, se avrebbe informato lo zio del suo ritorno in America in un primo momento, per quanto, indubbiamente, non gli sarebbe stato difficile scoprirlo attraverso la banca. Del resto, capiva che era un dovere metterlo al corrente di quello che stava facendo. D'altra parte, non c'era mai stata molta intimità, non c'era mai stato un grande affetto fra lei e quell'uomo, e soprattutto, non voleva che insistesse per farla tornare a San Francisco. L'unica casa che ormai Liane riconoscesse come la propria, da anni, era sempre stata quella in cui poteva vivere con Armand.

Poi Liane guardò furtivamente Nick, pensando alla sua vita. C'erano parecchie domande che lo riguardavano e per le quali avrebbe voluto una risposta. «Hai intenzione di tornare a New York a riprendere le fila della tua vecchia vita?» Era l'unico modo che aveva trovato per domandargli qualcosa di sua moglie. Nick annuì lentamente.

«Ho intenzione di andare a prendere Johnny a Boston e di riportarlo a casa.» Poi fissò Liane con due occhi pieni di sincerità. Era sempre stato schietto con lei, in precedenza, e non c'era nessun motivo per non esserlo anche adesso. «A dir la verità, non so assolutamente che cosa abbia combinato Hillary dal giorno in cui ha lasciato la Francia. Le ho scritto, le ho mandato parecchi cablogrammi, ma dopo il suo cablo di settembre nel quale mi diceva che erano arrivati sani e salvi a New York, non ho più sentito una sola parola. Ho il vago sospetto che veda pochissimo Johnny.» Gli occhi verdi avevano cominciato a bruciargli per le lacrime trattenute; provò il desiderio di raccontarle che aveva visto il nome di Philip Markham sull'elenco dei passeggeri salpati con l'*Aquitania*. Non ne aveva mai fatto parola con nessuno, da quel giorno.

«Ti sembra che stia bene dalle sue lettere?» Liane gli stava chiedendo di John; ma, mentre gli faceva questa domanda, i suoi occhi si fissarono penetranti in quelli di Nick. Stava pensando anche lei le stesse cose che gli mulinavano nel cervello. Soprattutto questa: per quale motivo Hillary aveva lasciato il bambino a Boston?

«Credo di sì. Però mi sembra molto solo.»

Liane sorrise con dolcezza. «Sono sicura che sente enormemente la tua mancanza.» Già un anno prima aveva notato che Nick era un padre meraviglioso.

«Anch'io sento la sua.» I suoi occhi si addolcirono mentre pensava al bambino. «L'ho portato a Deauville prima che la guerra scoppiasse e ci siamo divertiti in un modo straordinario...» Poi tacquero entrambi. Pareva che fossero passati secoli da allora e, d'istinto, il loro pensiero tornò all'occupazione di Parigi. Era ancora difficile credere che Parigi, adesso, si trovasse nelle mani dei tedeschi, e Liane ricominciò a pensare ad Armand e alla difficile posizione in cui si sarebbe trovato. Com'era preoccupata per lui! Eppure, non c'era nessuno a cui potesse parlarne. Nessuno. Neppure Nick. Intanto lui la stava osservando attentamente e credette di capire quali fossero i pensieri che la tormentavano. Doveva trattarsi, inevitabilmente, di Armand. Le sfiorò delicatamente un braccio mentre lei, con aria assorta, fissava il mare. «Gli andrà tutto bene, Liane. È un uomo saggio e capace.» Lei annuì e non rispose. Il problema era un altro: Armand era abbastanza saggio da battere in astuzia i tedeschi? «Figurati che, l'anno scorso, dopo aver fatto salire Johnny su quella maledetta nave, quando sono tornato sulla banchina c'è stato un momento che ho creduto di svenire pensando alla loro traversata su quell'oceano pieno di sottomarini tedeschi. Invece ce l'hanno fatta, è andato tutto bene, e Dio solo sa se quelle acque non erano pericolose anche allora!» Guardò Liane con intenzione. «Anche circondato dai tedeschi, Armand non correrà alcun pericolo. Ha sempre fatto il diplomatico per tutta la sua vita! E adesso, indipendentemente da tutto il resto, gli farà molto comodo.» Indipendentemente da tutto il resto... le parole di Nick le riecheggiavano nel cervello... se avesse saputo...

Guardò tristemente Nick e si accorse di avere gli occhi pieni di lacrime. «Io volevo restare con lui.»

«Non ne dubito, però sei stata più saggia a venir via.»

«Non avevo altra scelta. Armand ha insistito. Ha detto che facevo correre dei pericoli alle bambine...» La voce di Liane si spezzò per l'emozione... non riuscì a proseguire. Girò di scatto la testa dall'altra parte perché Nick non la vedesse piangere ma, improvvisamente, si sentì stringere fra le sue braccia. Fu un abbraccio affettuoso, fraterno. Rimase immobile, lì sul ponte, a piangere fra quelle braccia. Del resto, ormai, non era uno spettacolo insolito, neppure fra gli uomini. Tutti, nel lasciare l'Europa, avevano sofferto per qualche perdita, per qualche separazione atroce. E, d'un tratto, Liane non trovò più neppure così strano di piangere fra le braccia di Nick, quest'uomo la cui strada aveva incrociato la propria di tanto in tanto, quest'uomo che conosceva appena. Eppure entrambi erano convinti di conoscersi a fondo, e molto bene. Si erano incontrati in momenti particolari, in circostanze che avevano concesso a ciascuno dei due di essere straordinariamente schietto e aperto con l'altro. Oppure la spiegazione era un'altra... Nick era fatto così. Ma non era questo che Liane pensava adesso. E rimase lì, dov'era, fra quelle braccia, piena di gratitudine per il suo calore umano e la sua compassione. Nick la lasciò piangere per un po' e poi le allungò un colpetto affettuoso sulla schiena.

«Vieni, entriamo a prendere una tazza di caffè.» In sala da pranzo ce n'era un grosso bricco sempre a disposizione e serviva di continuo. Sul mercantile non c'era altro da fare che star seduti a parlare, oppure passeggiare sui ponti o ritirarsi nella propria cabina, mentre gli altri dormivano o si raccontavano le loro storie della guerra. La nave non era attrezzata per offrire distrazioni o divertimenti. E i pochi libri sugli scaffali della sala da pranzo erano scomparsi non appena i primi passeggeri erano saliti a bordo. Perfino quella rotta a zigzag molto presto diventò noiosa; era difficile sfuggire ai propri pensieri in quella monotona contemplazione di un orizzonte vuoto. Il cervello tornava alle settimane appena passate, agli avvenimenti di quell'ultimo mese, alle persone che si erano lasciate... Liane andò a sedersi a un tavolo vuoto della sala da pranzo e cercò di asciugarsi le lacrime. Mentre si soffiava il naso nel fazzolettino di pizzo che le bambine le avevano regalato per il suo ultimo compleanno, alzò gli occhi verso Nick tentando di sorridere.

«Scusami.»

«Per che cosa devo scusarti? Per essere umana? Per amare tuo marito? Non fare la sciocca, Liane. Quando ho fatto salire Johnny sull'*Aquitania*, e poi sono rimasto sulla banchina mentre la nave si allontanava, ho pianto come un bambino.» Non aveva ancora dimenticato quello scaricatore del porto che gli aveva allungato quella pacca sulla schiena e aveva borbottato qualche parola di conforto. Però gli erano servite a poco. Mai, nella sua vita, si era sentito così solo e disperato. Però adesso Liane lo stava osservando; sulla sua faccia si disegnò una domanda. Nick non aveva menzionato Hillary.

«Però mi avevi detto che Hillary sarebbe partita con lui.» D'un tratto si sentiva confusa. Nick aveva mandato il bambino a casa da solo? Eppure le era sembrato...

«Certo.» Nick decise di raccontarle tutto adesso. «È con Philip Markham. Sai chi è?» Gli occhi di Nick si fecero duri mentre fissava la propria tazza di caffè e poi tornava a guardare Liane. Parlò a voce bassa. La mano che stringeva la tazza cominciò a tremare leggermente.

«È un nome che ho sentito.» Per tutta Parigi se ne parlava e tutti lo avevano collegato a quello di Hillary. Ma non glielo disse. «Dev'essere una specie di personaggio internazionale!»

Nick abbozzò un sorrisetto amaro. «Un playboy internazionale, per l'esattezza. Mia moglie ha un ottimo gusto. Hanno passato insieme l'estate nel meridione della Francia.»

«E lo sapevi, tu, che avrebbero fatto il viaggio insieme, sulla stessa nave?»

Nick scrollò il capo. «Ho visto il nome di lui sull'elenco dei passeggeri quella mattina stessa, quando erano già partiti.»

Liane non poté trattenersi dal fargli un'altra domanda, la più logica. «È una cosa che ti dà ancora fastidio, Nick?» Ormai avrebbe dovuto essersi abituato alle avventure amorose di sua moglie.

Nick la guardò attentamente in faccia, ammirò la morbidezza della sua pelle e si domandò, come già aveva fatto altre volte, se era possibile che due donne potessero essere tanto differenti. «La mia preoccupazione non nasce dal fatto che lei sia mia moglie. Questo, ormai, l'ho superato. Non ho più avuto la possibilità di dirtelo, ma dopo quella sera sul *Normandie*, quando abbiamo parlato insieme a lungo, non credo di aver più provato, per lei, quello che provavo prima. Sono cambiato completamente. Credo che abbia esagerato nei miei confronti. Così, a Parigi, le ho lasciato fare quello che voleva. Se ci penso, e mi preoccupo, è solo a motivo di Johnny. Se lei continua ad andare avanti così, uno di questi giorni non c'è da escludere che possa trovare la persona adatta a lei e che si metta in testa di lasciarmi, portandomi via Johnny. Finora si è sempre accontentata di vivere con me e di spassarsela altrove. E io ormai sono arrivato al punto di accettare la situazione.» Tacque per un momento e poi confessò la verità a Liane. «Il mio terrore... il mio enorme terrore è quello di perdere Johnny.»

«Non sarebbe possibile!»

«Sì, invece! Hillary è sua madre. Se divorziassimo, lei potrebbe fare tutto quello che le accomoda. Potrebbe trasferirsi a Timbuctù, e allora? Finirei per vederlo una volta all'anno, per due settimane di vacanza, ti pare?»

Era un pensiero che lo lasciava inorridito. Eppure ci aveva riflettuto spesso, soprattutto negli ultimi tempi. Capiva, dal silenzio di Hillary, che le cose erano cambiate in quegli ultimi sei mesi. In precedenza aveva sempre sentito una specie di obbligo a farsi viva con lui. Adesso, invece, non c'era più stata una parola, non una riga, non una telefonata dopo quel primo cablogramma.

«Non credo che lei abbia interesse a tenersi il bambino.» Liane pareva preoccupata per lui.

«Infatti, non ce l'ha. Però bada a quello che la gente può pensare. E, se dovesse rinunciare a Johnny, la gente direbbe un sacco di brutte cose su di lei. Così preferisce tenerselo, parcheggiarlo in qualche posto con la sua bambinaia e andare a spassarsela. Quando era a Cannes con Markham l'estate scorsa, non gli ha telefonato quasi mai.»

«Che cosa hai intenzione di fare, allora, Nick?»

Lui sospirò profondamente, finì di bere il caffè e depose la tazza prima di guardarla di nuovo negli occhi. «Ho intenzione di tornare a casa e di stringere un po' i freni con lei. Ho intenzione di ricordarle che è sposata con me e che le cose non cambieranno. Mi odierà per questo, ma non me ne importa più niente! È l'unico modo in cui posso tenere con me il mio bambino. E, maledizione, è quello che farò!»

Mentre lo ascoltava, Liane pensò di farsi coraggio e di dirgli qual era la sua opinione. Si trovavano di nuovo su una nave, sospesi fra due mondi, ed era la cosa più giusta. «Meriti una donna molto migliore, Nick. Non ti conosco molto bene, però ti conosco quello che basta per dirlo. Sei un brav'uomo e hai moltissimo da offrire. Quanto a Hillary, invece, non ti darà mai niente in cambio, assolutamente niente, all'infuori di una serie di grattacapi.»

Lui annuì. Hillary lo aveva già fatto, questo, e in abbondanza! Ma, se non altro, adesso non c'erano più in gioco i suoi sentimenti. Ma solo il bambino. E, per lui, questa era la cosa più importante. «Grazie. È una cosa bella quella che mi hai detto.» Si scambiarono un sorriso al di sopra delle tazze vuote del caffè; poi un gruppetto di giornalisti, che erano a bordo, entrarono alla ricerca di un caffè anche loro. Uno del gruppo portava una mezza bottiglia di whisky per rinforzare il gusto del caffè. Ma nessuno dei due accettò la sua offerta di berne un goccetto. Nick stava pensando a ciò che Liane gli aveva detto. «Il guaio è che, per trovare un'altra donna, dovrei rinunciare a mio figlio o, perlomeno, a vivere con lui. E, questo, io non lo farei mai!»

«È un prezzo alto da pagare.»

«Non c'è altra soluzione. Fra dieci anni sarà cresciuto e le cose saranno diverse.»

«Quanti anni avrai tu, allora?» domandò lei con voce sommessa.

«Quarantanove.»

«È un tempo molto lungo da attendere per essere felice.»

«Quanti anni aveva Armand quando lo hai sposato?»

Lei sorrise a quella domanda. «Quarantasei.»

«Io avrò soltanto tre anni di più. E forse, se sarò molto fortunato, troverò una come te.» Liane arrossì a queste parole e girò subito gli occhi dall'altra parte ma Nick allungò una mano e accarezzò quella di lei. «Non essere imbarazzata. È la verità. Sei una donna straordinaria, Liane. Te l'avevo detto subito, appena ti ho conosciuto, che Armand era un uomo fortunato, e parlavo sul serio.» Liane tornò a guardarlo tristemente.

«Gli ho fatto passare dei brutti momenti quest'anno a Parigi.» Adesso aveva un senso di colpa, a quel ricordo, adesso, perché sapeva ciò che Armand stava facendo. «Non riuscivo a capire quali fossero le pressioni cui era soggetto. Ci vedevamo appena e...» i suoi occhi si colmarono nuovamente di lacrime; scrollò la testa. Ormai erano giorni e giorni che si sentiva perseguitata dal rimorso per la rabbia che aveva manifestato in quegli ultimi mesi nei confronti di Armand. Se solo avesse saputo... già, ma com'era possibile che lo sapesse...?

«Dovete aver vissuto tutti e due in una tensione terribile.»

«Infatti.» Liane sospirò. «E anche le bambine. Ma Armand soprattutto. Adesso non vuole neppure averci con lui per essere confortato e incoraggiato.» Del resto, era stato così anche in tutto quell'anno appena trascorso. Armand aveva portato il proprio peso sulle spalle da solo. Liane guardò Nick con occhi angosciati. «Se dovesse succedergli qualche cosa...»

«Non gli succederà niente. È troppo abile per correre dei rischi. Gli andrà tutto benissimo. Quanto a te, devi semplicemente avere la forza di resistere.» Ma sapeva che ne sarebbe stata capace. Perché Liane era una di quelle donne che ne erano capaci.

Poi uscirono di nuovo, si fermarono un poco sul ponte e infine Liane andò a cercare le bambine. Queste, fino a quel momento, si divertivano; il viaggio non le annoiava ancora, anche se Liane temeva che, presto, sarebbe stato così.

Non rividero più Nick fino alla sera, quando si mise a giocare agli indovinelli con le bambine in un angolo riparato del ponte. Gran parte degli uomini erano rimasti nella sala da pranzo a bere e a chiacchierare, ma Liane aveva pensato che fosse più opportuno portar fuori le bambine. Nessuno, fino a quel momento, aveva alzato la voce o si era messo a far chiasso, e magari a litigare, ma c'era sempre il pericolo che potesse succedere. Nessuno ne aveva ancora parlato sulla nave dove il buio era totale per l'oscuramento, ma la tensione cominciava a farsi sentire molto. Nascevano gli inevitabili timori di essere colpiti da un sottomarino tedesco e l'unico modo di sopravvivere alle proprie paure era quello di annegarle nell'alcool. Era quello che facevano gli uomini. Sempre di più.

Liane andò a sedersi vicino a Nick e alle bambine e cercò di tenerle allegre.

«Toc, toc, chi è?» Le storielle divertenti, gli scherzi, gli indovinelli continuarono a lungo; risero insieme tutti e quattro, seduti sui gradini di una scala. A un certo momento Liane portò le bambine a letto e poi uscì di nuovo a fare quattro passi. Aveva lasciato le cinture di salvataggio ai piedi delle loro cuccette, come i passeggeri erano stati istruiti a fare, e non volle avventurarsi troppo lontano. Tuttavia sentiva il bisogno di un po' di aria fresca. L'atmosfera, nella piccolissima cabina, era opprimente. Il *Deauville* era stato attrezzato ad accogliere una ventina di passeggeri, non di più; quindi c'erano cinque cabine doppie e dieci singole; adesso, invece, a bordo c'erano sessanta uomini, una donna, due bambine, e un equipaggio di ventun uomini. Il mercantile, che ospitava a bordo ottantaquattro persone, era stracarico. Quando Liane si soffermò sul ponte, con gli occhi chiusi, nel vento, il frastuono che proveniva dalla sala da pranzo si fece sempre più rauco e violento. Era infreddolita ma non ci badava. Si sentiva bene, all'aperto.

«Credevo che tu fossi andata a letto.» Si voltò nell'udire la voce familiare di Nick al suo fianco e gli rivolse un sorriso. Ormai si stavano abituando a vivere al buio.

«Ho messo le bambine a letto, ma io non ero stanca.»

«Fa caldo nella tua cabina?» disse lui, annuendo.

«Si soffoca.»

Lui sorrise. «La mia sembra un forno; e siamo in sei a viverci.»

«Sei?» Liane pareva sbalordita.

«Io ho la cosiddetta *suite* di lusso. Perlomeno, è così che la chiamano sul *Deauville*. Di conseguenza ci hanno infilato dentro cinque altri letti. A dir la verità si tratta di brandine da campo. Ma ho l'impressione che nessuno ci badi.» Erano stati tutti molto fortunati a trovare un posto a bordo, e lo sapevano. «Però, se vuoi proprio sapere la verità, io non dormo nella mia camera.»

Liane ricordò che Nick si era trasferito in una delle cabine *studio* sul *Normandie*, dopo una violenta scenata con la moglie. «È una cosa che fai molto spesso, o sbaglio?»

«Soltanto nelle traversate transatlantiche.» Abbozzò un sorriso, poi scoppiarono in una risata insieme. «Stavolta, il capitano mi ha mostrato il posto perfetto. Sotto il ponte c'è una piccola zona riparata. Ci hanno messo un'amaca per me. Non ci viene mai nessuno, sono al riparo dal vento, ma basta che mi sporga appena un pochino e riesco a vedere le stelle... è un paradiso.» Sembrava felice. Malgrado l'enorme ricchezza che l'acciaio gli aveva procurato, era un uomo che si contentava facilmente. Un'amaca sotto le stelle, gli indumenti presi a prestito da un marinaio quando il suo bagaglio era finito in mare. Era di buon carattere, di facile contentatura, senza pretese. E, in un certo senso, somigliava molto a Liane. Messi insieme, possedevano due dei patrimoni privati più cospicui degli Stati Uniti, ma a guardarli nessuno lo avrebbe detto. Lui indossava i panni che gli aveva prestato un marinaio. Lei portava un paio di pantaloni di flanella grigia e un maglione sformato, aveva i capelli spettinati dal vento e non aveva addosso alcun gioiello all'infuori della sottile fede nuziale. Eppure sembravano tutti e due perfettamente a loro agio, così come erano. Gli uomini che viaggiavano sul mercantile erano rimasti sbalorditi quando avevano saputo chi fosse Nick e quando erano stati informati che Liane era, praticamente, la proprietaria della Crockett Shipping, il loro stupore era notevolmente aumentato. Perché anche Liane, come Nick, era molto modesta e semplice nel modo di comportarsi. Anzi, tutto ciò faceva parte della loro bellezza interiore. Dopo un po' Nick abbassò lo sguardo verso Liane. «Vuoi che ti porti qui un'altra tazza di caffè o qualcosa da bere?»

«Sto benissimo così. Fra un po' me ne vado a letto. Altrimenti le bambine resteranno sveglie tutta la notte, se non mi vedono; fa talmente caldo in quella cabina che non riescono a prendere sonno neppure loro.»

«Vuoi che faccia mettere un'altra amaca vicino alla mia, nel mio nascondiglio, per loro? Per due amache non c'e abbastanza posto, però potrebbero dormire tutt'e due in una sola così, se non altro, tu avresti un po' di tranquillità giù, in cabina.» Era una proposta molto gentile e Liane gli sorrise.

«In questo caso saresti tu a non riuscire più a dormire. Ti terrebbero sveglio tutta la notte a fare giochetti e a chiederti un sacco di cose.»

«Mi piacerebbe.» Sapeva che Nick diceva la verità, tuttavia pensò che la cosa migliore era tenerle con sé.

Poi, dopo un po', gli augurò la buona notte. Tornando in cabina, pensò che era davvero una cosa straordinaria d'essersi ritrovati per un'altra traversata dell'Atlantico. Prima di andare a letto, Liane si lavò ancora i capelli. Dal loro arrivo sul mercantile se li era già lavati tre volte perché voleva eliminare completamente l'odore di pesce che avevano ancora. Che esperienza era stata, quella del peschereccio! Sorrise tra sé, mentre si spogliava. Sarebbe stato divertente, se la situazione non fosse tanto tragica. Però, se non altro, se riusciva a riderci sopra di tanto in tanto, ciò sarebbe bastato a impedirle di piangere continuamente al pensiero di Armand. Ormai non riusciva quasi più a pensare a suo marito e al fatto di averlo lasciato senza sentirsi salire le lacrime agli occhi; anche adesso, mentre si lavava i capelli, nel minuscolo lavabo, e se li asciugava con una salvietta, si impose con uno sforzo di volontà di non pensare a lui. Intanto stava facendo ogni cosa al buio. Aveva ordinato alle bambine di smettere di chiacchierare quando era entrata. Adesso, dal silenzio che proveniva dalle loro cuccette, capì che, finalmente, si erano addormentate.

Era appena entrata a letto tirandosi addosso il lenzuolo quando, d'un tratto, si sentì un ululato che non le era familiare e che terrorizzava. Balzò a sedere sul letto cercando di ricordare che cosa quel suono significasse. Era il segnale d'allarme di un incendio, di un bombardamento aereo... oppure stavano affondando? Con una rapidità e un'abilità che non credeva di avere, scese dal letto afferrò le cinture di salvataggio e scrollò le bambine perché si svegliassero. «Su, presto, bambine... venite...» Intanto infilava la cintura di salvataggio a Elisabeth. Ma la bambina, malgrado tutto quel baccano, era ancora mezza addormentata. Poi Liane afferrò Marie-Ange e aiutò anche lei e, quasi subito, le sospinse fuori dalla porta in camicia da notte, cintura di salvataggio e scarpe mentre anche lei, con gesti febbrili, se la infilava sulla camicia da notte. Non ebbe neppure il tempo di trovare le scarpe, al buio, ma pensò che non aveva importanza; uscì nel corridoio con gli altri che a poco a poco sbucavano dalle cabine con l'aria allarmata. Quasi tutti erano ancora svegli, ma qualcuno degli uomini aveva l'aria insonnolita come le due bambine. Si levò subito una cacofonia di voci e di domande, e l'urlo disperato di qualcuno, all'estremità opposta del corridoio, che non riusciva più a trovare la propria cintura di salvataggio. Si affollarono tutti in massa sul ponte e qui, a una certa distanza, capirono la ragione di quelle sirene.

All'orizzonte una nave di stazza indefinibile sembrava una palla di fuoco. Gli uomini dell'equipaggio, girando fra i passeggeri, stavano spiegando rapidamente, in francese, che un bastimento adibito al trasporto di truppe e partito dal porto di Halifax era stato colpito da un sottomarino tedesco due giorni prima. Il *Deauville* aveva appena ricevuto la richiesta di aiuto. Lo avevano trasmesso gli uomini di una scialuppa di salvataggio ma la loro radio era troppo debole e non aveva potuto raggiungerli fintanto che si erano trovati troppo distanti. La nave ardeva da due giorni e aveva trasportato più di quattromila uomini diretti in Inghilterra.

Nel silenzio della notte estiva la notizia che avevano appena udito e la visione del bastimento in fiamme erano terrificanti. Fino a poco prima aveva soffiato una leggera brezza, ma adesso non c'era più neppure quella. Era come se si muovessero in direzione dell'inferno e tutti gli occhi erano fissi su quella visione di fiamme che avevano davanti.

Il capitano salì sul ponte con un megafono e si rivolse ai passeggeri, parlando in inglese. Sapeva che, per buona parte, erano americani e aveva bisogno di richiamare immediatamente la loro attenzione.

«Se qualcuno di voi ha studiato medicina... o ha fatto un corso di infermiere... oppure ha qualche nozione di pronto soccorso, o anche soltanto un poco di esperienza di questo genere, occorre urgentemente che presti il suo aiuto. Non sappiamo quanti sono gli uomini del *Queen Victoria* ancora vivi... prego i due medici che ci sono a bordo di farsi avanti... cercheremo di accogliere a bordo quanti più naufraghi sarà possibile.» Ci fu un momento di silenzio. «Non possiamo chiedere l'aiuto di altre navi per radio altrimenti i tedeschi che si trovano in questa zona identificherebbero la nostra posizione.» Quando tutti afferrarono finalmente la realtà della situazione, un completo silenzio calò sul gruppetto. Non era da escludere che i tedeschi si trovassero ancora nei dintorni; in tal caso la sorte del *Deauville* era segnata. Questo pensiero era spaventoso e l'incendio che stava divampando sul *Queen Victoria* era una dimostrazione lampante di quella che sarebbe stata la loro sorte.

«Il compito di aiutare questi soldati grava interamente sulle nostre spalle. Abbiamo bisogno di voi tutti... e adesso prego quelli

come andavano trattate le ustioni. Le sue spiegazioni fecero rivoltare lo stomaco a parecchia gente per la nausea, ma, a quel punto, la realtà dei fatti non poteva più essere evitata. Fu in quel momento, mentre consegnava le sue lenzuola e quel po' di materiale medico che era riuscita a mettere insieme, che Liane scorse Nick in fondo alla sala. Alzò un braccio per fargli capire dov'era e Nick le venne subito vicino, proprio in tempo per vedersi assegnare dal primo ufficiale alla stessa squadra di lei. L'ufficiale preferiva assegnare a ogni singolo gruppo le persone che si conoscevano perché così, spiegò brevemente, sarebbe stato più facile per tutti lavorare in *équipe*; poi ricomparve il capitano per fare un altro annuncio ai passeggeri che affollavano la sala.

«Siamo convinti che gran parte di quegli uomini sia morta in seguito alla esplosione iniziale; ma crediamo che i sopravvissuti siano tuttora molti. Le scialuppe di salvataggio in grado di galleggiare sono soltanto quattro però, in acqua, ci sono centinaia di uomini. Vi prego di prendere le posizioni che vi sono state assegnate sul ponte per le squadre dei lettighieri. I miei uomini porteranno i sopravvissuti a bordo. È necessario che prestiate loro assistenza nel posto stesso dove li distenderemo oppure che aiutiate a portarli qui dentro. I due dottori vi diranno chi, fra tutti voi, verrà a lavorare qui dentro con loro. Voglio anche ringraziare tutti quelli che ci hanno offerto le loro cabine. Non sappiamo ancora se saremo costretti a usarle, ma non è da escludere.» Guardò attentamente tutti i passeggeri raccolti nel salone con uno sguardo penetrante, li salutò con un breve cenno del capo e uscì. Sarebbe passata un'altra ora, e forse anche più, prima di arrivare abbastanza vicino alla nave in fiamme in modo da poter raccogliere i sopravvissuti; così le squadre di passeggeri, tre per tre, salirono sul ponte a osservare ciò che avveniva intorno a loro e ad aspettare. Nick spiegò a Liane che buona metà degli uomini che c'erano a bordo aveva rinunciato alla propria cabina e si era offerta di dormire sul ponte in modo che i naufraghi potessero riposare al coperto; non solo, ma i membri dell'equipaggio stavano già appendendo delle amache nelle cabine in modo da trovar posto a quanta più gente era possibile. Non glielo disse direttamente ma Liane capì, da ciò che le stava raccontando, che lui, come gli altri, aveva ceduto anche la propria. Del resto, Nick dormiva già all'aperto e capì che non avrebbe fatto molta differenza per lui. Era stato fra i primi a offrirsi volontariamente per qualsiasi genere di aiuto e, adesso che si trovavano sul ponte, le apparve calmissimo. Intanto Nick le stava porgendo una tazza di caffè nella quale era stata versata una quantità abbondante di scotch.

«Preferirei di no...» Liane aveva cercato di rifiutare ma Nick si mostrò fermo.

«Non importa. Bevilo. Ne avrai bisogno, prima che questa notte finisca.» Era già l'una del mattino e avevano ancora molte, lunghe ore davanti. Poi Nick la guardò con aria preoccupata. «Ti è mai capitato di sentir l'odore della carne bruciata, Liane?» Lei fece segno di no con la testa e bevve un sorso della miscela che Nick le aveva offerto. «Devi farti forza. Sarà dura.» Nessuno sapeva quanti fossero i sopravvissuti all'esplosione e all'incendio. Era impossibile dirlo. Perfino il gruppo di uomini che si teneva in contatto con loro, via radio, da una delle scialuppe, non era stato in grado di spiegare molte cose. La corrente li aveva sospinti lontano dalla nave e avevano riferito che, nell'acqua tutto intorno a loro, si vedevano soprattutto dei cadaveri. Il *Deauville* aveva risposto, sempre via radio, soltanto per informarli di aver raccolto il loro SOS. Non volevano trasmettere altro per paura che i tedeschi li ascoltassero. Così non fornirono più informazioni sulla loro posizione ma, mentre si avvicinavano, per mezzo di un riflettore che lampeggiava in codice morse, informarono gli uomini di quella scialuppa che erano lì, in arrivo, e ricevettero, per tutta risposta, un fievole segnale. «Dio sia ringraziato», diceva questo segnale e Nick lo tradusse a Liane mentre attendevano con i nervi sempre più tesi. Sul ponte nessuno aveva avuto il permesso di fumare e il whisky che avevano fatto circolare era servito soltanto ad acuire spasmodicamente la loro sensibilità. Sembrò che passassero ore prima di raggiungere, finalmente, un enorme pezzo di legno carbonizzato che proveniva dalla nave. Vi erano aggrappati una dozzina di uomini, o poco più. Ma erano stati letteralmente arsi vivi. Subito dopo comparve un altro gruppo di corpi; poi, d'un tratto, un grido risuonò da più sotto mentre i membri dell'equipaggio del *Deauville* deponevano con ogni cura due uomini su una zattera di gomma che venne fatta salire a bordo con cautela e affidata alla prima delle squadre in attesa. I due corpi erano ustionati in modo orribile e furono portati subito nella sala da pranzo, dai medici. Il locale era stato trasformato in sala operatoria; tutte le luci splendevano al di là delle finestre e degli oblò con i vetri verniciati di nero. Le luci erano una violazione ai regolamenti che vigevano sulla nave per l'oscuramento ma, dato il caso di emergenza, non se ne poteva fare a meno. Liane aveva fissato quei due corpi con un'espressione incredula, lottando contro la nausea che l'aveva presa alla gola e, d'istinto, si era aggrappata al braccio di Nick. Lui non aveva detto niente però Liane, improvvisamente, si era accorta che le aveva preso le mani; ma bastò che passasse quell'attimo di orrore e, subito, si accorse di non provare più né ripugnanza né paura mentre, insieme con Nick e un giornalista canadese, prestava aiuto a tre degli uomini che erano stati portati a bordo. Due di questi erano ustionati paurosamente; il terzo era stato tanto fortunato da avere soltanto qualche scottatura alla faccia e alle mani; però aveva tutt'e due le gambe fratturate. Liane sorresse la testa del terzo ferito mentre Nick e il canadese lo distendevano su una barella e un'altra squadra entrava in azione per aiutare i suoi due compagni.

«È stato incredibile... ci hanno beccato a prua e a poppa...» lo sguardo del giovanotto era vitreo, spaurito; la sua faccia un grumo di carne carbonizzata e Liane dovette lottare contro le lacrime, che le salivano agli occhi, mentre lo ascoltava e gli rispondeva con voce dolce, sommessamente.

«Adesso è tutto passato... presto starà meglio...» Erano le parole che avrebbe detto alle sue bambine se si fossero fatte del male. Si accorse di sorreggerlo teneramente mentre i medici lo medicavano. Poi non badò più a nient'altro; stava osservando quei due uomini al lavoro, nella sala operatoria, e Nick era rimasto fuori. Quando uno dei due dottori ebbe finito, la pregò di rimanere mentre applicava pomate alle ustioni, medicava ferite e amputava una mano. Fu una notte che, tutti lo sapevano, non avrebbero mai dimenticato.

La mattina seguente, verso le sei, i due medici si presero un momento di riposo, si misero a sedere finalmente, e diedero un'occhiata agli appunti che qualcuno aveva preso. A bordo avevano duecentoquattro naufraghi del *Queen Victoria*; fuori, sul mare, non pareva che si scorgesse più alcun segno di vita, ormai. Ai lati del *Deauville* erano passati sull'acqua cadaveri carbonizzati a centinaia e soltanto mezz'ora prima erano saliti a bordo gli uomini di una scialuppa di salvataggio, tutti feriti, ma non gravemente e, anzi, in grado di camminare da soli. Li avevano radunati in una delle cabine, liberate dai passeggeri, che era stata preparata per loro. Adesso ogni cabina ospitava da dodici a quattordici uomini sulle cuccette, su sacchi a pelo distesi sul pavimento, nelle amache appese l'una di fianco all'altra. La sala da pranzo continuava ad avere l'aspetto di una corsia di ospedale e si sentiva ovunque l'odore della carne bruciata. Tutti i naufraghi accolti a bordo erano apparsi letteralmente ricoperti di catrame e di petrolio. La cosa peggiore era stata quella di ripulire le ferite; un compito che era toccato a Liane, mentre i medici restavano a osservare i movimenti garbati delle sue mani. Adesso, però, andando a sedersi vicino a loro, Liane capì di essere ai limiti della resistenza. Si sentiva il corpo dolorante, le facevano male il collo, le braccia, la testa, la schiena, eppure, se avessero fatto salire a bordo ancora un altro superstite, capiva che sarebbe riuscita, bene o male, ad alzarsi e ad assisterlo come, del resto, avrebbero fatto anche gli altri. Adesso i passeggeri del *Deauville* cominciavano a entrare anche loro, lentamente. Avevano fatto tutto ciò che potevano, si erano comportati bene e molti dei naufraghi del *Queen Victoria* avrebbero avuto salva la vita per merito loro.

Per molti degli uomini che si erano trovati a lavorare nelle squadre sul ponte, quello era il primo, vero, incontro con la guerra. L'opera dei medici non poteva ancora considerarsi finita, ma già si erano presentati parecchi volontari pronti a lavorare a turno in modo che i naufraghi potessero avere un'assistenza fino all'arrivo a New York. In ogni caso, il peggio era passato. In silenzio, dal ponte, assistettero al naufragio del *Queen Victoria* che affondò alle otto, fra gorgoglii e risucchi, orribili da sentire, mentre innalzava verso il cielo folate di vapore. Per due ore dopo la sua scomparsa, il capitano e il suo equipaggio continuarono a osservare attentamente il mare. Ma non c'era rimasto più nessuno ancora vivo; soltanto i morti galleggiavano su quella superficie appena increspata. Nove dei sopravvissuti, che erano stati portati a bordo la notte precedente, erano già morti riducendo il numero delle persone salvate, e tuttora in vita, a centonovantacinque tutte alloggiate nelle cabine offerte dai passeggeri. Questi, adesso, avrebbero dormito con l'equipaggio nelle amache, o nei sacchi a pelo, e il loro bagaglio avrebbe trovato posto sotto le brande e le cuccette, oppure nei corridoi. L'unica eccezione, in mezzo a tutto questo subbuglio, doveva essere Liane con le sue bambine; tuttavia anche lei insistette perché venisse usata la loro cabina. Verso le quattro del mattino era scesa rapidamente giù, con un uomo dell'equipaggio, e aveva portato le bambine nell'alloggiamento del primo ufficiale. Questo, a sua volta, per il resto del viaggio avrebbe dormito nella cabina del capitano mentre le due piccine si sarebbero divise la sua unica e stretta cuccetta.

«*Et vous, Madame*?» Il marinaio la aveva guardata con ammirazione e rispetto; Liane aveva lavorato tutta la notte come Florence Nightingale. Ma lei si era subito stretta nelle spalle.

«Io posso dormire sul pavimento.» Poi era tornata in fretta e furia dai due dottori in sala da pranzo, dove c'erano mani da stringere, ferite da disinfettare, arti fratturati da rimettere a posto. Il rumore delle lenzuola stracciate per farne fasce e bende e quello dei feriti che gemevano si fece monotono come il fruscio delle onde con il passare delle ore. Mentre il *Queen Victoria* affondava, sul ponte era calato un grande silenzio. Subito dopo il capitano tornò a rivolgersi ai passeggeri con il megafono.

«*Je vous remercie tous*... vi ringrazio tutti... avete fatto l'impossibile questa notte... e se vi può sembrare che i sopravvissuti siano pochi, non dimenticate che quasi altre duecento persone sarebbero morte senza il vostro aiuto.» Infatti era già corsa la voce che le perdite, sulla nave colpita, ammontassero a tremilanovecento uomini.

I passeggeri e i membri dell'equipaggio cominciarono a darsi da fare, a turno, nel tentativo di tenere in vita i sopravvissuti che avevano tanto faticato a salvare dal naufragio e a lottare contro quelle infezioni che potevano costare non solo la perdita di un braccio o di una gamba, ma anche quella della vita. Alcuni dei naufraghi avevano la febbre altissima e deliravano, ma ne morirono altri due soltanto; ormai gran parte dei problemi era tenuta sotto controllo. I due medici, mentre il viaggio continuava, ormai erano visibilmente esausti e al limite della resistenza, come Liane, del resto; eppure non si trovavano ancora neppure a metà strada.

Per assistere i naufraghi del bastimento canadese, avevano perduto più di un giorno di viaggio e la rotta a zigzag che tenevano sarebbe costata un'ulteriore perdita di tempo; tuttavia il capitano, adesso, era diventato ancora più cauto e cercava di evitare, per quanto possibile, un incontro con i tedeschi, mentre viaggiavano in direzione dell'America.

Soltanto il secondo giorno dopo il salvataggio dei naufraghi Liane si lasciò persuadere a ritirarsi nella cabina del primo ufficiale dove si abbandonò esausta sul letto. Le bambine non c'erano; qualche uomo dell'equipaggio si era assunto l'incarico di sorvegliarle e Liane sapeva che avevano passato gran parte del loro tempo sul ponte. Adesso, però, distendendosi sulla scomoda cuccetta, il pensiero delle bambine la sfiorò soltanto. Le pareva di non chiudere gli occhi da un secolo e, subito, le parve di sprofondare in un gran pozzo nero... Si addormentò. Al suo risveglio si accorse che l'oscuramento era tornato in funzione e la nave era completamente buia. Udì un lieve fruscio in un punto imprecisato della cabina e si mise a sedere di scatto su quel letto che non le era familiare, domandandosi confusamente dove si trovava. Poi udì una voce nota.

«Stai bene?» Era Nick. Quando si avvicinò al letto, Liane riuscì appena a distinguere i lineamenti del volto alla tenue luce della luna che filtrava nell'interno della cabina dagli angoli dell'oblò, dove la vernice nera non lo copriva. «Hai dormito per sedici ore filate.»

«Mio Dio!» Liane scrollò la testa, cercando di svegliarsi. Aveva sempre addosso gli stessi abiti, ormai sudici, che aveva portato per due giorni consecutivi ma l'aspetto di Nick era ancora peggiore. «Come stanno i feriti?»

«Qualcuno, meglio.»

«Ne abbiamo perduti degli altri?»

Lui fece segno di no con la testa. «Non ancora. Con un po' di fortuna, non ne perderemo altri; anche quelli in pericolo resisteranno sino a quando non arriveremo a terra. Ce n'è già qualcuno che gira per la nave.» Ma, adesso, Nick era più preoccupato per lei. Liane era stata eroica mentre lavorava in quella sala operatoria improvvisata. Se n'era accorto ogni volta che ci era entrato portando un nuovo ferito. «Vuoi qualcosa da mangiare? Ti ho portato un panino e una bottiglia di vino.» Ma il pensiero del cibo le diede un senso di nausea. Scosse la testa e si mise a sedere sul letto, battendo la mano sulla coperta al suo fianco, per invitarlo a sedersi anche lui.

«Non me la sento. E tu? Sei riuscito a dormire un po'?»

«Abbastanza.» Lo vide sorridere e respirò a fondo. Che esperienza incredibile avevano passato!

«Dove sono le bambine?»

«Dormono nella mia amaca di sopra, sul ponte. Lì non corrono nessun pericolo e l'ufficiale di guardia ha detto che le terrà d'occhio. Sono avvolte in un mucchio di coperte. Non volevo che scendessero qui a svegliarti.» E poi: «Su, andiamo, Liane! Voglio che tu mangi qualcosa». Adesso si erano visti ridurre le razioni perché c'era, a bordo, un numero di persone tre volte superiore a quello di prima però il cuoco faceva miracoli e tutti, bene o male, riuscivano ancora a nutrirsi discretamente. Per un vero miracolo, caffè e whisky non mancavano e ce n'era a sufficienza per tutti. Nick le porse il panino e stappò la bottiglia di vino piena a metà. Tirò fuori una tazza dalla tasca della giacca che indossava, e che qualcuno gli doveva aver prestato, e gliene versò un poco.

«Nick, non posso... vomiterei!»

«Devi berlo ugualmente. Prima, però, mangia il panino.» Lei ne prese un boccone, di malavoglia, e si accorse di avere lo stomaco contratto, che respingeva il cibo. Ma dopo quel primo urto di nausea, fu costretta ad ammettere che era buono e le piaceva, come avvenne per il primo sorso di vino. Poi gli restituì la tazza e anche lui ne bevve un po'.

«Dovrei alzarmi a vedere che cosa posso fare per essere d'aiuto.»

«Sono riusciti a sopravvivere fino adesso senza di te. Resisteranno per un'altra ora.»

Liane gli sorrise nell'oscurità; i loro occhi, ormai, si erano abituati alla mancanza della luce. «Che cosa non darei per un bel bagno caldo!»

«E per un po' di vestiti puliti!» Nick sorrise. «Presto, i miei resteranno in piedi da soli, tanto sono luridi e coperti di sporcizia!» Poi, di colpo, pensarono tutti e due contemporaneamente al *Normandie* dell'anno prima e scoppiarono a ridere. Risero, risero, fino a quando si sentirono gli occhi pieni di lacrime. Lì, nella cabina del primo ufficiale, al buio, si sentivano lontani da quella atroce realtà e dall'incubo del naufragio e dei sopravvissuti: era un sollievo pensare a cose ridicole e assurde come le serate di gala, e quelle cene alle quali gli uomini si presentavano in tight e cravatta bianca. «Ti ricordi tutti i bauli che avevamo con noi?» Furono colti da un nuovo accesso di ilarità; le loro risate nascevano dalla tensione, dalla stanchezza, dal sollievo. Con quei vestiti laceri e sporchi addosso, su una nave mercantile che portava quasi trecento persone, inclusi i passeggeri originari e l'equipaggio, il *Normandie* adesso pareva una specie di nave dei folli, con il suo canile, i ponti di passeggio, le lussuose *suites*, il *fumoir* e il *grand salon*. Era stata una nave stupenda, ma ormai apparteneva al passato mentre loro erano qui, a spartirsi una bottiglia di vino su una scomoda cuccetta e a chiedersi se un sottomarino tedesco non li avrebbe silurati nel giro di un'ora. Dopo un po' le risate si calmarono e tornarono seri tutti e due; Liane osservò le ombre che segnavano di stanchezza i lineamenti di Nick nell'oscurità.

«Guarda come sono cambiate le nostre vite. Non è una cosa straordinaria?»

«Presto cambierà il mondo intero. Questo non è che il principio. Quanto a noi, ci siamo capitati in mezzo un po' prima degli altri.» Gli occhi di Nick la fissavano penetranti; perfino nell'oscurità Nick riusciva a sentire l'attrazione dello sguardo di Liane tanto che, impulsivamente, parlò, e diede voce ai propri pensieri. Del resto, chi poteva saperlo? Magari nel giro di un'ora sarebbero morti tutti e un'occasione simile non gli sarebbe più capitata.

«Sei bellissima, Liane. Più bella di qualsiasi altra donna che io abbia mai conosciuto... Sei bellissima fuori e dentro. Sono stato fiero di te, ieri notte.»

«Credo di essere riuscita a fare quello che ho fatto perché sapevo che c'eri tu. Sentivo che pensavi a me.» D'un tratto al mondo non ci fu nient'altro, se non questo; nessun'altra esistenza se non quella che dividevano soli in quella cabina; Nick allungò una mano e prese quella di Liane. Senza dire altro, la attirò contro di sé e si baciarono, e le labbra di Liane si rivelarono avide e bramose come quelle di lui. Restarono stretti in quell'abbraccio molto a lungo e poi si baciarono ancora con una disperazione e una passione che nascevano dall'aver sentito la morte vicina e dall'essere rimasti ancora vivi.

«Ti amo, Liane... ti amo...» Con la bocca le divorava il collo, la faccia, le labbra, e un'altra voce che non pareva più quella di lei gli rispose.

«Ti amo, Nick...» La voce di Liane era dolcissima e le parole che lui pronunciava erano lievi come una carezza; i loro corpi si liberarono facilmente dai vestiti, si distesero sulla cuccetta, si unirono, mentre altre esistenze, altri volti, altre epoche venivano dimenticati... erano loro due i soli sopravvissuti di un tempo dimenticato; e l'unica cosa che restava da ricordare era quel breve attimo di passione mentre facevano l'amore e poi, ancora stretti l'uno all'altro, sprofondavano in un sonno che doveva prolungarsi fino all'alba.

22

NICK e Liane si svegliarono lentamente, l'uno nelle braccia dell'altro, mentre un sole splendente filtrava attraverso la vernice nera che copriva il vetro dell'oblò; Nick abbassò gli occhi a contemplarla senza rimpianti e, guardandola in viso, si accorse che questo rifletteva la stessa pace che lui sentiva. Contemplò quelle membra lunghe, aggraziate, gli occhi grandissimi, la testa di capelli biondi arruffati, e le sorrise.

«Parlavo sul serio stanotte. È vero quello che ti ho detto. Ti amo, Liane.»

«Anch'io ti amo.» Non riusciva a capire come poteva pronunciare quelle parole. Amava Armand, lei, eppure capiva che, in un certo senso, già da molto tempo amava quest'uomo. Durante quei mesi di solitudine nei quali aveva osservato Armand staccarsi lentamente da lei, aveva pensato spesso a Nick e, fin dal principio, aveva sempre provato per lui un profondo e incomprensibile rispetto. Questo era un genere di amore diverso da quello che aveva conosciuto prima; però non provava rimorsi per ciò che avevano fatto. Erano sopravvissuti, insieme, soli, in un mondo che nessun altro poteva conoscere e adesso gli apparteneva. Forse non sarebbe più stato possibile, questo, in futuro; però capiva che adesso, in questo preciso momento, gli apparteneva con tutto il cuore, con tutta l'anima. «Non so come dirti quello che provo...» Cercava le parole ma, dall'espressione che c'era negli occhi di Nick, si accorse che lui l'aveva capita.

«Non occorre. Lo so. E non è un errore. In questo momento abbiamo bisogno l'uno dell'altro. Forse ne avremo bisogno per molto tempo.»

«E quando saremo tornati?» Liane andava a tentoni, nello sforzo di capire, ma Nick scrollò il capo, fissandola negli occhi.

«Adesso non dobbiamo pensarci. In questo preciso momento è qui che viviamo. Con questa gente che c'è sulla nave. Siamo tutti dei sopravvissuti. È qualcosa da festeggiare, è qualcosa che dovrebbe farci amare reciprocamente ancora di più. Non bisogna andare più in là!» E, bene o male, Liane capì che Nick aveva ragione. Poi Nick la baciò dolcemente sulle labbra. Allora Liane lasciò che le sue mani si muovessero lentamente, accarezzandolo, sul dorso, sulle braccia, sulle cosce. Capiva di desiderarlo ancora e si domandò se non era giusto oppure se era l'unico modo che avessero di confermarsi reciprocamente che vivevano. Non gli domandò più niente, allora, e fecero l'amore di nuovo; poi, quasi con rammarico, Liane si alzò e cominciò a lavarsi al minuscolo lavabo della cabina mentre Nick la guardava. Era come se fossero amanti da anni, ormai, come se non esistesse nessuna vergogna, nessun senso di modestia fra loro. Soltanto poche ore prima avevano visto in faccia la morte, insieme, e adesso tutto ciò era molto più naturale, era qualcosa che avevano in comune. Che dividevano. Era la vita. «Vado a dare un'occhiata alle bambine mentre ti vesti.» Le sorrise; si sentiva più felice di quel che non gli capitasse da anni. L'uno al fianco dell'altra, avevano contribuito a salvare quasi duecento vite umane e adesso avevano un pieno diritto a tutto questo... due vite in più. «Poi cercherò di trovare, da qualche parte, una doccia libera. Ci vediamo di sopra a bere una tazza di caffè prima di tornare al lavoro.»

Liane gli sorrise apertamente, per nulla imbarazzata che Nick la vedesse così. Gli diede ancora un bacio prima che se ne andasse e, quando il pensiero di Armand si profilò rischiando di far vacillare tutti i suoi proponimenti, si impose con uno sforzo di accantonarli. Qui, in questo momento, non le sarebbero serviti a niente. In seguito, con Nick, avrebbero dovuto trovare una soluzione a tutto. Ma non ancora. In fondo, non potevano considerarsi dei veri sopravvissuti in quel momento, perché non erano neppure a metà del viaggio per tornare a casa. Era troppo presto per qualsiasi cosa eccetto vivere come si sentivano, giorno per giorno, ora per ora. Per la prima volta da molto tempo ringraziò Dio di essere viva.

Lo trovò fuori dalla cambusa con le bambine. Anche le sue figliolette, a questo punto, avevano l'aria malconcia e sporca di tutti gli altri; però sembravano felicissime di stare con Nick. Le raccontarono quello che era successo durante tutte le ore trascorse sul ponte e le spiegarono tutto ciò che sapevano sulla radio; non solo, ma a quel che pareva, erano diventate talmente amiche del cuoco da chiamarlo per nome e dargli del tu. Il cuoco, fra l'altro, il giorno prima era riuscito a scovare, chissà dove, una piccola torta che aveva offerto alle due sorelline. Marie-Ange ed Elisabeth si erano abituate a questa nuova vita, così strana, in un modo straordinario e pareva che non avessero più neppure paura. Raccontarono a Liane tutte le sensazioni provate a dormire sotto le stelle, poi tornarono di nuovo sul ponte, mentre Nick e Liane scendevano lentamente sottocoperta. Si erano spartiti una grossa tazza di caffè fumante e un pezzo di pane tostato; adesso, mentre raggiungevano la prima cabina piena degli uomini che avevano salvato, Liane lo guardò. Gli sfiorò una mano prima di entrare e lo fissò con quegli occhi di un profondo color verde.

«Secondo te, siamo tutti ammattiti?»

Ma Nick scrollò la testa, non aveva per niente l'aspetto di un matto. «No. Gli uomini sono strani animali, Liane. Sanno adattarsi quasi a qualsiasi cosa. Le persone forti non possono essere sconfitte.» E non provò il minimo imbarazzo ad aggiungere: «Tu e io siamo molto forti. L'ho capito il giorno stesso in cui ci siamo conosciuti ed è quello che ho amato in te, allora».

«Come fai a dire una cosa del genere?» Liane parlava a voce bassissima in modo che nessuno potesse sentirli. «Ho avuto tutto ciò che desideravo, per tutta la vita. Sono stata coccolata, amata, circondata da ogni agio. Non lo so nemmeno io, se sono forte o no!»

«Prova un po' a ripensare a tutto ciò che hai passato in questo ultimo anno. Il dubbio, il timore, la solitudine, i primi mesi di una guerra. E io so, anche senza averti visto in quei momenti, che non hai vacillato neppure per un attimo. Quanto a me, ho fatto salire mio figlio su una nave senza sapere se sarebbe affondata o no. L'ho lasciato partire perché sapevo che, malgrado quei rischi, sarebbe stato più al sicuro a casa... semmai ci arrivava... e ho vissuto anni di solitudine con mia moglie... ma ne sono venuto fuori, come te. Siamo sopravvissuti a tutto ciò che abbiamo passato la notte scorsa eppure nessuno dei due aveva mai visto niente di simile in vita sua.» Chinò gli occhi verso Liane. «E riusciremo a sopravvivere anche al resto, amore mio.» Poi aggiunse sommessamente: «Adesso, io ho te e tu hai me». Poi entrarono nella stanza e Liane fu quasi costretta a trattenere il respiro: ne esalava un fetore fortissimo, fatto del tanfo di sudore, dell'odore di tutti quei corpi, di vomito e sangue e ustioni. Tuttavia continuarono a lavorare, fianco a fianco, per molte ore; fecero tutto ciò che i medici richiedevano mentre passavano e ripassavano lungo le corsie e, quando si ritrovarono con gli altri passeggeri sul ponte, a dividere le loro razioni, si accorsero che era nato fra tutti una specie di cameratismo e di allegra sopportazione della fatica. Tutto ciò non li rendeva immuni di fronte alle tragedie che avevano visto, ma consentiva di metter da parte le sofferenze e di ridere delle piccole cose. A Liane diede la capacità di essere più paziente con le bambine quando le rivide più tardi, per un po', e la colmò di una fresca passione per Nick, di cui non si sarebbe mai sentita capace. Non era mai stata tanto innamorata di un uomo; mai si era sentita cosi forte e cosi giovane. La sua vita con Armand aveva fatto parte di un mondo differente. Lo amava, lo rispettava, si lasciava guidare da lui; però, adesso, aveva trovato qualcosa di diverso, un uomo al fianco del quale le pareva di muoversi con una forza possente; e ciascuno si sentiva più forte sapendo di avere l'altro al suo fianco. Non era molto diverso, tutto ciò, da quello che aveva avuto con Armand, eppure era qualcosa di più.

Il turno che toccò a Liane e a Nick fu quello dalle nove alla una di notte; poi tornarono insieme nella cabina che Liane aveva avuto a disposizione. Le bambine erano di nuovo nell'amaca di Nick; lo avevano pregato di lasciarle ancora dormire lì; così, ora lui e Liane si abbandonarono sul letto di lei e fecero l'amore come mai prima. Poi si addormentarono tranquillamente nelle braccia l'uno dell'altro, si svegliarono, fecero ancora l'amore, riuscirono a infilarsi in una doccia insieme prima che gli altri si alzassero e salirono sul ponte ad ammirare l'alba.

«Ti sembrerà pazzesco...», e Liane guardò Nick con un sorriso, «... ma non sono stata mai così felice in vita mia. Mi sento quasi in colpa a dirlo, con tutte le sofferenze che ci sono su questa nave... però è quello che provo.»

Nick le circondò le spalle con un braccio e la strinse a sé. «È anche la mia sensazione.» Era come se questa fosse la vita per la quale erano stati messi al mondo. Adesso Liane non domandava più che cosa sarebbe successo in seguito. Non voleva più saperlo.

Per i sei giorni successivi continuarono a lavorare, facendo lo stesso turno, assistendo i feriti, prendendo i pasti con le bambine e, di notte, facendo l'amore nella cabina che avevano offerto a Liane. La loro vita aveva preso un ritmo regolare e piacevole, e, quindi, fu quasi uno shock per tutti e due l'annuncio che il capitano fece, pacatamente, il giorno dopo: nel giro di un paio di giorni sarebbero arrivati a New York. Fino a quel momento il viaggio era durato tredici giorni. Adesso Nick e Liane si guardarono senza dire una parola. Con l'abilità che ormai avevano acquisito, ed era dovuta all'esperienza, fecero il solito giro dei feriti ma, quando si ritrovarono nella loro cabina, quella sera, Liane lo fissò con due occhi grandissimi, pieni di tristezza. Sapevano tutti e due che la fine era vicina; era importante che i feriti arrivassero a casa al più presto eppure Liane si augurò che quella traversata continuasse all'infinito e, fissando Nick negli occhi, vi lesse lo stesso desiderio. Sospirò mentre si metteva a sedere nell'oscurità familiare della cabina. In quell'ultima settimana era diventata la loro casa. Non voleva chiedergli che cosa avrebbero fatto ma Nick ebbe l'impressione di udire quelle parole senza che lei le pronunciasse.

«Ci ho pensato moltissimo, Liane.»

«Anch'io. Ma le risposte non arrivano. Non quelle che voglio.» Rimpiangeva di non averlo conosciuto prima di incontrare Armand, ma il destino aveva combinato le cose in un modo diverso e adesso lei aveva la sua vita con Armand cui pensare. Non poteva metterlo da parte così, semplicemente. Eppure, come avrebbe potuto dimenticare Nick? Le pareva di essere impegnata con lui, a questo punto. Legata a lui. Ma c'era di più; aveva bisogno di lui. Nick era tutt'uno con lei; faceva parte di ogni fibra del suo stesso essere. E ora, che cosa raccontare ad Armand? Oppure era meglio non dirgli nulla? Per tutta la loro vita comune Liane era stata completamente onesta con lui. Sapeva quanto doveva ad Armand; eppure non riusciva a rassegnarsi a rinunciare a Nick. Era una decisione impossibile. Invece sembrava che Nick avesse già preso una decisione.

Guardò Liane con aria grave e cominciò a parlare pacatamente. «Divorzierò da Hillary. Avrei dovuto farlo molti anni fa.»

«E John? Sarai capace di scendere a patti con te stesso se lo lascerai?»

«Non credo di avere altra scelta.»

«Non è quello che pensavi quando questa nave è salpata. Eri decisissimo a tornare a casa e a toglierlo alla nonna. Credi che saresti capace di essere felice, Nick, vedendolo soltanto poche volte al mese e sapendo che Hillary lo trascura?» Gli occhi di Liane erano colmi di dolore mentre gli faceva questa domanda; vide che lui provava la stessa pena. Tuttavia Nick si fece forza per risponderle: «Si tratta della sua vita o della mia. Della nostra». Le sorrise, ma aveva gli occhi tristi.

«È una scelta che puoi fare?»

«Che cosa stai cercando di dirmi?»

«Quello che devi sentire dentro di te. Lo so. Se divorzierai da tua moglie per stare con me, una parte di te non te lo perdonerà mai. Ogni volta che guarderai Elisabeth e Marie-Ange, finirai per pensare a John e a quello a cui hai rinunciato per stare con me. Non posso chiederti di fare una cosa simile. E se vuoi che ti dica la verità, non sono pronta neppure io a prendere una decisione. Non so che cosa fare. Ho cercato di non pensarci per tutta quest'ultima settimana. Sono sempre stata onesta con Armand. Adesso, di colpo, non posso più esserlo. Quando penso a dirglielo... o a scriverglielo... oppure ad aspettare che la guerra finisca per dirglielo... c'è qualcosa che si mette a urlare dentro di me; e rabbrividisco al pensiero di quello che farei a lui e alle bambine.» Guardò tristemente l'uomo che era giunta ad amare su quella nave. «Crede in me, Nick. Non l'ho mai tradito prima e non posso farlo adesso.» Aveva gli occhi colmi di lacrime, la voce roca. «Ma non posso lasciarti.»

«Ti amo, Liane. Con tutto il cuore.» La voce di Nick era sconvolta.

«Ti amo anch'io, se è quello che vuoi sapere.» I suoi occhi non lo mollavano neppure per un istante. «Però amo anche Armand. Credo nei voti che abbiamo pronunciato undici anni fa. Mai e poi mai avrei pensato di essergli infedele. E la cosa strana è che non mi pare di esserlo stata. Ho spalancato una porta e sei apparso tu; adesso sei l'uomo che amo. Voglio stare con te... ma non so che cosa fare nei suoi confronti. Se glielo dicessi in questo momento, è una notizia che potrebbe ucciderlo, Nick. Potrebbe fargli correre dei rischi in Francia. Noi torniamo verso la pace. Lui è rimasto a combattere una guerra. Che diritto ho, io, di andarmene per i fatti miei? È quello che ho promesso di fare undici anni fa? Andarmene quando ne avevo abbastanza? Non è giusto.»

«La vita non lo è mai. E una delle cose che ho sempre amato in te è il fatto che tu lo sei. Ma, in questo caso, non è possibile la giustizia. Qualsiasi cosa si faccia, qualcuno ne soffrirà; se noi rinunciamo a qualcosa, qualcuno ci perderà... Johnny, o Armand, oppure tu o io.»

«È una decisione impossibile da prendere.» La voce di Liane era angosciata. «È come avere una pistola tra le mani e decidere chi si deve uccidere.» Lui annuì poi la prese per mano e andarono a sedersi, perduti nei loro pensieri per molto tempo. Poi, rifiutandosi di pensare ancora agli altri, fecero di nuovo l'amore. Quella sera non arrivarono a nessuna conclusione, come non ci arrivarono il giorno seguente mentre facevano il loro turno, assistevano i feriti nelle corsie, e quando andarono a letto si strinsero l'uno all'altro ancor più forte di prima. Era l'ultima notte che avrebbero passato sul mercantile e sapevano entrambi che, in seguito, niente sarebbe stato più come ora. Se avessero scelto di vivere insieme, avrebbero dovuto superare tutti gli ostacoli che si profilavano al loro orizzonte, facendo soffrire se stessi e anche altre persone; se avessero deciso di separarsi, avrebbero provato un inenarrabile senso di vuoto. Soltanto quella notte, quell'ultima notte, potevano amarsi ancora come prima.

Era quasi mattina quando ripresero a parlare e fu Liane, stavolta, a tornare sull'argomento. Si mise a sedere sul letto, gli toccò la faccia, gli baciò le labbra e lo guardò con la stessa tenerezza con la quale avrebbe guardato un bambino. Aveva rimandato questo momento da molte ore, ma non poteva attendere oltre. Nel giro di qualche ora avrebbero lasciato la nave e bisognava assolutamente prendere una decisione. Liane, però, aveva preso la propria e, nel farlo, aveva deciso anche per Nick.

«Lo sai quello che dobbiamo fare, vero?»

Nick alzò gli occhi verso di lei e nessuno dei due parlò per molto tempo.

«Tu devi tornare da tuo figlio. Non saresti mai felice con noi senza di lui.»

«E se provassi a lottare per ottenere che venisse affidato a me?»

«Credi di vincere?»

Nick si mostrò onesto con Liane come Liane lo era stata con lui. «Probabilmente no. Però potrei tentare.»

«E dividere in due quel bambino! Non potresti vivere in pace con te stesso, se lo facessi, e lo sai bene come lo so io. Né più né meno come io non potrei vivere in pace con me stessa se lasciassi Armand. Siamo persone oneste e perbene, tu e io. Abbiamo una coscienza, delle responsabilità, e ci sono altre persone alle quali vogliamo bene. Per quelli che non sono come noi, Nick, è diverso. Quella è gente che può piantarsi in asso da un momento all'altro e dirsi addio. Noi, no. Non possiamo. So che tu non puoi farlo, come non posso farlo io. Se tu non volessi tanto bene a Johnny, come gliene vuoi, avresti già lasciato tua moglie molti anni fa. Invece non lo hai fatto. E non posso permetterti di farlo adesso, per noi.» Lui fece segno di si con la testa. Liane sospirò lievemente. «Fra l'altro, per me non è cosi semplice.» La sua voce si fece più sommessa, divenne un mormorio. «Io amo ancora Armand.» Le salirono le lacrime agli occhi e sfuggì lo sguardo di Nick che la osservava attentamente.

«Che cosa farai, adesso, Liane?» Le prese una mano, le accarezzò un braccio, con gli occhi che non la mollavano. Quasi quasi, rimpianse che non fosse in loro potere far girare la nave e ricominciare il viaggio; ma sapeva come fosse impossibile. Dovevano andare avanti, e procedere, per quanto doloroso fosse. «E quale sarà la tua sorte?»

«Io aspetto che la guerra finisca.»

«Sola?» Provava una gran pena per lei. Liane era una donna alla quale occorreva un uomo per dargli tutto l'amore che era capace di dare; e poi, anche in lui c'era un grandissimo amore che avrebbe voluto darle.

«Sola, naturalmente.» Sorrise.

«Non credi...» gli era balenata un'idea. A dir la verità, gli era già venuta nei giorni precedenti, ma non sapeva come Liane avrebbe reagito. Adesso, però, non appena gli sentì cominciare quel discorso, Liane scrollò il capo.

«Non potrei mai fare niente di simile. Se lasciamo che le cose continuino così per molto tempo, poi non saremo più capaci di troncare tutto. Adesso non sono neppure quindici giorni, ed è già così duro doverci separare!» Le pareva addirittura di sentirsi straziare l'anima e il corpo al pensiero di doverlo lasciare; era più di quanto potesse sopportare. Si aggrappò convulsamente alla sua mano. «Nel giro di un anno o due diventerebbe peggio, sarebbe insopportabile.» Sospirò guardandolo. «Io credo, amico mio, che per noi è venuto il momento di essere forti, forti come dicevi che siamo. Non abbiamo altra scelta. Ci siamo innamorati. Abbiamo avuto quindici giorni. Un miracolo... una vita intera in se stessa, che ricorderò per tutta la mia esistenza; ma non può esserci niente di più, per nessuno di noi.» Le si spezzava la voce per l'emozione; le erano salite le lacrime agli occhi. «Così, quando scenderemo da questa nave, oggi, amore mio, dovremo guardare avanti e non voltarci mai a guardare indietro... salvo per ricordare quanto ci siamo amati e augurarci reciprocamente un mondo di bene...»

Adesso anche Nick aveva le lacrime agli occhi. «Potrò farmi vivo con te di tanto in tanto?»

Lei fece segno di no, scrollando la testa: poi un singhiozzo le sfuggì dalle labbra e, come un uccellino ferito, si buttò fra le braccia di Nick. La tenne stretta a sé, a quel modo, per un'ora, lottando anche lui contro quelle lacrime con le quali Liane lo stava inondando. Non esisteva altra soluzione per fare ciò che andava fatto. Il legame nato fra loro doveva essere tagliato; né poteva essere meno doloroso di quel che doveva esserlo stato per l'uomo che avevano assistito nella sala da pranzo una settimana prima, quando i medici gli avevano amputato una mano.

23

Si lasciarono in quella cabina poco dopo le otto con un ultimo bacio e gli occhi colmi di disperazione. Nick le mandò giù le bambine e Liane le aiutò a vestirsi. Ormai, adesso, come tutti gli altri passeggeri della nave che si raccoglievano a poco a poco sul ponte, anche loro avevano l'aspetto di tre straccioni. Il capitano li informò che sarebbero arrivati a New York verso mezzogiorno. Già da parecchio tempo aveva chiamato la terraferma via radio per chiedere aiuto, e molte ambulanze per il trasporto dei feriti che aveva salvato dal naufragio. Altri tre uomini erano morti in seguito a un'infezione delle ustioni subite, ma il *Deauville* stava ritornando vittoriosamente con i centonovanta sopravvissuti. Sul ponte, mentre la nave procedeva sulla sua rotta, c'era un'atmosfera di giubilo e tutti parlavano animatamente. Le bambine avevano fatto amicizia con tutti i passeggeri, saliti a bordo al momento della partenza, come con gli uomini dell'equipaggio e adesso erano apparsi sul ponte anche tutti i feriti in grado di camminare da soli, per assistere all'ingresso in porto della nave. C'era troppa commozione in giro perché qualcuno avesse voglia di mangiare o di bere; a vedere tutta quella gente che si accalcava lungo il parapetto e che si chiamava per nome, si sarebbe detto che fosse in una tale intimità perché si conosceva come minimo da un anno. Nick e Liane soltanto pareva che si tenessero un po' in disparte da tutto questo. Lui aveva lo sguardo smarrito e lei badava soprattutto a occuparsi delle bambine; ma, di tanto in tanto, i loro occhi si incontravano, si fissavano e, a un certo momento, quando le bambine scesero sottocoperta a prendere le loro bambole, Nick riuscì a stringerla al cuore per un attimo e Liane abbandonò la mano in quella di lui. Nessuno dei due riusciva a immaginare come avrebbe potuto sopravvivere per il resto dei suoi giorni a quello che era accaduto; eppure, non avevano altra scelta. E, come il *Deauville* che procedeva inesorabilmente, a tutto vapore, verso la sua meta, così loro erano costretti a strapparsi dal sogno e a tornare alla vita reale. Gli attimi trascorsi sulla nave stavano per finire; sarebbero andati ciascuno per la propria strada, domandandosi se, in futuro, si sarebbero mai rivisti. Nick si chiese se un giorno, su un altro transatlantico, non gli sarebbe capitato di incontrare nuovamente Armand e Liane. La guerra sarebbe giunta a termine, le bambine cresciute e lui sarebbe ancora stato sposato con Hillary, per amore del loro figliolo. Per un attimo, ma solo per un attimo, gli parve quasi di odiare Johnny. Ma la colpa non era del bambino, come non lo era di Armand. Avevano desiderato qualcosa che era impossibile da ottenere; adesso dovevano affrontare i loro doveri, i doveri verso se stessi, oltre che verso Armand e John. Capiva che Liane aveva ragione ma quando, finalmente, scorsero New York con i suoi grattacieli che si stagliava all'orizzonte, Nick si rese conto di non aver mai sofferto tanto in vita sua. L'unico pensiero al quale riusciva ancora ad aggrapparsi era quello di suo figlio. Nient'altro. Per quanto, in quegli ultimi brevi momenti, avrebbe voluto aggrapparsi soltanto a Liane.

Dal ponte si levarono grida di gioia alla vista della Statua della Libertà e il sole della torrida giornata di luglio strappò qualche guizzo di luce dalla fiaccola che reggeva in mano. Quasi subito i rimorchiatori si avvicinarono alle fiancate del *Deauville* e la fecero entrare nel porto di New York. I battelli dei vigili del fuoco si unirono al corteo facendo sprizzare in aria getti d'acqua e, quando raggiunsero la banchina, vi trovarono le ambulanze già allineate in lunghe file per accogliere i feriti che sarebbero scesi dalla nave. Tutte le solite formalità di dogana erano state eliminate e quando il *Deauville* attraccò, scattarono i flash delle macchine fotografiche e giornalisti tentarono di intervistare tutti quelli che potevano avvicinare.

Liane era quasi convinta di conoscere per nome tutti gli uomini sopravvissuti al naufragio del *Queen Victoria* e qualcuno le scattò una foto proprio in piena faccia mentre si chinava a baciare un ferito sulla guancia. Anche il resto dei passeggeri pareva riluttante a scendere; tutti si abbracciavano, si scambiavano indirizzi, si allungavano pacche affettuose sulle spalle, si congratulavano con il capitano e con i marinai per l'ottima traversata. Poi, alla fine, uno per uno, tutti presero le loro valigie e scesero a terra. Liane, Nick e le bambine furono quasi fra gli ultimi ad andarsene e quando, alla fine, si trovarono sulla banchina, si guardarono increduli.

«Bene, siamo a casa.» Nick lanciò un'occhiata a Liane al di sopra della testa delle bambine; sia l'uno che l'altra non se la sentivano di rallegrarsi e di far festa. Liane, poi, avrebbe voluto soltanto tendere le braccia verso Nick. Stringerlo a sé.

«Ancora non sembra di essere a casa.» Infatti le toccava accompagnare le bambine alla stazione di Grand Central e, di lì, prendere un treno per Washington D.C.

«Presto lo sembrerà.» Nick sembrava più calmo di quello che si sentisse in realtà; volle assolutamente cercare un tassì e accompagnarle al treno. Improvvisamente, mentre vi salivano, Liane scoppiò a ridere e anche Nick sorrise. «Dobbiamo sembrare un branco di vagabondi.» Nick abbassò gli occhi sugli abiti che indossava e che gli erano stati prestati e pensò che quella era la prima volta chc non trovava una limousine ad attenderlo sulla banchina, scendendo da una nave.

Chiacchierarono, scambiando battute di spirito, con le bambine per tutto il tragitto fino a Grand Central che raggiunsero fin troppo presto. Dopo che Liane ebbe comprato i biglietti, continuarono insieme fin sotto la pensilina. In un primo momento Liane aveva pensato di fermarsi in un albergo di New York, ma adesso era preferibile continuare il viaggio fino in fondo. Se fosse rimasta in città, la tentazione di rivedere Nick sarebbe stata troppo forte. Lui portò nello scompartimento il poco bagaglio che avevano, poi si fermò un attimo a guardare Liane mentre lei e le bambine alzavano gli occhi a fissarlo.

«Arrivederci, zio Nick. Vieni presto a trovarci.» Era stata Elisabeth a fargli l'invito e Marie-Ange le fece subito eco. Già da molto tempo, durante il viaggio sulla nave, avevano abbandonato il «Mr. Burnham» per rivolgersi a lui.

«Certo. E voi, abbiate cura della vostra mamma.» Liane si accorse che la voce di Nick diventava roca per la commozione e si sforzò nuovamente di ricacciare le lacrime che le salivano agli occhi. Ma non ci fu niente da fare e, piangendo, lo strinse a sé mentre Nick ricambiava il suo abbraccio e le bisbigliava dolcemente fra i capelli: «Abbi cura di te, amica mia». Poi si staccò lentamente e con un ultimo silenzioso cenno di saluto le lasciò e scese dal treno, asciugandosi rapidamente le lacrime prima che le bambine lo guardassero di nuovo. Si fermò sul marciapiede a sorridere con affetto, a fare gran gesti di saluto mentre Liane e le sue figlie si spenzolavano dal finestrino verso di lui. Poi Liane costrinse le bambine a ritirarsi dal finestrino e gli mandò un bacio a fior di labbra mentre lui pronunciava le parole «ti amo» senza alzare la voce. Infine rimase lì fino a quando Liane poté vederlo e fu soltanto allora, soffocando un singhiozzo, in preda alla disperazione, che lei si decise a tirar dentro la testa.

Andò a sedersi sulla *banquette* di velluto color bruciato mentre le bambine cicalavano chiedendosi a che cosa servissero tutti quei pulsanti, quelle levette, quelle luci, e chiuse gli occhi per un momento, rivedendo la faccia di Nick e spasimando con tutta l'anima per il desiderio di toccarlo soltanto una volta ancora... per un attimo... Si rivide nella cabina del primo ufficiale, fra le braccia di Nick, e le parve di provare una sofferenza quasi insopportabile. Poi, incapace di dominare i singhiozzi per un momento di più, mormorò qualcosa alle bambine e uscì nel corridoio, richiudendo la porta dietro di sé.

«Le occorre qualcosa, signora?» Venne a domandarle uno degli inservienti, un negro alto, con la giacca bianca, immacolata; ma Liane non riusciva a parlare e si limitò a scrollare il capo con le guance inondate di lacrime. «Signora?» L'uomo era rimasto stupito di fronte a quel dolore così atroce, ma Liane scrollò nuovamente la testa.

«Sto bene.» Ma non era così. Come avrebbe potuto dirgli che, in quegli ultimi quindici giorni aveva lasciato suo marito, dopo la caduta di Parigi, aveva attraversato l'Atlantico con le sue figlie sul mercantile, in aperta sfida ai sottomarini tedeschi, aveva assistito al naufragio di un'altra nave, aveva visto l'acqua, intorno a loro, piena di cadaveri, aveva curato e assistito quasi duecento uomini che soffrivano per le ferite e le ustioni riportate... si era innamorata dell'uomo al quale aveva appena detto addio e che forse non avrebbe mai più rivisto...? Era impossibile trovar parole per spiegare tutto questo e Liane, appoggiandosi al finestrino del treno in corsa, ebbe l'impressione di sentirsi spezzare il cuore.

Intanto alla stazione di Grand Central, Nick si stava avviando lentamente verso l'uscita, a testa bassa, gli occhi umidi, con l'aspetto di chi ha visto morire tra le proprie braccia, quella mattina stessa, l'amico più caro. Quando fu in strada, chiamò un tassì e tornò a casa. Ma trovò l'appartamento vuoto. Mrs. Burnham era a Cape Cod con amici, gli riferì una cameriera che non aveva mai visto. E intanto il treno continuava a correre verso Washington.

24

LIANE e le bambine entrarono all'Hotel *Shoreham* alle otto, quella sera; a Liane pareva di non aver più chiuso occhio da molti giorni. Erano esauste, sporche, e le bambine piagnucolose. Avevano avuto troppe esperienze insolite in quelle ultime, poche, settimane, come nei mesi precedenti; adesso era perfino difficile rendersi conto che erano tornate negli Stati Uniti. Qui tutti apparivano sereni, tranquilli, normali. Non si vedevano, come a Parigi prima dell'occupazione, tante facce ansiose e preoccupate né tantomeno le croci uncinate che avevano cominciato a sventolare dopo la caduta della città; non c'erano feriti, come sulla nave. Non c'era più niente di tutto ciò che era diventato familiare alle due piccole, benché fosse tutt'altro che la normalità. Mentre, quella notte, era distesa nel suo letto d'albergo, Liane dovette lottare per parecchie ore contro l'impulso di telefonare a Nick a New York e di annullare tutte le promesse, piene di buon senso, che si erano fatti reciprocamente, basate sulle responsabilità che avevano verso gli altri. Tutto d'un tratto ciò che Liane voleva era soltanto ritrovarsi fra le sue braccia. E Nick, nel suo letto a New York, dovette lottare non meno duramente per non telefonarle all'Hotel *Shoreham* di Washington.

La mattina seguente Liane spedì un cablogramma ad Armand per informarlo che erano arrivate sane e salve. La storia del *Deauville* era apparsa su tutti i quotidiani del mattino, inclusa la sua fotografia mentre dava un bacio su una guancia al giovane canadese, in barella, che stavano facendo scendere dalla nave. Sullo sfondo si poteva vedere anche Nick che la contemplava con occhi pieni di dolore mentre altri sorridevano con la faccia inondata di lacrime. Quando fissò la fotografia pubblicata sul giornale si accorse di avere sempre, come prima, un peso terribile sul cuore e le bambine si accorsero subito che era molto difficile vivere con lei. Troppe cose erano cambiate, e troppo in fretta per tutte; così, le bambine erano piagnucolose e Liane nervosa. Avevano vissuto troppe esperienze, sofferto troppe perdite e adesso ne pagavano duramente lo scotto. Tanto che, quando finalmente si decise a telefonare allo zio George a San Francisco per dirgli che erano rientrate negli Stati Uniti, Liane fu aspra e irritabile nel parlargli. Lo zio si mise a fare una serie di osservazioni prive di tatto a proposito della caduta della Francia, sul fatto che i francesi avevano letteralmente offerto Parigi ai tedeschi su un piatto d'argento e meritavano quello che, adesso, come risultato, gli era toccato. Liane dovette fare uno sforzo di volontà per non mettersi a gridare con lui.

«Bene, grazie a Dio siete tornate. Quando siete arrivate?»

«Siamo arrivate ieri. Siamo tornate su una nave mercantile.» Ci fu un profondo silenzio dall'altra parte. «Il *Deauville*?» Se ne parlava anche sui giornali di San Francisco, quella mattina, ma senza la foto.

«Sì.»

«Che pezzo di cretino è tuo marito, per farti partire su una nave del genere? Perdio, ci saranno stati pure altri mezzi per venir fuori dalla Francia! Hai partecipato anche tu al salvataggio di quei naufraghi in alto mare?»

«Sì, c'ero anch'io.» Liane aveva la voce affranta, si sentiva sconfitta. Non voleva difendere Armand dai commenti dello zio. Non voleva pensare... perché tutto ciò a cui riusciva a pensare era soltanto Nick. «Abbiamo salvato centonovanta uomini.»

«L'ho letto anch'io. C'era una sola donna a bordo, una governante con due bambine.»

Liane sorrise. «Be', non era proprio una governante, zio George; eravamo solo io e le mie figlie.»

«Per amor di Dio...» Lo zio George era rimasto senza parole. Poi le domandò quando sarebbe arrivata a San Francisco e Liane gli rispose di non aspettarla. «Cosa?»

«Siamo arrivate a Washington ieri sera. Ho intenzione di affittare una casa qui.»

«Non se ne parla neanche!» Dopo tutto ciò che aveva passato, dover lottare contro lo zio, adesso, era troppo!

«Questa è stata la nostra città per cinque anni, abbiamo degli amici qui, alle bambine piace la scuola dove andavano.»

«È ridicolo! Perché Armand non ti ha mandata da me?»

«Perché gli ho detto che volevo restare qui.»

«Bene, se riacquisterai il tuo buon senso, sappi che qui sei la benvenuta. Una donna sola si può trovare a disagio in una città sconosciuta. Potresti vivere con me, in questa casa. Del resto, è stata la tua casa prima ancora che lo diventasse quella di Washington. Stai dicendo un sacco di sciocchezze, Liane. Mi meraviglia che tu non abbia tentato addirittura di tornare a Londra o a Vienna, se la pensi così!»

Liane non trovò divertenti queste battute e rispose in tono pacato: «Volevo rimanere con Armand a Parigi».

«Per fortuna non è stato tanto stupido da lasciartelo fare. Del resto immagino che non ci resterà molto neppure lui. Quello sciocco di De Gaulle è già in viaggio per l'Africa del Nord e, da quello che ho sentito, il resto del governo si è diviso e si trova un po' dappertutto, in Francia. Mi stupisce che Armand sia ancora a Parigi. Ha forse deciso di ritirarsi a vita privata?»

Liane gli rispose con voce sommessa. Non aveva nessuna intenzione di informarlo che Armand si era schierato dalla parte di Pétain. «No, per niente.»

«Bene, allora scapperà anche lui come gli altri. Sei stata molto brava a tornare a casa con le bambine. Come stanno?» Domandando di loro, la sua voce si era addolcita e Liane gli diede le ultime notizie sulle due piccole; poi le fece parlare con il prozio ma provò un grande sollievo quando la telefonata finì. Fra lei e lo zio non c'era mai stato niente in comune. Non assomigliava per nulla a suo padre. Aveva sempre disapprovato il suo modo di vivere con il padre, partecipando alla sua vita e alle sue preoccupazioni, ed essendo informata costantemente delle vicende politiche mondiali. A parer suo, non era quello il modo di tirar su una ragazza e, anche quando era diventata adulta, aveva sempre criticato il suo modo di comportarsi. «È troppo... troppo moderna per i miei gusti.» E non aveva fatto mistero della sua disapprovazione. Quando aveva conosciuto Armand, non lo aveva mai preso in grande considerazione. Lo aveva sempre pensato troppo vecchio per Liane e lo aveva anche detto; e quando Liane lo aveva sposato e si era trasferita a Vienna, le aveva augurato di cuore «Buona fortuna» e le aveva detto chiaro e tondo che ne avrebbe avuto bisogno.

Poi, negli anni successivi, si erano incontrati di rado e, quando ciò era capitato, non si erano mai trovati d'accordo su niente e soprattutto sul suo modo di dirigere la Crockett Shipping. Tuttavia, per fortuna, l'azienda di famiglia aveva continuato a prosperare e anche se Liane non vedeva le cose come lui, su questo punto non aveva da lamentarsi. Grazie allo zio George, gli affari andavano molto bene; un giorno ciò le avrebbe consentito di lasciare un patrimonio ancora più cospicuo alle sue figlie e questo la rendeva felice. Ma non si poteva dire che Liane provasse gli stessi sentimenti per quasi tutto il resto, riguardo a quello che lo zio George faceva. Era arrogante, aveva opinioni rigide e incrollabili, era all'antica e straordinariamente noioso.

Quella mattina Liane telefonò anche a un'agenzia immobiliare e combinò di andare a vedere tre case già ammobiliate a Georgetown. Voleva qualcosa di piccolo, senza pretese, dove attendere in pace, con le bambine, la fine della guerra, ricevere di tanto in tanto un po' di amici e fare una vita tranquilla. Erano passati i giorni della *grandeur* dell'ambasciata francese e di altri luoghi simili, ma Liane sapeva che non ne avrebbe sentita la mancanza.

Decise di affittare la seconda casa che vide e combinò di prenderne possesso nel giro di una settimana. Poi assunse una cameriera che ci vivesse con loro, una simpatica negra, anziana, che faceva da cucina e voleva bene ai bambini. Infine fece un giro di acquisti per le due piccole e per se stessa e presto cominciarono ad avere lo stesso aspetto di un tempo. Liane comperò perfino un po' di giocattoli per loro perché non ne avevano portato nessuno. Si godeva ogni singolo attimo di quell'attività e di ogni decisione che il trasferimento nella nuova casa richiedeva. Tutto contribuiva, infatti, a distrarla dal pensiero di Nick, se non altro per pochi minuti, di tanto in tanto, eppure c'erano momenti nei quali era profondamente convinta che non sarebbe riuscita a tirare avanti. Continuava a domandarsi che cosa stesse facendo, se era andato a Boston a riprendere John. Poi il suo pensiero tornava, a tratti, alla nave e a quello che ci aveva vissuto e le pareva che fosse stata la parte più considerevole e importante della sua esistenza. Era impossibile convincersi che si era trattato soltanto di tredici giorni. Poi Liane si sforzava, sempre più spesso, di ricordare a se stessa che il suo dovere non era quello di pensare a Nick, ma ad Armand.

Scrisse a suo marito e gli diede l'indirizzo della nuova casa; poi, due settimane dopo esserci andate ad abitare, ricevette la sua prima lettera. Era breve, perché diceva di essersi trovato con poco tempo a disposizione quando l'aveva scritta e, per una buona metà, appariva cancellata dalla censura. Comunque, Liane era riuscita a capire che stava bene ed era occupatissimo. Armand diceva anche di sperare che lei e le bambine si trovassero bene fra i vecchi amici. La pregava di salutare affettuosamente Eleanor per lui e Liane capì che in quel messaggio di saluto era incluso anche il presidente.

Con tutto ciò, quella fu un'estate lunga e piena di solitudine, per Liane e le bambine. Tutti i loro amici erano lontano da Washington, a Cape Cod oppure nel Maine o in altre località. I Roosevelt erano, come sempre, a Campobello e soltanto in settembre cominciarono a rivedere qualcuno. Tuttavia prima che settembre arrivasse, Liane aveva già creduto, e da molto tempo, di impazzire nello sforzo di far divertire le bambine e di non pensare continuamente a Nick. Ogni giorno si augurava che le telefonasse oppure di trovare una sua lettera fra la posta, malgrado l'impegno al silenzio che avevano preso. Invece, a distanza di poche settimane l'una dall'altra, ne riceveva da Armand; non le diceva quasi niente in ognuna di esse e gran parte delle righe erano cancellate dalla censura nazista. Liane aveva l'impressione di vivere, con le bambine, in una specie di limbo e più di una volta si domandò per quanto tempo sarebbe ancora riuscita a sopportarlo.

Per di più, le notizie che arrivavano dal resto del mondo le davano la sensazione di aver lasciato l'Europa per raggiungere un altro pianeta. A quattromilacinquecento chilometri di distanza infuriava una guerra e qui la gente andava a comprar la roba da mangiare nei negozi, guidava la macchina, andava al cinema, mentre suo marito passava i giorni tra i nazisti, a Parigi, e i tedeschi continuavano a saccheggiare e a distruggere l'Europa. Poi, in prima pagina, un giornale di Washington, un giorno pubblicò un articolo che parlava dei gioiellieri Tiffany & Co. di New York i quali, lasciata l'antica sede dopo trentaquattro anni, si erano trasferiti in pieno centro, nella 57ª Strada. Il nuovo palazzo era una meraviglia, fornito perfino di aria condizionata, come la chiamavano adesso, che consentiva al negozio di restare fresco indipendentemente dalla temperatura esterna. Con un articolo del genere in prima pagina, Liane si domandò se era il mondo a essere diventato pazzo, oppure lei.

Il 17 agosto, Hitler aveva dichiarato il blocco delle acque territoriali inglesi e Armand, nella sua lettera, era riuscito a disporre le parole in modo tale da informarla di questo fatto, tanto che la censura non aveva toccato quella frase. Del resto, Liane, ormai, aveva già sentito la notizia. Poi, il 20 agosto, lesse sui giornali che Churchill aveva fatto un discorso commoventissimo ai Comuni. Tre giorni dopo Londra veniva bombardata e cominciava il *blitz*;

una notte dopo l'altra edifici, strade, persone erano sottoposte al bombardamento aereo tanto che i londinesi passavano più tempo nei rifugi che in casa propria. Poi, pressappoco all'epoca in cui Elisabeth e Marie-Ange tornarono alla loro vecchia scuola, gli inglesi si misero a evacuare tutti i bambini da Londra. Le case crollavano; intere famiglie restavano uccise ogni notte. Dalla Gran Bretagna erano già partite parecchie navi cariche di bambini che venivano mandati in Canada per la durata del conflitto.

Poi, finalmente, verso la metà di settembre, Eleanor le telefonò con quella sua voce così esile, roca, familiare, e Liane scoppiò quasi a piangere per il sollievo: quanto piacere le faceva sentirla!

«Come sono stata felice di ricevere la sua lettera a Campobello, mia cara. Ma che traversata spaventosa avete avuto sul *Deauville*!» Ne parlarono per un po' e quella conversazione ottenne soltanto lo scopo di farle pensare a Nick ancora più insistentemente. Al termine della telefonata, Liane andò a sedersi in giardino, sola, e ci rimase a lungo, pensando a lui, chiedendosi dove fosse. Non solo, ma si interrogò, cercando di capire per quanto tempo ancora avrebbe provato quella sensazione di essere viva soltanto a metà, mentre languiva d'amore per lui. Ormai erano passati due mesi da quando l'aveva lasciata su quel treno, alla stazione di Grand Central, ed era sempre vivo nel suo cuore. Ogni articolo che leggeva, ogni pensiero, ogni lettera, ogni giorno le pareva, chissà perché, che avesse un legame con i pensieri che avevano Nick come soggetto. Quello in cui Liane viveva era un inferno segreto, tutto suo, ma capiva che la vita di Nick non doveva essere molto diversa. Però non aveva il coraggio di telefonargli per sapere come stava. Si erano promessi di non farsi mai vivi l'uno con l'altro e Liane capiva di dover essere forte. Lo era, del resto; però piangeva con maggiore facilità del passato e le bambine, molto spesso, la trovavano irascibile. La cameriera che aveva assunto spiegava molto bonariamente alle due sorelline che un motivo c'era, la lontananza del papà, e che la mamma sarebbe stata felice di nuovo quando lui fosse tornato a casa. Anche le due bambine si trovavano d'accordo... tutti sarebbero stati più contenti una volta finita la guerra.

Liane, a Washington, non aveva neppure una vita mondana.

Le persone che la invitavano di continuo quando lei e Armand avevano, in città, una posizione ufficiale, adesso non sapevano più come comportarsi, se invitarla o no. Era una donna sola e questo complicava le cose tanto che si erano ripromessi di invitarla, in futuro ma, fino a quel momento, nessuno lo aveva ancora fatto. Eccetto Eleanor, la quale la invitò, finalmente, a una cena, fra pochi intimi, l'ultima settimana di settembre. Liane provò un grande sollievo quando arrivò in tassì alla Casa Bianca e rivide quel porticato familiare. Anelava a fare una conversazione intelligente con qualcuno. E voleva sentire tutte le notizie della guerra da Eleanor. Si godette infinitamente quella cena fino a quando, dopo il dessert, Franklin la prese da parte e le parlò con molta franchezza.

«Ho saputo di Armand, mia cara. E sono molto, molto addolorato.» Per un attimo Liane si sentì mancare il cuore. Che cosa avevano saputo, loro, che lei ignorava? I tedeschi, in conclusione, avevano messo Parigi a ferro e fuoco? Armand era morto? Avevano ricevuto un comunicato segreto del quale lei non era stata messa al corrente? Diventò paurosamente pallida e il presidente le sfiorò un braccio. «Adesso capisco perché lo ha lasciato.»

«Ma io non l'ho lasciato... non in quel senso...» Lo guardò confusa. «L'ho lasciato perché Parigi era stata occupata e lui pensava che qui io fossi più al sicuro. Sarei rimasta, se me lo avesse permesso!»

La faccia del presidente si indurì. «Si rende conto che Armand sta lavorando con Pétain, in collaborazione con i tedeschi?»

«Io... sì... sapevo che aveva intenzione di rimanere a Parigi con...» Ma Roosevelt la interruppe. «Lo capisce ciò che questo significa, Liane? Quell'uomo è un traditore della Francia.» Lo disse come se pronunciasse l'orazione funebre per Armand e Liane si sentì salire le lacrime agli occhi. Come difenderlo? Non poteva dire a nessuno ciò che sapeva, neppure a un uomo come il presidente. Non poteva far niente per cancellare questa macchia dal nome di suo marito. Per di più non si era resa conto che una notizia del genere potesse arrivare fino agli Stati Uniti. Guardò il presidente senza saper che cosa fare.

«La Francia è occupata, signor presidente. Questi non sono...

tempi normali.» Ma le mancò la voce.

«Chi era fedele alla Francia è fuggito. Alcune di queste persone, adesso, sono nell'Africa del Nord. Sanno benissimo anche loro che il paese è occupato ma non lavorano con Pétain. Liane, sarebbe come se lei fosse sposata con un nazista. Può accettare una cosa simile?»

«Sono sposata con un uomo che amo e che è mio marito da undici anni.» E per il quale aveva appena rinunciato a qualcosa a cui teneva moltissimo.

«Lei è sposata con un traditore.» E, dal tono della sua voce, capì di essere considerata anche lei una traditrice solamente per i legami che la univano ad Armand. Fino a quando Roosevelt aveva creduto che lei avesse lasciato Armand per sempre, tutto era andato bene. Ma se adesso insisteva nello schierarsi a fianco di Armand, sarebbe stata colpevole come lui. Glielo leggeva scritto chiaramente in faccia e lo capì dal modo in cui le diede la buona notte.

Eleanor non le telefonò più e, nel giro di una settimana, tutta Washington sapeva che Armand era un traditore della Francia e lavorava per Pétain e i nazisti. Liane rimase profondamente sconvolta dalle voci e dai pettegolezzi che continuava a sentire. Due o tre delle solite persone maldicenti, che adoravano suscitare scandali, erano arrivate addirittura al punto di venire a dirglielo. Del resto lei non avrebbe saputo dire se fosse più addolorata per la voce, sparsa per tutta Washington, che Armand era diventato un nazista, oppure per la notizia che un sottomarino tedesco, il 2 ottobre, aveva affondato l'*Empress of Britain*, una nave inglese carica di bambini che stava trasportando in salvo in Canada. Si sentì quasi male al ricordo del *Queen Victoria* e di quei cadaveri che qualche mese prima aveva visto galleggiare sull'acqua: adesso i cadaveri sarebbero stati quelli di bambini innocenti.

Le pareva di vivere sotto un incubo continuo mentre cercava di lottare contro la depressione che l'aveva colta per tutte quelle vicende e per il costante senso di vuoto che provava. Bene o male riusciva ad andare avanti, un giorno dopo l'altro, aspettando le lettere di Armand ed evitando più che poteva di rispondere al telefono quando era lo zio George a chiamarla, insistendo perché si trasferisse in California. Ci erano volute solo poche settimane perché arrivasse anche a lui la voce che si era sparsa rapidamente per tutta Washington. Non era neppure mancato qualche accenno velato, in uno degli articoli più pettegoli di cronaca mondana, a un'ereditiera, figlia di un armatore, la quale adesso faceva sventolare la bandiera di Hitler sulla sua casa di Georgetown.

«Ti avevo sempre detto che quell'uomo era un figlio di puttana», ruggiva George nel telefono da San Francisco.

«Non capisco di che cosa stai parlando, zio George.»

«Perdio, se non lo sai! Non me lo avevi detto, vero, il motivo per cui era rimasto a Parigi!»

«Armand è fedele alla Francia.» Ma le pareva di non ripetere altro che parole vuote. Lei soltanto, e Armand, sapevano la verità. Non c'era nessun altro a cui potesse raccontarla. Si chiese se, a questo punto, anche Nick lo avesse saputo.

«Un corno... fedele alla Francia, Liane! Quell'uomo è un nazista.»

«Niente affatto. Non è un nazista. Siamo rimasti sotto l'occupazione tedesca.» Era stanchissima e la sua voce lo rivelava; aveva le lacrime agli occhi.

«Dio sia ringraziato che 'noi' non siamo sotto l'occupazione di nessuno! E non dimenticarti mai, Liane, che tu sei americana. Ed è ora, accidenti, che tu torni a prendere il posto che ti compete. Hai vissuto tanto a lungo negli ambienti internazionali che adesso non sai più chi sei, perdio!»

«Sì che lo so! Sono la moglie di Armand e *ti prego* di non dimenticarlo!»

«Speriamo che uno di questi giorni tu riacquisti tutto il tuo buonsenso! Hai letto la notizia di quei bambini che sono morti quando la nave inglese è affondata? Be', tuo marito è uno di quelli che li hanno uccisi.» Era una crudeltà e Liane si sentì fremere. Sapeva fin troppo bene che cosa fosse l'affondamento di una nave!

«Non dire cose simili, sai? Non *osare*!» Tremava da capo a piedi; poi, senza aggiungere una sola parola, riattaccò. Quell'incubo non sarebbe mai finito. O, perlomeno, non sarebbe finito per molto, molto tempo. Quanto a lei, doveva rammentare a se stessa ogni giorno ciò che Nick aveva detto: «Le persone forti non possono essere sconfitte.» Tuttavia, di notte, quando piangeva a calde lacrime nel suo letto, non riusciva più a credergli.

25

Dopo essere rientrato nel suo appartamento di New York e aver saputo dalla cameriera che Hillary si trovava a Cape Cod e Johnny ancora a Boston, Nick, con aria cupa, aveva tirato fuori dal garage, dove era rimasta per più di un anno, la *Cadillac* verde bottiglia, si era messo al volante ed era partito immediatamente per Gloucester. Sapeva esattamente dove Hillary si trovasse, o per lo meno lo sospettava, ed erano bastate poche telefonate, fatte con le debite cautele, per averne la conferma.

Però, a Hillary non aveva telefonato per avvertirla del suo arrivo. Così giunse, come un ospite atteso, alla grande, antica e bellissima villa circondata da un vasto parco. Salì con aria decisa i gradini della porta d'ingresso e suonò il campanello. Era una stupenda serata di luglio e, a quel che sembrava, nella villa c'era in corso una festa. Una cameriera in uniforme nera con la cuffietta e il grembiulino di pizzo si presentò sorridente ad aprirgli la porta. Rimase un po' stupita di fronte all'aria truce del nuovo arrivato ma Nick, con molto garbo, le domandò di vedere Mrs. Burnham che, a quel che sapeva, era ospite della casa. Poiché non era in abito da sera, si capiva a prima vista che non aveva nessuna intenzione di fermarsi a cena. Consegnò alla cameriera il suo biglietto da visita e lei si allontanò rapidamente. Tornò poco dopo con l'aria visibilmente più nervosa di prima e lo pregò di passare in biblioteca. Qui Nick trovò la madre di Philip, la formidabile Mrs. Markham. La aveva conosciuta molti anni prima e la riconobbe immediatamente intanto che lei lo squadrava attraverso la *lorgnette*. Aveva le mani cariche di anelli di brillanti e indossava un abito da sera azzurro-ghiaccio che si addiceva perfettamente alla sua figura alta ed elegante. I capelli bianchissimi sembravano quasi dello stesso colore del vestito.

«Sì, giovanotto, che cosa vuole qui?»

«Come sta, Mrs. Markham? Sono molti anni che non ci vediamo.» Nick indossava un paio di calzoni di lino, bianchi, una camicia di seta bianca, impeccabile, il *blazer*, e la cravatta a farfalla. Le strinse la mano cortesemente e si presentò. «Sono Nicholas Burnham.» Sotto la cipria che le copriva il volto, Mrs. Markham impallidì leggermente, ma i suoi occhi rimasero impenetrabili. «Credo che mia moglie si trovi qui per il weekend. È stata molto cortese a invitarla.» Le sorrise e i loro occhi si incrociarono; ognuno dei due sapeva perfettamente qual era la situazione, tuttavia Nick era dispostissimo a stare al gioco, per rispetto verso la vecchia signora, se non per Hillary. «Finalmente sono rientrato dall'Europa. Sono appena arrivato, con un certo ritardo sul previsto. Hillary non sa che sono tornato; così ho pensato di venir qui in macchina a farle una piccola sorpresa.» E per dimostrare che non c'era malizia in ciò che stava dicendo, aggiunse: «Vorrei continuare il viaggio fino a Boston con Hillary in modo da poter andare a prendere il mio bambino. Non l'ho più visto da quando li ho fatti salire sull'*Aquitania* in settembre». Ci fu un attimo di silenzio nella stanza mentre la vecchia signora lo guardava attentamente.

«Non credo che sua moglie sia qui, Mr. Burnham.» Si mise a sedere con molta grazia e compostezza, tenendosi impettita, senza appoggiarsi allo schienale della seggiola, stringendo la *lorgnette* fra le dita senza un tremito.

«Capisco. In tal caso può darsi che sua cugina abbia commesso un errore. Perché le ho telefonato prima di venire.» Sapeva quanta intimità ci fosse tra le due donne le quali avevano sposato due fratelli. «Mi ha accennato al fatto che ha visto qui Hillary durante il weekend scorso. Dal momento che non è arrivata a casa, sono giunto alla conclusione che dev'essere ancora qui.»

«Non riesco proprio a capire come...» Ma prima di poter finire ciò che stava dicendo, suo figlio irruppe nella stanza.

«Mamma, per amore di Dio, non devi...» Si interruppe bruscamente ma era troppo tardi. Stava per dirle che non c'era bisogno che si preoccupasse troppo per Nick Burnham. Nick girò sui tacchi, senza muoversi dal posto dove si trovava, e guardò Philip dritto negli occhi.

«Salve, Markham.» Intanto su quelle tre persone era calato un profondo silenzio. Ma Nicholas proseguì: «Sono venuto a prendere Hillary».

«Non è qui.» Lo disse in tono derisorio mentre gli lampeggiavano gli occhi.

«È quello che mi sta dicendo tua madre.»

Ma Hillary dimostrò che mentivano tutti e due. Perché li raggiunse entrambi in biblioteca subito dopo. Portava un abito da sera di una stoffa da sari indiano, di seta leggerissima, quasi trasparente, oro e bianca. Era una visione di sogno con i capelli scuri raccolti in cima alla testa, l'abbronzatura intensissima, una parure di brillanti al collo e alle orecchie. Rimase immobile e fissò Nick, sgranando gli occhi. «Dunque, sei tu. Credevo che fosse uno scherzo di cattivo gusto.» Non fece un gesto per andargli vicino.

«Uno scherzo di pessimo gusto, potremmo dire, cara Hillary. A quel che sembra, tu non ci sei neppure, qui!» Lo sguardo di Hillary passò da Philip alla madre di questo, nel sentire Nick che parlava così; poi alzò le spalle.

«Grazie, comunque. Ma non ha importanza. Sì, sono qui. E con questo? La cosa più importante è un'altra: perché ci sei tu, qui?»

«Per portarti a casa. Ma prima andiamo a prendere Johnny. Non lo vedo da dieci mesi o te ne sei dimenticata?»

«No, non me ne sono dimenticata.» I suoi occhi cominciarono a scintillare come i diamanti che le splendevano dai lobi delle orecchie.

«E tu? Da quanto tempo non lo vedi?» Nick, mentre le faceva questa domanda, la fissò con occhi fiammeggianti.

«Dalla settimana scorsa.» Le sue parole non rivelarono niente.

«La cosa mi sorprende molto. Adesso vai a far le valigie e lasciamo queste simpatiche persone alla loro festa.» Le aveva rivolto la parola in tono pacato e sommesso, ma era chiaro che si controllava a fatica e stava per esplodere.

«Non puoi portarla via così, da questa casa.» Philip Markham fece un passo avanti e Nick lo fissò senza abbassare gli occhi.

«È mia moglie.»

L'anziana signora Markham li osservava senza dire niente. Ma Hillary fu pronta a dire ciò che pensava.

«Io non mi muovo di qui.»

«Posso ricordarti che siamo ancora marito e moglie? Oppure hai inoltrato domanda di divorzio durante la mia assenza?» Si accorse che Hillary e Philip si scambiavano rapidamente un'occhiata carica di nervosismo. Hillary non aveva fatto niente di simile, anche se ne aveva l'intenzione; adesso, l'arrivo improvviso di Nick veniva a creare un ostacolo ai loro progetti. Si sentivano, ormai, pronti ad annunciare il loro fidanzamento. Alla Markham la cosa non garbava molto. Sapeva che tipo fosse Hillary e non le piaceva. Non le piaceva affatto. E lo aveva anche detto a Philip. Quella ragazza era ancor peggio di tutte le altre mogli che lui aveva avuto e gli sarebbe costata un patrimonio. «Ti ho fatto una domanda, Hillary», insistette Nick. «Hai inoltrato la richiesta di divorzio?»

Scoprì subito l'antica petulanza, che ben conosceva, nella sua voce. «No, non l'ho inoltrata. Però ho intenzione di farlo.»

«La notizia è interessante. E per quali motivi?»

Hillary gli lanciò un'occhiataccia. «Per abbandono del tetto coniugale! In un primo momento avevi detto che saresti tornato per Natale, poi in aprile.»

«Mentre tu, povero amore, per tutto questo tempo non hai fatto che languire e sospirare perché ti mancavo! Buffo, in tal caso, che io non abbia mai ricevuto una risposta alle mie lettere o ai miei cablogrammi.»

«Non pensavo che la posta ti potesse arrivare... c'era di mezzo una guerra e tutto il resto.» La voce di Hillary ebbe un tremito di incertezza e Nick scoppiò a ridere.

«Bene, adesso sono tornato a casa, così non ha più importanza. Vai a prendere la tua roba e ce ne andiamo. Sono sicuro che Mrs. Markham ne ha fin sopra i capelli di noi!» Lanciò uno sguardo all'anziana signora e, per la prima volta, la vide sorridere.

«A dir la verità, mi sto divertendo moltissimo. Sembra di assistere a una commedia inglese. Ma più avvincente, perché è vera e reale.»

«Assolutamente vera!» Nick sorrise garbatamente e tornò a rivolgersi a sua moglie. «Per tua informazione, per quanto avremo tutto il tempo necessario di discuterne in seguito, ciò che mi ha trattenuto in Francia fino a ora sono state questioni riguardanti la difesa nazionale. Si trattava di importantissimi contratti e forniture che potrebbero avere un peso sulla economia del nostro paese, oltre a questioni che riguardano le nostre capacità di difesa nei confronti dei tedeschi, caso mai dovessero minacciarci direttamente. Faticheresti molto a convincere qualsiasi corte di giustizia che sei stata abbandonata! Anzi sono quasi convinto che comprenderebbero perfettamente i motivi per i quali sono rimasto lontano tanto a lungo.»

Hillary non nascose di essere furiosa a queste parole e neppure Markham parve molto soddisfatto. «Credevo che tu vendessi l'acciaio ai tedeschi. O, se non altro, era quello che facevi l'anno scorso.»

«Ho annullato tutti i miei impegni in questo senso, con perdite considerevoli, ma il presidente è stato molto contento quando gliel'ho detto.» Per non parlare del dono che aveva fatto alla Polonia e che aveva dato molta soddisfazione anche al presidente. Scacco matto, cari amici. Nick sorrise al suo uditorio. «Di conseguenza l'accusa di abbandono del tetto coniugale non regge e non può applicarsi al mio caso neppure quella di adulterio.» Si impose di scacciare dalla propria mente l'immagine di Liane mentre parlava, anche se il pensiero di lei non lo aveva lasciato un solo istante da quando era uscito dalla stazione di Grand Central. «Temo proprio che, a questo punto, dobbiamo considerarci ancora coniugati, con un figlio che aspetta a Boston che andiamo a prenderlo. Su, amica mia, andiamocene, la festa è finita.» Rimasero tutti e tre immobili e muti per un attimo che parve interminabile, osservati da Mrs. Markham la quale, alla fine, decise di intervenire.

«Ti prego di andare a prendere la tua roba, cara Hillary. Come dice quest'uomo, la festa è finita.» Hillary si voltò a guardarla, poi guardò anche Philip, con un'espressione sul viso che esprimeva la frustrazione più totale e infine si rivolse a Nick.

«Non puoi fare una cosa simile, maledizione! Non puoi sparire per quasi un anno e poi aspettarti di venire a prendermi e portarmi via come se fossi un mobile che hai lasciato in qualche posto!» Fece il gesto di schiaffeggiarlo ma Nick le afferrò il braccio a mezz'aria.

Poi parlò con voce tranquillissima e squillante. «Non qui, Hillary. Non è carino.»

A queste parole, Hillary uscì a passi furibondi dalla stanza e tornò venti minuti dopo con due grosse valigie, la sua cameriera e un barboncino. Philip aveva lasciato la biblioteca subito, anche lui, seguendola e Mrs. Markham aveva invitato Nick a sedersi e a bere qualcosa, intanto che aspettavano. Bevvero entrambi un bourbon doppio mentre Nick si scusava per averla costretta a restare lontano dai suoi ospiti.

«Per carità! Anzi...» e sorrise «... me la sono proprio goduta! Non solo, ma lei mi sta facendo un grande favore. Ero molto preoccupata per Philip.» Restarono ancora in silenzio per un po', sorseggiando i loro drink; poi Mrs. Markham lanciò un'altra occhiata di sottecchi a Nick. E concluse che lo trovava simpatico. Aveva un gran fegato, un coraggio straordinario e non si poteva che ammirarlo per il modo come aveva saputo rimettere a posto quella donna insopportabile che aveva sposato. «Dimmi una cosa... Nick... posso chiamarti Nick?»

«Certamente!»

«Come hai finito per sposare quella sgualdrinella?»

«Mi sono innamorato pazzamente di lei quando aveva diciannove anni.» Sospirò, pensando a Liane, e poi riportò lo sguardo sulla Markham. «Era molto carina, a diciannove anni.»

«Lo è ancora, però è una donna pericolosa. No», l'anziana signora ci ripensò e si corresse scrollando la testa, «non una donna, una bambina... è una bambina viziata.» Il suo sguardo incontrò quello di Nick al di sopra del bicchiere. «Porterà mio figlio alla rovina, se riuscirà ad averlo.»

«Ho paura che rovinerà il mio.» Aveva parlato con un tono di voce quieto, sommesso, e Mrs. Markham annuì, come se fosse soddisfatta di qualche cosa.

«Non devi permetterglielo. Come non devi permettere che porti alla rovina te. Hai bisogno di una donna completamente diversa.» Mai, in vita sua, Nick aveva passato una mezz'ora più strana di questa; un sorriso gli aleggiò sulle labbra al pensiero di Liane. Sì, era proprio una donna molto diversa. E, d'un tratto, provò quasi il desiderio di dire a Mrs. Markham che l'aveva trovata... e perduta...

Fu in quel momento che Hillary rientrò in biblioteca con le valigie, il cagnolino, la cameriera e Philip. Nick ringraziò educatamente Mrs. Markham per la piacevole visita e Hillary salutò lei e suo figlio lanciando un'altra occhiata incendiaria e furente a suo marito.

«Non ti illudere che tutto sia sistemato a questo modo. La verità è che non voglio fare una scena mentre hanno gente in casa.»

«Una cosa nuova, questa! Quanta premura, da parte tua!» Nick strinse la mano a Mrs. Markham, salutò suo figlio con un cenno del capo e prese Hillary per un braccio, avviandosi con lei alla porta mentre un maggiordomo li seguiva con il bagaglio. Pochi minuti più tardi, le valigie erano sistemate nel bauletto, Nick infilava la chiave nel cruscotto e ripartiva, diretto a Boston.

«Non illuderti di passarla liscia per quello che hai fatto, sai?» Hillary si era rannicchiata alla estremità più lontana del sedile, schiumava di rabbia e aveva addirittura il fiato corto per il furore né più né meno come il suo barboncino, con le unghiette verniciate dello stesso colore della padrona, il quale ansava, invece, per il gran caldo.

«Neanche tu.» Il tono di voce così pieno di fascino e ben modulato, che Nick aveva usato in casa Markham, era sparito. «E prima te lo ficcherai in testa, Hillary, meglio sarà per tutti noi.» Non appena furono usciti dal vasto parco di casa Markham, fermò la macchina sull'orlo della strada e la guardò con un'espressione tale che Hillary capì subito come suo marito non avesse più intenzione di sopportare ulteriori sciocchezze da parte sua. «Siamo sposati, abbiamo un bambino che trascuri in un modo vergognoso. Ma continueremo a rimanere sposati. Punto e basta. E d'ora in avanti, ricordati che dovrai comportarti molto bene altrimenti ti prenderò a calci in pubblico!»

«Mi stai minacciando!» strillò Hillary.

E Nick ruggì, di rimando: «Certo che ti sto minacciando, lo hai capito benissimo! A quello che sento, hai praticamente abbandonato il nostro bambino per un anno intero, ma ricordati che non dovrai fare mai più una cosa simile. Mi hai capito? Tanto per fare qualcosa di un po' diverso dal solito, resterai a casa tua e ti comporterai come si deve comportare una mamma. E se siete così follemente innamorati, tu e Markham, benissimo! Fra nove anni, quando Johnny ne avrà diciotto, potrai fare quello che accidenti ti piacerà! Ti concederò il divorzio. Pagherò perfino le spese della tua nuova festa di nozze. Ma, nel frattempo, cara mia, la situazione è questa.» Poi abbassò la voce. «Per i prossimi nove anni, che ti piaccia o no, continuerai a essere la moglie di Nicholas Burnham.» Per Hillary, queste parole suonarono come una sentenza di morte e cominciò a piangere.

Quando arrivarono davanti alla casa della madre di Hillary, Nick scese dalla macchina senza rivolgerle una sola occhiata, suonò il campanello e si precipitò dentro non appena gli vennero ad aprire. Johnny era già nella sua camera, in pigiama; a guardarlo, si sarebbe detto il bambino più solo e abbandonato del mondo (questo fu, almeno, ciò che Nick pensò), fino al momento in cui, alzando gli occhi, proruppe in un urlo di gioia nel vedere il suo papà.

«Papà! Paparino!... Sei tornato!... Sei arrivato! La mamma diceva che tu non saresti mai più tornato.»

«Che cosa diceva la mamma?» Guardò il suo bambino con aria inorridita.

«Diceva che preferivi stare a Parigi.»

«E tu ci credevi?» Si mise a sedere sul letto di Johnny mentre la suocera lo guardava dall'anticamera, con la faccia rigata di lacrime.

«Non proprio», mormorò il bambino. «Non ci credevo quando leggevo le tue lettere.»

«Se tu sapessi come mi sono sentito solo senza di te, birbante! Quasi quasi, mi veniva da piangere ogni sera. Non pensare mai più che io sia felice quando sono lontano da te, perché non è vero! E adesso non ti lascerò più. Mai più!»

«Me lo prometti?» Johnny aveva gli occhi pieni di lacrime, e anche Nick.

«Te lo giuro. Qua la mano.» Si strinsero solennemente la mano poi Nick prese di nuovo Johnny fra le braccia.

«Quando posso tornare a casa? Presto?»

«Quanto tempo ci metti a fare le valigie?»

Il faccino di Johnny si illuminò di gioia. «Vuoi dire subito? Posso tornare nella nostra casa di New York?»

«Certo, è quello che sto dicendo!» Poi si voltò a guardare la suocera con l'aria di volersi scusare. «Mi spiace di farti una cosa simile, ma non sopporterei di vivere un altro giorno senza di lui.»

«Né Johnny senza di te», rispose sua suocera. «Abbiamo cercato di fare del nostro meglio, ma...» A questo punto scoppiò a piangere disperatamente e Nick circondò con un braccio le spalle della madre di Hillary.

«Per carità! Capisco perfettamente. Ma adesso tutto andrà per il meglio.»

L'anziana signora gli sorrise fra le lacrime. «Com'eravamo preoccupati per te! E quando Parigi è caduta, abbiamo avuto paura che tu finissi nelle mani dei tedeschi.» Sospirò profondamente e si soffiò il naso. «Quando sei arrivato?»

«Stamattina. Sul *Deauville.*»

«Quella nave che ha salvato i naufraghi?» Nick fece segno di sì con la testa. «Oh, mio Dio...» Ma Johnny che aveva sentito le ultime parole di questo discorso insistette perché suo padre gli raccontasse tutta la storia. Nick restò un istante incerto: non sapeva se dirgli che, su quella nave, aveva visto le bambine de Villiers ma, alla fine, concluse che era meglio evitarlo. Non voleva che Hillary sapesse niente di tutto ciò.

Mezz'ora dopo lasciarono la casa della nonna fra lacrime e saluti e promesse di scriversi e di rivedersi presto. Ma Johnny appariva talmente giubilante, quando salì in macchina con il cucciolo che suo padre gli aveva regalato a Parigi e che adesso era diventato un cane adulto, che il distacco non fu particolarmente triste. Del resto, la nonna sapeva che la cosa migliore per lui era vivere a casa, con suo padre e sua madre. Ma Johnny ebbe un'altra sorpresa quando trovò la mamma che lo aspettava in macchina.

«Che cosa fai qui, mamma? Credevo che tu fossi a Gloucester!»

«Infatti. Ma tuo padre mi è venuto a prendere.»

«Però avevi detto che ci saresti rimasta per venti giorni...» Sembrava confuso e Nick cercò di cambiare argomento. «Perché non sei venuta in casa a salutare la nonna?»

«Non volevo lasciare il barboncino solo in macchina; e poi, diventa sempre nervoso nelle case che non conosce.» Sembrò che la spiegazione fosse soddisfacente per Johnny. Nick si accorse che madre e figlio non si erano scambiati neppure un bacio.

Il bambino si addormentò molto prima che arrivassero a New

York e qui Nick lo prese in braccio e lo portò di sopra, nel suo letto, ce lo distese, rimboccandogli le coperte, mentre una cameriera sbalordita lo stava a osservare. Adesso, finalmente, erano proprio tornati a casa, tutti. Quella sera Nick girò per l'appartamento, togliendo le fodere ai mobili, guardandosi intorno, cercando di abituarsi nuovamente a quelle stanze. Poi Hillary lo trovò seduto tranquillamente nel suo studio, con gli occhi rivolti verso il cielo di New York e la splendente luna estiva, talmente assorto nei propri pensieri da non sentirla neppure entrare. Quanto a Hillary, si accorse, fissando l'uomo che la aveva letteralmente rapita dalla casa di Philip Markham a Gloucester quella sera, di non aver neppure energia sufficiente per arrabbiarsi con lui. Rimase lì, immobile, dov'era, a osservarlo. Per lei, era un estraneo. Faceva perfino fatica a ricordare che cosa volesse dire essere stata sposata con lui. Le pareva che fosse passato un secolo dall'ultima volta che avevano fatto l'amore; sapeva che non lo avrebbero fatto mai più ma non gliene importava niente. Però non riusciva a dimenticare ciò che Nick le aveva detto in automobile prima di andare a prendere Johnny. I prossimi nove anni, aveva detto... nove... e come se avesse pronunciato quella parola ad alta voce, Nick si voltò a guardarla.

«Che cosa fai, ancora alzata?»

«Fa troppo caldo per dormire.»

Lui annuì. Quanto poco gli restava da dirle! Mentre sapeva che, se fosse stato con Liane, avrebbe continuato a parlarle per tutta la notte. «Johnny non si è più svegliato, vero?»

Lei scrollò la testa. «È l'unica cosa che ti importa, quel bambino, eh?»

Nick annuì. «Eppure, una volta, non era così. E, sotto molti aspetti, continuo ancora adesso a provare dell'affetto per te.» Unicamente perché c'era quel figlio che li legava, non per altro. E lo sapevano entrambi.

«Perché vuoi che continui a essere tua moglie?» Hillary andò a sedersi su una poltrona, nel buio, e Nick la osservò.

«Per lui. Ha bisogno di tutti e due. E ne avrà ancora bisogno per molto tempo.»

«Nove anni.» Hillary pronunciò quelle parole come se fossero ancora una eco di quelle di lui.

«Non ti farò passare dei momenti difficili, Hil. Fintanto che ti comporterai in un modo decente nei suoi confronti.» Avrebbe voluto domandarle come aveva fatto ad abbandonarlo a quel modo per quasi un anno. Sentiva male al cuore solo a pensare quanta solitudine dovesse aver sofferto quel bambino. E anche a pensare quanto lui stesso si era sentito solo in Francia, senza Johnny.

«Non vuoi qualcosa di più di questo, anche per te stesso, Nick?» Era un mistero suo marito, per Hillary. Fra l'altro, non provava nessun piacere a stare lì con lui. E lo sapevano bene, sia l'uno che l'altra. Del resto, non era più necessario nasconderglielo. E poi, non riusciva ancora a credere che Nick fosse addirittura riuscito a farla tornare a casa, ma era un uomo forte, potente, troppo potente per combatterlo. A volte questo era uno dei motivi per i quali lo odiava.

Adesso Nick la guardò, chiedendosi chi fosse questa donna, esattamente come Hillary si stava chiedendo chi fosse suo marito. «Sì, certo che voglio qualcosa di più per me stesso! Ma questo non è il momento.»

«Forse non hai ancora incontrato la donna giusta.» Nick non le rispose e per un attimo Hillary si domandò se fosse la verità... ma no, non sarebbe stato da lui. Sapeva quanta fedeltà avesse sempre dimostrato nei suoi confronti, anche se non aveva mai significato molto per lei. Anzi, le aveva dato fastidio.

«Forse no», le rispose infine. Poi si alzò con un sospiro. «Buona notte, Hil.» La lasciò seduta nella stanza buia, sola, e salì nella camera degli ospiti, dove aveva fatto mettere tutta la sua roba. Mai più avrebbero dormito nella stessa camera da letto e del resto non lo avevano più fatto da quella sera, sul *Normandie*, un anno prima, quando lui si era trasferito in un'altra cabina, lasciando la loro *suite*. Quei giorni erano finiti.

Nick affittò una casa quell'estate a Marblehead e si prese il mese di agosto di vacanza in modo da poter stare con Johnny. Hillary andava e veniva. Lui sapeva che si vedeva con Philip Markham, ma non gliene importava. Adesso mostrava, nel suo modo di comportarsi, più discrezione del passato e, accorgendosi che suo marito non faceva niente per impedirle di vivere come voleva, era meno sgradevole da sopportare quando stava in casa. Poteva parere strano, eppure Nick aveva la sensazione che Philip Markham fosse una persona che andava bene per lei. Si somigliavano moltissimo. E si chiese perfino se fosse Markham il responsabile del fatto che Hillary appariva più calma e tranquilla.

Per Nick, i momenti più felici erano quelli che passava da solo con Johnny. Da quanto tempo anelava a qualcosa di simile! E quante volte, a Parigi, aveva pensato a quando avrebbe potuto stare col suo bambino. E poi, i giorni trascorsi a Marblehead gli davano una possibilità di pensare a Liane. Faceva lunghe passeggiate sulla spiaggia, guardava il mare, ricordava il loro viaggio, il salvataggio dei naufraghi, le ore trascorse a parlare, l'amore appassionato che avevano provato in quella piccola cabina. Adesso tutto pareva un sogno lontano; ogni volta che guardava suo figlio, Nick pensava che Liane aveva avuto ragione a lasciarlo libero, per quanto, il prezzo che avevano pagato tutti e due per questo amore era stato molto alto. Spesso pensava di telefonarle, di cercar di sapere come stava, di dirle quanto la amava ancora, quanto la avrebbe sempre amata... eppure capiva che la sola idea di mettersi in contatto con lei anche per pochi attimi sarebbe stata crudele.

Capitò in autunno che arrivasse addirittura al punto di alzare il microfono del telefono, una sera tardi, dall'appartamento di New York. Hillary era via, sarebbe rimasta lontano da casa per qualche giorno, e Johnny dormiva; quanto a lui, era rimasto seduto nel salone per ore e ore, ripensando al suono della voce di Liane, alla sua pelle sotto le dita. Capiva che non sarebbe mai riuscito a dimenticarla. Però, forse, ormai, e se lo ripeteva, poteva essere Liane ad avere dimenticato lui. Allora posò lentamente il microfono sulla forcella del telefono e uscì a fare una lunga passeggiata. Era una sera di settembre fresca e ventosa. L'aria faceva piacere. Sapeva che le cameriere avrebbero sentito Johnny se si fosse svegliato e non aveva fretta di tornare a casa. Camminò su e giù per le strade di New York a lungo e infine rientrò a casa. Era ancora sveglio quando Hillary tornò alle due del mattino e sentì la porta della sua camera da letto che si richiudeva. Ricordava fin troppo bene i giorni in cui qualcosa di simile lo aveva fatto infuriare; adesso non era più così. Invece, aveva l'impressione di impazzire per la situazione esasperante che stava vivendo, per la solitudine e il senso di vuoto lasciatogli dalla perdita di Liane.

26

L'11 NOVEMBRE 1940 venne costituito ufficialmente il governo di Vichy, con Pétain come presidente e Armand de Villiers in una posizione di primissimo piano. Il suo presunto tradimento della vecchia Francia non era più un segreto. Ma, a quel punto, Liane si era abituata, ormai, a essere snobbata. Già da molto tempo era diventata una specie di paria a Washington. Non si aspettava più di sentir squillare il suo telefono, non riceveva più inviti per andare in nessun posto. Moltissime volte le capitava di restare chiusa in casa per giorni interi in attesa che le bambine tornassero da scuola. Sotto molti aspetti, tutto ciò le faceva tornare alla memoria i giorni di Parigi dopo la dichiarazione di guerra quando Armand restava in ufficio per quindici ore filate. Però, a quell'epoca, se non altro, sapeva che a un certo momento, per quanto tardi fosse, sarebbe tornato a casa da lei. Adesso era impossibile sapere quando si sarebbero riuniti. A volte si chiedeva se non era stata pazza a dire a Nick che la loro relazione non poteva continuare. Che male ci sarebbe stato? Chi ne avrebbe sofferto? Chi ne avrebbe saputo qualcosa? Ma... forse... lei stessa e, magari, a un certo momento anche le bambine, e un giorno, in futuro, Armand. Aveva fatto la cosa più giusta, però il pensiero di Nick aveva sapore di amaro. Ormai erano quattro mesi che il pensiero di quei tredici giorni felici su una nave mercantile, la quale viaggiava a zigzag dalla Francia verso gli Stati Uniti, costituiva un vero tormento per lei.

Le lettere di Armand erano rare e brevi, adesso venivano fatte partire dalla Francia per mezzo di persone che lavoravano nella Resistenza e non portavano mai la sua firma. La raggiungevano per vie complicate e segrete e, dopo un certo tempo, toccata Londra e qualche porto inglese, venivano inoltrate in America su un mercantile o una nave carica di truppe o qualsiasi altro bastimento che compisse la traversata. Non solo, ma a volte c'erano strani periodi di silenzio fra l'una e l'altra di queste lettere tanto che Liane si chiedeva sempre se le persone incaricate di portargliela erano state uccise oppure se qualche nave adibita al trasporto delle truppe era affondata. Impossibile saperlo. Ciò che però Liane sapeva adesso, o per lo meno intuiva, era che Armand si trovava in un pericolo costante. La sua posizione, negli alti ranghi del nuovo governo, era tale che, nel caso il suo tradimento di Pétain e dei nazisti dovesse essere scoperto, sarebbe stato immediatamente trucidato.

«... siamo molti indaffarati adesso, amore mio. Abbiamo continuato a mettere in salvo tesori d'arte, oltre a vite umane, cercando di spedire fuori da Parigi i pezzi rari che si trovavano al Louvre e siamo riusciti a farli scomparire in granai, baracche, fienili sparsi su tutta la Francia, prima che potessero essere spediti a Berlino. Ci occorrerà una vita intera, magari, per recuperarli, coperti come sono di fieno e di letame, ma, se non altro, saranno una cosa di meno che potranno rubarci... perfino un minuscolo pezzetto di storia che rimane nostro è una vittoria per la nostra parte... ma non c'è solo questo, ci sono anche le persone che sono riuscite a fuggire per aver salva la vita. Il fatto di sapere che siamo riusciti a compiere anche questo, a salvare perfino una sola vita umana, mi rende sopportabile il dover restare senza le tue dolci carezze, il tuo amore, il tuo sorriso...»

Queste lettere, adesso, straziavano il cuore di Liane e la spingevano a domandarsi di nuovo se valesse la pena di correre tutti questi rischi. Un quadro, una statua... un pezzo di storia... e tutto questo, magari, in cambio della sua vita? Possibile che Armand fosse realmente convinto che valeva la pena di correre un rischio simile? Eppure Liane scopriva, nelle sue lettere, la stessa devozione, lo stesso amore appassionato che aveva sempre avuto per la Francia. Bisognava proprio ammettere che il suo paese fosse stato per Armand come il primo amore, un amore superiore a qualsiasi altra cosa. Lo aveva degnamente servito in ogni parte del mondo e ora cercava di salvarlo da coloro che lo volevano lasciare sanguinante, ormai cadavere, spremuto fino all'osso, sul bordo di una strada.

Liane ammirava i principi che guidavano Armand nel suo lavoro e, al tempo stesso, man mano che cominciava ad accorgersi che le bambine venivano evitate volutamente dalle loro amichette, si vedeva costretta a domandarsi di nuovo se era saggio tutto ciò che Armand aveva fatto. Sarebbe stato meglio partire per l'Africa del Nord o per Londra e schierarsi con De Gaulle, e combattere di lì, lavorare apertamente per la Francia Libera, piuttosto che restare all'interno del paese nel tentativo di minare l'opera dei nazisti in continuazione senza guadagnarsi alcuna gloria, sotto la bandiera di Pétain. Liane sapeva che c'erano opere molto più importanti da compiere di quanto non fosse il tentativo di salvare le opere d'arte francesi; però sapeva che, esattamente come era stato costretto alla segretezza per quel che riguardava le proprie azioni in tutto l'anno che aveva preceduto l'occupazione di Parigi, adesso era più importante che mai che Armand non la mettesse al corrente di ciò che stava facendo per non far correre rischi inutili alla vita di altri, non solo alla propria. Di conseguenza non aveva nessun mezzo di conoscere tutti i tormenti che dilaniavano Armand, tutti i rischi che correva.

Seduto alla scrivania del suo ufficio di Parigi, dove una croce uncinata occupava interamente una parete, Armand alzava gli occhi verso il cielo parigino rievocando le carezze di Liane, il suo viso, l'allegria solare della sua voce, il suo aspetto quando aveva diciannove anni, quando ne aveva ventuno; poi si imponeva di scacciarla dai propri pensieri e tornava al lavoro. Da quando Liane aveva lasciato la Francia, era diventato paurosamente magro per l'eccesso di lavoro, la mancanza di sonno, la tensione. Gli era venuto perfino un tic nervoso a un occhio ma, all'infuori di questo, appariva incredibilmente calmo. Poiché dava l'impressione di credere nella causa di Vichy, verso il novembre 1940 si era visto affidare importanti incarichi di fiducia da entrambe le parti. Il suo unico timore era dato dalla consapevolezza che il tempo non giocava a suo favore. Negli ultimi due anni pareva invecchiato di quindici, e lo specchio non gli mentiva. Stava per toccare i cinquantotto anni ma gli pareva di averne novantacinque. D'altra parte, se avesse potuto dare i suoi ultimi giorni alla Francia, se avesse potuto servirla bene, sapeva che sarebbe morto onorevolmente. E si sentiva sicuro che Liane lo sapesse anche lei. Gliene aveva accennato un paio di volte nelle sue lettere... «*Si je meurs pour ma patrie, mon amour, je meurs en paix...*» Se muoio per la mia patria, muoio in pace. Però queste parole le facevano tremare le mani ogni volta che se le trovava sotto gli occhi. Non riusciva ad accettare l'idea di poter perdere Armand. Altre volte, invece, le raccontava qualche aneddoto, le riferiva qualche buffo avvenimento, qualche scherzo per confondere le cose commesse, con un tocco artistico, dai camerati della Resistenza. Di tanto in tanto Liane restava stupita per le azioni della Resistenza e per ciò che Armand aveva il coraggio di raccontarle. E si stupiva anche del fatto che i nazisti raramente li scoprissero. Però bastava quel «raramente» per rendere il gioco molto pericoloso. Il rischio era pressoché continuo, molto di più di quel che lei immaginasse.

In novembre Armand ne corse uno che per poco gli costò la vita. Stava andando a consegnare una serie di documenti importantissimi che aveva copiato minuziosamente e portava attaccati al petto con un po' di nastro adesivo quando la polizia lo aveva fermato all'uscita della città. Armand aveva spiegato che stava andando a far visita a un vecchio amico e aveva mostrato subito i suoi documenti che lo dichiaravano uno degli uomini di punta del governo di Pétain. Gli ufficiali tedeschi avevano esitato per qualche minuto e poi, con un cenno della mano, gli avevano fatto segno di proseguire. I documenti erano stati consegnati a chi di dovere; poi Armand, quella stessa notte, era tornato indietro, esausto per la fatica; ma, rientrando nella casa dove aveva vissuto con Liane e sedendosi lentamente sul letto, aveva misurato in tutta la sua entità il pericolo corso e aveva capito che, la volta successiva, avrebbe potuto essere l'ultima per lui. Ma pur contemplando il lato vuoto del letto matrimoniale, non aveva avuto dubbi. Né mai li aveva avuti. «*Ça en vaut la peine, Liane... ça en vaut bien la peine... pour nous, pour nous, pour la France...*» Ne vale la pena... eccome se ne vale la pena... per noi... per la Francia...

Ma fu un sentimento che Liane non riuscì a condividere un venerdì pomeriggio quando sentì squillare il campanello della casa di Georgetown dove abitava. Le bambine avrebbero dovuto rientrare da scuola almeno da una mezz'ora e lei aveva già guardato l'orologio più di una volta. Marcie, la cameriera, l'aveva pregata di calmarsi, ma la calma si rivelò impossibile non appena si trovò davanti le sue figlioline. Erano tornate a casa sole, come facevano spesso ma stavolta, vedendole sul gradino della porta, coperte di stracci, con i capelli sporchi di vernice rossa e l'espressione spaurita, Liane sussultò e cominciò a tremare mentre si affrettava a farle venir dentro. Anche Elisabeth tremava da capo a piedi, singhiozzando disperatamente; però Liane si accorse che le lacrime di Marie-Ange non erano soltanto di dolore, ma anche di rabbia.

«Mio Dio... che cosa è successo?» Stava per condurle in cucina, dove si sarebbe affrettata a togliere di dosso a tutte e due quei vestiti stracciati, quando si fermò di botto – come se fosse stata schiaffeggiata – mentre faceva voltare Marie-Ange. Sulla sua schiena era stata dipinta – a larghi tratti, con la vernice rossa, una croce uncinata. Senza dire una parola, Liane fece voltare anche Elisabeth e vide che, sulla sua schiena, ne era stata dipinta un'altra. Allora, soffocando i singhiozzi, se le strinse al cuore, macchiandosi anche lei della vernice di cui erano pitturati i loro corpicini e rimasero così, tutte e tre strette in un abbraccio, in cucina mentre Marcie le fissava sconvolta e calde lacrime le rigavano le nere guance rugose.

«Oh, bambine mie... che cosa vi hanno fatto?» Le staccò lentamente da Liane e cominciò a spogliarle, ma le bambine adesso piangevano ancor più disperatamente di prima e perfino Liane dovette farsi forza per riacquistare il dominio di sé. Perché stava piangendo non soltanto per loro, ma anche per se stessa, per la Francia, per Armand, per tutti gli orrori che si stavano commettendo nei loro confronti. Ormai, però, tornare indietro era impossibile. Ma capiva anche come fosse altrettanto impossibile restare. Non poteva più continuare a esporre le sue figlie a cose simili. Dovevano andarsene. Partire. Non avevano altra scelta, adesso.

Liane le sospinse lentamente, senza parlare, nella loro stanza da bagno e fece scorrere l'acqua nella vasca. Poi le lavò, con tenerezza, prima l'una e poi l'altra. Mezz'ora dopo avevano riacquistato l'aspetto di sempre, ma Liane capiva che non erano più le stesse. Buttò via quegli abitini stracciati e macchiati di vernice con la fronte corrugata per la paura e la collera.

Quella sera le fece cenare nella loro camera e poi restò con loro a chiacchierare per molto tempo. A guardare Elisabeth, pareva che tutto il suo mondo infantile le fosse crollato addosso nel giro di quel pomeriggio. A otto anni sapeva ben più di quello che sapeva la maggioranza dei ragazzi che avevano il doppio della sua età; aveva conosciuto la sofferenza, la perdita di una persona cara, il tradimento.

«Dicevano che papà è un nazista... Mrs. Muldock lo ha detto a Mrs. McQueen e lei lo ha detto ad Annie... però papà non è un nazista! Non lo è! Non lo è!» Poi, con un'occhiata piena di dolore, guardò Marie-Ange e Liane chiedendo: «Cos'è un nazista?»

Liane sorrise per la prima volta, quel pomeriggio. «Se non sai che cosa è un nazista, perché sei così agitata?»

«Secondo me vuole dire che è un ladro, oppure una persona cattiva, vero?»

«Più o meno. I nazisti sono tedeschi molto cattivi. Combattono dall'altra parte, contro la Francia e l'Inghilterra e hanno ucciso moltissime persone.» Ma non volle aggiungere: «E bambini».

«Ma papà non è tedesco.» Oltre a quell'espressione dolente, nei suoi occhi adesso ne era apparsa un'altra: si capiva subito che aveva una gran confusione in testa. «E Mr. Schulenberg che vende la carne al mercato è tedesco! È nazista, lui?»

«No, per lui è diverso», sospirò Liane. «Lui è ebreo.»

«No, non è vero. È tedesco.»

«È tutte e due le cose. Non importa. Ai tedeschi non piacciono neanche gli ebrei.»

«Li uccidono?» Elisabeth aveva preso un'aria scandalizzata quando vide sua madre che annuiva. «Perché?»

«È molto difficile da spiegare. I nazisti sono persone molto cattive, Elisabeth. I tedeschi che sono venuti a Parigi erano nazisti. Ecco perché papà ha voluto che ce ne andassimo. Perché qui saremmo state al sicuro.» Lo aveva già spiegato altre volte alle bambine, ma fino a quel preciso momento non avevano mai afferrato il senso della situazione. Non lo avevano capito fino a quando non erano state toccate sul vivo, dopo essersi viste pitturare i capelli di rosso e dipingere una croce uncinata sulla schiena. Adesso questa guerra era anche la loro guerra. Ma, per Elisabeth, c'era un'altra angoscia in più.

«Uccideranno papà?» Liane non l'aveva mai vista sbarrare gli occhi a quel modo, con tanta angoscia, e avrebbe voluto rassicurarle dicendo che una cosa del genere non poteva mai succedere... ma se la sentiva realmente di farlo? Chiuse strettamente le palpebre e scrollò il capo.

«Il vostro papà non lo permetterà.» In cuor suo pregava soltanto che fosse vero e che Armand riuscisse a battere in astuzia i suoi avversari per tutto il tempo necessario. Ma, mentre prendevano il té, Marie-Ange, che capiva più di quanto capisse Elisabeth, ricominciò a piangere silenziosamente, seduta sul suo lettino, ancora sotto lo shock di quanto era successo. Non aveva toccato cibo.

«Io non ci torno più a scuola... mai più! Li odio tutti!»

Liane non seppe che cosa risponderle. Non potevano rinunciare a frequentare una scuola per tutta la durata della guerra; d'altra parte capiva di non poter permettere che succedesse ancora qualcosa di simile.

«Lunedì vengo a parlare con la vostra direttrice.»

«Non me ne importa. Io, a scuola, non ci torno!» La avevano ferita profondamente, nel segreto del suo cuoricino, e Liane si scoprì a odiare anche lei quella gente per ciò che stavano facendo alle sue bambine.

«Devo proprio tornarci, mamma?» Elisabeth dimostrava chiaramente di essere terrorizzata e Liane si sentì straziare il cuore a vedere come le sue figlioline, ciascuna a modo suo, fossero state colpite nel vivo da qualcosa che non capivano. Come faceva a spiegare alle bambine che il loro papà non era un nazista, non era ciò che sembrava essere, un seguace di Pétain, ma faceva il doppio gioco? Un giorno, quando tutto ciò fosse finito, quando sarebbe stato troppo tardi, solo allora sarebbe stata in grado di dirlo. Ma cosa avrebbe importato, a quell'epoca? Era adesso che le due bambine avrebbero avuto assoluto bisogno di saperlo, mentre Liane non poteva dirglielo. «Dobbiamo proprio tornarci, mammina?» le domandò Elisabeth con occhi supplichevoli.

«Non so. Vedremo.» Le tenne sempre vicino a sé per tutto il weekend. Erano quiete, silenziose, avvilite; fecero una lunga passeggiata nel parco e, poi, Liane accompagnò le bambine allo zoo, ma nessuna delle tre era del solito umore. Quanto alle due piccine, era come se fossero state bastonate, e fu proprio quello che Liane disse alla direttrice il lunedì. Le bambine erano rimaste a casa, ma Liane si era presentata a scuola prima delle nove e quando la direttrice Smith raggiunse il suo ufficio, c'era Liane ad aspettarla. Le descrisse in quali condizioni le sue due figlie fossero tornate a casa e quale fosse stata la loro reazione; poi le domandò, in tono addolorato: «Come ha potuto permettere che succedesse una cosa simile?»

«Ma io non avevo nessuna idea, naturalmente...» La direttrice si mise istantaneamente sulla difensiva.

«È accaduto qui, a scuola. Marie-Ange ha detto che sono state le altre bambine, sue compagne di classe, le stesse che lo hanno fatto anche alla sua sorellina. Hanno preso forbici e vernice e le hanno trascinate in un'aula. Come certe cose orribili e pazzesche che vengono fatte nei ghetti, per amor di Dio! Solo che, in questo caso, è stato peggio. Le bambine si puniscono reciprocamente per cose che non hanno commesso, con le quali non hanno niente a che fare, e tutto questo è accaduto soltanto per colpa di pettegolezzi e maldicenze fatte circolare dai loro genitori.»

«Non si aspetterà che io possa esercitare un controllo su quello che si dice in giro, vero?» La direttrice aveva preso l'aria sussiegosa.

Allora Liane alzò la voce. «Mi aspetto che protegga le mie bambine!»

«Dalle apparenze potrà sembrare che le sue figlie siano le vittime di altre bambine, signora de Villiers, ma resta il fatto che subiscono tutto ciò per colpa di suo marito.»

«Che cosa accidenti sa *lei* di mio marito? Si trova nella Francia occupata, rischia la vita ogni giorno e lei viene a dirmi che le mie figlie soffrono per colpa sua? Abbiamo vissuto un anno intero in Europa dopo la dichiarazione di guerra, eravamo a Parigi quando la città è stata occupata, abbiamo passato due giorni su un maledettissimo peschereccio, sedute su un carico di pesce puzzolente per raggiungere una nave mercantile e tornare a casa; poi abbiamo trascorso due settimane sull'Atlantico a evitare i sottomarini tedeschi e abbiamo assistito alla morte di quasi quattromila uomini quando una nave canadese è stata silurata. Quindi non venga a parlare di mio marito o della guerra, Mrs. Smith, lei non sa un accidenti di niente né sull'una né sull'altra di queste due cose, perché se ne è sempre stata qui, bella tranquilla, a Georgetown!»

«Lei ha indiscutibilmente ragione.» Mrs. Smith si alzò e Liane si accorse che aveva un lampo negli occhi che non le piaceva. Forse aveva calcato un po' la mano, ma non gliene importava un bel niente! Ne avevano avuto abbastanza, tutte e tre! Washington si era rivelata ancor peggio di Parigi, prima o dopo l'occupazione, e Liane rimpiangeva l'idea che aveva avuto di tornare a casa. Sarebbe stato molto meglio continuare a vivere con Armand e con i tedeschi che occupavano Parigi. Se avesse potuto, sarebbe salita sulla prima nave che partiva per tornare da lui. Ma, naturalmente, non ce n'erano più e, del resto, sapeva benissimo che Armand non glielo avrebbe mai permesso. Avevano rischiato la vita per rientrare negli Stati Uniti e non c'era neppure da pensare di poter cambiare idea e tornare in Europa quattro mesi dopo. La frustrazione era tale che Liane si sentiva letteralmente fuori di sé.

Intanto la direttrice della scuola la stava guardando con occhi scintillanti di collera e di malcelato disprezzo. «Lei ha ragione. Io non so niente della guerra, non so 'un accidenti di niente', come ha appena finito di dire. Però conosco i bambini e conosco i loro genitori. I genitori parlano e i bambini ascoltano. E ciò che dicono, adesso, è proprio questo: suo marito lavora per il governo di Vichy, è un collaborazionista dei tedeschi. Non è un segreto. Lo sa tutta Washington da mesi. Io l'ho sentito subito, fin dalla prima settimana in cui le bambine sono tornate a scuola. E mi è dispiaciuto di sentirlo. Avevo molta simpatia per suo marito. Ma le sue figlie adesso pagano per le scelte politiche del padre, e anche lei. Non è colpa mia, non è colpa sua, però questo è un fatto ben preciso. E le bambine dovranno abituarsi a vivere senza dimenticarlo. Se non ci dovessero riuscire, non dovranno far altro che tornare a Parigi e andare a scuola con tutti gli altri bambini francesi e tedeschi. D'altra parte, è scoppiata una guerra, lo sa lei, lo so io, e lo sanno anche i bambini. E suo marito combatte dalla parte sbagliata. Più semplice di così non potrebbe essere! Ho il vago sospetto che, probabilmente, sia questa la ragione per la quale lei lo ha lasciato. Fra l'altro, è corsa anche la voce che lei stia divorziando. Se non altro, questo potrebbe essere utile alle bambine.»

Gli occhi di Liane erano fiammeggianti quando si alzò per affrontare, faccia a faccia, la direttrice. «È questo che dice la gente?»

Mrs. Smith non ebbe un attimo di esitazione. «Sì, questo.»

«Bene, non è vero. Io amo mio marito e gli ho sempre dato, come gli do, il conforto della mia approvazione al cento per cento, in tutto ciò che ha fatto e che fa, incluso quello che sta facendo adesso... soprattutto adesso. Ha bisogno di noi. E noi abbiamo bisogno di lui. L'unica ragione per la quale abbiamo lasciato Parigi è quella che voleva essere sicuro di non farci correre un pericolo mortale.» Liane cominciò a piangere, come le sue bambine tre giorni prima, di frustrazione, dolore, rabbia.

«Signora de Villiers, sono dolente che lei stia passando un momento così difficile. Ma, da ciò che mi dice, posso soltanto trarre la conclusione che tutte le simpatie della sua famiglia vanno ai tedeschi. E, in tal caso, lei dovrà pagare per questo...» Liane la interruppe immediatamente; non riusciva a sopportarla un momento di più. «Io *odio* i tedeschi! Li *odio*!» Si avviò alla porta e la spalancò con violenza. «E odio lei, per quello che ha lasciato accadere alle mie figlie.»

«Non siamo stati noi a lasciarlo accadere, signora de Villiers, ma lei.» La sua voce era glaciale. «E sono sicura che non soltanto lei, ma anche le bambine, saranno molto più felici in un'altra scuola. Buon giorno, signora de Villiers.» Liane richiuse la porta della direzione con un tonfo e uscì rapidamente sotto il sole autunnale. Quando rientrò in casa, le bambine le fecero capire di essere molto in ansia. Volevano sapere quello che era successo. Marie-Ange scese subito le scale di corsa, andandole incontro.

«Devo tornare a scuola?»

«No! Ma adesso torna nella tua camera e lasciami sola!» Entrò nella propria camera da letto, richiuse la porta e si lasciò cadere sul letto, piangendo. Perché tutto doveva essere così maledettamente difficile? Dopo un po' entrarono le bambine non perché fossero spinte dalla curiosità ma perché volevano consolare la mamma. Ma, ormai, in quel momento Liane aveva già riacquistato il dominio di sé anche se i suoi occhi erano ancora rossi di pianto e provava, nei confronti di Armand, lo stesso rabbioso furore di chiunque altro. Era stato lui a metterle in una posizione insostenibile. Aveva una gran paura per lui e lo amava, ma lo odiava anche. Perché, in nome del Cielo, non se l'era sentita di tornare a casa con loro? Purtroppo Liane sapeva fin troppo bene che questa non era la casa, non era la patria, per lui. La sua patria era la Francia; e Armand c'era rimasto per difendere il paese che amava. Ma aveva scelto di difenderla in un modo tale che non le consentiva di spiegarlo a nessuno.

«Mammina?» Elisabeth venne avanti, a passi lenti, verso il letto e buttò le braccia al collo di sua madre.

«Sì, tesorino?»

«Noi ti vogliamo bene.» Bastò questa dichiarazione a farle salire altre lacrime agli occhi mentre le prendeva fra le braccia e le stringeva al cuore.

«Anch'io voglio bene a voi.» Poi guardò Marie-Ange. «Mi spiace di aver gridato con te quando sono tornata a casa. Ma ero molto molto arrabbiata.»

«Con noi?» La più grande delle sue bambine prese un'aria desolata.

«No, con Mrs. Smith. Lei non capisce papà.»

«E tu non hai potuto spiegarle niente?» Elisabeth pareva delusa. La scuola le piaceva, anche se nessuna delle sue compagne la invitava più a giocare a casa sua. Però le piaceva andare a scuola, mentre per Marie-Ange era il contrario.

Liane scrollò la testa. «No, non le ho potuto spiegare niente, tesoro. Sono cose troppo complicate da spiegare a qualcuno, adesso.»

«Così, non dobbiamo più tornarci?» Marie-Ange insisteva su questo punto.

«No, non è necessario. Dovrò trovare a tutte e due una nuova scuola.»

«Qui a Washington?»

«Non so.» Per quell'ultima mezz'ora, aveva continuato a domandarsi anche lei la stessa cosa. «Dovrò pensarci.» Durante il weekend seguente ci sarebbe stata la festa del Thanksgiving Day. Ma quel pomeriggio capitò un incidente che fu la goccia che fece traboccare il vaso. Vide Elisabeth in piedi vicino all'apparecchio del telefono che c'era in anticamera. Piangeva a calde lacrime. «Che cos'è successo, piccolina mia?» Aveva il sospetto che le mancassero le sue amichette, se pure ne aveva ancora qualcuna.

«Nancy Adamson mi ha appena telefonato per dirmi che Mrs. Smith ha detto a tutti che siamo state scacciate dalla scuola.»

Liane rimase inorridita. «Ha detto proprio questo?» Elisabeth fece segno di sì con la testa. «Ma non è vero. Le ho detto...» Liane ripensò rapidamente a quel colloquio e si accorse che Mrs. Smith le aveva detto che le bambine sarebbero state più felici altrove e che lei aveva ammesso la verità di queste parole. Sospirò e si mise a sedere sul pavimento vicino alla sua bambina più piccola. «Ci eravamo messe d'accordo nel dire che non dovevate più tornare in quella scuola. Nessuno vi ha cacciate via.»

«Sei sicura?»

«Sicurissima.»

«Mi odiano?»

«No, naturalmente!» Ma, dopo ciò che avevano fatto alle bambine il venerdì precedente, era un po' difficile dimostrare il contrario.

«Odiano papà?»

Liane ci pensò un momento, prima di rispondere. «No. Non capiscono quello che sta facendo.»

«Che cosa *sta facendo*?»

«Sta cercando di salvare la Francia in modo che tutti, un giorno, ci possiamo tornare a vivere.»

«Perché?»

«Perché è quello che papà sta facendo. Per tutta la vita ha rappresentato la Francia in tanti paesi diversi. Si prende a cuore gli interessi della Francia. Ed è quello che sta facendo anche adesso. Sta cercando di difendere la Francia in modo che i tedeschi non la distruggano per sempre.»

«E, allora, perché tutti dicono che lui vuole bene ai tedeschi? Perché non è vero, eh?» Liane era estenuata da quelle domande di sua figlia; eppure ciascuna di esse richiedeva una risposta ben meditata. Ciò che diceva adesso alle sue bambine sarebbe rimasto impresso nella loro memoria per anni e anni, lo sapeva benissimo. Avrebbero ricordato sempre ciò che lei aveva detto, e le sue parole sarebbero servite a dare un'interpretazione ben precisa a ciò che il papà faceva, a ciò che loro stesse stavano facendo, per tutto il resto della vita.

«No, papà non vuole bene ai tedeschi.»

«Li odia?»

«Non credo che papà sia capace di odiare nessuno. Però odia quello che stanno facendo all'Europa.» Elisabeth annuì lentamente. Era proprio quello che aveva bisogno di sentirsi dire; le parole necessarie a farle capire che suo padre era una brava persona.

«Va bene.» Allora si raddrizzò sulla persona e salì le scale lentamente, per andare a cercare sua sorella. Quella notte, Liane pensò a lungo, con intensità, al da farsi. Doveva trovare una soluzione; mandare le bambine a un'altra scuola di Washington non sarebbe stata la risposta al suo problema. Sapeva già quale fosse, ma detestava l'idea di doverla mettere in pratica. Prese la decisione di dormirci sopra una notte, ma la mattina dopo capì che la risposta era sempre la stessa. Allora prese il telefono, chiamò il centralino e chiese di essere messa in comunicazione con un determinato numero. Aveva dovuto aspettare fino a mezzogiorno per fare quella telefonata. Per lui, in California, sarebbero state le nove del mattino. Venne subito all'apparecchio, aveva la voce brusca.

«Liane? Qualcosa che non va?»

«No, zio George, non esattamente.»

«A sentirti, mi sembri stanca o malata. Devi avere qualcosa che non va.» Aveva una grande intuizione, il vecchio zio! In realtà Liane lo era ma non voleva ammetterlo. Il fatto di tornarsene a casa con la coda fra le gambe era già abbastanza brutto!

«Sto benissimo.» Decise di andare subito al sodo. «Vuoi ancora che veniamo in California?»

«Ma, certo!» Le diede l'impressione di esserne felice e subito aggiunse: «Vorresti dirmi che, finalmente, hai riacquistato un po' di buon senso?»

«Suppongo che si possa dire così. Voglio far cambiare scuola alle bambine e ho pensato che, visto che prendevo questa decisione, tanto valeva che il cambiamento fosse completo e che ti raggiungessimo in California.» George Crockett intuì subito che c'erano ragioni ben più profonde in quella decisione. Liane era troppo testarda per cedere a meno che non fosse quasi sconfitta. E lo era. Molto di più di quanto lo zio potesse supporre.

Presero gli accordi necessari mentre Liane, per tutto il tempo, ricacciava indietro le lacrime, ma si accorse di provare una gran gratitudine per lui al pensiero di sapere dove poteva andare. La situazione avrebbe potuto essere molto peggiore. In tutta l'Europa c'era gente che non aveva più una casa. «Zio George?»

«Sì, Liane?»

«Grazie per farci venire da te.»

«Non dire sciocchezze, Liane. Questa è anche casa tua. Lo è sempre stata.»

«Grazie.» Lo zio cercava di facilitarle le cose e non aveva accennato ad Armand neppure una volta. Liane andò a raccontarlo alle bambine. Ma, a questo punto, Marie-Ange la guardò con una strana espressione. «Non stiamo scappando via, vero, mamma?»

Liane si accorse di essere al limite della resistenza. Si sentiva talmente svuotata da non sopportare più neppure un'altra domanda. «No, Marie-Ange...» e quando parlò, lo fece con una voce che lasciò sua figlia stupita «... non stiamo scappando via né più né meno come non siamo scappate quando abbiamo lasciato Parigi. Stiamo facendo la cosa più giusta, al momento giusto, nel miglior modo possibile. Forse non sarà quello che ci farebbe piacere, ma è la miglior scelta che ci viene offerta ed ecco perché dobbiamo accettarla.» Poi pregò le bambine di andar fuori a giocare. Aveva bisogno di un po' di tempo per stare sola con se stessa. Andò a guardarle dalla finestra della sua camera da letto. Erano molto cresciute in quegli ultimi quattro mesi, e anche lei, più di quanto crescono certe persone in tutta la loro esistenza.

27

LIANE e le bambine cenarono tranquillamente da sole il Thanksgiving Day, prima di lasciare Washington. Adesso era come vivere in una città in cui erano totalmente estranee. Nessuno telefonava, nessuno passava a salutarle, nessuno le invitò a partecipare al pranzo di famiglia e a dividere con loro il tacchino. Come milioni di altre persone, in tutti gli Stati Uniti, andarono in chiesa quella mattina, tornarono a casa a tagliare il tacchino, ma avrebbero potuto essere su un'isola deserta!

Durante il weekend successivo, misero nei bauli tutto ciò che avevano comprato al loro arrivo e Liane spedì ogni cosa con il treno in partenza per la West Coast. Il lunedì, salirono anche loro sul treno e, ma solo per un attimo, mentre prendevano posto nello scompartimento del vagone-letto, Liane pensò a Nick e all'ultima volta che lo aveva visto alla stazione di Grand Central. Le pareva che fossero passati mille anni da quel giorno e invece erano solo quattro mesi. Ma erano stati mesi molto lunghi per Liane e le bambine. Comunque, provò un senso di sollievo quando il treno uscì lentamente dalla stazione. Nessuna di loro era spiacente di lasciare Washington. Avevano commesso un errore a tornarci. Armand le aveva raccomandato di tornare a San Francisco fin dal principio, ma lei non aveva potuto immaginare, a quell'epoca, ciò che sapeva adesso: il prezzo che avrebbero dovuto pagare per i suoi legami con Pétain e il governo di Vichy.

Il viaggio attraverso l'America fu monotono, ma anche tranquillo. Le bambine si misero a giocare e a leggere, divertendosi l'una con l'altra anche se a volte litigavano e Liane si vedeva costretta a occuparsi di loro e a rimproverarle. Tuttavia, per gran parte del tempo, preferì dormire. Le pareva di riacquistare a poco a poco le forze dopo quasi cinque mesi di una tensione atroce, per non parlare di quegli altri mesi di preoccupazione che aveva vissuto in precedenza. A conti fatti, era più di un anno che non facevano una vita normale. Non più dal giorno in cui erano arrivate a

Parigi quasi diciotto mesi prima. Adesso, di colpo, Liane riusciva a rilassarsi e a non pensare assolutamente a nulla. Soltanto quando si fermavano nelle varie stazioni e leggeva i giornali, le tornavano in mente il resto del mondo e i loro guai. A quanto sembrava, gli inglesi erano sotto continue incursioni aeree e i bombardamenti proseguivano di giorno e di notte; le strade dovevano essere ridotte a cumuli di macerie. Non appena possibile, i bambini venivano fatti sfollare e Churchill aveva ordinato alla RAF di bombardare Berlino, il che aveva ottenuto soltanto il risultato che Hitler raddoppiasse i suoi sforzi per distruggere Londra.

Eppure si faticava a credere a tutto ciò mentre il treno correva attraverso i campi coperti di neve del Nebraska, oppure Liane e le sue bambine ammiravano i Rockes nel Colorado. Finalmente, il giovedì mattina, quando si svegliarono, mancavano poche ore all'arrivo a San Francisco. Entrarono in città da sud, attraverso i quartieri più brutti e Liane si stupì che ogni cosa le apparisse ancora tanto familiare. Ben poco era cambiato dall'ultima volta che c'era stata, dopo la morte di suo padre, otto anni prima.

«È questa, San Francisco?» Marie-Ange pareva sbalordita. Infatti le bambine non erano mai state a San Francisco. Non avevano mai avuto motivo di condurle fin lì. Il padre di Liane ormai non c'era più e lo zio George era venuto a trovarli in tutte le varie città dove, con il passare degli anni, avevano vissuto.

«Sì.» Liane sorrise. «Però è molto più bella; questa è una delle parti meno carine della città.»

«Lo credo!»

Lo zio George e l'autista le stavano aspettando alla stazione; così furono scortate a casa in grande stile a bordo di una *Lincoln Continental.* Era appena arrivata da Detroit e alle bambine parve una macchina lussuosissima. Liane, intanto, capiva che erano tutt'e due molto eccitate all'idea di trovarsi lì. George, poi, si era presentato con una nuova bambola per ciascuna e, quando arrivarono all'antica casa su Broadway, Liane si commosse nel vedere quanto si era dato da fare per sistemare le camere da letto delle bambine. Le aveva riempite di giocattoli di ogni genere e tipo mentre, alle pareti, erano appesi quadretti che rappresentavano i personaggi di Walt Disney. Quanto a Liane, nella sua vecchia camera da letto c'era, ad aspettarla, un enorme vaso di fiori. Per quanto fosse il primo dicembre, il tempo era sereno, gli alberi ancora verdi e c'erano perfino dei fiori nel giardino.

«La casa è magnifica, zio George.» Ci aveva fatto qualche cambiamento dopo la morte del padre di Liane ma, in complesso, era cambiata meno di quello che lei aveva temuto e pareva molto ben governata. Anche la servitù necessaria c'era tutta. George, con il passare degli anni, si era messo a fare una vita più tranquilla e meno scapestrata, rinunciando alle follie e alle feste che aveva dato nei giorni della sua gioventù. Non solo, ma era stato molto abile anche nel dirigere la Crockett Shipping. In un certo senso, era strano ma anche piacevole questo ritorno a casa. Dopo i cinque mesi trascorsi a Washington, dove erano state pressoché ignorate da tutti, era un gran sollievo trovarsi finalmente lì, di nuovo a casa; perlomeno questo fu ciò che Liane pensò fino al termine della cena. Le bambine erano andate a letto e lei si era seduta in biblioteca a giocare a domino con George, come aveva fatto spesso con suo padre.

«Bene, Liane. Allora ti è tornato tutto il tuo buon senso?»

«Di che cosa stai parlando?» Intanto fingeva di concentrarsi sulla partita. Prendeva tempo.

«Sai benissimo di che cosa sto parlando. Alludo a quello stupido che hai sposato.»

Liane alzò gli occhi a fissarlo con un'espressione talmente dura e glaciale che George ne rimase sorpreso. «Non ho intenzione di discutere questo argomento con te, zio George. Spero di essere stata perfettamente chiara.»

«Non prendere questo tono, figliola. Hai commesso un errore e lo sai benissimo.»

«Non so niente del genere! Sono stata sposata per undici anni e mezzo e amo moltissimo mio marito.»

«Quell'uomo è, praticamente, un nazista. E, forse, dire 'praticamente' significa essere anche troppo gentili. Ma si può sapere come hai fatto a continuare a vivere con lui anche dopo aver saputo una cosa del genere?» Liane si rifiutò di rispondergli. «Dio benedetto! È quasi a ottomila chilometri di distanza e sai benissimo che il tuo posto è questo. Se tu chiedessi il divorzio adesso, te lo concederebbero facilmente sotto la clausola delle circostanze speciali. Potresti perfino andare a Reno e ottenerlo in un mese e mezzo. Così tu e le bambine potreste ricominciare una nuova vita qui, nel posto che ti spetta.»

«Non è vero. Io sono qui soltanto perché non so dove andare, altrimenti, fintanto che la Francia è occupata. Il nostro posto è vicino ad Armand ed è lì dove torneremo non appena la guerra finirà.»

«Penso che sei pazza.»

«Allora non discutiamone più, zio George. Ci sono alcuni elementi, in questa situazione, che tu non conosci.»

«Per esempio?»

«Preferirei non discuterne.» Come al solito, aveva le mani legate. E non se la sentiva di ringraziare Armand per questo! Però cominciava ad abituarsi a vivere tacendo.

«Sono fandonie, queste, e lo sai benissimo! Io so un mucchio di cose! Come per esempio... il motivo per il quale sei stata costretta ad allontanarti da Washington... le bambine erano state scacciate dalla scuola, nessuno ti invitava più in nessun posto, eri diventata una specie di paria.» Gli occhi di Liane erano colmi di tristezza quando incontrò lo sguardo dello zio. Ciò che George diceva era la verità. «Se non altro, hai avuto il buon senso di venire qui dove potrai fare una vita normale e decente.»

«Non sarà possibile se continuerai a ripetere, a destra e a sinistra, che mio marito è un nazista.» La voce di Liane era stanca e triste. «Se lo farai, succederà la stessa cosa anche qui... e io non me la sento di levare le tende ogni cinque mesi! Se continuerai a esprimerti in questo modo con tutti, saranno le bambine a pagarne lo scotto, esattamente come è successo a Washington!» Preferiva non domandargli da quale fonte aveva avuto quelle informazioni perché George aveva conoscenti e persone con le quali era in rapporto di affari praticamente dappertutto, negli Stati Uniti, e poi, in fondo, non aveva importanza. Ciò che George diceva, era la verità, ma lo era anche ciò che gli stava dicendo lei, adesso.

«Che cosa ti aspetti che dica? Che è una brava persona?»

«Se non ti è simpatico, non sei obbligato a dire niente. Ma se lo farai, ricordati ciò che ti dico; finirai per piangere anche tu, come ho fatto io, il giorno in cui le bambine sono tornate a casa con i capelli coperti di vernice rossa, i vestiti stracciati, una croce uncinata dipinta sulla schiena.» Mentre diceva queste parole, le erano salite le lacrime agli occhi e lo zio George la fissò con rinnovata compassione.

«Hanno fatto una cosa simile alle bambine?» Lei annuì. «Chi è stato?»

«Altre bambine, compagne di scuola. Simpatiche ragazzine che venivano da ottime famiglie. Ma la direttrice ha detto che non poteva far niente per impedirlo.»

«Che piacere far fuori una donna del genere!»

«Sarebbe piaciuto anche a me, ma non mi avrebbe risolto quel problema. Invece, a sentire lei, i genitori parlano e i bambini ascoltano quello che dicono e, purtroppo, ha proprio ragione! Di conseguenza, se ti metterai a parlare, zio George, lo faranno anche gli altri e, alla fine, saranno le bambine che lo sconteranno.» Adesso quello che aveva fatto le pareva quasi normale. Lo zio rimase soprappensiero a lungo, dopo che Liane gli aveva detto queste parole, e poi annuì lentamente.

«Capisco. Mi garba poco, ma capisco.»

«Bene.»

A questo punto George la guardò con molta dolcezza. «Sono felice che ti sia rivolta a me.»

«Anch'io.» Liane gli sorrise. Non c'era mai stata una grande intimità fra loro, ma, adesso, sentiva una strana gratitudine nei suoi confronti. George le aveva offerto un rifugio in un momento in cui ne aveva avuto disperatamente bisogno. E qui la vita sembrava così civile, così distante dalla guerra che si poteva quasi fingere che non ci fosse! Quasi. Ma non del tutto. Però sembrava straordinariamente distante.

Continuarono a chiacchierare ancora per un po' di argomenti meno scottanti; infine salirono ciascuno nella propria camera e Liane si lasciò cadere di schianto nel suo vecchio letto e dormì come non dormiva più da anni. «Ho dormito come un masso», disse a George la mattina dopo. Quando lo zio fu uscito di casa, Liane si mise al telefono e chiamò varie persone, ma non si fece viva con i vecchi amici. Ormai non conosceva quasi più nessuno in città e lo zio aveva già combinato di trovare una scuola per le bambine. Sarebbero andate a quella di Miss Burke, cominciando con il lunedì successivo. Ma c'era qualcos'altro che Liane aveva in mente e, verso sera, riuscì a ottenere ciò che desiderava.

«Che cos'hai fatto?» esclamò George costernato.

«Ho detto che mi sono trovata un lavoro. Perché dovrebbe essere una cosa tanto sconvolgente?»

«Io trovo che lo è, eccome! Se sei tanto ansiosa di fare qualcosa, perché non entri nel *Metropolitan Club* oppure non ti trovi un servizio femminile ausiliario o qualcosa del genere?»

«Perché voglio fare qualcosa di utile. Ho intenzione di lavorare per la Croce Rossa.»

«Per denaro?»

«No.»

«Grazie a Dio!» Perché quello sarebbe stato troppo per lui! «Non so, Liane. Sei una strana ragazza. Per quale motivo dovresti aver voglia di lavorare? E ogni giorno, poi?»

«E cosa pensi che dovrei fare, secondo te? Star qui seduta a contare le tue navi che passano?»

«Non sono soltanto mie, quelle navi; sono anche tue, e del resto non ti farebbe un gran male! Hai l'aria esaurita e sei troppo magra. Si può sapere perché non ti prendi un po' di riposo, oppure non vai a giocare a golf, o a tennis, o a qualcosa del genere?»

«Questo lo posso fare durante il weekend, con le bambine.»

«Sei una bella matta e, se non stai attenta, diventerai una vecchia stramba, andando avanti negli anni!» Ma, in fondo al cuore, era orgoglioso di lei come si affrettò a raccontare a un amico, al suo club, il giorno dopo. Si trovavano al *Pacific Union Club* a giocare a domino e George cominciò a vantarsi di ciò che aveva fatto Liane, davanti a un bicchiere di scotch, allungato con seltz.

«È una donna straordinaria, Lou. Intelligente, tranquilla, controllata, assomiglia enormemente a mio fratello sotto certi aspetti, e ha un grande intuito. Deve aver passato momenti orribili in Europa.» Spiegò che Liane si era trovata in Francia durante l'occupazione di Parigi, ma rammentando le parole della nipote, si trattenne dal raccontare che era sposata con un individuo il quale pareva diventato un nazista.

«È sposata?» L'amico lo guardò con aria piena di interesse. E George capì che era un buon inizio, quello. Perché voleva aiutare Liane. Ci stava pensando da giorni e giorni e ormai, bene o male, sapeva quello che avrebbe voluto fare per lei.

«Più o meno. È separata. E penso che, nel giro di poco tempo.

finirà per andare a Reno. Non lo vede da sei mesi...» in fondo, questo era vero «... e non ha nessuna idea di quando lo rivedrà.» Verissimo anche questo. Poi il colpo grosso. «Mi piacerebbe presentarle tuo figlio.»

«Quanti anni ha?»

«Trentatrè, ed è la madre di due bambine adorabili.»

«Anche Lyman.» L'amico di George vinse la partita e si appoggiò più comodamente allo schienale della poltrona con un sorriso. «Ha trentasei anni, trentasette in giugno.» Ed era uno degli avvocati migliori della città, straordinariamente bello, o perlomeno così lo considerava George. Veniva da una famiglia eccellente, era andato all'Università della California, era rispettabile e viveva a San Francisco. Era l'uomo perfetto per lei e, se non lo avesse trovato di suo gusto, ce n'erano degli altri, molti altri, che gli somigliavano. «Vedrò che cosa posso fare», disse Lou.

«Magari potrei combinare una cenetta.» Il giorno dopo, George parlò con il suo segretario e, dopo qualche giorno ancora, fece un giro di telefonate. Quella sera lo disse a Liane, quando tornò a casa dalla Croce Rossa. Il lavoro le piaceva, era di buonumore, e aveva ricevuto proprio quel giorno una lettera di Armand che le era stata rispedita da Washington, dove era arrivata il giorno stesso nel quale lei e le bambine ne erano partite. A giudicare da ciò che scriveva, sembrava che stesse bene e non le era apparso in un pericolo immediato. Perché questo, per Liane, era un tormento costante.

«Come va, zio George? È stata una buona giornata?» Gli diede un bacio sulla fronte, poi si mise a sedere vicino a lui per bere qualcosa. Qui la vita era tanto facile e serena che si sentiva quasi colpevole, soprattutto se pensava ad Armand in quel precario equilibrio, su una specie di filo di rasoio fra i due governi ostili per i quali prestava la propria opera. Sapeva che cosa dovesse costargli tutto questo mentre lei era qui, in una casa stupenda, dalla quale si godeva un panorama bellissimo, circondata da un bel numero di domestici e da uno zio affettuoso e pieno di premure.

«Sì, ho avuto una giornata discreta. E tu?»

«Interessante. Stiamo cercando di coordinare una serie ulteriore di sistemazioni per una parte dei bambini inglesi.»

«È un compito molto degno. Come stanno le piccole?»

«Benone. Sono di sopra. Stanno facendo i compiti.» E poi, la notizia migliore per loro era quella che, nel giro di dieci giorni, sarebbero cominciate le vacanze di Natale.

«Senti, oggi mi è venuta un'idea. Ti spiacerebbe molto di prestarmi il tuo aiuto per organizzare una cenetta? Una volta eri bravissima a fare queste cose, quando vivevi con tuo padre.» Liane sorrise a quel ricordo; faceva riaffiorare nella sua mente anche il pensiero di Armand, come ogni cosa, del resto, perché aveva eseguito quel compito anche per lui dopo la morte di Odile e per tutti gli undici anni nei quali erano stati sposati.

«Grazie, zio George. Mi piaceva moltissimo.»

«Allora non ti dispiacerebbe aiutarmi un pochino? Ho paura di aver perso un po' l'abitudine a ricevere gente e non sono sicuro di essere all'altezza della situazione!»

«Per carità! Avevi in mente qualcosa di speciale?»

«Pensavo a una cena, con pochi invitati, per la settimana prossima.» Non le disse che tutti avevano già accettato. «Cosa ne pensi? Diciotto persone, diciamo. Potremmo avere un po' di musica e ballare in biblioteca dopo la cena.»

«Ballare? Non trovi che la festa diventerebbe molto importante? Mi avevi parlato di una 'cenetta', o no?»

«Non ti piace ballare?»

«Certamente!» Poi sorrise. Aveva dimenticato che George, ai suoi tempi, era stato uno scapolone che adorava divertirsi. Evidentemente lo era ancora, anche se ormai aveva già compiuto i settantatré anni, perché era molto vivace e brillante per la sua età. Così, d'un tratto, si chiese se George non avesse qualche altro motivo per organizzare quella serata, magari c'era qualche anziana signora molto ricca che stava corteggiando. «Sarò ben felice di esserti di aiuto. Ti prego soltanto di dirmi che cosa vuoi che faccia.»

«Agli inviti, penserò io; tu dovrai occuparti di tutto il resto. Comprati un bel vestito nuovo, ordina un po' di fiori. Saprai benissimo quello che occorre fare.» Naturalmente Liane non aveva problemi e, alla sera della famosa cena, scese al pianterreno per controllare che tutto fosse a posto. Il gruppo degli invitati, diciotto complessivamente, avrebbe preso posto intorno al grande tavolo ovale in stile Chippendale. Sulla tavola erano già state disposte tre grandi composizioni di rose bianche e gialle, come le alte candele color avorio nei raffinati candelieri d'argento; aveva scelto una tovaglia di pizzo che era stata di sua madre e che aveva lasciato lì, in casa, quando si era sposata. Aveva assunto un'orchestra, proprio come voleva lo zio. Stavano già suonando qualche motivetto in sordina nel grandioso salone prima che gli ospiti arrivassero. Liane si guardò intorno e si convinse che tutto andava per il meglio; fu allora che adocchiò Marie-Ange ed Elisabeth che si sporgevano a guardare dall'alto della balaustra dello scalone.

«Che cosa fate, voi due?»

«Possiamo stare a guardare?»

«Soltanto per un po'.» La mamma sorrise e mandò un bacio a tutte e due. Si era messa un abito da sera di satin azzurro chiaro, che aveva comprato da I. Magnin il giorno prima e che aveva lo stesso identico colore dei suoi occhi. Aveva raccolto i capelli in cima alla testa e le pareva di non essere mai stata così elegante da molti anni.

«Sembri Cenerentola!» Elisabeth bisbigliò, piuttosto rumorosamente, dall'alto delle scale e Liane corse subito di sopra a darle un bacio.

«Grazie, tesorino.»

Poi scese anche lo zio George, gli ospiti cominciarono ad arrivare e la festa ebbe inizio. Liane ebbe l'impressione che tutto andasse nel miglior modo possibile. George aveva voluto occuparsi personalmente della disposizione dei posti perché era l'unico che conoscesse tutti gli invitati e Liane si trovò seduta fra due uomini molto simpatici, un agente di borsa che si chiamava Thomas Mackenzie, sulla quarantina, divorziato con tre figli, e un avvocato di nome Lyman Lawson che doveva pressappoco avere la sua età, divorziato anche lui, con due bambine. E, sorprendendo un'occhiata dello zio che la stava osservando senza farsi notare, poco dopo, capì di colpo. La sua intenzione era quella di presentarla a tutti gli scapoli della città. Restò scandalizzata a quel pensiero. In fondo, era una donna maritata.

La cena fu squisita e l'orchestra meravigliosa ma, d'un tratto, Liane si sentì terrorizzata al pensiero di ciò che George stava cercando di fare e, con molta cautela, affrontò quell'argomento la mattina seguente, a colazione.

«Ebbene, mia cara, ti sei divertita ieri sera?» Sembrava estremamente soddisfatto di sé e Liane gli sorrise al di sopra della sua tazza di caffè.

«Moltissimo. Una serata magnifica, zio George! Grazie.»

«Per carità! È già da parecchio tempo che volevo ricambiare un certo numero di inviti, ma senza una donna in casa...» Aveva cercato di prendere un'aria avvilita, ma gli riuscì male e Liane scoppiò a ridere.

«Ho proprio paura di non poterci credere!» Poi lo guardò in silenzio per un attimo e infine decise di prendere il toro per le corna. «Zio George, posso farti una domanda molto villana?»

«Dipende dal suo grado di villania!» Sorrise alla nipote. Si accorgeva che Liane gli stava piacendo sempre di più, molto di più che non nel passato. Aveva un coraggio incredibile e una straordinaria carica di vitalità anche se la sua scelta in fatto di marito era stata disgraziatissima. Ma a quello si poteva rimediare, e presto, anche! Capiva che Liane aveva riacquistato tutto il suo buon senso. Era una donna saggia e aveva le bambine a cui pensare. «Che cosa volevi domandarmi?»

«Non stai cercando di lanciarmi con ... ehm... ah... gli uomini liberi che ci sono in città, per caso?»

Lui finse di non capire e prese un'aria divertita. «Preferiresti quelli sposati, Liane?» Personalmente, lui aveva sempre avuto un debole per le donne maritate.

«No, zio George. Preferisco mio marito.» Sulla tavola calò un improvviso silenzio.

«Non credo che ci sia niente di male a conoscere qualcuno degli uomini della miglior società cittadina. Non ti pare?» Ma era una domanda pericolosa.

«Dipende da ciò che sanno della mia posizione coniugale. Mi credono sposata o divorziata?»

«Non riesco a ricordarmi quello che ho detto.» Si schiarì la voce e afferrò il giornale. Ma Liane, con molta gentilezza, glielo tolse dalle mani e lo guardò dritto negli occhi.

«Vorrei una risposta. Credo che sia importante.»

«Anch'io.» Ricambiò quello sguardo in modo altrettanto incisivo. «Credo che sia venuto il momento di cominciare a guardarti intorno e di pensar bene alla tua situazione. Quell'uomo è a quasi ottomila chilometri di distanza, sta facendo Dio sa che cosa, qualcosa che preferiamo non discutere insieme, visto che tu gradisci che non se ne parli. Però sai quello che ne penso. E sono convinto che, per te, sia molto meglio stare qui.»

«Non sono d'accordo.» E mentre diceva queste parole, si scoprì a pensare a Nick Burnham. Ma si impose di scacciare quel pensiero e affrontò apertamente lo zio. «Sono una donna sposata, zio George. E ho intenzione di restare tale. Non solo, ma ho anche intenzione di restare fedele a mio marito.» Di nuovo quell'unico tradimento la folgorò e si affrettò a cancellarlo dai propri pensieri. Non doveva più permettersi di ripensarci. Sognare Nick non serviva a nulla.

«Che tu gli sia fedele oppure no, sono affari tuoi e solamente tuoi. Io pensavo semplicemente che ti avrebbe fatto bene conoscere un po' di gente di San Francisco.»

«Ed è stato un pensiero molto carino. Però non giudico altrettanto carina la tua intenzione di rovinare il mio matrimonio.»

«Tu non hai un matrimonio, Liane.» Il tono deciso con il quale lo zio pronunciò queste parole la colse di sorpresa.

«Sì, invece! Ce l'ho!»

«Ma non dovresti!»

«Non hai nessun diritto di prendere questa decisione per me.»

«Ho tutti i diritti di cercare di farti riacquistare il tuo buon senso. Stai sprecando la tua giovinezza per un vecchio sciocco che dev'essere talmente cieco da non capire quello che sta facendo!» Liane si impose di tacere e lo zio continuò: «E anche tu sei una gran stupida se non decidi di far qualcosa a questo proposito!»

«Grazie.» Si alzò, uscì in silenzio dalla stanza con la sensazione di essere un'ingrata, di essere colpevole. Lo zio era animato dalle migliori intenzioni ma non immaginava neppure lontanamente ciò che stava facendo. Quanto a lei, non avrebbe mai più tradito Armand. Mai più. Non era una ragazza che aveva appena fatto il suo ingresso in società, alla quale bisognava far conoscere un po' di persone per mezzo di pranzi e feste. E, improvvisamente, si sentì molto sciocca per essere stata al gioco dello zio senza saperlo. Provò la stessa impressione, anzi fu ancora peggio, quando Lyman Lawson, quel pomeriggio, le telefonò alla Croce Rossa. La invitò a cena per la sera del giorno seguente, ma Liane gli rispose che era già impegnata. E non fu l'unico a telefonarle; si fece vivo anche l'agente di cambio che, a tavola, quella sera, era stato seduto al suo fianco anche lui; e Liane si sentì terribilmente a disagio perché ormai era chiaro che lo zio voleva lasciar credere a tutti che lei fosse una donna libera. D'altra parte, se si fosse affrettata a dire in giro il contrario, avrebbe ottenuto il solo scopo di far credere che lo zio George era un bugiardo. Le cose andarono peggio quando, dopo pochi giorni, sul giornale apparve un trafiletto nel quale si parlava dell'affascinante nipote di George Crockett, appena arrivata da Washington D.C., la quale si era separata dal marito ed era tornata a vivere a San Francisco. L'articolo del giornale lasciava capire, fra le righe, che Liane sarebbe andata molto presto a Reno per restarvi il fatidico mese e mezzo.

«Zio George, come hai potuto fare una cosa simile?» Quella sera, Liane apparve in biblioteca con il giornale in mano e glielo agitò davanti agli occhi.

«Ma se io non ho detto niente a nessuno!» George non sembrava affatto imbarazzato. Era persuaso di avere ragione.

«Non è possibile! Devi avere parlato con qualcuno. Fra l'altro, Lyman Lawson mi ha telefonato ancora questo pomeriggio. Cosa diavolo posso dire a questi uomini?»

«Che avresti piacere di uscire a cena con loro una volta o l'altra.»

«Ma non mi farebbe piacere!»

«Ti farebbe bene, invece!»

«Sono sposata. Sposata! S-p-o-s-a-t-a. Come fai a non capire?»

«Sai benissimo qual è la mia opinione in proposito, Liane.»

«E tu sai che cosa penso io di tutto questo, vero? E come spiegheresti esattamente l'inganno nei confronti di mio marito e delle mie bambine? O ti aspetti che le piccole si dimentichino così... molto semplicemente, che il loro papà è mai esistito? Come puoi pensare che io faccia una cosa simile?»

«Spero che con il tempo tu possa farlo.»

Era una vera e propria campagna, quella in cui si era lanciato lo zio, e Liane non riusciva assolutamente a immaginare in qual modo affrontarla. Aveva cominciato a portare a casa un po' di gente alla sera, a presentarsi con qualche amico per bere qualcosa, la veniva a prendere alla Croce Rossa per accompagnarla fuori a pranzo, con altri amici. Quando arrivò Natale, Liane si convinse di avere ormai conosciuto tutti gli uomini scapoli e liberi della città e che non uno solo di essi avesse capito che lei era ancora sposata e ci teneva a restare tale. Sarebbe stato quasi divertente se Liane non si fosse sentita ai limiti della esasperazione. Cercava conforto nel lavoro e nelle bambine, ed evitava ogni invito che le veniva fatto.

«Quando hai intenzione di uscire da questa casa, Liane?» ruggì una sera, infuriato, George, mentre stavano giocando a domino, e Liane alzò le mani al cielo, incapace di dominarsi.

«Domani, quando andrò a lavorare.»

«Parlo della sera, io!»

«Quando la guerra finirà e mio marito sarà tornato. Ti pare abbastanza presto, oppure preferisci che mi trasferisca altrove subito, sui due piedi?» Si era messa a gridare con lo zio, ma poi pensò che George era ormai un vecchio e si pentì di comportarsi a quel modo. «Ti prego, zio George, ti supplico per amore del Cielo, lasciami stare. Sono momenti molto difficili per tutti. Non rendermeli più duri. So che sei animato dalle migliori intenzioni! Ma io non ho nessuna voglia di uscire con i figli dei tuoi amici!»

«Dovresti essere grata a questa gente se vuole uscire con te.»

«Per quale motivo? Per loro, per tutti, io sono la Crockett Shipping.»

«È questo che ti dà fastidio, Liane? Credimi, in te vedono ben altro! Sei una bellissima ragazza, e maledettamente intelligente per di più!»

«Va bene, va bene. Non è questo il nocciolo della faccenda. Io sono sposata, ecco la verità!» Andò a finire che le bambine li udirono anche loro.

«Perché lo zio George vuole che tu esca con gli altri uomini?»

«Perché è matto», rispose Liane in tono asciutto mentre si vestiva per andare al lavoro.

«Davvero?» Marie-Ange non capiva bene. «Vuoi dire che è rimbambito?»

«No. Voglio dire... accidenti, lasciatemi tranquilla anche voi. Per amor di Dio...» Ma il vero problema era quello che non riceveva più lettere di Armand da quindici giorni ed era angosciata al pensiero che gli fosse accaduto qualcosa. E non poteva mettere a parte di questa paura le sue bambine. «Ascoltatemi: lo zio George è pieno di buone intenzioni, ma si tratta di una faccenda troppo complicata per spiegarvela. Non pensateci più.»

«Hai voglia di uscire con gli altri uomini?» La piccola continuava a essere perplessa.

«No, naturalmente, sciocchina. Sono sposata con papà.» Le pareva di non esser capace di dire altro in quei giorni.

«Io credo che tu piacessi molto a Mr. Burnham quando siamo tornati indietro sulla nave. Certe volte mi è capitato di guardarlo mentre lui guardava te: e sembrava che ti vedesse come una persona tutta speciale.» Ecco, la verità era sulle labbra degli innocenti! Liane si fermò di botto, a metà di ciò che stava facendo, e guardò sua figlia.

«È un uomo molto simpatico, Marie-Ange. Anch'io penso che è una persona tutta speciale. Siamo ottimi amici, ma nient'altro. E poi, è sposato anche lui.»

«No, non è sposato.»

«Certo che è sposato!» Liane si sentiva già stanca prima ancora di cominciare la sua giornata di lavoro e non vedeva l'ora di uscire di casa, mentre si riaggiustava le calze. «Avete conosciuto sua moglie sul *Normandie* l'anno scorso, e anche il suo bambino, John.»

«Lo so. Ma ieri, sul giornale c'era scritto che sta per avere il divorzio.»

«Davvero?» Liane ebbe l'impressione che le si fermasse il cuore in petto. «Dove?»

«A New York.»

«Voglio dire dove... sul giornale!» Aveva letto soltanto la prima pagina per avere le notizie della guerra, e poi se n'era andata perché era già in ritardo.

«Non so. Diceva che avevano avuto una grossa discussione e che lui aveva chiesto il divorzio per colpa della moglie, voleva tenersi il bambino, ma lei non glielo avrebbe lasciato.»

Liane era inebetita. La domestica l'aiutò a ritrovare quel giornale nella dispensa. Marie-Ange aveva ragione. Eccolo, lì. Un articolo in terza pagina. A quel che si diceva, Nicholas Burnham era passato all'attacco contro sua moglie. Ma la questione era scottante. Hillary e Philip Markham avevano dato scandalo a New York e adesso Nick aveva inoltrato domanda di divorzio per colpa della moglie, citando Markham come correo in adulterio. In aggiunta, chiedeva la custodia di suo figlio, ma non si poteva ancora dire se avrebbe vinto o no.

Quando arrivò nel suo ufficio alla Croce Rossa, Liane provò la tentazione di chiamarlo al telefono. Ma, come già aveva fatto in passato, posò di nuovo il microfono sulla forcella prima di aver composto il numero. Anche se Nick stava chiedendo il divorzio, per lei la cosa era ben diversa. Per lei niente era cambiato, inclusi i suoi sentimenti per Nick e per Armand.

28

La settimana prima di Natale, Nick Burnham entrò a lunghi passi furenti nello studio del suo legale.

«Ha un appuntamento con Mr. Greer?»

«No. Non ce l'ho.»

«Allora temo che non possa vederlo: adesso è con un cliente e poi deve andare in tribunale.»

«Vuol dire che aspetterò.»

«Ma non posso...» stava per pronunciare la solita formula per congedarlo, quando Nick la guardò negli occhi e la ragazza fece, quasi instintivamente, un passo indietro. Era un uomo affascinante ma, a guardarlo in quel momento, c'era da pensare che fosse prontissimo a uccidere qualcuno alla minima provocazione. Non aveva mai visto nessuno in preda a un accesso di rabbia simile. «Posso dirgli il suo nome, per favore?»

«Nicholas Burnham.» Era un nome che la ragazza già conosceva e si ritirò immediatamente. Dieci minuti dopo, quando l'altro cliente se ne andò, Nick venne fatto passare nello studio di Ben Greer.

«Salve, Nick. Come ti va la vita?»

«Bene! Più o meno, insomma.»

«Oh, poveri noi!» Gli era bastata un'occhiata alla faccia di Nick per capire che la situazione doveva essere grave. Nick aveva gli occhi cerchiati e i denti stretti a tal punto che Greer intuì subito che doveva faticare a dominare la rabbia. «Gradisci qualcosa da bere?»

«Sono ridotto a questo punto?» Nick cominciò a calmarsi e si appoggiò meglio allo schienale della poltrona, abbozzando uno stanco sorriso. «Forse non è stata una tragedia così terribile come può sembrare!»

«Suppongo di no, altrimenti non saresti qui. Che cosa posso fare per esserti di aiuto?»

«Ammazzare mia moglie.» Lo disse come se fosse una battuta di spirito, ma Ben Greer non ne era del tutto sicuro. Gli era già capitato di vedere un'espressione simile, almeno una volta nella sua carriera, sulla faccia di un uomo e la conclusione era stata che si era trovato costretto a difenderlo dall'accusa di assassinio invece di riuscire a ottenergli un divorzio. Nick, invece, respirò a fondo, si accomodò meglio nella poltrona e si passò una mano fra i capelli. Poi guardò Ben Greer con tristezza. «Sai cosa ti dico? Sono dieci anni che cerco di mandare avanti le cose alla meno peggio, ma non ho avuto successo.» Non era un segreto, a New York, e anche Greer lo sapeva. «Poi, quando sono tornato dall'Europa in luglio, ho cercato di farle capire con ogni mezzo che il mio desiderio era quello di tentar di stare a galla, tutti insieme. Ormai, a quell'epoca il nostro era...» stava cercando affannosamente le parole «... un matrimonio di convenienza nel migliore dei casi, ma volevo restare sposato con Hillary per amore del bambino.» Greer annuì. Era sempre la stessa storia; l'aveva sentita migliaia di volte. «In quel periodo lei aveva una relazione con Philip Markham. Ormai andava avanti da un anno, più o meno. Sono riuscito a farle capire, come meglio ho potuto, che avrebbe avuto mano libera con lui. Però io non avrei acconsentito a un divorzio. E sai che cosa ha fatto quel figlio di puttana, ieri?»

«Sono qui tutto orecchie!»

Ma Nick non sorrise. «Ha puntato una pistola contro la testa di mio figlio. Quando sono tornato a casa dall'ufficio, era seduto nel mio salotto, fresco come una rosa, poi ha alzato la pistola, l'ha puntata contro John e mi ha detto che se non lasciavo libera Hillary di andarsene, avrebbe ucciso il mio bambino.» Nick era impallidito mentre raccontava quello che era accaduto e il suo avvocato aggrottò le sopracciglia. Sì, tutto sommato, la situazione era davvero disperata.

«La pistola era carica, Nick?»

«No. Ma io, allora, non lo sapevo. Ho acconsentito al divorzio, lui ha messo giù la pistola...» Ripensando a quel momento strinse i denti, e i pugni.

«E tu che cosa hai fatto?»

«L'ho preso a calci, a pugni, l'ho rincorso per tutta la stanza. Si è ritrovato con tre costole rotte, un braccio fratturato e due denti scheggiati. Hillary, ieri sera, se ne è andata di casa e ha cercato di portare Johnny con sé. Io le ho detto che se osava alzare un solo dito sul bambino o se si faceva rivedere in casa mia, avrei ammazzato non solo lei, ma anche Markham. E, perdio, ne ho tutte le intenzioni!»

«Bene, i motivi validi per un divorzio, ce li hai!» Ma questo lo si sapeva già. «Pensi di avere le prove dell'adulterio?»

«Con facilità.»

«Ma quali motivi avresti, tu, per ottenere la custodia del bambino?»

«Cos'altro ci vuole? Ha minacciato mio figlio con una pistola.»

«Non era carica! Poi, è stato Markham a farlo. Non tua moglie.»

«Però lei era consenziente. È rimasta lì seduta, a lasciarglielo fare.»

«Probabilmente sapeva che l'arma non era carica. Ammetto che è stato uno scherzo ignobile, ma non basta come motivo valido per ottenere la custodia del bambino.»

«Però tutte le altre cose dovrebbero bastare. È una madre ignobile, non gliene importa niente di John, non gliene è mai importato. Voleva abortire prima che il bambino nascesse, e non si è mai preoccupata per lui. Quando io mi sono trovato in Europa, bloccato laggiù dopo la dichiarazione di guerra, lo ha scaricato a sua madre e lo ha lasciato in casa di lei per dieci mesi senza andare quasi mai a trovarlo, fino al giorno in cui io sono tornato a casa. È una madre vergognosa per mio figlio! Vergognosa, mi hai sentito?» Ormai Nick non si controllava più, era furente e aveva cominciato a camminare su e giù per la stanza. Non avrebbe mai, e poi mai, dovuto ascoltare i suggerimenti di Liane. Avrebbe dovuto lasciare Hillary già da sei mesi e combattere fin da quell'epoca per ottenere la custodia del bambino. Invece non lo aveva fatto. Così adesso aveva perduto anche lei. Se fosse stato libero, chissà come sarebbero andate a finire le cose! Era terribile il senso di vuoto che provava ancora (e lo provava ormai da quasi sei mesi) al pensiero di averla perduta.

«Lei è disposta a concederti la custodia del bambino?»

Con uno sforzo, Nick si impose di ripensare a Hillary e scrollò il capo. «Ha paura di quello che potrebbe dire la gente se rinunciasse a lui. Ha paura che pensino che è un'alcolizzata, una sgualdrina... tutte cose verissime... però non vuole ammetterlo di fronte all'intera città. Si illude che possa servirle! Ma se è andata a letto con tutti, per amor di Dio!» Per quanto, era costretto ad ammetterlo, Hillary negli ultimi tempi non si era più comportata così. Aveva dimostrato una fedeltà per Markham che non aveva mai avuto per suo marito.

«La battaglia sarà dura, Nick. Preparati. Molto dura. Il divorzio, visti i motivi, sarà facilissimo; lo avrai in quattro e quattr'otto. Tanto più che lei vuole essere libera. Ma quando c'è di mezzo la custodia dei figli, sono sempre guai. Il tribunale stabilisce quasi sempre che la custodia venga affidata alla madre, a meno che non sia una malata di mente rinchiusa in chissà quale manicomio! Anche se è un'alcolizzata, come dici tu, o una sgualdrina, gran parte delle volte non è abbastanza. In tribunale, si è sempre convinti che tocchi alla madre avere i bambini, non agli uomini.»

«Non in questo caso.»

«Forse hai ragione. Ma dobbiamo dimostrarlo e sarà una battaglia dura. Dovrai tirar fuori tutte le storie più sporche che riuscirai a trovare. Sei proprio sicuro di voler trascinare il tuo bambino in tutto questo fango? Sei davvero così deciso?»

«No. Ma lo farò, se ci sono costretto. E se mi dici che non ho scelta, diamo inizio a una campagna infamante nei suoi confronti che non avrà mai tregua. Sono anni che mi fornisce abbondantissimo materiale a prova del suo comportamento e adesso ho intenzione di adoperarlo tutto. Alla lunga, sarà per il bene di Johnny!»

Greer annuì. I casi difficili gli piacevano sempre. «E, se tu hai ragione e lei non vuole avere con sé il bambino come dici, può darsi che ceda le armi.»

«Sì, potrebbe farlo.» Però Nick non ne era realmente convinto. «E, nel frattempo, voglio che venga emessa un'ingiunzione nei confronti di Markham in modo da impedirgli qualsiasi contatto con mio figlio.»

«Dov'è il bambino, adesso?»

«È sempre nel nostro appartamento, con me. Ho detto alla cameriera di non lasciar entrare Hillary, casomai venisse a prender la sua roba. Provvederò io stesso a mandargliela da Markham.»

«Lei, però, ha il diritto di vedere il bambino.»

«Diritto un corno! Non lo ha più fintanto che frequenta l'uomo che ha minacciato mio figlio con una pistola!»

«Tutto combinato per far colpo su di te, Nick.» La voce di Greer era terribilmente calma ma Nick pareva troppo sconvolto per dargli retta.

«Be', e con questo? Ha ottenuto il suo scopo. Allora, accetti di occuparti di questa faccenda?»

«Sì, accetto. Però voglio che una cosa sia ben chiara fin d'ora. Non posso garantirti i risultati, Nick.»

«Non me ne importa. Cerca di fare del tuo meglio.»

«Quanto a te, ti senti di ubbidire ai miei ordini?»

«Se avranno un senso per me.» Sorrise e Greer lo minacciò, puntandogli contro un dito, dall'altro lato della scrivania. «Va bene, va bene. Quanto tempo credi che occorrerà?»

«Puoi acconsentire a lasciarla andare a Reno per il divorzio. Questo richiederà soltanto un mese e mezzo. Ma, per la faccenda della custodia, ci vorrà molto più tempo.»

«Quanto? Non voglio che Johnny viva con questa spada di Damocle sospesa sulla testa, né tantomeno lo voglio io!»

«Un anno, magari.»

«Accidenti. Ma se dovessi vincere, uscirà definitivamente dalla mia vita?»

«È possibile. Potresti anche cercare di offrirle una compensazione in denaro.»

Nick scrollò la testa. «Non servirebbe. Hillary si gode il reddito di sei milioni di dollari che qualcun altro amministra per lei e anche Markham ha a sua disposizione una piccola fortuna.»

«Allora non pensiamoci più. Dovremo vincere questa battaglia nel modo più preciso e corretto.»

«E se tu non dovessi riuscirci, prova a barare.» Nick abbozzò un sorriso e Ben Greer lo imitò.

«Prova un po' a dirmi in quale modo e lo farò. In ogni caso otterrò quell'ingiunzione nei confronti di Markham, oggi stesso. Tra mezz'ora devo trovarmi in tribunale.» Lanciò un'occhiata all'orologio da polso. «Ma poi mi occorrerà rivederti per discutere la nostra campagna. Cosa ne diresti della settimana prossima?»

Nick parve deluso. «Prima è impossibile?»

«Non riuscirai a entrare in un'aula di tribunale per risolvere il tuo caso prima di sei mesi come minimo!»

«Va bene. Ma, Ben...» guardò attentamente il suo avvocato, seduto dietro la scrivania «... ricordati una cosa.»

«E quale sarebbe?»

«Io ho intenzione di vincere.»

29

NICK non rivide più Hillary per parecchi giorni e, quando lei rientrò nel loro appartamento, la stava aspettando. Per farlo, Hillary si servì della propria chiave, scegliendo un'ora in cui pensava che lui fosse in ufficio; poi, una volta entrata, si avviò alle scale in punta di piedi. Ma Nick aveva avuto il sospetto che Hillary facesse qualcosa di simile e, dal giorno in cui se ne era andata, non si era più fatto vedere in ufficio. Aveva ricevuto visite e telefonate a casa e aveva fatto in modo che Johnny non andasse a scuola. Infatti il bambino era nella sua camera quando Hillary ne spalancò la porta, ma Nick era già sopraggiunto e si trovava proprio dietro di lei.

«Fuori della nostra casa.» Hillary sobbalzò violentemente a sentire la voce di Nick dietro di sé e, quando si voltò, si accorse che era pallidissimo e rigido. D'un tratto ebbe paura che volesse picchiarla.

«Sono venuta per mio figlio.» Cercò di prendere un'aria disinvolta e noncurante, ma Nick si accorse subito che tremava da capo a piedi. Allora Hillary si rivolse a John. «Fai le valigie. Tu vieni via con me.» Il bambino guardò immediatamente suo padre.

«Johnny, per favore, va' ad aspettarmi nel mio studio. Voglio parlare con tua madre.»

«Fai le valigie!» La voce di Hillary era stridula. Allora Nick attraversò la stanza e prese per mano il bambino terrorizzato, facendolo uscire.

«Papà, mi vuol portar via con sé?»

«No, niente affatto, figliolo. Vedrai che tutto andrà a finire bene. È soltanto agitata. Adesso, aspettami da basso. Fai il bravo!» Restò a seguire con gli occhi il bambino che scendeva rapidamente al piano inferiore e correva a rifugiarsi nello studio, poi si voltò e rientrò nella camera da letto di Johnny, dove Hillary era intenta a scaraventare un po' di vestiti in una valigia. «Non perdere il tuo tempo, Hil. Ho intenzione di avvertire la polizia. Verranno loro a buttarti fuori di qui. Oppure preferisci andartene subito e risparmiarmi questo fastidio?»

«Non puoi tenere qui il bambino. Lo porto con me.» Si voltò a guardarlo con due occhi che lanciavano fiamme.

«Sei una sgualdrina. Non sei degna di essere sua madre.» Hillary allungò uno schiaffo al marito e lui la afferrò per un braccio. «E adesso, fuori dalla mia casa. Torna da quel figlio di puttana che non può fare a meno di te. Io ne so fare a meno benissimo.»

Hillary, in preda a una collera impotente, gli lanciò un'occhiata furiosa. Capiva di non riuscire a vincere la sua battaglia. Però il futuro avrebbe dato ragione a lei. Crollasse il mondo, sarebbe riuscita nel suo intento. «Il posto di mio figlio è vicino a me.»

«Non lo è più quando tu stai con un uomo che gli ha puntato una pistola alla testa per ottenere da me che acconsentissi al divorzio. Suppongo che abbiate ricevuto l'ingiunzione del tribunale che gli vieta di avvicinarsi al bambino.» Hillary annuì. Markham aveva ricevuto il documento del tribunale la mattina del giorno precedente. «Bene. E adesso, fuori da questa casa prima che chiami la polizia!»

«Non puoi togliermi il mio bambino, Nick.» Stava cominciando a piagnucolare e Nick dovette farsi forza per non schiaffeggiarla. Invece le spalancò la porta e aspettò che Hillary uscisse dalla stanza.

«Non lo hai mai desiderato prima e non riesco a capire perché le cose, adesso, dovrebbero cambiare.»

«Se non riesco ad averlo, il mio buon nome sarà rovinato...» cominciò a piangere. La madre di Philip stava già cominciando a creare qualche difficoltà. Philip aveva dato fondo a quasi tutte le sue sostanze con le quattro ex mogli e, adesso, gli occorreva sua madre che lo salvasse dai debitori e, alla fine, gli lasciasse tutto il suo patrimonio. Aveva spiegato a Hillary che doveva assolutamente farsi consegnare il bambino da suo marito altrimenti chissà cosa avrebbe pensato sua madre! Hillary doveva portare il bambino a vivere con sé, a qualsiasi costo. Tuttavia Hillary aveva già spiegato a Philip che cosa prevedeva che sarebbe successo. Conosceva Nick e, adesso, le era bastato guardarlo in faccia per capire di essersi cacciata in un sacco di guai.

«Fuori di qui!»

«Quando potrò vederlo?»

«Dopo la sentenza del tribunale.»

«E quando sarà?»

«Forse l'estate prossima.»

«Sei impazzito? Fino a quel giorno non potrò più vedere mio figlio?»

Non era esattamente quello che gli avvocati di Nick gli avevano detto, ma non gliene importava più niente. Non aveva nessuna intenzione di permettere a quella donna di avvicinarsi a Johnny. Si sentiva ancora tremare al pensiero di Markham che puntava la pistola alla testa del bambino mentre Hillary, tranquillamente seduta vicino a loro, lo lasciava fare. Può darsi che lei avesse saputo che la pistola non era carica, ma Johnny non poteva immaginarlo. Era rimasto terrorizzato, pallidissimo, con il fiato mozzo. A Nick bastava pensare a tutto questo per provare una gran voglia di ammazzare sua moglie.

«Tu non meriti di rivedere mai più quel bambino, dopo quello che hai fatto.»

«Io non ho fatto un bel niente!» cominciò a gridare Hillary. «Philip stava semplicemente cercando di spaventare te!»

«Congratulazioni. Spero che sarai molto felice. È proprio l'uomo che fa per te, Hil. Mi spiace soltanto che tu non l'abbia incontrato prima.» Poi l'afferrò per un braccio, la trascinò fuori dalla camera di Johnny, lungo il corridoio, giù per le scale e la sospinse, davanti a sé, nel grande atrio d'ingresso. «E adesso, fuori di qui, prima che ti faccia passare quella porta a calci.» Hillary lo guardò in un modo strano per un momento: una minaccia del genere sarebbe andata a perfezione per i suoi piani. Era incinta e voleva abortire. Ma Philip le aveva giurato e spergiurato che avrebbe trovato qualcuno disposto a farlo nel New Jersey. Anche lui, esattamente come Hillary, non desiderava assolutamente avere un figlio ma, casomai non fosse riuscito a trovare una persona abbastanza abile per farla abortire, era del parere che avrebbero dovuto sposarsi, e presto. Ecco il motivo di quella pistola. Doveva assolutamente sposarsi prima che Mrs. Markham sospettasse qualcosa.

«Se osi minacciarmi, Nick, Philip ti ucciderà.»

«Si provi a farlo!»

Hillary lanciò un'occhiata furente a Nick e si avviò lentamente verso la porta. Faticava a credere che, una volta, fosse stata la sua casa. Non provava assolutamente più nulla per quelle stanze. Del resto, non aveva mai provato nulla. Per Nick non aveva mai provato nulla di ciò che provava per Philip. Poi, una volta raggiunta la porta d'ingresso, si voltò e lo guardò a lungo, con durezza. «Non vincerai mai questo processo in tribunale, Nick. Mai e poi mai! Daranno Johnny a me.»

«Dovrai passare sul mio cadavere per averlo!»

«Questo sì...» gli sorrise soavemente prima di richiudere la porta «... che sarebbe un gran piacere!»

Se ne andò con questa battuta e Nick entrò in biblioteca dove vide John che piangeva piano piano, disteso sul divano. Nick andò a sedersi vicino a lui e gli accarezzò dolcemente i capelli. «Va tutto bene, figliolo. Va tutto bene.»

Johnny alzò la testa e guardò suo padre. «Non voglio vivere con lei e con quell'uomo.»

«Non credo che ci sarai costretto.»

«Sei sicuro?»

«Quasi completamente. Ci vorrà un po' di tempo, ma vinceremo. Ho intenzione di andare in tribunale e cercheremo di combattere nel miglior modo possibile.» Poi si chinò a posare un bacio sui capelli del bambino. «E, dopo le vacanze di Natale, caro amico, tu torni a scuola e tutto ricomincia esattamente come prima, salvo che qui, ci saremo soltanto tu e io, senza la mamma.»

«Ho creduto che quell'uomo mi volesse uccidere.»

Nick strinse convulsamente le mascelle a quel pensiero. «Se lo avesse fatto, io avrei ucciso lui.» Poi si impose con uno sforzo di sorridere al bambino. Capiva che bisognava assolutamente fargli riprendere una vita il più possibile normale. «Non succederà mai più niente di simile.»

«Ma... e se tornassero?»

«Non possono.»

«Perché no?»

«È troppo complicato spiegartelo, ma il tribunale gli ha mandato certe carte che dicono che lui non deve più venirti vicino.» Intanto, quel pomeriggio, mentre Johnny stava giocando nella sua camera, Nick prese alcune decisioni. Tanto per cominciare, ottenne dalla polizia di New York di poter assumere tre guardie del corpo che lavorassero, a turno, ventiquattro ore su ventiquattro. In ogni momento ci sarebbe sempre stato uno di loro in compagnia del bambino, lì in casa, a scuola, al parco. Quegli uomini sarebbero diventati la sua ombra.

Il giorno seguente padre e figlio provarono un grande sollievo a leggere sulla pagina mondana del giornale che Hillary e Philip Markham erano partiti per Reno. L'avvocato di Nick aveva notificato subito a Hillary che Nick avrebbe acconsentito al divorzio chiesto a Reno e che, fintanto che lui non avesse voluto contestarlo, sarebbe stato legale. Hillary non aveva perduto tempo. Aveva una gran fretta di divorziare e di sposare Philip Markham. Anche Nick ne fu molto contento; era la vigilia di Natale e la sua più grande aspirazione era quella di passare tranquillamente quella serata in compagnia di Johnny. Fecero insieme, nel loro appartamento, la cena della vigilia e il giorno di Natale uscirono per andare a giocare, ancora insieme, al parco. Nick aveva comperato a Johnny una bicicletta nuova, un pallone da football e un paio di sci. Anzi, il bambino li provò addirittura su una piccola altura coperta di neve, mentre la sua guardia del corpo stava a osservarlo, ridendo. Johnny era un simpatico ragazzino e Nick un padre molto bravo. Sperava che vincesse il processo. Ma, nel frattempo, nessuno doveva allungare le mani su Johnny, neppure per gioco.

30

«BUON Natale, zio George.» Liane gli consegnò un grosso pacco e lo zio restò a considerarlo con una certa sorpresa. Erano tutti seduti intorno all'albero che George Crockett aveva fatto preparare nella biblioteca del piano terreno. Da molti anni nessuno pensava più a fare l'albero di Natale in quella casa ma, stavolta, lui aveva voluto che le bambine avessero un Natale magnifico.

«Eravamo d'accordo che tu non avresti dovuto farmi nessun regalo!» Pareva imbarazzato quando aprì il pacco ma sembrò molto soddisfatto quando ne tirò fuori una vestaglia di seta blu scuro e rosso vino. In armonia con la vestaglia, Liane gli aveva anche comprato un paio di pantofole di camoscio blu scuro. Da molto tempo lo prendeva in giro per la vestaglia sdrucita che portava, ma lui aveva sempre risposto che l'aveva da quarant'anni e gli piaceva così.

Le bambine gli regalarono un nuovo orologio da portare nel taschino del gilet emozionate e felici di fargli quel dono esattamente come si dimostrò lui. Era stata Liane ad aiutarle nella scelta, da Shreve; poi Marie-Ange ed Elisabeth gli avevano preparato anche tutta una serie di regalini speciali a scuola: portacenere, decorazioni per l'albero di Natale, disegnini, ed Elisabeth aveva fatto, apposta per lui, un'impronta della propria mano in argilla. Era stato un Natale, nel complesso, che gli aveva fatto salire le lacrime agli occhi per la commozione e Liane ne parve contenta. Lo zio George faceva talmente tanto per loro che era una bella soddisfazione poter ricambiare le sue gentilezze, una volta tanto, facendo qualcosa per lui. Restarono in casa per il pranzo e, nel pomeriggio, uscirono tutti insieme in automobile per fare un giro della città a vedere le decorazioni natalizie. Ma, quando furono seduti in macchina, Liane si scoprì a pensare con angoscia ad Armand e al Natale che doveva festeggiare a Parigi. Aveva il sospetto che fosse un Natale ben triste e capiva quanto Armand dovesse soffrire per la sua mancanza e per quella delle bambine. Era la prima volta da undici anni che festeggiavano il Natale l'uno lontano dall'altro e, senza di lui, Liane si accorse di avere il cuore pesante.

Lo zio George notò l'espressione dei suoi occhi quando scesero dalla macchina davanti all'Hotel *St. Francis* per il tè, e gliene dispiacque per lei. Il suo più grande desiderio era che Liane dimenticasse Armand e trovasse un altro uomo, ma capiva che, a Natale, era inevitabile che pensasse a suo marito.

«Zio George, guarda!» Le bambine li distrassero. Avevano scoperto l'enorme casetta di pan pepato che era stata preparata nell'atrio dell'albergo. Era talmente grande che le bambine avrebbero potuto entrarci senza difficoltà e coperta da migliaia di candeline e da tonnellate di zucchero filato. «Guarda come è bella!» Liane si fermò vicino a loro con un sorriso, ma i suoi pensieri erano lontano, molto lontano. Da vari giorni, ormai, quando pensava ad Armand, era torturata da un terribile presentimento.

«Monsieur de Villiers?» Armand, che era seduto alla sua scrivania, alzò gli occhi. Era la sera di Natale e non c'era alcun motivo perché dovesse trovarsi lì, al suo posto, a lavorare. Eppure anche qualche altra persona si era recata in ufficio come lui. Ormai da varie settimane tutti sentivano che l'atmosfera era carica di tensione. La Resistenza aveva quadruplicato i suoi sforzi in quell'ultimo mese e, adesso, i seguaci di Pétain si trovavano a dover lottare duramente per rimanere sempre un passo più avanti degli altri. Anche i tedeschi non trovavano affatto divertente la situazione. Anzi, per rendere più chiaro il loro punto di vista, solo due giorni prima avevano fatto eseguire pubblicamente la loro prima condanna a morte. Jacques Bonsergent era stato ucciso dal plotone di esecuzione per «un atto di violenza contro un ufficiale dell'esercito tedesco» e su Parigi era calata una cappa di depressione. E anche se era stato tolto il coprifuoco di mezzanotte in seguito a questo, per un solo giorno (quello di Natale), non se ne era sentito assolutamente l'effetto. Quella notte i *cafés* ottennero il permesso di restare aperti fino alle due e mezza, mentre tutto il traffico avrebbe dovuto cessare completamente per le tre. Ma, dopo l'uccisione di Bonsergent, nessuno provava il desiderio di andarsene in giro per la città, all'infuori dei tedeschi. Quell'anno l'inverno fu molto rigido a Parigi e il freddo intensissimo: Armand si accorse che si adattava perfettamente al suo umore. Aveva le mani quasi intorpidite dal freddo quando andò a sedersi alla scrivania, pensando a Liane e alle sue bambine.

«*Monsieur*, ha visto questo?» Il suo zelante e giovane assistente gli mise in mano, con un gesto indignato, un foglio di carta. Era intitolato *La Résistance* e portava la data del 15 dicembre 1940. Si dichiarava la prima edizione dell'unico bollettino di quel genere pubblicato dal Comitato Nazionale di Salute Pubblica, e forniva le notizie «come realmente erano» in opposizione alla propaganda che veniva diffusa dalle Forze di Occupazione. Vi si parlava della dimostrazione studentesca che aveva avuto luogo in novembre e della *Faculté* che, il 12 novembre, in seguito a quegli avvenimenti, era stata chiusa, e vi si riferiva che le Forze Partigiane ormai erano diventate più consistenti e avevano un maggiore peso nella vita del paese. Il piccolo notiziario proseguiva dicendo che la Resistenza non era mai stata forte come quel mese di dicembre.

«*Soyez courageux, nos amis, nous vainquerons les salauds et les Boches. La France survivra malgré tout... vive De Gaulle!*» Siate coraggiosi, amici, riusciremo ad avere la meglio sui bastardi e sui tedeschi. La Francia sopravviverà malgrado tutto... viva De Gaulle! Armand lo lesse e, immediatamente, provò un gran dispiacere di non poterlo mostrare a Liane. Non aveva certo il coraggio di spedirglielo in una delle sue lettere perché temeva che, in qualche modo, qualcuno, vedendolo, potesse farlo risalire fino a lui né poteva rischiare di tenerlo con sé e farselo trovare addosso. Lo restituì al giovanotto e si chiese quale fosse, adesso, la sorte di Jacques Perrier. L'estate precedente era partito per Mers-el-Kebir, in Algeria, per unirsi a De Gaulle. Era stato proprio laggiù che la flotta francese era rimasta seriamente danneggiata e si aveva avuto una perdita di più di un migliaio di vite umane. Tuttavia Armand, qualche mese prima, aveva saputo che Perrier era ancora vivo e si augurò che venisse fuori dalla guerra sano e salvo. Ma adesso il suo nuovo assistente non smetteva di fissarlo, aspettandosi una reazione. «*Ça ne vaut pas grand-chose.*» Non è niente che abbia importanza. «Non deve preoccuparsi di questa roba.»

«Che porci sono! Dicono che soltanto quello che loro stampano è vero!» Dio sia ringraziato per questo! pensò Armand tra sé. Poi si domandò per quale motivo questo giovanotto avesse tanta simpatia per i tedeschi. Era estasiato all'idea di lavorare per Armand, che aveva le funzioni di ufficiale di collegamento, adesso, fra gli uomini di Pétain e le forze tedesche che occupavano Parigi. Il loro compito era quello di fare rapporti sulle opere d'arte che dovevano venire raccolte e consegnate ai tedeschi, di andare a scovare gli israeliti e di scoprire ogni possibile agente della Resistenza. Era un lavoro massacrante e Armand sembrava più vecchio di dieci anni da quando Liane era partita. Però era la situazione ideale per lui perché gli offriva una possibilità di compilare questi rapporti falsificando i fatti, di nascondere i tesori d'arte di cui aveva parlato a Liane, di favorire la partenza di altre persone per la Francia meridionale, molto spesso servendosi di documenti falsi e falsificando anche i rapporti che li riguardavano. Il giovanotto che gli aveva appena messo in mano il giornale della Resistenza rappresentava il suo più grosso ostacolo. Aveva un'autentica passione per il suo lavoro, come adesso, mentre avrebbe potuto starsene a casa sua o con la sua ragazza, visto che era Natale. E poi cercava in tutti i modi di fare colpo su Armand.

«Non vuole andare a casa adesso, Marchand? Si sta facendo tardi.»

«Verrò via dall'ufficio con lei, *Monsieur.*» Gli sorrise. Armand gli piaceva. Era un grand'uomo che lavorava per la Francia, non come quegli altri traditori che erano scappati nell'Africa del Nord per mettersi a combattere con De Gaulle. Ma se avesse potuto leggere nel pensiero di Armand in quel preciso momento, e scoprire quanto odio ci fosse, sarebbe rabbrividito. Tuttavia i lunghi anni passati nel servizio diplomatico si stavano rivelando fruttuosi per Armand. Era sempre affascinante, calmo, efficiente e a volte riusciva addirittura a essere brillante. Ecco il motivo per il quale Pétain lo aveva assolutamente voluto con sé, il Comando Supremo tedesco lo aveva in simpatia anche se nessuno era del tutto sicuro di potersi fidare completamente di lui. Con il tempo, ma non ancora completamente. Il governo di Pétain era ancora di data troppo fresca e, tutto sommato, quelli che ne facevano parte erano soltanto francesi. Comunque, non c'erano dubbi: Armand era stato molto utile a tutti. «Può darsi che io resti in ufficio ancora per parecchie ore, André.»

«Benissimo, signore.»

«Ma non vuole passare almeno una parte del Natale a casa?» Ormai erano lì fin dalla mattina e quel giovanotto lo stava esasperando.

«Natale è molto meno importante di tutto questo.» E che cosa avevano fatto? Esaminato liste sterminate di nomi di persone sospettate di essere ebree, alcuni solo per un quarto oppure per metà e di altri che, a quanto si diceva, si tenevano nascoste nei quartieri di periferia. Era un lavoro che dava la nausea ad Armand mentre il suo giovane assistente ne era entusiasta. Armand, non appena gli era possibile, depennava dalla lista interi gruppi di nomi e faceva ardere questi brevi elenchi di nascosto nel caminetto del suo ufficio.

Alla fine, preso dalla disperazione, Armand decise di tornarsene a casa. Lì, in ufficio, non aveva più niente da fare e non poteva chiudere ancora gli occhi di fronte al fatto che la sua casa era vuota e silenziosa. Lasciò André Marchand davanti alla sua abitazione nel Septième Arrondissement e raggiunse la place du Palais-Bourbon con il cuore dolente, come sempre, al pensiero di Liane e delle sue bambine.

«Buona notte, piccoline.» Liane le baciò tutte e due. Marie-Ange ed Elisabeth erano nei loro letti della casa di Broadway. «Buon Natale.»

«Mamma?» Marie-Ange alzò la testa subito dopo che la luce era stata spenta e Liane si fermò sulla porta.

«Si?»

«Da quanto tempo è che non hai più notizie di papà?» Liane si accorse di sentire una stretta al cuore: era attanagliata da quel miscuglio ormai familiare, di preoccupazione e di desiderio.

«Da un po'.»

«Sta bene?»

«Si, bene. E sente molto la vostra mancanza.»

«Posso vedere le sue lettere una volta o l'altra?»

Liane ebbe un attimo di esitazione e poi annuì. C'era molto, in quelle lettere, che non avrebbe voluto dividere con nessuno. D'altra parte, la bambina aveva il diritto di sentire un contatto, per quanto vago, con suo padre. Tra l'altro, Armand aveva troppo poco tempo e troppa poca carta per scrivere spesso alle bambine e conservava la massima parte della sua energia e dei suoi pensieri per Liane. «Va bene.»

«Che cosa dice?»

«Che ci vuole bene, e parla della guerra e delle cose che vede.»

Marie-Ange annuì e, alla luce che filtrava nella stanza dal corridoio, mostrò di essere visibilmente più sollevata. «Qui, a scuola, non c'è nessuna che dice che lui è un nazista!»

«Non lo è.» La voce di Liane era disperatamente triste.

«Lo so.» E poi, dopo una pausa: «Buona notte, mamma. Buon Natale». Allora Liane attraversò nuovamente la stanza per andare a darle un altro bacio. Ormai Marie-Ange aveva quasi undici anni e cresceva molto in fretta.

«Vi voglio molto bene.» Deglutì a fatica per ricacciare indietro le lacrime. «E anche il vostro papà vi vuole bene.»

Liane si accorse che gli occhi di sua figlia erano umidi. «Spero che la guerra finisca presto. Come mi manca, sai?» E cominciò a singhiozzare. «E come mi sono arrabbiata... è stato orribile... quando... hanno detto che era... un nazista...!»

«Ssshh... tesoro... ssshh... ma noi sappiamo la verità. Ed è tutto quello che importa.»

Marie-Ange annuì e strinse sua madre in un abbraccio; poi si distese, appoggiando la testa sul guanciale con un sospiro. «Voglio che torni a casa.»

«Tornerà. Noi dobbiamo soltanto pregare di poterci trovare tutti riuniti al più presto. E adesso, dormi.»

«Buona notte, mammina.»

«Buona notte, tesoro.» Liane richiuse la porta senza far rumore e andò nella propria camera. Erano le otto di sera, a Parigi sarebbero state le cinque del mattino. Armand, nel suo letto della place du Palais-Bourbon, dormiva un sonno pesante, il sonno di un uomo esausto, e sognava sua moglie e le sue figlie.

31

In dicembre, Roosevelt si prese una vacanza di quindici giorni e andò a pescare nei Caraibi. Ne tornò con una nuova idea rivoluzionaria, il programma Prestiti e Affitti per l'Inghilterra. Si trattava di un sistema per mezzo del quale l'America poteva fornire alla Gran Bretagna grosse quantità di armamenti gratuitamente. In cambio di questo, gli Stati Uniti ottenevano una specie di permesso di servirsi delle basi navali dal Newfoundland al Sudamerica. Il programma consentiva agli Stati Uniti di mantenere la neutralità e, al tempo stesso, di aiutare gli inglesi. Nel complesso, l'America aveva cambiato musica verso la fine del 1940. Tutti, finamente, avevano dovuto ammettere che Hitler era una minaccia mortale alla sopravvivenza dell'Europa e l'ammirazione per gli inglesi aveva raggiunto il culmine Erano un popolo eroico, ricco di nobili sentimenti, che combatteva per la propria salvezza. E non avevano fatto orecchio da mercante alle suppliche di Churchill che diceva da Londra: «Dateci gli attrezzi necessari e compieremo l'opera...» Il 6 gennaio, Roosevelt fece un discorso davanti al Congresso. Con il suo programma Prestiti e Affitti voleva fornire agli inglesi quegli «attrezzi», ma il dibattito fu accanitissimo e continuò con sempre maggiore intensità per un paio di mesi. Infuriava ancora quando Hillary Burnham tornò da Reno l'8 febbraio da donna libera.

Con Philip Markham aveva alloggiato all'Hotel *Riverside* per poco più di un mese e mezzo e, come tutti gli altri, una volta ottenuto il divorzio, era andata a scagliare la sottile fede nuziale d'oro che Nick le aveva messo al dito nel fiume Truckee. Invece conservò l'anello con il brillante, anche quello regalo di Nick, per venderlo al suo ritorno a New York. Ma, prima di quello, aveva parecchie altre cose da fare. Tentò di vedere Johnny all'uscita dalla scuola, ma la guardia del corpo in servizio in quel momento non le consentì di andargli vicino. Allora Hillary si presentò all'ufficio di Nick senza appuntamento e riuscì a entrare a viva forza, malgrado gli inutili tentativi della sua segretaria di impedirglielo. Si fermò nel vano della porta: indossava una pelliccia nuova di zibellino e portava al dito un anello nuovo, con un grosso diamante a forma di pera, che a Nick non sfuggì.

«Dunque il grand'uomo è in ufficio. Qui è un po' come cercare di vedere il Padreterno!» Pareva molto sicura di sé, aveva un'espressione incredibilmente perfida, ma era anche straordinariamente bella. Tuttavia Nick, ormai, era immune dal suo fascino. Alzò gli occhi dalla scrivania alla quale era seduto come se non fosse affatto sorpreso di vederla.

«Salve, Hillary. Che cosa vuoi?»

«Molto semplice, mio figlio.»

«Prova con qualcos'altro! Forse avrai migliore fortuna.»

«Me ne sono già accorta. Chi è quella specie di gorilla che lo protegge come fa una chioccia con i suoi pulcini?»

Gli occhi di Nick ebbero uno scintillio pericoloso. «Ne deduco che nonostante tutto hai cercato di vederlo.»

«Precisamente. È anche figlio mio.»

«Non più. Avresti dovuto pensarci molto tempo fa.»

«Non puoi cacciarmi in questo modo, Nick, per quanto ti possa piacere l'idea! Sono ancora la madre di Johnny.» Ma quando Nick si alzò in piedi e attraversò la stanza, avvicinandosi a Hillary, sulla sua faccia era apparsa un'espressione dura e spietata.

«A te quel bambino non interessa assolutamente!» Qui, Nick si sbagliava. A Hillary, Johnny interessava. Si sarebbe sposata il 12 di marzo e Mrs. Markham si era già messa a fare i suoi commenti sulle scandalose procedure legali sorte fra Hillary e Nick. Voleva che fosse Hillary ad avere la custodia del bambino in modo che non scoppiassero scandali. Philip e Hillary ne avevano già fatto nascere uno, e piuttosto grosso, con la decisione di vivere insieme.

«Mi sposo fra un mese e dieci giorni, e voglio che Johnny sia presente al matrimonio.»

«Per quale motivo? Per chiudere la bocca alla gente e non farla chiacchierare? Vai all'inferno!»

«Il bambino deve stare con me. Philip e io gli vogliamo bene.»

«Che strano!» Nick si appoggiò contro la scrivania. Non desiderava andarle troppo vicino. Era come se Hillary sprizzasse veleno da tutti i pori. «Se ben ricordo, Philip è l'uomo che ha puntato una pistola alla testa di mio figlio.»

«Oh, perdio, piantala di continuare a parlare di quella storia!»

«Sei venuta tu a cercarmi. Non sono stato io, a cercare te. Se non ti garba quello che ho da dire, esci dal mio ufficio.»

«No, non me ne andrò fino a quando non mi avrai permesso di vedere mio figlio. E, se non lo farai...» i suoi occhi erano diventati cattivi come quelli di Nick «... mi procurerò un'ingiunzione del tribunale e sarai costretto a farmelo vedere.» Philip la aveva già accompagnata a parlare con i propri avvocati e a Hillary il loro stile era piaciuto. Erano un branco di bastardi e di carogne.

«Davvero? Bene, perché non dici al tuo avvocato di telefonare al mio, così potranno discuterne? E tu potrai risparmiarti i soldi del tassì per venir qui a cercarmi, d'ora in avanti!»

«È una spesa che posso permettermi!»

«Verissimo.» Nick sorrise. «Ma il tuo fidanzato, no. Ho sentito che ormai ha dato fondo al suo patrimonio e che vive di una rendita che gli passa mammina!»

«Figlio di puttana che non sei altro...» Nick aveva toccato un punto debole. Allora Hillary si avviò alla porta e la spalancò. «Avrai notizie dai miei avvocati.»

«Ti auguro una bella festa di nozze.» La porta si richiuse con un tonfo e Nick allungò subito la mano verso il telefono per chiamare Ben Greer.

«So che non ti garba, Nick. Ma devi lasciarglielo vedere. Hai le guardie del corpo che sorvegliano il bambino, quindi non potrà fargli alcun male.»

«Johnny non vuole vederla.»

«Non è abbastanza grande per poter prendere una decisione del genere.»

«E chi lo dice?»

«Lo stato di New York.»

«Accidenti.»

«Io trovo che saresti molto furbo se glielo lasciassi vedere. Dopo essere stata con Johnny un paio di volte, può darsi che perda ogni interesse per lui e questo potrebbe fare un bell'effetto in tribunale e diventare un vantaggio per noi. Credimi, vorrei proprio che tu ci pensassi.»

Nick ci pensò, ma si mostrò ancora irremovibile quando si trovò con Greer, nell'ufficio di quest'ultimo, pochi giorni dopo.

«Però, sai che se non glielo permetti, Hillary può ottenere una ingiunzione del tribunale e costringerti con la forza a farle vedere il bambino, vero?»

«È quello che Hillary ha detto.»

«Purtroppo ha ragione. A proposito, chi sono i suoi legali?»

«Devono essere quelli di Markham. Fulton e Matthews.» Greer aggrottò le sopracciglia a sentire quei nomi. «Li conosci?»

Lui annuì. «Sono molto abili e spietati, Nick. Gentaglia.»

«Più duri di te?» Nick stava sorridendo, ma pareva preoccupato.

«Spero di no.»

«*Speri di no*? Che schifo di risposta! Insomma pensi di poterli battere o no?»

«Penso di poterlo fare e l'ho già fatto, anche... Però loro mi hanno battuto un paio di volte. Il guaio è che tua moglie si è andata a cercare le peggiori carogne che esistano in città!»

«C'era da aspettarselo da lei. E adesso cosa facciamo?»

«Le concedi di vedere il bambino.»

«È un'idea che mi fa venire il vomito!»

«Sarebbe lo stesso se ti costringessero a farlo.»

«Va bene, va bene.» Disse alla segretaria di telefonare a Hillary quel pomeriggio e le propose una visita per il weekend successivo. Si aspettava che Hillary rispondesse che sarebbe stata fuori città, invece acconsentì e si presentò all'ora stabilita alla porta dell'appartamento. Nick aveva dato istruzioni alle guardie del corpo di telefonare alla polizia e far arrestare Markham se si fosse presentato con lei. Sarebbe stata un'azione più che corretta, perché l'ingiunzione di restare alla larga da Johnny era ancora valida, e Markham fu tanto furbo da non farsi vedere. Hillary si presentò da sola; aveva l'aria dignitosa, stranamente quieta; portava un vestito blu scuro e la pelliccia di visone che le aveva regalato Nick.

Nick rimase nel suo studio del piano inferiore e la guardia del corpo si appostò fuori dalla porta della camera di Johnny. Erano state date precise istruzioni che quella porta dovesse rimanere aperta. Non fu una visita affatto facile; mentre se ne andava, Hillary si asciugò gli occhi con il fazzoletto e baciò Johnny.

«Torno a vederti presto, tesoro.» E quando se ne andò, fu subito evidente che il bambino era rimasto confuso ed emozionato dalle lacrime di sua madre.

«Papà, dice che ogni notte si addormenta piangendo. E sembrava proprio triste...» Johnny aveva l'aria terribilmente infelice quando mostrò a suo padre i regali che Hillary gli aveva portato: un nuovo berretto da baseball, qualche pistola giocattolo, un enorme orso di pezza molto più adatto per un bambino più piccolo di lui e un trenino. Hillary non aveva la minima idea di quello che poteva piacere a suo figlio e così aveva comprato un po' di tutto. Quanto a Nick, fu costretto a trattenersi dal fare ulteriori commenti. Quella visita aveva turbato profondamente il bambino, lo sapeva. Era un gioco quello che Hillary stava facendo con lui e, quindi, Nick pensò che la cosa migliore fosse quella di non confonderlo ancora di più. Tuttavia la situazione non migliorò. Hillary arrivava ogni domenica carica di doni e singhiozzava angosciata nella camera di suo figlio. Johnny aveva cominciato a dimagrire e pareva sempre molto nervoso. Nick riferì tutto questo al suo avvocato.

«Stammi a sentire, quella donna vuole far diventare matto il bambino. Non sa più che cosa pensare. Hillary si mette lì a sedere e scoppia in lacrime, e gli racconta un sacco di fandonie... dice che ogni sera si addormenta piangendo.» Nick si passò nervosamente una mano fra i capelli. Aveva avuto un'accesa discussione con il bambino proprio quella mattina quando gli era sfuggito, parlando di sua madre, che quella donna era una vera carognetta. Johnny si era messo a difenderla.

«Ti avevo detto che sarebbe stata dura, e le cose andranno molto peggio prima di vederne la fine. Fulton e Matthews non sono due stupidi e le stanno spiegando esattamente come deve comportarsi. Le hanno scritto la sceneggiatura e lei la recita a perfezione.»

«Effettivamente è proprio una specie di piccolo dramma quello che sta interpretando!»

«Naturale! Che cosa ti aspetti che faccia?»

«È capace di tutto.»

Hillary continuò le sue visite fino al giorno delle nozze; poi andò nei Caraibi con Philip per una luna di miele di venti giorni. E, a dir la verità, quel periodo di riposo le occorreva assolutamente. Non si era sentita mai completamente bene da quando Philip aveva combinato di farla abortire a Reno e le visite a Johnny erano faticosissime. Non ne poteva più di comperargli regali e di sventolargli davanti un fazzoletto umido.

«Senti un po', accidenti», disse a Philip sulla spiaggia di St. Croix, «non è un bambino facile e stravede letteralmente per suo padre. Cosa ti aspetti che faccia ancora? Gli ho praticamente comprato l'intero negozio di Schwarz. E adesso, che cosa ti aspetti da me?»

«Be', sarà meglio che ti faccia venire in mente qualcosa! Mia madre dice che se questo scandalo continua anche al nostro ritorno, mi taglierà gli alimenti!»

«Sei un uomo adulto! Rispondile che vada al diavolo.» Ormai la luna di miele era finita e il gran caldo dei Caraibi la rendeva nervosa. «Che cosa diavolo vuoi che faccia ancora?»

«Non saprei. Cosa ne diresti di fare un pensierino sul tuo patrimonio che quelli del *trust* amministrano per te? Potrebbe essere più facile piuttosto che costringere Burnham a lasciarti il bambino.»

«Non posso toccare il mio patrimonio finché non avrò trentacinque anni. Ne devono passare ancora sei.» La rendita che Hillary riceveva li aveva notevolmente aiutati, ma non bastava a farli vivere nel modo che a loro piaceva. Per riuscirci, avevano bisogno del soccorso di Mrs. Markham.

«Allora dobbiamo ottenere il bambino a tutti i costi. Nick è uno stupido e se arriviamo addirittura al processo non vincerà.»

«*Vai a raccontarlo a lui*!» Hillary sospirò e alzò gli occhi verso il sole. «È un uomo testardo.» Come lei sapeva fin troppo bene.

«È un maledetto idiota. Perché perderà; però, nel frattempo, mia madre mi sta riducendo sull'orlo della pazzia.» Si mise a fissare il mare e Hillary si alzò e cominciò a passeggiare lungo la spiaggia. Il fatto che Philip fosse dominato fino a quel punto da sua madre la infastidiva moltissimo. Non le aveva mai dato quell'impressione, prima, ma adesso era così! Quando tornò e si distese di nuovo vicino a Philip, sospirò e chiuse gli occhi perché il sole era accecante. Ma il problema di Johnny venne accantonato rapidamente perché suo marito le era rotolato addosso e stava cominciando ad abbassarle il costume da bagno.

«Philip, no!» Ma rideva. Era capace di tutto, Philip, e a Hillary era piaciuto proprio questo, in lui, fin dal primo momento.

«Perché no? Non c'è nessuno in giro per chilometri e chilometri.»

«E se arrivasse qualcuno?» Ma la bocca di Philip la ridusse al silenzio e, un attimo più tardi, il costume da bagno veniva abbassato e poi addirittura tolto e buttato da parte, sulla sabbia, con i calzoncini di lui mentre, distesi sulla spiaggia, facevano l'amore. L'ultima cosa che potevano avere in mente era Johnny.

32

Era il primo aprile quando Hillary e Markham rientrarono a New York e passò un'altra settimana prima che Nick avesse notizie di sua moglie. Faceva insolitamente caldo e Hillary lo avvertì che aveva intenzione di condurre Johnny allo zoo. La sua telefonata distrusse tutte le speranze che Nick si era fatto. Infatti aveva creduto che, forse, al suo ritorno, Hillary non avrebbe ripreso le visite al bambino. Invece, rieccola. Era nel suo ufficio e, parlando al telefono, prese l'aria spazientita.

«Perché lo zoo?»

«Perché no? Gli è sempre piaciuto, prima.» Era vero ma Nick si sarebbe sentito più tranquillo di vederla venire in casa perché sapeva tutto ciò che poteva succedere lì. Poi capì che, se le avesse opposto un rifiuto, Hillary, molto probabilmente, lo avrebbe riferito al bambino e sarebbe stato lui a fare una brutta figura e a passare per un papà cattivo con suo figlio.

«Va bene, va bene.» Li avrebbe fatti accompagnare dalla guardia del corpo, per quanto sapesse di non aver niente da temere. Hillary aveva solo interesse a prender tempo fino al giorno stabilito per il processo e, intanto, stava letteralmente svuotando il negozio di giocattoli di Schwarz per far colpo sul loro bambino. Comunque, il fatto di mandare dietro a Johnny la guardia del corpo lo faceva sentire più tranquillo.

Hillary si presentò puntualmente il sabato pomeriggio alle due. Indossava un abito rosso acceso con un cappellino in tinta e i guanti bianchi. Aveva l'aria innocente e straordinariamente carina.

«Ciao, tesorino, come sei stato in tutto questo tempo?» Cinguettava, rivolgendosi a Johnny, come un uccellino, ecco quello che Nick pensò mentre uscivano. Hillary era stata perfino così previdente da mettere un paio di scarpe con il tacco basso. Dopo che furono usciti, Nick rientrò in biblioteca. Aveva un po' di lavoro da sbrigare. In quel periodo stavano ricevendo enormi richieste di materiale da Washington, in relazione al nuovo programma Prestiti e Affitti che aveva finalmente ottenuto il voto favorevole al Congresso durante il mese di marzo. Nick si era addirittura recato a Washington un paio di volte ad assistere alla pubblicità che stavano facendo a quella legge, perché venisse approvata, e i risultati lo avevano molto rallegrato. In tal modo si trovava gravato da una nuova quantità di lavoro enorme, però anche il suo reddito veniva triplicato. La Burnham Steel prosperava grazie alla guerra in Europa.

Aveva già sbrigato quasi una buona metà della massa di lavoro portato a casa, quando sentì bussare sonoramente alla porta e la guardia del corpo si precipitò nella stanza ancora ansante. Aveva fatto di corsa tutta la strada dallo zoo. Adesso fissò Nick con aria stralunata. Stringeva ancora in mano la pistola.

«Mr. Burnham... Johnny è sparito.» L'uomo era pallido come un cadavere, ma Nick impallidì ancora di più mentre balzava in piedi.

«Cosa?»

«Non so quello che è successo... non capisco... erano lì, proprio vicino a me, e lei ha detto che voleva fargli vedere qualcosa vicino alla gabbia del leone e, improvvisamente, si sono messi a correre... e poi sono comparsi tre uomini. Avevano un'automobile parcheggiata sull'erba del prato. Io mi sono messo a correre come un indemoniato, ma avevo paura di sparare perché non volevo ferire il bambino...» D'un tratto i suoi occhi si riempirono di lacrime. Voleva bene a Johnny e aveva molta simpatia per Nick. Però aveva miseramente fallito nell'incarico ricevuto. «Cristo... non so che cosa dire...» Pareva fuori di sé e Nick lo afferrò per le spalle con le mani poderose e si mise a scrollarlo come se fosse stato un ragazzino.

«Ha lasciato che si portasse via mio figlio? Ha lasciato che...» balbettava e non connetteva quasi più per la rabbia; poi, con uno sforzo, riuscì a riacquistare il controllo di sé. Scaraventò l'uomo contro la scrivania. Alzò precipitosamente il microfono del telefono per avvertire la polizia e cercò Greer a casa. Le sue peggiori paure si erano materializzate. Il bambino era sparito, Dio solo sapeva dove fosse! La polizia arrivò in meno di mezz'ora con Greer alle calcagna. «Ha rapito mio figlio.» Nick pronunciò queste parole con la voce che gli tremava e la guardia del corpo si affrettò a fare un preciso resoconto degli avvenimenti ai poliziotti mentre Nick si rivolgeva a Ben. «Voglio che lo ritrovino e che lei finisca in galera!»

«Non puoi fare una cosa simile, Nick.» Gli occhi di Ben erano tristi ma la sua voce pacata e tranquilla.

«Perdio se non posso! Dove è andata a finire la legge Lindbergh, allora?»

«Lei è la madre del bambino. Non si tratta della stessa cosa.»

«Markham non è niente per lui. Perché c'è quell'uomo dietro tutto questo. Maledizione...» Ben gli toccò le spalle con mano salda.

«Ritroveranno tuo figlio.»

«Poi cosa succederà?» Nick aveva gli occhi pieni di lacrime e gli tremava il mento come quello di un bambino. «Lo perderò nella causa in tribunale? Maledizione! Possibile che non esista alcun mezzo perché io possa tenermi mio figlio?» Poi salì di sopra e richiuse con violenza la porta della propria camera da letto. Si nascose la faccia tra le mani e cominciò a piangere sommessamente.

33

LIANE lo lesse sui giornali a San Francisco, il giorno dopo. «Johnny Burnham sparito!» Diceva il titolo a caratteri cubitali e, subito sotto: «L'erede della Burnham Steel rapito». Provò un tuffo al cuore e fu soltanto quando continuò nella lettura e raggiunse il paragrafo successivo, mentre stringeva il giornale tra le mani tremanti, che finalmente capì che era stata Hillary a rapirlo. Sapeva che Nick doveva essere letteralmente fuori di sé e, di nuovo, pensò di chiamarlo al telefono. Ma cosa poteva fare, adesso? Offrirgli le sue condoglianze, le sue parole di rammarico? Non aveva senso chiedergli come si sentisse. Lo aveva già capito leggendo il giornale. Doveva essere in preda a un'angoscia spasmodica mentre cercava di ritrovare Johnny.

Per i due mesi successivi continuò a seguire con attenzione quello che scrivevano i giornali, ma Johnny non era stato ancora ritrovato e le notizie erano sempre più disastrose, da ogni parte venissero.

Durante questo periodo, Hess, uno dei comandanti in capo di Hitler, in un momento di follia era partito, solo, a bordo di un aereo e aveva raggiunto in volo la Gran Bretagna con l'intenzione di convincerla ad arrendersi. Invece aveva avuto un atterraggio drammatico, era stato arrestato immediatamente e dichiarato pazzo da Hitler. Non era affatto pazzo, tutt'altro! Verso la fine di giugno si era cominciato a capire a che cosa volesse mirare. La sua intenzione era stata quella di persuadere gli inglesi ad arrendersi in modo che Hitler non aprisse quello che i tedeschi chiamavano il Fronte Occidentale. Il 22 giugno, Hitler invase la Russia, cancellando con un colpo di spugna il patto di non aggressione reciproca e oltrepassando le frontiere pressoché ovunque contemporaneamente. Questa azione venne a costare un numero incredibile di vite umane e lasciò tutti inorriditi. Non solo ma, nel giro di undici giorni, i tedeschi ne avevano occupata un'estensione territoriale maggiore di quella della intera Francia. L'unico buon risultato che si era ottenuto da tutto questo era stato che il braccio destro di Roosevelt, Harry Hopkins, il 25 luglio, era partito in aereo per Mosca a proporre un programma Prestiti e Affitti ai russi. Ma questi lo avevano rifiutato e si era capito subito che l'unica cosa buona ottenuta da Hopkins era stata quella di combinare un incontro fra Churchill e Roosevelt per il 9 agosto. L'incontro avvenne ad Argentia Bay nel Newfoundland e fu lì che nacque la Dichiarazione Atlantica. Quello fu il primo incontro fra Churchill e Roosevelt: ciascuno dei due era arrivato a bordo di una nave – Churchill sul *Prince of Wales* e Roosevelt sull'*Augusta*. Poi si erano spostati avanti e indietro dall'una all'altra delle due navi, che erano state completamente mimetizzate. I due uomini politici erano rimasti estremamente soddisfatti dei risultati dell'incontro; tra l'altro la Gran Bretagna avrebbe ricevuto ulteriori aiuti. Ma Johnny Burnham non era ancora stato ritrovato da suo padre.

La data del processo ormai era stata rinviata già da molto tempo e, nei quattro mesi trascorsi dalla scomparsa di Johnny, Nick Burnham era dimagrito di quindici chili. Uno stuolo di investigatori e di guardie del corpo avevano letteralmente setacciato gli Stati Uniti, si erano avventurati perfino nel Canada ed avevano cercato il bambino dappertutto. Però era risultato introvabile. Una volta tanto, Hillary era davvero riuscita a essere più furba di lui. L'unica speranza di Nick era quella che il bambino fosse sano e salvo. Poi, come per un miracolo, il 18 agosto Nick ricevette una telefonata, che sembrava piovuta dal nulla. Nella Carolina del Sud, nei pressi di una località climatica un tempo molto elegante ma adesso passata di moda e pochissimo frequentata, era stato notato un bambino che somigliava molto Johnny. Questo bambino risultava in compagnia dei genitori: la madre era bionda. Nick aveva noleggiato un aeroplano ed era partito immediatamente in volo per quella località, in compagnia di tre guardie del corpo. Un'altra dozzina di investigatori li avrebbe attesi all'arrivo. Infatti eccoli, erano proprio loro... Johnny, Philip Markham e Hillary, con i capelli tinti di biondo. Avevano affittato una piccola casa d'anteguerra e ci vivevano con due cameriere negre e un anziano maggiordomo. Markham aveva giurato e spergiurato a sua madre che lo scandalo sarebbe finito e ne era lui stesso convinto. Invece il rapimento aveva soltanto peggiorato le cose. Adesso Mrs. Markham era terrorizzata al pensiero che suo figlio potesse finire in prigione. Era lei a finanziare il loro nascondiglio segreto in attesa che lo scalpore suscitato da tutta quella faccenda si placasse. Però aveva manifestato il desiderio che restituissero il bambino al padre. Anzi, alla fine, si venne a sapere che era stata proprio Mrs. Markham, in preda alla disperazione e persuasa di fare il proprio dovere per un minimo di decenza, nei confronti di Nick, che gli aveva telefonato. Quando Markham sentì i megafoni delle guardie del corpo che avevano circondato la villetta, il suo primo istinto fu quello di scappare. Ma ormai era troppo tardi. Si trovò di fronte due uomini che gli puntavano la pistola addosso.

«Oh, Santo Cielo...» aveva cercato di cavarsela con una smargiassata. «Prendete il bambino.» I due uomini avevano ubbidito, ma Nick, a questo punto, si era fatto avanti con aria feroce.

«Figlio di puttana, se hai ancora il coraggio di venire vicino a me e a mio figlio, ti faccio fuori, mi hai capito?» Poi lo afferrò per la gola e, mentre le guardie armate stavano a guardare, Hillary si precipitò addosso ai due uomini avvinghiati e si aggrappò con violenza alle braccia di Nick.

«Lascialo andare, per amore di Dio!»

«Dio non c'entra in tutto questo!» Poi, voltandosi verso Hillary, le allungò un manrovescio in piena faccia. Allora Philip lo afferrò per un braccio e gli tirò un pugno al mento. Nick si sentì rintronare la testa e, in un primo momento, ondeggiò su se stesso e fu lì lì per crollare, ma riuscì a riprendersi, a raddrizzarsi sulla persona e a restituire quel pugno a Markham mentre Hillary strillava: «Basta... *basta*!» Ma ormai Nick aveva perduto il controllo di sé e, afferrata la testa di Markham, gliel'aveva sbattuta violentemente contro il suolo. Infine si era rialzato, lasciandolo lungo disteso a sanguinare abbondantemente da un taglio sopra un occhio e a gemere sommessamente nella polvere. Hillary, a questo punto, si scagliò contro Nick, per graffiargli la faccia, ma lui la scostò con un gesto e, a passo fermo, si avvicinò a suo figlio.

«Su, vieni, birbante! Torniamo a casa.» La mascella gli doleva terribilmente ma gli parve di non sentire più nulla quando poté stringere Johnny per la manina e si incamminò con lui verso un'automobile che li stava aspettando. Intanto le guardie del corpo si disponevano in cerchio, intorno a loro, in modo da coprire la loro partenza. Ma non dovettero neppure alzare un dito. Perché non erano rimasti che Hillary e Markham, ancora per terra, e le due cameriere negre che stavano a osservarli dal portico della casetta. Quando furono in macchina, Nick si tirò vicino suo figlio; poi, senza vergogna, coprì di baci la faccia del bambino e diede libero sfogo alle lacrime. In quei quattro mesi la sua vita era stata una specie di inferno e adesso si augurava di non dover passare mai più momenti così orribili.

«Oh, papà!» Johnny si teneva rannicchiato contro di lui. Aveva appena compiuto i dieci anni e sembrava che fosse cresciuto almeno di trenta centimetri. «Io volevo farti sapere che stavo bene, ma loro non mi hanno mai permesso di telefonarti.»

«Non ti hanno fatto del male, figliolo?» Nick si asciugò gli occhi ma Johnny scrollò il capo.

«No. Sono stati bravi. La mamma diceva che Markham adesso avrebbe voluto diventare il mio papà. Ma quando la sua mamma è venuta a trovarci, ha detto che doveva restituirmi a te o perlomeno farti sapere che stavo bene.» Fu allora, di colpo, che Nick capì da chi gli era stata fatta quella telefonata. Giurò a se stesso, che, tornati a casa, si sarebbe affrettato a ringraziarla. «Ha detto che non gli avrebbe più dato un centesimo, mai più, e che probabilmente sarebbe finito in prigione.» Ma Nick già sapeva che tutto questo non era vero. Anche se lo desiderava con tutto il cuore. «Lei è sempre stata molto gentile con me, mi domandava come stavo. Però la mamma dice che è una vecchia megera.» Le guardie e Nick sorrisero. Johnny non fece che parlare per tutto il viaggio di ritorno a casa perché aveva una quantità di cose da raccontare, ma tutto ciò che Nick riuscì a intuire fu soltanto che il piano di Hillary e Markham, una volta messo in pratica, si era dimostrato troppo impegnativo e che si erano accorti di non sapere più che cosa fare del bambino, una volta che lo avevano rapito. «Dovremo ancora andare in tribunale contro la mamma?»

«Certo, il più presto possibile.» John rimase un po' male, ma quando si ritrovò sano e salvo a casa, nel suo letto, quella sera, sorrise a suo padre, che gli teneva la mano. Nick rimase seduto vicino a lui finché non lo vide addormentato; poi tornò lentamente nella propria camera, chiedendosi quando tutto ciò sarebbe finito.

Però, se non altro, il giorno dopo a San Francisco, Liane poté leggere la buona notizia. «Johnny Burnham ritrovato.» Una settimana dopo veniva fissata una nuova data per il processo. Sarebbe cominciato il primo ottobre ma, quando ebbe inizio, fu eclissato dalla notizia delle conferenze che si stavano tenendo a Mosca fra Averell Harriman, Lord Beaverbrook e Molotov, il ministro degli Esteri di Stalin. Il risultato di questi incontri fu la firma di un protocollo secondo il quale gli Stati Uniti e la Gran Bretagna avrebbero mandato rifornimenti alla Russia; non solo, ma Harriman aveva stipulato un accordo del genere Prestiti e Affitti con i sovietici per mandare aiuti per un valore di un miliardo di dollari. Stalin avrebbe voluto che gli Stati Uniti entrassero in guerra, ma Harriman aveva rifiutato, secondo le istruzioni di Roosevelt. La Russia avrebbe dovuto accontentarsi dei rifornimenti e delle armi, e così fu. Intanto, quando lo scalpore suscitato da questa notizia si era un po' calmato, Liane poté leggere che, a New York, il processo Burnham-Markham era in pieno svolgimento.

34

HILLARY entrò nell'aula del tribunale indossando un completo grigio scuro e un cappello bianco. I suoi capelli avevano ripreso il colore naturale. Era in compagnia dei due soci anziani dello studio legale che la rappresentava. Si mise a sedere in mezzo a loro con aria straordinariamente riservata e contegnosa. Dalla sua parte dell'aula di tribunale, Nick era seduto vicino a Ben Greer, il quale fu costretto a fargli notare che non doveva prendere quell'aria così feroce mentre guardava, accigliato, in direzione di Hillary.

Alla Corte venne esposta la questione più rilevante, cioè la custodia del loro bambino di dieci anni, John: poi, ciascuna delle due parti venne invitata a dare le spiegazioni necessarie. Ben Greer fece di Hillary l'immagine di una donna che non aveva mai desiderato avere un figlio, aveva visto molto di rado il suo bambino, e se n'era andata lontano, per viaggi prolungati, senza condurlo con sé. Inoltre era risaputo che, per tutto il tempo del suo matrimonio con Nick Burnham, aveva avuto avventure amorose di tutti i generi. Da parte loro, Fulton e Matthews spiegarono che Hillary voleva appassionatamente bene a suo figlio e che il rifiuto di suo marito a lasciarle portar via il bambino con sé, quando se n'era andata di casa, l'aveva trasformata in una creatura isterica che non sapeva più quel che faceva. Markham venne descritto come un uomo che adorava i bambini e, adesso, voleva aiutare sua moglie a offrire una vera casa a Johnny. Ma, così avevano continuato, Nick Burnham era un uomo talmente roso dalla gelosia e talmente violento che aveva sottoposto sua moglie a continue minacce e fatto tutto il possibile per guastare i rapporti di lei con il bambino, e tutto questo perché non poteva sopportare l'idea che volesse divorziare da lui. La narrazione degli avvocati era andata avanti ancora per un po' in questo senso. Quanto alla faccenda del rapimento, la avevano affrontata, e trattata, con grande cautela. Hillary, letteralmente distrutta per la perdita di suo figlio, impotente di fronte alle minacce di Nick, aveva portato via con sé John, nella speranza di poter tirare avanti fino al giorno del processo in tribunale. Ma poi la situazione le era sfuggita di mano. Aveva troppa paura di Nick per tornare e aveva paura che Nick potesse fare del male al bambino. Da parte sua, Nick, seduto al suo posto nell'aula del tribunale, mentre ascoltava l'abile serie di menzogne che i due avvocati stavano snocciolando, capì di non doversi assolutamente abbandonare all'istinto, che sarebbe stato quello di scattare in piedi e mettersi a urlare. Per di più, quel che era ancor peggio, stava cominciando ad accorgersi che erano avversari di tutto rispetto. Fulton e Matthews erano il meglio che ci fosse nel loro campo e, per quanto Ben Greer fosse in gamba, Nick cominciava a temere che non sapesse mostrarsi alla loro altezza.

Le previsioni erano quelle che il processo andasse avanti per due o tre settimane; alla fine, Johnny in persona avrebbe dovuto essere un testimone-chiave. Ma, durante la terza settimana del processo, si ammalò di orecchioni e il giudice acconsentì a una interruzione. Avrebbero ripreso le sedute in aula il 14 novembre. Del resto, Nick e il suo legale erano giunti alla conclusione che quel periodo di sospensione sarebbe stato un vantaggio per loro. Infatti dava tempo di rivedere l'elenco dei testimoni, raggrupparli in modo differente, andare a scovarne altri... per quanto, Nick era rimasto deluso di fronte a quelli, molto pochi, che avevano accettato di venire a deporre in tribunale. La gente non aveva voglia di essere coinvolta in storie simili. Nessuno lo sapeva con sicurezza, era già passato un po' di tempo, perfino Mrs. Markham si era rifiutata di testimoniare a suo favore. Aveva fatto tutto quel che poteva informandolo del luogo dove si trovava il bambino, ma il resto, spettava a lui. Ai suoi occhi il danno era già stato compiuto, ormai. Era troppo tempo che il nome di Nick e quello dei Markham erano apparsi, a torto o a ragione, sui giornali, e lei non se la sentiva certo di ringraziarlo per questo... come non poteva ringraziare suo figlio! Per lei, adesso, non aveva più importanza chi avrebbe ottenuto la custodia del bambino: li avrebbe volentieri mandati tutti all'inferno! Ciò che Nick riuscì a mettere insieme fu soltanto un gruppetto di cameriere che avevano odiato cordialmente Hillary ma che, a sentir loro, non l'avevano mai veramente vista trascurare il bambino. Alla fine del secondo giorno, dopo la ripresa del processo in tribunale, Nick alzò le braccia al cielo disperato quando i Markham se ne andarono e si ritirò con Ben Greer a discutere.

«Gesù Santo, si può sapere per quale motivo Hillary sta facendo tutto questo, Ben? Ma se non lo vuole neppure, il bambino!»

«Ormai non può più tirarsi indietro. Ha rischiato troppo. Del resto, gran parte di queste procedure legali sono più o meno le stesse. Quando, finalmente, uno arriva in fondo, preferirebbe aver fatto a meno di cominciare. Ma è difficile far muovere a ritroso il meccanismo della giustizia.»

Il giorno seguente, disperato, tentò di convincerla a desistere dai suoi propositi offrendole una grossa somma e, per un attimo, si illuse di aver vinto la battaglia. Quando si trovarono nell'atrio del palazzo di giustizia, gli parve di scorgere un barlume di interesse negli occhi di Markham, ma quelli di Hillary rimasero impenetrabili. Ma, quando Nick, sempre più disperato, si allontanò, Philip la afferrò per un braccio.

«Perché diavolo hai rifiutato? Con che cosa credi che vivremo nei prossimi anni? Tu non riesci a mettere le mani sul tuo patrimonio, perché non te lo lasciano amministrare, e sai benissimo quello che ha detto mia madre.»

«Me ne infischio! Non voglio accettare un centesimo da lui.»

«Stupida!» La afferrò nuovamente per un braccio ma Hillary se ne liberò, scrollandoselo di dosso.

«Andate all'inferno tutti e due. Io voglio mio figlio.»

«Perché? Non ti piacciono neanche, i bambini!»

«È mio.» Come una pelliccia, un gioiello, un trofeo di guerra che non desiderava, ma era pronta a reclamare. «Per quale motivo, vorrei sapere, dovrei dare qualcosa a Nick?»

«Accetta quei soldi, perdio.»

«Non ne ho bisogno.» E lo fissò altezzosamente con uno sguardo glaciale.

«Oh, sì che ne hai bisogno! Farebbero comodo a tutti e due.»

«Tua madre cambierà idea.» Era una possibilità sulla quale anche Philip contava. Ma se le cose fossero andate diversamente, già prevedeva che ci sarebbe stata una dura lotta in famiglia. Preferiva non pensarci. Chissà, forse si sarebbe visto addirittura costretto a trovarsi un lavoro, per quanto non ne avesse la minima intenzione. Quanto a Hillary, non c'era neppure da pensarci che facesse qualcosa di simile! Tuttavia lei aveva pensato a un piccolo dettaglio che gli era fuggito. «Non hai mai sentito parlare dei mezzi di sostentamento necessari al bambino?» Gli rivolse un sorriso dolcissimo. «Nick vorrà assicurarsi che Johnny abbia tutto ciò che desidera. E così faremo noi. *Voilà*!» Gli fece un inchino e Philip scoppiò a ridere.

«Per essere una così bella ragazza, sei anche straordinariamente furba.» La baciò su una guancia e rientrarono nell'aula del tribunale. Intanto la battaglia continuava a infuriare. Il giudice aveva calcolato di finire per il Thanksgiving Day e Nick si sentì fremere a quel pensiero. E se avesse perduto? Che cosa gli restava da fare? La vita, senza suo figlio, gli pareva inconcepibile. Non osava neanche pensarci. Poi, improvvisamente, arrivarono in fondo; i legali delle due parti cominciarono a fare le loro perorazioni conclusive. Anche Johnny era salito sul banco dei testimoni ma, a sentirlo parlare, era sembrato infantile, confuso, dilaniato fra i genitori, un padre che adorava e una madre che singhiozzava rumorosamente nell'aula del tribunale e che, lo si capiva subito, gli doveva fare una gran compassione.

Il giudice aveva spiegato a tutti che, usualmente, gli occorrevano un paio di settimane per arrivare a una decisione ma — data la tensione già esistente nelle due famiglie da quasi un anno, la pubblicità che si era fatta al processo sulla stampa nazionale, le pressioni a cui era sottoposto il bambino, stavolta avrebbe cercato di giungere a una decisione più speditamente. Le due parti si sarebbero viste notificare l'ora e il giorno in cui ripresentarsi davanti a lui ma, nel frattempo, tutti potevano andare a casa ad aspettare. Quando Nick lasciò l'aula del tribunale quel giorno, venne abbagliato dai flash dei fotografi e, come al solito, fu circondato dai cronisti. «Che cosa ne dicono, Nick?... dov'è il ragazzino?... chi vince?... secondo lei, sua moglie rapirà ancora il bambino?»

Ormai ci avevano quasi fatto l'abitudine; e quel giorno, all'uscita dal tribunale, Hillary si fermò sui gradini del palazzo con Philip di fianco e rivolse ai giornalisti un sorriso seducente.

Quanto a Nick, dopo essere salito in macchina, si lasciò cadere contro lo schienale e chiuse gli occhi. Aveva riacquistato un po' del peso perduto durante la scomparsa di Johnny però adesso, a quarant'anni, gli pareva di avere il doppio della sua età.

Guardò di sottecchi Greer, curvo a meditare su certi appunti, di fianco a lui, e scrollò la testa. «Sai cosa ti dico? A volte penso che questa faccenda non finirà mai.»

«Finirà.» Greer alzò gli occhi e lo fissò. «Finirà.»

«Ma come?»

«Questo, non lo sappiamo. Dobbiamo aspettare la decisione del giudice.»

Nick sospirò. «Hai un'idea di quello che si prova a sapere che tutto ciò che hai di più caro al mondo adesso è nelle mani di qualcun altro?»

Greer scrollò lentamente la testa. «No, non posso immaginarlo. Però capisco che cosa stai passando e mi dispiace maledettamente.» Lo guardò per un momento non più come un avvocato, ma come un amico. «Ti auguro con tutto il cuore di vincere, Nick.»

«Me lo auguro anch'io. Ma se non vincessi? Potrei ricorrere in appello?»

«Certo che potresti! Però richiederebbe molto tempo. E il mio consiglio sarebbe quello di aspettare. Di provare a concederle sei mesi con il bambino... e vedrai che te lo riporterà indietro di corsa. Non ho fatto che osservarla durante tutta questa settimana; è proprio come tu l'hai descritta. Spietata, fredda, furba. Non gliene importa niente di suo figlio. Ma sei stato tu a cominciare e adesso lei ha intenzione di ripagarti della stessa moneta, cercando di colpirti dove ti fa più male.»

«Ci è già riuscita.»

«Ma non continuerà ancora per molto. Ti restituirà il bambino, adesso tutto ciò che vuole è vincere. Soltanto vincere. Agli occhi di tutti. Ecco perché si finge una buona madre. America, maternità e torta di mele, sai bene anche tu il significato che hanno queste cose.»

Nick sorrise per la prima volta da una settimana. «Non mi pare che sia il caso di Hillary. Lei è più interessata alle pellicce di zibellino e ai gioielli di Van Cleef.»

Anche Greer sorrise. «Già, ma non in un'aula di tribunale! È una furbacchiona e i suoi legali sono molto in gamba.»

Nick guardò l'uomo che era diventato, ormai, un amico. «Anche tu lo sei stato.» E poi, con un nodo alla gola, aggiunse: «Che si vinca o si perda, Ben, sei stato grande. E so che hai fatto del tuo meglio».

«Non significa niente, se non vinciamo.»

«Dobbiamo vincere.»

Greer annuì; poi i due uomini restarono in silenzio a fissare il cielo invernale mentre la limousine correva veloce, allontanandosi dal centro della città.

La settimana successiva fu atroce per tutti, mentre attendevano la chiamata del giudice. Nick passeggiava su e giù per la sua camera notte e giorno, andava in ufficio, tornava a casa di corsa, cercava di passare ogni momento libero con suo figlio e Greer aveva l'impressione di essere un padre in attesa del lieto evento. Mai gli era capitato di partecipare così intensamente a un caso giudiziario come gli stava capitando da quasi un anno. Intanto, nell'appartamento dei Markham, Hillary aveva i nervi a fior di pelle. Avrebbe voluto uscire a divertirsi ma, stavolta, Philip mise in opera tutta la propria influenza su di lei e insistette perché rimanesse in casa.

«Che impressione pensi di poter fare a qualche cronista mondano, se ti vedesse a *El Morocco*?»

«Che cosa dovrei fare, secondo te? Starmene qui seduta a costruire un cavalluccio di legno per il mio bambino?»

«Non far la stupida! Cerca di aver pazienza. Ormai è quasi finita.» Tra l'altro, Philip non voleva dare ulteriori preoccupazioni a sua madre. Mrs. Markham cominciava a impietosirsi nei confronti del figlio e sarebbe bastata una piccola svista a rovinare tutto. Fu costretto a non perdere mai d'occhio Hillary e, quasi, ad adoperare la forza, però lei non mise piede fuori di casa. La vita in sua compagnia si fece sempre più difficile, ma Philip non volle cedere. Giocava a tavola reale con lei per ore intere, le aveva comperato champagne a bidoni per tenerla allegra, ma tutto questo non ottenne altro scopo che di fargli sperare ardentemente che la mamma cedesse al più presto. Hillary era una donna molto costosa da mantenere e, d'altra parte, neanche i suoi gusti erano semplici. Avevano molte cose in comune, come la mamma gli aveva sempre fatto notare, non appena poteva, in tono sgradevole. Per quanto a nessuno dei due importasse molto. E poi, una volta che avessero ottenuto i fondi dei Markham oppure le somme pagate da Nick per il mantenimento del bambino, la felicità sarebbe tornata ad arridere a tutti e due. Philip non voleva correre rischi, ecco la verità, e così disse a sua moglie mentre la prendeva in braccio e la portava verso il loro enorme letto matrimoniale. L'aveva spogliata, scaraventando i vestiti sul pavimento, quando sentirono lo squillo del telefono.

Era lo studio legale Fulton & Matthews. Il tribunale si sarebbe riunito alle due. Finalmente il giudice era giunto a una decisione.

«Alleluia!» esclamò Hillary, rivolgendosi a Philip con un sorriso mentre restava in piedi, nuda, accanto al letto. «Stanotte sono libera!» Non un'altra parola venne pronunciata su Johnny mentre Philip la attirava con violenza sul letto e le allargava le gambe con le proprie.

35

Il giudice entrò con aria grave nell'aula del tribunale, la toga svolazzante, la faccia seria. Il commesso pronunciò le parole necessarie ad annunciare che l'udienza si apriva. Tutti si alzarono, poi tornarono a sedersi. Dal suo posto, Nicholas aspettava con il fiato sospeso. Johnny era rimasto a casa ad attendere le notizie. Nick non aveva voluto esporlo alle tensioni che c'erano lì, in aula; per di più i corridoi, fuori, erano già affollati di cronisti. Come avvoltoi, avevano sentito puzza di cadavere e qualcuno, dal tribunale stesso, doveva averli preavvisati. Le due parti in causa erano a malapena riuscite a farsi largo per entrare.

«Mr. Burnham», cominciò il giudice, «vuole essere tanto gentile da avvicinarsi al banco?» Nick guardò Ben, sorpreso; non era preparato a qualcosa del genere, come non lo sembrava Ben. Non si stavano seguendo le procedure abituali. Poi il giudice si rivolse a Hillary e la pregò di fare la stessa cosa.

Sia l'uno sia l'altra si alzarono e si avvicinarono al banco del giudice. C'era una profondo silenzio in aula tanto che si sarebbe potuta sentir volare la mosca proverbiale. Poi il giudice considerò attentamente Nick e Hillary. Era un vecchio con gli occhi colmi di saggezza e, a osservarlo, si sarebbe pensato che doveva aver riflettuto a lungo sulla questione. Era stato un caso molto complesso, e la decisione da prendere si era rivelata difficile anche se per Nick quella giusta sembrava chiarissima.

«Vorrei dire a tutti e due», cominciò il giudice, «che ho il cuore gonfio di dolore per entrambi. Mi è stato imposto lo stesso ingrato compito di Salomone. A chi si consegna un bambino? Lo si divide in due? In verità, in una situazione del genere, qualsiasi cosa si faccia, è il bambino a soffrirne. Il divorzio è una gran brutta cosa. E qualsiasi decisione io prenda, faccio del male al bambino e faccio del male a uno di voi due. È fonte di grande dispiacere per me che non siate riusciti a risolvere i vostri problemi per amore di vostro figlio.» A questo punto, tornò a guardarli. Poi continuò.

Nick si stava accorgendo di avere il palmo della mano umido di sudore, la schiena grondante e, da come si comportava Hillary, capiva che era nervosissima anche lei. Nessuno dei due aveva previsto questo discorso che otteneva soltanto lo scopo di peggiorare le cose. «In ogni caso, è evidente che non siete riusciti a risolvere i vostri problemi. Siete già divorziati. Nel suo caso, lei è anche risposata...» e lanciò uno sguardo a Hillary «... e proprio per questo motivo...» ed ora lanciò un altro sguardo a Nick il quale non era assolutamente preparato a ciò che venne dopo «... ho la sensazione che il bambino potrebbe avere una casa e una vita di famiglia più stabile con lei, Mrs. Markham. Le affido il bambino.» Abbassò gli occhi verso Hillary con un sorriso paterno. Era rimasto completamente affascinato da lei. Nick, di colpo, capì fino in fondo ciò che era stato detto e, dimenticando il luogo in cui si trovava, ebbe una reazione che esplose violentissima.

Rivolgendosi al giudice, esclamò quasi gridando: «Ma quell'uomo ha puntato una pistola contro la testa di mio figlio! È a lui che adesso lo sta consegnando!»

«Sto consegnando il bambino a sua moglie. E quella pistola era scarica, Mr. Burnham, come ben ricordo. Sua moglie lo sapeva. E lei...» la voce continuò, con lo stesso tono monotono e uguale, mentre Nick provava la sensazione di svenire. Si chiese se era un attacco di cuore quello che lo aveva colpito oppure se stava per morire di dolore. «... sarà in grado di far visita al bambino. Potrà sottoporre un programma di queste visite al tribunale oppure potrete combinare le cose fra voi, a vostra scelta. Lei consegnerà il bambino a Mrs. Markham per le sei di stasera e, considerato il suo reddito, signore, il tribunale ha stabilito che la somma da versare per il mantenimento del bambino sarà quella di duemila dollari al mese, e siamo convinti che non comporterà nessuna difficoltà finanziaria per lei.» La vittoria di Hillary era completa. Raggiante, si precipitò ad abbracciare Philip e i suoi due avvocati prima ancora che il giudice avesse finito di parlare. Nick rimase a guardarlo e a scrollare il capo fino a quando il giudice si alzò e il commesso pronunciò le parole fatidiche: «L'udienza è aggiornata!»

Allora Nick girò sui tacchi e si precipitò fuori dal tribunale, a testa bassa, con Ben Greer alle calcagna. A gomitate si fecero largo fra la folla che si era ammassata fuori, rifiutandosi di pronunciare, in merito alla sentenza, una sola parola e, finalmente, riuscirono a infilarsi nella limousine mentre un fotografo scattava un ultimo flash nella loro direzione. Poi Nick si voltò a guardare Ben sgranando gli occhi.

«Non riesco a credere a quello che ho appena sentito.»

«Neanch'io.» Purtroppo, era il contrario. Quanto era accaduto nell'aula del tribunale non costituiva una novità per Ben, ma non era la stessa cosa per Nick che rimase, seduto al suo posto, con la faccia impietrita per tutto il tragitto fino a casa, chiedendosi che cosa avrebbe raccontato a suo figlio. Aveva tempo fino alle sei di quella sera per preparare le valigie di Johnny, fare i bagagli, e mandarlo a vivere una esistenza che giudicava sbagliata. Per un attimo gli balenò di fare quello che Hillary aveva già fatto. Di rapire il suo bambino. Ma lui, personalmente, non avrebbe potuto restare nascosto per sempre e anche per il bambino sarebbe stato troppo difficile. Almeno per il momento, doveva ubbidire alla sentenza del tribunale.

Scese dall'automobile ed entrò in casa come un condannato che si reca alla ghigliottina. Ben gli andò dietro lentamente, senza sapere bene se era più opportuno andarsene o rimanere ma, quando vide la faccia del bambino, si rammaricò di non essere andato via. Perché su quella faccia aveva letto un dolore talmente profondo da augurarsi di non doverlo incontrare mai più nella sua vita.

«Abbiamo vinto?» Tutto, nel bambino, rivelava la tensione; Nick fece segno di no con la testa.

«No, figliolo. Abbiamo perduto.» Allora, senza aggiungere una sola parola, il bambino scoppiò in pianto e Nick lo prese fra le braccia mentre Ben si voltava dall'altra parte, perché aveva le guance bagnate di lacrime anche lui e si odiava per ciò che non era riuscito a fare. Tuttavia, in quel momento, non riusciva a pensare a nient'altro che ai singhiozzi del piccino.

«Non voglio andare, papà. Non voglio!» Alzò gli occhi a guardarlo con aria di sfida. «Piuttosto scappo.»

«No, non lo farai. Farai il bravo ometto e ubbidirai agli ordini del tribunale e ci vedremo ogni weekend.»

«Non voglio vederti al weekend! Voglio vederti tutti i giorni.»

«Ebbene, dovremo accontentarci di avere quello che sarà possibile. E poi, Ben dice che possiamo riprovare. Ritentare in appello. Ci vorrà del tempo ma non è detto che non si possa vincere, la prossima volta.»

«No, non vinceremo.» Il bambino era sgomento. «E io non voglio andare a vivere con loro.»

«In questo momento non possiamo fare niente. Dovremo aspettare un po'. Stammi a sentire, ti telefono ogni giorno. E tu puoi telefonarmi tutte le volte che vuoi...» Ma anche i suoi occhi erano lucidi di lacrime e anche a lui tremava la voce. Alla fine, non seppe far altro che tenere il bambino semplicemente stretto fra le braccia e augurarsi che le cose fossero andate diversamente. Come era ingiusta la vita! Voleva immensamente bene a suo figlio, era tutto ciò che aveva! Ma non aveva senso insistere su questo punto. Piuttosto doveva aiutare il bambino anche se era difficile per tutti e due. «Su vieni, birbante! Andiamo a fare le valigie.»

«Adesso?» Il bambino pareva sconvolto. «Quando devo andare?»

Nick deglutì a fatica. «Stasera alle sei. Il giudice ha pensato che era meglio farla finita al più presto. Ecco come stanno le cose, caro il mio bambino.» Gli tenne aperta la porta e Johnny lo fissò, sbarrando gli occhi. Pareva profondamente sconvolto, addirittura sotto shock. Del resto, la stessa cosa valeva anche per Nick. Era stato il giorno peggiore della sua vita. Ma anche per John. Poi, andando alla porta con passo lento e strascicato, con il faccino inondato di lacrime, tornò ad alzare gli occhi verso suo padre.

«Mi telefonerai tutte le sere?»

Nick fece segno di sì. Ricacciando le lacrime con un tremulo sorriso. «Certo.»

«Lo giuri?»

«Lo giuro.» Alzò una mano e, allora, Johnny si buttò di nuovo nelle sue braccia. Salirono al piano superiore e, mentre le cameriere li guardavano, prepararono tre valigie piene di giocattoli e di vestiti. Nick aveva voluto fare tutto con le sue mani. Quando ebbe finito, si alzò in piedi e si guardò intorno. «Dovrebbe bastare. Puoi lasciar qui tutto il resto per quando tornerai.»

«Credi che lei mi lascerà venire?»

«Come no!»

Il campanello della porta squillò alle sei in punto; fuori c'era Hillary. «Posso entrare?» Aveva sulle labbra un sorriso mellifluo e Nick la odiò più di quanto fosse mai stato capace di odiarla in passato. «Sono pronte le valigie di Johnny?» Non faceva che girare il coltello nella piaga e Nick la fissò negli occhi. Erano ancora bellissimi e scuri, ma completamente inespressivi.

«Sarai molto fiera di te stessa!»

«Il giudice è stato saggio.»

«È un vecchio cretino.» La sua unica speranza, adesso, era quella che Ben avesse ragione e che Hillary si stancasse presto del bambino. Arrivò anche Johnny e si fermò vicino a suo padre. Poi guardò la mamma fra le lacrime.

«Sei pronto, tesoro?»

Il bambino fece segno di no con la testa aggrappandosi a Nick. Hillary guardò Nick negli occhi.

«È tutto pronto?»

«Sì.» Le indicò le valigie che c'erano nell'atrio. «E io voglio discutere la faccenda delle visite con te.»

«Naturalmente.» Adesso non aveva difficoltà a mostrarsi magnanima. Nick poteva vedere il bambino ogni volta che voleva. Ormai aveva ottenuto il suo scopo. Il bambino era stato affidato a lei. Che Nick andasse in giro a dire quello che preferiva sul suo passato... tanto, non era servito a farle perdere il processo per la custodia di John! Perfino la mamma di Philip aveva telefonato per congratularsi con loro, quel pomeriggio. «Anch'io volevo chiederti qualcosa.»

«Che cosa?» Fu come se le avesse scagliato addosso una pietra, con quella risposta.

«Potremmo entrare?» Nick non le aveva neppure offerto di entrare in casa.

«Perché?»

«Vorrei parlarti a quattr'occhi.»

«Non ce n'è bisogno.»

«Io penso di sì.» Fissò Nick negli occhi con durezza e lui, allora, scostò dolcemente Johnny ed entrò, a lunghi passi frementi, in biblioteca. Hillary fu pronta a seguirlo.

«Lo voglio per questo weekend, se per te va bene, naturalmente.»

«Devo controllare, poi ti farò sapere. Non so quali saranno i nostri progetti.»

A Nick prudevano le mani dalla voglia di schiaffeggiarla. «Chiamami stasera. Il bambino avrà bisogno di tempo per adattarsi a tutto questo. Gli farà un gran bene poter tornare qui al più presto.»

«Come posso sapere che non cercherai di fuggire con lui?»

«Mai e poi mai gli farei una cosa simile.» Hillary conosceva Nick abbastanza per sapere che era la verità. «Di che cosa volevi parlarmi?» Gli occhi di Nick erano gelidi.

«Il mio assegno.»

«Quale assegno?»

«Quello per il mantenimento del bambino. Visto che Johnny viene a vivere con me adesso, devo concludere che mi può essere versato oggi stesso.» Nick restò a guardarla incredulo poi, senza una parola, aprì violentemente un cassetto, buttò un libretto degli assegni sulla scrivania, si chinò a scriverci il nome di Hillary, il proprio, e l'ammontare della somma e glielo consegnò con la mano che gli tremava.

«Mi fai nausea.»

«Grazie.» Hillary gli sorrise e uscì dalla stanza. Nick la seguì fin nell'atrio dove Johnny era rimasto vicino alle sue valigie. Impossibile evitarlo. La fine era giunta. La guerra perduta. Nick lo strinse forte al cuore e poi suonò per chiamare l'ascensore che doveva portarlo al pianterreno. Intanto Johnny piangeva a calde lacrime. Sull'ascensore vennero caricate le valigie a una a una, poi Hillary prese Johnny saldamente per mano. Vi salirono anche loro e, mentre il bambino continuava a piangere a testa china, gli sportelli si richiusero. Hillary e John non si videro più e Nick, tutto solo, rimase nel vano della porta, con la testa appoggiata al muro mentre scoppiava in pianto.

36

Johnny andò a vivere a casa di sua madre la sera del 3 dicembre. Liane lesse i risultati del processo, disperata per Nick, tre giorni più tardi. Aveva avuto un grande timore che le cose andassero a finire in questo modo. Era molto raro che un padre ottenesse la custodia di un figlio; eppure anche lei, come Nick, aveva sperato e pregato. Quella mattina ripiegò il giornale con un'espressione talmente disperata che lo zio la guardò più attentamente.

«Cosa è successo?» Non l'aveva mai vista così e passò ancora un attimo prima che Liane rispondesse. Intanto George si stava chiedendo se non era successo qualcosa di grave in Francia... tuttavia, quando aveva letto il giornale anche lui, non se n'era accorto. Finalmente Liane rispose.

«È successa una cosa molto brutta a un mio amico.»

«Qualcuno che conosco?» Liane scrollò il capo. Con ogni probabilità, George aveva seguito il processo, leggendo gli articoli che ne parlavano, però lei non gli aveva mai detto di conoscere Nick Burnham. Le pareva di avere un peso sul cuore al pensiero di Nick che doveva consegnare alla sua ex moglie il bambino. Poi si alzò in piedi. Aveva il lavoro che la aspettava. Ma, per tutto il giorno, il pensiero di Nick fu sempre presente nel suo cervello e, stavolta, quando afferrò il microfono del telefono, non si affrettò più a deporlo come già era successo altre volte. Chiese al servizio informazioni di New York il numero della Burnham Steel e quando il centralinista compose il numero all'apparecchio e, dall'altro capo del filo, le risposero, domandò di parlare con Nick. Ma le dissero che era assente. Liane non lasciò il proprio nome e si domandò dove fosse andato a nascondersi per leccarsi le ferite. Si chiese perfino se, in preda alla disperazione, Nick non sarebbe arrivato al punto di telefonarle, ma era impossibile che sapesse che lei si era trasferita sulla West Coast. I legami che li tenevano avvinti erano stati recisi già da molto tempo, forse era meglio così. Liane sapeva che non sarebbe mai riuscita a continuare quella relazione segreta senza tormentarsi al pensiero di Armand eppure, per ciò che riguardava Nick, era successo esattamente quello che lei aveva voluto evitare. Nick aveva perduto il processo per ottenere la custodia di suo figlio. Adesso non aveva più niente del tutto. Poi Liane sorrise, prendendosi in giro perché si era accorta di essere addirittura ridicola! Non si erano più visti da diciassette mesi: Nick ormai era divorziato da quasi un anno. Con ogni probabilità, a questo punto, doveva essersi trovato un'amica affascinante, forse era proprio questo il motivo per il quale aveva chiesto il divorzio. Ma, se le cose stavano così, Liane si augurò che quella donna fosse dolce e gentile e che, se c'era qualcuno che potesse riuscirci, fosse proprio lei a mettere un balsamo sulle sue ferite. Sapeva bene che Nick avrebbe sentito disperatamente lo strazio di consegnare il suo unico bambino a una donna che odiava.

«A guardarti, si direbbe che è morto qualcuno!» fu il commento di George, quella sera, perché non gli era sfuggita la depressione di Liane. «Trovo che lavori troppo in quello stupido ufficio della Croce Rossa.» Fra l'altro, era anche sabato! E George disapprovava che ci andasse a lavorare anche in quel giorno, più di quanto faceva già per gli altri giorni della settimana.

«Quello che facciamo non è stupido, zio George.»

«Allora perché hai l'aria così avvilita? Dovresti essere fuori, a divertirti.» Ormai era un vecchio ritornello fra loro, questo.

Liane gli sorrise. Per fortuna, George aveva smesso di cercarle un compagno fra i figli dei suoi amici. Ormai si era già accorto da un anno che Liane era irremovibile. Viveva soltanto per le lettere che riceveva da Armand. Le arrivavano malconce e spiegazzate, portate fuori di contrabbando dalla Resistenza organizzata nella Francia del Sud. A volte restavano ferme per settimane prima che qualcuno partisse per l'Inghilterra o la Spagna ma, alla fine, la raggiungevano e ogni volta lei prorompeva in un sospiro di sollievo e andava a dire alle bambine che il papà stava bene. George continuava a stupirsi che Liane fosse così determinata a restargli fedele. Conosceva molte donne che non lo sarebbero state altrettanto. Con un sorriso, poi, pensava di averne conosciute alcune anche lui, durante la guerra precedente. Ma Liane assomigliava più a suo padre che non a lui. E ammirava questo lato del carattere della nipote, anche se la considerava una sciocca.

«Sai cosa ti dico? Avresti potuto diventare un'ottima suora!» le disse, per prenderla in giro, quella sera.

«Forse ho sbagliato vocazione.»

«Non è mai troppo tardi.»

«Mi sto addestrando adesso.» Liane giocava sempre a domino con lui e, ogni sera, c'erano questi battibecchi tra loro. Era difficile convincersi che presto sarebbe arrivato un altro Natale, che ormai si trovava a San Francisco da un anno. Pareva che la guerra fosse cominciata da un millennio, almeno, mentre, in realtà, in Francia continuava da poco più di due anni e Armand stava ancora bene ed era sano e salvo, cosa di cui ringraziava Dio ogni sera. A volte, di tanto in tanto, accennava all'opera che stava svolgendo; anche Liane sapeva tutto su André Marchand. Ma nessun indizio lasciava credere che la guerra fosse vicina alla conclusione. I bombardamenti continuavano ancora su Londra mentre gli inglesi combattevano eroicamente la guerra e, per quanto i tedeschi morissero a migliaia dietro le linee russe, non davano ancora segno di voler rinunciare alla lotta. Tutto ciò sembrava molto, molto lontano da dove lei, Liane, si trovava, fino a quella sera, la sera del 6 dicembre quando, dopo essere andata a letto, si accorse di non riuscire a prender sonno. Allora si alzò e cominciò ad aggirarsi per la casa, immersa nel silenzio, pensando ad Armand. Alla fine entrò in biblioteca e si mise a sedere alla scrivania. Le piaceva scrivergli così tardi, a notte inoltrata, le dava più tempo per raccogliere i suoi pensieri e le capitava spesso di farlo. Ormai erano mesi e mesi che non dormiva bene; quella sera, gli scrisse a lungo, ben sapendo che gran parte di quella lettera sarebbe stata cancellata dalla censura. Armand poteva scriverle passando attraverso le vie segrete della Resistenza, ma Liane poteva solo raggiungerlo attraverso i canali ufficiali. Le sue lettere dovevano arrivargli attraverso la censura tedesca, a Parigi. Cercava di tenerlo sempre presente, mentre componeva la lettera; finalmente soffocò uno sbadiglio intanto che scriveva l'indirizzo, poi si alzò in piedi e andò a guardar fuori, nella notte di dicembre. E infine, sentendosi di nuovo meglio, andò a letto.

Però la mattina seguente, quando si alzò, continuò a sentire uno strano turbamento. Non riusciva a scacciare il pensiero da Armand; come sempre, si dedicò con attenzione alla lettura del giornale, cercando soprattutto i rapporti della guerra in Europa.

«Eri tu che ho sentito girare furtivamente per la casa stanotte, Liane? O si trattava di un ladro?» George le sorrise mentre erano seduti insieme al tavolo della prima colazione, quella domenica mattina. Ormai George sapeva tutto di quelle sue incursioni notturne per la casa. La prima volta che l'aveva sentita era uscito a precipizio fuori dalla sua camera da letto impugnando un fucile carico e avevano sobbalzato, strillando, tutti e due.

«Deve essere stato un ladro, zio George.»

«Si è portato via i regali di Natale?» esclamò Elisabeth, entrando di corsa nella stanza. Ormai aveva nove anni e i giorni in cui credeva a Babbo Natale erano finiti. La preoccupava molto di più il pericolo che un ladro avesse potuto fare man bassa dell'enorme mucchio di regali che si stava ammassando in un armadio del piano di sopra.

«Dovrò andare a controllare!» Liane sorrise a sua figlia che corse fuori in giardino, con la sorellina. Le bambine erano felici a San Francisco e, per quanto sentissero ancora la mancanza del padre, si erano adattate molto bene alla nuova vita. Qui non si erano verificati avvenimenti spiacevoli come quelli di Washington, grazie alla cautela di George che si era ben guardato dall'alludere al marito di sua nipote, definendolo un nazista. Liane gli era molto grata per questo e, quella mattina, uscì per recarsi alla Croce Rossa con passo più leggero di quel che non avesse fatto il giorno precedente. Intanto si chiedeva come Nick sopportasse lo shock di aver perduto la custodia di John, però sapeva per esperienza personale che il tempo poteva far molto per lenire i duri colpi ricevuti dalla vita. Sapeva che non sarebbe stato facile ma, a poco a poco, la sofferenza si sarebbe fatta meno acuta, esattamente come succedeva adesso anche a lei, quando lo pensava. Mentre viveva un'esistenza quieta e ritirata a San Francisco, il suo pensiero era sempre stato presente dentro di lei. A volte aveva provato uno strano stupore ad accorgersi come le pareva vicino se chiudeva gli occhi e tentava di rievocare la traversata sul *Deauville*. Ora, però, Nick cominciava ad apparirle come un sogno lontano. Talvolta, di notte, nel sonno, lo sognava ma, nei suoi sogni, Nick si confondeva con Armand e lei finiva per svegliarsi senza ben sapere dove si trovasse o con chi, o come era arrivata in quel posto... finché non guardava fuori della finestra e non vedeva il Golden Gate Bridge oppure udiva l'ululato delle sirene da nebbia e allora le tornava in mente dov'era, così lontano da loro. Nick rappresentava una parte del passato, ma una parte che Liane amava ancora con tutto il cuore. Le aveva dato qualcosa come nessun altro aveva mai fatto prima e le sue parole avevano contribuito a farla resistere coraggiosamente per tutto quell'anno e mezzo. Perché Liane aveva avuto bisogno di ogni briciola di quella forza che Nick le aveva assicurato che lei possedeva, al momento di lasciarsi. Ne aveva bisogno, adesso, quando le toccava aspettare per tre, quattro o cinque settimane una lettera di Armand, o quando leggeva una notizia che la colmava di terrore o quando pensava ad Armand che lavorava come collaborazionista dei tedeschi a Parigi. Ne aveva bisogno ogni giorno, ogni ora, per se stessa, per le bambine, perfino per lo zio George. E ne ebbe bisogno quando accese la radio nella sua camera dopo esser tornata dalla chiesa con le bambine. Ascoltava spesso la radio per sapere le ultime notizie ma stavolta, quando l'aprì, rimase impietrita in mezzo alla stanza, incapace di credere alle parole che le sue orecchie ascoltavano. Sei grosse navi da guerra erano state affondate o gravemente danneggiate a Pearl Harbor nelle Hawaii e l'aviazione era rimasta con soli sedici bombardieri in servizio. I giapponesi avevano effettuato un attacco a sorpresa, di prima mattina, sulle Hawaii, lasciandosi dietro morti e feriti a dozzine; ormai non ci potevano più essere dubbi: gli Stati Uniti erano stati coinvolti nella guerra per mezzo di quell'unica azione, improvvisa e iniqua.

Liane, pallidissima, con il cuore in gola, si precipitò al pianterreno a cercare lo zio e lo vide, immobile, nel suo studio, ad ascoltare anche lui quelle notizie con il viso bagnato di lacrime. Per la prima volta nella sua vita, la sua patria, il paese che amava tanto era stato invaso. Liane gli si avvicinò senza far rumore e si gettarono l'uno nelle braccia dell'altro, stringendosi disperatamente, ascoltando, pochi minuti più tardi, il discorso del presidente Roosevelt. Ormai non c'erano più dubbi. L'America era in guerra. La notizia doveva soltanto essere confermata dal Senato la mattina seguente. Tre giorni più tardi, l'11 dicembre, Germania e Italia dichiaravano la guerra e il Congresso passava alla unanimità una delibera che accettava lo stato di guerra per gli Stati Uniti. Per gli americani, sorgeva un nuovo giorno, un triste giorno. L'intero paese era in subbuglio per l'attacco a Pearl Harbor, e intanto ognuno si domandava se i giapponesi sarebbero stati ancora più audaci e avrebbero attaccato le città più importanti sulla terraferma. Di colpo, niente pareva più sicuro o certo.

37

La mattina del 7 dicembre anche New York era in preda al panico; tuttavia qui angoscia e paura non erano acute come sulla West Coast. Le Hawaii parevano parecchio più distanti, anche se il fatto di aver visto attaccate le coste dell'America aveva letteralmente paralizzato tutti, quel giorno. Tanto che l'annuncio di Roosevelt alla nazione, con il quale si dichiarava la guerra, fu quasi un sollievo. Adesso gli Stati Uniti potevano rimboccarsi le maniche e partire al contrattacco. L'unica speranza degli americani era che i giapponesi non ricominciassero a colpire per i primi e attaccassero il resto della nazione come avevano fatto con Pearl Harbor.

Nick venne a sapere la notizia pressappoco un'ora dopo che l'attacco si era verificato. Quando Hillary era venuta a prendere Johnny, era salito in macchina a notte inoltrata e aveva cominciato a guidare... la mattina seguente, si era svegliato sul ciglio di una strada, nell'interno del Massachusetts. Non aveva neppure capito dove stava andando e non gliene importava. Voleva soltanto guidare, e guidare ancora, fino a quando non ce l'avesse più fatta a proseguire. Il giorno dopo telefonò a Hillary e poté parlare con Johnny, ma quando cercò di sapere qualcosa per il weekend, si sentì rispondere che avevano altri progetti. Partivano per Palm Beach, andavano a far visita a Mrs. Markham presso la quale sarebbero rimasti qualche giorno. Nick immaginò subito quale fosse la ragione di quel viaggio: dovevano andare a leccare i piedi alla vecchia signora per spremerle altri quattrini, per quanto, adesso, non ne avessero più tanto bisogno. Per lui, questo significava semplicemente che non avrebbe potuto rivedere Johnny per un'altra settimana ancora. Sentita la notizia, telefonò al suo ufficio per avvertirli che si prendeva una settimana di vacanza. Tutti sapevano perché lo facesse; né, del resto, Nick si affrettò a dare spiegazioni. Non sarebbe riuscito, in ogni caso, a concentrarsi sul lavoro e il fatto di essere fuori città, in campagna, poteva essere un sollievo. E per quanto fosse ancora disperato per aver perduto suo figlio, si sentì meglio dopo qualche giorno di aria fresca. Telefonava a Johnny ogni sera, come gli aveva promesso; aveva cominciato a spostarsi in macchina da una piccola città all'altra, alloggiando in piccole locande caratteristiche, mangiando pasti molto semplici e alzandosi presto per fare lunghe passeggiate su strade che s'inoltravano nei boschi o costeggiavano laghetti ghiacciati. Ebbe l'impressione che quel soggiorno in campagna lo rimettesse in sesto; il giorno in cui Pearl Harbor venne bombardata, Nick era rimasto fuori fino all'ora di pranzo e poi era rientrato nell'alberghetto dove alloggiava per divorare un sostanzioso pasto. Si era fatto servire una scodella di minestra, aveva bevuto un boccale di birra e mangiato una grossa fetta di torta al formaggio; poi, distrattamente, aveva teso l'orecchio quando qualcuno aveva acceso una radio in fondo alla sala da pranzo, lontano da lui, con la certezza che, essendo domenica, non doveva essere accaduto niente d'importante. Al primo momento non riuscì a capire bene ciò che stavano dicendo poi, di colpo, sentì più chiaramente quello che veniva trasmesso e rimase sgomento e attonito come molti altri milioni di persone in tutto il paese. Infine, senza dire una sola parola, si alzò di scatto e salì in camera a fare i bagagli. Non sapeva bene che cosa ci avrebbe potuto fare, ma capiva di dover rientrare immediatamente a New York. Quell'idilliaco periodo di pace nel New England era finito. Pagato il conto, chiamò per telefono l'appartamento di Hillary lasciando un messaggio per Johnny: lo avvertiva di essere sulla via del ritorno e gli diceva che, quella sera, lo avrebbe visto. Che andasse all'inferno il piano prestabilito per i maledettissimi giorni di visita al bambino, scelti da Hillary. Poi, prese le valigie e uscì di corsa dall'alberghetto. Ci mise quattro ore e mezzo a tornare a New York; non si fermò neppure a casa per cambiarsi ma proseguì direttamente per il suo ufficio di Wall Street e, quando rientrò, si mise a sedere alla sua scrivania, circondata dal silenzio domenicale, con ancora addosso gli abiti che aveva portato per passeggiare nei boschi del Massachusetts. Ormai sapeva ciò che aveva intenzione di fare; sapeva di dover assolutamente venire lì, per trovare la pace, per essere sicuro delle proprie azioni.

Per tutto il viaggio di ritorno in città, non aveva fatto che ascoltare le notizie trasmesse dalla radio. Aerei da ricognizione militari tenevano sotto sorveglianza l'intera West Coast, però, fino a quel momento, non era stato ancora avvistato nessun apparecchio nemico. Dopo Pearl Harbor, non c'erano stati ulteriori attacchi.

Compose all'apparecchio, personalmente, il numero di telefono privato del presidente, dopo aver preso rapidamente alcuni appunti, seduto alla scrivania; lo lasciarono ad aspettare per un po', ma il presidente venne all'apparecchio straordinariamente presto. Ormai, a quel punto, chiunque avesse una certa importanza, in tutto il paese, doveva cercar di mettersi in comunicazione con Roosevelt. D'altra parte Nick, nella sua qualità di presidente della Burnham Steel, sapeva anche di avere una priorità assoluta rispetto agli altri.

Seduto alla sua scrivania, con il telefono appoggiato alla spalla, buttò giù rapidamente qualche appunto. Quella domenica sera, tornato nel suo ufficio ancora in abiti da campagna, provò la sensazione di essere tornato al posto di comando. Lo avevano sconfitto per la prima volta nella vita, ma non sarebbe rimasto sconfitto per sempre. Un giorno avrebbe ottenuto di riavere Johnny e... chissà!... Forse, in questo preciso momento, era quasi meglio, a ben pensarci, che abitasse in casa di Hillary. Aveva il cervello brulicante di idee; molte cose sarebbero cambiate, adesso, se il paese entrava in guerra. Per parecchio tempo, non avrebbe più avuto un solo minuto libero. Alzò gli occhi di scatto, assumendo un'aria grave, quando il presidente rispose all'apparecchio e gli spiegò per quale motivo lo avesse chiamato. La conversazione fu breve ma soddisfacente; Nick riuscì a ottenere tutto ciò che desiderava. Adesso non gli restava altro che chiudere l'ufficio e andare a trovare John. Dopo aver chiamato Brett Williams.

Brett Williams era il suo braccio destro e aveva assunto la direzione della società negli Stati Uniti, al suo posto, durante l'anno in cui Nick era rimasto in Europa. Cinque minuti dopo Nick era in comunicazione con lui. Era tutto il pomeriggio che Brett, a casa, si aspettava di avere sue notizie e quindi non rimase affatto sorpreso di sentirlo. Sapevano ambedue ciò che stava per succedere. Una guerra avrebbe significato un vero e proprio *boom*, per loro, però era ugualmente terrificante.

«Ebbene, Nick, che cosa ne pensi?» Nessun saluto, niente convenevoli, niente parole di benvenuto, neppure un accenno al disastroso tentativo di ottenere la custodia di Johnny. I due uomini si conoscevano bene. Brett Williams aveva cominciato a lavorare nella Burnham Steel ai tempi del padre di Nick e, da quando ne aveva preso il posto, Nick aveva considerato la sua presenza di un valore inestimabile.

«Credo che avremo una quantità spaventosa di lavoro da fare. Ma stavo pensando anche a parecchie altre cose. Ho appena finito di parlare con Roosevelt.»

«Già, immagino che ci sarete riusciti soltanto tu e tutte le vecchiette del Kansas!»

Nick scoppiò a ridere. Williams non era un uomo facile da capire. Cresciuto in una fattoria del Nebraska, aveva vinto una borsa di studio per Harward ed era stato a Cambridge come studente di Rhodes. Aveva fatto molto cammino dall'epoca in cui aveva lasciato i campi del Nebraska. «Ho preso un po' di appunti. Peggy li copierà a macchina per te domattina. Però adesso io volevo farti qualche domanda più precisa.»

«Spara!»

Nick rimase incerto per un attimo, chiedendosi se Brett sarebbe stato disposto ad accettare. Era una cosa grossa da chiedere. Però Williams non gli diede una delusione. Non l'aveva mai fatto prima e Nick sapeva che non l'avrebbe fatto neppure adesso. Però gli faceva piacere sentirlo dalle labbra di Williams in persona. Questo non rimase particolarmente stupito di fronte a ciò che Nick gli chiedeva, come non lo era stato neppure Roosevelt durante la telefonata di poco prima. Era l'unica cosa che Nick potesse fare visto chi, e che cosa, era. Lo sapevano tutti e tre. Ciò che Nick si chiedeva adesso era se anche Johnny avrebbe capito.

38

NICK andò a prendere Johnny a casa di Hillary, il venerdì. Non aveva lasciato niente in sospeso all'ufficio, prima di uscire; in tal modo poteva passare l'intero weekend di libertà con suo figlio. Il bambino non nascose di essere al settimo cielo, vedendolo. Hillary rimase a osservarli dal vano della porta, con le labbra strette, e quando salutò Nick, lo fece con freddezza. Del resto, anche Nick non fu meno glaciale.

«Ciao, Hillary. Te lo riaccompagno indietro domenica alle sette.»

«Alle cinque sarebbe meglio.» Fra loro passò un brivido di tensione, come una scossa elettrica, ma Nick pensò che era più opportuno non mettersi a discutere con lei di fronte al bambino. Ne aveva passate anche troppe, John, e Nick non voleva rovinare i giorni che avrebbero passato insieme.

«Bene.»

«Dove sarete?»

«Nel mio appartamento.»

«Ricordati di farmi telefonare da Johnny domani. Voglio sapere se sta bene.» Nick si accorse che le parole di Hillary gli davano sui nervi, ma si limitò ad annuire; poi se ne andarono e, quando furono in automobile, cominciò a interrogare insistentemente Johnny. Tuttavia, per quanto avrebbe preferito vivere con suo padre, il bambino fu costretto ad ammettere che la mamma si comportava abbastanza bene con lui e poi, la vecchia Markham era stata gentilissima nei suoi confronti a Palm Beach. Gli aveva fatto un sacco di regali, lo aveva portato a spasso con lei e Johnny la trovava simpatica. Ammise di non vedere molto né sua madre né Philip. Erano quasi sempre fuori e gli pareva di capire che a Philip i bambini non piacessero.

«Insomma, mi pare che vada abbastanza bene. Però non è come vivere con te, papà!» E fece un largo sorriso, mentre entrava nella sua antica cameretta e si buttava sul letto.

«Bentornato a casa, figliolo.» Nick lo guardò con un sorriso di felicità e il tormento dei nove giorni precedenti gli sembrò meno straziante. «Certo che è una gran bella cosa averti indietro.»

«È bello essere qui di nuovo.» Cenarono da soli, tranquillamente, quella sera e poi Nick lo mise a letto. Aveva molte cose di cui parlargli durante quel weekend, ma potevano aspettare. Il sabato, andarono a pattinare a Central Park, poi andarono a vedere un film e a mangiare un hamburger. Sembrava tutto molto diverso dalla vita di un tempo, e mancava in quelle giornate la disinvoltura di un'esistenza vissuta insieme, giorno per giorno, tuttavia Nick si accontentava di stare con John. Era, solo quella, una felicità sufficiente. Avevano parlato varie volte di Pearl Harbor e di quello che voleva significare per gli Stati Uniti ma fu soltanto la domenica pomeriggio che Nick gli confidò di volersi arruolare di nuovo nell'esercito.

«Davvero?» Il bambino non nascose di essere sbalordito e turbato. «Vuoi dire che hai intenzione di andare a combattere i giapponesi?» Ne aveva sentito parlare a scuola e, a Nick, non piacque molto il modo in cui lo disse, tuttavia fece segno di sì con la testa.

«Non so dove mi manderanno, John. Potrebbero spedirmi in qualsiasi posto.» Il bambino rifletté attentamente su queste parole e poi alzò verso suo padre due occhi tristi.

«Vuol dire che partirai di nuovo e resterai lontano come quando eri a Parigi.» Non rammentò a suo padre la promessa di non lasciarlo mai più, tuttavia Nick lesse un rimprovero nei suoi occhi. E per quanto il mondo intero fosse nel caos più completo e le Hawaii fossero state bombardate si sentì improvvisamente colpevole per la decisione presa di arruolarsi. Ecco ciò di cui aveva voluto parlare con Williams, per ottenere il suo assenso. Nella sua

qualità di proprietario di un'industria di grande importanza per il paese, avrebbe potuto ottenere un rinvio della chiamata alle armi. Ma non lo desiderava; la sua aspirazione era quella di andare a combattere. Ormai non aveva più il suo bambino con sé e provava un gran bisogno di dare un taglio netto a tutto questo. A Hillary, alle aule di tribunale, alla preoccupazione di un ricorso in appello, perfino al rimprovero che leggeva negli occhi di suo figlio perché non era riuscito a tenerlo a vivere con sé. Si era accorto che gli occorreva un cambiamento radicale mentre passeggiava per i boschi del Massachusetts e, non appena sentita la notizia di Pearl Harbor, aveva capito subito ciò che doveva fare. La telefonata a Roosevelt aveva avuto lo scopo di informarlo di questa decisione e di chiedergli di affrettare la propria chiamata alle armi. E la telefonata a Brett era stata fatta per domandare all'uomo che era il suo braccio destro di dirigere, in sua assenza, la Burnham Steel. Brett era l'unico al quale Nick poteva lasciare un compito simile. E visto che Brett era consenziente, Nick poteva partire.
«Andrai via presto, papà?»

Johnny sembrava un ometto, quando glielo domandò. Aveva visto molte cose in quegli ultimi mesi e si era fatto più adulto e maturo.

«Non so, Johnny. Probabilmente no, almeno per qualche tempo; tutto dipende dal posto dove mi manderanno.» Johnny assorbì lentamente queste parole di suo padre e poi annuì; tuttavia la notizia era stata una specie di doccia fredda e aveva guastato il resto del pomeriggio. Nick si rallegrò doppiamente, tra sé, di non avergli dato prima quella notizia.

Perfino Hillary si accorse che il bambino non era del suo solito umore quando Nick glielo riaccompagnò a casa. Guardò Johnny, poi Nick e si affrettò a domandare: «Cosa è successo?»

«Gli ho detto che ho fatto la domanda di essere richiamato di nuovo alle armi.»

«Nei Marines?» Hillary trasalì, mentre Nick annuiva. «Ma hai già fatto il servizio militare!»

«Il paese è in guerra, o forse non hai ancora sentito la notizia?»

«Ma tu non hai l'obbligo di arruolarti. Sei esonerato.»

Nick si accorse che il loro bambino stava ascoltando questo

scambio di parole con molto interesse. «Ho una responsabilità verso il mio paese.»

«Vuoi che mi metta a cantare l'inno nazionale?»

«Buona notte, John.» Non le badò e si chinò a salutare con un bacio il loro bambino. «Domani ti telefono.» Doveva presentarsi a Quantico, in Virginia, il martedì successivo e, successivamente, sarebbe stato impegnato per un paio di settimane. Era rimasto a lungo nelle riserve, di conseguenza non gli occorreva un nuovo addestramento militare e veniva arruolato con lo stesso grado con il quale aveva lasciato il servizio, quello di maggiore.

Quella sera, mentre rientrava nel suo appartamento, Nick si chiese che cosa Hillary avrebbe raccontato a Johnny: che non era obbligato ad andare in guerra? Che si stava comportando come un cretino? E allora, cosa avrebbe pensato il loro figlio? Che suo padre lo abbandonava. D'un tratto provò, di nuovo, una grande stanchezza mentre cercava di dare ordine a tutte le idee che gli si affollavano al cervello e, arrivato a casa, cominciò a riordinare alcuni documenti. Aveva un mucchio di cose da sistemare prima di martedì.

39

QUANDO arrivò alla base di Quantico martedì mattina, Nick restò stupefatto a vedere il numero enorme di uomini che si ripresentavano in servizio. C'erano perfino una o due facce che già ricordava, riservisti come lui, e i ragazzi giovani, che venivano ad arruolarsi come soldati semplici, erano legioni. Rimase stupito, fra l'altro, di trovarsi così a proprio agio quando infilò di nuovo l'uniforme. Mentre attraversava l'atrio d'ingresso un ragazzo, nervosissimo, si piantò sull'attenti e gli fece il saluto, chiamandolo colonnello.

«Generale, avresti dovuto dire, ragazzo!» ruggì Nick e il ragazzo quasi quasi rischiò di farsela nei pantaloni, mentre Nick faceva sforzi immani per non scoppiare a ridere.

«Sissignore! Generale!» Il soldatino appena arruolato si affrettò a dileguare e Nick continuò a sorridere mentre svoltava un angolo e andava quasi a sbattere in un vecchio amico che aveva assistito a tutta la scena.

«Dovresti vergognarti di te stesso! Questi ragazzi sono patriottici come lo sei tu, né più né meno. Anzi, forse lo sono di più. Cosa ti è saltato in testa di fare... speravi di squagliartela perché avevi in vista una brutta settimana in ufficio?» L'uomo che gli stava rivolgendo queste parole era un avvocato con il quale Nick aveva studiato a Yale; anni dopo era stato riservista contemporaneamente a lui.

«E a te, Jack, che cosa è successo? Ti hanno radiato dall'ordine degli avvocati?»

«Sì, perbacco, altrimenti per quale motivo mi vedresti qui?» I due uomini scoppiarono in una risata e proseguirono il loro cammino attraverso l'atrio. Dovevano andare a ricevere gli ordini. «Però te lo voglio confessare: ieri sera avevo finito quasi per convincermi di essere diventato matto.»

«A saperlo, te lo avrei potuto dire fin dai tempi di Yale!» Poi guardò di sottecchi l'amico. «Hai una vaga idea del posto dove ci manderanno?»

«A Tokio. All'Hotel *Imperiale.*»

«L'idea mi attira.» Nick sorrise. Era strano ritrovarsi a fare il servizio militare però non gli spiaceva. Fra l'altro, la sera prima aveva parlato con Johnny e gli era sembrato che il bambino avesse finalmente capito ciò che suo padre stava facendo. Anzi era addirittura apparso molto fiero e orgoglioso di lui. A sentirlo parlare così, Nick si era tolto un grosso peso dal cuore.

Sull'attenti, fecero il saluto all'ufficiale che doveva consegnare gli ordini. Era una ragazza, che sorrise. I due uomini che aveva davanti erano i più belli, i più interessanti, che avesse visto in tutta la settimana e per quanto Jack Ames portasse la fede nuziale al dito, aveva già notato che il maggiore Burnham non l'aveva.

«Dobbiamo aprire adesso, subito, queste buste, tenente? Oppure è meglio aspettare?»

«Come preferite, basta che vi presentiate a rapporto in tempo.»

Sorrise e Jack fu il primo ad aprire la sua busta, con un sorriso che rivelava un certo nervosismo. «Dunque il vincitore è... merda! San Diego. E tu, Nick?»

Anche lui aprì la busta e lanciò un rapido sguardo al foglietto di carta che conteneva: «San Francisco.»

«E poi, dritto filato a Tokio... Giusto, bella bambina?» E Jack allungò un buffetto alla guancia della ragazza.

«Tenente, per lei.»

Tornarono nel grande atrio d'ingresso e Nick restò assorto nei suoi pensieri.

«Cosa c'è? Non ti va San Francisco?»

«Mi va benissimo.»

«Allora, si può sapere che cos'hai?»

«Gli ordini dicono che devo esserci per martedì prossimo.»

«E con questo? Avevi altri progetti? Magari non è ancora troppo tardi per cambiare idea!»

«Non si tratta di questo. Dovrò partire dopodomani. Avevo detto al mio bambino...» Restò assorto nei suoi pensieri e Jack lo capì. Aveva una moglie e tre figlie contro le quali combattere. Allungò una pacca affettuosa sulla spalla di Nick e lo lasciò ai suoi pensieri. Quella sera Nick telefonò a Johnny, a casa di Hillary. Non c'era un modo gentile di dargli quella notizia. Già sapeva che avrebbe dovuto partire in treno il giovedì sera e che gli avrebbero concesso, prima della partenza, ventiquattr'ore di permesso. Non era abbastanza per salutare suo figlio, ma era tutto quello che gli avevano dato. Per prima cosa parlò a Hillary e le spiegò la situazione; una volta tanto, lei si comportò decorosamente e acconsentì a lasciargli vedere il bambino la sera seguente e anche per tutto il giovedì, fino a quando fosse stato possibile. Poi gli passò Johnny al telefono. Disse a Nick che lasciava a lui l'incarico di dargli la notizia.

«Ciao, papà.»

«Maggiore papà, prego.» Cercava di aver un tono disinvolto ma il suo pensiero era già concentrato sugli addii che avrebbero dovuto farsi. Non sarebbe stato facile per nessuno dei due; Nick era terrorizzato al pensiero che il bambino si sentisse abbandonato. D'altra parte, capiva di dover fare quello che era il suo dovere. «Come te la passi, birbaccione?»

«Bene.» Ma aveva di nuovo la vocina triste. Non si era ancora ripreso dalla notizia che Nick gli aveva dato soltanto due giorni prima, e il peggio doveva ancora venire.

«Che cosa ne diresti di vederci domani sera?»

«Posso?» Aveva la voce emozionata e piena di eccitazione. «Credi che la mamma mi lascerà venire?»

«Glielo ho già domandato e lei ha acconsentito.»

«Ugh!, magnifico!»

«Vengo a prenderti alle cinque. Potrai dormire da me, intanto, comincia a pensare dove vuoi andare a mangiare.»

«Vuol dire che ti hanno già dato un permesso?»

«Certo. Sono una persona importante.»

Suo figlio scoppiò a ridere. «Deve essere una gran bella vita, quella del Marine.»

Nick si lasciò sfuggire un gemito. «Non direi proprio!» Era un ricordo molto lontano, ma riusciva ancora a rammentare cos'era stato il campo-reclute, diciotto anni primà! «A ogni modo, ci vediamo domani sera. Alle cinque.» Riattaccò e si allontanò lentamente dal telefono. Sarebbe stata dura dirgli addio, ma non era certo peggio di ciò che era appena capitato a tutti e due poche settimane prima soltanto. E ripensò al processo, poi si impose di cancellarlo dai propri pensieri. Non riusciva a sopportare il ricordo della sera in cui Hillary era venuta a prendere Johnny. In ogni caso, quello che lo aspettava non sarebbe stato più facile, e non si era sbagliato.

Lo disse a Johnny la sera dopo, durante la cena e il bambino non ebbe nessuna reazione, al primo momento: rimase seduto al suo posto a fissarlo con gli occhi sbarrati. Non si mise a piangere, non si ribellò, non disse una sola parola. Rimase soltanto a guardarlo in un modo tale che Nick si sentì spezzare il cuore.

«Su, birbante! Non è poi così brutto come sembra!»

«Mi avevi promesso di non lasciarmi mai più. Lo avevi promesso, papà.» Non aveva piagnucolato, aveva soltanto parlato con una vocina triste, piccola piccola.

«Ma, Johnny, siamo in guerra!»

«La mamma dice che non sei obbligato ad andare.»

Nick respirò a fondo. «Ha ragione. Se volessi, potrei nascondermi dietro la mia scrivania, ma non sarebbe giusto. Saresti orgoglioso di me se lo facessi? Entro pochi mesi anche i papà dei tuoi amici partiranno per la guerra. E allora tu che cosa proveresti?»

«Sarei contento di averti qui con me.» Se non altro, era onesto; ma Nick scrollò la testa.

«Alla fine, ti vergogneresti. È questo che vuoi vedermi fare?»

«Non lo so.» Restò con gli occhi fissi sul suo piatto molto a lungo. Finalmente li rialzò per guardare Nick. «Vorrei soltanto che tu non partissi mai.»

«E io vorrei che i giapponesi non avessero attaccato Pearl Harbor, John. Invece lo hanno fatto. E adesso tocca a noi partire all'attacco e combattere. In Europa stanno già combattendo da molto, molto tempo.»

«Però tu dicevi sempre che non saremmo mai entrati in guerra.»

«Sbagliavo, figliolo. E sbagliavo di grosso. E adesso farò quello che è il mio dovere fare. Sentirò terribilmente la tua mancanza, ogni giorno e ogni notte, però tu e io dobbiamo convincerci che io ho fatto la cosa giusta.»

Intanto gli occhi di suo figlio si colmavano lentamente di lacrime. Non era convinto. «E se non torni?»

Nick rispose con voce burbera: «Tornerò.» Stava per aggiungere: «Te lo giuro», ma gli era già capitato di fare giuramenti del genere in precedenza e, a conti fatti, non se la era cavata molto bene con tutti quei giuramenti! «Però voglio che tu sappia una cosa, figliolo. Che tornerò perché voglio tornare.» A questo punto cominciò a parlargli di San Francisco e, dopo un po', pagato il conto, tornarono a casa. Nick provava ancora una strana sensazione a vedersi in un'uniforme, per quanto in quegli ultimi giorni le uniformi fossero spuntate come funghi dappertutto. Mentre uscivano dal ristorante abbracciati, si domandò se, un giorno, suo figlio sarebbe stato orgoglioso di lui oppure se non gliene avrebbe importato più niente, convinto soltanto di essere stato ripetutamente tradito da una madre che non provava il minimo affetto per lui, da un giudice che non capiva, da un padre che era scappato via a giocare alla guerra. Nick aveva il cuore pesante quando mise Johnny a letto quella sera e il giorno dopo fu ancora peggio. Fecero una lunga passeggiata nel parco, restarono a guardare i pattinatori che piroettavano sulla pista Wollman, ma avevano ben altro in testa e il tempo passava troppo in fretta sia per l'uno sia per l'altro. Nick lo riaccompagnò da Hillary alle quattro; fu lei ad aprire la porta e guardò subito suo figlio. Johnny aveva l'aria da funerale. Poi Hillary rimase lì per assistere agli addii tra padre e figlio.

«Riguardati, bambino mio. Ti chiamerò da San Francisco ogni volta che potrò.» Nick si mise in ginocchio vicino al bambino che piangeva a calde lacrime. «Mi hai sentito? Abbi cura di te stesso! Tornerò. Lo sai che tornerò.» Ma Johnny buttò le braccia al collo di suo padre.

«Non andare... non andare... ti farai uccidere!»

«Non mi farò uccidere.» Anche Nick fu costretto a ricacciare le lacrime e Hillary, di scatto, si voltò dall'altra parte. Stavolta il loro dolore l'aveva commossa. Nick strinse forte al cuore il bambino ancora una volta e poi si alzò in piedi. «Su, adesso vai dentro, figliolo.» Invece Johnny rimase lì, sulla soglia, a seguire con gli occhi Nick che si allontanava, e si voltava ancora una volta a salutarlo e, poi, non si vedeva più. Eccolo, a percorrere rapidamente un pezzo di marciapiede, chiamando un tassì, un uomo alto, biondo, in divisa militare, con due occhi color verde cupo, lucidi di lacrime.

Poi andò a ritirare il bagaglio a casa e salutò la cameriera. Anche questa scoppiò in lacrime e Nick la abbracciò prima di uscire; sul portone strinse la mano a Mike e andò a prendere il treno. Mentre occupava il suo posto, insieme agli altri, gli tornò in mente l'ultima volta che aveva visto un treno, quello che stava per portare Liane a Washington e lui, dalla pensilina, era rimasto a fissarlo a lungo, mentre si allontanava. Com'erano diverse, adesso, le loro vite, o la sua, perlomeno. Si augurò che per lei niente fosse cambiato e che, sino a quel giorno, Armand fosse ancora vivo e vegeto. Adesso capiva che cosa doveva aver passato anche lei, quando era partita da Tolone: conosceva lo strazio degli addii. Durante il viaggio verso la West Coast non riuscì a pensare che al

«Adesso vivo qui. Ormai è quasi un anno che siamo a San Francisco.» Nick le frugò negli occhi quasi a cercarvi tutte le cose che desiderava spasmodicamente di sapere ma, in quelle pupille, non c'era scritto nulla. Erano grandi e bellissime, come prima, però adesso apparivano velate. Liane aveva visto la sofferenza, aveva conosciuto la perdita di persone care, e lo si vedeva; subito Nick si chiese che cosa fosse successo ad Armand ma, quando le guardò la mano, vide che il liscio cerchietto d'oro della fede nuziale era ancora al suo posto.

«Credevo che tu fossi a Washington.

«Le cose non sono andate bene, laggiù.» Liane incontrò il suo sguardo, ma non aggiunse altro; poi Nick ritrovò, lentamente, l'antico sorriso che ben conosceva. Erano quasi due anni che lo sognava. Aveva visto quel sorriso quando la aveva stretta tra le sue braccia. «È bello rivedersi, Nick.»

«Davvero?» Lui non era del tutto sicuro. Liane appariva incerta, quasi spaventata.

«Certo che lo è! Da quanto tempo ti trovi in città?»

«Solo da oggi. Ma si può sapere che cosa accidenti ci stai a fare qui?» Non pareva il posto adatto a lei, un cocktail party per festeggiare dei militari. Se portava la fede nuziale, era impossibile pensare che fosse a caccia di uomini e, poi, quello non era il suo stile. No, non poteva essere la stessa giovane donna che aveva lasciato sul treno, a New York, diciassette mesi prima, a meno che ogni cosa non fosse cambiata. Forse soffriva di solitudine.

«Lavoro per la Croce Rossa. Ed è un obbligo, per noi, partecipare a queste riunioni.»

Lui si chinò lievemente e le mormorò nell'orecchio. «Anche per me!»

Liane scoppiò a ridere a questa battuta, poi il suo viso prese un'espressione piena di dolcezza. Non aveva voluto domandarglielo subito, ma adesso penso che era opportuno farlo. «Come sta John?»

Nick trasalì leggermente e la guardò. «Sta bene. Non so se hai letto la storia del processo sui giornali di qui, ma Hillary e io abbiamo divorziato un anno fa, io le ho fatto causa per ottenere la custodia del bambino e poche settimane fa l'ho perduta. Per Johnny è stata piuttosto dura.» Poi abbassò gli occhi verso la propria uniforme. «Anche questo lo è stato!»

«Immagino che sia stato duro anche per te.» Aveva una voce dolcissima e non riusciva a staccare gli occhi da lui, però sapeva anche di dovergli opporre tutta la resistenza possibile. Mai e poi mai avrebbe dovuto cedere. Soprattutto a Nick. Lo aveva fatto una volta e lottava ancora con se stessa per impedirsi di riaprire quella porta che doveva restare chiusa. «Si, certo che ho letto del processo.» Continuava a parlare con la dolce voce che Nick amava. «Mi faceva male il cuore per te.»

Lui assenti e bevve un sorso dal bicchiere. «Il giudice si è convinto che Johnny si sarebbe trovato meglio con sua madre, visto che adesso si è risposata. E sai che cosa ha fatto quel bastardo?» Il suo viso si induri mentre le raccontava la scena di Markham e della pistola. «Avevo intenzione di ricorrere in appello, ma poi c'è stato Pearl Harbor. Mi ci riproverò al mio ritorno ma, per quell'epoca, può darsi che Hillary sia disposta a cedermelo. Il mio avvocato è dell'opinione che voleva soltanto farmi un dispetto.»

«Per quale motivo?» Liane pareva sbalordita. Possibile che Nick non gliene avesse mai parlato!

«Immagino che l'abbia fatto perché non era mai stata capace di amarmi, per quanto pazzesco ciò possa sembrare. Ai suoi occhi, io non ho fatto altro che tenerla prigioniera per tutti quegli anni.»

Liane ricordò subito ciò che era avvenuto sulla nave, e anche Nick. «Eri prigioniero anche tu, né più né meno come lei.» Nick annui. «Bene, adesso è tutto finito. Quel che è stato è stato. Sono riuscito ad avere Johnny, da questo nostro matrimonio sbagliato, quindi non posso lamentarmi. Adesso devo semplicemente cercare di riaverlo indietro.»

«Ci riuscirai.» La voce di Liane era sommessa, ma forte. Stava ricordando le precise parole che Nick aveva rivolto a lei: «Le persone forti non possono essere sconfitte!»

«Spero che tu abbia ragione.» Fini il suo champagne e la guardò. Era ancor più bella di prima, ma c'era qualcosa di più riservato, più misterioso, in lei, e di più severo. I rigori che si era imposta le avevano fatto pagare un duro scotto eppure il suo viso era incantevole come sempre, i suoi occhi sembravano perfino più azzurri e i suoi capelli, adesso, erano raccolti in una morbida crocchia. Aveva un'aria molto chic, fu la conclusione di Nick che sorrise a quei pensieri. «Dove abiti, adesso che sei qui?»

«Con lo zio George.»

«E le bambine?»

«Stanno bene.» Poi, a occhi bassi: «Ti ricordano ancora». Ma, in quel momento, altri due uomini in divisa si unirono a loro, e anche una donna che lavorava per la Croce Rossa, e poco dopo Liane si congedò. Non riuscì a rivedere Nick per dirgli addio ma, tra sé, pensò che forse era meglio così. Salì sull'automobile che si era fatta prestare da George e, giunta a casa, vi entrò lentamente. Che strano rivedere Nick! Riapriva una ferita che si era augurata di veder già chiusa per sempre. Ma non poteva farci nulla. Si era sempre chiesta se, un giorno, si sarebbero incontrati di nuovo, e adesso era accaduto. Tutto era cambiato per Nick dall'ultima volta che si erano visti mentre niente era cambiato per lei. Armand lottava ancora eroicamente per la sopravvivenza, in Francia, e lei lo stava aspettando qui.

«Ti sei divertita?» George la stava aspettando quando rientrò.

«È stato molto bello, grazie.» Ma non sembrava affatto che si fosse divertita mentre si toglieva il cappotto.

«A guardarti, non si direbbe!»

Liane sorrise. «Ho incontrato un vecchio amico. Di New York.»

«Davvero? E di chi si tratta?»

«Nick Burnham.» Non sapeva bene per quale motivo avesse raccontato allo zio tutto ciò, forse...tanto per dire qualcosa.

«C'è qualche relazione tra lui e la Burnham Steel?»

«Certo. Anzi, a voler essere precisi, *lui è* la Burnham Steel.»

«Guarda! Guarda! Perbacco! Ho conosciuto suo padre trent'anni fa. Una persona molto in gamba. Magari un po' matto, di quando in quando, ma, a quell'epoca, lo eravamo un po' tutti. Che tipo è il ragazzo?» Liane sorrise alle parole che lo zio aveva usato.

«Simpatico. Un po' matto anche lui. Si è arruolato volontario nei Marines, con il grado di maggiore, è arrivato oggi, qualche ora fa.»

«Bisogna che tu lo faccia venire da noi una sera prima che lo imbarchino.» Poi, d'un tratto, a George balenò un'idea. «Cosa ne diresti di combinare per domani?»

«Zio George, a dir la verità non saprei...»

«È Natale, Liane. Quel pover'uomo è solo soletto. Riesci a immaginare che cosa voglia dire essere soli in una città che non si conosce? Cerca di aver un po' di comprensione per quel disgraziato, perdio!»

«Non so neppure come mettermi in contatto con lui.» E, se anche avesse potuto, non lo avrebbe fatto di certo: ma non poteva dirlo allo zio.

«Chiama i Marines. Loro lo sapranno!»

«Non mi pare proprio che...»

«Va bene. Va bene. Non importa.» Poi bofonchiò tra sé e sé: «Se quell'uomo ha un briciolo di buon senso, sarà lui a telefonarti.»

«Quell'uomo», in realtà, aveva un sacco di buon senso. Era tornato nel suo albergo, era rimasto seduto nella sua camera molto a lungo, guardando – senza vederla – Market Street dalla finestra, e pensando a Liane e a quello strano scherzo del Destino che li aveva fatti ritrovare. Se quel soldato di New Orleans non avesse bussato alla sua porta quella sera...

Afferrò l'elenco del telefono che c'era sulla scrivania e cominciò a cercare il nome di George Crockett, trovò senza difficoltà l'indirizzo in Broadway e rimase immobile a fissarlo. Liane abitava lì, in quella casa, a quel numero telefonico. Ne prese nota e la mattina seguente provò a telefonare. Ma Liane era già uscita per andare alla Croce Rossa; però una premurosa cameriera gli fornì subito l'indirizzo dell'ufficio. Gli bastò comporre quel numero all'apparecchio e, all'altro capo del filo, rispose lei.

«Sei già al lavoro a quest'ora, Liane? Ti dai troppo da fare!»

«È quello che dice lo zio.» Ma le tremava la mano al suono della voce di Nick. Avrebbe voluto che non avesse telefonato... però, forse, lo zio aveva ragione. Forse era giusto invitarlo a cena. E chissà che, presentandosi a Nick nelle vesti di un'amica, gli antichi sogni, finalmente, scomparissero.

«Che cosa fai quest'oggi a pranzo?»

«Ho da fare una commissione per lo zio George.» Era una bugia, ma non se la sentiva di restare sola con lui.

«Non puoi rimandarla?»

«No, purtroppo.» Nick rimase perplesso a sentire il tono della voce di Liane, ma pensò che forse non era sola e aveva altra gente intorno. Poi si rammentò che Liane aveva alzato nei suoi confronti barriere che li dividevano, ormai, da quasi due anni. Non c'era nessun motivo di farle crollare per il semplice fatto che lui era arrivato, fresco fresco, in città. Tra l'altro, non aveva neppure chiesto notizie di Armand, la sera prima. Sapeva che cosa pensasse Liane a questo proposito ma, del resto, aveva già accettato la sua opinione su questo argomento molto tempo prima. In realtà voleva soltanto rivederla.

«E se ci vedessimo venerdì per pranzo?»

«Non posso assolutamente, credimi, Nick.» Poi respirò a fondo mentre si sedeva alla sua scrivania. «Cosa ne diresti, piuttosto, di stasera? Perché non vieni a cena in casa dello zio? È la Vigilia di Natale e abbiamo pensato...»

«Molto gentile. Mi piacerebbe moltissimo.» Non voleva offrirle il destro di cambiare parere. Liane gli diede l'indirizzo, ma Nick non le disse di averlo già trovato per conto proprio. «A che ora?»

«Alle sette?»

«Magnifico. Ci sarò.» Riattaccò con un sorriso vittorioso e, allontanandosi dal telefono, si lasciò sfuggire un urlo di gioia. Non gli pareva più neppure di avere quarant'anni. Si sentiva un quindicenne. E più felice di quel che non fosse stato negli ultimi diciassette mesi, o, forse, mai in vita sua!

41

NICK arrivò alle sette in punto nella palazzina di Broadway: aveva l'aria molto bella ed elegante in divisa e le braccia cariche di regali di Natale per le bambine. Si era accorto ben presto come sarebbe stata la sua vita a San Francisco. Non aveva praticamente nulla da fare. Gli era stata assegnata una scrivania e si era visto incaricare delle forniture di cose di poco conto; tuttavia, in fondo in fondo, come tutti gli altri, anche lui doveva far cercare di passare il tempo fino al momento in cui lo avrebbero imbarcato, e ciò gli offriva ampie opportunità di andarsene in giro a rivedere gli amici. E, adesso che aveva trovato Liane e le bambine, era felicissimo di tutto quel tempo libero a sua disposizione.

Il maggiordomo lo precedette per l'ampio e lungo atrio maestoso e lo fece entrare nella biblioteca, dove tutta la famiglia era già raccolta intorno all'albero. Era il secondo Natale che passavano con lo zio George; alla mensola del caminetto erano già appese le calze che, come le bambine sapevano, lo zio si sarebbe affrettato a riempire. Ma dimenticarono momentaneamente quelle calze per buttarsi ad aprire avidamente, con curiosità, i pacchi dei doni portati da Nick. George e Liane rimasero a guardarle. Nick aveva portato giocattoli stupendi. Una alla volta le bambine gli buttarono le braccia al collo, felici e soddisfatte; poi Nick consegnò un pacchetto a George (era evidente che si trattava di un libro per il personaggio più anziano e importante della famiglia) e infine, rivolgendosi a Liane, le mise in mano una scatoletta. In quel momento pensò che quello era il primo dono che mai le avesse offerto. Durante quei tredici giorni passati sulla nave, non c'era mai stato il tempo per poterle offrire qualcosa e, una volta sbarcati, erano andati direttamente alla stazione a prendere il treno. In principio Nick aveva pensato spesso a questo fatto con rammarico; gli spiaceva di non averle mai potuto offrire niente, all'infuori del suo cuore. Eppure gli sarebbe piaciuto sapere che Liane aveva qualcosa di lui, per ricordarlo. Non poteva certo immaginare che i ricordi, che le aveva lasciato, fossero ben più duraturi di qualsiasi dono e che Liane li portasse ancora dentro di sé, nel segreto del suo cuore.

«Non avresti dovuto disturbarti.» Liane gli sorrise. La scatoletta era ancora lì, sul palmo della sua mano, chiusa, incartata.

«È stato un piacere. Su, avanti, aprila. Non ti morde, sai?» Intanto George li stava osservando con interesse. Aveva la sensazione che si conoscessero molto meglio di quello che non aveva supposto, forse, addirittura meglio di quel che volessero lasciargli capire. Così, fissò attentamente Liane negli occhi, come Nick, mentre apriva la scatoletta: si trattava di un astuccio che conteneva un braccialetto, un semplice cerchio d'oro da portare al braccio, massiccio, senza il fermaglio, simile a una larga e grossa vera d'oro. Liane se lo fece scivolare subito al braccio, ma Nick allungò una mano, lo prese e mormorò con una voce roca diretta soltanto alle sue orecchie. «Leggi quel che c'è scritto dentro.» Liane se lo tolse di nuovo e lesse: una sola parola. «Deauville». Allora lo infilò di nuovo e guardò Nick, non sapendo bene se doveva accettare quel dono. Tuttavia si accorse di non avere il coraggio di restituirglielo.

«È bellissimo. Ma non avresti dovuto, Nick...»

«Perché no?» Cercò di non dare importanza a ciò che provava, e di dar l'impressione di prendere alla leggera i propri sentimenti, ma disse con una voce che soltanto Liane sapeva udire: «È una cosa che volevo fare già molto tempo fa; consideralo un dono retroattivo». In quel momento lo zio George aprì il pacco che conteneva il suo libro e si lasciò sfuggire un'esclamazione soddisfatta. Si trattava di un'opera che era stato molto ansioso di leggere e allungò la mano per stringere con cordialità quella di Nick. Poi si mise a divertirli con una serie di aneddoti che avevano come protagonista il padre di Nick, descrisse il modo in cui si erano conosciuti, i loro bagordi, e perfino certe stramberie da playboys scapestrati che li avevano fatti spassare da morire ma, per poco, non li avevano anche fatti arrestare a New York. «Grazie a Dio, lui conosceva tutti i poliziotti!» Avevano percorso Park Avenue a velocità pazzesca, scolandosi bottiglie di champagne con due donne, non proprio rispettabili, che si trovavano in macchina con loro; George rise a quel ricordo, e gli parve di esser tornato giovane. Intanto Liane preparava qualcosa da bere per Nick e per sé. Cominciò a sorseggiare ciò che aveva nel bicchiere mentre lo guardava chiacchierare con lo zio George e, a quel gesto, sentì il peso del braccialetto sul braccio. Ma le pareva di sentire non soltanto quanto fosse greve quell'oro ma anche il peso di quell'unica parola che vi era scritta nell'interno: «Deauville». Si accorse di dover fare uno sforzo per ricacciare i ricordi che le si affollavano alla memoria mentre continuava a sorseggiare il cocktail e si impose di prestare ascolto a ciò che veniva detto.

«Avete fatto una traversata insieme, o sbaglio?»

«Anzi, ne abbiamo fatte due.» Nick le sorrise e Liane cercò di richiamare la sua attenzione fissandolo negli occhi. Non aveva mai raccontato a George che, sul *Deauville*, c'era stato anche Nick.

«Tutte e due le volte sul *Normandie*?» Pareva confuso e Nick scrollò il capo. Ormai era troppo tardi per mentire e non avevano più nulla da nascondersi.

«Una volta sul *Normandie* nel millenovecentotrentanove. E l'anno scorso sul *Deauville*, quando siamo tornati indietro tutti e due. Purtroppo ho dovuto rimanere in Europa un poco più a lungo del previsto e ci sono rimasto bloccato. È stato un inferno riuscire a venir via! Non appena è scoppiata la guerra, ho rimandato indietro il mio bambino sull'*Aquitania*, ma io non ho potuto lasciare Parigi fin dopo l'autunno.» Sembrò una risposta abbastanza innocua e quando George lanciò un'occhiata a Liane, sulla sua faccia non lesse niente.

«Che viaggio dev'essere stato... con il salvataggio di quei naufraghi in alto mare!»

«È vero.» Il volto di Nick si fece grave mentre ricordava gli uomini che erano stati portati a bordo. «Abbiamo lavorato come cani per salvarli e tenerli in vita. Liane è stata assolutamente straordinaria. Ha lavorato in sala operatoria per tutta la notte e, nei giorni seguenti, ha continuato a prestare assistenza nelle corsie improvvisate.»

«Ci siamo dati tutti una mano e ognuno ha fatto anche più di ciò che gli toccava», esclamò Liane, intervenendo con prontezza nel discorso.

«Questo non è vero.» Nick la guardò negli occhi. «Hai fatto più di chiunque altro a bordo e molti di quegli uomini non sarebbero sopravvissuti se non ci fossi stata tu.» Liane non rispose e lo zio George sorrise.

«Ha una gran forza d'animo e un gran coraggio, mia nipote. A volte non mostra tutto il buon senso che vorrei...» e le rivolse un sorriso affettuoso «... però, indubbiamente, ha più fegato di molti uomini che conosco.» Lo zio e Nick la guardarono e Liane si sentì arrossire alle loro parole.

«Adesso, basta. E tu che cosa ci racconti, Nick? Quando pensi che ti faranno imbarcare?» Pareva che fosse ansiosa che questo avvenimento si verificasse e, in un certo senso lo era, non tanto per mandarlo incontro ai pericoli di oltremare, ma per sfuggire lei stessa a un pericolo che continuava a sentire presente, quando Nick era nelle vicinanze.

«Iddio lo sa! Ieri mi hanno dato una scrivania, e questo potrebbe significare qualsiasi cosa. Sei mesi, sei settimane, sei giorni. Gli ordini arrivano da Washington; a noi non resta che star qui seduti ad aspettare.»

«Poteva capitarle di peggio, giovanotto! Questa è una città simpatica.»

«Più che simpatica, bellissima!» Sorrise al padrone di casa, poi guardò Liane di sottecchi. Non avevano più sentito le bambine da quando si erano messe ad aprire i pacchetti dei loro regali. Adesso parevano estasiate da ciò che ci avevano trovato e Nick rimpianse di non poter avere anche Johnny lì, con loro. In quel momento il maggiordomo venne ad annunciare che la cena era pronta ed entrarono tutti insieme nella vasta sala da pranzo. Mentre si incamminavano in quella direzione, George raccontò a Nick la storia di alcune delle persone i cui ritratti erano appesi alle pareti.

«Come saprà, Liane ha vissuto qui da ragazza. A quell'epoca era la casa di suo padre.» E mentre George pronunciava quelle parole, Nick ricordò una delle prime volte che si erano parlati sul *Normandie* quando Liane gli aveva raccontato qualcosa di suo padre, di Armand, di Odile e perfino dello zio George.

«È una casa stupenda.»

«Mi piace veder passare qui davanti le mie navi.» Rivolse gli occhi alla baia e poi li riportò su Nick con un sorriso imbarazzato. «Suppongo di essere vecchio abbastanza per poterlo ammettere. In gioventù, forse avrei finto di non provare alcun orgoglio per la persona che ero.» Guardò Nick in modo significativo e poi spostò il discorso su un altro argomento, l'acciaio. Era al corrente di molte cose, per quel che riguardava Nick, e non nascose di essere colpito dal fatto che era entrato giovanissimo nell'azienda paterna. Da quello che gli avevano detto, sapeva che Nick era un abilissimo industriale e uomo d'affari. «Chi ha lasciato al suo posto, adesso che lei è via?»

«Brett Williams. Era uno degli uomini cresciuti con mio padre e si è occupato di tutto, negli Stati Uniti, fintanto che mi trovavo in Francia.» Restò un attimo soprappensiero poi scrollò la testa. «Dio Santo, sembra che sia passato un secolo. Chi avrebbe mai pensato di ritrovarci in guerra, adesso?»

«Io ne sono sempre stato convinto. E anche Roosevelt. Sono anni che si stava preparando al conflitto per quanto non lo ammettesse mai pubblicamente.» Liane e Nick si scambiarono un sorriso, ricordando la traversata sul *Normandie*, quando erano stati in moltissimi a ripetere con insistenza che non ci sarebbe mai stata una guerra.

«Purtroppo io non sono stato preveggente come lei. Credo di essermi sempre rifiutato di vedere qualcosa che, invece, era chiaro come la luce del sole.»

«Sono stati in molti a farlo, non lei soltanto! Però devo ammettere di non essermi mai aspettato che i giapponesi ci arrivassero addosso a questo modo.» Ormai lungo tutta la costa erano già stati sistemati i posti di sorveglianza, di notte c'era l'oscuramento e la California attendeva con il fiato sospeso di vedere se – e dove – avrebbero colpito ancora. «Lei è fortunato di essere tanto giovane da poter combattere. Io ero troppo vecchio anche per la prima guerra mondiale. Ma voi metterete di nuovo le cose a posto.»

«Me lo auguro, signore.» I due uomini si scambiarono un sorriso e Liane distolse gli occhi. Lo zio non si era mai mostrato così cordiale e affettuoso verso Armand ma, d'altra parte, non bisognava dimenticare che ormai si era convinto che Armand fosse un collaborazionista e lavorasse a fianco a fianco con i tedeschi. Soffriva atrocemente al pensiero di non poterlo difendere; quanto a Nick, non sapeva ancora niente dei suoi legami con il governo di Pétain. Chissà come, quella orribile notizia non era mai giunta alle sue orecchie. Liane temeva il giorno in cui l'avrebbe saputa e, in quel momento, si domandò se, a un certo punto, ne sarebbe stato informato anche lui. Forse ciò sarebbe avvenuto alla fine della guerra ma, allora, non avrebbe più avuto alcuna importanza.

La cena fu molto gradevole e simpatica; Nick li lasciò presto per rientrare al suo albergo. George era un uomo molto anziano, anche se appariva vivace e giovanile d'aspetto, e Nick non voleva diventare importuno. Quando li salutò per andarsene, gli parve che Liane avesse l'aria stanca anche lei. Lo ringraziò per il braccialetto e le bambine gli diedero un bacio prima che se ne andasse, in ringraziamento per i suoi regali. Rialzandosi, dopo averle abbracciate, Nick guardò Liane negli occhi.

«Mi auguro che, l'anno prossimo, avremo tutti un Natale migliore.»

«Lo spero anch'io. E... grazie, Nick.»

«Riguardati. Non affaticarti troppo! Cercherò di telefonarti e, magari, una volta o l'altra potremo uscire a pranzo.»

«Sarebbe simpatico.» Ma non volle apparirgli esageratamente entusiasta per quella idea e, quando se ne fu andato, mise le bambine a letto e ridiscese al pianterreno per restare ancora qualche minuto con lo zio George. Questo non le nascose di essere rimasto straordinariamente colpito da Nick e parve incuriosito dal fatto che Liane non gliene avesse mai parlato prima.

«Non lo conosco così bene. Ci siamo visti una o due volte sulle navi e a un paio di ricevimenti in Francia.»

«Conosce Armand?»

«Naturalmente. Viaggiava con sua moglie, quando lo abbiamo conosciuto anche noi.»

«Però adesso è divorziato, vero?» Poi, di colpo, gli tornò in mente lo scandalo di cui avevano parlato i giornali durante tutto quell'anno. Gli capitava di rado di leggere quel genere di articoli ma stavolta l'avvenimento aveva richiamato la sua attenzione. «Lo so, deve essere stata una cosa terribile. Lei è scappata con un altro e c'è stata una causa perché volevano tutti e due la custodia del bambino.» George aggrottò le sopracciglia. «E adesso, il bambino dov'è?»

«Il mese scorso sua madre ha vinto il processo e ne ha ottenuta la custodia. Ho la vaga idea che sia questo il motivo per il quale lui ha voluto arruolarsi volontario.»

Lo zio assentì e si accese un sigaro. «Bravo.»

Poi Liane gli augurò la buona notte e lo lasciò nei suoi pensieri, ritornando nella propria camera da letto, in preda alle proprie riflessioni. Si tolse lentamente il braccialetto che Nick le aveva donato, restò a contemplarlo a lungo ed infine lo posò con aria risoluta, cercando di dimenticarlo. Ma perfino quando si trovò a letto, al buio, si accorse di sapere benissimo dove lo aveva messo, e di ricordare, anche, ciò che portava scritto nell'interno. Deauville. Una sola parola che faceva affollare al suo cervello mille e mille immagini proibite.

42

NICK le telefonò il giorno dopo, per ringraziarla e per augurare il Buon Natale a tutti. Liane aveva tutte le intenzioni di tenere quel colloquio entro i limiti della formalità e di fare in modo che fosse il più breve possibile. Tuttavia sentì un tuffo al cuore nell'udire la sua voce. Intuiva che Nick doveva essere disperatamente solo senza suo figlio, costretto a passare il Natale tanto lontano da casa. Così non seppe trattenersi dal dirgli ancora qualcos'altro.

«Hai telefonato a Johnny oggi, Nick?»

«Sì, infatti.» La sua voce, pronunciando queste parole, si affievolì. Le intuizioni di Liane erano state giuste. Doveva essere, questa, una gran brutta giornata per lui. «Ha pianto come un bambino piccolo. Mi ha spezzato il cuore. E sua madre, domani, parte per andare a Palm Beach due settimane e non lo porta con sé.» Sospirò. «Tutto come prima. E purtroppo io non posso farci un accidenti di niente!»

«Chissà... forse quando tornerai...» Le parole di Liane non erano che un'eco dei pensieri di Nick.

«Certo, allora vedrò di far qualcosa. Del resto, il mio avvocato mi aveva detto che, per ricorrere in appello, dovevo aspettare un po' di tempo. Se non altro, so che è al sicuro con loro. Markham è un perfetto cretino ma tutto quello che lo interessa è la bella vita. Non farà alcun male a mio figlio.» Non era ciò che aveva detto in precedenza ma, ormai, non gli restava altra scelta. Sapeva che Hillary non avrebbe mai riversato il suo affetto sul bambino, però lo avrebbe sorvegliato e tenuto d'occhio. Era come lasciare Johnny con due sconosciuti per tutta la durata della guerra. «E poi, anche Brett Williams li terrà d'occhio per vedere come vanno le cose. Se la situazione si dimostrasse insostenibile, interverrà personalmente. È il meglio che ho potuto fare prima di partire.»

Liane ascoltava, col cuore che le doleva per lui; sapeva quanto volesse bene al bambino. Una buona parte delle ragioni per le quali lo aveva lasciato libero, era questa. «È forse per questo motivo che ti sei arruolato, Nick?»

«Più o meno. Avevo bisogno di dare un taglio netto a tutto. E poi c'era una guerra da combattere. È stato quasi un sollievo dopo quest'ultimo anno!»

«Bene, non darti alla pazza gioia quando ti faranno imbarcare!» Era quasi convinta che Nick avrebbe dovuto rimanere a casa a tener d'occhio suo figlio personalmente e, a volte, perfino Nick lo pensava, però era contento di essersi arruolato nell'esercito, soprattutto da quando l'aveva ritrovata.

«Non sono ancora partito.» Sorrise, in piedi nell'ingresso dell'albergo, appoggiato contro la parete. Poi decise di fare una mossa ardita. «Immagino che non sia possibile vederti quest'oggi, Liane?»

Ci fu un attimo di silenzio. «A dir la verità, dovrei stare qui con le bambine e...» Liane lasciò la frase in sospeso. Non sapeva che cosa dirgli. Voleva fargli capire che, per lei, in quell'ultimo anno e mezzo niente era cambiato. I suoi sentimenti erano sempre gli stessi. Nei confronti di lui, e di Armand. Come la sua decisione di metter fine alla loro relazione: anche quella non era mutata.

«Capisco.» Però Liane sentì di nuovo quanto fosse desolata la voce di Nick e provò una fitta al cuore. In fondo al suo cervello sentì squillare un campanello di allarme, ma stavolta non vi diede ascolto. Che male c'era? Dopotutto, era Natale.

«Sei hai piacere di venire qui nel pomeriggio...» Ci sarebbero state le bambine, e anche lo zio.

«Sì, mi farebbe moltissimo piacere.»

«Verso le quattro?»

Nick strinse convulsamente il telefono in pugno. «Grazie, Liane. Lo apprezzo molto.»

«Per carità, non dire cose simili. Sei un vecchio amico.»

Ci fu un silenzio, poi lui, finalmente parlò: «È questo che io sono?»

«Sì.» La voce di Liane era dolcissima, ma ferma.

«Buono a sapersi.»

Nick arrivò puntuale alle quattro e le bambine furono felici di rivederlo. George non nascose la propria sorpresa.

«Non sapevo che ci saremmo rivisti così presto.»

«Ho l'impressione che sua nipote abbia provato un po' di compassione per me, un povero marinaio in una città sconosciuta.» Lo zio George scoppiò a ridere e Nick si mise a giocare con le bambine. Dopo un po' Liane propose a tutti di andare a fare una passeggiata verso il Presidio. George disse che preferiva rimanere a casa ad aspettarli; era curioso di leggere il nuovo libro avuto in regalo. Sorrise a Nick. Gli altri infilarono i cappotti e uscirono; le bambine correvano avanti, Marie-Ange su due gambe che parevano diventate più lunghe e slanciate del solito, due gambe da puledrina, mentre Elisabeth la rincorreva.

«Si stanno facendo due bellissime ragazzine. Quanti anni hanno adesso?»

«Elisabeth ne ha nove, e Marie-Ange undici. E John quanti anni ha? Dovrebbe averne quasi undici, vero?»

Nick annuì. «Come passa presto il tempo, vero?»

«A volte.» Ma Liane stava pensando ad Armand e Nick, accorgendosene, si voltò subito a chiederle: «Come sta? È sempre in Francia?»

Liane annuì. «Sì.»

«Pensavo che, ormai, fosse anche lui nell'Africa del Nord.»

Allora Liane guardò fissamente Nick e si fermò. Inutile fingere con lui. Si accorse di non riuscire più assolutamente a sopportarlo. «Armand è con Pétain.» Nick la guardò, ma non sembrò sbalordito.

«Sai cosa ti dico? Quando eravamo sul transatlantico, ho avuto la sensazione che sarebbe andata a finire così. Non so perché ma è la verità. Che cosa ha significato, questo, per te, Liane?» Sapeva che nei sentimenti di Liane per suo marito non era cambiato niente, in caso contrario, glielo avrebbe già detto prima.

«È difficile spiegarlo. È stato molto duro per le bambine.» Gli raccontò quello che era successo a Washington e la faccenda delle croci uncinate. Nick trasalì.

«Che cosa terribile per loro... e perché...» le frugò con lo sguardo negli occhi e vi lesse una nuova tristezza.

«Perché siamo venute qui, all'Ovest? È stato più facile, grazie allo zio George.»

«Lui sa che cosa sta facendo Armand?»

«Lo sapeva prima che noi arrivassimo.» Sospirò lievemente; poi riprese il cammino per non essere troppo distanziati dalle bambine. Era stato un sollievo raccontare tutto a Nick; in passato, erano sempre riusciti a parlarsi molto apertamente e non c'era nessuna ragione perché, adesso, le cose cambiassero. Dopotutto, erano ancora amici. «Non approva, naturalmente, e pensa che io sono pazza.» Poi gli descrisse i suoi tentativi di trovarle un compagno, magari un nuovo marito, durante le prime settimane dopo il suo arrivo a San Francisco e scoppiarono a ridere tutti e due. «È un gran caro vecchio! Una volta non provavo molta simpatia per lui, né affetto, ma con il passare degli anni si è molto addolcito.»

Nick scoppiò a ridere. «E noi? Capita a tutti.»

«È stato incredibilmente buono con noi.»

«Mi fa piacere. Ero preoccupatissimo per te. Chissà per quale motivo ho sempre avuto la convinzione che ti trovassi a Washington. Quando ne siete partite?»

«Subito dopo il Thanksgiving Day, l'anno scorso.»

Nick assentì, poi tornò a guardarla. «C'è qualcos'altro, vero?»

«A quale proposito?» Liane non riusciva a seguire completamente il filo del pensiero di Nick.

«A proposito di Armand che lavora con Pétain.»

Liane smise di camminare ancora una volta e lo guardò stupita. Come faceva a saperlo? Qualcosa che le era sfuggito, parlando? Tuttavia assentì. Si fidava pienamente di lui. Era la prima volta che si decideva ad ammetterlo con qualcuno. Il farlo sarebbe bastato a mettere in pericolo la vita di Armand eppure Liane sapeva che il suo segreto era al sicuro con Nick. «Sì.»

«Questo deve renderti la situazione ancora più difficile. Ricevi sue notizie?»

«Me le manda più spesso che può. Però rischia molto se mi dice troppo. Gran parte delle sue lettere mi arrivano attraverso i canali segreti della Resistenza.»

«Sono stati straordinariamente bravi in Francia.» Liane annuì; poi continuarono a camminare in silenzio. La possibilità di essere sincera e onesta con lui, per quel che riguardava Armand, glielo faceva sentire più vicino. Nick era un amico autentico e schietto e Liane, dopo qualche minuto, gli lanciò uno sguardo, sorridendo piena di gratitudine. «Grazie per avermi consentito di raccontarti tutto questo. Ci sono stati momenti in cui ho creduto di impazzire. Tutti credono... o per lo meno lo credevano a Washington... Lui non è un uomo del genere.» Mai e poi mai sarebbe riuscito a immaginare Armand che lavorava con profonda convinzione al fianco di Pétain; per quanto poco lo conoscesse, sapeva che non era il tipo da farlo. Si augurava soltanto che i tedeschi non fossero altrettanto furbi.

Liane, adesso, sentì il bisogno di spiegargli ancora qualcos'altro. Nick era stato corretto con lei, altrimenti mai e poi mai glielo avrebbe confidato. «Ecco perché... non potevo, Nick. Non era possibile con quello che Armand sta facendo in Francia. Non se lo merita.»

«Lo so. Ho capito.» I suoi occhi si posarono su Liane colmi di dolcezza. «Va bene così, Liane. Hai fatto la cosa più giusta. E io so come dev'essere stato penoso.»

«No, non lo sai.» Liane scrollò il capo e Nick si accorse che portava il braccialetto che lui gli aveva regalato la sera prima. Gli fece piacere vederglielo al braccio, con l'oro che luccicava lievemente al pallido sole invernale.

«È stato altrettanto penoso anche per me. Non so quante volte ho afferrato il telefono per chiamarti. Un centinaio, forse!»

«Anch'io.» Liane sorrise e lanciò uno sguardo alle sue figlie che erano un poco più avanti. «Sembra che sia passato molto tempo, vero?» Poi posò nuovamente lo sguardo su Nick e lui scrollò il capo.

«No. Sembra ieri.»

E in un certo senso, era la stessa cosa anche per lei. Nick non era cambiato, come lei, del resto, anche se il mondo intorno a loro, sì. Anche troppo.

Poi Nick cominciò a giocare a rincorrersi con le bambine e Liane si unì a loro; risero, corsero, e alla fine rientrarono a casa con le guance rosee e gli occhi scintillanti. George fu felice di vederli arrivare perché riempivano di vita la vecchia casa. Adesso gli pareva veramente che fosse Natale, ed era la stessa cosa per tutti gli altri. Invitarono Nick a fermarsi per la cena natalizia e, quando li lasciò quella sera, tardi, ormai erano tutti diventati grandi amici. Liane lo accompagnò alla porta. Nick si soffermò sulla soglia e le sorrise.

«Forse hai ragione. Forse adesso è diverso. Ti voglio più bene ancora di prima. Siamo diventati molto più maturi, tutti e due.»

Liane scoppiò in una risata. «Forse tu, Nick! Quanto a me, credo di essere semplicemente diventata più vecchia.»

«Raccontalo a qualcun altro!» Poi scoppiò a ridere e la salutò con un gran gesto della mano mentre si avviava verso il tassi che lo attendeva. «Buona notte, grazie. Buon Natale!» le gridò mentre il tassi si metteva in movimento e Liane rientrò in casa con un sorriso felice. Troppo felice, concluse, guardandosi nello specchio. Ma non poteva far niente per smorzare il vivido luccichio dei suoi occhi, per annullare il gran sollievo che provava, andando a letto. Era stato bello potersi confidare con Nick e dividere con lui il peso che le gravava sulle spalle.

43

NICK comparve all'improvviso nell'ufficio della Croce Rossa, da Liane, pochi giorni dopo Natale. Aveva sbrigato qualche commissione per la città e adesso si trovava con un pomeriggio libero. Quando entrò nell'ufficio, almeno una mezza dozzina di donne smisero immediatamente di lavorare per guardarlo con gli occhi sgranati. In divisa, Nick era più bello che mai. Liane scoppiò a ridere.

«Se non stai attento, finirai per far scatenare un eccidio, qua dentro!»

«Ti faccio delle ottime pubbliche relazioni, non te ne sei accorta? Cosa ne diresti di andare insieme a pranzo? E non raccontarmi che non puoi oppure che hai qualche incarico da sbrigare per quel povero zio George, perché non crederò a una sola parola di quello che mi dirai. Cosa ne penseresti di andare al *Mark Hopkins* a pranzo, vecchia amica?» Liane ebbe un attimo di incertezza ma Nick si affrettò ad andare a prenderle il cappotto e il cappellino e glieli mise in mano. «Su, vieni.» Era impossibile resistergli.

«Ma... tu non hai nient'altro da fare... andare in guerra a combattere, per esempio?»

«No, per il momento no. Abbiamo ancora tempo di andare a pranzo, grazie a Dio! E poi... George dice che tu non esci mai. Non ti rovinerai la reputazione a uscire a pranzo, alla piena luce del giorno! Possiamo anche sederci a due tavole separate se preferisci.»

«Va bene, va bene! Mi hai convinto.» Liane era di umore sereno e spensierato e Nick anche. Fu quasi come ai vecchi tempi del *Normandie*, quando avevano giocato a tennis. Sedettero a un bel tavolo e si poterono godere il panorama. Nick le raccontò un sacco di storie divertenti sugli uomini della base militare e su quelli che alloggiavano al suo stesso albergo e, per la prima volta da anni, Liane si sentì viva di nuovo. Nick era una persona con la quale si stava bene in compagnia, spiritoso, intelligente, ma, a un certo punto, la colse completamente di sorpresa perché le domandò che cosa aveva intenzione di fare la sera di Capodanno.

«Aspetta. Non dirmelo. Lascia che indovini. Resti in casa con lo zio George e le bambine.»

«Giusto!» Liane sorrise. «Hai vinto il primo premio.»

«Bene, invece a te spetta quello per l'ultimo arrivato! Perché non lasci che ti inviti fuori in qualche posto? Con me, non corri rischi. E se dovessi comportarmi male, potrai chiamare la Military Police e farmi trascinar via incatenato.»

«Che cosa avevi in mente?»

«Vuoi dire che ho qualche speranza?»

«Neanche un po'! Volevo soltanto sapere che cosa perderei a non venire con te.»

«Oh, per amor di Dio!» Nick le sorrise. «Su, Liane, da brava! Ti farebbe bene. Non puoi rinchiuderti eternamente in quella casa.»

«Sì, invece, che posso! E poi, lì dentro sono felice.»

«Ma non va bene! Quanti anni hai?» Cercò di contare a ritroso. «Trentatré?»

«Ne ho trentaquattro.»

«Oh, in tal caso... non immaginavo che tu fossi così vecchia. Bene, io adesso ho quarant'anni. E sono vecchio abbastanza per sapere quello che è bene e quello che è male per te. E sono convinto che dovresti uscire.»

«A sentirti, sembri lo zio George.» Non si era lasciata convincere però sembrava divertita.

«Ehi, un momento! Aver quarant'anni è una cosa... però non son vecchio fino a quel punto!»

«Neanche lui... anzi, ha il cuore giovane! Sai che, ai suoi tempi, è stato un autentico libertino?»

Nick sorrise. «Glielo si legge ancora negli occhi. E adesso, non cercare di cambiare argomento. Dunque, per Capodanno che cosa si fa?»

«Prima di tutto pranziamo, poi penseremo al Capodanno. Sai una cosa? Anche tu, se ci provassi, potresti essere un bel tipo di libertino! Magari lo sei anche senza che ti ci provi!»

«Non è il mio stile.» La guardò con aria grave. «Quello a cui pensavo era una serata tranquilla tra vecchi amici che se la sono vista brutta e conoscono le regole del gioco. Almeno questo, ce lo meritiamo. Altrimenti che cosa potrei fare? Rinchiudermi in quel mio pessimo albergo mentre tu rimani in casa? Potremmo andare al *Fairmont* a cena o qualcosa del genere.»

«Già, immagino che potremmo farlo.» Lo guardò, ma non si sentiva del tutto sicura delle sue decisioni. «Non sarebbe pericoloso?»

Era una domanda ben precisa e Nick la guardò dritto negli occhi.

«Sarai al sicuro al cento per cento. Voglio essere onesto con te: ti amo ancora, ti ho sempre amata dal primo momento in cui ti ho vista e, probabilmente, ti amerò sempre. Ma non farò mai niente che ti possa addolorare od offendere. Capisco ciò che provi per Armand, e lo rispetto. So quali sono le barriere che ci separano. Ma questo non è il *Deauville* e neppure il *Normandie*. Questa è la vita reale.»

Liane, guardandolo, mormorò sommessamente: «Anche quella è stata reale».

Nick le prese dolcemente una mano. «Lo so bene! Però ho sempre capito che cosa avresti voluto fare, in seguito, e l'ho rispettato. Adesso io sono libero, Liane, ma tu no; va bene ugualmente. Mi basta essere con te e sono felice. Per noi, c'è stato molto, molto di più di un puro e semplice...» Non sapeva come pronunciare quelle parole e Liane lo capì.

«Questo lo so.» Sospirò e si appoggiò lievemente indietro sulla seggiola con un sorriso. «È strano che le nostre strade si siano incontrate di nuovo, non trovi?»

«Sì, suppongo che si possa definire così quello che è accaduto. Ma io sono felice che si siano incontrate di nuovo. Ormai ero fermamente convinto di non rivederti mai più a meno di non venire a Washington, una volta o l'altra, e di incontrarti per caso in strada. Oppure, magari, a Parigi, fra dieci anni, con Armand...» Nick si pentì immediatamente di aver pronunciato quel nome perché Liane aveva assunto, di nuovo, un'espressione dolorosa. «Liane, Armand ha fatto una scelta ben precisa, una scelta difficile, e tu ti sei schierata dalla sua parte. Impossibile fare più di così. Chiuderti in casa, con il fiato sospeso, consumarti lentamente o logorarti, non renderebbe le cose più facili a lui. Devi continuare la tua vita, tu!»

«È quello che cerco! Ecco perché ho accettato quel lavoro con la Croce Rossa.»

«Lo immaginavo. Però devi fare ben altro!»

«Già, forse.» Ciò che Nick diceva era pieno di buon senso; se si decideva a cominciare a uscire un po', le sarebbe piaciuto farlo con lui. Nick la capiva. E poi, come si faceva a sapere per quanto tempo ancora sarebbe rimasto in città? Ormai avrebbero potuto farlo imbarcare da un giorno all'altro. «Va bene, amico mio, sarò onorata di dare il saluto all'anno nuovo, al 1942, in tua compagnia.»

«Grazie, bella signora!» Nick pagò il conto e la riaccompagnò in ufficio; poi le sembrò che il pomeriggio passasse in un baleno. Provò una gran gioia a tornare a casa e a rivedere George e le bambine. Allo zio non sfuggì l'espressione della sua faccia, ma non disse una parola. Quella sera, con aria noncurante, Liane accennò brevemente al fatto che sarebbe uscita a cena con Nick la sera di Capodanno.

«Un'ottima idea!» Ormai George la conosceva bene e, di conseguenza, non ebbe il coraggio di aggiungere altro, ma si augurò che cominciasse a nascere qualcosa con «il ragazzo Burnham». Sprofondò il naso nel libro che stava leggendo e Liane salì a chiacchierare con le bambine; a cena, quella sera, non una sola parola venne pronunciata, ancora, su Nick.

Liane non gliene parlò più fino a quando scese al pianterreno, la sera di Capodanno, indossando un abito che aveva comprato quattro anni prima in Francia. L'abito era ancora stupendo, come Liane. George la contemplò con un risolino soddisfatto mentre Liane aspettava che Nick arrivasse e fischiettò sommessamente fra i denti. Lei si mise a ridere.

«Niente male... niente male affatto!»

«Grazie, signore.» L'abito aveva le maniche lunghe e il collo alto, era di lana nera, lungo fino ai piedi, ma il corpino era tempestato di perline di *jais* neri e lucenti, come il berrettino analogo che le copriva i capelli biondi raccolti in un semplice nodo. Alle orecchie portava due piccoli orecchini a *clips* di brillanti. L'effetto complessivo era quello di una toilette semplice, elegante, da gran dama, e pareva perfetto su Liane. Nick pensò la stessa cosa al suo arrivo. Rimase immobile nell'atrio d'ingresso per un attimo a fissarla. Poi si lasciò sfuggire un fischio sommesso, imitando George. Era la prima volta da molti anni che Liane provava di nuovo la sensazione di essere una bella donna ammirata dagli uomini; le fece piacere. Nick salutò George e Liane gli diede un bacio, augurandogli la buonanotte.

«Non tornare presto, sarebbe un peccato sprecare quel vestito. Vai a farlo un po' ammirare in giro!»

«Cercherò di fare del mio meglio per tenerla fuori il più a lungo possibile!» Nick strizzò l'occhio vistosamente a George e tutti e tre scoppiarono a ridere. Le bambine erano già andate a letto. Quando uscirono di casa e salirono sull'automobile che Nick si era fatto prestare, si accorsero che l'atmosfera della serata era festosa. «Mi spiace di non poter competere con te in eleganza, Liane, con la mia divisa!»

«Vuoi che facciamo cambio?»

Nick scoppiò a ridere guardandola e raggiunsero il *Fairmont* di ottimo umore. Nick aveva prenotato un tavolo nella Sala Veneziana; ci entrarono, Nick ordinò dello champagne, fecero subito un brindisi l'uno all'altro e si augurarono che l'anno che stava per nascere fosse migliore di quello passato per tutti e due. Poi Nick ordinò bistecche, precedute da gamberetti e caviale. Era ben diverso dalle prelibatezze che servivano sul *Normandie*, ma si trattava egualmente di un pasto decoroso e tutti e due si sentivano sereni e distesi. Dopo il dessert, fecero qualche ballo e Nick si accorse di essere più felice di quanto non fosse stato da molto tempo. Per Liane, fu la stessa cosa.

«Sei una persona con la quale ci si sente a proprio agio, lo sai? Lo sei sempre stato.» Era una delle prime cose che Nick aveva notato in Liane, nei terribili giorni di infelicità che aveva vissuto con Hillary. Gliene accennò adesso e Liane sorrise.

«Sei stato fortunato a venir fuori da quella situazione, lo sai?»

«Oh, sì, Dio mio! Lo sapevo già fin da allora. Però tu lo capisci per quale motivo ero rimasto, vero?» A motivo di John. «A ogni modo, quella è acqua passata, e adesso siamo quasi arrivati all'anno nuovo.» Diede un'occhiata all'orologio che aveva al polso. «Non hai intenzione di fare qualche promessa a te stessa, di prendere qualche decisione per l'anno che sta per arrivare, Liane?»

«Nemmeno una.» Sembrava appagata. Gli sorrise. «E tu?»

«Sì, io credo di sì.»

«Quale sarebbe?»

«Di non farmi ammazzare.» La guardò dritto negli occhi e Liane ricambiò quello sguardo. Indicava, in modo molto significativo, una realtà: da un momento all'altro Nick avrebbe potuto partire per le zone di combattimento e quelle cenette così simpatiche e piacevoli non rappresentavano che un intermezzo... Improvvisamente Liane restò impietrita e cominciò a pensare a lui, ad Armand, agli altri intorno a loro, che stavano per partire per la guerra. Il salone rigurgitava di uomini in uniforme. Dalla sera alla mattina San Francisco era diventata una città di soldati.

«Nick...» per un attimo restò incerta pensando a ciò che aveva da dire.

«Non importa, ho detto una cosa stupida.»

«No, non è vero. Cerca solo di mantenere la promessa!»

«Certo! Devo ancora far in modo di riavere Johnny con me.» Era una meta da raggiungere al suo ritorno. «Nel frattempo, vuoi ballare?»

«Sì, signore!» Cominciarono a volteggiare per la pista da ballo al ritmo di *The Lady's in Love with You.* E parve che fosse passato solo qualche attimo da quando avevano cominciato a ballare quando si sentirono fischi, ululati di sirene, suoni di ogni genere e coriandoli lanciati in aria e, all'improvviso, le luci si abbassarono, tutti si scambiarono baci, la musica continuò... Nick e Liane si ritrovarono fermi al centro della pista da ballo, con gli occhi negli occhi, abbracciati; allora Nick la strinse a sé proprio mentre Liane alzava la faccia verso quella di lui e le loro labbra si incontrarono. E mentre si baciavano, il resto della sala scomparve e fu come se si ritrovassero ancora sul *Deauville*... perduti l'uno nelle braccia dell'altro... finché furono costretti a staccarsi perché si sentivano mancare il fiato. Liane non si tirò indietro per sciogliersi da quella stretta.

«Buon anno, Nick.»

«Buon anno, Liane.» Poi si baciarono di nuovo. Non avevano bevuto champagne a sufficienza per dare la colpa al vino di ciò che stavano facendo, ma restarono sulla pista e danzarono ancora a lungo finché Nick la riaccompagnò a casa. E si soffermarono davanti alla porta. Nick abbassò gli occhi verso di lei.

«Ti devo fare le mie scuse, Liane. Non sono stato alle regole, stasera.» Ma la verità era che, negli ultimi due anni, sarebbe stato pronto a dare il braccio destro per fare ciò che aveva fatto quella sera. «Mi spiace, non avevo intenzione...» Ma lei, alzando una mano, gli aveva sfiorato le labbra con la punta delle dita.

«Nick, no... va bene così...» Qualcosa di ciò che le aveva detto, l'aveva commossa profondamente, quando aveva dichiarato di ripromettersi, nell'anno nuovo, di non restare ucciso. D'un tratto Liane capì che dovevano approfittare di tutti quei momenti fintanto che potevano. Già una volta avevano imparato che momenti simili potevano anche non tornare più. Avevano ricevuto, quasi come un dono, questa seconda possibilità di ritrovarsi. E adesso lei non se la sentiva di respingerla. Non lo voleva più. Voleva soltanto lui.

Nick le baciò la punta delle dita, e poi gli occhi, e le labbra. «Come ti amo!»

«Anch'io ti amo.» Si staccò da lui e gli sorrise. «Adesso non abbiamo più il diritto di sprecare tutto ciò. Abbiamo fatto quello che era nostro dovere, prima, e lo faremo ancora... ma in questo preciso istante...» Nick la attirò contro di sé e la strinse al cuore con una violenza che la colse di sorpresa.

«Ti amerò per tutta la vita. Lo capisci, questo?» Lei annuì. «E quando mi dirai di andarmene, ubbidirò. Capisco come stanno le cose, come saranno in futuro.»

«So bene che lo capisci. » Gli sfiorò ancora la faccia in una carezza mentre Nick la stringeva a sé. «Allora non occorre più parlarne.» Si staccò dolcemente da lui, alla fine, e aprì la porta con la chiave che aveva sempre con sé. Nick le diede il bacio della buona notte e Liane restò a guardarlo mentre si allontanava al volante della macchina. Ormai era impossibile fermare il corso delle cose e, del resto, nessuno dei due lo desiderava. Avevano cercato di opporre una barriera al corso degli avvenimenti per quasi due anni ma adesso non lo potevano fare più... impossibile... del resto, Liane non aveva nessun rimpianto. Salì a passo lieve, silenzioso, le scale, si spogliò e andò a letto; e, quella notte, il suo sonno fu privo di sogni. Mentre dormiva, senza sognare nulla, fino alla mattina, le parve di fluttuare in un'atmosfera colma di pace, di luce e di gioia.

44

Il giorno di Capodanno Nick passò a salutarla e restarono insieme, in biblioteca, a chiacchierare davanti al fuoco. Nesssun accenno a ciò che era accaduto la sera prima. Era come se non si fossero separati e avessero continuato a vivere insieme e Liane si fosse aspettata di rivederlo. Perfino le bambine non parvero sorprese quando, rientrando dal giardino, lo trovarono con la mamma.

«Ciao, zio Nick.» Elisabeth gli buttò le braccia al collo rivolgendo a sua madre un sorrisino imbarazzato. «Dobbiamo ancora continuare a chiamarlo Mr. Burnham?»

«Non tocca a me dirlo.» E sorrise alle due bambine. Era bello vederlo con le sue figlie. Da troppo tempo non avevano un uomo in casa, a parte lo zio George, e Liane capiva che era bene per loro.

«Bene, zio Nick?» Elisabeth si rivolse a lui, stavolta. «Possiamo?»

«Non vedo perché no!» Le accarezzò i capelli biondi morbidi come la seta che somigliavano tanto a quelli di sua madre. «Anzi, ne sono lusingato.» Marie-Ange imitò la sorellina, poi scapparono in giardino a giocare e lo zio George scese da basso.

«Ho appena finito quel libro. È veramente ottimo.» Sorrise a chi gli aveva offerto quel godimento. «Sarò lieto di prestarglielo, se ha tempo di leggere.»

«Grazie mille.» Come al solito, nel giro di pochi minuti i due uomini cominciarono a parlare delle notizie della guerra. Il mondo era ancora sconvolto per l'affondamento, da parte dei giapponesi, delle navi da guerra inglesi *Prince of Wales* e *Repulse* al largo della costa della Malesia, quattro giorni dopo Pearl Harbor. La perdita in vite umane, su entrambe le navi, era stata terribile e il *Prince of Wales* era affondato insieme al suo ammiraglio. Era stata la nave da guerra con la quale Churchill si era recato ad Argentia Bay, quando doveva incontrarsi con Roosevelt per firmare la Carta Atlantica. «Suppongo che lei non sappia ancora a quale nave è stato assegnato, vero?»

«Nossignore, ma dovrei saperlo presto.» George assentì e poi guardò Liane.

«Eri molto carina ieri sera, mia cara. Spero che vi siate divertiti.»

«È stata una serata molto piacevole.» Poi accennarono al gran numero di uomini in divisa che avevano visto all'albergo in cui avevano cenato. Da tre settimane e mezzo, cioè da quando Pearl Harbor era stata attaccata, pareva che l'intero paese si fosse arruolato e tutti i giovanotti di loro conoscenza erano stati chiamati alle armi. «A dir la verità, sapete, sono molto meravigliato che mi abbiano mandato qui. Da certe voci che ho sentito pareva che gli Stati Uniti fossero molto più interessati a spazzar via completamente i tedeschi prima di scendere in campo contro i giapponesi.» Nei giorni immediatamente successivi a Pearl Harbor, i tedeschi avevano lanciato una violentissima offensiva sottomarina nell'Atlantico e molte navi erano state affondate a una distanza paurosamente ravvicinata dalla costa orientale. Adesso i porti più importanti, quello di New York, di Boston, e di Norfolk, venivano protetti da mine, reti subacquee e convogli di navi che viaggiavano sotto la costa e tutti si domandavano se i tedeschi avrebbero osato farsi ancora più vicini. Ormai, sulla costa est e su quella ovest, ogni notte c'era l'oscuramento.

«A dir la verità, sembra che ci stiano attaccando da entrambi i lati.» George si mise a fissare il fuoco con gli occhi colmi di preoccupazione. Mai la sua madrepatria era stata minacciata direttamente, in precedenza, e quanto era accaduto lo lasciava tuttora sconvolto e angosciato. Guardò Nick e scrollò la testa. «Sa cosa le dico? Vorrei essere giovane abbastanza per fare come lei.»

«Io, no.» Liane guardò lo zio. «Qualcuno dovrà pur rimanere qui con noi... oppure non ci avevi pensato?» George le sorrise e le accarezzò una mano.

«Questa, mia cara, è l'unica consolazione che mi resta.» Poi li lasciò e salì nello studio, comunicante con la sua camera da letto di sopra, a leggere il giornale del pomeriggio. Nick e Liane rimasero soli. Nick la guardò a lungo e poi le prese una mano fra le proprie.

«Ieri sera ho passato ore indimenticabili, Liane.»

«Anch'io.» I suoi occhi incontrarono quelli di Nick senza incertezze. Perfino alla piena luce del giorno non aveva nessun rammarico al pensiero di averlo baciato, la sera prima. Era ricomparso nella sua vita come una nave che segue una rotta sconosciuta, e forse, adesso, almeno per un certo periodo di tempo avrebbero potuto veleggiare insieme. Per quanto, sapeva che non lo avrebbero fatto a lungo; a un certo momento, Nick avrebbe dovuto imbarcarsi. Forse era quello il loro destino, ecco ciò che aveva pensato quella mattina stessa, ritrovarsi, di tanto in tanto, nel corso della loro esistenza e offrirsi reciprocamente la forza necessaria per tirare avanti. Nick lo aveva fatto per lei, come già una volta in precedenza. Quella mattina Liane si sentiva più calma di quanto non fosse mai stata da un anno e le sembrava che un'atmosfera di serenità e di pace li circondasse.

«Nessun rammarico?»

Liane gli sorrise. «Non ancora.» Poi gli spiegò a che cosa aveva pensato.

«È buffo ma anch'io, tornando a casa ieri sera, ho fatto pressappoco le stesse riflessioni. Chissà, forse questo è tutto ciò che riusciremo mai ad avere... ma, può darsi che sia abbastanza.» I loro occhi si incontrarono e restarono fissi gli uni negli altri; poi Nick le parlò di un'idea che gli era balenata quella mattina stessa. «Credi di poter venir via per qualche giorno, Liane?»

«Che cosa avevi in mente?»

La voce di lui si fece molto sommessa, dolcissima. «Stavo pensando a passare qualche giorno a Carmel. Che cosa te ne pare?»

Liane gli sorrise serenamente, stupita di fronte alle proprie reazioni. Ma, adesso, non voleva rifiutare a se stessa qualcosa che aveva desiderato disperatamente, e per molto tempo. Sapeva, in fondo al cuore, che non l'avrebbe potuto rifare mai più. Però almeno questa volta... questa volta ancora... «Credo che sarebbe meraviglioso. E tu? Pensi di poter venir via?» Si impose di non pensare ad Armand, per il momento.

«Purché lasci un numero telefonico dove possono rintracciarmi. Il prossimo weekend avrò un permesso di tre giorni. C'è qualche posto particolare dove ti piacerebbe andare?»

«Sono anni che non vado più a Carmel...» restò un momento soprappensiero. «Che cosa ne diresti del *Pine Inn*?»

«Affare fatto. Pensi di poter partire venerdì mattina?» Poi aggrottò le sopracciglia. «E le bambine? Che cosa diranno?»

Lei ci pensò un momento, poi scrollò la testa. «Dirò che si tratta di qualcosa che devo fare per la Croce Rossa.»

Lui sorrise, perché provava la sensazione di essere un ragazzo scapestrato che stava per rapire una verginella ai genitori. «Una spiegazione molto probabile. Però sta' attenta quando saranno loro che cominceranno a raccontare *a te* storielle del genere, fra qualche anno!»

Liane sorrise felice, guardando Nick. «Le ammazzerò!» Allora lui scoppiò a ridere; poi continuarono a chiacchierare per un po' e infine uscirono in giardino a cercare le bambine. Nick se ne andò poco dopo, prima di cena, per quanto lo avessero invitato a fermarsi; doveva cenare con il suo comandante. Allora Liane lo accompagnò alla porta e Nick la fissò intensamente mentre si salutavano. Erano soli nell'ampio atrio d'ingresso marmoreo, cupo come una caverna, quando Nick si chinò a baciarla dolcemente pronunciando queste parole: «Non dimenticare quanto ti amo».

Durante il weekend e per il resto della settimana successiva, non ebbe praticamente un momento di libertà, però le telefonò il giovedì sera per avere una conferma dei loro piani. Lo zio George, di proposito, non aveva domandato sue notizie e Liane non aveva menzionato Nick neppure una volta. «È tutto stabilito per domani?»

«Certo. E per quel che ti riguarda?» Aveva detto, in famiglia, di dover andare a un seminario della Croce Rossa per tre giorni a Carmel e le era sembrato che tutti ci credessero.

«Tutto bene.» Poi Nick scoppiò a ridere. «Sai cosa ti dico? Mi sento nervoso come un ragazzino.»

D'un tratto, anche lei scoppiò in una risatina convulsa. «Esattamente come me.»

«Forse siamo pazzi a fare una cosa del genere. Forse, in fondo, è stata soltanto una di quelle storie d'amore che nascono su una nave e su una nave muoiono e siamo due bei matti a cercare di farla rivivere.» Era una cosa molto onesta da dire ma, ormai, fra loro esisteva una grande intimità. Si sentivano disinvolti, a loro agio, malgrado non si fossero visti per tanto tempo e avessero soltanto pochi baci a rammentare il passato.

«Potremmo allagare la stanza e far finta che stiamo affondando.»

«Non credo che sia una cosa molto spiritosa.»

«Scusami. È stata una battuta di cattivo gusto.» Tuttavia scoppiarono a ridere ugualmente. Ridevano molto, quando erano insieme; era qualcosa che Nick non faceva da molto tempo, come Liane, ed era bello che fosse così.

La mattina dopo Liane uscì di casa con un passo lieve e scattante e un sorriso che faticava a nascondere. Si accorse di essere ben felice che le bambine avessero ricominciato a frequentare la scuola già da tre giorni e, in tal modo, non potessero vederla uscire di casa appena prima di mezzogiorno. Quanto allo zio George, era in ufficio. Prese un tassì per raggiungere l'albergo di Nick il quale stava passeggiando nervosamente avanti e indietro sul marciapiede, fumando una sigaretta.

«A vederti, si direbbe che tua moglie sta per avere un bambino», disse ridendo mentre Nick pagava il tassì.

«D'un tratto sono stato colto dal panico. Avevo paura che tu non venissi.»

«Di' la verità: avresti preferito, piuttosto, che non mi facessi vedere?» Ma, per tutta risposta alla sua domanda, Nick la prese fra le braccia e la baciò con ardore sulla bocca. Rimasero lì stretti a quel modo a lungo e due Marines che passavano fecero un versaccio e si misero a fischiare.

«Cosa ti sembra?» Per rispondergli, lei si limitò a sorridere. Era felice di essere venuta. In tassì, era stata colta dallo stesso nervosismo di Nick e, a un certo momento, era stata lì lì per farlo tornare indietro. E se avessero avuto un incidente e George e le bambine lo avessero saputo? E se... però era venuta e adesso ne era felice. Nick andò a mettere la sua valigetta nel bauletto della macchina che si era fatto prestare e partirono per Carmel, cantando e ridendo come due bambini.

Il viaggio, lungo la costa, fu stupendo e il tempo magnifico, anche se piuttosto fresco. Si fermarono a pranzo in un ristorante lungo la strada e raggiunsero Carmel verso le quattro del pomeriggio, in tempo per una passeggiata sulla spiaggia prima che facesse buio. Lasciarono le valigie nella loro camera al *Pine Inn*, percorsero a piedi i due brevi isolati che li separavano dalla spiaggia, si infilarono le scarpe nelle tasche del cappotto e cominciarono a correre sulla sabbia, lui scalzo, lei con le calze di seta. Era stupendo sentire l'aria marina sul viso e quando, finalmente, si fermarono in fondo alla spiaggia e si misero a sedere, erano senza fiato, felici e ridenti. C'era una gran pace intorno a loro, come se tutto filasse liscio nel mondo, allora e sempre.

«Si fa fatica a credere che ci sia la guerra, vero?» Nick fissava il mare, pensando alle navi da guerra che, in una buona metà del mondo, difendevano il loro paese. Carmel pareva completamente intatto e non era invaso dagli uomini in uniforme come San Francisco. Era una piccola città sonnolenta, continuava i suoi sonni; Liane si augurò che non si risvegliasse mai. Quanto a lei, non riusciva a scrollarsi di dosso la sensazione che ogni momento doveva restare impresso nella sua memoria, per rievocarlo in futuro.

«Mi sento bene, sono felice di essere venuta via. Il lavoro che faccio alla Croce Rossa sta cominciando a deprimermi!» Sospirò e si voltò a guardarlo. Nick ne rimase sorpreso. Aveva creduto che le piacesse.

«Come mai?»

«Mi pare di non fare abbastanza. Organizzare tè per gli ufficiali e compilare elenchi non sono il mio stile. D'accordo, se non altro in questo ultimo anno non sono stata con le mani in mano! Ma preferirei molto fare qualcosa di utile.» Sospirò e Nick sorrise, ricordando come aveva lavorato coraggiosamente, con sacrificio, per salvare quegli uomini sul *Deauville*.

«Già, non l'ho dimenticato. Che cosa avresti in mente?»

«Ancora non lo so. Ci stavo pensando. Magari un lavoro d'ospedale.»

Nick le prese una mano. «Florence Nightingale.» Poi la baciò e restarono distesi sulla sabbia, l'uno di fianco all'altra, fin quando non diventò buio. Allora rientrarono all'albergo lentamente. Soltanto allora Liane si rese conto che avrebbero trascorso un weekend insieme, nella vita civile, come persone qualsiasi. Sulla nave, avevano avuto realmente la sensazione di vivere solo quando si erano trovati nell'oscurità soffocante nella cabina del primo ufficiale, durante gli oscuramenti notturni, mentre adesso, d'un tratto, si ritrovarono in una stanzetta graziosa, con doccia comunicante. Quando vi entrarono, si sentì quasi intimidita. Lanciarono contemporaneamente un'occhiata allo stanzino da bagno. Era quasi come essere due sposini in viaggio di nozze e Liane scoppiò in una risatina convulsa.

«Vuoi fare la doccia tu per primo o ci vado io?»

«Dopo di te. Del resto, molto probabilmente, tu ci metterai di più.»

Liane si caricò fra le braccia tutto l'occorrente, oltre al vestito che aveva intenzione di mettere e richiuse l'uscio. Mezz'ora dopo tornava fuori completamente vestita, con i capelli raccolti in un morbido nodo. Nick si lasciò sfuggire un fischio. «Sei stata di un'abilità incredibile... se pensi alle proporzioni di quello stanzino!» Liane si mise a ridere. Aveva fatto una gran confusione, faticato a trovar posto per tutta la sua roba e, a un certo momento, il vestito da indossare era quasi finito nella vasca da bagno, ma nessuno, guardandola, lo avrebbe mai immaginato.

«Adesso tocca a te.» Nick aveva avuto ragione. Ci mise meno tempo, ma quando uscì aveva addosso soltanto un asciugamano. Si era dimenticato di portare una divisa fresca di bucato con sé.

«Eppure ci dev'essere un altro modo di lavarsi, là dentro, più semplice del mio!» Sorrise, e Liane scoppiò in una risata.

«È strano, vero? Era molto più semplice sulla nave... eppure... se si pensa in quali condizioni eravamo!» Ma sapevano entrambi il perché. Allora, tutto era sembrato familiare e, dopo la prima volta, avrebbero potuto sopravvivere anche solo nella metà dello spazio che avevano a loro disposizione, ma adesso tutto era diverso. Nick la guardò dolcemente dalla porta del bagno e avanzò lento verso di lei.

«Quanto tempo, Liane... troppo... è stato terribile...» Rimase immobile e Liane alzò lentamente le braccia, gliele buttò al collo e lo baciò.

Allora, con molta gentilezza, Nick la attirò contro di sé. Non occorrevano parole per descrivere ciò che provavano; tutto d'un tratto il luogo dove erano o quello in cui erano stati nell'anno e mezzo precedente non avevano più importanza. Parve che i loro corpi si cercassero avidamente, era come se gli indumenti di Liane si dissolvessero sotto le mani di Nick. Poi anche la sua salvietta scivolò al suolo; allora la prese dolcemente fra le braccia e la portò sul letto e cominciò a divorarla con le labbra e con le mani. Liane, ansante per il piacere, distesa sul letto, lo lasciava fare. Passarono ore prima che si ritrovassero l'uno a fianco dell'altro, insonnoliti e appagati. Nick si girò su un fianco per contemplare Liane. Era più bella che mai.

«Salve, amore mio.»

Lei, con gli occhi pieni di sonno, gli sorrise. «Mi sei mancato, Nick... più di quanto ricordassi.» Gli baciò le spalle, il petto, gli fece scorrere pigramente un dito lungo un braccio. Fra loro, tutto era ancora meglio di prima. Oltre alla passione, c'era qualcosa di caldo, di familiare, di intimo fra loro.

Finalmente, verso le dieci, si alzarono e Nick cominciò a girellare per la stanza, nudo, ma senza vergogna, come se avessero sempre vissuto insieme. Voltò la testa a guardarla con un sorriso mentre frugava nella tasca della giacca alla ricerca di un pacchetto di Camel. «Bene, mi par di capire che abbiamo saltato la cena. Hai fame?»

Liane scoppiò a ridere scrollando la testa. Non appena Nick aveva cominciato a baciarla, non ci aveva più pensato. «Chissà, può darsi che ci lascino andare a fare incetta di un po' di roba in cucina.» Ma restarono molto meravigliati quando scesero al piano terreno dopo essersi rivestiti e scoprirono che la sala da pranzo era ancora aperta e funzionante. Scelsero un tavolo tranquillo, in un angolo, e si godettero una cena a lume di candela composta di salmone affumicato e champagne. Come dolce, Nick scelse la torta di mele *à la mode* che faceva a pugni con il resto del pasto, e Liane lo prese in giro.

«La vita militare comincia a farmi prendere delle brutte abitudini.» Però Liane accettò di dividerla con lui e risero insieme; poco dopo tornarono in camera loro. In cielo splendeva una luna stupenda e la stanza era silenziosa e accogliente. Non avevano neppure fatto in tempo a chiudere la porta che Nick la attirò di nuovo verso il letto. Fecero ancora l'amore e Liane finì per addormentarsi fra le sue braccia con un sorriso di felicità sulle labbra. Nick rimase ancora sveglio a lungo a guardarla.

45

Il giorno seguente, quando si svegliarono, chiesero di avere la prima colazione servita in camera. Seduti sul letto, nudi, mangiucchiarono un po' di *croissants* e *brioches* rubandoli l'uno dal vassoio dell'altro. Liane aveva ordinato del tè scuro, all'inglese, e Nick caffè nero. Poi, quando lei alzò gli occhi a guardarlo con un sorriso, si mise a ridere.

«Bello, vero, Liane?»

«Bello non è la parola giusta.» Era tutto molto diverso dalla vita che aveva fatto in passato con Armand, era diverso da qualsiasi altra cosa che avesse mai provato in precedenza: quasi d'istinto, sapeva che cosa avrebbero ordinato per la prima colazione come la preferenza di Nick per il caffè nero. Non solo, ma sapeva perfino il grado di calore che gli piaceva per l'acqua della doccia. Poi, si distese nella vasca da bagno mentre Nick si faceva la barba. Lui fischiettava e lei cantava; a un certo momento cantarono un duetto insieme.

Alla fine Nick si mise a ridere e si voltò verso di lei con una salvietta legata intorno alla cintola. «Niente male, eh? Magari potremo chiedere un'audizione per un programma radiofonico!»

«Certo. Perché no?» sorrise lei. Si vestirono e andarono a fare una lunga passeggiata sulla spiaggia; poi girellarono senza fretta a guardare le vetrine e le gallerie d'arte. Nick le comprò un piccolo tricheco di legno scolpito e Liane regalò a Nick un minuscolo gabbiano d'oro appeso a una catenina, d'oro anche quella. «Te la lasceranno portare, insieme alla piastrina, perché ti ricordi questa gita a Carmel?»

«Che ci si provino a impedirmelo!» Erano cosette prive di valore, ma ognuno dei due voleva un piccolo oggetto chc, nei mesi futuri, costituisse un ricordo di Carmel. Poi Liane comperò dei regalini per le bambine e per lo zio George e, rientrando in albergo, si rannicchiarono ancora al calduccio nel grande letto matrimoniale fino al momento di scendere a cena, più tardi del dovuto, come al solito.

La domenica rimasero a letto fin dopo mezzogiorno; Liane si accorse di non aver nessuna voglia di alzarsi. Sapeva che presto avrebbero dovuto tornare a casa e non voleva che quell'idillio avesse fine. Quando si distese nella vasca da bagno, i suoi occhi avevano un'espressione assorta. Senza accorgersene, fissava il sapone che stringeva in mano. Guardandola, Nick poté leggerle facilmente nel pensiero. Le accarezzò dolcemente la testa e Liane, alzando gli occhi, gli sorrise.

«Non avere quell'aria così triste, tesoro. Torneremo.»

«Credi che sarà possibile?» Ma chi poteva sapere quando Nick sarebbe stato imbarcato? Ormai poteva succedere da un giorno all'altro. Anche questa volta, però, Nick le lesse nel pensiero.

«Torneremo. Te lo prometto.»

Lasciarono definitivamente l'albergo un'ora più tardi, dopo aver fatto l'amore «ancora un'ultima volta» e Liane, dopo, scoppiò in una risatina convulsa mentre lo minacciava col dito.

«Sai che cominci a darmi delle brutte abitudini? E guarda che quando si prendono...»

«So benissimo quel che succede. Dopo l'ultima volta, per me c'è stata un'interruzione di diciassette mesi.»

«Anche per me.» Liane lo guardò con tristezza. «Di notte, ti sognavo. E la sera che ti ho rivisto da Mrs. MacKenzie, quando ho udito la tua voce mi è sembrato di impazzire.»

«È la stessa sensazione che ho provato io quando, guardando in fondo alla sala, ho visto te. Perché, vedi, era quello che mi capitava sempre a New York: guardavo davanti a me, sul marciapiede, e c'eri tu, che ti allontanavi lentamente, con gli stessi capelli biondi... allora io mi precipitavo a rincorrerti... ma non eri mai tu. Chissà quante donne, per la strada, in quel periodo devono avermi preso per un pazzo. E io...» I suoi occhi si affondarono in quelli di Liane. «E io... per molto, molto tempo, Liane, ho creduto di esserlo.» Lei assentì.

«Siamo pazzi ancora adesso.» Avevano rubato tre giorni, ma sapevano entrambi che si trattava di qualcosa che non potevano conservare. Era stato solo tempo avuto in prestito.

«Non mi dispiace. E a te?»

Lei fece segno di no con la testa. «Ieri ho pensato ad Armand... a quella che deve essere la sua vita a Parigi... eppure, chissà perché, ho capito che tutto ciò che noi stavamo facendo non avrebbe potuto mutare nulla per quel che lo riguardava. Io sarò sempre qui, per lui, alla fine della guerra.» Anche Nick lo sapeva, questo, e non se ne risentiva. Era qualcosa, in Liane, che aveva sempre accettato... perlomeno quasi sempre... e poi sapeva che l'Europa stava vivendo un inverno terribile. Però si era convinto che Liane lo sapesse anche lei. Quindi non aveva senso parlarne. Non c'era niente che Liane potesse fare per Armand e Nick non ignorava quanto lei se ne crucciasse.

Tornarono indietro, percorrendo a ritroso, lentamente, la strada costiera in macchina e arrivarono a casa verso le otto dopo essersi fermati a cenare rapidamente appena prima di entrare in città. Liane non aveva telefonato a casa per tutto il weekend e sperava che le bambine stessero bene; quanto a Nick, si era accorta che neppure lui aveva telefonato a Johnny. Era stato come se, per quei tre giorni, avessero appartenuto l'uno all'altra in un altro mondo e non fosse esistito nessun altro né un mondo diverso da quello. In quell'ultima mezz'ora di viaggio parlarono dei loro figli e Nick sospirò.

«So che sta bene! Ma non posso fare a meno di torturarmi terribilmente per lui.» Poi, volgendosi a Liane: «Volevo domandarti una cosa... una cosa particolare...» Liane si sentì il cuore in gola e capì, improvvisamente, che si doveva trattare di qualcosa di importante.

«Certamente! Di che si tratta?»

«Se dovesse succedermi qualcosa... quando io sarò partito... mi prometti che andrai da lui, a trovarlo?»

Per un attimo Liane, profondamente turbata, ammutolì. «Pensi che Hillary me lo consentirebbe?»

«Non ha mai saputo niente di noi. Ma non c'è nessuna ragione per la quale non debba saperlo. Adesso si è risposata.» Sospirò ancora. «Se potessi, lo lascerei con te perché saprei di averlo lasciato per sempre in buone mani.» Liane annuì lentamente.

«Sì, andrò a trovarlo. E, anche con il passare degli anni, resterò sempre in contatto con lui.» Sorrise dolcemente. «Come un angelo custode.» Accarezzò la mano di Nick. «Ma non ti succederà niente, Nick.»

«Non si sa mai!» La fissò nell'oscurità mentre si fermavano di fronte alla casa dello zio. «Guarda che parlavo sul serio quando te l'ho domandato.»

«E io parlavo sul serio quando ti ho risposto. Se dovesse succedere quello che pensi, andrò a cercarlo.» Ma era un'idea che le riusciva inconcepibile.

Scesero dalla macchina e Nick portò la valigetta di Liane fin nell'atrio d'ingresso. In giro, non si vedeva nessuno. Le bambine erano già a letto e Liane si augurò che non lo vedessero; d'altra parte Nick non le aveva permesso di prendere un tassì dal suo albergo per rientrare, ma aveva preferito riaccompagnarla lui personalmente. Liane, quando si trovò sulla soglia, si voltò verso Nick. Si baciarono lungamente.

«Ti telefono domattina.»

«Ti amo, Nick.»

«Ti amo, Liane.» Nick la baciò ancora e poi andò via; Liane salì nella propria camera.

46

NEL suo ufficio, Armand si soffiò sulle mani per scaldarle. Le ultime settimane erano state terribili, con la neve e il ghiaccio per le strade di Parigi; e tutte le case continuavano a restare gelide. Non riusciva neppure più a ricordare quando era stata l'ultima volta che aveva avuto un po' di caldo; adesso le sue mani erano talmente ghiacciate che faticava a scrivere anche dopo averle strofinate per parecchi minuti. Nella sua qualità di ufficiale di collegamento fra Pétain e i tedeschi, il mese prima, aveva trasferito i suoi uffici; adesso si trovava all'Hotel *Majestic* con la *Verwaltungsstab*, cioè gli uffici amministrativi del Comando Supremo. Gli uffici militari corrispondenti, il *Kommandostab* erano diretti dal colonnello di Stato Maggiore Speidel. Disgraziatamente era stato costretto a farsi seguire da André Marchand; il suo giovane assistente era talmente emozionato per il fatto di lavorare nello stesso edificio con i tedeschi che, adesso, il suo zelo e la sua dedizione erano diventati addirittura fanatici. Quanto ad Armand, gli riusciva sempre più difficile nascondere l'odio che provava nei suoi confronti.

Per di più le responsabilità che gli gravavano sulle spalle in quell'epoca erano ancor più grandi di prima. I tedeschi, finalmente, si erano decisi ad aver fiducia in lui. Adesso passava molte ore con il loro *Abteilung* per la propaganda, nell'intento di persuadere i francesi che l'arrivo dei tedeschi, per loro, era stato una vera e propria benedizione del Padreterno. Aveva anche frequenti riunioni con il colonnello Speidel e il generale Barkhausen per discutere quelli che venivano chiamati per definizione i Servizi delle Requisizioni di Guerra. Era in questa sede che Armand riusciva a creare difficoltà di nascosto, a provocare il caos e a far prendere una strada diversa a moltissimi tesori d'arte che erano stati destinati a raggiungere Berlino. Si trattava di preziose opere che risultavano addirittura scomparse e, generalmente, di questo fatto si accusava la Resistenza. Nessuno pareva più infuriato di Armand, quando succedeva qualcosa del genere. Eppure, nessuno sospettava nulla. Gli capitava spesso di incontrarsi anche con il dottor Michel, il ministro tedesco dell'Economia, per discutere la situazione attuale dell'economia francese, il controllo dei prezzi, e per affrontare i problemi relativi alle industrie chimiche, alle cartiere, al lavoro e ai sindacati, alle agenzie di credito, alle assicurazioni, al carbone, all'energia elettrica e ad altri campi di minore importanza.

Ormai gran parte degli alberghi più importanti erano stati requisiti dal Comando Supremo Tedesco. Il generale von Stutnitz, il comandante militare di Parigi-centro, alloggiava al *Crillon*, von Speidel e gli altri al *Majestic*. La *Verwaltungsstab* era situata, per sua fortuna, in una posizione molto comoda per lui, nei paraggi di casa e di place du Palais-Bourbon, mentre l'*Oberkriegsverwaltun-*

gsrat Kruger, responsabile del Bilancio della città, stava all'*Hotel de la Ville*. Quanto al generale von Briesen, comandante della città di Parigi, alloggiava all'Hotel *Meurice* e, quando, a un certo punto venne sostituito dal generale Schaumburg, continuò a rimanerci perché trovava il *Meurice* un albergo magnifico.

Per tutta la città i manifesti, scritti in francese, richiamavano severamente all'ordine e minacciavano pene terribili a chi fornisse informazioni, commettesse atti di sabotaggio o di violenza, incitasse allo sciopero o alla ribellione o, perfino, si limitasse a fare incetta di oggetti di uso comune: erano tutti crimini punibili «con la massima severità» da un tribunale di guerra. Le violazioni a questi ordini erano, inevitabilmente, frequenti e, soprattutto, erano i membri della Resistenza a commetterle anche se i tedeschi si erano affrettati a diffondere pubblicamente la notizia che venivano considerati «studenti comunisti». E, all'occorrenza, venivano giustiziati pubblicamente per dare a tutti una lezione. Verso il 1942 le esecuzioni pubbliche erano diventate quasi un'abitudine a Parigi e l'atmosfera della città era cupa e depressa. Solo nelle riunioni segrete della Resistenza che si tenevano qua e là per la Francia occupata, l'atmosfera era carica di tensione e di eccitamento. Ma ovunque, altrove, le grandi città e quelle piccole, e le campagne parevano oppresse da una cappa di silenzio. Per di più sembrava che non ci fossero solo i tedeschi a perseguitarli e a render la vita difficile a tutti, ma ci si erano messe anche le intemperie. Durante tutto l'inverno la gente era morta come mosche per il freddo e per la mancanza di viveri. Quando Armand provava a guardare intorno a sé, gli pareva di vedere una nazione in fin di vita. Ormai i tedeschi avevano smesso già da tempo di fingere che il «Sud non occupato» non sarebbe stato toccato. Avevano invaso anche quello e adesso, praticamente, l'intera Francia era ormai in mano loro. «Ma non per molto» aveva promesso De Gaulle parlando alla radio dalla BBC di Londra. C'era poi un uomo straordinario, di nome Moulin, che poteva essere considerato praticamente l'unico responsabile dell'incitamento alla Resistenza. Per quanto nessuno riuscisse a capire come faceva, riusciva a raggiungere Londra e a tenere i contatti con l'organizzazione dei combattenti per la Resistenza che vi si trovava, e anche a rientrare segretamente in Francia, per incoraggiare e dare nuove speranze a tutti.

Armand aveva osato incontrarsi con lui soltanto una o due volte. Era un rischio troppo grosso per la sua posizione però, quasi sempre, trattava con Moulin indirettamente, soprattutto dopo il famoso editto del 15 luglio dell'anno precedente quando i tedeschi avevano dato un ulteriore giro di vite alla questione dei tesori d'arte, in tutta la Francia, pretendendo che ogni oggetto valutato più di centomila franchi dovesse essere immediatamente denunciato da chi lo custodiva o ne era il proprietario. Erano proprio questi elenchi che Armand stava distruggendo o nascondendo tanto affannosamente durante l'inverno del 1941 e i primi mesi del 1942. Sapeva di essere già responsabile, da solo, del salvataggio di tesori francesi per un valore di milioni di dollari, a dispetto delle pretese dei tedeschi. Ma c'era qualcosa di ben più importante di cui anche si occupava: stava cercando di salvare delle vite umane, ed era proprio questo che rendeva la situazione sempre più pericolosa per lui. In quelle ultime settimane, fra l'altro, si era accorto di provare un continuo, vago malessere dovuto al freddo terribile che stringeva Parigi in una morsa di gelo. Ma non ne aveva parlato nella lettera che Liane ricevette il giorno dopo il suo ritorno da Carmel. Tutto ciò che riuscì a capire fra le righe fu che la sua opera procedeva bene. Tuttavia, in quella lettera, aveva trovato anche qualcos'altro. Qualcosa che mai, prima, le era capitato di trovare. Una specie di angoscia che toccava quasi la disperazione. Intuì, da tutto ciò che Armand non diceva, che la Francia soffriva duramente per colpa dei tedeschi, molto di più di quanto si potesse immaginare. Dopo aver letto questa lettera, rimase a lungo ferma davanti alla finestra, fissando il Golden Gate Bridge.

«Liane? C'è qualcosa che non va?» Lo zio non era ancora uscito per andare in ufficio e si era fermato a osservarla dalla soglia della stanza. Liane sembrava chiusa in se stessa, con le spalle curve, la testa china e, quando si voltò verso di lui, George si accorse che stava piangendo. Però scrollò la testa e gli sorrise fra le lacrime.

«No. Niente di nuovo. Ho ricevuto una lettera da Armand.» Era stata portata fuori di nascosto da Moulin durante il suo ultimo viaggio a Londra ma Liane non poteva spiegare anche questo allo zio. Perfino lui continuava a ignorare i legami che c'erano fra Armand e la Resistenza. Armand le aveva imposto di non rivelarlo a nessuno. E lei aveva ubbidito, all'infuori di Nick. Però, di lui, si fidava ciecamente.

«Che cosa c'è?»

«Non saprei. Mi sembra così triste... è tutto talmente deprimente!»

«Certo che la guerra non è allegra.» Parole trite, ma vere.

«Si direbbe quasi che è malato.» Liane conosceva bene suo marito. E lo zio si trattenne dal ribattere che non si meravigliava affatto che un traditore si sentisse male di fronte alla distruzione del proprio paese.

«Vedrai che presto starà meglio. Probabilmente è soltanto solitudine, la sua. Gli mancate tu e le bambine.» Liane annuì ma, d'un tratto, aveva provato la prima atroce fitta di colpevolezza.

«Immagino che sia così.»

«Com'è andato il tuo seminario a Carmel?»

I suoi occhi si illuminarono, anche controvoglia. «È stato molto piacevole.»

Lo zio George non le fece altre domande e uscirono entrambi per andare a lavorare. Quel pomeriggio, quando Nick andò a prenderla alla Croce Rossa, Liane gli parlò della lettera che aveva ricevuto da Armand. Ma Nick non poté fare a meno di pensare a una sola cosa e le frugò subito negli occhi, colto da un panico improvviso. «Hai cambiato idea su di noi?»

Lei lo guardò a lungo e poi scrollò il capo. «No, affatto. Adesso è come se avessi due vite separate. Quella vecchia con Armand e questa con te.» Lui assentì, sollevato, e Liane sospirò. «Però mi sento angosciata per lui.»

«Ti pare che corra qualche pericolo particolare?»

«Non direi. Più o meno come al solito. Non mi è sembrato di dover interpretare così questa sua lettera. In gran parte esprime una depressione terribile, soprattutto per la Francia.» Alzò gli occhi verso Nick. «Credo che ami il suo paese più di quanto ama se stesso, o noi. La patria significa tutto per lui.»

Nick mormorò: «Lo ammiro». Poi la riaccompagnò a casa e restò a cena con tutta la famiglia. Dopo aver cenato, giocò a domino con Liane e con lo zio George e infine rientrò al suo albergo. Liane si scoprì a chiedersi quando sarebbero stati di nuovo insieme come a Carmel. Nel suo albergo era vietato l'ingresso alle donne e, in ogni caso, lei non aveva nessuna voglia di andarci. Tuttavia per il weekend successivo, fu Nick a risolvere il problema per tutti proponendo di riservare una stanza al *Fairmont*. Loro non avevano il problema di quasi tutti gli altri. Non erano a corto di fondi. Tuttavia avevano ugualmente molti altri problemi. Liane si tormentava per Armand in Francia e Nick si angosciava per Johnny.

Rimase ad ascoltare la sua telefonata, quel weekend, quando chiamò suo figlio e poi restò a osservarlo in compagnia delle sue bambine. E capì quanto dovesse mancargli il suo. Nick si trovava straordinariamente a suo agio con i bambini. Dopo aver riaccompagnato le figliolette di Liane a casa, andarono a cena e successivamente si ritirarono nella stanza che avevano prenotato al *Fairmont*. Le bambine erano state invitate a trascorrere la notte in casa di un'amichetta e Liane aveva fornito allo zio George un'altra spiegazione, per il fatto che non tornava a casa a dormire e che lui non aveva neppure messo in discussione.

«Credi che abbia qualche sospetto su di noi, Nick?» Liane gli sorrise mentre, distesi sul letto, nella camera del *Fairmont*, bevevano champagne e mangiavano noccioline salate. Stavolta non andarono neppure nella Sala Veneziana. Volevano rimanere soli. Nick parve divertito a quella domanda.

«Probabilmente. Non è uno stupido. E chissà quante ne ha fatte ai suoi tempi!» Anche Liane lo sapeva, questo, tuttavia non poteva fare a meno di domandarselo.

«Non ha detto niente.»

«Ti conosce troppo bene per farlo.»

«Credi che gliene importi?»

«E a te?» Nick le sorrise dolcemente e Liane scrollò il capo.

«No, vorrebbe che divorziassi da Armand per sposare te, immagino.»

«Anch'io... cioè, voglio dire che suppongo anch'io la stessa cosa.» Era stato pronto a chiarire il proprio pensiero non appena aveva notato l'espressione che era apparsa negli occhi di Liane. Infatti lei temeva, angosciata, di non comportarsi del tutto correttamente con Nick. In fondo, era una donna sposata e non poteva offrirgli di dividere il suo futuro. «Comunque, non ci pensare! Fintanto che non si presenta la squadra del buon costume o qualche cronista pettegolo, a noi va benissimo così!» Liane rise a quell'idea. Sul registro dell'albergo si erano fatti passare per il maggiore Nicholas Burnham e signora.

Continuarono a questo modo per qualche tempo ancora tra cenette e lunghe passeggiate pomeridiane e qualche weekend rubato al *Fairmont*. Erano riusciti a fare un'altra rapida puntata a Carmel dopo qualche settimana ma, in febbraio, le cose cominciarono a prendere tutt'altra piega per Nick. Singapore era caduta in mano giapponese e i giapponesi avevano occupato con le loro forze di terra Giava, Borneo, le Indie Orientali Olandesi e parecchie altre isole del Sud Pacifico. Ed erano talmente soddisfatti di se stessi che il generale Nagumo era andato addirittura a ritirarsi nel nord del Giappone. Nick si aspettava di essere imbarcato da un momento all'altro. Bene o male, si era persuaso che ogni settimana, ormai, poteva essere quella buona, tuttavia le cose andavano sempre come prima. Le portaerei americane avevano fatto qualche rapida incursione nelle isole Gilbert e Marshall, a sud del Giappone, mettendo sotto il fuoco violentissimo dei loro cannoni le postazioni giapponesi e distruggendole in modo soddisfacente, mentre i capisaldi della difesa giapponese non erano ancora caduti.

Un giorno, in marzo, Nick la guardò con aria angosciata e sgomenta e, dopo aver bevuto il secondo scotch, la fece sobbalzare allungando un pugno violentissimo al tavolo. Erano settimane che appariva nervoso, nell'attesa di essere imbarcato.

«Accidenti, Liane, vorrei essere anch'io laggiù. Perché diavolo resto infognato qui a San Francisco?» Liane non si era sentita offesa da quello scoppio di rabbia, lo aveva capito e provò a parlargli in tono persuasivo, ma non sembrò che servisse.

«Aspetta, Nick. Stanno prendendo tempo.»

«Già, e io passo la guerra seduto nelle camere d'albergo!» Le rivolse un'occhiata che era una vera e propria accusa e stavolta la colpì sul vivo.

«Questa è una tua scelta, Nick, non un obbligo.»

«Lo so... lo so... scusami... il fatto è che, a starmene qui senza far niente, mi sembra di impazzire. Mi sono arruolato tre mesi fa, perdio, e Johnny è a New York con Hillary e mi strazia il cuore continuando a ripetere che sente la mia mancanza. Gli ho fatto un bel discorsone spiegandogli che partivo per andare in guerra e invece eccomi qui, a passare da un ricevimento all'altro.» La sua voce era talmente angosciata che Liane si commosse e cercò di calmarlo. Del resto anche lei provava un certo senso di colpa nei confronti di Armand e a volte si era posta le stesse domande. Ma non poteva lasciare Nick adesso, né lo voleva. Sarebbero rimasti insieme fino a quando lui fosse partito; poi sapevano entrambi che quella doveva essere la fine.

Di tanto in tanto anche lei era irritabile e gli rispondeva in tono stizzoso soprattutto una volta dopo aver ricevuto una lettera di Armand. Questo aveva accennato ai reumatismi alle gambe di cui soffriva per il freddo; quello stesso giorno Nick si era lamentato con lei che gli faceva male la schiena per il troppo ballare che avevano fatto la sera prima. Allora Liane, all'improvviso, era scattata e gli aveva risposto incollerita: «E allora non ballare tanto, per amor di Dio!»

Nick era rimasto sorpreso di fronte all'espressione della sua faccia. Non gli era mai capitato di vederla così. «Mi pare, se non sbaglio, che non te ne sei andata *neanche tu* dalla sala da ballo fino alle due del mattino!» Non appena ebbe pronunciato queste parole, Liane scoppiò in pianto; allora Nick la prese fra le braccia, la cullò cercando di calmarla e scoprì il motivo di tutta quella agitazione. Singhiozzando, Liane gli raccontò ciò che Armand aveva scritto nella sua lettera.

«Credo che sia malato, Nick... ha quasi cinquantanove anni... e laggiù deve fare un freddo da morire...» Continuava a singhiozzare tra le braccia di Nick e lui continuò a tenerla stretta contro di sé.

«Calmati, tesoro... buona, buona... su, su...» aveva sempre capito tutto, Nick. Non occorreva dirgli mai niente.

«E poi, certe volte, mi sento talmente colpevole!»

«Anch'io. Però lo sapevamo fin dal principio. E questo non cambia niente, per lui.» Infatti Liane gli scriveva con la stessa frequenza di prima e, come prima, era impotente ad aiutarlo.

«E se i tedeschi lo uccidono?»

Nick sospirò a quel pensiero non sapendo bene che cosa poteva dirle per rassicurarla. Indubbiamente il rischio che i tedeschi potessero ucciderlo esisteva. «È una possibilità che ha preso in considerazione quando ha deciso di fermarsi in Francia. Secondo me, è convinto che ne valga la pena.» Nick apprezzava fino in fondo il grande amore di Armand per il suo paese. A giudicare da ciò che Liane gli aveva detto, adesso gli pareva fosse diventato quasi una ossessione. «Liane, devi soltanto aver fiducia e sperare che sopravviva a tutto questo. Non puoi fare altro.»

«Lo so.» Poi ripensò alla sera prima, quando erano andati a ballare. «È vero: qui, la nostra vita è come se fosse una festa continua.» Così dicendo, faceva eco alle parole di Nick. Adesso si fissarono a lungo, con intensità, negli occhi.

«Vuoi che tutto finisca?» Nick tratteneva il respiro.

«No.»

«Neanch'io.» Ma un pomeriggio di aprile, quando andò a prenderla all'uscita dall'ufficio della Croce Rossa, si mostrò stranamente silenzioso.

«C'è qualcosa che non va, Nick?»

Lui la guardò con tristezza. Non provava neanche un po' dell'emozione che aveva sempre creduto di dover provare. Ma soltanto un gran senso di vuoto e di desolazione. «La festa è finita.» Liane sentì uno strano brivido che le correva per la schiena. «Cosa vuol dire?»

«Parto domani da San Francisco.» Liane rimase con il fiato sospeso e lo guardò; poi di colpo gli si buttò fra le braccia piangendo. Lo sapevano tutti e due che quel momento doveva arrivare, ma adesso che era arrivato, non si sentivano preparati.

«Oh, Nick...» Poi la paura la colse di nuovo. «Dove andrai?»

«A San Diego. Per due giorni. Poi ci imbarchiamo. Non sono sicuro della mia destinazione. Sarò su una portaerei, la *Lady Lex.*» Abbozzò un sorriso. «A dir la verità, si chiama *Lexington.* Andremo in un luogo imprecisato del Pacifico.» La portaerei era appena rientrata alla base dopo aver subito alcune riparazioni in cantiere, Liane lo aveva letto sui giornali. Adesso, mentre tornavano in macchina verso la casa dello zio George, nessuno dei due parlò. Erano ammutoliti, con la faccia cupa e lo zio George capì immediatamente quello che era successo, quando li vide.

«Ti imbarcano, figliolo?»

«Sì. Parto domattina per San Diego.» George assentì e lanciò un'occhiata a Liane. La cena, quella sera, fu silenziosa. Perfino le bambine interruppero di rado il silenzio e, quando Nick le salutò prima che andassero a letto, scoppiarono in lacrime e piansero disperatamente, quasi come avevano fatto quando si erano separate dal loro papà. Adesso Nick per loro era più reale di Armand. Non vedevano il padre da due anni e, negli ultimi quattro mesi, Nick era stato quasi sempre con loro. Avrebbero sentito tutti la sua mancanza, soprattutto Liane, che lo baciò teneramente sulla porta. Aveva promesso di prendere il treno per San Diego il giorno dopo; in tal modo avrebbero avuto ancora un poco di tempo da passare insieme prima che lui si imbarcasse. Perché Nick doveva essere a bordo della portaerei il giorno prima che questa salpasse. In tal modo avrebbero potuto avere ancora una notte e un giorno da trascorrere insieme a San Diego.

«Domani sera ti telefono all'albergo di San Diego, se posso. Altrimenti cercherò di farlo la mattina dopo.» Liane assentì ancora, con gli occhi pieni di lacrime.

«Mi manchi già.»

Lui sorrise. «Anche tu a me.» Nessuno dei due si era preparato al dolore che provavano adesso. «Ti amo.»

Lei salutò con la mano mentre Nick si allontanava a bordo della sua macchina; poi rientrò in casa, salì nella sua camera e si buttò sul letto a piangere. No, non era ancora pronta a rinunciare a lui... no, non di nuovo... non adesso... né mai.

47

Il treno di Liane arrivò a San Diego alle undici la sera dopo e lei non entrò in albergo fino a mezzanotte. Sapeva che era troppo tardi perché Nick potesse chiamarla e quindi rimase ad aspettare con impazienza, seduta vicino al telefono, il giorno seguente fino a poco dopo mezzogiorno, quando lui finalmente la chiamò. Era sveglia, con i nervi a fior di pelle, dalle sette di quella mattina.

«Mi spiace, tesoro. Non ho potuto telefonarti. Ho avuto riunioni e sedute per le istruzioni che ci devono dare e Dio solo sa cos'altro ancora.»

Lei fu colta dal panico a quelle parole. «Posso vederti?» Mentre parlava, rivolse gli occhi verso il Pacifico, fuori della finestra, cercando di immaginare dove Nick potesse essere. La sua camera aveva un ampio panorama della base navale e del porto, in distanza.

«Non ti posso vedere fino a stasera. E Liane...» Si odiò per doverlo fare, ma capiva di essere costretto a dirglielo subito. «E sarà tutto. Devo presentarmi alla base domattina alle sei.»

«Quando salperai?» Il cuore le batteva a tonfi sordi, le pareva di sentire il suo cupo rimbombo nelle orecchie.

«Non lo so. Tutto quello che sono riuscito a sapere è che devo essere a bordo della portaerei domani mattina per le sei. Immagino che partiremo il giorno successivo. Ma non ce lo vogliono dire.» Era la procedura militare d'uso, perché si era in guerra. «Senti, adesso devo andare. Ci vediamo stasera. Più presto che posso.»

«Sarò qui.» Trascorse l'intera giornata nella sua camera, terrorizzata all'idea che Nick potesse venire in anticipo sul previsto senza trovarla. Alle sei meno dieci sentì bussare alla porta. Era Nick e si buttò nelle sue braccia, ridendo e piangendo, immensamente felice di vederlo. Per quei pochi minuti avrebbero cercato di fingere che Nick non dovesse partire.

«Dio, che bella sei, che gioia vederti, tesoro.»

«Anche per me.» Ma erano esausti, sia l'uno che l'altra, per la tensione dei due giorni precedenti. Erano momenti che, Liane lo sapeva, non avrebbe mai dimenticato. Peggio di quando era partita da Parigi.

Parlarono, febbrilmente, per una mezz'ora, poi Nick la prese fra le braccia, la portò sul letto e, dopo ancora, sembrò che le cose prendessero un ritmo più rallentato. Non lasciarono neppure per un attimo quella stanza, neanche per scendere a cena quella sera, e non chiusero occhio. Rimasero lì, distesi l'uno vicino all'altro a parlare e a fare l'amore. Liane cominciò a tremare quando vide spuntare il sole. Capiva che la loro ultima notte era finita.

Alle cinque e mezzo Nick scese dal letto e la guardò con aria grave. Liane lo osservava. «Bambina... devo andare...»

«Lo so.» Si mise a sedere sul letto, con un gran desiderio di attirarlo contro di sé, di stringerlo fra le braccia, con un gran desiderio che il tempo tornasse indietro.

Poi Nick le domandò una cosa che voleva domandarle da due giorni. «Mi scriverai o preferisci farne a meno?» Quattro mesi prima si erano trovati d'accordo nello stabilire che, quando Nick avesse dovuto partire, tutto sarebbe finito.

«Ti scriverò.» Sorrise tristemente. Scriveva già ad Armand e adesso, almeno per il momento, pensava di aver perduto due uomini in guerra. Non sapeva che cosa avrebbe fatto al ritorno di Nick. Era una domanda che si poneva da settimane. Le cose erano state ben diverse quando si erano trovati sul *Deauville*; adesso lei e Nick avevano avuto quattro mesi, non tredici giorni, e non se la sentiva più di rinunciare a lui tanto facilmente. Una o due volte aveva pensato di lasciare Armand alla fine della guerra, ma non era convinta di riuscirci. Come sentiva che non sarebbe mai riuscita a rinunciare a Nick Burnham.

«Anch'io ti scriverò. Però chissà quanto tempo ci vorrà perché tu riceva le mie lettere!»

«Aspetterò.»

Nick non fece neppure la doccia prima di vestirsi. Non voleva sprecare neppure un minuto del poco tempo che avevano da passare insieme; avrebbe potuto farla sulla portaerei. Aveva tutto il tempo che voleva, per quello! Mentre adesso ciò che desiderava erano ancora quei pochi attimi che gli restavano da passare con Liane. «Ricordati quello che ti ho detto a proposito di Johnny.» Le aveva dato l'indirizzo di Hillary, ma Liane aveva insistito nel ripetere che non le sarebbe stato necessario. Sarebbe tornato lui a casa, per rivedere Johnny, e Nick, allora, si era limitato a risponderle: «Solo nel caso fosse necessario». E Liane lo aveva preso per tranquillizzarlo.

Gli ultimi momenti che passarono insieme furono come gli attimi che precedono lo scoppio di una bomba; alla fine si trovarono in piedi, stretti in un abbraccio, nella camera di Liane. «Voglio lasciarti qui.»

Lei si sentì cogliere di nuovo dal panico. «Non posso accompagnarti alla base?»

Lui scrollò la testa. «Servirebbe solo a rendere tutto più difficile.» Allora Liane assentì, con il viso già inondato di lacrime e Nick la baciò un'ultima volta e la guardò negli occhi. «Tornerò.»

«Lo so.» E nessuno dei due domandò all'altro che cosa sarebbe accaduto a quel tempo. Era troppo tardi per pensarci. Tutto ciò che avevano era il presente e quello che il Destino aveva in serbo per il futuro di ognuno dei due. «Nick... abbi cura di te...» Si aggrappò a lui ancora una volta mentre stava per uscire dalla stanza e lui la strinse di nuovo fra le braccia e poi, dopo un ultimo cenno di saluto, si precipitò giù per le scale. Liane rientrò nella loro camera, chiuse la porta e si lasciò cadere seduta come se si sentisse svuotata anche dall'ultima stilla di vita. Era ancora seduta nello stesso posto due ore più tardi, e stava pensando a lui, quando, per caso, guardò fuori della finestra. In quell'attimo sembrò che l'intero Oceano Pacifico scomparisse e al suo posto apparve una nave immensa che viaggiava lenta verso il mare aperto. Liane, mentre la guardava, si sentì il cuore in gola. Era una portaerei e, osservandola, capì che si trattava della *Lexington* e che Nick doveva essere a bordo. Allora spalancò la finestra della sua camera come se questo servisse a farglielo sentire un poco più vicino e rimase a seguire con lo sguardo la nave fino a quando uscì dal porto. Poi si voltò lentamente, fece la valigia e due ore dopo era di nuovo in treno e stava tornando a San Francisco.

48

QUANDO Liane arrivò a San Francisco, entrò in casa servendosi della propria chiave e salì lentamente le scale per raggiungere la camera da letto. Era tardi e tutta la casa era immersa nel buio, tanto che sobbalzò come se le fosse esplosa una bomba nelle vicinanze quando sentì una voce. Era lo zio George. Si era seduto in silenzio, nella sua camera, al buio, ad aspettarla.

«Qualcosa che non va?... le bambine?...»

«Stanno bene.» La guardò attentamente, frugandole in faccia con gli occhi mentre lei accendeva la luce. Appariva disfatta. «Ti senti bene, Liane?»

«Sì, bene.» Ma cominciò a piangere mentre pronunciava quelle parole e gli voltò le spalle perché lo zio non se ne accorgesse. «Davvero... sto benissimo...»

«No, non è vero. E non c'è da vergognarsi! Del resto, non mi aspettavo che le cose andassero diversamente. Ecco perché sono qui.»

Allora, come una bambina piccola, Liane si buttò fra le sue braccia.

«Oh, zio George...»

«Lo so... lo so... tornerà...» Ma la stessa cosa valeva per Armand. E per tutto il viaggio di ritorno, in treno, Liane non aveva fatto che pensare a entrambi quegli uomini. Adesso era dilaniata fra loro due. Lo zio le versò un bicchiere di brandy. Aveva portato in camera di Liane una bottiglia e due bicchieri. Gli sorrise fra le lacrime.

«Che cosa ho fatto per meritare uno zio simpatico e gentile come te?»

«Sei una brava donna, Liane.» Lo disse senza sorridere. «E ti meriti un brav'uomo. E, a Dio piacendo, lo avrai.»

Lei bevve un sorso di brandy e si mise a sedere, con un pallido sorriso. «Il guaio, zio George, è che ne ho due.» Ma George non rispose. Poco dopo la lasciò e Liane andò a letto. La mattina dopo si sentiva un po' meglio.

Quel giorno ricevette una lettera da Armand. Anche lui sembrava che stesse un po' meglio. Pareva rallegrato da «avvenimenti recenti», come le diceva, ma non spiegava di che cosa si trattasse. E poi, il tempo si era fatto più mite, faceva più caldo e le gambe non gli dolevano più come prima.

Nel giro di pochi giorni anche le notizie che arrivarono da Londra furono esaltanti. Gli inglesi avevano ricevuto il primo invio di viveri dagli Stati Uniti, evitando così un razionamento di proporzioni addirittura drastiche a Londra.

Poi, il 18 aprile, tutti lessero sulla stampa americana la storia dell'incursione di Doolittle su Tokio. Il protagonista e organizzatore era stato il tenente colonnello James H. Doolittle, scienziato di aeronautica e pilota. Doolittle aveva eseguito determinate modificazioni su sedici bombardieri B-52 e la squadra era decollata, dirigendosi verso il Giappone (sapendo benissimo che nessuno sarebbe più tornato) con l'intenzione di atterrare in territorio cinese, non occupato, dopo il bombardamento di Tokio. Tutti gli aerei, salvo uno, ce l'avevano fatta e il risultato era stato un miglioramento enorme nel morale delle truppe. La vendetta era finalmente stata realizzata. Tokio, bombardata. Era una specie di contropartita per Pearl Harbor.

Ma le buone notizie del raid di Doolittle servirono a poco. La sera del 4 maggio, tutti non facevano che parlare della battaglia nel Mare dei Coralli e Liane restò sveglia l'intera notte pregando per Nick. La battaglia infuriò per due giorni sotto il comando del generale MacArthur che, molto saggiamente, era rimasto nella Nuova Guinea, a Port Moresby. Per il 6 maggio, ormai si sapeva anche il peggio. La portaerei *Lexington* era affondata. Per un vero e proprio miracolo i morti erano stati soltanto duecentosedici. Altri duemilasettecentotrentacinque uomini erano stati salvati e presi a bordo della portaerei gemella di *Lady Lex*, il *Yorktown.* Ma ciò che Liane non sapeva era se Nick si trovava fra le duecentosedici vittime oppure fra gli altri. Cominciò a passare un giorno dopo l'altro chiusa nella propria stanza, agghiacciata dall'angoscia, ad ascoltare la radio che si era portata di sopra. Non poteva non ricordare le scene di orrore che aveva visto nell'Atlantico quando il *Queen Victoria* era naufragato. Adesso pregava solo che Nick si trovasse fra i sopravvissuti. Mangiava, perfino, in camera sua, dove le portavano i pasti su un vassoio. Ma tutto ritornava in cucina praticamente intatto mentre lo zio, seduto in biblioteca, ascoltava le notizie di lì. Ci sarebbero volute settimane, se non di più, per sapere qualcosa di Nick. All'insaputa di Liane, George aveva provato a telefonare al suo ufficio a New York, cercando di Brett Williams, ma anche lui non sapeva niente.

Come se non bastasse il 6 maggio la radio annunciò alla nazione che il generale Jonathan Wainwright era stato costretto ad arrendersi ai giapponesi a Corregidor. Il generale Wainwright e i suoi uomini erano stati presi prigionieri. Le cose non andavano troppo bene nel Pacifico.

«Liane.» George si fermò sulla soglia della sua camera da letto la mattina dell'8 maggio, due giorni dopo l'affondamento della portaerei. «Voglio che tu scenda per la colazione.» Lei lo guardò inebetita dal letto. «Non ho fame.»

«Non mi interessa. Le bambine hanno paura che tu sia malata.» Liane continuò a fissarlo a lungo e infine assentì in silenzio. Quando, finalmente, scese al pian terreno, si accorse di essere indebolita dai giorni passati a letto ascoltando la radio, con le persiane chiuse. Adesso le bambine la guardavano come se avessero paura di lei, tanto che Liane si impose con uno sforzo di accompagnarle alla porta quando uscirono per andare a scuola. Poi tornò nella sua camera e accese di nuovo la radio. Ma non c'erano altre notizie. La battaglia nel Mar dei Coralli era finita.

«Liane.» Lo zio l'aveva seguita nella sua camera e adesso Liane si voltò a guardarlo con occhi vuoti. «Non puoi ridurti in questo stato.»

«Presto mi riprenderò.»

«Lo so. Ma quello che stai facendo non serve per aiutarlo.» Sedette sul bordo del letto. «A New York non avevano notizie. Se fosse rimasto ucciso, avrebbero ricevuto un telegramma. Sono sicuro che è fra i sopravvissuti.» Liane assentì, lottando per ricacciare indietro le lacrime. Era troppo, adesso, doversi tormentare per entrambi. Non solo, ma proprio quel giorno aveva ricevuto un'altra lettera da Armand. Trentamila ebrei erano stati evacuati dalle case dove abitavano a Parigi. Si trattava di una delle lettere che Moulin era riuscito a portar fuori di nascosto dalla Francia e, come molte altre, aveva attraversato l'Atlantico sul *Gripshilm*.

Gli ebrei, a Parigi, erano stati radunati in uno stadio e ci erano stati lasciati per otto giorni senza acqua né viveri né servizi igienici. Molte persone, donne e bambini inclusi, erano morte. Il mondo stava andando verso la follia. Da un'estremità del globo all'altra, la gente moriva e si uccideva. Improvvisamente Liane capì quello che doveva fare. Tirò fuori un vestito dall'armadio e lo buttò sul letto. Adesso, a guardarla, aveva un aspetto migliore di quello dei giorni precedenti.

«Dove stai andando?»

«Nel mio ufficio.» E non volle dirgli per quale motivo ci andava. Fece un bagno, si vestì e, un'ora dopo, aveva consegnato le proprie dimissioni non dalla Croce Rossa, ma da quella sezione. Nel pomeriggio di quello stesso giorno aveva firmato un contratto che la assegnava a prestare servizio nell'ospedale navale di Oakland. Era il lavoro più duro e più difficile di tutti ma, quando ritornò a casa, a Broadway, quella sera alle otto, si sentiva meglio di quanto non le fosse capitato da mesi e mesi. Era quello che avrebbe dovuto fare già molto tempo prima, che aveva sempre avuto intenzione di fare. E lo disse allo zio, quella sera stessa, dopo cena.

«Ma è un lavoro massacrante, Liane. Sei sicura di sentirti di farlo?»

«Assolutamente!» Non c'erano più dubbi nella sua voce e guardandola in faccia, George comprese che Liane si era ripresa ed era tornata a essere lei stessa. Poi parlarono di quello che stava succedendo agli ebrei di Parigi e George scrollò il capo. Niente era più come prima. Niente del tutto. Niente era sicuro. Niente era sacro. I sottomarini tedeschi incrociavano al largo delle coste americane, gli ebrei erano scacciati dalle loro case in tutta l'Europa e i giapponesi uccidevano gli americani nel Sud Pacifico. Perfino quella stupenda nave che era il *Normandie* era andata in fiamme tre mesi prima nel porto di New York mentre gli operai lavoravano febbrilmente per trasformarla in un transatlantico addetto al trasporto delle truppe. A Londra, poi, le bombe continuavano a cadere notte e giorno, uccidendo donne e bambini.

Per tutto il mese successivo Liane lavorò come invasata all'ospedale navale di Oakland dove si recava tre volte la settimana. Usciva di casa alle otto in punto, al mattino, e ci tornava alle cinque o alle sei di sera, talvolta perfino alle sette, esausta, trasudando l'odore dei disinfettanti, con la divisa spesso coperta di sangue disseccato, la faccia pallida, ma gli occhi vivi. Stava facendo l'unica cosa che poteva per aiutare... ed era meglio che star seduta a una scrivania in un ufficio. Poi, un mese dopo la battaglia nel Mare dei Coralli, fu ricompensata da una lettera di Nick. Era vivo! Si lasciò cadere sui gradini davanti a casa e scoppiò in lacrime.

49

Il 4 di giugno cominciò la battaglia di Midway e il giorno seguente giunse al termine. I giapponesi avevano perduto quattro su cinque delle loro portaerei e in America tutti esultarono. Fino a quel momento era stata la loro più grande vittoria. Liane, poi, sapeva che Nick era in salvo. Adesso si trovava a bordo dell'*Enterprise*, lontano dall'occhio del ciclone. Lontano dalla battaglia. E per quanto tremasse ogni volta che sentiva il bollettino con le notizie, Liane ormai riceveva un profluvio di lettere che arrivavano regolarmente e la tenevano informata di quello che succedeva a Nick. Era vivo e stava bene. Quanto a lei, gli scriveva quasi ogni giorno e scriveva ad Armand più spesso che poteva.

Dalle lettere più recenti di suo marito sembrava di capire che lo stato di tensione, a Parigi, fosse aumentato. Altri giovani comunisti erano stati giustiziati, altri ebrei catturati e, a giudicare da quello che sentiva nei frequenti incontri con il *Kommandostab*, stava diventando sempre più chiaro che i tedeschi avevano intenzione di forzare la mano per ciò che riguardava Parigi. La Resistenza, nei villaggi e nelle campagne, aveva raggiunto punte preoccupanti ed era importante per la Germania tenere ben salde in mano le redini della capitale in modo da fornire un esempio a tutti. Ecco perché i tedeschi, adesso, cercavano sempre più spesso la collaborazione di Armand, aspettandosi da lui che fornisse spiegazioni ben precise su opere d'arte che non si riuscivano più a trovare, persone che erano sparite e funzionari che lavoravano con Pétain ma, almeno a quanto si diceva, avevano evidenti simpatie comuniste. Ai tedeschi occorreva una persona cui rivolgersi ogni volta che sorgeva un problema del quale non si poteva dare colpa agli invasori e, invariabilmente, questa persona era Armand. In tal modo era diventato un comodo cuscinetto per il *Maréchal* Pétain. Ma questi sforzi lo lasciavano perennemente sotto pressione, teso ed esausto.

In una calda giornata di giugno, mentre si trovava nel suo ufficio dell'Hotel *Majestic*, André Marchand entrò e depose davanti a lui un nuovo fascio di carte.

«E questa....cosa sarebbe?»

«Rapporti sulle persone arrestate stanotte. Il Comando Supremo vuole sapere se, fra queste persone che sono state sorprese travestite da contadini, c'è qualcuno di importante.» Niente faceva più piacere a Marchand di poter consegnare prigionieri, i propri compatrioti ai tedeschi e Armand si rammaricava soltanto che non lo avessero ancora richiamato alle armi per spedirlo in Russia. Se moriva a tal punto dalla voglia di essere un tedesco, bene... che provasse sul serio a esserlo! «Grazie. Appena ho un minuto di tempo, do un'occhiata a questi documenti.»

«Il Comando Supremo li vuole indietro per stasera.» E guardò Armand dritto negli occhi.

«Bene. Farò il possibile.» Già da qualche tempo si stava chiedendo se Marchand non fosse stato assegnato al suo ufficio per avere la certezza che lui era fedele a Pétain e ai tedeschi. Forse era un pensiero assurdo. Marchand era un ragazzo, una persona di nessuna importanza. Impossibile che volessero servirsi di lui come di un cane da guardia. Armand sorrise tra sé. Era talmente stanco che vedeva pericoli dappertutto, ormai. La sera prima aveva perfino avuto l'impressione di essere pedinato. Quindi tirò verso di sé il fascio di carte e decise di dedicarsi a quei rapporti. Si infilò gli occhiali che adesso portava sempre per leggere. In ogni caso, forse, era meglio sbrigare subito quella faccenda. Alla sera avrebbe dovuto incontrarsi con Moulin prima che questo tornasse a Londra. Lasciò l'Hotel *Majestic* alle sei e andò direttamente a casa, in place du Palais-Bourbon, come sempre, anche se stavolta era uscito dall'ufficio un poco prima del solito. Entrò in una cucina che ormai rivelava da molti segni di non essere più usata da mesi e mesi. Non sembrava più neppure la stessa casa in cui, in passato, Liane aveva vissuto con le bambine. Le pentole di rame si erano annerite, la cucina economica non funzionava più e Armand non teneva quasi più niente nella ghiacciaia. Ovunque c'erano spessi strati di polvere. Del resto, non gliene importava molto. Usava la casa soltanto per andarci a dormire. Tuttavia quella sera affettò un po' di salsiccia che aveva comprato e mangiucchiò una mela. Prese qualche appunto che poteva servirgli prima di salire in macchina e mettersi in viaggio per Neuilly. Prima di avviare il motore, si guardò intorno molto attentamente, ma non scorse nessuno che lo sorvegliava.

Il breve tragitto venne compiuto senza problemi. Ormai sulla sua macchina era stato posto un distintivo speciale in modo da far capire ai soldati tedeschi appostati lungo le strade che lui lavorava con il governo. Parcheggiò l'automobile a due isolati dalla casa dove stava andando. Bussò due volte, poi suonò il campanello. Fu una donna anziana a farlo entrare, la quale fece segno di sì con la testa e poi si affrettò a richiudere l'uscio e lo accompagnò in cucina. Qui Armand cominciò a scendere la scala che portava nelle cantine. E nelle cantine, insieme con la donna, spostarono un mucchio di vecchie casse per scoprire la botola dalla quale si scendeva in una galleria scavata sotto la casa. Armand scese lì sotto e, carponi, come già gli era capitato di fare altre volte, raggiunse l'edificio adiacente dove lo stavano aspettando tre uomini. Uno aveva i capelli grigi tagliati corti, portava una tuta da operaio, un berretto, un maglione nero. Era Moulin. Tese la mano ad Armand mentre gli altri due restavano a osservarli. Stavolta erano venuti con lui da Tolone. Erano due sconosciuti, mentre Moulin gli era familiare.

«Salve, amico mio!»

«Che piacere vederla.» Armand sorrise. Rimpiangeva di non poter conoscere meglio quest'uomo. Perché stava facendo grandi cose per la Francia. Era già considerato un eroe della Resistenza.

«Anche per me è un piacere vederla.» Moulin guardò rapidamente l'orologio. Non aveva tempo da perdere. Gli restava solo mezz'ora prima di ripartire per Tolone, poiché aveva già completato il suo lavoro a Parigi. Poi, quella notte stessa, avrebbe raggiunto di nuovo Londra, attraverso la Manica, in segreto. «Ho una proposta da farle, de Villiers.» Armand non nascose il proprio stupore, dopo aver sentito che cosa Moulin gli proponeva. «Le piacerebbe venire a Londra?»

«Perché?» In quella città non avrebbe potuto fare niente di utile. Aveva importanza solo per il posto che occupava. «Per quale scopo?»

«Un ottimo scopo. Salvare la vita. Abbiamo valide ragioni di credere che la stiano sospettando.» Armand assentì. Non mostrò in realtà alcun timore per quanto gli veniva detto.

«Per quale motivo lo pensate?»

«Certi rapporti tedeschi che abbiamo intercettato.» Due guardie del Comando Supremo erano state ammazzate la settimana prima. Con loro, avevano la cartella con i documenti del loro comandante e questa cartella era sparita, finendo tra le mani dei partigiani della Resistenza. Von Speidel era impazzito per la rabbia.

«Siete stati voi la settimana scorsa?» provò a domandare Armand con la massima tranquillità.

«Sì. E in quella cartella abbiamo trovato certi documenti che ci hanno indotto a credere... non siamo completamente sicuri... però preferiamo non aspettare che sia troppo tardi. Dovrebbe partire adesso.»

«Quando?»

«Stanotte. Con me.»

«Ma non posso...» Sembrò spaventato; aveva ancora in corso almeno una dozzina di progetti importanti. C'era un'opera di Rodin che voleva fare arrivare di nascosto in Provenza. Una donna ebrea con suo figlio nascosta in cantina. Un Renoir di valore inestimabile nascosto nel seminterrato di un edificio. «Troppo presto. Mi occorre tempo.»

«Può darsi che non glielo concedano.»

«Ma ne è sicuro?»

Moulin scrollò la testa. «Non ancora, non c'è niente di definito. Però il suo nome è stato menzionato in due rapporti. Sono all'erta. La sorvegliano.»

«Ma quei rapporti, adesso, sono in mano vostra. Von Speidel non li ha ricevuti.»

«Ma non sappiamo chi li abbia letti, in precedenza. Ecco dove sta il pericolo.» Armand annuì, poi lanciò uno sguardo penetrante a Moulin di nuovo.

«E se resto?»

«Ne vale la pena?»

«Per il momento, sì.»

«Non può cercar di concludere in fretta quello che sta facendo?»

Armand annuì lentamente. «Posso provare.»

«Allora lo faccia. Io tornerò fra due settimane. Verrà, allora?»

Armand assentì ma c'era qualcosa di incerto nella sua espressione che Moulin riconobbe immediatamente. Ne aveva già visti altri come lui: erano quelli che non se la sentivano di rinunciare a combattere... al di là, perfino, di ciò che era logico e ragionevole.

«Non faccia lo sciocco, de Villiers. Restando vivo, potrà servire meglio la Francia. Può fare moltissimo da Londra.»

«Ma io voglio rimanere in Francia.»

«Potrà ritornarci. Le daremo nuovi documenti di identità e la manderemo in montagna.»

«Questo sì che mi piacerebbe.»

«Benissimo.» Moulin si alzò, i due uomini si strinsero la mano, poi Moulin attraversò rapidamente la stanza e se ne andò. Uscì dalla stessa strada che aveva percorso Armand, venendo. E, dopo un attimo, anche Armand lo seguì. Sapeva che, quando lui fosse sceso in strada, quegli uomini sarebbero già scomparsi. Moulin scompariva sempre come il vento. Quella sera, no. Mentre Armand si incamminava verso la sua automobile udì un movimento improvviso vicino a sé poi, d'un tratto, un gruppo di soldati sbucarono fuori dai loro nascondigli mettendosi a sparare all'impazzata. Non videro chiaramente lui, però, in distanza, c'erano tre uomini in fuga. Armand si appiattì immediatamente contro un muro e i soldati, correndo, lo sorpassarono. Ci furono altri spari nella notte, poi Armand sgusciò in un giardino dove rimase nascosto. Intanto cominciava a sentire un sordo pulsare doloroso in una gamba e, quando la toccò, si accorse che era bagnata di sangue. Lo avevano ferito.

Aspettò a lungo, fino a quando non udì più alcun rumore, poi uscì con estrema cautela dal giardino, pregando in cuor suo che Moulin fosse riuscito a fuggire, come sempre. Ritornò nella casa in cui si erano incontrati e qui la gente che vi abitava lo accolse e gli bendò la gamba. A mezzanotte tornò nel suo domicilio ma tremava da capo a piedi. Si augurò, estenuato, di avere ancora un poco di brandy. Quando ci arrivò, si mise a sedere e osservò attentamente la rozza fasciatura che gli avevano fatto. Stava accorgendosi che quella ferita costituiva un grave problema per lui. Il giorno seguente non poteva certo presentarsi in ufficio zoppicante. Ormai faceva troppo caldo per convincere qualsiasi persona che lo aveva ripreso un altro attacco dei suoi reumatismi. Si esercitò a camminare avanti e indietro per il salone senza zoppicare, soffrendo atrocemente a ogni passo. Non gli sembrava possibile di riuscire a fare ciò che doveva, d'altra parte, ci era costretto! Continuò a esercitarsi, grondante di sudore e, alla fine, vide che ci riusciva. Poi, con un gemito straziante si mise a letto, ma era troppo stanco per dormire. Allora accese una piccola lampada e tirò fuori un taccuino. Già da una settimana non scriveva a Liane e, quella sera, aveva un grande bisogno di lei. Improvvisamente si accorse di provare una nostalgia angosciosa per la sua gentilezza, la sua capacità di confortare... allora le scrisse come non le aveva mai scritto prima. In quella lettera mise a nudo il suo cuore, la sua anima, parlò delle sue preoccupazioni per la Francia e le descrisse in modo molto chiaro come fosse atroce la situazione. Alla fine della lettera la informò anche di essere stato ferito.

«Niente di serio, mio piccolo amore. È un prezzo modesto da pagare in questa battaglia terrificante. Altri hanno sofferto molto più di me. Mi addolora di avere così poco da offrire, ormai. Perfino questo pezzetto di carne non è abbastanza...»

Poi la informò della proposta di Moulin di andare a Londra e accennò alla possibilità di partire per quella città nel giro di qualche settimana, per rientrare in Francia con nuovi documenti di identità.

«Ha accennato, stasera, all'eventualità di mandarmi su, in montagna. Forse, allora, riuscirò veramente a partecipare alla lotta armata. In montagna stanno facendo cose straordinarie e infastidiscono i tedeschi di continuo... Che cambiamento meraviglioso sarebbe vivere lassù, a confronto di questo ufficio con le pareti macchiate dall'umidità.»

Ripiegò la lettera quattro o cinque volte e se la infilò sotto la soletta interna di una scarpa. E, a meno che non gli dovesse succedere qualcosa durante quella notte stessa, il giorno dopo la avrebbe deposta dietro un vaso ornamentale pieno di piante che si trovava in rue du Bac. Era una cosa che faceva spesso anche se, appena era possibile, preferiva consegnare direttamente le sue lettere a Moulin. Però sapeva che quelle nascoste dietro quel vaso ornamentale avevano ugualmente raggiunto Liane. Come accadde per questa.

Quando la lesse due settimane dopo, Liane aveva la faccia bagnata di lacrime. Era come se Armand avesse voluto chiudere gli occhi e rifiutarsi di vedere ciò che stava facendo. Liane lo aveva capito. Poi lesse le righe in cui Armand le diceva di essere stato ferito e si sentì quasi svenire. Se il rischio che aveva corso era stato così grosso e Moulin lo voleva a Londra, ciò significava che, forse, era troppo tardi. Invece Armand non se ne accorgeva. Sentì che la disperazione si insinuava dentro di lei, penetrava in ogni fibra del suo essere, come un'ondata di bile. Provava un gran desiderio di prendere per le braccia suo marito, scuoterlo, metterlo davanti a ciò che non voleva vedere. Possibile che fosse talmente cieco? Che una statua, un quadro, uno sconosciuto, fossero tanto più importanti di lei, di Marie-Ange e di Elisabeth? Rimase seduta dov'era a piangere per una buona mezz'ora. Poi fece qualcosa che non faceva più da molto tempo. Andò in chiesa e si inginocchiò a pregare. Sapeva quale fosse la cosa sbagliata in quella situazione. Riguardava ciò che lei aveva fatto con Nick. Aveva voltato le spalle a suo marito e lui se ne era accorto. Ormai era talmente chiaro per Liane che le parve quasi di aver udito delle voci che glielo dicevano e di aver avuto una visione. Poi, tornata nella casa di Broadway, restò seduta a lungo, guardando, fuori della finestra, il Golden Gate Bridge. Aveva scritto a Nick ogni giorno mentre le sue lettere ad Armand venivano spedite una o due volte la settimana. Armand doveva essersi accorto di quel senso di distacco che era sorto fra loro. E, adesso, sapeva con precisione che cosa doveva fare. Lo aveva sempre saputo, solo che non aveva voluto farlo.

Ci mise ore e ore a scrivere quella paginetta. Seduta alla scrivania continuava a fissare il foglio di carta e pensava che non ci sarebbe mai riuscita. Era più straziante di quando lo aveva lasciato alla stazione di Grand Central oppure nella camera di quell'albergo, a San Diego. Era più straziante di qualsiasi altra cosa che avesse mai fatto. Come tagliarsi il braccio destro. Però la Bibbia aveva detto: «Se il tuo occhio ha offeso, devi cavartelo». Adesso le pareva di fare esattamente questo. Nella sua breve lettera diceva a Nick di aver capito che tutto ciò che avevano fatto era sbagliato; non solo, ma che lo aveva convinto a credere che, in futuro, ci sarebbe stata qualche speranza per loro. Mentre non c'era. Adesso Armand aveva bisogno di lei. Aveva bisogno di tutto il suo appoggio, tutta la sua attenzione, tutta la sua fiducia. Aveva bisogno di tutto ciò che lei poteva dargli. E, per fare bene tutto questo, non poteva più tradirlo. Spiegava a Nick di amarlo con tutta l'anima, ma si trattava di un amore al quale nessuno dei due aveva diritto. Gli augurava un mondo di bene, con tutto il cuore, avrebbe pregato per lui ogni giorno della guerra però non se la sentiva più di continuare a scrivergli. Gli diceva che, qualsiasi cosa fosse successa, avrebbe tenuto fede alla sua promessa di restare in contatto con Johnny.

«Ma questo non succederà, tesoro mio... so bene che tornerai a casa. E il mio unico desiderio sarebbe...» Ma non se la sentì di scrivere quelle parole.

«Sai qual è il mio desiderio. D'altra parte i nostri sogni non sono neppure stati presi a prestito, sono stati rubati. Adesso devo ritornare al posto che mi compete, nel cuore, nell'anima, nella mente a mio marito. Ricorda sempre, tesoro mio, quanto ti ho amato. Che Dio ti accompagni e ti protegga.»

Soffocando in gola un singhiozzo straziante, Liane firmò la lettera e uscì per imbucarla. Rimase ferma davanti alla cassetta delle lettere molto a lungo con la mano che le tremava e il cuore spezzato ma, con una forza di volontà che non sapeva di avere, la aprì e vi fece cadere la lettera. Sapeva che lo avrebbe raggiunto.

50

QUANDO tornò nel suo ufficio la mattina seguente all'incidente di Neuilly, Armand era pallidissimo e con il palmo delle mani umide di sudore; ma, avviandosi alla scrivania, camminò senza zoppicare. Poi sedette al suo solito posto, come sempre. Arrivò Marchand con un fascio di rapporti da leggere, moduli da riempire e una serie di messaggi da parte dei generali locali.

«C'è qualcos'altro?»

«No, grazie, Marchand.» La faccia di Armand era tesa, sofferente, ma la sua voce normale. Per tutta la settimana successiva continuò a lavorare con impegno, a ritmo accelerato. Il famoso Renoir, di valore inestimabile, scomparve dallo scantinato di quell'edificio. Il Rodin venne nascosto. La donna ebrea con il suo bambino trovò rifugio nel seminterrato di una fattoria vicino a Lione e, come questi, furono innumerevoli gli altri progetti di cui Armand si occupò, e che risolse, con la massima rapidità. Sapeva di avere pochissimo tempo. Per di più, la gamba ferita era divorata dall'infezione ma, purtroppo, gli mancava il necessario per curarla. Ogni giorno doveva sforzarsi di camminare come se non ci fosse niente di cambiato. Ma gli occorreva una forza di volontà maggiore di prima per continuare così e, adesso, aveva l'aria scarna ed emaciata. Ormai dimostrava pienamente la sua età, anzi sembrava molti anni più vecchio.

Costretto com'era a lavorare a un ritmo sempre più frenetico, si fermava in ufficio anche dopo l'ora per la quale era stato decretato l'oscuramento totale. Era talmente ansioso di portare a compimento la sua opera che, adesso, ci metteva sempre più tempo a bruciare i suoi appunti ma, in quella stagione, diventava sempre più difficile trovare un pretesto valido per accendere il fuoco. Spesso diceva a Marchand, strofinandosi le mani e sorridendo, che le sue vecchie ossa avevano bisogno di caldo. Marchand si limitava ad alzare le spalle e poi tornava al lavoro alla sua scrivania.

Ormai mancavano solo quattro giorni a quello stabilito per il prossimo incontro con Moulin e Armand sapeva di dover fare ancora più in fretta. Una sera lasciò l'ufficio dopo le dieci, rientrò in casa ma ebbe subito la sensazione che qualcuno ci fosse entrato prima di lui. Non ricordava di aver lasciato la poltrona così lontano dalla scrivania. D'altra parte era troppo stanco per preoccuparsi; l'infezione alla gamba ferita era avanzata e adesso provava il sordo battito dell'infezione fino alla coscia e all'anca. A Londra, doveva assolutamente farla curare. Quella sera si guardò intorno, girando per le stanze, spalancò la finestra, dopo aver spento tutte le luci, e contemplò anche place di Palais-Bourbon. Era come lasciare un pezzetto di cuore a Parigi, pensando di dover partire presto dalla città. D'altra parte, la aveva già lasciata altre volte e ci sarebbe tornato; la prossima volta che l'avesse rivista, la città sarebbe stata libera.

«*Bonsoir, ma belle.*» Sorrise alla città e pensò a sua moglie mentre andava a letto. La mattina seguente avrebbe scritto a Liane... o forse il giorno dopo ancora... adesso non aveva tempo. Ma la gamba gli faceva talmente male che si svegliò prima dell'alba e dopo essere rimasto a letto nella vana speranza di riprender sonno, decise di alzarsi e andò alla scrivania a comporre la lettera che voleva mandarle. Rabbrividì di febbre, ma quei brividi gli erano ormai familiari, mentre si tirava vicino un foglio di carta.

«Dall'ultima volta che ti ho scritto, non ci sono grandi novità da raccontarti. Non ho fatto che lavorare febbrilmente, tesoro mio.»

Poi, di colpo, gli venne in mente una cosa e sorrise.

«Ho paura di esser diventato un marito vergognoso. Quindici giorni fa mi sono dimenticato del nostro tredicesimo anniversario. Ma, viste le circostanze straordinarie, forse mi perdonerai. Che il prossimo anniversario, quando ne festeggeremo altri tredici, sia tranquillo e sereno! Forse presto saremo riuniti.»

Poi continuò a parlare del suo lavoro.

«Purtroppo la mia gamba non va bene. Adesso mi rammarico di avertene parlato perché ho paura che tu ti sia preoccupata per me. È una cosa da nulla, credimi, ma ci cammino sopra ogni giorno e questo non aiuta. Credo di esser diventato un vecchio, ma un vecchio che ama ancora il suo paese... *à la mort et à tout jamais...* alla morte e per sempre, e ad ogni costo, anche dovendo sacrificare le cose più care. Darei volentieri questa gamba, e il mio cuore stesso, per il mio paese che amo tanto. Adesso la patria è accasciata, imprigionata contro il suolo, violentata dai tedeschi ma presto sarà libera e la faremo tornare in salute. Allora tu sarai di nuovo al mio fianco, Liane, e tutti saremo felici. Nel frattempo sono molto contento di sapere che sei al sicuro con lo zio; è una vita migliore per te e per le bambine. Non ho mai rimpianto di averti rimandato negli Stati Uniti. Così non saprai mai che cosa è stato vedere la Francia strangolata dalle mani dei tedeschi... quelle mani alla sua gola, e un sogghigno sulle loro facce mentre la guardano soffocare. Mi si spezza il cuore al pensiero di dover partire presto con Moulin, ma l'unica cosa che mi rallegra è sapere che presto potrò tornare, soltanto per combattere più duramente!»

Mai e poi mai, gli era balenata l'idea di fermarsi in Inghilterra o di tornare da Liane. Pensava soltanto alla Francia, anche firmando la lettera.

«Ricordati di dire alle bambine che voglio moltissimo bene a tutte e due e conserva per te stessa la parte più grande di questo amore. Ti amo con tutto il cuore, *mon amour*, quasi come amo la Francia...»

Sorrideva, scrivendo:

«... forse anche di più ma preferisco non pensare a questo, adesso, o dimenticherò di essere ormai un vecchio e mi precipiterò a raggiungerti. Che Dio benedica te, Marie-Ange ed Elisabeth; i miei più caldi ringraziamenti, i miei più affettuosi pensieri a tuo zio. Il tuo affezionatissimo marito Armand».

Firmò la lettera con uno svolazzo, come sempre faceva e, sulla strada dell'ufficio, la andò a deporre nel solito nascondiglio. Aveva pensato, per un attimo, di trattenerla presso di sé fino al momento della partenza con Moulin, ma infine pensò che era meglio spedirla. Sapeva quanto Liane fosse ansiosa di ricevere le sue lettere, e quanto si preoccupasse. Lo capiva dalle domande che gli faceva, quando gli scriveva, domande che riuscivano ad arrivargli malgrado la censura.

Alzando gli occhi dal calendario che aveva sulla scrivania, li fissò sulla parete opposta alla quale erano appesi i ritratti di Pétain e di Hitler e si rese conto che mancavano soltanto tre giorni all'appuntamento con Moulin. Aggrottò le sopracciglia e stava pensando a ciò che ancora gli restava da fare quando André Marchand entrò nel suo ufficio con un sorriso. Ai suoi fianchi c'erano due ufficiali del Reich, ma nessuno dei due sorrideva.

«Monsieur de Villiers?»

«Sì, Marchand?» Non ricordava di avere un appuntamento con i tedeschi quella mattina, ma capitava spessissimo che lo chiamassero all'*Hotel de la Ville* o al *Meurice* o al *Crillon* senza preavviso. Rimase seduto al suo posto e attese. «Mi aspettano in qualche posto?»

«Proprio così, signore.» Il sorriso di Marchand si fece più accentuato. «Al Comando Supremo vogliono vederla, stamattina.»

«Benissimo.» Armand si alzò e prese il cappello. Perfino in tempi così difficili metteva sempre un vestito a righe sottili, gessato, il panciotto e portava un cappello scuro, con l'ala floscia, come durante gli anni del servizio diplomatico. Seguì i soldati fuori, verso la macchina che era stata mandata a prenderlo. Viaggiava sempre in grande stile, anche se non ci badava affatto. Tuttavia provava ancora una stretta al cuore quando, al suo passaggio, capiva che la gente bisbigliava la parola «traditore».

Tuttavia, quel giorno, Armand non venne fatto entrare nel solito ufficio, ma fu condotto in quello del comando militare. Si domandò quale sgradevole nuovo progetto avessero in serbo per lui. Non importava. Sorrise tra sé. Non avrebbe avuto il tempo di portarlo a compimento. Sarebbe partito nel giro di tre giorni.

«De Villiers?» L'accento teutonico, quando i tedeschi gli parlavano in francese, lo infastidì come al solito, ma era concentrato sul fatto che doveva camminare, entrando in quell'ufficio, senza zoppicare. Comunque, non era assolutamente preparato a ciò che accadde subito dopo. Ad aspettarlo c'erano tre ufficiali delle SS. Lo avevano scoperto. Davanti a lui venne deposta una serie di prove tra le quali c'erano perfino alcuni frammenti di carta parzialmente carbonizzata di quelle liste che aveva gettato nel caminetto ad ardere solo il giorno prima. Gli bastò fissare l'ufficiale di grado più alto negli occhi per capire tutto. Era stato tradito da André Marchand.

«Non capisco... questi non sono...»

«Silenzio!» ruggì l'ufficiale. «Silenzio! Io parlo e lei ascolta! Lei è un porco francese, come tutti gli altri, e quando la avremo finita con lei quest'oggi, sarà ridotto a squittire proprio come fanno tutti quegli altri sudici maiali!» Non volevano nessuna informazione da lui, non volevano niente. Volevano soltanto dirgli che sapevano, dimostrargli quanto fosse superiore l'intelligenza dei tedeschi. Quando l'ufficiale di grado più alto ebbe finito il suo discorsino, con l'elenco dei suoi misfatti, che era incompleto in modo addirittura commovente, con grande sollievo di Armand (non sapevano quasi niente, e ne ringraziò Dio), venne condotto fuori dalla stanza dalle SS. Fu solo in quel momento che provò un brivido lungo la spina dorsale, si mise a trascinare la gamba e pensò a Liane, a Moulin, sentendosi invadere dalla disperazione. Fino a quel momento l'adrenalina non si era scaricata rapidamente nelle vene, ma adesso vi si mise a scorrere più rapidamente e gli parve di provare una vertigine... Tuttavia si ripeté più volte che il sacrificio ne valeva la pena. Valeva la pena di offrire la propria vita per la patria... *pour la France*... se lo ripeté più volte, di continuo, mentre lo legavano a un palo del cortile fuori dall'ufficio del Comando Supremo. Mentre lo giustiziavano gli sfuggì soltanto un grido: «Liane!» e quel nome riecheggiò mentre si accasciava contro il palo, morendo per il suo paese.

51

Il 28 giugno 1942 otto agenti segreti tedeschi vennero catturati dalla FBI a Long Island. Li avevano portati fin lì i sottomarini tedeschi, e ciò servì a dimostrare a tutti quanto la morsa tedesca stringesse da vicino la costa orientale americana. Dall'inizio di quell'anno 1942, i tedeschi avevano affondato seicentoottantuno navi nell'Atlantico mentre le perdite, da parte loro, erano state praticamente irrilevanti.

«Ecco perché abbiamo dovuto mandare i giapponesi nei campi di internamento», rammentò lo zio a Liane una mattina, a San Francisco, mentre facevano colazione. Appena il giorno prima, lei gli aveva osservato che, nella sua opinione, si trattava di una mossa crudele e inutile. Perfino il loro giardiniere con la sua famiglia erano stati internati in uno di quei campi e il trattamento che subivano era crudelissimo. Viveri scarsi, medicine praticamente inesistenti, e vivevano in alloggiamenti che non sarebbero stati neppure degni di animali. «Non me ne importa niente. Se non avessimo fatto così, i giapponesi ci manderebbero qui i loro agenti segreti come hanno fatto i tedeschi e gente del genere riuscirebbe a infiltrarsi tra la popolazione, a rendersi praticamente irreperibile, esattamente come hanno tentato di fare le otto spie tedesche!»

«Non sono d'accordo con te, zio George.»

«Come puoi dire una cosa simile quando c'è Nick che combatte contro i giapponesi?»

«Certo che posso dirlo. Le persone internate in quei campi sono americane.»

«Nessuno, però, sa con certezza che sono fedeli al loro paese. Non possiamo correre un rischio del genere.» Era un argomento sul quale si erano già trovati in disaccordo in precedenza. George, saggiamente, decise di cambiare argomento. «Vai a lavorare all'ospedale oggi?» Ormai aveva raggiunto un grado pari a quello delle infermiere diplomate e vi lavorava non più tre, ma cinque volte alla settimana.

«Sì.»

«Ti affatichi troppo.» I suoi occhi si addolcirono, guardandola e Liane gli sorrise. Aveva lavorato indefessamente dal giorno in cui era stata spedita la famosa lettera a Nick. Adesso, come già era accaduto dopo i giorni trascorsi sulla *Deauville*, non riusciva a liberarsi dal pensiero di lui. Però, ora, era anche tormentata non soltanto da una sensazione di vuoto ad averlo perduto ma dal terrore che cercasse avventatamente il pericolo e rischiasse la vita perché lo aveva abbandonato. Si augurava soltanto che l'amore per il suo bambino gli servisse da freno e non gli permettesse di osare troppo. Del resto, sapeva di non avere altra scelta. Il suo primo, unico dovere tuttora, era nei confronti di suo marito. Per un po' di tempo, aveva provato a chiudere gli occhi di fronte a questo fatto, ma ormai quel periodo era passato, finito.

«E tu, zio George, che cosa hai intenzione di fare oggi?» Provò a scacciare il ricordo di Nick dal cervello come ormai faceva mille volte al giorno. Non le restava che vivere con la propria colpa, adesso, e con il timore che, forse, qualche vago sospetto di quello che aveva commesso, potesse far soffrire Armand. Doveva ripagarlo per tutto ciò, ora, e gli scriveva praticamente ogni giorno pur sapendo che le sue lettere lo avrebbero raggiunto non una alla volta, ma a gruppetti, a seconda del tempo che gli impiegati della censura avevano a disposizione per leggerle.

«Vado a pranzo con Lou Lawson al mio club.» Si incupì improvvisamente e la sua voce si levò, venata di commozione, quando le disse ancora: «Il suo ragazzo, Lyman, è rimasto ucciso a Midway». Liane alzò gli occhi di scatto. Lyman Lawson era stato l'avvocato che lo zio aveva cercato di proporle come compagno al suo arrivo a San Francisco.

«Mi spiace di sentire una notizia simile!»

«Anch'io. Lou l'ha presa molto male. È stato un brutto colpo. Lyman era il suo unico figlio.»

Ciò servì a ricordarle che, laggiù, a combattere c'era anche Nick. Ma doveva respingere quel pensiero, altrimenti sarebbe diventata pazza. Nick era nel Pacifico, a combattere i giapponesi, Armand in Francia, a lottare contro i tedeschi. Il suo cuore era lacerato da un capo all'altro del mondo. «Devo andare all'ospedale.» Era l'unico posto nel quale riusciva a dimenticare tutto questo, per quanto anche lì, soprattutto lì, la guerra fosse presente più che mai. Ogni giorno vi arrivavano i soldati feriti, sbarcati dalle navi addette al trasporto militare, e ognuno di loro aveva una storia terribile da raccontare della guerra che aveva visto nel Pacifico. Se non altro, però, all'ospedale Liane poteva aiutarli, accarezzare la fronte, posarci una compressa fredda, poteva dar da mangiare, sorreggere, toccare quei poveri feriti.

«Non stancarti troppo, Liane.»

Mentre Liane usciva di casa, lo zio si rammaricò che non assomigliasse alle altre ragazze della sua classe sociale o, almeno, a qualcuna di loro. Perché, in genere, passavano il tempo a organizzare ricevimenti e pranzi per gli ufficiali. Invece no, Liane doveva vuotare padelle e lavare pavimenti e assistere quelli che venivano fuori dalla sala operatoria con la nausea e vomitavano. Ma, come sempre, non poteva fare a meno di ammirarla per questo.

Due settimane dopo, un giorno, rientrando in casa, trovò la lettera di Armand; si lamentava ancora della gamba ferita e Liane se ne preoccupò. Poi le diceva qualcosa sulla eventualità di partire per Londra con Moulin e, a questo punto, Liane capì che il pericolo era grave. Per un attimo si sentì il cuore in gola dalla gioia: se fosse riuscito a venir via dalla Francia... ma le sue speranze morirono quando lesse le parole seguenti. «Mi si spezza il cuore al pensiero di dover partire così presto con Moulin, ma l'unica cosa che mi rallegra è di avere la certezza che tornerò indietro presto e solo per combattere più duramente.» Ormai pensava soltanto a questo e Liane si sentì quasi in collera mentre continuava la lettura della lettera. Armand aveva cinquantanove anni. Possibile che non fosse capace di lasciare agli altri il compito di combattere una guerra e non se la sentisse di tornare a casa da lei? Perché?... *à la mort et à tout jamais*, lesse... la Francia era tutta la sua vita. C'era stato un tempo in cui la sua esistenza era stata arricchita da molte, molte più cose. E, in quel momento, fissando la lettera di suo marito, Liane capì che niente, più niente, era stato come prima da quando erano scesi dal *Normandie*. C'erano stati quei mesi atroci prima della guerra durante i quali Armand aveva lavorato indefessamente, logorandosi il fisico e lo spirito; poi la tensione di quegli altri mesi, tra il settembre e la caduta di Parigi, quando non aveva più saputo neppure ciò che suo marito stava facendo. Infine lei e le bambine avevano lasciato la Francia, e Armand era rimasto a combattere la sua battaglia impari contro i tedeschi, pur fingendo di collaborare con loro. Tutto ciò le parve insopportabile, al solo pensarci, mentre rileggeva la lettera. La mise via. Si sentiva stanchissima. Aveva passato l'intera giornata ad assistere un ragazzo che aveva perduto tutte e due le braccia nella battaglia sul Mar dei Coralli. Viaggiava sulla portaerei *Lexington* con Nick, ma era un soldato semplice e non l'aveva conosciuto.

Quella sera, quando scese a pranzo, George pensò che gli pareva particolarmente stanca. Aveva l'espressione smarrita, sembrava estenuata da settimane, ormai, e George ebbe il sospetto che ci fosse qualcos'altro che Liane gli nascondeva.

«Hai avuto notizie di Nick?» Di solito, in precedenza, Liane glielo diceva sempre quando riceveva una sua lettera. Ma, adesso, era da un po' che non gliene parlava. Lei scrollò la testa.

«Stamattina ho avuto una lettera da Armand. Mi sembrava stanco e la gamba gli dà ancora molti fastidi.» Fu in quel momento che pensò di dirgli la verità su Armand, ma poi pensò che era meglio aspettare che arrivasse in Inghilterra.

«E Nick?» George insistette e Liane gli rispose, inalberandosi.

«Armand è mio marito, non Nick.»

Però, quella sera, anche il vecchio zio era stanco. E fu pronto a ribattere. «Te ne ricordavi anche questa primavera?» Poi, avrebbe voluto mordersi la lingua per aver parlato a quel modo, soprattutto quando si accorse che Liane aveva preso un'espressione sconvolta.

Gli rispose con una voce che si udiva appena. «Avrei dovuto farlo.»

«Liane, mi spiace... non era la mia intenzione...» Liane lo guardò con occhi vuoti. «Hai perfettamente ragione. Ho sbagliato, e molto. Non è stato corretto nei confronti di Armand e in quelli di Nick.» Poi sospirò. «Ho scritto a Nick qualche settimana fa. Ma, d'ora in avanti, non ci saranno più lettere fra noi.»

«Perché? Quel pover'uomo...» Era stupefatto di fronte alla notizia.

«Perché non ho nessun diritto di scrivergli, zio George, ecco perché! Sono una donna sposata.»

«Però lui lo sapeva, questo!»

Liane annuì. «Pare che sia stata io l'unica a dimenticarlo. E adesso ho cercato di riparare ai guai che avevo fatto, nel miglior modo possibile.»

«Ma... e lui?» Lo zio pareva furioso. «Quale pensi che sarà la sua reazione... credi che sia stato bello per lui, mentre è alla guerra, e combatte?»

Liane aveva le lacrime agli occhi. «Non so che cosa farci. Ho dei doveri verso mio marito.»

Lo zio George avrebbe voluto picchiare il pugno sul tavolo, ma non ne ebbe il coraggio. Sulla faccia di Liane leggeva la desolazione più completa. «Liane...» Ma non sapeva che cosa dirle. Non aveva niente da dirle. E sapeva che era testarda quanto lui.

Liane si alzò da tavola e andò all'ospedale; pareva che ogni giorno le sue ore di lavoro diventassero sempre più lunghe. Una settimana dopo che aveva ricevuto la lettera da Armand, rientrando a casa ne trovò una, arrivata da Londra, scritta da una grafia che le era sconosciuta. Non riuscì a immaginare di chi si trattasse e l'aprì salendo lentamente le scale. Si sentiva dolorante da capo a piedi. Aveva trascorso l'intera giornata a confortare il ragazzo che aveva perduto le braccia. Aveva la febbre altissima e si trovava ancora in pericolo di vita.

Poi, si fermò di botto, agghiacciata, con gli occhi fissi sulle parole che stava leggendo. «*Chère madame...*» cominciava come una lettera assolutamente normale ma, subito dopo questo attacco, ciò che diceva era pura follia.

«Sono profondamente addolorato di doverla informare che suo marito è morto ieri, poco dopo mezzogiorno, al servizio del suo paese. È morto nobilmente, ha fatto una morte da eroe, dopo aver salvato centinaia di vite e molti dei tesori della Francia. Il suo nome sarà sempre scolpito nei nostri cuori e nel cuore della Francia. Che le sue figlie possano essere orgogliose di un padre simile. Piangiamo con lei questa perdita. Il suo lutto è anche il nostro lutto. Ma la perdita più grave è quella che soffre il suo paese.»

La lettera era firmata da Moulin e Liane si lasciò cadere lentamente sul gradino più alto della scala mentre la rileggeva più volte. Le parole, però, non cambiavano. «*Chère madame*... sono profondamente addolorato di doverla informare... sono profondamente addolorato di doverla informare...» Mentiva, però! La perdita più grave non era quella della Francia. Appallottolò la lettera e la scaraventò giù, nell'atrio; poi cominciò a tempestare di pugni il pavimento scoppiando in lacrime. Era morto... era morto... era stato uno sciocco a rimanere in Francia... a lottare contro i tedeschi... a... non si accorse neppure che lo zio la chiamava. Non si accorse di nulla mentre, accasciata sul pavimento, gridava disperatamente. Era morto. Anche Nick sarebbe morto. Sarebbero tutti morti. E per cosa? Per chi? Fissò lo zio con occhi che non lo vedevano mentre urlava: «Li odio!... Li odio... LI ODIO!!!»

52

Lo disse alle bambine quella sera e loro scoppiarono in pianto a sentire quella notizia; poi le mise a letto e continuarono a parlare ancora a lungo. Liane aveva riacquistato il dominio di sé anche se era paurosamente pallida. Che sollievo, adesso, poter dire a tutti la verità! Le bambine non nascosero di essere profondamente stupite a sentire che il loro papà era un agente segreto che faceva il doppio gioco e che, mentre in apparenza lavorava per Pétain, in realtà combatteva per la Resistenza.

«Deve essere stato molto coraggioso.» Elisabeth guardò sua madre con tristezza.

«Sì, molto.»

«Perché non ce lo hai detto prima?» domandò subito Marie-Ange.

«Perché sarebbe stato pericoloso per lui.»

«Non lo sapeva nessuno?»

«Soltanto le persone per le quali lavorava, nella Resistenza.»

Marie-Ange annuì con aria saggia. «E, adesso, noi torneremo in Francia?»

«Un giorno.» Quella, però, era una domanda alla quale non aveva ancora dato risposta. Non avevano più una casa, laggiù, non c'era un posto a cui ritornare dopo la guerra, nessuno da aspettare. E lei non aveva più suo marito.

«A me la Francia non piaceva molto», confessò Elisabeth.

«Sono stati tempi difficili. Soprattutto per papà.» Le bambine assentirono e, finalmente, Liane riuscì a metterle a letto e a farle addormentare. Era stata una sera molto lunga per tutti. Liane però sapeva che non sarebbe riuscita a chiudere occhio e non aveva neppure voglia di andare e letto. Le pareva incredibile, adesso, il pensiero che Armand fosse già morto da venti giorni e che lei non lo avesse saputo. Aveva letto la sua ultima lettera quando lui era già stato ucciso, e neppure questo aveva saputo. In quella lettera Armand aveva parlato soltanto del suo amore per la Francia... di quanto fosse grande... e dell'amore che aveva per loro... ma soprattutto di quello per la Francia. Forse per lui era stato un sacrificio che valeva la pena di fare. Invece lei provava uno strano miscuglio di rabbia e di disperazione quando entrò in biblioteca e si mise a sedere. Lo zio George era ancora alzato, era molto preoccupato per lei.

«Bevi qualcosa?»

«No, grazie.» Si appoggiò allo schienale della poltrona e chiuse gli occhi.

«Mi spiace, Liane.» La sua voce era piena di dolcezza. Si sentiva incapace di dire, di fare qualcosa, mentre la guardava. Incapace di fare e di dire qualcosa... esattamente come si era sentita Liane quel giorno, mentre assisteva il ragazzo che aveva perduto le braccia. «Posso esserti utile?»

Lei aprì gli occhi lentamente. Si sentiva inebetita, incapace di alzare un dito. «No, a dir la verità. Adesso tutto è finito. Dobbiamo solo imparare a vivere con il ricordo di ciò che è successo.» Lo zio assentì e, a dispetto di se stesso, il suo pensiero tornò a

Nick. Si stava chiedendo se, a questo punto, Liane gli avrebbe scritto.

«Come è successo?» Non aveva avuto il coraggio di domandarglielo prima; adesso però Liane pareva più calma.

Liane lo guardò fisso negli occhi. «È stato giustiziato dai tedeschi»»

«Ma perché?» E non ebbe il coraggio di aggiungere: «Non era uno di loro?»

«Perché, zio George, Armand era un agente segreto, faceva il doppio gioco e lavorava per la Resistenza.» Lo zio sbarrò gli occhi e la fissò stralunato. «*Cos'era Armand*?»

«Apparentemente lavorava per Pétain come ufficiale di collegamento con i tedeschi, mentre non ha fatto altro che passare informazioni alla Resistenza per tutto questo periodo. Armand ha fatto il doppio gioco, come agente segreto dei partigiani, al livello più alto possibile nel governo. Ecco perché lo hanno giustiziato.» Ma non c'era nessuna fierezza nella sua voce, soltanto dolore.

«Oh, Liane...» Gli vennero in mente subito tutte le cose che aveva detto su Armand. «Perché non me ne hai parlato?»

«Non potevo dirlo a nessuno. Neppure io avrei dovuto saperlo, e, per molto tempo, infatti, non l'ho saputo. Me lo ha confidato soltanto appena prima che partissimo dalla Francia.» Liane si alzò e andò alla finestra. Rimase a fissare il Golden Gate Bridge per molto tempo. «Eppure qualcun altro deve averlo saputo.» Si voltò per fissare lo zio. «I tedeschi lo hanno giustiziato tre giorni prima che partisse per l'Inghilterra.» Era riuscita a capire più o meno questo dalla sua lettera, e da quella di Moulin. Lo zio le venne vicino e la prese fra le braccia.

«Come mi spiace! Sono molto, molto addolorato.»

«Perché?» Liane lo guardò con aria strana. «Perché adesso sai che combatteva dalla nostra parte? Saresti altrettanto addolorato se fossi tuttora convinto che lavorava per i tedeschi?» I suoi occhi erano vuoti, pieni di tristezza.

«Non saprei...» poi gli balenò immediatamente qualcos'altro. «Nick, lo sapeva?»

«Sì.»

Lo zio assentì. «E adesso, Liane, che cosa hai intenzione di fare?» Alludeva a Nick e Liane lo capì.

«Niente.»

«Ma, insomma...» Liane scrollò il capo.

«Non sarebbe giusto nei suoi confronti. Anche lui è un essere umano, non uno yo-yo. Qualche settimana fa gli ho detto che tutto era finito ma adesso che Armand è morto, possiamo ballare sulla sua tomba? Armand era mio marito, zio George. Mio marito. E lo amavo.» Poi si voltò dall'altra parte con le spalle squassate dai singhiozzi. Lo zio le venne vicino, addolorato per lei fin nel profondo del cuore. Allora Liane gli crollò fra le braccia, singhiozzando quasi come aveva singhiozzato quando aveva finito di leggere, per la prima volta, la lettera di Moulin sulle scale. «Oh, zio George... l'ho ucciso... aveva capito... è impossibile che non abbia capito... di Nick...»

«Liane, smettila!» L'afferrò saldamente per le spalle e si mise a scrollarla piano piano. «Non sei stata tu a ucciderlo. Che assurdità! Quell'uomo ha compiuto un'azione molto coraggiosa per la sua patria ma non è una fine inaspettata e casuale, la sua. Armand aveva fatto una scelta molto tempo fa. Conosceva i rischi che questa scelta implicava. Aveva soppesato tutti i pericoli e, nel suo cervello, deve essere giunto alla conclusione che ne valeva la pena. Tutto questo non ha niente a che fare con te. Sono decisioni che un uomo prende per conto proprio, indipendentemente da tutte le altre persone, perfino dalla donna che ama. E, adesso, io ho un'opinione enormemente più alta di lui di quel che non avessi mai avuto. Il nocciolo della faccenda è un altro: tu e Nick vi siate innamorati o no, quell'uomo ha fatto ciò che sentiva di dover fare. Non avresti potuto impedirglielo, non avresti potuto fargli cambiare opinione, e non sei stata tu a ucciderlo.» La saggezza di questa parole, a poco a poco, venne assorbita da Liane che, finalmente, smise di piangere.

«Credi che sia vero?»

«Lo so con certezza.»

«Ma... e se avesse sospettato qualcosa? Se avesse scoperto un cambiamento di tono nelle mie lettere...»

«Probabilmente non se ne sarebbe neppure accorto anche se tu avessi smesso del tutto di scrivergli. Un uomo che prende decisioni simili, Liane, lo fa con tutta l'anima, il corpo e lo spirito. È stata una gran sfortuna chc lo abbiano scoperto e, quel che è peggio, è una tragedia per te, per le bambine e per la sua patria. Ma tu non c'entri con tutto questo, come non c'entra Nick. Non farti male a questo modo, Liane. Non è giusto.» Allora Liane gli parlò dell'ultima lettera di Armand e delle cose che le aveva scritto; e finì per ammettere che, in realtà, parecchie volte si era perfino chiesta se Armand le volesse bene, e ci tenesse a lei, oppure se pensasse soltanto al proprio paese. George assentì e l'ascoltò, lasciandola parlare fino a tarda notte, fino a quando Liane cominciò a crollare la testa e, alla fine, si addormentò sul divano. Allora George andò a prendere una coperta nella sua camera e gliela distese addosso, lasciandola dove si trovava. Era completamente svuotata, esausta.

Svegliandosi, la mattina seguente, Liane in un primo momento non riuscì a capire dove si trovava e si commosse, quando vide la coperta. Ricordava di aver continuato a parlare con George fino a quando si era appisolata e, poi, nei suoi sogni, aveva avuto una visione di Nick e Armand che camminavano sottobraccio e si fermavano a parlare con un uomo che lei non conosceva. Rabbrividì, ripensandoci. Intuiva che quell'uomo era Moulin. E preferiva non pensare ad Armand. Per quanto non se la sentisse di rivedere mai più Nick, però voleva che vivesse. Aveva tutta la vita davanti, e aveva un figlio e, per questo, doveva tornare a casa. Andò alla finestra e rimase a guardar fuori, verso la baia.

«E noi? Cosa sarà di noi?» mormorò alla memoria di Armand. «Cosa sarà delle bambine?» Ma non aveva ancora trovato risposta alle sue domande quando si avviò alle scale per salire a svegliarle.

53

IN luglio, quando Liane ricevette la lettera di Moulin, Nick si trovava nelle isole Fiji con il Gruppo di Esperti di questioni militari n. 61, per una specie di prova generale di quello che sarebbe stato l'assalto di Guadalcanal. I giapponesi ci avevano costruito un campo di aviazione e il controammiraglio Fletcher vi stava richiamando tre portaerei per organizzarne l'assalto e l'occupazione. La *Enterprise*, la *Wasp* e la *Saratoga* si stavano preparando alla battaglia. Quando la portaerei *Lexington* era stata affondata in battaglia nel Mare dei Coralli, Nick si era visto trasferire temporaneamente sulla *Yorktown* ma ormai da qualche settimana era passato sull'*Enterprise* per aiutare il coordinamento fra le truppe di mare e i Marines. Era uno dei pochi Marines del suo rango, a bordo, che non fosse anche pilota. Dopo la battaglia sul Mar dei Coralli, era stato nominato tenente colonnello.

Il 6 agosto 1942, l'*Enterprise* entrava nell'area delle isole Salomone e il giorno successivo i Marines scendevano a terra. Nel giro di pochi giorni il campo d'aviazione, conquistato, era stato battezzato con il nuovo nome di «Henderson», ma la battaglia infuriava ancora intorno a Guadalcanal dove i giapponesi conservavano ancora saldamente in pugno le loro posizioni, all'infuori del campo di aviazione. Nelle settimane che seguirono, il prezzo pagato dai Marines in quella battaglia fu altissimo. Tuttavia l'*Enterprise* non mollò il proprio posto anche se era stata gravemente danneggiata. Nick si trovava a bordo quando aveva subito i colpi più gravi e aveva ricevuto l'ordine di restarci anche quando la portaerei era ripartita per le Hawaii al principio di settembre per le riparazioni necessarie.

Dentro di sé, Nick fremeva vedendosi costretto a restare a bordo della portaerei mentre questa viaggiava verso le Hawaii. Avrebbe voluto rimanere a Guadalcanal con le truppe, ma la sua presenza era estremamente necessaria a bordo della portaerei danneggiata. Alle Hawaii, fu costretto ad alloggiare alla Hickham

Base, mordendo il freno, macerandosi per la rabbia di non poter tornare indietro, nella zona di combattimento, mentre ascoltava le notizie. La battaglia di Guadalcanal aveva avuto come conseguenza una serie di perdite altissime fra le truppe e i Marines continuavano a morire sulle sue spiagge. Del resto, da quando, cinque mesi prima, aveva lasciato San Francisco, non aveva fatto altro che vedere azioni di combattimento nel Mar dei Coralli, a Midway e adesso, a Guadalcanal, non c'era stato quasi un momento di respiro fra l'una e l'altra di queste battaglie. Tutto ciò lo aiutava a non pensare continuamente a Liane. D'altra parte, era questo il motivo per il quale si era arruolato: combattere per la patria. Quando la lettera di Liane lo aveva raggiunto, era rimasto trasecolato leggendo ciò che gli scriveva. A quel che pareva, il senso di colpevolezza che provava, doveva aver raggiunto addirittura il parossismo soltanto dopo la sua partenza e, quanto a lui, non aveva trovato niente da fare né da dire. Aveva cominciato una mezza dozzina di risposte a quella lettera, ma le aveva scartate tutte. Ancora una volta era stata Liane a fare una scelta e, ancora una volta, lui non aveva altra soluzione se non quella di rispettarla. Adesso aveva la guerra che gli consentiva di non ritornare troppo spesso con la mente su quel che soffriva, ma di notte, nella sua cuccetta, restava sveglio per ore e ore ripensando ai giorni trascorsi insieme a San Francisco. Alle Hawaii, fu ancora peggio. Qui non aveva nient'altro da fare che stare sulla spiaggia ad aspettare che l'*Enterprise* fosse pronta a tornare in combattimento. Scriveva lunghe lettere a suo figlio e si sentiva inutile, esattamente come a San Francisco. L'estate era stupenda, alle Hawaii, però la battaglia continuava a infuriare nel Sud Pacifico e Nick era ansioso di tornare a combattere. Per passare il tempo, si offrì per i servizi volontari all'ospedale: chiacchierava con i feriti, scherzava con le infermiere. Queste lo trovavano un uomo simpaticissimo, sempre allegro; tuttavia non ne invitò a uscire neppure una.

«Chissà! Forse non gli piacciono le ragazze!» esclamò una di loro, in vena di battute di spirito. Ma scoppiarono tutte a ridere. Non pareva proprio che fosse quel tipo!

«Magari è sposato», insinuò un'altra. Il giorno prima aveva chiacchierato a lungo con Nick ed era giunta alla conclusione che avesse una donna in mente. Però, a parole, aveva detto molto poco. Era stato soltanto il modo in cui pronunciava la parola «noi» che le aveva fatto immaginare che Nick non fosse stato solo, prima di imbarcarsi, a San Francisco, e le era parso di capire che, nel proprio intimo, nascondesse un dolore segreto. Un dolore che nessuno poteva toccare, che nessuno poteva guarire. Perché Nick non permetteva a nessuno di avvicinarsi al suo dolore.

Anche alla base militare, le donne ne avevano fatto un continuo argomento di conversazione. Era straordinariamente affascinante e si mostrava molto schietto e sincero su alcune cose. Parlava spessissimo di suo figlio, un ragazzino di nome John, che aveva undici anni. Tutti conoscevano Johnny.

«Lo sai chi è?» Bisbigliò un giorno una piccola praticante a una collega diplomata. «Voglio dire, nella vita reale.» Proveniva dalle colline del Kentucky e aveva sentito parlare della Burnham Steel. Poi, a ciò che sapeva, aveva aggiunto qualche altra notizia ricavandola da quello che Nick stesso aveva detto. Si era informata un po' in giro e un ufficiale le aveva confermato che non si sbagliava. «È la Burnham Steel.» L'infermiera diplomata era apparsa scettica e, infine, aveva alzato le spalle.

«E con questo? Continua a fare questa guerra come noialtri e hanno affondato la nave sulla quale si trovava.» La novellina assentì, però non nascose di morire dalla voglia di vedersi chiedere un appuntamento da Nick. Cercava di farsi notare non appena lo vedeva girare per le corsie ma Nick, quando chiacchierava con lei, si comportava esattamente come faceva con tutte le altre.

«Accidenti, che tipo sfuggente!» si lamentò con un'amica.

«Può darsi che ci sia qualcuno che lo aspetta a casa.» Anche se questa eventualità non aveva trattenuto le altre dal fargli la corte.

Del resto, nell'ospedale di Oakland, le cose che si dicevano, a proposito di Liane, erano più o meno simili.

«Ha un amico alla guerra?» le domandò un soldato che aveva gli intestini pieni di schegge di shrapnel. Lo avevano operato tre giorni prima, ma non erano ancora riusciti a toglierle tutte.

«Un marito.» E gli sorrise.

«Quello che ha combattuto nel Mar dei Coralli?» Liane gli aveva parlato di Nick appena arrivato all'ospedale e lui si era accorto che era al corrente di molte cose avvenute durante quella battaglia. Ma, quando le fece questa domanda, negli occhi di Liane apparve una strana espressione.

«No. Era in Francia.»

«E che cosa ci faceva?» Il ragazzo pareva confuso. Non andava d'accordo, questo, con tutto il resto che sapeva né con quello che Liane gli aveva raccontato.

«Combatteva contro i tedeschi. Era francese.»

«Oh.» Il ragazzo parve sorpreso.

«E dov'è adesso?»

«Lo hanno ucciso.»

Ci fu un lungo silenzio durante il quale il soldato ferito la guardò attentamente. Liane gli stava piegando una coperta sulle gambe, aveva mani gentili e delicate. Gli piaceva perché era molto carina. «Mi spiace.»

Lei gli rivolse un sorriso colmo di tristezza. «Anche a me.»

«Ha bambini?»

«Due bambine.»

«Sono carine come la loro mamma?» E si mise a ridere.

«Molto più carine», rispose Liane con un sorriso, e poi si spostò verso il letto vicino. Lavorava per ore e ore di seguito nelle corsie, sempre sorridente, vuotando le padelle, stringendo le mani, reggendo la testa ai feriti che stavano male e vomitavano. Ma non parlava mai molto di sé. Perché non c'era niente da raccontare. La sua vita era finita.

Era settembre quando, finalmente, lo zio la invitò una sera fuori a cena. Ormai era venuto il momento di smettere il lutto. Ma Liane scrollò il capo. «Non credo di averne voglia, zio George. Domattina devo alzarmi molto presto per andare all'ospedale e...» Non voleva cercare delle scuse. Non voleva uscire. Non aveva più voglia di fare niente, salvo andare al lavoro, e tornare a casa alla sera tardi per vedere le sue bambine e, poi, infilarsi a letto.

«Ti farebbe bene un cambiamento di scena! Non puoi continuare così correndo avanti e indietro dall'ospedale ogni giorno.»

«Perché no?» Lo guardò con un'espressione che pareva dicesse: «Lasciami stare».

«Perché non sei una vecchietta, Liane. Può darsi che ti faccia comodo e ti piaccia comportarti come se lo fossi, ma non lo sei!»

«Sono una vedova. È la stessa cosa!»

«Niente affatto, perbacco!» Stava cominciando a fargli venire in mente suo fratello quando la madre di Liane era morta, mettendola alla luce. Ma era una follia! Liane aveva trentacinque anni. Non poteva seppellirsi anche lei in una tomba con suo marito! «Ma lo sai quello che sembri, in questi giorni? Sei magra come un bastone, hai gli occhi infossati, i vestiti ti pendono addosso!» Liane scoppiò a ridere a questa descrizione e scrollò il capo.

«Che bel quadretto mi fai!»

«Prova un po' a guardarti nello specchio qualche volta!»

«Faccio del mio meglio per evitarlo!»

«Hai visto? È proprio quello che volevo dire io! Accidenti, figliola, smettila di sventolare la bandiera nera. Sei viva, tu! È una vergogna, un gran dolore che lui non lo sia più, ma c'è un mucchio di donne che si trovano nelle tue stesse condizioni, di questi tempi, però non se ne stanno sedute con la faccia lunga né si comportano come se fossero morte.»

«Oh, no?» La voce di Liane era diventata stranamente gelida. «Che cosa fanno, zio George? Vanno alle feste e ai ricevimenti?» Era quello che lei aveva fatto prima. Prima che Armand morisse. Ed era stato uno sbaglio. Non lo avrebbe fatto mai più. Armand era morto. Uomini come lui morivano in tutto il mondo. E lei faceva quel che poteva per gli altri, che erano riusciti a scampare.

«Una volta ogni tento potresti uscire a cena. Perché dovrebbe essere una cosa così brutta?»

«Non ne ho voglia.»

Allora George decise di affrontare di nuovo l'argomento tabù. «Hai avuto notizie di Nick?»

«No.» Liane si era rinchiusa di nuovo nella sua torre d'avorio.

«Gli hai scritto?»

«No. E non ho intenzione di farlo. Me lo hai già domandato una volta, non farlo più.»

«Perché no? Almeno potresti dirgli che Armand è morto.»

«Per quale motivo?» Nella sua voce si era insinuata la rabbia. «A che cosa servirebbe? Ho respinto quell'uomo due volte. Non ho nessuna intenzione di fargli ancora del male.»

«Due volte?» George non nascose il proprio stupore e Liane si arrabbiò con se stessa. Ma, del resto... che differenza faceva, adesso, anche se George lo sapeva?

«La stessa cosa era già successa durante la traversata sul *Deauville*, mentre viaggiavamo insieme, dopo la caduta di Parigi. Ci siamo innamorati ma io ho voluto che tutto finisse, per Armand!»

«Non lo sapevo.» Liane era una strana donna, che teneva tutto chiuso dentro di sé, sotto molto punti di vista, e George non finiva di meravigliarsi di lei. Dunque, avevano già avuto una relazione in precedenza. Lo aveva sospettato, senza esserne del tutto sicuro. «Sarà stato senz'altro ancora più brutto per tutti e due, allora, quando Nick è dovuto partire per la guerra!»

Liane guardò lo zio dritto negli occhi. «Infatti. E non me la sento più di passare quello che ho passato, zio George, né di fare a lui una cosa del genere. Sono successe troppe cose. È meglio che la situazione rimanga quella che è.»

«Però, adesso, tu non lo metteresti più nelle condizioni di prima.» Preferiva evitare di aggiungere che, ormai, Liane era libera.

«Non so se posso ancora vivere, sentendomi colpevole per quello che abbiamo fatto. Non riesco a persuadermi che Armand non lo abbia capito. E anche se non è stato così, ho sempre commesso uno sbaglio. E non si può costruire la propria vita su due sbagli. Quindi, se gli scrivessi adesso, che utilità ne avrei? Lui riprenderebbe coraggio, nutrirebbe altre speranze mentre, forse, io non mi sentirò di essere all'altezza delle sue aspettative quando tornerà a casa. Quindi non posso combinargli lo stesso scherzo per la terza volta!»

«Eppure lui deve aver capito quali erano i tuoi sentimenti, Liane.»

«Certamente. Ha sempre detto che era disposto a giocare accettando le mie regole del gioco. E le mie regole del gioco erano quelle che sarei tornata da mio marito. Bella roba!» Pareva disgustata di se stessa. Erano mesi e mesi, ormai, che si torturava per questo. «Ma non voglio più parlarne.» Prese un'aria assorta, rievocando un tempo dimenticato nel quale c'erano stati due uomini che amava mentre adesso non ce n'era più nessuno, o perlomeno non ce n'era più uno che sapeva di rivedere.

«Mi pare che tu sbagli, Liane. Credo che Nick ti conosca meglio di quel che non ti conosci tu stessa. Potrebbe aiutarti a passare questo periodo tanto duro e difficile.»

«Troverà un'altra donna. E poi, ha sempre Johnny che lo aspetta a casa.»

«E tu?» George era molto preoccupato per lei. Un giorno o l'altro Liane sarebbe crollata sotto la tensione nella quale si imponeva di vivere.

«Io sono felice così come sono.»

«Non ci credo, né ci credi tu.»

«Non merito nient'altro, zio George!»

«Quando ti deciderai a scendere da questa croce?»

«Quando avrò scontato la mia pena.»

«E non credi di averlo già fatto?» Liane scrollò il capo. «Hai perduto un marito che pensi di aver tradito, però sei rimasta al suo fianco fino alla fine. Hai perfino rinunciato a un uomo che amavi e hai saputo conservare il segreto di Armand per tutti questi anni, anche se io non ho fatto che tormentarti spietatamente a questo proposito e ti sei vista praticamente costretta a scappare da Washington, proprio per questo motivo, come se tu fossi stata messa alla berlina! Non credi che sia abbastanza? E, adesso, passi ogni attimo della tua esistenza, consumi ogni tuo respiro, per confortare quei soldati feriti in un ospedale di guerra. Che cos'altro vuoi? Il cilicio? Vuoi vestirti di sacco e cospargerti il capo di cenere?»

«Non lo so, zio George», sorrise Liane. «Chissà, forse mi sentirò meglio e mi sembrerà di capire meglio il mondo che mi sta intorno quando la guerra sarà finita.»

«Certo, sarà così per tutti, Liane. Sono tempi molto difficili per ciascuno di noi. È orribile pensare agli ebrei che vengono strappati dalle loro case e messi nei campi di concentramento, ai bambini che vengono uccisi a Londra, ai nazisti che giustiziano uomini come Armand, alle navi che vengono affondate e... e si potrebbe andare avanti così per sempre. Tu però devi ugualmente svegliarti al mattino, guardar fuori della finestra, ringraziare Dio di essere viva e tendere la mano alle persone che ami.» Così dicendo, tese la mano a lei e Liane gliela prese e gliela baciò.

«Ti voglio bene, zio George.» Pareva una bambina, e George le accarezzò i capelli biondi, morbidi come la seta.

«E io voglio bene a te, Liane. E se vuoi che ti dica la verità, voglio bene a quel ragazzo. Mi piacerebbe vederti con lui un giorno. Penso che sarebbe un bene per te e per le bambine; io non vivrò in eterno, sai?»

«Sì, invece!» Liane sorrise di nuovo. «Guarda di non fare scherzi, eh?»

«No, non sono eterno. Pensa a ciò che ti ho detto. Devi qualcosa a te stessa, e a lui.» Ma Liane non gli diede retta e continuò a recarsi ogni giorno all'ospedale di Oakland, logorandosi per la fatica nelle corsie e, al ritorno a casa, cercando di dare quel po' che ancora le restava a lui e alle bambine.

Il 15 ottobre, l'*Enterprise* ripartì diretta a Guadalcanal con Nick a bordo. Smaniava dalla voglia di tornare a combattere. I due mesi trascorsi alle Hawaii lo avevano fatto quasi impazzire.

L'*Enterprise* raggiunse Guadalcanal il 23 ottobre e si unì all'*Hornet*. A quell'epoca il comandante in capo era il contrammiraglio Thomas Kindaid. Nella zona c'erano anche quattro portaerei giapponesi che cercavano ancora di riconquistare quello che ormai veniva comunemente chiamato il campo di aviazione Henderson, mentre gli americani non cedevano un palmo di terreno.

Il 26 ottobre, l'ammiraglio Alsey, il comandante in capo della Marina nel Sud Pacifico, ordinò l'attacco ai giapponesi. La battaglia fu terribile; i giapponesi erano più forti delle truppe americane. Incendiarono l'*Hornet* e continuarono a bombardarla senza tregua fino a quando la portaerei affondò, trascinando con sé migliaia di uomini uccisi. Tuttavia, malgrado i colpi brutali subiti, l'*Enterprise* riuscì a salvarsi. Continuò il combattimento con grande gioia di tutti. Negli Stati Uniti ogni cittadino era praticamente attaccato alla radio ad ascoltare le notizie. Anche George trovò Liane così, vicino alla radio, ad ascoltarla con un'espressione di terrore negli occhi.

«Pensi che lui sia laggiù, vero?»

«Non lo so.» Ma i suoi occhi la smentivano.

«Anch'io.» E George fece segno di sì con la testa, cupamente.

54

LA mattina del 27 ottobre, mentre l'*Hornet* era ancora in fiamme e stava naufragando lentamente, l'*Enterprise*, che pure era stata duramente colpita, continuava a lottare. Il tenente colonnello Burnham si trovava sul ponte a osservare i serventi a un pezzo di artiglieria quando i giapponesi li colpirono con violenza: una bomba da duecento chili raggiunse la portaerei sul ponte dal quale decollavano i velivoli provocando una vasta esplosione a babordo e scagliando frammenti in tutte le direzioni. All'improvviso scoppiarono incendi ovunque e il ponte si coprì di feriti e di morti.

«Cristo, hai visto che bomba!» L'uomo che si trovava accanto a lui era rimasto inebetito per lo stupore. Nick si precipitò verso le scale, d'un balzo.

«Non badarci, abbiamo il fuoco a bordo. Presto, corriamo alle pompe!» Ovunque, sulla nave, i soldati si misero a lottare per soffocare le fiamme mentre altri si precipitavano alle mitragliatrici e si mettevano a sparare una gragnuola di colpi contro i caccia giapponesi che scendevano in picchiata verso di loro per bombardarli. Un pilota giapponese precipitò sul ponte, provocando una spaventosa esplosione. Poi, d'un tratto, Nick che stringeva fra le mani una manichetta antincendio, vide due uomini che avanzavano strisciando verso di lui. Accorse a trascinarli lontano dalle fiamme uno alla volta, e spruzzò d'acqua i loro vestiti in modo da spegnere il fuoco che stava divorando le loro carni. Poi, mentre chinava gli occhi per guardare in faccia il secondo dei due uomini salvati sentì improvvisamente una violentissima esplosione alle proprie spalle. Provò la strana sensazione di una luce accecante, gli parve di sentirsi leggero leggero mentre volava in aria, osservando corpi smembrati intorno a sé. Per un attimo ebbe la curiosissima sensazione di non avere più alcun peso... e si accorse di sorridere perché stava pensando a Liane.

55

Da Guadalcanal, per tutto il mese di novembre, continuarono ad arrivare i superstiti della battaglia. Molti di loro erano stati trattenuti per qualche giorno a Hickam, la base militare, mentre altri erano venuti direttamente a Oakland. Non esistevano più ospedali da campo per il pronto soccorso, in nessun posto, e i feriti erano stati costretti a restare sulle navi fino al ritorno negli Stati Uniti. Molti erano morti durante il viaggio. Liane li guardava arrivare un giorno dopo l'altro, con i corpi smembrati, ferite terribili, ustioni. E le capitò di sentire la storia di quella bomba da duecento chili ripetuta più di una volta.

Era straziante vederli arrivare e spesso, prestando i primi soccorsi ai soldati feriti che giungevano in barella dalle navi, le tornò in mente il *Deauville*. Ma questo era molto, molto peggio, di tutto ciò che aveva visto in quell'occasione. Qui i soldati tornavano in condizioni disastrose, letteralmente fatti a pezzi.

In una occasione aveva creduto che qualcuno parlasse di Nick. Si trattava di un uomo che delirava spesso; questa volta aveva cominciato a parlare del suo compagno che era rimasto ucciso al suo fianco, sul ponte, ma quando, in seguito, Liane gli aveva chiesto qualche spiegazione, si era sentita dire che il compagno morto si chiamava Nick Freed. No, non era il Nick che conosceva lei. Il ferito, due giorni dopo, era morto fra le sue braccia.

Finalmente, la sera del Thanksgiving Day lo zio si decise a parlare. Rivolgendosi a Liane, incapace di resistere oltre, le domandò: «Perché non telefoniamo al Ministero della Guerra e non cerchiamo di saperlo?»

Liane scrollò la testa. «Se dovesse succedergli qualcosa, lo leggeremmo sui giornali.» Il fatto di sapere dove fosse Nick peggiorava le cose, perché Liane avrebbe potuto sentirsi tentata a scrivergli, mentre era decisissima a non farlo. Se, poi, era stato ferito, presto o tardi lo avrebbe saputo. E se il proprietario della Burnham Steel fosse rimasto ucciso, tutti i giornali dell'America ne avrebbero parlato. «Lascia perdere, zio George. A Nick non è successo niente. Sta bene.»

«Questo, non lo sai!»

«No, è vero.» Ma aveva già fin troppo da fare, non sapeva più da che parte voltarsi, con quelli che, invece, stavano male. Lavorava, facendo turni di dodici ore consecutive adesso, al fianco delle altre infermiere.

«Dovrebbero darti la medaglia, quando questa maledettissima guerra sarà finita!»

Liane si chinò a baciarlo su una guancia, con un sorriso, poi si rialzò sulla persona e guardò l'orologino da polso. «Devo scappare, zio George.»

«Adesso? Dove?» Avevano appena finito la cena del Thanksgiving Day e le bambine erano andate a letto da poco. Erano le nove di sera e Liane non usciva da mesi.

«Manca il personale, giù alla base, e ho detto che sarei tornata.»

«Non voglio che tu vada laggiù, in macchina, da sola.»

«Sono grande, ormai, zio George.» E gli allungò un colpetto affettuoso sul braccio.

«Sei pazza.» Sì, era pazza, più di quanto lo zio George immaginasse, pazza di terrore, di desiderio, di dolore. Le pareva di impazzire a continuare a domandarsi, come faceva, se Nick era morto. Giorno dopo giorno, non faceva che ascoltare i racconti dei feriti, torturandosi per cercar di capire se il compagno morto vicino al soldato che aveva assistito fosse stato Nick oppure se lui non si fosse neppure trovato in quella parte della nave. Adesso i suoi occhi erano costantemente angosciati. Il lunedì mattina, George Crockett decise di prendere in mano la situazione e, per la seconda volta in quell'anno, telefonò a Brett Williams.

«Senta, ho bisogno di saperlo.»

«Anche noi.» Brett Williams non poté fare a meno di meravigliarsi di fronte alle insistenze del vecchio armatore. Sapeva benissimo chi fosse, altrimenti non avrebbe accettato di parlargli al telefono. Ma, adesso, si stava domandando per quale motivo Crockett volesse saperlo. Forse era stato un intimo amico del vecchio Burnham. «Non abbiamo saputo niente, assolutamente niente.»

«Però lei può cercare di saperlo, perdio! Telefoni alla Casa

Bianca, al Dipartimento di Stato, al Pentagono... in qualche posto, insomma!»

«È quello che abbiamo fatto. Ma è una situazione talmente confusa, quella di Guadalcanal, che i rapporti che arrivano sono molto imprecisi. Ci sono i soldati morti annegati nell'affondamento dell'*Hornet*, ce ne sono altri, feriti, dappertutto. Dicono che ci vorranno ancora un mese o due prima di poterne sapere qualcosa di più.»

«Be', non possiamo aspettare tanto, noi!» brontolò il vecchio armatore.

«Perché no?» Brett Williams era stanco di tutte quelle insistenze; adesso i due interlocutori si parlavano a voce alta e stizzita. Da un mese, ormai, si sentiva sull'orlo dell'esaurimento nervoso perché non riusciva più a sapere dove diavolo Nick fosse finito. Anche Johnny gli aveva telefonato, quasi ogni giorno. E lui non aveva niente da dire né al ragazzino né a questo vecchio signore che viveva sulla West Coast. Perfino Hillary aveva telefonato. La sua preoccupazione era quella che Johnny potesse perdere il padre. Adesso era pronta a restituirgli il bambino. «Se noi ce ne stiamo qui a morderci le unghie, accidentaccio, può farlo anche lei!»

«No, mia nipote non può. Finirà per morire di angoscia e preoccupazione se non riusciamo a sapere dove si trova Burnham.»

«Sua nipote?» Brett non ci capiva niente. «Chi diavolo sarebbe?»

«Liane Crockett, ecco chi diavolo è!» A dir la verità erano tredici anni che non portava più quel cognome ma, nell'eccitazione del momento, George se ne dimenticò.

«Ma...» Poi, a poco a poco, Williams capì. «Non mi ero reso conto, prima che partisse... a me non ha mai detto niente...» Si chiese se il vecchio gli stava dicendo la verità, eppure capiva che doveva essere così. Altrimenti, per quale motivo l'avrebbe chiamato?

«Perché accidenti avrebbe dovuto raccontarlo a lei? A ogni modo, mia nipote era sposata a quell'epoca, ma adesso è vedova...» Balbettò, incerto, non sapeva se era opportuno raccontare tutte queste cose a uno sconosciuto, però provava un gran sollievo a parlarne con qualcuno! Si sentiva morire a guardare Liane spegnersi lentamente, chiusa nella sua torre d'avorio.

«Senta un po', dobbiamo assolutamente rintracciarlo!» Poi afferrò un blocco di carta e una penna. «A chi ha telefonato?» Williams gli snocciolò una lista di nomi. Stava cominciando a trovare simpatico quel vecchio! Aveva un gran fegato e si capiva subito che voleva molto bene a sua nipote, e anche a Nick Burnham. Cominciò a lambiccarsi il cervello cercando di trovare altre persone cui telefonare, se non era già stato fatto; anche il vecchio armatore gli diede un buon numero di suggerimenti preziosissimi. «Lo fa lei oppure lo faccio io?» Sapeva benissimo che non aveva importanza se lo facevano l'uno o l'altro. La Burnham Steel e la Crockett Shipping erano di pari importanza.

«Mi lasci provare ancora una volta, poi la richiamo.»

E così fece, due giorni dopo. Non aveva molto da raccontargli, Brett. Però era sempre qualcosa. «Si trovava sull'*Enterprise* quando è stata colpita, Mr. Crockett. A quel che pare, è stato ferito abbastanza gravemente. Ma non sappiamo nient'altro salvo che è stato mandato alle Hawaii. E stamattina hanno scoperto che era stato, effettivamente, per qualche tempo, alla base Hickham.»

«È ancora lì?» La mano del vecchio armatore tremava, stringendo il telefono. L'avevano trovato... ma era ancora vivo? E quale era la gravità delle sue ferite?

«La settimana scorsa l'hanno rimandato a casa sul *Solace*. L'hanno trasformata, praticamente, in una nave-ospedale ed è diretta a San Francisco. Ma, Mr. Crockett...» Gli dispiaceva raffreddare le sue speranze ma bisognava essere molto realistici, tutti, perfino quella nipote sconosciuta, anzi, forse, soprattutto lei.

Williams non aveva ancora capito completamente che Liane non sapeva niente di queste indagini dello zio. George aveva preferito aspettare a parlarle fino a quando non avesse avuto qualche notizia più concreta. «Non abbiamo assolutamente la minima idea delle condizioni in cui si trova. Era nella lista dei malati gravi, con prognosi riservata, quando è arrivato a Hickham, ma non sappiamo se fosse migliorato quando lo hanno mandato via da quella base e..., pare che su queste navi... insomma, ce ne sono moltissimi che non riescono a farcela.»

«Lo so.» George Crockett chiuse gli occhi. «Non ci resta che pregare.» Intanto si stava chiedendo se era opportuno aspettare o, invece, era meglio dirlo subito a Liane. Perché poteva capitare che se lo trovasse davanti in quel maledettissimo ospedale dove lavorava! Riaprì gli occhi. «Come ha fatto a scoprirlo?»

Brett Williams sorrise. «Ho ritelefonato al presidente e gli ho spiegato che lei doveva assolutamente saperlo.»

«È una brava persona.» Scoppiò a ridere. «Ho votato per lui nelle ultime elezioni.»

Brett Williams sorrise. «Anch'io.» Fu un attimo di sollievo in un momento tanto grave. «Sa, per caso, quando dovrebbe entrare in porto la nave?»

«Non sapevano. Domani o dopodomani.»

«Cercherò di saperne qualcosa anch'io di qui e, non appena ho notizie più sicure, la richiamo.» Riattaccò e telefonò immediatamente agli uffici della Marina. Il *Solace* era aspettato in porto verso le sei circa della mattina dopo. In tal modo George ebbe la possibilità di pensare a lungo a tutto questo nel pomeriggio, prima di rivedere Liane. Quando lei rientrò in casa alle dieci, quella sera, era pallida ed estenuata.

George restò a guardarla mentre mangiava un panino e beveva una tazza di tè e pensò che, forse, era quello il momento di dirglielo. Ma non ne ebbe il coraggio. E se Nick fosse morto sulla nave-ospedale? Già, ma poi gli balenò subito un altro pensiero ancora. E se invece non fosse affatto morto?

Liane era ancora sveglia quando bussò all'uscio della sua camera da letto un'ora più tardi. «Liane? Dormi?»

«No, zio George. Qualcosa che non va? Non ti senti bene?» Aveva una camicia da notte celeste chiaro e l'aria angosciata.

«No, no, sto benissimo, cara. Siediti.» Le indicò una poltrona e andò a sedersi sul letto. Liane si sentì percorrere da un brivido, da capo a piedi. Aveva la sensazione che lo zio stesse per dirle qualcosa che non voleva sentire. L'ultimo brandello di speranza si spense quando lo guardò in faccia. «C'è qualcosa che voglio dirti, Liane. Non so se ti arrabbierai o no.» Respirò a fondo e proseguì. «Qualche giorno fa ho telefonato a Brett Williams.»

«E chi sarebbe?» Poi, di colpo, le tornò in mente e rimase impietrita. «Sì?» Mentre aspettava la risposta dello zio, ebbe l'impressione di sprofondare in una voragine nera e di morire.

«Nick era a Guadalcanal.» Cercò di dirglielo il più in fretta possibile. «È stato ferito... piuttosto gravemente, pare. Ma, quando hanno ricevuto gli ultimi rapporti, era ancora vivo.»

«E quando sarebbe stato?» Aveva parlato in un sussurro.

«Poco più di una settimana fa.»

«Dov'è adesso?» Lo zio la fissò negli occhi mentre le rispondeva. Liane soffriva atrocemente, però gli pareva che fosse tornata a vivere. «Su una nave che sta per arrivare a San Francisco.»

Liane cominciò a piangere sommessamente; allora lo zio le andò vicino e le accarezzò una spalla.

«Liane... forse può darsi che non ce l'abbia fatta a sopravvivere sulla nave. Ne hai visti abbastanza, di casi come questi, per saperlo.» Lei assentì e alzò gli occhi a guardarlo.

«Sai di che nave si tratta?»

Lo zio annuì. «Il *Solace*. Arriveranno domattina alle sei a Oakland.» Liane rimase immobile dov'era, chiuse gli occhi e ci pensò. Le sei... le sei della mattina dopo... fra sette ore tutto sarebbe finito... doveva saperlo... poi alzò di nuovo gli occhi a guardare lo zio. «Lo sapremo subito, appena arriveranno.»

«No.» La sua voce si levò forte mentre scrollava la testa. «No. Voglio andare giù, al porto, io in persona.»

«Rischi di non trovarlo neppure.»

«Se c'è, lo troverò.»

«Ma, Liane...» E se Nick fosse morto? Non voleva che Liane affrontasse una cosa simile da sola. Poi gli balenò quel che doveva fare. «Vengo con te.» Liane gli baciò dolcemente una guancia.

«Voglio andare da sola. Devo andare da sola.» E infine sorrise ricordando le parole che Nick le aveva detto molto, molto tempo prima. «Sono una donna forte, zio George.»

«Questo lo so.» Le sorrise con gli occhi umidi di lacrime. «Ma potrebbe essere troppo anche per te!» Liane fece segno di no e, poco dopo, lo zio la lasciò. Per tutta la notte rimase seduta nel buio a fissare le lancette dell'orologio e, alle quattro e mezzo, fece una doccia e si vestì. Si mise addosso un cappotto ben caldo e, quando uscì di casa alle cinque, si trovò avvolta dalle folate di una fitta nebbia.

56

ALLE cinque e un quarto Liane si trovava sul Bay Bridge; non c'era una sola macchina né davanti né dietro di lei. Soltanto due autocarri solitari, in distanza. La nebbia gravava fitta su tutta la baia e avvolgeva anche il ponte in tutta l'altezza della sua struttura. Quando arrivò alla base navale, era spessa anche sull'acqua. C'erano già le ambulanze allineate per accogliere gli uomini che dovevano scendere dalla nave e qualche *équipe* di medici che si soffiavano sulle mani per riscaldarle. Sapevano che la nave era già passata sotto il Golden Gate Bridge. Ormai non mancava più molto. Poi Liane scorse una faccia familiare, un giovane medico della Marina che lavorava nel suo stesso ospedale.

«Adesso ti hanno spedito anche qui? Liane, comincio a pensare che tu lavori più sodo di me.»

«No. Sono venuta a vedere... a cercare...» Il giovane medico la guardò negli occhi e fece segno di sì con la testa. Liane non era venuta perché si trovava in servizio. E capì subito per quale motivo era sulla banchina, a tremare nell'aria frizzante del mattino.

«Sai dove si trovava?»

«Guadalcanal.» Avevano visto i risultati di quella battaglia da mesi, ormai, un fiume di feriti, di morti, di mutilati.

«Hai saputo se è ferito grave?» Lei scrollò il capo e il giovanotto le sfiorò un braccio con un gesto incoraggiante e mormorò sommessamente: «Lo rimetteremo insieme». Liane annuì, incapace di aggiungere altro, e cominciò a camminare avanti e indietro in attesa che arrivasse la nave. Ma la nebbia era talmente fitta che non si poteva vedere niente. Poi, lentamente, in distanza apparve una luce, si levò l'ululato di una sirena e Liane notò un gruppo di donne, sulla banchina, che aspettavano con aria angosciata. Tornò a guardare nella nebbia e, a poco a poco, apparvero altre luci; poi, all'improvviso, tutta la *Solace* sbucò fuori dalla nebbia, come una visione. L'intera fiancata era dipinta di bianco con una grande croce rossa sopra. Liane rimase immobile, trattenendo il fiato, al freddo. Le parve che occorressero ore e ore per farla attraccare; intanto medici e infermieri si preparavano. I lettighieri si fecero avanti con le barelle e infine la nave toccò la banchina. All'improvviso, intorno a lei, tutti entrarono in azione.

I primi a scendere furono i casi più gravi; all'improvviso le sirene delle ambulanze si levarono stridule. Liane pensò all'ironia del destino. Quei feriti erano stati costretti a viaggiare lentamente per giorni e giorni attraverso il Pacifico e adesso venivano condotti, a velocità pazza, preceduti da una sirena, negli ospedali. Tuttavia per alcuni di loro perfino un attimo di tempo perduto poteva rappresentare la differenza fra la vita e la morte e, sapendo di non avere altra scelta, si fece avanti cercando di guardare in faccia i soldati feriti che scendevano. Ma alcune di quelle facce non esistevano più, oppure erano nascoste dalle bende o ustionate in modo talmente orribile da sembrare addirittura irriconoscibili. Si accorse di avere lo stomaco in subbuglio per la nausea mentre si spostava lentamente lungo la banchina, aspettando, osservando. Tutto ciò era ben diverso dal suo lavoro in ospedale. Qui cercava Nick e ogni uomo, che si metteva a fissare, era importante; ogni volta si faceva forza, in attesa del peggio. Poi si sentì chiamare dal dottorino.

«Che nome ha?»

Lei gli gridò di rimando: «Burnham... Nick Burnham!»

«Lo troveremo.» Lei lo ringraziò con un cenno della testa e il dottorino ricominciò ad aggirarsi tra i feriti. Intanto Liane veniva avanti, anche lei, cercando fra gli altri. Ma Nick non si vedeva da nessuna parte. Poi, lentamente, cominciarono a scendere i feriti che erano in grado di camminare da soli e, dal gruppetto di donne, si levò qualche grido. I soldati vennero avanti, zoppicando, con le guance rigate di lacrime... improvvisamente, nella nebbia, Liane udì un boato e alzando gli occhi verso i ponti della nave dalla banchina, insieme alle altre donne, anche lei vide migliaia di uomini che si sporgevano, bendati, zoppicanti, feriti, mutilati, ma tutti urlanti... salutavano con un possente grido di giubilo la madrepatria. Per tutta risposta, un altro grido, non meno giubilante, si levò dalla banchina e anche Liane si mise a gridare con gli altri per Nick, per se stessa, ... per Armand... quanti erano quelli che non sarebbero più tornati a casa! Si chiese se anche Nick non fosse tra questi. Forse le informazioni ottenute dallo zio George erano sbagliate... forse, era morto... oppure non si trovava su quella nave... oppure era spirato durante il viaggio. L'attesa diventava sempre più insopportabile man mano che i soldati scendevano a frotte. Ormai erano quasi le sette e mezzo, la nebbia si stava lentamente alzando e i soldati continuavano a scendere. Ma lei non aveva ancora trovato Nick. Molte delle altre donne se ne erano già andate, il dottorino continuava ad aggirarsi sempre più in fretta fra i feriti distesi nelle barelle e le ambulanze continuavano ad andare e venire dall'ospedale. Liane pensò che, quella mattina, la sala operatoria non avrebbe avuto un attimo di tregua.

«Niente ancora?» Il dottorino si fermò vicino a lei per un attimo e Liane scrollò il capo. «Potrebbe essere un buon segno. Potrebbe scendere da un momento all'altro.» Oppure non scendere del tutto, si disse lei. Era gelata fino al midollo, inebetita, le pareva di non provare più niente. Poi, lo vide. Veniva avanti lentamente in un gruppetto di altri soldati; ne aveva parecchi di fronte. Era a testa china, con i capelli lunghi, ma Liane lo riconobbe subito anche in quella marea di soldati che lo circondava. Poi, man mano che si avvicinava, si accorse che camminava con le stampelle. Rimase impietrita mentre lo fissava, domandandosi, improvvisamente, se aveva fatto bene a venire. Oppure se era stato uno sbaglio. Ormai, forse, Nick non voleva più vederla. E mentre continuava a fissare, annicchilita, quella marea di persone, Nick si voltò a dire qualcosa al soldato che aveva alla sua destra e si fermò improvvisamente dov'era, perché l'aveva vista. Non batté ciglio, immobile, come lei. Rimasero fermi dov'erano mentre la folla li circondava, si muoveva intorno a loro. Poi, come se fosse spinta da qualcosa di ineluttabile, Liane cominciò a camminare lentamente verso di lui facendosi largo fra quegli uomini che la spingevano e la sballottavano nella fretta di scendere a terra. Adesso cominciarono a muoversi un poco più in fretta; si sentirono altre grida, altri urli di gioia e per un attimo Liane credette di averlo perduto. Invece Nick era ancora fermo al posto di prima quando la folla si separò di nuovo e Liane poté ricominciare a correre, ridendo e piangendo. Ma Nick scoppiò in lacrime anche lui e abbassò la testa, scrollandola da parte a parte come se dicesse di no, come se non volesse vederla. Il passo di Liane rallentò e infine vide... aveva perduto la gamba sinistra. Allora riprese a correre verso di lui sulla banchina, gridando il suo nome. «Nick! Nick!» Continuò a correre sempre più in fretta e Nick alzò gli occhi a guardarla, quelle iridi parevano invecchiate di secoli da quando le aveva viste l'ultima volta, ma poi, seguendo un impulso improvviso, Nick afferrò di nuovo le stampelle e si fece avanti verso di lei e restarono lì, fermi, sulla banchina stretti in un abbraccio convulso. Erano, più o meno, gli stessi di prima e, al tempo stesso, erano molto diversi. Un millennio era passato, uomini e uomini erano morti intorno a loro... Adesso la nebbia si levò lentamente al di sopra della loro testa. Nick, finalmente, era tornato a casa; Liane, finalmente, era sua. Nick aveva ragione. Le persone forti non possono essere sconfitte.

FINE

Collana «Superbestseller»

Romanzi

690. J. Briskin, *Ricordi d'amore*
691. J. Fletcher & D. Bain, *La signora in giallo - Brandy & pallottole*
694. B. Taylor Bradford, *Come un angelo*
695. R. Cook, *Alterazioni*
697. S. Casati Modignani, *Il Corsaro e la rosa*
698. P. Margolin, *Passi nel buio*
701. D. Koontz, *Phantoms!*
703. J. Sandford, *Gli occhi della preda*
705. M. West, *Punto di fuga*
707. B. Plain, *L'alba di un giorno nuovo*
708. M. Higgins Clark, *Un colpo al cuore*
709. D. Steel, *Il regalo*
710. J. Michael, *Le sorprese della fortuna*
712. N. Sparks, *Le pagine della nostra vita*
713. E. Segal, *Love Story*
715. S. King, *Incubi & deliri*
716. D. Koontz, *Lampi*
718. D. Steel, *Scontro fatale*
720. M. Higgins Clark, *Bella al chiaro di luna*
728. R. Cook, *Epidemia*
729. J. Higgins, *Nel covo dei serpenti*
730. J. Kellerman, *Amore violento*
734. M. Haran, *È sempre una questione d'amore*
735. A. Hoffman, *Il giardino delle magie*
737. J. Lindsey, *Amore per sempre*
740. S. Casati Modignani, *Caterina a modo suo*
741. D. Steel, *Cielo aperto*
742. G. Pansa, *I nostri giorni proibiti*
743. B. Bickmore, *Il bacio della luna*
745. M. Binchy, *L'amica del cuore*
747. J. McNaught, *Ritrovarsi*
748. W. Diehl, *Schegge di paura*
750. R. Wallace, *Braveheart - Cuore impavido*
756. D. Koontz, *Intensity*
758. B. Erskine, *La figlia della fenice*
760. J.A. Krentz, *Nel mare della passione*
761. J. Sandford, *La notte della preda*
762. B. Taylor Bradford, *Le maree del destino*
763. E. Adler, *Una donna senza ricordi*
764. D. Steel, *Fulmini*
765. J. Higgins, *L'angelo del destino*
766. R. Bachman (S. King), *L'occhio del male*
767. J. Michael, *La tela del desiderio*
768. M. Higgins Clark, *Una notte, all'improvviso*
769. D. Brin, *L'uomo del giorno dopo*
770. R. Daley, *Prove apparenti - Night falls on Manhattan*
771. J. Evanovich, *Tutto per denaro*
772. M. Higgins Clark, *Testimone allo specchio*
774. D. Koontz, *Ombre di fuoco*
775. V. Cowie, *Un amore troppo perfetto*
777. D. Steel, *La promessa*
778. J. Fielding, *Frammenti*
779. J. Higgins, *Patto diabolico*
780. J. Kellerman, *Estrema difesa*
782. A. Ephron, *Un invito innocente*
783. S. King, *La sfera del buio (Serie La Torre Nera)*
784. C. Lim, *La ragazza della casa di Wu*
785. K.C. McKinnon, *Canto d'amore all'Harvest Moon*
786. D. Steel, *Cinque giorni a Parigi*
787. R. Cook, *Cromosoma 6*
788. M. Binchy, *Il lago di cristallo*
789. J. Madrid, *Conti in sospeso*
790. I. Johansen, *L'ombra negli occhi*
791. G. Pansa, *La bambina dalle mani sporche*
792. J. Dailey, *Il vento dell'Ovest*
793. S. Sheldon, *Una donna non dimentica*
794. P. Pascolini e S. Casini, *La prima volta di mia figlia*
795. B. Taylor Bradford, *Un segreto è per sempre*
796. S. Casati Modignani, *Lezione di tango*

798. J. Green, *Non tutti gli uomini preferiscono le altre*
799. J. Parker Rhodes, *Schiava del dio serpente*
802. L. Spencer, *Un'estate per cambiare*
803. N.A. Collins, E.A. Kramer, M.H. Greenberg (a cura di), *Dark Love*
804. P. Margolin, *La testimone*
805. T. Hoag, *Il buio del cuore*
806. S. Khashoggi, *Il miraggio dell'amore*
807. S. Beauman, *La colomba dalle ali spezzate*
808. D. Koontz, *La notte del killer*
809. L. Sanders, *L'ultimo rischio*
811. O. Goldsmith, *Donne sull'orlo del successo*
812. S. Lord, *Una sorella per nemica*
813. S. King, *Desperation*
814. R. Bachman (S. King), *I vendicatori*
815. S. King, *Riding the Bullet - Passaggio per il nulla*
816. M. Binchy, *Il nuovo domani*
817. S. Isaacs, *La favola è finita - Lily White*
818. M. West, *Eminenza*
819. D. Steel, *Perfidia*
820. L.J. Rowland, *Shinjū*
821. E. Segal, *Un solo grande amore*
822. J. Graham, *Come vento sulla prateria*
823. S. Brown, *Il giorno del peccato*
824. S. King, *Mucchio d'ossa*
825. D. Steel, *Silenzio e onore*
826. S. Pottinger, *Taglio netto*
827. N. Thayer, *Più forte del cuore*
828. M. Higgins Clark, *Sarai solo mia*
829. J. Higgins, *Il volo delle aquile*
830. A.V. Roberts, *Il segreto di Liam*
832. D. Koontz, *L'uomo che amava le tenebre*
833. W. Diehl, *Lo spettacolo del male*
834. J. Mitchard, *Profondo come il mare*
835. R. Cook, *Sindrome fatale*
836. G. Magrini, *Sottile incantesimo - Magique*
837. P. Margolin, *Sospetti*
838. P.A. Whitney, *Una donna senza passato*
841. S. Sheldon, *Dietro lo specchio*
842. D. Steel, *Il ranch*
843. G. Pansa, *Ti condurrò fuori dalla notte*
844. S. Coonts, *Tornano gli incursori*
845. J. Michael, *Un gesto d'amore*
846. R.J. Waller, *Valzer lento a Cedar Bend*
847. J.R. Garber, *Vertigine fatale*
848. L. Spencer, *Le promesse del cielo*
849. B. Plain, *La giostra d'argento*
850. SARK, *Dolcissime donne selvagge*
851. D. Koontz, *In fondo alla notte*
852. J. Archer, *Quarto potere*
853. M. Halter, *Intrigo a Gerusalemme*
854. R.J. Waller, *I ponti di Madison County*
855. B. Taylor Bradford, *Un sogno tutto nuovo*
856. M. Palmer, *Terapia totale*
857. D. Bellomo, *La settima onda*
858. J. Fletcher & D. Bain, *La signora in giallo - Martini & follia*
859. J. Kellerman, *Solo nella notte*
861. C. Arnothy, *Sotto il cielo dell'Africa*
862. J. Kellerman, *Lo schermo buio*
863. O. Goldsmith, *Una mamma da sposare*
864. K. Lange, *Il rischio della bellezza*
865. L. Scott, *Fino a prova contraria*
866. D. Steel, *La lunga strada verso casa*
867. D. Steel, *Il fantasma*
868. S. Brown, *Il segreto di una donna*
869. J. Mitchard, *Il coraggio dell'innocenza*
870. C. Andrews, *Stato di salute*
871. M. Higgins Clark, *Ci incontreremo ancora*
872. J. Higgins, *L'anno della tigre*
873. J. Lindsey, *Dimmi che mi ami*
874. G. Magrini, *Come un diamante*
875. M. Olden, *Nel cuore nero di New York*
876. R. Cook, *Vector - Minaccia mortale*
877. M. Haran, *Una storia di famiglia*
878. J. McNaught, *Quando i sogni si avverano*
879. T. Hoag, *Giustizia negata*
880. M. Blake, *La danza dell'ultimo bisonte*

881. S. Coonts, *Destini di guerra*
883. S. King, *Insomnia*
885. I. Johansen, *Doppio volto*
886. B. Kingsolver, *Gli occhi negli alberi*
887. D. Koontz, *Tracce nel buio*
889. M. Binchy, *Ritorno a Tara Road*
890. A. Mark, *Le ragioni del cuore*
891. G. Pansa, *Il bambino che guardava le donne*
892. J. Michael, *Un certo sorriso*
893. S. Casati Modignani, *Vaniglia e cioccolato*
894. S. King, *Rose Madder*
895. B. Plain, *Il silenzio di una donna*
896. B. Bickmore, *La prima stella della sera*
897. O. Goldsmith, *I tre gusti della vendetta*
898. M. Gayle, *Avviso di chiamata*
899. L. Scott, *Giustizia sommaria*
900. D. Steel, *Un dono speciale*
901. R. Bachman (S. King), *L'uomo in fuga*
902. Phillip Margolin, *L'ultimo innocente*
903. S. Finnamore, *Prove tecniche di matrimonio*
904. B. Taylor Bradford, *Il potere di una donna*
905. K.C. McKinnon, *Le candele brillavano a Bay Street*
906. A. Vachss, *La seduzione del male*
907. B. Erskine, *La notte è un luogo solitario*
908. J. Lent, *Vento d'autunno*
909. J. Sandford, *Il punto debole*
910. D. Koontz, *Sopravvissuto*
911. M. Higgins Clark, *Accadde tutto in una notte*
912. A. Liu, *La casa delle colline dorate*
913. M. Palmer, *Cause naturali*
914. J. Fletcher & D. Bain, *La signora in giallo - Manhattan & omicidi*
915. J. Shield, *La mangiatrice di fichi*
916. J. Kellerman, *Buon viaggio bastardo*
917. D. Steel, *Dolceamaro*
919. C. Lim, *Lacrime di cristallo*
920. S. Pottinger, *A mente fredda*
921. F. Bardelli, *Ancora un tango*
922. J. Higgins, *Attacco al presidente*
923. B. Plain, *Un incontro, una svolta*
924. J. Archer, *L'undicesimo comandamento*
925. D. Bellomo, *L'ultima notte sul Normandie*
926. S. King, *La bambina che amava Tom Gordon*
927. M. Haran, *Qualcosa di mio*
928. R. Cook, *Invasion*
929. D. Kennedy, *Un amore senza fine*
930. J. Mitchard, *La relatività dell'amore*
931. J. McNaught, *Sussurri nella notte*
933. S. Coonts, *Cuba*
934. S. Sheldon, *L'amore non si arrende*
936. S. King, *Cuori in Atlantide*
937. N. Sparks, *Un cuore in silenzio*
938. M. Higgins Clark, *Prima di dirti addio*
939. B. Taylor Bradford, *L'uomo giusto*
942. S. Beauman, *Il segreto di Rebecca*
943. S. Brown, *Alibi di una notte*
944. C. Wilkins, *Il momento perfetto*
945. M. Binchy, *Come un dolce ben riuscito*
946. A. Linklater, *Il codice dell'amore*
947. M. Palmer, *Il paziente*
950. D. Steel, *Immagine allo specchio*
951. I. Johansen, *Occhi innocenti*
952. B. Bickmore, *Finalmente a casa*
953. L. Scottoline, *Il momento della verità*
954. P. Margolin, *La morte non ha fretta*
955. M. Allan Collins, *Era mio padre*
957. B. Kingsolver, *Una magnifica estate*
959. T. Holland, *Il custode del tempo*
960. M. Higgins Clark e C. Higgins Clark, *L'appuntamento mancato*
961. J. Sandford, *Preda facile*
962. G. Magrini, *Il falò delle bugie*
963. J. Fletcher & D. Bain, *La signora in giallo - Omicidi & fantasmi*
965. D. Koontz, *Falsa memoria*
966. D. Steel, *Forze irresistibili*
967. J. Kellerman, *Una vittima scomoda*
968. S. King e P. Straub, *La casa del buio*
970. J. Higgins, *Vendetta privata*

Star
Le vite di Crystal e di Spencer sembrano destinate a dividersi per sempre, ma gli ostacoli che si frappongono al loro amore non riusciranno a spegnerlo.

Daddy-Babbo
Dopo diciotto anni di matrimonio, Oliver viene abbandonato dalla moglie Sarah. Uno splendido romanzo che esplora, con grande maestria, l'universo dei sentimenti umani.

Messaggio dal Vietnam
Un'intrepida giornalista americana finisce nell'inferno di Saigon per amore. Avventura, passione e morte sullo sfondo della tragedia della guerra.

Batte il cuore
Bill e Adrian, entrambi con un matrimonio fallito alle spalle, s'incontrano ed è subito amore. Nessuno dei due s'aspettava un tale vortice di emozioni contrastanti...

Nessun amore più grande
Nella Belle Epoque, una tragica notte sul Titanic *segna il destino di molte vite e la giovane Edwina vede sfumare il suo futuro. Un romanzo trascinante.*

Gioielli
L'appassionante saga di una famiglia di gioiellieri americani nel periodo a cavallo della seconda guerra mondiale. Una storia ricca di momenti emozionanti.

Le sorprese del destino
La felicità di tre coppie è oscurata dallo spettro dell'infertilità. Un romanzo intenso che riesce a far vibrare le corde più profonde dei cuori femminili.

Gentile lettore,

la ringraziamo per aver scelto uno dei romanzi della ricca collana Superbestseller.

Per poter soddisfare sempre meglio le sue esigenze e i suoi gusti, le chiediamo di voler gentilmente compilare il seguente questionario. Se ci fornirà anche il suo indirizzo, le invieremo le informazioni relative alle nuove pubblicazioni del gruppo Sperling & Kupfer e alle iniziative speciali rivolte ai nostri lettori. Se invece preferisce registrarsi sul nostro sito www.sperling.it, riceverà nella sua casella e-mail la nostra newsletter informativa.

Ho trovato questo questionario nel volume dal titolo

....

Ho acquistato questo volume

☐ in libreria ☐ in edicola ☐ al supermercato

Abitualmente acquisto libri

☐ in libreria ☐ in edicola ☐ al supermercato

Numero libri acquistati in un anno: ....

Di solito acquisto un libro perché:
(si possono barrare più caselle)

☐ seguo i consigli di amici/conoscenti/del mio libraio di fiducia
☐ leggo le recensioni
☐ vedo la pubblicità
☐ scelgo i titoli del mio autore preferito
☐ mi piace la copertina
☐ il libro ha vinto un premio letterario
☐ il libro è nelle classifiche dei libri più venduti
☐ ha un prezzo conveniente

Il mio autore preferito è: ....

Il mio libro preferito è: ....

Il mio genere preferito è:
☐ saggistica ☐ narrativa
- romanzi d'amore
- thriller

INFORMAZIONI ANAGRAFICHE

Età: .... Sesso: ☐M ☐F

Professione: ....

FACOLTATIVO

Nome ....
Cognome ....
Via .... n. ....
Città .... Provincia .... CAP ....
E-mail ....

La preghiamo di tagliare lungo la linea tratteggiata e di inviare in busta chiusa e affrancata a:

Sperling & Kupfer Editori S.p.A.
Ufficio Promozione
Via Durazzo, 4
20134 Milano

Il mittente prende atto che i suoi dati saranno trattati per l'eventuale invio di materiale d'informazione libraria, con la possibilità della cessione a terzi dei dati stessi. Resta salvo il suo diritto di conoscenza, cancellazione, rettifica, aggiornamento, integrazione e opposizione al trattamento dei dati, secondo quanto previsto dall'art. 13 della legge 675/96.

Finito di stampare nel marzo 2004
presso la Mondadori Printing S.p.A.
Stabilimento N.S.M. di Cles (TN)
Printed in Italy